KB265684

한국 현대소설과 민족현실의 인식

한국 현대소설과 민족현실의 인식

한국 현대소설과 민족현실의 인식

이 주 형

도서출판 역락

머리말

지금까지 내가 일관되게 추구해 왔던 테마는 한국 현대소설에서의 민족현실 인식의 문제였다. 이 책 제목은 그것을 그대로 나타낸 것이다. 과거에 낸 책『한국 근대소설 연구』도 이 테마를 다룬 것으로, 그 책의 제목도 이번의 것과 유사하게 붙이고 싶었었다. 두 책은 발간의 전후관계를 가질 뿐이다.

이 테마에 관심을 가지게 된 것은 내가 공부를 시작하던 1970년대 초, 억압과 모순으로 찬 현실의 발견과 유관하다. 민족의 고난으로 이어진 근·현대사, 소설 장르의 특성, 그리고 관련 작품의 숫자 등을 고려할 때 한국 현대소설 연구에서는 이 테마가 가장 중대한 것이라 생각했다. 고난으로 이어지면서도 대부분의 다른 식민지 체험국의 경우보다 고난의 성격변화가 심했다는 점이 한국 근·현대사의 특징이다. 그런 현실이 절실하고도 중요했으며, 또한 복잡했기에, 대부분의 작가들이 그것을 가장 중요한 작품 제재로 삼았던 것이다. 특히 소설가의 경우가 더욱 그러했거니와, 현실문제는 소설 장르의 제재로는 가장 잘 어울리는 것이다.

이 테마를 수행함에서는 자연히 리얼리즘이 가장 중요한 문학적 실천 양태로 대접받기 마련이었다. 대신 자연주의나 모더니즘, 예술주의는 비판적 대상이 되는 경우가 많았다. 이 책에서는 올바르고 심도 있는 민족현실의 인식을 통해 리얼리즘 소설로서의 성취를 이룬 작품들과 함께 그렇지 못한, 다시 말하면 잘못된 현실인식에 기초한 여러 양태의 작품들과 그 작자들도 많이 다루었다. 다양한 현실인식과 형상화 양상을 찾아내 보고 싶었다. 여기서 부정적 평가를 내린 작품·작가들 역시 중요한 우리 소설사의 내용물인데, 일부는 그동안 과분한 평가를 받아오기도 했었다.

작품을 논함에 있어 실증적 자료를 많이 끌어들이는 데 특히 노력하고자 했다. 작품내적 사실에 대해 현실적 근거를 좀 더 밝히고 실제에 맞게 해석하기 위해서였다.

이 책은 이 테마에 대해 그동안 써온 것을 선별하여 작품론적 접근, 작가론적 접근, 역사소설론적 접근 등 3개의 부분으로 구성해 놓은 것이다. 대상 작품은 일제강점시대의 것들이 중심이지만 해방 후의 것들도 적지 않다. 작품론 부분의 제4장에서 이무영의 일부 작품에 관한 것이 이전의 저서 『이무영』에서 논한 것과 전후관계의 필요성 때문에 중복되었다. 작가론 부분에서는 부정적 논의가 다른 부분보다 많다. 이 테마를 추구함에 있어 역사소설은 반드시 검토되어야 할 중요한 대상이기 때문에 힘들여서 많은 작품을 읽었다. 역사소설은 근대 이전의 사실을 그린 경우가 대부분이지만, 작자의 민족현실 인식 양상을 가장 직접적으로 드러내는 장르이기 때문이다. 아쉬운 것은, 분량도 많은 여러 작품들을 적은 지면에서 너무 넓게 논한 점이다. 작품별로 좀 더 밀도 있는 분석을 할 기회를 가지고, 다른 작품들도 보완하며 확대 기술해서 전작장편 역사소설 연구서를 내보았으면 좋겠다.

글을 쓸 때마다 특별히 염두에 두는 것은 읽는 사람에게 친절하게 써야 한다는 것이다. 딱딱하고 현학적으로 쓴, 그리고 한 번 읽어서 명쾌하게 요약되지 않는 글은 독자를 짜증나게 한다는 것을 잘 안다. 교정을 보면서도 문장을 더 부드럽고 분명하게 하는 한편 작품을 읽지 않은 독자도 고려하여 작품내용 설명을 많이 넣으려고 했다.

끝에 '부록'이라 하여 『홍길동전』에 대하여 전에 쓴 글을 실었다. 고전소설에 대해 한번 써본 것이지만 애착을 가지고 있기 때문이다. 고전소설에 대한 애정의 표시라고도 말하고 싶다.

출간을 권하고 또 마무리 지어 준 역락출판사 이대현 사장 및 편집부 여러분의 후의에 감사드린다. 아울러 이 책에 대해 저술장려금을 지원해 준 경북대학교에 대해서도 감사의 뜻을 표한다.

2007년 8월

이 주 형

차 례

[역사소설론적 접근]
제3부 역사소설에서의 역사 인식과 그 형상화

제1부

민족현실의 발견과 그 형상화
—작품론적 접근—

제 1 장

1910년대 이광수의 계몽 논리와 그 장편소설화 양상

1. 머리말

1910년대 이광수의 문필 활동은 '계몽'에 초점이 놓여 있었다. 계몽을 논함으로써 그는 그 시기 가장 영향력 있는 지식인의 위치를 확보할 수 있었다. 이때 가장 많은 양의 글을 쓴 것도, 가장 많은 낯선 지식을 보급한 것도 이광수였다. 모든 논설들은 말할 것도 없고, 일부 단편과 『무정』 및 『개척자』 등 두 장편도 겉에 내걸어 놓은 대표적 표제어는 계몽이었다. 여기서 두 장편에 드러난 이광수 계몽론의 양상과 본질을 중점적으로 따져보고자 한다.

이 두 장편에서의 계몽 문제는 지금까지 많이 논의되어 왔지만, 주로 작품의 여러 측면 논의 중의 일부로서 단편적, 피상적으로 다루어져 왔다고 하겠다. 많은 사실들이 알려져 왔지만 그래도 보다 분명한 검증·평가가 필요하다고 본다. 이광수 계몽론을 민족구제를 위한 훌륭한 논리라고 평가하는 글들이 과거에는 많았으며, 주로 논설을 대상으로 문면에 나타난 주장을 중립적으로 정리해 놓은 글들도 많았다. 『무정』과 달리 『개척자』는 김동인 이래 졸작이고 '근대성 미달'이라 치부되면서 극히 미미하게 논의되었다.[1] 그러나 이 작품도 이광수 계몽론의 소설적 양상을 논의하는 데는 『무정』만큼이나 중요하다.

1910년대 이광수의 계몽적 문필 활동은 매우 큰 의미를 지니고 있는 만큼, 그에 값하는 많은 논의를 필요로 한다. 그 논의의 중요성은 크게 1910년대가 식민지 시작기였던 만큼 이광수 같은 대표적 식민지 문필인의 계몽론이 식민초기 일제의 식민지 지배기반 확보에 큰 영향을 미칠 수 있었다는 점, 그리고 식민지 한국인들의 사고·가치판단 방향과 현실인식에 절대적인 영향을 줄 수 있었다는 점에서 찾을 수 있다.

1910년대는 일본 명치유신시대의 식민주의 논리가 한국땅에서 여전히 유효하게, 더욱 교활하게 써 먹히고 있던 시기였다. 아직 한국은 미개 상태라는 것, 그래서 일본은 그런 미개국을 식민지화할 권리와 의무가 있다는 것이 바로 식민지화의 논리이자 식민지 유지의 논리였다. '개화'는 침략 시기의 표어였고, '계몽'은 지배 시기의 표어가 되었다. 계몽은 개화를 위한 것이었으니, 1910년대의 표어는 1900년대의 표어보다도 한 단계 후퇴한 것이라 할 수 있다.

'명치유신' 시대에 일본은 문명개화를 국시(國是)로 삼아 탈아입구(脫亞入歐)를 지향하면서 식민주의의 길로 나아갔다. '미개국' 먹기 싸움을 둘

---

1) 김동인은 『개척자』에 대해 "논하지 않는 편이 도리어 점잖지 않을까"라면서, 몇 마디의 간단한 부정적 논평을 한 뒤, "그런지라 『개척자』는 논외로 집어던질 수밖에는 없다"(김동인, 『춘원연구』, 『김동인전집』 6권, 삼중당, 1976, 97쪽)고 했다. 졸작이니까 길게 논의하지 않겠다는 것인데, 이후의 논자들도 이런 입장을 이어왔다. "『개척자』는 『무정』의 이삭줍기에도 미치지 못하는 것"(김윤식, 「무정의 문학사적 성격」, 『한국근대문학사상사』, 한길사, 1984, 79쪽), "당위적 관념만으로 집필된" 근대성 미달의 작품(한점돌, 「1910년대 한국소설의 정신사적 연구」, 서울대 박사논문, 1991, 149쪽)이라는 평가도 있다.

러싼 서구 열강 사이의 통용법인 '만국공법'의 약육강식 외교 논리에 끼어들어, 일본은 북해도에서 대만을 거쳐 한국을 식민지화하는 데 이르렀다. 후꾸자와 유키치(福澤諭吉)는 "우리 일본의 국토는 아시아의 동쪽 끝에 있지만 그 국민의 정신은 이미 아시아의 고루함을 벗어나 서양의 문명으로 옮겨갔다."면서 일본이야말로 '문명화된 서양'과 같은 나라가 되었고, 그러므로 서양 열강과 같은 권력을 가지게 되었다고 했다.[2] 그리고 "오늘날 일을 꾀함에 있어 우리나라는 이웃나라의 개명(開明)을 기다려 함께 아시아를 일으키는 여유가 있어서는 안 된다. 오히려 대오를 벗어나 서양의 문명국과 진퇴를 같이 하고, 지나(支那)와 조선과 접촉하는 방법도 이웃나라인 까닭에 특별히 배려할 필요는 없다. 바로 서양인이 이를 대하는 식에 따라 처리해야만 한다. 악우(惡友)를 사귀는 자는 함께 악명(惡名)을 면할 수 없다. 나는 진정코 동방의 악우를 사절할 것이다."라고 했다.[3] 노골적인 아시아 침략론을 펴고 있다. 한국이나 대만이야말로 참으로 운나쁘게도 이웃에 '악우'를 두고 있었던 것이다. '개화기'에 많은 조선 지식인들이 이런 일본의 식민주의 논리에 말려 들어가 한국의 식민지화를 도왔다. 미개-개화론과 연방도론을 고창한 작품인 『혈의루』의 작가 이인직이 식민주의에 침윤된 대표적인 사례였다. 이완용이나 송병준처럼 드러내놓고 사리사욕을 위해 뛰었던 인물보다 더 문젯거리가 되는 것이 식민주의 논리에 침윤되어 문학작품 같은 정서에 호소하는 글을 통해 이를 재생산한 이인직 같은 인물이다. 당시의 국민들을 오도하여 혼란과 오류, 기만에 빠지게 했기 때문이다.

결국 한국은 식민지화되고 말았다. 1910년대는 이제 전(前)시대 식민주의 논리의 실체를 깨닫고 탈식민주의적 인식을 가졌어야 할 시기였다. 과연 한국은 미개지이고 한국인은 서양 및 일본인에 비해 열등한 '야만'

---

2) 고모리 요이치, 『포스트콜로니얼』(송태욱 역), 삼인, 2002, 58쪽.
3) 같은 책, 61쪽.

이며, 일본은 한국을 문명한 땅으로, 한국인을 문명인으로 만들어 주려
하는가 하는 문제를 논리화해야 하는 것이었다. 그런 일은 1910년대의
신진 지식인으로서는 가장 먼저 일본에 유학한 그룹에 속하며, 일찍 서
양 및 일본적 지식과 식민주의적 상황을 접할 수 있었고, 1910년 이전부
터 문필활동을 해서 1910년대 중·후반에 이르러서는 최고의 문명을 날
리면서 대중들에게 최고의 지식인으로 인식된 이광수 같은 사람이 했어
야 하는 것이었다. 식민주의적 서적과 그들의 실제 움직임을 현장에서
보지 못한 사람은 아무리 지사적 정신이 있다고 해도 그들 논리의 표면
과 저변의 진의와 모순을 알 수는 없는 것이다.

2. 논설 속의 계몽론 : 식민주의 논리의 재생산

1910년대에 이광수는 계몽론을 펴는 많은 논설을 썼다. 여기서는 그
중 『무정』과 『개척자』가 발표되었던 시기 직전·후, 즉 1916~1918년의
논설을 중점적인 검토 대상으로 한다. 이 시기 논설들만으로도 1910년대
이광수 논설 전체에서 드러나고 있는 주장이나 의식을 거의 모두 알 수
가 있다. 1910년대 이광수 논설들에서는 논리의 발전이 없기 때문이다.
같은 주장, 같은 의식을 되풀이하고 있는 것이다.[4]
　그의 계몽론은 진화론 사상에 기본을 두고 있다. 이 시기 그의 논설들
은 전체적으로 약육강식, 적자생존의 식민주의 논리를 의심 없이 받아들

---

4) 이광수 일생의 논설 전부를 보아도 마찬가지다. 예를 들면 유교, 톨스토이 문학관 등 일
　부 문제에 대한 주장들이 때로 달라진 것 같이 보이는 경우도 있지만 결국은 원점으로
　돌아온다. 다시 말하면, 자신의 논지가 강한 비판을 받았을 때 이를 피하기 위한 변명으
　로 전과 다른 논지를 펴는 경우가 가끔 있지만, 결국은 원래의 의식, 논지로 돌아가고 만
　다. 다른 기회에 그 구체적인 양상들을 밝혀보기로 하겠다.

여, '진화'하지 못한 현재의 우리는 당연히 일본과 서양을 스승으로 삼아 먼 장래에 살아남도록 진화를 위한 노력을 해야 된다는 주장을 폈다. 그는 "이 진화에 잘 순응하여 현명하게 민첩하게 변천하는 것이 종족번영의 유일한 길이외다. 그런데 종래 조선은 이 진화의 천리에 역행하였소. 역행하여 얻는 결과는 무엇이던가요? 그러므로 조선이 이제 정신 차려야 할 일은 진화의 천리를 순종함이외다."[5]고 하였다. '진화'라는 용어를 써서 스스로 식민주의 논리에 침윤되어 있음을 드러내 보인다.

그의 진화론 추종은 한민족 열등의식에서 나왔다. 「우리의 이상」(1917. 12)에서 이광수는 "일본은 태서의 문화를 수입하기에 성공하야 아시아 전체의 문화의 사도(師道)의 지위를 얻었고 영인(英人), 불인(佛人), 독일인, 일본족 등은 다 세계의 문화사상(史上)에 영광스러운 지위를 가진 것"이라 하고, 반면에 "우리 조선족은 세계 문화사상에 거의 아무런 지위도 없"고, "사천년의 역사가 결코 자랑할 것이 못"되며,[6] 한국인은 현재 아무런 민족적 '이상'도 없고, '문화산출'의 정신력은 있지만 능력이 없다고 했다. 그래서 그는 '문화산출'을 '우리의 이상'으로 삼아야 한다고 주장한다.[7] 더구나 그는 "남양인이나 아프리카의 토인(土人)이야, 수십세기 후면 모르되 현재에서야 아무리 애를 쓴들 무슨 문화를 산출할 능력이 있겠습니까?"[8]라고 하였는데, 이는 식민주의자들이 퍼뜨린 민족우열론, 특히 '열등' 민족에 대한 민족적 편견을 그대로 재생산한 것으로, 이런 시각을 한민족에게도 적용시키고 있는 것이다. 한민족은 '문화산출'의 이상

---

5) 이광수, 「혼인에 대한 관견」, 『이광수전집』(이하 『전집』으로 줄임) 17권, 三中堂, 1963, 59쪽.

6) 이광수, 「우리의 이상」, 『전집』 20권, 155쪽.

7) 같은 책, 159~160쪽. 현상윤은 이에 대해 문화산출만이 유일한 이상이라면 자신은 '대반대요 대불찬성'이라고 비판했다. 당연한 비판이다(현상윤, 「이광수군의 '우리의 이상'을 독함」, 『학지광』 15호, 1918. 3, 57쪽).

8) 같은 책, 158쪽. '토인'이란 말도 명치시대 일본식민주의자들이 북해도나 대만을 침략할 때, 현지인인 아이누나 대만인들을 가리켜 쓰던 용어이다.

을 실현하는 데 '10년이나 20년'으로는 안되고, "1대, 2대, 1세기, 2세기를 꾸준히 계속할 각오"를 가져야 할 것이라고 했으니,9) 남양이나 아프리카인 보다는 좀 더 나은 토인이라는 생각이 그 밑에 깔려 있다. 「부활의 서광」(1918. 3)에서도 이광수는 "조선인의 과거에는 문예라고 할 말한 문예가 없다."는 일본작가 시마무라 호케쓰(島村抱月)의 말에 전적으로 동의하고, 이를 확대 설명하며 "조선인에는 시도 없고 소설도 없고 극도 없고 즉 문예라 할 만한 문예가 없고, 즉 조선인에게는 정신적 생활이 없다."는 논리 비약에 이르더니 더 나아가 "사천년이니 오천년이니 하는 역사가 있다고 하면서 정신문명의 상징되는 철학, 종교, 문학, 예술이 전무하다 하면, 그러한 민족에게는 정신생활의 능력이 없다함이 당연하다."라고까지 했다.10) 논리를 넘어서는 언어의 폭력에 가까운 주관적 단정이며, 식민주의 담론 침윤의 정도를 잘 보여주는 부분이기도 하다.

이러한 한민족 열등론은 당연히 현재로서는 식민지 지배자에게 문명화를 위탁할 수밖에 없다는 것, 따라서 식민지 지배체제에 순응할 수밖에 없다는 것으로 나아가게 된다. 일본이 한국 문명화의 주체가 되어야 한다는 것은 일제의 식민지배를 정당화시켜 주는 결정적 명분인데, 이광수가 이를 뒷받침해 주고 있는 것이다. 「오도답파여행」(1917. 6~8)은 총독부를 조선 문명화를 이끌어가는 주체로 인정하고 문명화 진행 현장을 둘러보면서 그 성과를 찬양하는 글이다. 여기서 이광수는 총독부의 위촉을 받아 호화로운 '조선순유(巡遊)'를 한다. 시마무라 호케스나 영친왕과 같은 차를 타기도 하고, 가는 곳 도처에서 지방관리 및 유력자들의 '분에 넘치는 환영'을 받는다. 가는 곳마다 총독부의 문명화 업적을 부각시켜 찬양하고, 그 반대로 문명화되지 못한 부분에 대해서는 한국인의 우매 탓이라고 단정하고 개탄한다. 대구에 간 부분만 예로 보면, 대구를 '구대

---

9) 같은 책, 160쪽.
10) 이광수, 「부활의 서광」, 『전집』 17권, 28~29쪽.

구'와 '신대구'로 나누었는데, 신대구는 총독부의 치적으로 전등, 전신, 수도, 전화 등 문명화가 이루어진 곳이고 구대구는 옛날대로 남아있는, 아직 총독부의 손길을 받아들이지 못하고 있는 곳이다. 문명화가 안된 것은 아직 많은 대구사람들이 '문명의 이기를 이용할 능력이 없는' 까닭이라고 한다. 그 예로 그는 "400내외의 대구부(府) 전화에 조선인 가입자가 20이 못 넘으니" 참으로 슬프다고 한다. 이어서 "조선사람에게 전화의 필요가 없나 보다."11)라는, 비꼬는 것인지 맹목 때문인지 분간하기 어려운 말도 한다. 어쨌든 '신대구' 때문에 "십여년 전 대구와 지금 대구는 너무나 차이"가 난다고 했는데, 순종(純宗) 즉위 이후 혹은 '일한합병' 이후의 일제지배 기간의 문명화 치적이 이만하다는 찬탄이다. 여기서 조선인 자신의 주도, 노력에 의해 문명화되는 부분은 없다. 발전된 부분은 총독부의 몫이요 낙후된 부분은 한국인의 무지·무능 탓이다. 문명화는 총독부에 맡기고 한국인들은 자기 내부 개량에나 힘써서 문명화의 결과물을 잘 이용할 수 있는 능력을 기르기에 힘쓰기만 하면 된다는 것이 이 글의 요지이다. 「대구에서」(1916. 9)에서는 식민지배자에게 조선 청년들의 속성과 현실을 분석해 보이면서 그들을 잘 다스려 줄 것을 부탁하기도 한다. 문명화뿐 아니라 교육·사회통제도 식민지배자에게 그 주도권을 위탁해 두자는 생각을 표출한 글이다.

이처럼 문명화를 일제에 위탁하기 위해서는 식민지배 체제에 전적으로 순응하지 않으면 안 된다. 현실순응론을 이광수는 또한 도처에서 펴고 있다. 일찍이 「동정」(1914. 12)에서 그는 민족현실과 동떨어진, 궤변적인 논리로 식민체재에 대한 순응론을 폈다. 여기서 그는 사람의 '동정'은 그의 정신수준과 비례한다면서 "동정이 많은 이는 정신이 고상한 즉 군자요, 동정이 없는 이는 정신이 비열하니 즉 소인이니라.",12) "정신발달

---

11) 이광수, 「오도답파여행」, 『전집』 18권, 176쪽.
12) 이광수, 「동정」, 『전집』 1권, 588쪽.

의 도가 높은 개인이나 민족은 동정의 염(念)이 부(富)하고 정신발달의 도
가 낮은 개인이나 민족은 동정의 염이 핍할지라.”13)라 했다. 누가 ‘군자’
가 되어 약자에게 대한 억압을 멈추는 ‘동정’을 행해야 할 것인가는 너
무나 명백한 일이다. ‘동정’이란 “자선·헌신·관서(寬恕)·공익 등 모든
사상과 행위의 원천”14)이라는 것이다. 그러면 이광수는 누구의 ‘동정’을
바라면서 이 글을 썼는가? 일본인이 문명인이니 풍부한 동정을 한국인에
게 베풀어 달라는 것인가, 아니면 한국인이 동정 많은 사람이 되라는 것
인가? 그가 바라는 것은 후자이다. 그는 “우리도 예수·공자·석가·링
컨·마치니·나이팅게일 같은 위인이 되자.”15)고 했다. 이런 민족현실에
어울리지 않는, 거꾸로된 주장을 펴고 있는 저의, 즉 이 글의 주지(主旨)
는 무엇인가? 여러 가지 속에 섞어 놓았지만, 가장 핵심이 되는 것은 ‘관
서’라는 말이다.

그러면 무엇을 관서하는가가 문제가 된다. 그것은 동정의 일반론과 필
요성을 말하던 중에 내놓은 “윤리와 풍속이 수이(殊異)한 외인(外人)의 행
동을 제것과 같지 않다 하여 조매(嘲罵)함은 아주 무지몰지각한 일이니,
역지사지하여 내가 그 외인이 되어 우리 풍속과 윤리를 살피면 또한 그
러할지라. (중략) 그러므로 사람마다 얼굴이 다르므로 그 내음도 같지 않
은 것과 사람이란 완전치 못하며 허물의 절무(絶無)는 기(期)치 못할 것을
생각하여 할 수 있는대로 관서함이 군자의 본색일지라.”16)라고 한 말 속
에 중요한 것이 숨어 있다. 가난한 사람, 신분 낮은 사람 등에 대한 자선,
다른 종교·당파에 대한 관서 등을 열거한 일반론 속에서 ‘외인’의 수용
을 긴 문장으로 말한 것이 주목된다. 이것은 바로 반일감정이나 행동을

---

13) 같은 책, 557쪽.
14) 같은 곳.
15) 같은 책, 558쪽.
16) 같은 책, 560쪽.

겨냥하여 일본인과 그 풍속 윤리, 나아가 식민지배 체제에 저항하지 말고 이를 수용, 순응하자는 저의를 깔고 있는 것이라 보인다. 더 나아가 그는 "경애하는 청년 제자(諸子)여! 제자는 장차 건전한 중류계급 즉 사회의 주인이 되어 부패타락한 낡은 공기를 불어내고 청량신선한 새 정신을 건설하여 장차 우리가 주장할 이 사회에게 선한 의미의 진화를 주어야 할 우리 청년이니…"[17]라고 했다. '건전한 중류계급', 즉 사회 혼란을 야기시키지 않고, 안정적 삶의 기반을 구축한 유산계급이 조선인의 중심을 이룬다는 것, 그리고 그들이 '선한', '진화'를 이룬다는 것, 이것은 식민지배체제, 부르조아 자본주의 사회체제를 영속화하려는 일제의 꿈이다.

「동경잡신」(1916. 9~11)에서 이광수는 "피등(彼等)이 정치학을 학(學)함은 반드시 정치가가 되려 함이 아니니, 조선의 현상이 조선인 정치가를 요구치 아니하는 처지에 재함을 피등도 선지(善知)하다. 피등이 정치학을 학함은 실로 기(其) 학을 학함이요 기술(其術)을 학함이 아니라."[18]고 했는데, 여기에는 조선 유학생들이 정치기술을 배우고 현실정치에 뛰어들지 말 것을 기대 혹은 당부하려는 의도가 담겨 있다. 그는 유학생들이 실제로 자기 자신처럼 정치학을 학문으로만 공부하고 있다고 믿었는지도 모른다. 그는 정치 혹은 정치학은 권하지 않았는데 혹 정치학을 공부하는 유학생이 있더라도 위의 말과 같다는 것이다. 정치는 식민지배자에게 맡겨야 하는 만큼 한국인 정치가는 필요 없다는 것, 이것은 한국인의 정치적 저항의 부정, 식민지배에의 순응을 말하는 것이다. 이 글에서 그가 권한 한국인 필독서는 『서양사』, 『세계지리』, 『진화론』, 『경제원론』, 『개국 50년사』, 『중국철학사 급 서양철학사』 등의 서양 및 일본 식민주의적 지식 전파 서적과 철저한 황도주의자인 일본인 기자가 쓴 잡문집인 『소봉문선(蘇峯文選)』이었는데,[19] 한국의 식민지 현실을 볼 수 있는 눈을 뜨게

---

17) 같은 곳.
18) 이광수, 「동경잡신」, 『전집』 17권, 480쪽.

하는 것과는 무관하거나 정반대적인 것들로서, 대부분 이미 일본인들이 오래 전에 읽어 지금은 휴지통에나 갔거나 가야할 것들이기도 하다. 모두 순응에만 관련된 책들일 뿐이다.

문명화를 식민지배자들에게 맡기고 그들에게 순응하면서 한민족이 해야 할 일은 문명화 이후의 장래를 위한 민족내부 개량이다. 위에서 언급했던 것들과 서양문명지식의 교육과 수용을 주창하는 「교육가 제씨에게」(1916. 11~12), 「졸업생에게 드리는 간고」(1917. 6) 등을 뺀 이 시기의 논설들은 한결같이 조선의 과거를 무(無) 혹은 우매의 역사로 타매하며, 인습을 들어 현재 조선인의 우매성, 즉 미개성을 확인하고 그 개량을 고창하는 것으로, 거의 동어반복적 내용이며 신랄한 비판과 강한 어조를 지니고 있다. 개량되어야 할 문제로는 먼저, 인생관의 변화 문제가 있다. 「숙명론적 인생관에서 자력논적 인생관에」(1918. 8)에서 그는 재래의 숙명론적 인생관을 버리고 ‘자력논적 인생관’을 취해야 ‘새로운 행복을 획득’할 수 있다는 것을 주창했다.

다음으로는 가족 제도의 개량 문제이다. 「조선가정의 개혁」(1916. 12)에서 조선의 가정은 ‘가장의 절대군주적 권력의 타파, 가족의 형식적 계급의 타파, 내외의 타파, 남존여비 사상의 타파, 유의유식(遊衣遊食)의 타파’를 이루어야 한다는 것을 말하고 있다. 다음은 자녀해방, 여성해방 문제이다. 「자녀중심론」(1918. 9)은 부조(父祖) 중심의 가족관계로부터 자녀중심의 가족관계로의 개량, 다시 말해서 부모로부터의 자녀의 해방을 주창한 것으로, 여성 자녀의 해방을 특히 강조하고 있다. 여기서는 자녀 해방을 위해 "필요하거든 조상의 분묘도 헐고 부모의 혈육도 우리 식량을 삼아야겠다."거나 "우리는 선조도 없는 사람, 부모도 없는 사람으로, 금일금시에 천상으로서 오토(吾土)에 강림한 신종족으로 자처하여야 한다."는 극

---

19) 같은 책, 513쪽.

단적인 주장까지 내세웠다.[20] 다음으로는 조혼의 폐습 문제가 있다. 「조혼의 악습」(1916. 12), 「혼인론」(1917. 11) 등이 이를 논한 글인데, 조혼을 야만적 악습 중 가장 큰 문젯거리로 보고, 조혼이 타파되어야 할 이유를 자세히 논하고 있다.

마지막으로, 자유연애와 자유결혼 문제가 있다. 이것은 개량되어야 할 것 가운데 이 시기 이광수가 가장 중요한 것으로 보고 가장 관심 있게 다룬 문제이다. 부모의 강제에 의해 사랑하지 않는 사람과 억지 결혼을 하는 것은 야만적인 것으로, 젊은이들은 '나는 내다'라는 '자아의 자각'을 가지고 자신이 주체적으로 대상을 택해 연애하고 결혼해야 한다는 것이다. 이를 집중적으로 논한 「혼인에 대한 관견」(1917. 4) 외에도 여러 글이 이 문제를 다루고 있다. 연애는 '개인의 행복 중에 최대의 행복'이며, '혼인의 근본조건'이자 결혼에서의 '행복의 원천'이며, 그 '근거는 남녀 상호의 개성의 이해와 존경'이라고 하여, 연애의 가치를 극히 높게 평가하고 있다.[21] 「문학이란 하오」(1917. 11)같은 문학평론에서는 문학의 최고 가치로 '정육(情育)'을 들었는데, 정육의 가장 좋은 재료가 연애, 자유결혼이라고 했다.

결국, 이광수의 논설들에서 말한 바, 지금 한민족이 해야 할 것은 서양·일본 문명지식 수용과 자기 내부 개량이다. 문명지식은 「동경잡신」의 필독서목록이 단적으로 드러낸 것처럼 일본인들에게는 이미 구문(舊聞)이 된 것으로, 한국 현실 극복의 힘이 되어 줄 만한 동력적 지식이 아닌, 호기심을 만족시키는 서양에 대한 잡지식이거나, 아니면 일본의 선진성을 선전함으로써 상대적으로 한국인의 열패감을 조장하는 지식이다. 「동경잡신」에서 드러난 것처럼 이광수는 한국침략의 선도자였으며 수십 년 전에 일본인들이 읽고 배우고 지금은 골동품 가게에나 진열된 지식들

---

20) 이광수, 「자녀중심론」, 『전집』 17권, 46~47쪽.
21) 이광수, 「혼인에 대한 관견」, 『전집』 17권, 54~56쪽.

의 보급자였던 후꾸자와 유키치를 '흉중에 무한한 경모와 감개'[22]를 가지고 추앙하면서 그가 보급했던 지식들을 배우고자 하는 것이다. 서양 역사, 지리를 안들 어디에 써먹을 것인가? 과학문명화는 식민지배자들이 해결하는데, 과학지식을 안들 어디에 쓸 것인가? 이러한 지식은 비정치적, 비이념적, 비저항적, 그리고 가치중립적 '문화' 지식으로서, 일제로 보면 체제유지적 지식일 뿐이다.

자기내부 개량의 항목들은 현실과 관련된 민족의식이나 이념, 시각 계발과는 무관한 인습개량에 관한 것이어서, 인습개량 정책을 강하게 추진하고 있는 일제로서는 많이 논할수록 좋은, 바람직한 항목들이다. 그들로서는 한국인의 우민성을 확인시키면서 시선을 현실로 돌리지 못하게 하는 효과를 얻을 수 있는 것이다. 연애란 아무리 많이 한들, 그리고 '정신적'으로 하든 '육체적'으로 하든, 그들로서는 관심 없는 일일 수밖에 없다. 여기서 본 것 같은 이광수의 논리 양상들은 당시에 쓴 두 장편에서 그대로 반영되고 있다.

3. 『무정』의 세속적 · 낙관적 계몽론

『무정』은 본질적으로 연애소설이다. 출신과 성장 배경, 그리고 현재의 입지가 전혀 다른 세 사람의 남녀 사이에 형성되는 삼각연애의 배경, 진행, 결말을 그린 것이다. 전통적 사회가 무너지고 식민지 근대사회가 성립된 시기에, 그 사회에 맞추어 살아가기 위해 만들어지는 연애형태들을 창조해 내면서 당대 사회상의 반영과 흥미유발을 적절히 배합해 내었다

---

22) 이광수, 「동경잡신」, 『전집』 17권, 504쪽.

는 점은 높이 평가받을 수 있다. 이러한 연애소설이라는 본질에 계몽이라는 표어를 덧붙여 놓은 것이 『무정』이다. 이 작품의 소설적, 즉 문학적 성취면이 아닌 계몽적 측면을 여기서 살펴보고자 한다.

이 작품의 계몽에 관한 주장의 요지는 '개인과 민족의 행복 보장 열쇠로서의 절대선은 서구문명 배우기다'이다. 작중인물들의 연애 성립 동기나 진행 추이의 이면에서 서양문명화 문제가 결정적 배경 역할을 하고, 또한 작품 말미에서 서양문명화가 이들의 미래 행복을 보장할 것이라는 암시를 주는 형태로 계몽 문제가 덧씌워지고 있는 것이다. 작품이 진행되면서 작중인물들은 앞서거니 뒤서거니 하면서 문명화가 행복을 보장해 주는 것이라는 점을 점점 분명히 깨달아 가고 있는 것으로 그려진다.

1) 세속적 욕망을 향한 경주

작품의 서두부터 일부 인물들은 서양문명화가 개인적 행복을 보장하는 것임을 느끼고 서양문명 배우기를 계획한다. 서양문명 배우기는 서양 유학을 통해 가장 성공적으로 이루어질 수 있다. 김장로가 가장 먼저 이것을 알고 형식을 끌어들이는 계획을 세웠고, 선형과 형식은 뒤에 이것을 알고 각자의 계산대로 유학을 위한 행동에 들어간다. 각자의 계산을 동시에 만족시키는 방법은 연애이다. 작품은 식민지배체제 하에서 서양문명화(개화)가 이미 이 땅에서 시작된 상황 하에서 시작된다. 다시 말하면 작중 주인공들이 비문명화의 땅에서 그들의 힘으로 문명화의 초석을 만들어가는 것이 아니고 그들 밖의 어떤 힘에 의해 일정한 정도의 문명화가 이미 이루어지고 있다는 것이다. 그 힘은 물론 식민지배자들일 수밖에 없다. 작중인물 일부는 이미 문명화의 열매를 어느 정도는 먹고 있는데, 더 분명한 열매를 따기 위해 경쟁한다고 할 수 있다. 김장로는 서구문명 수용의 제1세대 수혜자, 문명화의 일차적 성공사례라 할 수 있다.

그는 국장, 감사를 거쳐 "미국공사로 갔다 와서부터는 될 수 있는 대로 서양식 생활을 하려"[23]하는 인물로서, 주식투자도 하고 기독교회장로까지 하여 식민지배사회의 한국인 상류층이 되었다. 그러한 그는 더 높은 서양문명 수용을 통한 신분적, 경제적 상승을 위해 그 딸을 미국유학 보내기로 하고, 똑똑한 이형식을 점찍어 딸의 짝으로 만들어 함께 보내려 한다. 이형식이 고아인 줄 알지만 오히려 그 점을 김장로로서는 그를 만만하게 다룰 수 있는 장점으로 계산한다.

김장로의 딸 선형이도 계산이 있다. 선형은 아버지가 '자기보다 여러 층 떨어지는 딴 계급에 속하는 사람'이라고 생각하는 이형식과 약혼시키는 것에 실망하고, '자기의 지위가 떨어지는 듯'하지만, 아버지의 말에 복종한다. 이 복종은 자신으로 하여금 "미국에 가서 미국 처녀들과 같이 미국 대학교를 졸업하고" 그리고 돌아와서는 "벽돌 이층집에 피아노 타고"라는 꿈을 순탄하게 실현시킬 수 있는 길이기 때문이다.[24]

가장 중요한 인물인 이형식도 철저한 계산에 의해 선형과의 약혼, 즉 연애를 성립시킨다. 목표는 물론 신분상승, 유학, 출세 등 개인의 행복이다. 그의 속내는 "모든 희망은 선형과 미국에 있다. (중략) 돈에 팔려서 장가를 든다고 남들이 비방을 하더라도 모두 우스웠다. (중략) 자기가 미국에 갔다가 돌아오는 날이면 만인이 다 자기를 우러러보고 공경할 것이다.",[25] "미국유학을 하는 것도 조선의 운명을 위한다는 것보다 선형 한 사람의 사랑을 위한다는 것이 마땅하게 되었다."[26]고 설명된다. 연애와 출세욕망이 혼동되고 뒤섞여 한 덩어리가 되어버렸다. 약혼 제의를 받는 장면에서 형식은 "영채가 마침 죽은 것이 다행이다 하는 생각이 난다.

---

23) 이광수, 『무정』, 『전집』 1권, 204쪽.
24) 같은 책, 72쪽.
25) 같은 책, 242쪽.
26) 같은 책, 247쪽.

게다가 미국유학! (중략) 형식이가 괴로운 듯이 숙이고 앉았는 그 얼굴에는 자세히 보면 단정코 참을 수 없는 기쁨의 빛이 있을 것이다. (중략) 형식은 힘써 얼굴에 괴로운 빛을 나타내려 한다.”27)고 한다. 약혼 후 그는 하숙에 돌아오며 “이제는 내가 이러한 대문으로 출입할 사람이 아니구나.”28)라고 생각한다.

이로 보면, 이 세 인물 모두의 원천적 유학 목적은 세속적 욕망을 추구하는 것이었음을 알 수 있다. 모두 민족적 명분, 공적 도덕성을 상실하고 있는데, 이 중 이형식의 도덕적 결함이 특히 커서, 비열에까지 이른다. 이형식은 고아 출신으로, 자신의 총명함 때문에 얼마 동안 박응진의 보호를 받기도 했지만, 일찍부터 홀몸으로 버려졌다. 우여곡절을 거치면서 경성학교 교사가 되기는 했으나, 사회 혹은 주변인물로부터의 소외감, 열등감, 배신감, 불안감을 떨치지 못하고 살아왔다. ‘청량리 사건’으로 학생들의 비판을 받자 그의 이러한 잠재된 의식들이 폭발하여, 즉각 교사직을 사직한다. 그로서는 ‘목숨의 뿌리’를 찾을 수 없었다. 그런 그가 사직하고 하숙집으로 돌아오면서 엉뚱하게도 하숙집 노파를 보고 “귀밑으로 흘러 내리는 두어줄기 땀이 마치 그의 살이 썩어서 흐르는 송장물 같은 감각을 준다.”, “그는 무엇하러 세상에 났으며 세상에 나서 무슨 일을 하였고, 무슨 낙을 보았는고”, “노파의 살아가는 목적은 담배 먹기 위함이다.”고 혐오·경멸감을 나타낸다.29) 노파를 통해 자신의 모습을 느끼고 노파를 부정함으로써 자신과 노파를 분리시킨다. 철저한 반민중주의로 자신의 열등감을 감추면서 자기구제를 하고 있다.

박영채의 경우는 욕망을 향한 경주에 가장 늦게 뛰어 들었지만 운 좋게도 병욱을 만난 데다가, 형식 및 선형과 타협함으로써 형식을 잃기는

---

27) 같은 책, 198쪽.
28) 같은 책, 217쪽.
29) 같은 책, 188~189쪽.

하지만 일본유학을 통한 문명화 대열에 끼어 장래의 다른 행복을 기대할 수 있게 되었다. 도덕성의 상실은 아니라고 할 수 있지만 결국 현실, 세속적 실리와 타협하는 인물이 되는 것이다.

이 작품에서 이러한 세속적 욕망만을 추구하는 인물, 도덕성을 상실한 인물의 창조는 문학적 측면에서는 성취도가 크다고 할 수 있다. 그러나 계몽의 측면에서, 문제는 이러한 인물들을 계몽의 나팔수로, 서양문명 수용의 선발대로 만들어 보내는 데 있다. 이들의 세속적 욕망과 도덕성 상실은 같은 시기에 이광수 자신이 써내고 있는 계몽논설들의 논리를 크게 퇴색시키고, 그 자신과 논설들의 입지마저 위협받을 수 있게 한다. 문명화를 위한 계몽론은 결국 사사로운 욕망과 행복을 위한 것이라고 인식되어서는 안 되는 것이다. 여기서 국면의 전환이 필요한 것이다.

2) 계몽론의 생성과 그 논리

국면의 전환을 위해 끌어내어진 것이 '민족'을 위한 계몽이었다. 그것이 제기된 것은 주인공들이 유학길에 올라 경부선 열차를 타고 가는 도중, 그것도 열차가 종착지인 부산에 가까운 삼랑진 근처까지 갈 때이다. 여기서 작자는 도덕성을 상실하고 있는 형식에게 도덕성을 회복하게 하는 동시에 이들 모두에게 유학의 공적 명분을 찾아내게 한다. 그럼으로써 지금까지의 연애와 출세욕망만의 이야기에 작자의 계몽의식을 덧붙이고, 또한 주인공들이 이 계몽의식을 구체화시키는 수단으로서의 자격을 가지게 하려는 것이다. 이제 이형식은 영채에 대하여 죄책감을 갖고 영채에게 되돌아갈 것까지도 고려하며 고뇌에 빠지는 인물이 된다. 결국 수해로 해서 이들 간의 타협이 이루어져서 형식은 선형과의 유학도 할 수 있게 되면서 도덕성도 회복할 수 있게 된다.

이들이 개인적 욕망만의 인물에서 계몽적인 인물로 나아가게 되는 논리를 만들어 내기 위해 작자는 먼저 이형식을 의식이 전보다 성장한 인물이 되게 한다. 이형식은 열차에서 영채와 재회한 뒤 자신의 사랑은 아직 옳은 사랑을 모르는 '과도기의 청년(조선 청년)이 흔히 가지는 사랑'[30]이라 생각한다. 그는 또 옳은 사랑을 모르는 것은 곧 문명화하지 못한 민족현실 때문이라고 단정한다.

과도기 청년들인 자신들은 아직 "조선의 과거와 현재를 모르고, 인생도 모르는 어린애"이며 "생활의 표준도 서지 못하고 민족의 이상도 서지 못한 세상에 인도하는 자도 없이 내어던짐이 된 오라비와 누이"라는 것을 깨달은[31] 그는 곧바로 "옳다, 그러므로 우리들은 배우러 간다. 네나 내나 다 어린애이므로 멀리멀리 문명한 나라로 배우러 간다."[32]는 유학의 공적 명분을 도출해낸다. 그러고 난 그는 "잘 배우려 하는 사람 몇 십명 몇 백명이 조선에 돌아오면 한국은 하루 이틀 동안에 갑자기 새조선이 될 듯"[33]하다는 생각에까지 이른다. 유학의 필요성과 배경, 결과에 대한 전망까지가 삽시간에 만들어진 것이다. 그리고 나서 삼랑진 수해장면이 이어진다. 이 장면에서 수해민들의 참상을 묘사한 뒤 "그네(조선사람 — 필자)는 과연 아무 힘이 없다. (중략) 그대로 내버려두면 마침내 북해도의 「아이누」나 다름없는 종자가 되고 말 것 같다. 저들에게 힘을 주어야 하겠다. 지식을 주어야 하겠다."[34]는 지문이 나온다. 그리고 이어 "조선사람에게 무엇보다 먼저 과학을 주어야 하겠어요."[35]라는 형식의 외침이 나온다. 이제 작자는 연애이야기꾼에서 '신문명을 가르치고 배워야 한다'는 구호를 외치는 계몽운동가까지 되었고, 주인공들은 계몽운동 선봉대

---

30) 같은 책, 273쪽.
31) 같은 책, 291쪽.
32) 같은 글, 292쪽.
33) 같은 곳.
34) 같은 책, 310쪽.
35) 같은 곳.

로서의 자격을 얻게 된 셈이다. 그러나 여기서 작품은 끝나고 계몽론도 더 이상 나아가지 않는다.

여기에 이르기까지 작자는 민족의 너무 많은 것을 희생시켰다. 그 사이에 그는 우민론, 즉 한민족 열등론과 박애론을 펴고 있었던 것이다. 그 것은 작자의 의식이 진정한 계몽주의자에 이르지 못한 채, 사이비 단계에 머물러 있었기 때문이다. 그는 자기 속에 침윤된 식민주의의 논리를 깨닫지 못하고 있었다. 식민주의 논리를 우리 민족을 위한 논리가 될 수 있는 것으로 착각하고 있었던 것이다. 우민론은 "우리 조선 사람의 살아날 유일한 길은 우리 조선 사람으로 하여금 세계에서 가장 문명한 모든 민족─즉 일본 민족만한 문명 정도에 달함에 있다 하고"[36]라는 말처럼 일본민족의 우월성과 비교함으로써 상대적으로 한민족의 열등성을 부각시키는 한편으로 작중인물들을 비하하는 방식으로 나타난다. 거의 모든 작중인물들은 고등교육을 받은 인물들로서, 고등교육의 기회가 극히 적었던 식민초기시대에 있어 최고의 지식 엘리트들이라고 할 수 있는데, 그들의 지식수준을 보면 매우 저열하다. 선형은 정신여고보 출신인데, '잊었다'고는 하지만 A · B · C도 모르고, 김종렬은 경성학교 학생인데 나폴레옹이나 스트라이크도 제대로 모르고, 배명식은 동경고등사범학교 출신의 경성학교 학감인데 페스탈로찌나 엘렌케이도 모르며, 신문기자 신우선은 '사회제도'와 '윤리학'의 뜻을 모른다. 작중인물 중 가장 똑똑한 이형식의 수준을 드러내는 다음 장면은 결정적이다.

> "나는 교육자가 되렵니다. 그리고 전문으로는 생물학을 연구할랍니다."
> 그러나 듣는 사람 중에는 생물학의 뜻을 아는 자가 없었다.
> 이렇게 말하는 형식도 물론 생물학이란 뜻은 참 알지 못하였다.[37]

---

36) 같은 책, 65쪽.
37) 같은 책, 314쪽.

신우선이 이형식에게 유학을 가서 무엇을 할 것인가를 묻자 이런 대답이 나온 것이다. 이형식이 생물학의 뜻을 모르는데 다른 인물들이 알 리가 없다. 한마디로, 한국사람 모두가 우매 상태에 있다는 것을 말하려는 장면이다. 지배층에 속하는 이들의 수준이 이러한데 민중층의 미개성은 말할 것도 없다. 앞서 본 것처럼, 하숙집 노파에 대해 이형식이 그녀의 땀을 썩어서 흐르는 송장물 같다고 하고, 그녀의 인생 목적이 오직 담배 먹는 것뿐이라고 하는 장면은 민중층에 대한 작자의 인식을 반영하는 것이다. 이처럼 이광수의 계몽론이 입지를 확보하는 대신에 한민족에게는 열등한 민족으로 규정, 인식되는 큰 희생이 따르고 있는 것이다.

이 작품에서 제시된 박애론도 매우 의미심장한 것이다. 박애론은 이형식의 생각을 통하여 나타난다. 그는

> 십자가에 달린 자도 사람, 가시관을 씌우고 옆구리를 찌른 자도 사람, 그 밑에서 치맛자락으로 눈물을 씻는 자나 무심하게 우두커니 구경하고 섰는 자도 사람, 저편에서 사람을 죽여 놓고 그 죽임 받는 자의 옷을 저마다 가질 양으로 제비를 뽑는 자도 사람[38]

이라 보고, 그러므로 누구나 "저 예수가 예수의 옆구리를 찌른 로마 병정도 될 수 있고 그 로마 병정이 예수로 될 수 있을 것"이라 한다.[39] 선과 악, 나와 너의 구분을 부정하는 상대주의 논리를 박애론의 근거로 끌어들이고 있는 것이다. 그 결론은 '모든 인류가 다 나와 비슷비슷한 형제'이므로 "예수의 얼굴에 침을 뱉고 예수를 죽여 달라 한 간악한 유태인도 그리 미워할 것은 아니"며, 따라서 "용서하지 아니하고 어찌 하리오."에 도달한다.[40]

---

38) 같은 책, 69쪽.
39) 같은 곳.
40) 같은 책, 70쪽.

그는 영채를 욕보인 배학감을 생각하다가 예수를 끌어들여 박애론을 펴고 있는데, 상황에도 맞지 않는 돌출적인 것일 뿐 아니라 그 자체의 논리성도 없는 비약적 궤변이 되고 있다. 이런 박애론을 돌출적으로 삽입시킨 저의는 무엇인가? 바로 일제에의 비저항, 순종을 말하려는 것이다. 모든 게 상대적이어서 우리도 남의 '옆구리를 찌'르는 사람이 될 수 있으며, 예수도 로마 병정을 용서하라고 했던 만큼, 우리는 같은 사람인 남을 모두 용서하자는 것이다. 이런 박애론은 앞서 본 「동정」의 관서론에서도 이미 비춰진 바 있다.

박애론은 이 시기로 보면 식민지배자의 논리다. 서양 식민주의자들은 '미개' 국민에게 기독교의 박애론을 이용하여 '사랑'과 시혜를 베풂으로써 인간애에 대한 관심과 감사의 마음을 갖게 하여 식민지화 및 식민지배 유지를 용이하게 하려 하였다. 식민주의적 박애론은 식민주의자들 간의 다툼에서의 타협 논리로서, 또는 확정된 약자에 대한 일정한 시혜의 논리로 이용되었던 것이다. 박애론 아래서 식민지민이 할 수 있는 것은 무저항-순응, 동화 이상의 것이 없다. 진정한 박애주의는 모든 인종, 국가가 평등한 삶의 조건을 가졌을 때만 실천될 수 있는 정의로운 것인데, 그렇지 않은 조건에서의 박애론은 우월자의 기만적 담론일 뿐이다. 『무정』은 이런 기만적 담론을, 그것도 사건 전개에서 볼 때에도 아주 부자연스럽게, 그리고 논리비약적으로 재생산하고 있는 것이다.

3) 계몽론의 귀결, 그 자기식민지화의 논리

이렇게 주창된 계몽론은 그러나 주인공들의 유학목적의 허약성과 민족의 무능·우매성, 박애론 등으로 해서 그 실현의 한계가 뚜렷하게 드러나 있다. 주인공들은 개인적 행복을 위한 경주를 경부선 열차가 종착역에 가까이 갈 때까지 벌이다가 뒤늦게야 유학의 민족적 명분의 필요성을 확인하고 각자의 유학 목적을 규정하려 한다. 그들은 에필로그인 제126장을 뺀 마지막 장에서 비로소 '각각 제 목적을 말'한다. 형식이 먼저 생물학 공부를 목적으로 내세우는데, 그 이유는 "다만 자연과학을 중히 여기는 사상과 생물학이 가장 자기의 성미에 맞을 듯하여 그렇게 작정"했기 때문이고, 선형은 "학교에서 수학을 잘한다고 선생에게 칭찬받던 생각"이 나서 '수학을 배울랍니다'고 하고, 영채는 '어서 말해라'는 병욱의 '눈짓'을 받고 '음악'이라고 한다.41) 이 모두가 급조된 것이다. 이렇게 구체적 목적을 급조한 그들은 또한 앞에서 본 것처럼 지식수준이 낮다. 일행 모두가 생물학의 뜻도 모르고, "수학이 좋은 줄은 아나 수학과 인생이 어떤 관계가 있는지는" 모른다. 이러한 그들에 대해 작자는 "생물학이 무엇인지 모르면서 새 문명을 건설하겠다고 자담하는 그네의 신세도 불쌍하고 그네를 믿는 시대도 불쌍하다."42)고 한다. 결국 작자는 일본 혹은 한국에서의 고등교육에다 미국유학까지 하게 된, 계몽론을 실천할 선도적 인물들로 그 자신이 만들어 놓은 '그네'들의 실질적 역할을 부정해 버린 것이다.

'그네를 믿는 시대도 불쌍하다'는 말은 그네의 능력, 역할의 한계를 분명하게 해 주는 것이다. 그렇다면 '시대', 즉 우매한 식민지 한국인들은 누구를 믿어야 하는가? 이에 대한 답을 위한 장치로서 일본예찬론, 한국비하론, 그리고 박애론이 있어온 것이다. 지금 믿을 곳, 우리의 운명을 위탁할 곳은 식민지배자, 총독부라는 것이다. 앞의 두 가지는 위탁론, 뒤의 것은 순응론으로 진행하여 이런 결론에서 함께 만난 것이다.

제126장은 현재 한국 문명화는 식민지배자가 주체가 되는, 즉 총독부에 의한 것일 수밖에 없다는 것을 천명하는 장이다.

---

41) 같은 책, 315쪽. 병욱은 동경음악학교 재학생이니 목적이 새삼스러울 것이 없다.
42) 같은 책, 314쪽.

나중에 말할 것은 형식 일행이 부산서 배를 탄 뒤로 조선 전체가 많이 변한 것이다. 교육으로 보든지, 경제로 보든지, 문학 언론으로 보든지 모든 문명 사상의 보급으로 보든지 다 장족의 진보를 하였으며, 더욱 하례할 것은 상공업의 발달이니 (중략) 아아, 우리 땅은 날로 아름다와 간다. 우리의 연약하던 팔뚝에는 날로 힘이 오르고 우리의 어둡던 정신에는 날로 빛이 난다. 우리는 마침내 남과 같이 번쩍하게 된 것이로다.[43)

누가 이렇게 한국을 전 분야에 걸쳐 '장족의 진보'를 시켜 '남과 같이 번쩍'하게 했는가? 지칭되지 않은 존재, 바로 식민지배체제와 총독부이다. 우리를 '남', 즉 일본(인)과 같이 만들어 주었으니 이제 식민지배체제는 참으로 고맙고 계속되어야 할 것이다. 한국의 미래는 걱정할 필요가 없다.―여기서 이런 논리를 읽어낼 수 있다. 주인공들은 좋은 학업성적을 올리고 귀국하게 되어 있는데, 그들의 앞날의 행복은 보장될 것이다. 결국 그들이 할 수 있는 역할이란 그들과 무관하게 식민지배자들의 주도하에 문명화되어야 할 현재의 한국에서는 분명한 것이 없다. 제126장에서는 그들과 같은 "훌륭한 인물을 맞아들일 것이니 어찌 아니 기쁠까."[44) 라고만 되어 있다. 그들의 할 일이란 한국이 식민지배자에 의해 일정하게 문명화된 이후에나 생길 수 있을 뿐이다. 형식이 삼랑진에서 "우리가 늙어 죽게 될 때에는 기어이 이보다 훨씬 좋은 조선을 만들어 보도록 합시다."[45)라고 한 것이 그들이 할 일이다. 후일 기약론이다. 이것은 『혈의 루』에서 연방도론을 펴면서 귀국을 미루는 구완서의 생각과 같은 것이다.

결국, 이 작품에서 작자는 계몽론자가 되면서, 한편으로는 문명화가 되면 개인의 세속적 행복이 보장될 것이라는 것을 작중인물들의 심리, 행동, 외적 조건 변화를 통해, 다른 한편으로는 민족의 행복이 보장될 것

---

43) 같은 책, 318쪽.
44) 같은 곳.
45) 같은 책, 313쪽.

이라는 것을 구체적, 현실적 사건 제시 없이 작자 자신의 말로 표출하였다. 특히, 양 측면에 대해 크게 과장된 낙관적 전망을 제시했다. 식민지 배자에 위탁한 문명화와 낙관, 이것은 정신의 식민상태에서 나오는 자기 식민지화의 논리에 다름 아닌 것이다.

4. 『개척자』의 원리주의적 계몽론

『개척자』도 『무정』의 틀을 이어 연애소설적 구성에다 계몽론을 결합시켜 놓은 작품이다. '정의 만족'의 소재로서 연애는 이 시기 이광수 소설에서 기본 요소이다. 『개척자』에서 이광수는 『무정』의 틀을 이으면서도 많은 부분을 바꾸어보려고 했다. 연애와 계몽의 관계를 아주 분명히 하면서 그 결과를 다른 방향으로 끌어갔고, 계몽의 의지와 과제를 보다 분명하게 드러냈다. 해피엔딩으로 끝난 『무정』에서와는 달리 연애는 민족계몽론과 깊이 연계되어 비극적으로 끝났다는 것과 계몽론의 비중이 크게 높아졌다는 것이 겉으로 보이는 변화의 가장 큰 부분이다. 『개척자』에 나타난 작가의 계몽의식의 양상을 다음에서 따져보기로 하겠다.

1) 계몽의 의지

『무정』으로서 일거에 타의 추종을 불허하는 당대 최고 장편소설 작가가 되는데 성공한 이광수는 자신의 '정육'이라는 문학관도 실천하고, 대중 독자들의 인기를 얻을 수 있는 연애소설을 계속 써서 원고료 수입도 얻으면서, 또 한편으로 계몽론을 산출해 내는 선각적 지식인의 위치도 확보하는, 세 가지 목표를 『개척자』에서 노렸던 것으로 보인다. 그로서는 앞의 두 가지는 문젯거리가 되지 않았지만 세 번째의 것은『무정』에서 보였던 한계 때문에 문젯거리로 느꼈던 것 같다.

『무정』에서 보였던 계몽론을 수정·보완하여 새로운 모습으로 바꾸고자 하는 의지가 작품의 초두부터 강하게 드러난다. 작품 말미에서야 계몽론의 윤곽을 보인다는 것, 문명화를 개인적·세속적 욕망 실현 방법으로 그린 것, 주인공들이 비열성·타협성 등으로 모범적 계몽운동가로서의 도덕성을 상실한 것, 주인공들의 계몽의지와 능력 및 구체적인 활동 내용이 불투명한 것 등은 선각적 계몽론자로서의 이광수의 신뢰성을 크게 훼손하는 것이었는데, 그 회복은 그로서는 소설적 성취보다도 더 시급한 중요 문제였던 것 같다.『무정』의 말미에 민족적 행복 추구라는 명분을 추가하기는 했지만 계몽론의 한계가 본질적으로 크게 달라진 것은 없기 때문에 훼손된 신뢰성이 회복되기는 어렵다고 보았던 것 같다.

우선 그는 처음부터 계몽론을 분명하게 들고 나오는 방법을 택했다. 그래서 그는『개척자』의 첫 문장부터 "화학자 김성재는 피곤한 듯이 의자에서 일어나서 그리 넓지 아니한 실험실 내를 왔다갔다 한다."고 하여 계몽론의 냄새를 바로 풍긴다. 그러면서 성재가 과학발명을 위해 전문학교를 졸업하고 7년간 꾸준히 노력하고 있는 모습을 한참동안 그려 나가고, 그 뒤 성순과 민은식의 등장과 연애의 성립·진행 과정에 꾸준히 계몽론을 붙여 나간다. 계몽론은 이렇게 이 작품의 시작부터 마지막까지 꾸준히 나오면서 연애와 맞먹는 비중을 차지하게 된다.

작품이 진행되면서 성재의 과학자로서의 활동과 성순의 사랑(연애)이 구성상의 긴밀성과 균형을 잃어가고, 사랑의 발생 및 전개과정도 밀도와 사실성이 약하고 단조롭다. 작품의 앞부분 삼분의 일 정도는 과학자 성재의 이야기이고 그 뒷부분은 성순의 사랑이야기로서, 양자의 연결성도 약하고 주인공도 뒤바뀌어 버린다. 작자의 강한 의지가 자주 직설로 나타나 연애의 진행, 즉 소설의 서사성을 방해하기도 한다. 연애를 중심으로 하는 작품 내 사건들과 계몽은 잘 조화되지 못하고 매우 부자연스러운 동거를 하게 된다. 『개척자』의 모습은 한마디로 소설적 성취 쪽은 매우 약하게 된 반면 계몽의 목소리는 매우 커진 것이다.

작자는 『무정』에서 미약했던 자신의 목소리를 『개척자』에서는 강하게, 직접적으로 드러냄으로써, 자신의 존재와 권위를 독자에게 확인시키고자 했다.

> 제군은 이것을 다만 성재의 화학실험으로만 알아서는 못쓴다. 만일 제군이 총명할진대 성재의 시험관이 끓어나는 소리 중에서 새 생명의 심장의 고동을 들어야 하고, 주정등의 화염 중에서 새 생명의 섬광을 보아야 한다.46)

이는 작자인 화자가 매우 위압적인 자세로 독자에게 자신의 말을 따라줄 것을 강요하며, 계몽적 설교를 하고 있는 한 예다. 그는 도처에서 이런 모습을 드러냈으니, 다른 예로 "내가 그의 시비를 말하려 함은 아니지만",47) "이러한 설교를 오래하면 독자가 염증을 낼 것이니까 그만하고",48) "상술한 사상과 그 중에 인용한 비유와 문자는 지금까지 민의 말에서 얻은 것이다"49) 등등이 있다.

2) 원리주의적, 비타협적 자기희생

『개척자』에서 이광수는 주인공들을 단호하고 비타협적인 원리주의적 인물로 설정하고, 그들이 개인적 행복을 거부하고 민족적 행복을 위해

---

46) 이광수, 『개척자』, 『전집』 1권, 395쪽.
47) 같은 책, 338쪽.
48) 같은 책, 365쪽.
49) 같은 책, 401쪽.

자신을 희생하는 것으로 그렸다. 이는 『무정』의 인물설정, 그리고 그 인물들의 행동과는 정반대되는 것이다. 이로써 그는 『무정』에서의 계몽론을 수정하고 계몽론자로서의 자신에 대한 독자의 인식을 새롭게 하려고 한 것이다.50) 이광수는 이 작품에서도 역시 현재의 한국인을 미개하기도 하고, 황폐하기도 한 것으로 인식했다. 이러한 한국인에게 그는 두 가지 계몽 과제를 제시했다. 하나는 과학계몽이니, 과학의 발전은 이 땅의 물질적 풍요를 보장한다고 보았다. 다른 하나는 인습의 계몽이니, 이는 민족 내부 개량의 문제로서, 여기서 제시된 구체적인 것은 가정개혁, 여성해방, 자유연애와 자유결혼인데, 이는 한민족의 정신적 황폐성을 해소시켜 준다고 보았다. 양자는 각각 성재와 성순이라는 두 작중인물을 통해 구체화된다.

성재는 동경에서 고등공업학교를 졸업한 화학도로서, 조선의 과학 문명화가 조선의 경제적 부를 가져온다는 신념 아래 화학실험에 몰두하여 7년 세월을 보낸다. 그간 계속해서 실험에 실패하지만, 끝까지 흔들림 없이 실험에 매달린다. 집까지 날리는 경제적 고통에 빠져 있지만 매삭 육·칠십 원 월급, 나아가서는 백 원까지도 받을 수 있는 직장들이 있는데도 마다하고, 심지어 경성공업전문과 연희전문의 교수직까지도 거절하고 오직 실험에 매달린다. 그는 "나는 이 일(과학 연구—필자 주)을 위하여서 세상에 났다. 그러하니까 이 일을 위하여서 세상에 살아야 하겠다."51)고 단호히 말하면서 이를 실천한다. 작자는 이를 "성재의 결심이다. 아

---

50) 이 작품에 대해 김동인은 ① "용돈이라도 얻어쓰느라고 집필을 한 것이지 그 이상 아무것도 없다", ② "춘원의 이데올로기를 소설형식으로 억지로 빚어 놓으려고, 성격도 없는 허수아비를 몇 개 만들어 놓고 부자연한 언행을 행하게 한 문학의 남비(濫費)에 지나지 못한다", ③ "말하자면 춘원은 교활하게 되어서 '신문소설이다. 되는데로 쓰자'고 진실한 태도를 내어버린 모양이다"(김동인, 앞의 책, 같은 곳)라고 했다. ①과 ③은 이광수의 창작 의도와 태도를 말한 것인데, 그런 측면도 있기는 한 것으로 볼 수 있지만, 너무 단순한 단정이다. ②가 대체로 맞는 말이다.

51) 이광수, 『개척자』, 『전집』 1권, 331쪽.

니, 결심이라기보다도 신념이요, 신앙이다."[52]라고 했다. 철저한 원리주의자의 상이다. 개인의 행복은 문젯거리가 되지 못하고, 과학 연구 이외의 어떤 것과도 타협이 없다. 이런 인물은 이광수의 과학계몽론을 독자들에게 확고하게 전달할 수 있다.

집을 빼앗기고 부친이 죽은 후에, 성재는 가부장의 권위로써 성순을 부유한 인물 변영일과 결혼시키려 한다. 그는 자연과학도로서 과학문명화에 대한 신념은 확고하나 아직 인습의 문명화에 대한 인식은 없다. 이런 지식인의 인식이 이러하니 인습계몽은 더욱 절실한 것일 수밖에 없다는 것을 작자는 은근히 말하고 있는 셈이다. 성재는 두 가지 역할을 맡고 있다고 할 수 있다. 성재가 성순의 결혼을 강요하는 것은 이런 인식의 부족에다, 가정 몰락으로 성순의 출가(出嫁)가 불가피하고, 또 민은식은 기혼자이고, 변영일은 동경유학생 출신으로서 부도덕하거나 몰지각한 인물이 아닐 뿐 아니라 자신의 연구도 지원해 줄 수 있다는 것 때문이다. 성재는 민족적 목적을 가진 과학 연구를 끝까지 진행시켜 나가기 위해 변영일의 지원도 기대하는 것이므로 과학계몽론 전달자로서의 자격에는 아무런 훼손이 없다. 다시 말해서 그는 여전히 원리주의적, 비타협적 과학도로 남아 있다.

성순의 대(對)인습투쟁도 단호하고, 원리주의적이다. 그는 "우리가 건설할 새 조선은 (중략) 부강하고 아름답고 즐거운 조선이 되어야 한다."는 민은식의 말을 듣고 "저도 새 조선을 위하여서 무엇을, 무엇을 하고 싶습니다."는 결심을 하고,[53] 인습타파의 투사가 되기로 한다. 그래서 그는 "지금 모친에게 대하여, 오빠에게 대하여, 가정에 대하여 및 수천 년 전해오던 인습에 대하여 반기를 드는 것"을 결심하면서, 그렇게 되면 "내게 대하여 선전을 포고하고 포격을 가할 터이요, 나도 그네들에게 대

---

52) 같은 책, 331쪽.
53) 같은 책, 400쪽.

하여 선전을 포고하고 포격을 가할 것이다."라고 한다.54) 이후 압력과 충돌은 심화되지만 성순은 "나는 피와 생명으로 임해야 할 것이다."55)라면서 더욱 강하게 맞선다. 투쟁 과정에서 그는 "자기를 위해서는 부모나 가정도 희생해야 한다."로 시작하여 이광수의 「자녀중심론」에서의 논지를 독자에게 전달해 주면서, "구시대를 깨뜨려야 하고 (중략) 맨 처음 깨뜨리는 사람이 있어야 한다. (중략) 큰 전쟁의 첫 탄환이 되고 첫 희생이 되어야 할 것이다."라는 결심에 도달한다.56) 성순은 결국 민은식의 아내를 희생시키지 않는 도덕성도 확보하면서, 원리주의적 투쟁을 행함으로써 인습투쟁의 '첫 탄환'이자 '개척자'가 된다. 그것은 자살이라는 방법을 택함으로써 가능해진 것이다.

3) 계몽론의 귀결

이광수는 『개척자』를 통해 분명한 자기 목소리의 삽입, 세속적·개인적 행복을 부정하고 끝까지 원리주의적 투쟁을 고수하는 인물들의 설정 등으로 계몽론자로서의 신뢰성을 확보하고자 했다. 그러면 그의 계몽론의 귀결은 무엇인가? 주인공들은 굳은 신념으로 투쟁했지만 얻은 것은 고사하고 역으로 몰락하고 말았다. 성재는 경제적으로 완전히 몰락하고, 그의 과학 연구는 더 이상의 전망이 없을 것으로 보인다. 그는 7년 연구에 아무런 성과도 없고 가정개혁, 여성해방, 자유연애 같은 과학 밖의 문제에는 눈먼 인물이고 경제적 능력도 없어졌다. 그는 완전히 무력해진 인물로 독자에게 비춰진다. 성순은 자살로 갔다. 그들이 실제로 얻은 것은 없고 그들의 주장과 희생—비극만 남았다. 이것은 무엇을 말하는 것

---

54) 같은 책, 401쪽.
55) 같은 곳.
56) 같은 책, 404~405쪽.

인가? 이광수는 여기서 그들의 능력의 한계를 인식하고, 그들의 힘에 의한 문명화의 가능성은 불신하고 있음을 드러냈다.

『무정』에서의 행복에 취한 인물들과 그들의 미래에 대한 낙관적 전망은 불과 6개월 뒤의 『개척자』에서는 파멸하는 인물들과 그들의 비관적 현실과 미래에의 전망 부재로 바뀌었다. 이렇게 상반된 계몽론의 귀결은 결국 이광수의 계몽의식 자체의 허약성을 나타낸다. 즉 견고한 현실인식과 신념, 그리고 그에 기초한 구체적 논리체계를 갖지 못하고, 추상적, 낭만적 계몽론에 빠져 있었기 때문에 극단적인 낙관에서 비관으로 옮겨갈 수 있었던 것이다.

계몽을 위한 투사들이 비극적 결말에 이른다는 것은 계몽론의 존재가치를 부정하는 것이 된다. 계몽론의 존재가치는 문명화가 이루어질 때의 행복에 대한 믿음을 전제로 할 때 성립되는 것이다. 이광수는 『개척자』의 계몽론의 존재가치를 위해 작품 중간쯤에 맹아론을 깔아두었다. 지금은 개척자들의 희생이 필요하고 또 희생만이 있지만 그 희생은 후일의 민족적 행복을 만들 씨앗이 된다는 것을 말하려는 것이다.

> 서울에도 확실히 생명이 있다. 아직 의식이 발동하지 아니하고 감각과 이성의 맹아가 모양을 이루지는 못하였다 하더라도 확실히 서울에는 생명이 있다. (중략) 오늘 밤 달빛에 비추인 서울은 비록 사해(死骸)의 서울이라 하더라도 장래 어느날 밤에 이 같은 달이 반드시 생명의 서울을 비칠 날이 있다고 누가 이것을 의심하랴. (중략) 서울을 보고 우는 자는 자기의 잘못임을 깨달아야 한다. 서울? 낡은 주검 위에 새로 설 새 서울? 제군은 북악의 열풍 속에 남산의 월광 속에 탄생 축하의 기쁜 곡조를 알아들어야 한다.57)

우리는 현재를 볼 때에 슬퍼하고 실망하기 쉽지마는 희망의 눈으로 미

---

57) 같은 책, 393~394쪽.

래를 볼 때에야 비로소 더 할 수 없는 기쁨을 깨닫는 것이다.[58]

현재의 한국이 사해(시체)이지만 주인공들과 같은 희생을 '장래 어느 날'을 위한 씨앗으로 알고 기쁜 마음을 가지자는 것은 현재의 식민지 현실을 수용, 체념하고 굴종하자는 것의 다른 표현이 될 뿐이다. '장래 어느 날'은 기약도 예측도 할 수 없는 추상적 시간이다. 아무런 구체적 결과를 전망할 수 없는 먼 훗날이다. 또한 과학 연구, 가정개혁·자유연애 같은 것은 '새 서울'을 위한 근본적 열쇠인 식민지배의 극복과 무관한 것인데, 더구나 그것이나마 여기서 어떻게 실현될 것인지도 모르게 나타나는데, 무엇을 근거로 '희망의 눈'으로 미래를 보라는 것인가. 여기서 말하는 계몽 내용이 식민지배 극복을 위한 것이었다면 이 맹아론, 후일 기약론은 말할 것도 없이 의미 큰 것이 될 것이다.

요컨대, 계몽론에 관해 이 작품이 말하고자 한 것은 '자기희생을 위한 개척자적 계몽의 필요성'일 뿐이다. 이 필요성이란 현재의 식민지배체제의 체념적 수용론, 추상적 미래기약론으로 이어지고 있을 뿐이다.『무정』처럼 식민지배자들에 의한 현재의 조선 문명화를 드러내고 있지는 않지만, 여기서도 역시 현재 한국의 문명화는 식민지배자들이 위탁받을 수밖에 없다는 논리가 문리(文裏)에 남아 있게 되는 것이다.

5. 맺음말

1910년에 몇 편의 논설 및 단편들로 문명을 얻게 된 이광수는 한국의

---

58) 같은 책, 396쪽.

식민지화와 함께 중단했던 문필활동을 1914년 말에 재개하면서, '정의
만족'을 최고의 가치로 삼는 여러 장·단편 소설들과 함께 계몽을 논하
는 많은 논설들을 써서 단숨에 당대 제일의 지식인이자 소설가이자 계몽
논객이 되었다. 지금까지 장편『무정』과『개척자』에 들어있는 이광수 계
몽 논리의 양상과 본질을 두 작품 발표 전후 시기의 논설들도 살피면서
탈식민주의적인 시각에서 비판적으로 검토하였다.

　1910년대란 일본의 식민지배가 시작되는 시기로서, 일제지배체제와
그 극복운동의 기틀이나 방향이 어떻게 잡혀 나갈 것인가가 결정되는 중
요한 시기였던 만큼 이광수 같은 지식인의 역할은 식민지배의 다른 어느
시기에서보다 중요한 것이었다. 이때야말로 '명치유신'시대부터 당대에
이르기까지의 일본 식민주의 담론의 본질과 추이를 정확히 뚫어보고 그
에 맞서는 탈식민주의담론을 계발해 내었어야 하는 시기였다. 일제 무단
정치의 폭력이 저항 혹은 비판적 발언을 억압한 시대라고 하지만, 식민
주의의 논리가 교활하고 기만적이었던 만큼 대항논리와 발언 방식 역시
그것에 맞서는 수준과 교묘함을 가질 수 있고 또 가져야 했던 것이다.

　그런데 이때의 이광수는 이와는 반대의 방향으로 가고 말았다. 그는
1900년대 후반의 일본유학기에 받았던 식민주의 교육에다, 일본에서 읽
은 잡다한 서적들59) 속의 서양지식들에 압도당한 데다, 개인적 욕망의
좌절에 따른 방황60)까지 겪으면서 주체적인 시각을 확립하지 못한 채 식
민주의 담론을 보편적인 것으로 받아들이고 이를 계속 재생산함으로써,

---

59) 그가 읽었던 책들은 木下尙江의「火の柱」, 톨스토이의「我宗教」, 바이런의「海賊」,「성
　　경」,「고리끼 단편집」등등 성격이 전혀 다른 다양한 것인데, 이것은 단편「金鏡」에도
　　일부 밝혀져 있지만, 1908년(明治41年)부터 1910년 2월(3월 귀국)까지의 일본에서의 이
　　광수 독서목록에 자세히 나와 있다(波田野節子,「獄中豪傑の世界－李光洙の中學時代の
　　讀書歷と日本文學－」,『朝鮮學報』제143집, 1992, 63～66쪽에 독서목록이 조사되어 있
　　다).
60) 이에 대하여는 졸고,「이광수의 초기단편과 1910년대 지식인의 방황」,『한국근대소설연
　　구』, 창작과비평사, 1995 참조.

실질적으로 일본의 조선 식민지배 기틀·방향 잡기를 도와주고 있었던 것이다.

‘일한병합’ 이전 일본 식민주의자들은 조선의 식민지화를 위해 ‘개화’라는 개념을 퍼뜨렸는데, 이광수는 1910년대 이르러 아직도 개화가 안된 한국은 계몽운동이 필요하다는 논리를 편 것이다. 그는 식민주의의 논리적 바탕으로 이용되고 있는 진화론을 그대로 신봉하고, 한민족 미개·무능론에다 박애론까지 펴면서, 우리 자신은 미래를 위한 서양문명 공부와 자기내부 개량에 힘쓰자고 했다. 여기에는 당장의 문명화는 식민지배자들에게 위탁할 수밖에 없다는 것, 그러기 위해서는 식민지배체제를 수용, 순응할 수밖에 없다는 논리가 깔려 있다. 그의 계몽론에는 당면한 식민지배체제 극복과 관련시켜 볼 수 있는 것은 없다.

이 시기 그의 계몽론은 논리의 발전이 없다. 『무정』에서의 미래낙관론이나 『개척자』에서의 맹아론, 미래기약론은, 추상적이며 현재적 문명화를 식민지배자에 위탁하고 그들에게 순응하는 것을 전제한다는 점에서, 동질적인 것이다. 『무정』과 달리 『개척자』가 원리주의적 계몽 개척자의 희생을 그렸지만, 두 작품에서의 계몽론의 본질이 달라진 것은 아니다. 『개척자』는 한편으로는 현재의 우리는 미개·무력하여 미래를 위한 많은 희생이 요구되는 만큼, 개인적 행복에 대한 환상을 갖지 말며 체념적 순응도 필요하다는 것을 분명히 말하고자 했고, 다른 한편으로는 『무정』에서의 주인공들의 개인적·세속적·타협적 실리주의와 도덕성 상실로 야기되는 계몽론과 계몽론자로서의 이광수 자신의 신뢰성 훼손을 만회하려는 의도를 담고 있는 것이다.

이광수는 자신의 잡지식들을 교묘한 논리의 틀 속에서 과시하고, 얼마의 ‘천재’만 있으면 ‘우리의 이상’이 실현될 수 있을 것처럼 말함으로써,[61) 한민족 속에서의 자기의 권위를 확보하고자 했다. 자신이 ‘천재’임은 말하지 않아도 독자가 다 알 일이었다. 그러면서 그는 일제와 타협하여 일정한 개인적 안녕도 지켰다. 그는 비'천재', 비'중산계급', 즉 한국인의 거의 대부분을 차지하는 무산하층민중들을 열등한 존재나 계급으로 치부, 식민지 조선인 사회로부터 소외, 주변부화시키고 있다.

요컨대, 1910년대 이광수의 계몽론은 정신적 식민상태의 산물이며, 에드워드 사이드식의 표현을 쓴다면 일제식민주의 이론가들의 '조선학'적 관점62)을 그대로 받은 것이라 할 수 있는 것으로, 1910년대 조선인의 '슬픈 이야기'63)의 한 장면이기도 한 것이다.

61) 그의 '천재' 찬양은 1910년 6월의 「천재」부터 시작하여 「천재야! 천재야!」(1917. 4)를 거치며, 「우리의 이상」(1917. 12)에서는 민족의 이상 실현을 위한 '민족적 노력'으로 "천재를 가진 개인을 극력 보호하고 찬양"할 것을 제시(『전집』 20권, 160쪽)하고 있다.
62) 에드워드 사이드가 사용한 '오리엔탈리즘'은 서양 식민주의자들의 동양에 대한 논의를 뜻하는 것으로, 이를 '동양학' 혹은 '동양론'으로 번역하는 것이 옳다는 견해(고부응, 「에드워드사이드 : 변경의 지식인」, 『현대시사상』 1996년 봄호, 91쪽)에 따르며, 일제식민주의자들이나 관학자들의 조선연구도 그런 의미에서의 '조선학' 또는 '조선론'이라 할 수 있다.
63) 『개척자』의 마지막 지문인 "이 슬픈 이야기를 그치자"(이광수, 『개척자』, 『전집』 1권, 469쪽)에서 쓰인 말을 빌렸다.

제 2 장

1920년대의 궁핍과 소설에서의 돈 모티프

1. 1920년대 소설의 돈 모티프 등장과 그 배경

화폐경제 시대에 있어서 돈이 인간의 삶에서 차지하는 위치는 이루 말할 수 없이 크다. 돈은 인간이 살아가는 데 있어 필요한 어떤 물건과도 교환될 수 있기 때문이다. 돈을 가지지 않았다는 것은 삶에 필요한 물건을 아무 것도 갖고 있지 못하다는 것을 의미한다고 할 수 있다. 삶에 필요한 최소한의 것들을 가지지 못할 때, 즉 최소한의 돈을 가지지 못할 때 인간은 어떠한 모습을 보일 수 있을까? 여기서 문제 삼고자 하는 것은 1920년대 소설에 나타난, 이러한 상황에 놓인 인간의 모습이다.

한국 현대소설에서 돈은 사랑이라는 사치스럽다고도 할 수 있는 모티프에 맞먹을 만큼 자주 그리고 크게 다루어진 모티프다. 많은 소설에서 돈과 사랑은 동시에 등장하면서 가끔 서로 화해하기도 하지만 대부분의 경우 맞서서 싸우는 모티프로 나타난다. 사랑은 돈을 경멸하고 돈은 사랑을 비웃는다. 돈이 현대소설에서 이처럼 큰 비중을 차지하는 모티프로 부상한 것은 1920년대 중반, 좀 더 따진다면 1923년경부터라고 할 수가 있다. 물론 '개화기'나 1910년대 소설에서도 돈이 문젯거리가 되지 않은 것은 아니다. 그러나 거기서는 돈이 작품 전체의 기둥으로 서 있는 경우가 드물었으며, 또한 작중인물의 삶 속에 절실하게 살아 들어와 있지 않은 채 하나의 추상적인 개념으로만 남아 있었다고 할 수 있다.[1)]

1919년 이후의 1920년대 초기소설에서는 지식인의 내면세계가 주로 문제되었다.[2)] 그러나 계급문학이 등장한 1924년 무렵부터 돈이 갑자기 소설 모티프의 주류를 이루게 된 것이다. 돈이 사건 발생의 원인으로, 작중인물의 사고와 행동을 결정하는 요인으로 되는 작품이 양산되었다는 것이다. 그 이유는 어디서 찾을 수 있을까? 바로 식민지화 이후의 일제의 폭력과 제도적 착취로 인해서 우리 민족의 궁핍이 더욱 심화되었다는 점, 그에 연유한 사회·민족운동의 폭발, 그리고 작가들의 시각의 외면화와 그에 따른 현실인식의 심화 등에서 찾을 수 있다. 이 시기 작가들은 우리 민족의 현실을 한마디로 궁핍이라고 규정했다고 할 수 있다. 그렇기에 그들은 궁핍의 현장을 파헤치는 데 관심을 집중시켰던 것이다. 돈이 결국 민족현실을 이야기하기 위한 가장 좋은 수단이 된 것이다.

여기서는 현진건, 나도향, 김동인, 최서해, 주요섭의 1920년대 단편소설 중 돈 모티프가 현저한 몇몇 작품만을 검토 대상으로 한다. 일제강점시대 소설에서 극히 중요한 돈 모티프 문제 검토의 서장 정도에 머물 것이다.

---

1) 육정수의 「송뢰금」이나 김용준의 「황금탑」 정도에서 돈이 작품의 기둥을 이루고 있으나, 이들의 경우도 돈이 주인공의 기본적 삶의 조건을 결정짓는 절실한 존재로 나타나지는 않는다. 주인공들은 빈자가 아닌, 부의 축적을 목표로 하는 상인들이다. 이외의 신소설 주인공들에게 돈은 일시적이고 추상적인 문젯거리로만 머물고 있고, 개화·사랑·가족 갈등이 작품의 기둥이다.
2) 여기서는 낭만적인 정신의 가치가 강조되었는데, 그런 점에서 돈은 소설이 다루기에는 천한 모티프로 취급받아, 거의 다루어지지 않았다.

2. 식민지적 수탈과 몰락의 상징으로서의 돈

돈은 인간의 안녕을 보장하는 훌륭한 수단으로 예찬될 수도 있지만 반대로 안녕의 파괴자로 보여 증오의 대상이 될 수도 있다. 돈을 가진 자는 예찬 편에 서기 쉽고 가지지 못한 자는 증오 편에 서기 쉬울 것이다. 돈 모티프가 부각된 1920년대의 많은 소설들은 가지지 못한 자의 편에 서서 돈을 증오의 대상으로 파악했다. 이들 작품은 존재하지 않는 돈 때문에 고통 받는, 당대의 최하층 사람들의 이야기를 그린다. 돈 모티프가 가장 현저하게 나타난 수작(秀作)으로는 단연 현진건의 「운수좋은 날」(1924. 6)을 들 수 있다.

주인공인 인력거꾼 김첨지는 사경을 헤매는 아내를 혼자 남겨두고 일터로 나가지 않을 수 없었다. 근 열흘 동안 구경도 못한 돈 때문이었다. 일터로 나간 그에게 '재수가 옴붙어서' 아침 댓바람에 50전의 수입이 생기는가 하면, 곧이어 1원 50전이 들어오기도 한다. 아내에게 죽음이 닥칠지도 모른다는 불안감에 사로잡히면서도 참으로 오랜만에 닥친 행운을 놓치지 않으려고 계속 일한 끝에 도합 삼원 남짓의 돈을 벌은 그가 막걸리 몇 잔으로 '제 몸을 엄습해 오는 무시무시한 증을 쫓아버리려는 허장성세'를 펴면서 집에 돌아왔을 때 아내는 이미 죽어 있었다. 여기서 김첨지에게 50전이란 돈은 재수에 옴이나 붙어야 생길 엄청난 것이며 1원 50전이란 '졸부나 된 듯'한 기쁨을 주는 액수다. 김첨지에게 문제되는 것은 바로 지극히 적은, 최소한의 생존에 필요한 상품마저도 제대로 구하기 어려운 액수의 돈이다. 이 지극히 적은 액수의 돈이 그에게는 '얼마나 팬찮고 괴로운 것인 줄 절실히 느껴'진다. 돈이 가지는, 특히 식민지 하층민에게 발휘하는 양면적 위력을 적확, 절실하게 드러내는 말이다. 돈이 김첨지에게 주는 고통을 한마디로 드러낸 말이 '이 원수엣 돈! 이 육시를 할 돈'이다. 결국 이 돈은 지금까지 김첨지를 인간답게 살지 못하게 해왔을 뿐 아니라 오늘 당장 그를 유혹하여 아내의 임종 순간조차 보지 못하게 한 것이다. 김첨지는 선량한 노동자요, 근면하고 가족에 대한 사랑과 의무감을 가진 인물이다. 그럼에도 그는 그에 상응한 보상을 얻지 못한다. 돈은 철저히 그를 외면하고 농락한다. 그것은 오히려 노력에 반비례하여 그를 몰락시킨다. 이런 인물에게 최소한의 돈마저 주지 않는 사회, 그것은 명백히 잘못된 사회이다. 작자는 결국 이 작품에서 돈 모티프를 통해 한국 하층민 전체를 궁핍하게 하는 일제 강점 하의 잘못된 사회를 비판의 표적으로 삼은 것이다.

나도향의 「행낭자식」(1923. 10), 「물레방아」(1925. 8)도 최소한의 돈을 가지지 못해 고통 받는 하층민의 이야기를 담고 있다. 「행낭자식」의 주인공인 소년 진태는 돈을 가지지 못한 부모로 해서 소년다운 마음의 상처를 입고, 억울한 매를 하루에 두 번씩이나 맞는다. 진태의 아버지는 진태가 다니는 학교 교장집의 행랑채에 살고 있는 우직한 인력거꾼인데, 이날도 한 푼 벌지 못한 채 돌아온다. 그로 해서 이 가족은 굶으면서 냉방에 잘 수밖에 없게 된다. 최후수단으로 진태 어머니가 시집올 때 가지고 온 은비녀를 전당잡히고 칠십전을 빌어 쌀 다섯 홉과 나무 이십 전어치를 사게 된다. 쌀과 나무를 사들고 오던 진태는 골목 어귀에서 학교선생님과 만나게 되자 초라한 자기 모습을 보이지 않으려고 서둘다가 아버지와 맞부딪쳐 쌀을 엎질러, 자신의 유일한 보물을 전당잡힌 것을 애통해하던 어머니로부터 두 번째 매를 맞는다. 첫 번째 매는 열심히 눈을 치우다가 교장의 발에 눈을 부은 실수와 그 실수로 당황해서 삼태기를 잊고 온 것 때문에 아버지로부터 맞은 것이다. 여기서 돈은 결국 크게는 주종관계를 만들어 사제관계조차도 그 앞에서 아무 의미가 없게 하는 것이며, 적게는 부모로 하여금 사랑하는 순진결백한 자식을 때리게까지 한다. 이 소년에게 있어 억울한 매를 맞는다는 것은 어른에게 있어 몰락·

파멸에 맞먹는 의미를 지닌다.

나도향의 「물레방아」에서도 그것을 가지지 못한 자를 파멸시키는 사악한 돈의 모습이 나타난다. 주인공 방원과 지주인 신치규의 관계는 봉건적 신분관계가 아니면서도 돈의 유무로 해서 주종관계에 놓이고 있는, 일제 점령기의 반(半)봉건적 지주—소작인의 모습을 보여준다. 신치규는 돈으로 방원의 계집을 유혹하는 한편 방원을 막실로부터 쫓아내고 소작권을 회수한다. 이렇게 되자 방원은 "오늘부터 신치규가 자기의 상전이 아니요, 자기가 신치규의 종도 아니다. 다만 똑같은 사람으로 마주 섰을 뿐"이라 선언한다. 봉건적 신분관계가 아니기에 경제적 예속관계가 해소되었을 때의 이 선언은 당연한 것이다. 결국 계집을 뺏고 뺏기는 일만이 양자 사이에 남게 되는데, 그것에서 승리할 수 있는 수단은 돈뿐이다. 돈이 없는 방원이 이 싸움에서 지는 것은 당연하다. 방원은 계집에 대한 자신의 사랑의 가치를 내세웠지만, 계집은 끝내 자신이 돈으로만 교환되는 상품이기를 고집한 것이다. 결국 방원은 돈을 대신하여 죽음이라는 수단으로 계집을 자기 것으로 남아 있게 할 수밖에 없었다. 방원은 "돈이 사람을 죽이는구나! 돈! 돈! 흥, 사람나고 돈났지, 돈나고 사람났나!"고 절규했는데, 이 작품은, 낭만주의적 결말로 빠지긴 했지만, 일제 지배하의 사회에서 사람 위에 나서 사람을 죽이는 돈의 사악한 힘 앞에 무력하게 쓰러져가는 한국 하층민의 현실을 증언하고 있다.

최서해의 많은 작품들도 사람들을 파멸의 구렁텅이로 떨어뜨리는, 일제 강점시대의 사악한 돈의 모습을 보인다. 최서해의 작중인물 가운데 돈의 사악함에 일방적으로 희생당하는 대표적인 존재로 「그믐밤」(1926. 5)의 삼돌이와 「박돌의 죽음」(1925. 5)의 박돌이를 들 수 있다. 그도 돈과 친교를 맺지 못함으로써 지주인 김좌수의 머슴이 될 수밖에 없었다. 삼돌이 역시 이방원처럼 많은 돈의 소유자인 김좌수에게 경제적으로 예속되어 있는 처지다. 여기서 구체화된 사건은 김좌수가 아들의 병을 고치기 위해 삼돌이에게 목살 일부를 떼어줄 것을 요구한 일의 전말이다. 이 살인적 요구를 삼돌이가 거절하기 어려웠던 것은 장가갈 수 있는 돈과 소 한 필과 밭을 얻을 수 있다는 점도 있지만 그 보다도 자신이 지난 달 장마 때 갯가에 매어둔 소가 물에 빠져 죽은 데 대한 책임을 물어 그 소값 일백 오십 냥을 당장 물어내고 나가라는 주인의 협박이 더 큰 이유였다. 그의 한 해 삯은 오십 냥이었다. 적수공권인 그는 일백 오십 냥으로부터의 해방뿐만 아니라 앞으로 소유할 돈에 대한 희망 때문에 죽을 줄도 모르고 목살 떼기에 끌려들고, 마침내 죽고 말았다. 이 작품에서도 돈은 어두운 사회에서 활개를 치고 사람을 죽이기까지 하는 흉악한 존재로 나타나고 있다. 박돌이 역시 가지지 못한 몇 푼의 돈(약값) 때문에 죽음을 맞는다.

이상에서 언급한 작품들은 돈이 그것을 가지지 못한 사람들에게 일방적으로 횡포를 부려서 치명적인 해를 입히는 장면을 보여주는 것이다. 다시 말해 여기 주인공들은 선량한 하층민들로서, 자신의 삶을 향한 노력과는 상반되게 돈으로부터 일방적으로 배신당해 몰락하고 있다. 돈은 한번도 이들의 편이 되어주지 않은 채 저 먼 곳 어디에서 이들을 농락하고 있다. 「물레방아」나 「그믐밤」, 「박돌의 죽음」 같은 작품에서의 돈은 그래도 누구와 한편이 되어 이들을 파멸시키는가를 드러내고 있으나, 「운수좋은 날」, 「행낭자식」에서는 그것조차 드러내지 않고 있다. 그래서 김첨지나 진태의 친구들은 당장 분풀이할 곳이나마 갖지 못한다.

이 글에서 검토의 대상으로 삼지 않은 많은 1920년대의 경향소설들에서는 돈과 한 패가 된 현실적인 존재들을 일반적 도식으로 나타내 보이면서, 그들과의 싸움에 서사의 초점을 맞추려 하고 있다.

이들 주인공들이야말로 식민지 상황 하에서 일방적으로 수탈당하고 몰락하는 한국 하층민들의 표본이다. 이들에게 있어 돈이란 계산척도, 가치척도, 지급수단, 가치저장수단, 대차의 목적물 등의 기능을 가지는 것이란 말은 너무나도 어울리지 않는, 사치스러운 언어유희라 할 수 있다. 단 하나의 기능만이 의미 있는 것이다. 목숨을 살리고 죽이는 기능이 그것이다. 이들에게 돈은 손이 닿지 않는 먼 곳에서 자신들을 죽이는 데 관심을 가지고 있는 존재로만 간주되고 있다. 그들에게는 김첨지의 말대로 '원수엣 돈'이고 '육시를 할 돈'이다.

작품 밖에 나와서 보면, 결국 이 작품들은 식민지 상황 하에서 수탈당하고 몰락하는 처절한 한국 민중들의 현실을 들추어내 보이고자 한 것이었고, 여기서 돈은 식민지적 수탈과 몰락의 상징으로 나타나고 있다.

3. 돈을 향한 막다른 길들 : 매음, 강·절도, 인신매매

1920년대 돈 모티프가 이야기의 기둥이 되는 소설 가운데는 또한 부재하는 돈의 획득을 위해 주인공이 막다른 길을 걷는 모습을 보이는 작품이 많다. 구체적으로 말하자면, 매음, 강도, 절도, 인신매매 등을 행하는 것인데 이 중에서도 매음이 가장 두드러진다. 이것들은 빠져나갈 수 있는 모든 길을 차단당한 사람들이 맨 마지막으로 가보는 길이요, '부도덕'하고 '범죄적'인 길이다. 그런데 중요한 것은 이런 작품의 주인공들이 그 길이 막다른 길인 줄 알면서 가고 있다는 점과, 그 길을 가고 있는 데 대해 '부도덕'하다거나 '범죄적'이란 인식을 거의 갖고 있지 않다는 점이다. 돈을 소유하지 못한 사람들의 이러한 돈 획득 방법이 흔하게 그리고 비판 없이―경우에 따라서는 긍정적으로 나타나고 있다는 것 자체에서 1920년대 사회가 얼마나 병든 것이었는가를 쉽게 규지할 수 있다.

정조가 돈과 교환되고 있는 현실을 그린 작품으로 현진건의 「정조와 약가」(1929. 12), 김동인의 「감자」(1925. 1), 나도향의 「뽕」(1925. 11), 조명희의 「마음을 갈아먹는 사람」(1926. 9) 등이 대표적이다. 공통적인 것은 정조를 파는 여인들 모두가 엄연한 유부녀로서, 돈을 전혀 소유하지 않고 있고, 자신의 몸이 당면문제해결을 위한 유일한 돈 획득수단일 뿐이며, 남편들이 아내의 매음을 묵인하며 그 덕으로 가계가 꾸려져 가고 있으며, 부부 금슬이 좋으며, 그리고 정조가 소액의 돈과 교환된다는 것이다.

「정조와 약가」는 농토를 잃고 품팔이꾼으로 떠돌면서 굶기를 밥 먹듯 하다가 병이 든 남편을 치료하기 위해 약값 대신에 의원에게 정조를 바치는 여인의 이야기다. 여기서는 돈이 직접적으로 나타나지 않고 숨어서, 한 여인이 사랑하는 남편과 가정을 위해 정조를 파는 이 아이러니컬한 장면을 연출하고 있다. 이 여인은 자신의 행위를 당연하게 여기며, 그 남편은 이를 고마워하고 있고, 작자는 이들을 욕할 기미를 전혀 보이지 않는다.

「감자」의 경우는 앞의 작품과 다른 점이 있다. 여기서는 돈이 정면에 나타나 여주인공 복녀를 타락―파멸의 길로 몰아간다. 복녀는 빈곤 때문에 본의 아니게 매음을 하게 되었지만, 결국 그 길을 빠져 나오지 못하고 상습적 매음녀가 되고 만다. 왕서방으로 보면 성행위의 대가로 돈을 지불함으로써 복녀와의 관계를 청산할 권리를 갖는데, 복녀로서는 이 좋은 돈벌이 자리를 왕서방이 사온 처녀 때문에 잃고 싶지 않았던 것이고, 이 입장의 차이가 복녀의 피살까지 부른다. 이 작품에서는 매매혼도 나타난다. 복녀가 팔십 원에 팔려 시집왔고, 왕서방의 마누라는 백 원에 팔려 시집왔다. 복녀 남편은 복녀를 산 값을 복녀의 노동, 매음, 죽음을 통해 꾸준히 뽑아내면서 자신은 무위도식한다. 작자는 이 부부를 매우 부정적으로 보고 있다. 이것은 인간이 사악한 속성을 지닌 돈과 야합하다가 추한 본래의 모습을 드러내면서 마침내는 몰락하고 만다는 자연주의자의 도식적 시각을 보여준 작품으로, 일제강점하의 사회라는 특수한 여건에 예속된 한국 하층민과 돈이 가진 전형적 관계를 정확히 파악·반영하고 있지는 못하다.

「뽕」의 경우는 궁핍 속에서 매음을 할 수밖에 없는, 일제강점시대의 흔한 농촌 유랑빈민 여인의 처지를 그리고 있는데, 이 여인의 타고난 탕녀적 성격과 부업화된 매음행위, 그리고 이웃집 머슴과의 갈등을 너무 부각시킨 대신 이 여인이 매음을 할 수밖에 없게 된 현실적 배경을 잘 드러내 보이지 못했다는 한계를 가진다.

「마음을 갈아먹는 사람」에서는 농촌에서 밀려나 도시로 흘러온 한 빈민부부의 매음이 그려진다. 이삼일에 두 끼도 먹을 수 없는 처지에서 아내는 어쩔 수 없이 자신이 사는 행랑의 주인에게 몸을 바쳤고, 그 이후 여기저기서 몸을 팔아 가계를 꾸려간다. 남편은 이것을 원하고 있지는 않지만 다른 길을 찾을 수 없었다. 상습매음녀가 된 아내는 마침내 남편을 버렸고, '계집 잃은 사람'이 된 남편은 공사판의 떠돌이 노동자로 전전한다. 남편이 증오하는 것은 아내가 아니라 이 세상이었다. 이런 부부가 헤어지는 예는 다른 작품에서 보기 어렵다.

돈의 획득방법으로 강도, 절도의 길을 취한 인물을 보이는 예로서는 현진건의 「서투른 도적」(1931. 10), 최서해의 「설날밤」(1926. 1), 「큰물진 뒤」(1925. 11) 등을 들 수 있다. 「서투른 도적」에서는 농촌에서 밀려 도시의 안잠자기로 온 노파가 극빈에 시달리는 아들과 손자를 위해 한줌의 쌀과 동전 서푼을 훔쳤다가 들키자 그것들을 모두 버리고 떠나는 모습을 그리고 있다. 작자는 작중화자를 통해 이 노파에 대해 동정과 죄책감을 표하고 있다. 「설날밤」은 부유층 인사들이 모여 신년파티를 벌이고 있는 어느 은행장의 저택에 한 청년이 나타나 돈을 강탈하는 장면을 그렸다. 「큰물진 뒤」도 돈의 부재 때문에 극한상황을 타개할 수 없는 주인공이 부자의 침실에 들어가 돈을 강탈하는 모습을 그렸다. 이들은 "나는 날 때부터 이 짓을 배운 것은 아니다. 너무도 굶었으니 말이다.", "낸들 이 노릇이 좋아서 하는 줄 아니? 이래야 주니까 말이다."라는 자기변명을 제시한다.

　　인신매매가 나타나는 작품 예로는 주요섭의 「살인」(1925. 6), 현진건의 「고향」(1926) 등이 있다. 일제강점시대 소설에 나타난 인신매매는 주로 극빈한 부모가 딸을 헐값에 돈 있는 남자에게 성적 대상물로 팔거나 혹은 유곽에 파는 것이다. 결혼을 시키는 것이 아니라는 점에서 매매혼과는 다르다. 「살인」에서는 부모가 딸을 두 번이나 파는데, 처음은 보리 서 말로 서양공사판 십장에게, 나중은 대양 칠원으로 유곽에 판다. 「고향」에서는 부모가 이십원을 받고 딸을 유곽에 판다.

　　돈의 획득을 위해 막다른 길로 들어서는 하층민들의 모습을 이상의 작품들보다 다양하게 보여주는 작품이 나도향의 「지형근」(1926. 3~5)이다. 몰락한 농민인 주인공이 돈을 벌기 위해 고향을 떠나 큰 건설사업이 벌어지고 있는 공사판으로 뛰어들면서 겪는 여러 일들이 그려진다. 여기서 노동력 과잉에 따른 취업난, 저임금으로 인해 일어나는 사기·절도, 그리고 노동자 상대의 매음 등이 나타난다.

　　이상의 작품들에서 보이는 것처럼 돈은 이런 인물들과 숨바꼭질을 하다가 마침내는 그들을 막다른 길로 몰아넣어 파탄에 이르게 하고 있다. 흉한 낚싯바늘과 같다고도 할 수 있다.

　　1920년대 작가들은 한결같이 돈의 악마적 모습을 그렸고, 그에 대해 깊은 증오감을 표했다. 당대현실 속에서 그들은 돈의 아름다운 측면은 찾을 수 없었다. 그들은 돈과 관련하여 파탄을 맞는 당대 하층민들 편에 서서, 모든 사람들이 돈의 횡포로부터 벗어나 안전과 자유를 보장받는 세상의 도래―일제지배 체제의 몰락을 기원하고 있었다.

제 3 장

1930년 전후의 민족문학운동과
『삼대』의 현실대응 방법론

1. 1920년대 말기의 문단 형세

우리의 문예운동 선상을 살펴보건대 거기에는 민족주의적 운동에 뿌리를 박은 민족문학운동과 무산계급 운동에 뿌리를 박은 프로문학의 두 운동이 있다. 글 쓰는 문사의 진영이 저절로 이와 같이 갈라져 있음에 독자의 분야도 그에 따라 갈라지고 있다. 이 형세가 슬픈 일인가 기쁜 일인가 하는 것은 딴 분의 비판에 맡기려니와 우선 우리는 두 운동이 어떠한 점에 차이가 있고 또 어떠한 점에 합치하는가 함을 알아 두어야 하겠다. (중략) 오늘의 모든 정세는 또다시 한 번 이것을 명확하게 밝혀 둘 필요에 절박하였다.[1]

---

[1] 「민족문학과 무산문학의 합치점과 차이점」 설문 특집에 대한 김동환의 해설(『삼천리』 1929. 6, 26쪽).

이것은 1920년대 말기의 문단형세를 지적하면서 이에 대한 우려를 표명한 김동환의 말이다. 1920년대 중반에 프로문학의 세가 강력해지자 그에 대응하여 '민족문학' 운동이 일어났는데, 양자의 대립은 20년대 말에는 극단적 상태에 이르렀다. 김동환은 위의 말에 이어 이 대립은 "3~4년 전만 하여도 문제될 것이 없었다."고 했는데, 사실 1926년까지만 해도 소위 민족문학파는 형성돼 있지 못한 상태였으나 그 이후 이광수·김동인·염상섭·최남선 등 기존 문단의 주도적 인물들이 연합세력을 형성하여 프로문학에 대항하게 된 것이다. 두 파의 대립은 결국 문학을 어떻게 볼 것인가, 그리고 식민지 상황에 문인들이 어떻게 대처해야 할 것인가 하는 문제를 핵심적 쟁점으로 한 것이었다. 두 문학운동은 단순히 예술형식에 대한 견해차가 아니라 민족현실에 대한 대응문제와 관련되기 때문에 그 대립의 심각성은 더욱 큰 것이 된다. 민족현실에 대한 대응문제는 정치적인 것이며, 양 파는 이로 인해서 문단 밖의 정치운동 세력과도 연계되어 있었다. 프로문학파는 무력투쟁론을 내세우는 급진적인 사회주의자 혹은 공산주의자 세력과 맥이 닿게 되며 민족문학파는 3·1운동 당시의 33인들 중 온건점진론을 내세우는 세력, 민족자본가 등 우파적 민족주의자들과 이어진다. 김동환이 민족문학운동과 프로문학운동의 합치점과 차이점을 재검토해야 할 시기에 이르렀다고 한 것은 일제의 정책방향이 점차 '문화정치'를 벗어나 강압정치 쪽으로 전환되고 있는데 따른 민족적 대응방법의 확정과 대응 세력의 전열 정비가 절실히 요구되고 있는 사정을 반영하는 것이다.

『삼대』는 이러한 문단적 상항 속에서 발표된 것으로서, 민족현실의 일면을 파헤쳐 보이는 한편 작자 나름의 민족현실의 극복방법과 문학이 지향해야 할 방향을 암시하려 한 작품이다. 1920년대에 염상섭은 평론과 소설작품을 통하여 민족(주의)문학운동의 대열에 서 있음을 드러냈다. 여기서는 그러한 염상섭이 『삼대』를 통해서 당대 문학의 방향에 대해, 민족현실의 극복문제에 대해 어떻게 말하고 있는가, 당시 문단 상황 속에서 『삼대』가 차지하고 있는 위치는 어떤 것인가 하는 점을 특히 당시의 민족문학론과의 대비를 중심으로 살펴보고자 한다.[2]

2. 민족문학운동의 논리

최남선은 "조선의 국민문학(민족문학)으로의 시조를 좀 더"[3]라 표현함으로써, 국민문학이 바로 '민족문학', 즉 두 말이 동의어임을 분명히 했다. 그는 '국민문학'이 '조선심', '조선혼', '조선적'을 추구함으로써 민족적 특수성을 밝혀야 한다고 보았으며, 또한 시조는 한국의 전통적 문학 형식이자 조선심을 가장 잘 나타낼 수 있는 예가 된다고 하여 시조부흥운동을 전개한다. 최남선의 말 속에서 국민문학론의 이념적 바탕이 민족주의라는 것을 알 수 있다. 민족문학파가 자신들이 지향하는 문학을 국민문학 혹은 민족문학이라 칭한 것은 프로문학을 비국민문학, 외국적인 문학이라고 본 것이, 또 민족문학이란 말을 사용한 것은 프로문학을 비민족적, 세계주의적 문학이라고 본 것이 중요한 한 이유였던 것 같다.[4] 프

---

2) 『삼대』에 대한 중요한 연구 업적으로 다음과 같은 것들이 있다.
  김경수, 『염상섭 장편소설연구』, 일조각, 1999.
  김윤식, 『염상섭연구』, 서울대출판부, 1987.
  김종균, 『염상섭연구』, 고대출판부, 1974.
  신동욱, 「염상섭의 『삼대』」, 『한국현대문학론』, 박영사, 1972.
  유병석, 『염상섭 전반기 소설연구』, 아세아문화사, 1985.
3) 최남선, 「조선국민문학으로의 시조」, 『조선문단』, 1926. 5, 7쪽.
4) 이때 프로문학 쪽에서도 "프로문학은 세계주의에 입각한 전 인류의 과도기적 문학이요, 민족문학은 향토적 보수적"(윤기정, 「민족은 보수적, 프로는 세계주의적」, 『삼천리』, 1929. 6, 27쪽)이라 했다. 이광수는 "무산문학은 반드시 세계적이어야 하나, 민족문학은 흔히 애국적이다"(이광수, 「역사적 지리적이 같고 철학적 주의적이 다르다」, 『삼천리』, 1929. 6, 27쪽)라 했다.

로문학파에서는 민족문학 혹은 국민문학이라는 용어를 기피하고 그들 자신의 것은 '프로문학', '무산문학', 그들에 대립하는 것은 '부르죠아문학'이라 주로 칭하였다. 절충파를 자처한 양주동은 국민문학이라는 말을 사용하면서, 프로문학을 "외국 문예사조에 감염"된 것으로 보고 다음과 같이 문제를 제기한다.

> 국민문학의 건설은 실로 우리 현문단의 총목표라야 할 것이다. (중략) 우리는 흔히 외국 문예사조에 감염되기에 급급한다. 그렇다. 소화가 아니고 감염이다. (중략) 현금의 프로문학도 정히 그 일례다. 물론 그 근본정신은 동감될 것이 있으나 그 작품에 이르러는 일본 프로작품의 졸렬한 이식인 듯한 감을 우리에게 준다. (중략) 외국문학을 수입함은 그것의 연구 중에서 귀납된 것을 재료 삼아서 정히 우리의 문학건설의 참고로 짓코저 함이다. 우리는 모름지기 좀 더 본질적이요, 좀 더 내 것의 표현인 문학을 산출하여야 할 것이다.[5]

여기서 보면, 양주동은 프로문학이 외국 문예사조의 모방에 머무르고 있으므로 "우리의 문학건설"이 시급하다고 하여, 기본적으로 민족문학파 쪽에 서 있음을 드러낸다. 그러나, 그는 뒤에 '우리의 문학'이 현재 상황에서 어떤 것을 지향해야 할 것인가를 보다 발전적으로 검토하여, 이광수, 최남선 등의 민족문학론을 '원시 민족주의' 혹은 '봉건적 민족주의'[6]라고 규정하면서 프로문학파의 주장의 일부를 수용하는 절충론을 내세우게 된다.

프로문학파가 민족문학을 "봉건적 국수적 전통적 이데올로기를 기초로 하는 문학"이라 규정하고 또한 그것이 "현단계에서 반동적 역할"을 하고 있다고 공격한 데[7] 대해 양주동은 이광수의 반격, 즉 "계급문학은

---

5) 양주동, 「문단전망」, 『조선문단』, 1927. 2, 22쪽.
6) 양주동, 「문단측면관」, 『조선일보』, 1931. 1. 2.

증오의 문학이므로 애의 문학인 인도주의와 대립할 것이오, 민족문학은
세계주의의 문학과 대립됨이 당연하다.”는 말은 합당한 대답이 될 수 없
다고 비판하면서, 보다 적절한 대답을 준비해야 한다고 말한다. 양주동
은 “계급문학이 일부 계급만을 증오하는 문학이오, 인도주의문학(이광수의
문학을 지칭－필자)도 궁극적으로는 그만 못지 않게 적대계급일랑 미워하
는 문학이다. 따라서 전자도 자계급만을 극히 사랑하는 문학이오, 후자
는 자계급을 더욱 사랑하는 문학으로 해석된다.”[8]고 하여, 이광수식의
논리로는 현문단의 분열을 극복할 수 없고 프로문학에 대해 민족문학이
승리할 수도 없으며, 나아가 민족현실에 올바르게 대처할 수 있는 문학
을 산출하는 데 기여할 수도 없다고 본다. 이광수식의 ‘초기 민족주의’는
원시 민족주의로서 하나의 이상에 불과한 것이며, 하나의 신앙이며, ‘과
학적 검토’를 받아보지 못했기에 프로문학의 공격 앞에 무력해질 수밖에
없었고, 그 때문에 민족(주의)문학은 “이제 중대한 위기에 직면”[9]했고,
따라서 민족주의란 것도 “객관적 사회정세의 변천을 따라 내용적 변화를
일으켜야 한다.”고 양주동은 주장한다. 이어서 그는 원시 민족주의문학
에 대해 다음과 같은 질문을 제기한다.

> 　　민족적 이상의 구체적 실질적 형태가 무엇인가? 그 실제의 방면으로 현
> 계단에서 또는 궁극적으로 어느 곳에 연결되는가? 또 그 소위 ‘애국심’이
> 란 무엇인가? 그 과학적 근거는 무엇인가? 특히 제국주의에 있는 조선의
> 1930년대의 사회정세에 있어서의 그 의의는 나변에 있는가? 도대체 그
> ‘민족적 단결’이란 현단계에 있어서 여하히 가능할 것인가?[10]

---

7) 같은 곳.
8) 같은 글, 1월 5일자.
9) 같은 글, 1월 3일자.
10) 같은 곳.

이 질문은 민족문학의 한계에 대한 엄격한 비판이다. 이 질문 속에서 양주동은 민족문학이 민족현실—제국주의 하의 한국의 현실 극복에 어떻게든 연결되지 않으면 안된다는 생각을 반영하고 있다.

양주동은 "춘원과 및 필자 등이 속하는 민족주의문학에 대하야"[11]라 하여, 자신이 근본적으로 민족(주의)문학운동 쪽에 서 있음을 스스로 천명한 바 있다. 그는 다만 보다 적절히 프로문학을 수용하면서 민족현실 극복에 기여할 수 있는 민족문학론을 전개하려 한 것이다. 양주동의 절충론은 바로 그러한 태도를 바탕으로 한 것으로서, 민족문학운동의 한 발전적 양상이라고 할 수 있다.

「민족문학의 현계단적 의의」는 양주동의 절충론을 집약해서 나타낸 것으로, 민족문학운동자들 쪽에서 나온 글로서는 가장 나아간 논리를 보여주고 있다고 하겠고, 여기에서 다룰『삼대』가 연재를 시작한 것과 같은 시기에 발표된 것이며,[12] 또한『삼대』와 상통하는 현실인식의 논리를 지녔다고 보아 잠깐 살펴보기로 한다.

이 글에서 양주동은 "조선인은 무산계급인 동시에 민족인"이라는 전제를 내세우고, '현계단'에서 문학의 갈 길이 무엇인가를 제시하려고 한다. 이광수나 최남선의 민족주의가 '현계단적·사회적 의의'를 결여하고 있는 데 반해 무산계급의식은 앙진(昻進)하여 민족 자체 내에 계급 분열이 구체화·의식화되고 있다는 것을 지적하면서, 이와 같은 형세에서 민족문학은 '민족의식의 무조건적 통일'이라는 막연한 구호를 넘어서서 질적인 일보 전진을 보이지 않으면 안된다고 그는 주장한다. 만일 그렇지 않다면 민족문학은 자살밖에 다른 도리가 없다는, 하나의 민족문학 위기

---

11) 같은 글, 1월 2일자.
12) 「민족문학의 현계단적 의의」는 1931년 1월 1일부터 1월 9일(1월 3일의 제3회 연재분까지는 「회고·전망·비판—문단 제 사조의 종횡관」이란 제목)까지『동아일보』에,『삼대』는 1931년 1월 1일부터 9월 17일까지『조선일보』에 연재되었다.

론을 제기하고 있다. 이광수 등의 민족문학은 민족정신·민족이상·민족문화 등 '원칙적 존재로서의 민족의식'을 선양할 뿐 현계단적·객관적 사회정세에 응하고자 함이 아닌 만큼, 자칫하면 '유희문학' 혹은 프로문학파가 주장하는 대로 "민족 부르죠아지를 옹호하여 결국은 침략주의와 연결하는 반동파 문학"이라는 평가가 적중하게 될지도 모른다고 그는 말한다. 그러므로 현계단의 민족의식은 "원칙적 존재로서의 민족적 관념 형태에다가 다시 현계단의 특수한 의식을 가합한 자"라고 한다.13)

그는 프로문학 이론가들이 보이는 오류의 근거로서 첫째, 사회정세에 편승하여 원칙적 존재로서 엄연히 존재하는 민족의식을 망각함, 둘째, 애국심·민족애 등을 말살하려는 이론에만 충실코자 함, 셋째, 일정한 전술의 필요상 고의로 민족의식을 박멸하려 함 등을 들어 프로문학론의 한계도 비판한다. '현계단의 조선인은 무산계급인 동시에 민족인'이기에 이러한 현실을 바탕으로 민족의 특수한 입장에 맞는 문학운동이 일어나야 하고 따라서 프로문학도 깊은 반성을 해야 한다고 그는 주장한다. 이와같은 양주동의 관점은 이광수·최남선의 민족문학론에서 한 걸음 나아간 것이었다.

양주동은 민족문학이 나아갈 방향을 12개로 항목화하여 제시하고 있는데 그 중요한 것을 보면 다음과 같다. 민족문학은 첫째, 봉건적·국수적·보수적 태도를 양기(揚棄)할 것, 둘째, 민족적 사실의 부대사실이요, 또 그 민족 대부분의 사실인 계급적 사실을 엄폐하거나 회피하지 말고 적극적으로 묘출할 것, 셋째, 될수록 광범한 사회층의 의식을 포용할 것, 넷째, 될수록 넓은 범위에 긍하여 민족적 통일·민족적 단결·민족적 역량 집중을 고조할 것, 다섯째, 계급문학과 대립, 적대의 관계에 서지 말고 될수록 '교차'하여 있는 입장을 취할 것, 여섯째, 부득이 계급문학과

---

13) 양주동, 「민족문학의 현계단적 의의」, 『동아일보』, 1931. 1. 6~1. 7.

대립될 경우에 처할 때는 '보다 큰 사실'을 신중히 고려할 것, 일곱째, 현계단에서 민족적 사실을 무시하는 이론 내지 실천의 비현실성을 폭로할 것, 여덟째, 계급적 사실을 엄폐하는 자체의 비겁성을 양기할 것 등등이다.[14)]

여기서 보이는 논리를 다시 정리하면, 계급적 현실의 인정, 광범한 계층의 포용 등을 바탕으로 한 민족문학의 건설이 당면과제라는 것이다. 양주동이 사용한 말인 민족적 통일·민족적 단결·민족적 역량 집중은 결국 절충론의 핵심을 대표하는 말이지만, 근본적으로 민족문학파 쪽에서 전부터 내세웠던 민족문학운동의 정당성을 위한 표어에서 벗어난 것이 아니다. 양주동의 논리는 다만 어학·형식·기질·풍습 등의 역사적·지리적·종족적·예술론적 제 조건이 같기 때문에 민족주의와 계급주의는 통일되고 민족적 역량 집중에 귀결되어야 한다는 이광수식의 소박함에서 한 걸음 나아갔을 뿐이다. 그런데 이광수가 "무산문학은 반드시 반항적이어야 한다. 즉 시간적으로 전통에 반항하고 공간적으로 현제도에 반항하여야 하나 민족주의문학은 반항도 좋으나 또 반드시 그렇지 않아도 좋다."[15)]고 한 데 대한 양주동의 발전적 논의는 보이지 않는다. '반항'이란 말이나 그에 준하는 강도 있는 말을 「민족문학의 현계단적 의의」에서는 찾을 수 없다. 다만 '보다 큰 사실'의 '신중한 고려'[16)]라는 말이 보인다. 양주동의 절충론의 한계는 바로 이 '신중한 고려'에 있다고 하겠다.

그는 결국 현실에 대응하는 방법론으로서 제계층 수용론을 말하나 그 다음 단계에서의 유용한 방향을 제시하지 않고 끝내 신중론, 온건론을 내세우는데 머무르고 만다. 이러한 '신중함'은 현실극복을 위한 구체적

---

14) 같은 글, 1월 8일자.
15) 이광수, 「역사적 지리적이 같고 철학적 주의적이 다르다」, 『삼천리』, 1929. 6, 27쪽.
16) 양주동, 「민족문학의 현계단적 의의」, 1월 8일자.

방법론 확정을 정지시킬 수 있는 것이며, 이런 점에서도 계급문학파와의 화해는 이루어지기 어려울 수밖에 없을 것이다.

1920년대 초기부터 문학의 예술성과 개성의 문제에 깊은 관심을 보였던[17] 염상섭은 1920년대 중반 민족문학론이 대두될 때 민족문학파 쪽에서서 예술성과 개성의 문제를 여전히 주논점으로 삼으면서 한편으로 시조부흥운동에 참여한다. 시조에 대하여 그는 "자연스럽던 민요가 변천하여 조직화한 것으로서 이는 정리요 정교요 세련이다."[18]라고 하고 "시조나마 내쫓으면 조선문단에는 무엇이 남을꼬? (중략) 민중의 생활의식과 생활감정과는 거리가 먼 구라파의 방계적 혹은 병적 문예사상이, 날내나는 계급문학의 '꽹과리' 소리가, 이 모든 것이 조선문단을 형성하는 중대한 '악터'가 될지라도 그것은 조선적이 아니오 세계적도 아니다."[19]라 했다. 시조에 대한 예찬과 더불어 프로문학에 대한 거부를 여기에서 볼 수 있다.

시조에 대한 염상섭의 파악은 "심정적인 차원에서 원시성과 향토성을 내세운 까닭에 시조의 특성을 명확히 이해하는 데 실패"[20]했다고 볼 수 있지만 그의 시조부흥론의 바닥에는 보수주의적 의식이 깔려 있다. 여기에서 말하는 보수주의적 의식이란 안정에 대한 염원을 뜻하는 것이다. 다시 말하면 문학의 내용적 형식적 변혁의 거부와 더불어 현재적 삶의 형식의 변화를 거부하고 있다는 뜻이다. 염상섭을 포함한 시조부흥론자들의 관심은 사설시조가 아닌 전통적인 평시조의 계승에 집중된다. 평시조는 귀족계급의 충의정신으로 대표되는, 현실에서의 안정된 삶을 일정한 틀 속에다 넣어 노래하는 것으로서, 변혁 없는 현실에의 안주의식을

---

17) 「개성과 예술」, 『개벽』, 1922. 4에서부터 이 문제가 논의된다.
18) 염상섭, 「시조와 민요」, 『동아일보』, 1927. 4. 30.
19) 염상섭, 「시조에 관하여」, 『조선일보』, 1926. 10. 6.
20) 김용구, 「국민문학에 대한 고찰」, 서울대 석사논문, 1980, 108쪽.

바탕으로 한다. 변혁을 가져오는 외래적인 것, 계급주의적인 것, 그것들과 관련되는 문학을 염상섭은 부정하고 싶었던 것이라 보여진다.

염상섭은 개성을 중시했다. 그는 "개성이란 과연 생명이다. 개성이 없는 것은 존재를 잃어버리기 때문이다. 생명의 근원, 생명의 약동, 생명의 주장은 개성이 있기 때문이다."[21]라고 말하고 문예에서도 개성을 고조시켜야 한다고 했다. 또 문학의 예술적 독자성에 주목하여 작가가 어떤 주의나 경향에 속박되지 않고 자유로워야 한다는 것도 강조했다. 이런 주장 속에는 곧 자기나름의 예술적 태도와 생활방식을 확립함으로써 집단적 흐름과 갈등 속에서 희생당하지 않고 살아남아야 한다는 그 자신의 의식이 반영되어 있다고 볼 수 있다.

'개성'을 강조하면서도 그는 「민족·사회운동의 유심적 고찰」이란 글을 통해 "'나'라는 위인은 본시 이러이러하다는 주의에 매어달린 사람이 아니다 (중략) 이미 주의(主義)가 없고 보니 흑색, 백색, 회색, 그 아모 것에도 해당함이 없다."[22]라는 말로, 자신이 무주의 무색채임을 표방하기도 했다. 이에 대해 홍기문(洪起文)은 염상섭이 무주의와 무색채를 표방함으로써 "우리를 최면하려는" 것일 뿐, 실제로는 '불죠아지문화 지지'의 분명한 주의와 색채를 가지고 있다고 비판했다.[23] 홍기문의 날카로운 비판에 대해 염상섭은 "나의 그 논문은 참고삼아 보아달라"는 뜻으로 쓴 것이고, 자신은 "내 분수를 지키고", "문학의 도(徒)로서의 자기를 완성시킬 시급한 의무를 지켜야 하고", "장래 계급적 순연(純然)한 의식하에 사회인이 새로이 될 시기까지 자중"하기 위해, "계급적 소외로써 만족"하겠다고 답했다.[24] 사실 그는 이때 '민족적', '개성적', '유심적'을 강조하

---

21) 염상섭, 「나에 대한 반박에 답함」, 『조선지광』, 1927. 3, 86쪽.
22) 염상섭, 「민족·사회운동의 유심적 고찰」, 『조선일보』, 1927. 1. 1.
23) 홍기문, 「염상섭군의 반동적 사상을 반박함」, 『조선지광』, 1927. 2, 38~42쪽.
24) 염상섭, 「나에게 대한 반박에 답함」, 『조선지광』, 1927. 3, 82쪽.

는 민족문학론을 전개하면서도, 자신의 이데올로기적 입장 천명을 피하고, 현상들을 관망하며 중립적 태도를 지키려 했다.

한편 '생활'이라는 것도 그는 강조하고 있다. "생활은 제일의다 (중략) 인생을 깊게 파고 들어가고 현실을 명철한 관조로 포착함으로써 깊은 뿌리 위에 튼튼히 심겨진 생활이 없이는 생기있고 가치있는 예술이 나오지 못하리라."25)고 했는데, 이 때의 '생활'은 프로문학파에서 말하는 뜻과는 달리 일상적 삶의 안정을 뜻하는 것으로 보인다. 그의 '개성'이나 '자유', '자중', '생활' 등의 말은 안정된 삶을 뿌리로 하는 가지들이라 보인다. 프로문학론자들이 변혁을 통해 일정한 새 지반을 찾으려는 데 비해 염상섭 같은 민족문학론자들은 현실에서의 안정된 삶을 확보하면서 이로부터 점진적으로 현실적 조건들을 고쳐 나가자는 것이다.

1920년대 말 염상섭은 집단의식의 문제를 제기하고 이와 개성론 및 자유론을 연관시키고 있다. 집단성도 무시할 수 없는 것으로 받아들이고 있는 것이다. 그는 "우리의 일단(一段) 높은 이상은 현실의 정치나 사회현상조차 우리가 수호하는 예술의 세계와 같이 개인성과 집합성이 모순 반발치 않는 세계로 개조하랴 함에 있다."26)고 하고 "문예는 개인성에서 출발하여 개인성의 자유와 집합성의 정당(正當)이 혼일(渾一)적으로 조화되는 사회를 이상으로 하는 윤리적 사명을 가져야 할 것이다."27)라 하였다. 이것은 이전보다는 한 걸음 나아간 것으로, 양주동의 절충론과 상통하는 생각이라 하겠다. 그러나 "투쟁을 위하고 집단을 위하여 개인성의 자유를 박탈치 말고 (중략) 개인성의 자유천지를 봉쇄치 말라."28)는 데에 이르러서는 역시 이전에 보여왔던 민족문학론자로서의 개성 (및 자유) 우

---

25) 염상섭, 「문예와 생활」, 『조선문단』, 1927. 2, 6쪽.
26) 염상섭, 「문예상의 집단의식과 개인의식」, 『문예공론』, 창간호, 1929. 5, 7쪽.
27) 같은 글, 6쪽.
28) 같은 글, 7쪽.

위론을 고수하고 있음을 드러내고 있다. 또한 작가의 임무에 대해서도, 작가는 민중에 대해 책략과 선동을 해서는 안되고 정관(靜觀)과 관조(觀照)의 자세를 유지하면서, 비판하고, 지시하고, 진정한 인간성을 포착하고, "비위를 광정하고 도의 소재를 명시하고 정의감을 고취하여 줄 따름"이라고 함으로써29) 전에 보였던 '자중'과 '관조'의 입장을 재확인하고 있는 것이다.

이상에서 『삼대』의 이해를 위하여 염상섭을 포함한 민족문학운동자들의 논리를 간단히 점검하였다. 『삼대』는 이들 민족문학론자들의 이론을 작품으로 구체화시킨 것이라 할 수 있기 때문이다.

3. 『삼대』에 나타난 현실대응 방법론

『삼대』는 크게 나누어 두 가지 축을 구성의 골격으로 하고 있다. 하나는 종적이라 할 수 있는 것으로서, 한 가족 내에서 일어나는 세대 간의 대립과 연속 문제를 둘러싼 일련의 사건축이고, 다른 하나는 횡적이라 할 수 있는 것으로서, 같은 세대에 속하는 여러 인물들 간의 대립과 화해를 둘러싼 일련의 사건축이다. 이와 같은 이중구성은 『삼대』 이전에는 볼 수 없었던 것이다. 이런 점에서 『삼대』는 일단 형태 상에서 한국소설에서는 새로운 면모를 보여준 것으로 주목될 만하다. 이러한 이중구성은 한 시대를 살아가는 여러 세대의 다양한 생활 양상, 그리고 같은 세대의 여러가지 가치관을 한 작품 속에서 반영하려는 생각의 산물이라 하겠다. 『삼대』 속에서 염상섭은 식민지 지배체제 하에서 존재하는 각양각색의

---

29) 같은 글, 8쪽.

가치관과 생활양상을 일단 정리하여 보고, 그것들을 통합하는 새로운 질서의 정립을 모색하려는 의지를 드러낸다.

조씨 가문 삼대에 이르는 여러 인물 사이에서 일어나는 일련의 사건을 통해 염상섭이 목표삼은 것은 그들이 가진 가치관들의 역사적 성격을 제시해 보자는 것으로 보인다. 조씨 집안은 양반가문도 아니요, 전승할 만한 일정한 정신적 전통도 가진 바 없지만, 자식들이 신교육을 받아서 그들이 그 시대에서 낙오되지 않고 살아갈 수 있게 하는 경제적 기반은 지닌 집안이다.

조씨 가문의 제1세대인 조의관은 크게는 가족, 작게는 개인적 생존만을 문제 삼을 뿐, 민족·사회적 문제에 대한 관심은 전혀 갖지 않고 있는 사람이다. 그에 있어서 전적인 관심사는 자신이 확보해 왔던 부를 어떻게 지켜 나가는가, 인습적인 권위를 어떻게 확보함으로써 자신을 보호할 것인가, 사후의 자신의 사당을 어떻게 보존시킬 것인가 하는 점이다. 이와 같은 문제들은 결국 조의관 개인을 위한 것일 뿐이다. 이를 위한 조의관의 실천적 행동을 염상섭은 비판적인 시선으로 바라보며, 그것을 '평생의 오입'으로 규정하고 있다.

그의 '오입'으로는 첫째 을사조약의 혼란기를 틈타 사백 원을 들여 '의관'의 옥관자를 사고 X씨 가문의 덤붙이가 되려고 사천 원을 던지는 행위가 있는데, 이것은 인습적 권위를 확보함으로써 그 사회 속에서 흔들리지 않고 살아남을 수 있는 위치를 굳혀두자는 생각을 바탕으로 한 것이었다. 이에 대해 작자는 "조의관이라는 택호가 아주 터무니 없는 것이 아니요."라고 비꼬고 있다.

두 번째 '오입'은 수원집을 들여서 후사를 하나 더 두려는 행위로서, 이에 대하여 작자는 "여든 다섯에 죽을 때는 열다섯 먹은 아들을 두게 될지 모르는 터인즉 그다지 비싼 오입이 아니"라고 비꼬았다. 재산과 사당 확보 문제와 관련된 사건은 조의관이 그 두 가지를 믿고 맡기기에는

불안한 존재인 아들을 제쳐놓고 손자에게 바로 재산상속권을 넘기는 일
이다. 개인적 목적을 위하여 전통적 관습이자 당대적 통념이기도 한 장
자 상속의 가족적 질서마저 부정하고 있는 것이다. 조의관은 살아서의
자기만이 아니라 죽어서의 자기까지도 스스로 보호하려고 한 것이다. 이
러한 조의관의 생각은 염상섭이 비판하고자 하는 구시대적 가치관의 한
표본이다. 채만식의 『태평천하』에 나오는 윤직원도 조의관과 동일한 가
치관을 지닌 인물이다. 이들에 대한 부정적 인식은 두 작가에 있어 마찬
가지다. 다만 채만식은 염상섭보다 더 강경한 어조, 더 구체적인 증오의
목소리를 문면에 드러내었을 뿐이다.

　『삼대』의 많은 분량이 조씨 가문의 제2세대인 조상훈의 행적에 관한
것이다. 이 작품은 42개(해방 후 개작판의 경우)의 소제목을 붙인 장들로 구
성되는데 그 중 17개 장이 조상훈을 직접적으로 그리고 있다. 이 작품은
신문 연재소설이었으면서도, 대중독자들의 통속적 흥미유발에 역점을 두
고 있는 작품이 아니다. 신소설 이후 통속적 흥미유발에 초점을 맞춘 신
문소설들은 남녀 3인 간의 갈등을 기본으로 하고 거기에 부수적으로 유
발되는 지엽적인 사건들을 계속적으로 연결시켜 나가는 구성형태를 지
니는 것이 일반적이며, 사건 간의 연결은 우연의 일치 혹은 부자연스런
순간의 삽입 따위에 의존하는 경우가 흔하다고 할 수 있다.30) 『삼대』에
서는 모든 사건의 연결이 자연스럽고 논리적으로 이루어진다고 할 수 있
다. 통속적 흥미는 이 작품에서는 부수적인 것에 머물고 있다고 할 수
있는데, 이러한 통속적 흥밋거리는 조상훈의 행위 주변에서 주로 나타난
다. 부수적인 것에 머문다는 것은 조상훈 주변의 사건들이 이 작품에서
독자의 긴장을 지속시켜 나가는 데 중심적 역할을 하고 있지 않다는 것

---

30) 신문 연재소설의 통속적 성격에 대해서는 1930년대에도 많은 논의가 있었는데, 그 중
　　중요한 것을 예로 들어 보면, 윤백남, 「신문소설, 그 의의와 기교」(『조선일보』, 1933. 5.
　　14) 및 김동인, 「신문소설은 어떻게 써야 하나」(위와 같음) 등이 있다.

을 의미한다. 이 작품이 중점적으로 보여주려 한 것은 식민지 치하의 제 유형의 한국인들의 모습과 그들이 어떠한 방식으로 당시를 살아가려 하는가 하는 점이다. 조상훈이 이 작품 속에서 보이고 있는 행위의 대부분은 매우 통속적인 것이다. 달리 말하면 이 작품 속에서 작자가 가장 통속적인 인물로 그려 보이려고 하는 것이 바로 조상훈이다. 통속적 인물이란 대다수 시정의 사람들처럼 평속한 가치관을 가진 채 감각적, 순간 향락적 행위를 반복하는 사람이라는 뜻이다.

조상훈은 2년 동안이나 미국에 다녀온 적이 있는, 고등 신교육을 받은 사람이었는데, 젊은 지사로 자처하며 일정한 사회적 지위와 역할을 맡으려 했지만 식민지 시대가 되면서 "정치적으로 길이 막혀" 품어왔던 이상을 실현시켜나갈 수 없게 된 상황에 놓이게 되었다. 그리하여 그가 뛰어들 수 있었던 곳은 기독교 사회였다. 거기서 그는 기독교가 가르치는 사회사업 활동에 참여하게 되지만 민족현실에 대한 일정한 인식 체계는 갖지 못했고, 한편으로 개인적 욕망 달성에 대한 미련을 버리지 못했기에 철저한 사회봉사자도 되지 못했다. 결과적으로 그는 기독교를 앞에 내세우면서 개인적 안일과 향락을 추구하는 이중생활의 위선자가 되었다. 결국 그는 사회를 위한 사회활동이 아니라 자신을 위한 사회활동을 하게 되고, 그것 때문에 주변 사람들로부터 소외당하게 되는 것이다. 주변 사람들로부터의 소외로 해서 그는 점차 비열한 인간이 되어 간다. 그는 부친식의 봉건적 가치관을 단호히 거부했지만 식민지 시대에 올바르게 대처할 수 있는 새로운 가치관을 확립하지 못한, '봉건시대에서 지금시대로 건너오는 외나무 다리의 중턱에 선'[31] 인물의 전형으로 부각된다.

이러한 인물은 『태평천하』에서도 발견된다. 『태평천하』의 윤창식이 바로 그다. 조상훈이나 윤창식은 개화기 전후에 성장하고 교육을 받은

---

31) 염상섭, 『삼대』 외, 동아출판사, 1995, 45쪽. 이 판은 1931년의 『조선일보』 연재본을 원본으로 하였다.

세대였다. 조의관이나 윤직원의 경우와 함께, 당대인의 눈에 비친 부정적 세대들의 가치관과 행동방식의 전형이 이런 것이었음을 두 작가가 증명하고 있다고 하겠다.

이광수의 1910년대 단편인 「김경」(1915. 3), 「방황」(1918. 3), 「윤광호」(1918. 4) 등에 나타나는 인물들도 윤창식이나 조상훈과 같은 행동을 보여주고 있다. 이들에게 공통되는 것은, 사회·민족적 사명감과 개인적 욕망을 가지고 있었지만 식민지화에 따른 현실적 장벽으로 인해 가치관 혹은 행동지표의 혼란이 일어나고 그 결과로서 방황에 이른다는 점이다. 그들은 개화기에서 식민지시대로 넘어가는 전환기의 희생물인 셈이다.[32) 「김경」이나 「방황」의 주인공은 행동방향의 설정을 중지한 채 방황 상태에 놓이고, 「윤광호」의 주인공은 동성연애에 빠졌다가 자살하고, 윤창식은 술과 노름과 계집에 빠져 타락된 생활을 이어가고 있다. 조상훈도 술과 노름과 계집을 뒤좇는, 타락된 생활에 빠져 있다. 이들은 모두 통속적 감각에 젖은 인물이 되어 몰락해 가고 있는 것이다. 식민지 시대에 있어 부정되어야 할 세대로 부각되고 있다.

조의관은 아들 조상훈 이하의 다음 세대에 의해 부정되면서 실질적인 몰락의 길을 걷게 되고, 조상훈 역시 자신의 방황 때문에 몰락하고 있다. 이와 같은 몰락의 현장을 목도하면서 새로운 길을 모색하려 하는 인물이 바로 조상훈의 아들 조덕기이다. 조덕기의 눈에는 조부나 부친과 같은 가치관이나 생활방식은 이 시대에 맞지 않는 것으로, 스스로를 몰락시키기만 할 뿐인 것으로 보인다. 조덕기가 모색한 것은 재생의 방법론이었다. 염상섭이 긍정적인 시선으로 부각시키려 한 것이 바로 조덕기다. 조덕기가 지향한 것은 가족의 재생뿐 아니라 민족의 재생이었다.

조덕기는 조부의 전통적 가치관에도 문제가 있지만 부친이 보인 전통

---

32) 이에 대하여는 졸고, 「이광수의 초기단편과 1910년대 지식인의 방황」, 『한국근대소설연구』, 창작과비평사, 1995 참조.

적 가치관의 전면적 거부에도 문제가 있다고 보았다. 그는 전통적 가치관을 전적으로 거부하고 기독교와 같은 외래적 사조에 편승함으로써 한국인의 사회 속에서 실패의 삶을 보여주는 부친에게 더 큰 반발을 보인다. 덕기는 기독교를 거부했다. 덕기에게는 전통적 가치관의 일부는 존중되어야 할 것으로 보여진다. 덕기는 윤리적 차원에서 부친을 동정하며 '가엾은 생각'을 가져 볼 따름이다. 결국 덕기는 윤리적 차원에서 부친이나 조부를 타협시키고 또 그 스스로 그들과 타협함으로써 세대 간의 갈등을 해소시켜 보려고 한다. 물론 그 성과는 거의 없다. 조의관과 조상훈의 갈등, 조덕기에 의한 양자의 합의 시도가 조씨 가문 속에서 일어나는 일련의 사건의 요약이 된다.

　횡적인 사건축에 관련되는 인물은 조덕기, 김병화, 홍경애, 이필순, 장훈, 피혁 등이다. 여기서 중심을 이루고 있는 인물은 조덕기와 김병화다. 조덕기에서 횡적인 축과 종적인 축은 만나고 있다. 김병화의 가족으로는 부친이 나타나는데, 그는 조상훈과 같은 개화한 기독교인이다. 앞의 세대를 보는 눈은 조덕기의 경우 포용적이나 김병화의 경우는 철저히 부정적이다. 김병화의 이념적 기반은 사회주의이며 현실에 대응하는 방법론은 급진적 투쟁론이지만, 조덕기의 경우는 보수주의라 할 수 있는 이념적 기반 위에 선 타협적, 점진적 실력양성론이다. 병화는 계급구분론에 입각하여 스스로 프로계급으로 자처하며 부르죠아 계급에 대한 투쟁을 선언하지만, 덕기는 한국인에 있어 부르죠아는 존재하지 않으며 한국인 모두가 중산계급도 못되는, 혹은 그 이하에 속하는 동일한 계급이라 하면서, 계급구분론을 거부한다. 이러한 덕기의 생각은 "현계단의 조선인은 무산계급인 동시에 민족인"이라는, 앞에서 살핀 양주동의 주장과 같은 논리에 선다. 덕기는 김병화의 계급투쟁론은 거부하지만 무산계급의 현실은 인정하는 등 김병화의 주장의 일단을 수용하려는 입장을 취한다. 말하자면 덕기는 사회주의자와의 타협을 지향하는 것이다. 한국민은 "피차에 배를 졸라매고 앉았으니 의견이 틀린다구 말다툼할 기운도 없어 서로 사패를 알아"주고 "서로 동정하"는 점에서 일치하며, "사회운동이나 민족운동이 그런 점에서 일치"한다는 것이 덕기의 생각이다. 그는 모든 사람들이 화해하면서 살아가기 위해서는 개인의 성격과 견해를 서로 인정하여야 한다는 점을 강조한다. "나는 내 견해가 따로 있"으므로 편협한 개인적 감정과 이념으로 자신에게 어떤 방향을 강요해서는 안되고, 이것은 자신이 다른 사람에게 대해서도 마찬가지라고 한다. 이것은 개성 존중론이라 하겠다.

덕기는 결국 민족 전체가 고통받고 있는 시대에 있어 민족 내의 분열이란 있을 수 없다는 전제 아래 전후(前後) 세대 간에, 그리고 동세대 간에 존재하는 제 가치관과 이념을 통합하여 민족 전체의 단합을 모색하고 있는 것이다. 그는 식민지 시대에 있어 맑은 정신으로 살아가자면 유치장에나 끌려 다니는 개인적 희생밖에 남을 것이 없으며, 그것이야 말로 '값없는 희생'이요, '값없는 횡액'에 불과한 것이라고 보고, 민족과 개인이 살아남기 위해서는 투쟁보다는 포용과 감화가 더 적절한 현실대응 방법론이라는 결론에 이른다.

> 투쟁은 극복의 전 수단은 아닐세. 포용과 감화도 극복의 유산탄만한 효과는 있는 것일세. 투쟁은 전선적 부대적 행동이라 하면 포용과 감화는 징병과 포로를 위한 수단일세. 포용과 감화도 투쟁만큼 적극적일세. 지금 자네는 춘부께 대하여 당당한 포진을 하고 지구전을 하는 듯 싶지만 나 보기에는 그 조그만 감정과 결벽과 장상에 대하여 어찌하는 수 없다는 단념으로 퇴각한 셈이 아닌가? 훌륭한 패전일세 (중략) 포용과 감화라는 적극 수단으로 종교의 성루에 돌진할 용기는 없나? 그와 마찬가지로 내게 대하여도 만일 동지애를 구한다면 자네로서는 당연히 조그만 투쟁감정을 떠나서 제 이의 수단을 취할 것이 아닌가? (중략) 자네의 인생관이나 자네의 사회관 속에 들어와서 자네 생활을 생활하라고 강제해서는 아니될 것

일세. 그것은 너무나 극단이요 자기만을 살리려는 이기적 충동이요 남의
생명의 존재를 무시하는 것일세.[33]

이것은 병화에게 쓴 덕기의 편지의 일절이다. 포용 및 감화 우위론, 개
성존중론 등 그간 해왔던 덕기의 주장을 명백하게 정리해 보인다. 여기
서 다시 주목되어야 할 것은 '훌륭한 패전', '제 이의 수단'이라는 말이
다. 당장의 해결이 어려운 문제에 대해 정면대결하기보다는 우회적 방법
혹은 작전상 후퇴가 필요하다는 것과 배타적 태도보다는 수용해서 이용
하는 태도가 필요하다는 것을 주장하는 말이다. 이러한 생각은 해방 후
개고본에서는 다음과 같은 논리로 나아간다.

> 물론 때는 흘러가는 것이지마는 그 대신에 들어설 준비가 되어 있어야
> 지! 덕기 생각으로는 때는 흘러나가는 것이요, 조부가 돌아가고 새 사람,
> 새 살림, 새 시대가 바뀌어 들겠지마는 그것이 일조일석에 되는 것이 아
> 닌 것을 안 것 같다 (중략) 할아버니께서 일흔이 넘어 돌아가셨으면 일찍
> 돌아가신 것은 아닐 거요, 결국 우리의 뒤받침이 늦은 것이다. 우리가 아
> 무 준비도 없기 때문에 불과 두 달에 이 모양이다.[34]

결국 종축과 횡축의 인물들이 보여주는 가치관과 이념을 포용한 덕기
의 현실대응 방법론은 1920년대 이후 실력양성론자들이 말해 온 민족개
량론, 준비론 혹은 점진적 실력양성론과 궤를 같이 하는 것이다. 해방 후
에 개고된 부분에서는 대일 타협행위까지 그려넣어지고 있는 바, 덕기는
기무라 고등과장에게 뇌물을 주면서 피검자들의 석방을 '사정'하고 심지

---

33) 염상섭, 『삼대』 외, 238~239쪽 및 243쪽.
34) 염상섭, 『삼대』 하권, 을유문화사, 1948, 382쪽. 신문 연재본에 없는 이 부분은 해방 후
    개고 시 추가되었는데, 신문 연재본에서 미진하게 나타냈던 덕기의 생각을 더욱 분명하
    게 매듭지어 놓은 것이다. 해방 전과 해방 후의 염상섭의 생각이 같음을 잘 드러내주는
    부분이다.

어 기무라의 도움에 대해 '감사한 인사'마저 하고 있다.

이 작품에서 덕기를 제외한 모든 인물들이 몰락하는 것으로 그려진다. 조의관과 조상훈은 물론이요, 김병화나 장훈 등의 사회주의자들도 내분과 이념의 변질 그리고 일제의 탄압 때문에 몰락하고, 경애의 부친이나 필순의 부모 같은 과거의 민족투사들도 일제의 탄압 때문에 몰락하고 만다. 필순은 그 부친의 희생물이다. 조의관과 조상훈은 서로를 부정하고, 사회주의자들은 자기네들의 투쟁방법론에 회의를 가진다. 김병화는 사회주의 운동을 위한 자금을 개인적 경제문제해결에 사용하고 뒤에 가서는 덕기의 영향을 받아 온건론자가 된다. 장훈 일파의 사회주의 행동대원들도 이념보다는 돈을 중시하게 된다. 장훈이는 고문 속에서 자살한다. 이런 사건들을 통하여 염상섭은 덕기를 제외한 모든 인물들이 소유한 가치관이나 이데올로기가 이 시대를 살아가기에는 적절한 것이 되지 못한다는 것을 말하고 있는 것이다. 사회주의에 대하여는, 정면으로 부정하지는 않지만, 현실대응 방법론으로는 효과적인 것이 되지 못하는 공소한 관념으로 파악하고 있다. 긍정적 작중인물 조덕기의 사고와 행동, 그리고 작품전체에서 전개되는 사건의 의미를 통하여 염상섭이 현실대응 방법론으로서 사회주의 노선이 아닌 실력양성론의 노선을 지지하고 있음이 드러난다.

덕기를 뺀 모든 인물들이 쓰러졌지만, 그러나 덕기가 성취한 것도 없다. 변함없이 건재하는 것은 일제 경찰일 뿐, 덕기도 사실상 잃은 것뿐인 상태다. 덕기가 무엇을 얻을 것인지 아무런 암시도, 전망도 나타나지 않는다. 이것은 결국 염상섭이 생각하는 실력양성론도 공소한 것임을 느끼게 한다. 『삼대』에 있어, 이를 바탕으로 하는 새로운 질서의 모습은 물론 나타나지 않거니와, 그 정립의 가능성조차 불투명하다.

4. 맺음말

　『삼대』는 식민지 상황 하의 당대 한국사회의 일면을 반영하려는 데서 출발하여, 특히 여러 계층에 속하는 인물들이 몰락해 가는 현장에 초점을 맞추고 그런 몰락에서 벗어날 수 있는 방법을 모색해 보려는 작품이다. 시대상의 반영 문제에 관한 한 『삼대』의 성취는 두드러진다고 하겠다. 1920년대 이후, 프로소설이 삶의 현장을 엄밀하게 파헤쳐 보이기보다는 도식적 관념 혹은 구호를 외쳐대는 데 급급했던 점과 '유희문학'이 애정문제나 개인적 감상을 그려나가면서 통속적 흥미를 유지하는 데 주력했던 점을 『삼대』는 비판·극복한 셈이다.

　'현계단적 객관적 사회정세'를 파악하고 그 위에서 민족이 나아갈 길을 찾아야 한다는 양주동식 절충론을 『삼대』 집필 시의 염상섭이 수용하고 있음은 충분히 규지된다. 그러나 식민지 한국의 정치적 현실과 당대 가장 고통 받는 계층인 노동자·농민 계층의 운명은 이 작품에서 반영되지 않고 있다. 이 작품에서 다루어지고 있는 인물들은 당시로서는 중류 계층 이상의 출신들로서, 당시 민족의 일부만을 대표할 수 있을 따름이다. 그런 한계는 있지만 일단 다루어진 계층들의 현실은 매우 정밀하게 파헤쳐지고 있다. 현실극복의 방법론으로 제시된 제계층포용론, 사회주의적 투쟁론과 보수주의적 온건론의 타협은 양주동식 절충론과 상통한다.

　현실을 극복하는 힘을 확보하고 또한 그것을 실천하기 위해서는 살아남아야 하고, 살아남기 위해서는 현실을 관망하고 중도적 태도를 지키면서 스스로의 능력을 배양해 나가야 한다는 것이 『삼대』에서 내린 염상섭의 결론적 주장이다. 살아남아서 다음의 과정을 모색할 수 있는 힘을 소유할 수 있게 된 유일한 인물은 중도적 '심퍼사이저'인 덕기였다. 염상섭은 『삼대』에서 사회주의를 일단 포용하는 데서 출발하지만, 그것이 희생만을 가져오는, 적절한 현실대응 방법론이 되지 못한다는 것을 사건의 의미나 대사, 편지 등을 통해서 말하고 있다. 양주동식 절충론을 받아들이면서도 근본적으로 민족문학파 쪽에 서 있는 것이다. 근본적으로 그는 프로문학을 거부하지만, 프로문학과 민족문학으로 양분된 문단의 화해를 모색하고 있는 것이다.

『삼대』는 염상섭의 민족(주의)문학운동의 한 결과물이라고 하겠다. 크게 보아 『삼대』는 민족문학론의 논리를 소설화하려는 노력의 대표적 성과물이 된다. '무색채와 무주의'를 표방했지만, 그것은 그의 표면일 뿐, 그의 근본은 아니었다. 그의 평론문에 나타난 개성론과 자유론, 개인성과 집단성의 조화론, 계급적 소외론, 자중론, 생활론, 윤리도덕론 등은 『삼대』에서도 그대로 반영되고 있는 바, 이것들은 모두 그의 민족문학론 내에 묶여있는 것들이다.

『삼대』에는 앞에서도 말한 바와 같이 프로문학 진영에서 말하는 '프로계급'에 해당하는 사람들의 생활 현장이 없다. 필순의 집은 순수한 프로계급의 참담한 생활 현장으로서가 아니라 적극투쟁론이라는 비효과적 방법론 때문에 몰락하는 인물의 말로를 보여주기 위한 장소로서의 역할을 할 뿐이다.

『삼대』의 현실대응 방법론은 민족의 대다수를 차지하는 하층민들의 운명을 통찰한 결과에 논리적 근거를 둔 것이 아니라, 유산층 주변의 제한된 생활체험에서 나오는 지식인(중등 이상의 교육을 받은 인물이라는 점에서 일단 이렇게 말해둔다)의 관념을 통해서 제시된 것이라는 점에서도 프로문학 진영을 설득시킬 수는 없는 것이 된다. 또한 작중인물 덕기가 말한 대로 포용과 감화가 설득력 있는 현실대응 방법이 될 수 있으려면 그 뒤에 오는 구체적인 실천 방안과 최종적인 목표를 제시하는 논리가 수반되어야만 한다. 다시 말하면 포용과 감화의 다음 단계에 대한 발전적 논리가 제시되어야 한다는 것이다. 이것이 『삼대』에는 제시되지 않는데, 이

점은『삼대』의 중대한 한계일 수밖에 없다.『삼대』 이전이나 이후의 작품에서도 염상섭은 그런 발전적 논리를 제시한 적은 없다.

제 4 장

일제강점시대 말기 일제의 농업정책과 농민소설의 현실 추수

1. 머리말

일제강점시대 소설 유형 가운데 소설연구자들의 사랑을 가장 많이 받은 것으로는 단연 농민소설을 손꼽을 수 있다. 사랑을 많이 받았다는 말은 즐겨 테마거리로 채택되었다는 것과 긍정적 평가를 받았다는 것, 두 가지 의미를 지닌다. 테마거리로 채택된다는 것과 긍정적 평가를 받는다는 것은 본질적으로는 무관한 일이지만 농민소설의 경우에는 별개의 일이 되지 않았다고 할 수 있다. 농민소설을 다룬 많은 연구자들의 거의 대부분이 '농민소설은 좋은 것'이라는 생각을 가지고 있었다. 이러한 생각은 농민이라는 제재가 가지고 있는 성격과 농민소설들이 보여준 성과에 기인한다. 농민은 일제강점시대에 우리 민족의 약 80%를 이루고 있었던 만큼, 민족을 대표하는 계층이면서 일제 식민정책의 대표적 희생계층이었다는 점에서 농민문제는 곧 민족의 대표적 문제이자 민족생존의 문제로 인식되었으며, 이 문제에 대한 접근은 곧 민족현실에 대한 정면적 접근이자 애국·애족, 항일정신의 행위화로 간주될 수 있었다. 바로 이런 점 때문에 농민문제를 다룬다는 것 자체가 사랑의 대상이 된 것이다. 실제로 거의 대부분의 농민운동가·농민문제 연구자·농민문학 작가들은 이데올로기와 문제해결 방안에 있어서 일정한 한계와 상호 간의 차이점을 드러내기는 했지만 근본적으로 민족현실의 극복이라는 애족적 정신에 입각해 있었던 것이다.

농민소설이 당시의 문학 유형 가운데 애족·저항과 가장 가까운 위치에 서 있었던 것은 사실이다. 농민소설은 그 양도 많아서 당시의 작가치고 농민소설 한편을 쓰지 않은 사람이 드물 정도였다. 그리고 많은 농민소설들이 보여주었던 성과 역시 농민소설 전체를 사랑받게 한 것이다.

농민소설에 대한 긍정적 평가는 그러나 1930년대 전기 이전의 작품에 대해서만 적용되어야 한다고 생각한다. 일제강점시대 말기, 즉 1930년대 말기에서 해방까지의 농민소설은 1930년대 전기 이전의 그것과 근본적으로 다르다고 보기 때문이다. 시대상황도 달라졌고 1930년대 말기 이후의 농민소설 전개의 동기와 양상도 과거의 것과는 다르다.

일제강점시대 말기 농민소설에 대한 평가는 그 편차가 크다. 지금까지의 연구자들 대부분은 일제강점시대 말기 이후 농민소설에 대해서도 '농민소설은 좋은 것'이라는 전제를 가지고 있었다고 할 수 있다. 긍정론에서는 이 시기 농민소설을 "일제와는 동화될 수 없는 민족의식"을 가지고 있는 것으로서, "국책순응이란 일견 합법화된 위장으로 농민층의 풍습과 습관을 그 계층의 언어로 표현했다"거나,[1] "표면적인 의미체계는 시대적인 여건에 따르면서 심층적으로는 전통적인 농민소설의 가치, 즉 비판정

---

1) 오양호, 『농민소설론』, 형설출판사, 1984, 71쪽.

신을 담고"[2] 있다거나, '순수 지향 소설'로서 "우리 민족 고유의 농토애나 향토애 또는 국토애"[3]를 담고 있다는 등의 견해가 있고, 부정론에서는 "식민지 시대 말기의 농민의식을 왜곡시키면서 교묘하게 위장된 순응주의를 드러낸다"[4]는 견해가 있다. 이 시기 농민소설 연구는 거의 이무영에 집중되어 있거니와, 문제가 될만한 것들의 대부분을 이무영 소설이 보여주고 있는 만큼 그를 논의의 중심에 놓는다는 것은 당연하다.

이 시기 농민소설 연구에서 가장 중요한 선결 문제는 이 시기의 농민 현실, 특히 일제의 농촌지배정책을 이해하는 일이다. 지금까지의 대부분의 연구는 일제 농업정책의 변화를 간과하고 어느 시기의 농민소설이나 같은 농민 상황에 기초해 있는 것처럼 다루었다. 즉 1930년대 말기 이후의 소설도 1930년대 전기까지의 소설과 같은 시대적 상황 위에 놓고 보는 것이다. 다만, 전시체제하에서 수난이 보다 강화된 시기라는 정도의 추상적 인식만 갖고 있는 것처럼 보인다.

일제는 1932년 '농촌진흥운동'을 시작하면서 과거의 '지주적·반농민적' 농촌지배정책에서 '사회개량적' 정책으로의 수정을 시도했는데, 이는 기존 제도의 수정과 새로운 제도의 실시로 농민층의 성장을 촉진·지원하여 농촌경제를 안정화시키고 이를 통해 증산을 기하고, 농민들의 저항을 줄이면서 그들을 체제 내로 끌어들여 체제안정을 기하자는 목적이었다.[5] 이러한 정책은 수정·보완되면서 1940년대 전기에까지 이어지고 있다. 일제강점시대 말기의 농민소설에는 농촌진흥운동 이후의 일제 농촌지배정책의 실천항목과 일제의 의도들이 직·간접적으로 크게 반영되어 있다. 이런 점에서 지주—소작인의 대립을 중심으로 한 계급혁명적

---

2) 조정래, 「1940년대 초기 한국 농민소설 연구」, 연세대 박사학위 논문, 1987, 131쪽.
3) 신희교, 「1930년대 귀농소설 연구」, 동아대 박사학위 논문, 1992, 163쪽.
4) 류양선, 『한국농민문학연구』, 서광학술자료사, 1994, 353쪽.
5) 정연태, 「일제의 한국 농지정책(1905~1945)」, 서울대 대학원 국사학과 박사학위 논문, 1994, 288~291쪽.

농민소설이나 농민계몽을 중심으로 하는 계몽적 농민소설과는 다른 양상을 띠고 있다.

여기서는 일제의 국가총동원법이 시행되는, 극도로 강화된 억압적 상황이 전개된 시기이자 과거와 다른 농민문학론이 등장하면서 작품에도 영향을 미치게 된 1939년경부터 1943년경까지의 농민소설을 대상으로, 그 특징을 검토하려고 한 것이다. 여기서 논의의 중심에 두는 것은 이 시기 농민소설에 나타난, 새로운 주(主)주제, 새로운 주(主)인물의 양상과 그것들이 내포한 시대적, 농민소설사적 의미와 작가의식이다. 농민소설의 범위로 잡은 것은 농민과 농촌이 제재가 된 작품이다. 이 시기에 있어 만주에 살던 안수길 등에 의한 작품들도 있으나, 그들의 경우 국내와 만주의 농민 상황이 달랐던 만큼 국내를 배경으로 한 소설과 동일한 위치에서 논의될 수 있는 것이 아니다. 따라서 이들은 별도의 자리에서 논의되어야 할 대상으로 남겨둔다.

2. 시대현실과 농민문학론

1931년 조선총독으로 부임한 우가키 카주시케(宇垣一成)는 소작쟁의의 격화로 인한 농촌사회의 불안 고조, 농업공황으로 인한 농촌의 황폐화를 막음으로써 식민지배의 안정성을 유지하면서 한국이 식량공급지로서의 역할을 다하게 하기 위하여 농촌진흥운동을 실시하게 된다. 이에 대한 구체적인 실천방법으로 '조선소작조정령'(1932), '자작농지설정사업'(1932), '농가갱생계획'(1933), 그리고 '조선농지령'(1934) 등을 만들어 내었다. 이들 정책의 핵심은 소작농을 안정시키면서 생산증대를 기한다는 것이다.

1930년대의 농정은 기본적으로, 지주를 보호·육성하려는 그 이전 농정과는 달리, 지주와 농민의 계급화해를 통한 농촌지배의 강화를 목표로 했다. '농지령', '소작령'은 지주의 권리를 일정하게 통제하고 소작인에게 최소한의 소작권을 보장함으로써 지주와 농민의 협조·융화를 도모하려는 것이었다. 우가끼가 가장 강조했던, 농촌진흥운동에서 가장 중요한 목표는 '소작농의 갱생'이었다. 우가끼는 '조선농지령' 제정에 대한 담화에서 "조선 민중 생활의 안정과 향상을 도(圖)함은 통치의 근간으로써 (중략) 조선 총호수의 8할은 농가이며, 더욱이 대부분이 소작농계급에 속함으로써 차등(此等) 소작농의 생활을 안정 향상케 함은 급무 중의 급무이라"고 하면서, "농민의 물심 양 방면 갱생을 도(圖)하기 위하야 농산어촌 진흥 방침을 결정"했었다고 했는데, 여기서 그가 시종 강조한 말은 "소작권의 안정", "지주 대 소작인 협조 융화"였다.[6] 자작농지설정사업은 1932년에 '제1차 계획'이, 1942년에 '제2차 계획'이 시작되는데, "소작농에게 토지를 갖게 하여 이들을 중핵으로 하여 사상과 경제가 모두 불안정한 농촌의 갱생을 도모하고 이촌부랑(離村浮浪)의 폐단을 방지"[7]하기 위한 것으로서, 제1기의 경우는 "농촌사회의 위기에 대응하여 체제안정화를 기하려는 차원에서", 제2기의 경우는 "중일전쟁, 대동아전쟁 등 침략전쟁의 확대라는 조건에 부응하여 전시 식량을 안정적으로 공급하려는 직접적 동기에서"[8] 계획된 것이다.

1938년 5월에 '국가총동원법'을 시행하고, 전시체제하의 군수원료, 노동력, 농산물 등 인적·물적 자원을 수탈하기 위해 '소작료통제령'(1939. 12), '농산촌 생산보국 지도요강'(1940. 12), '농촌노동력 조정요강'(1941. 4), '조선농업계획요강'(1943. 7) 등을 계속 발표한다. '농산촌 생산보국 지도요

---

6) 허흡, 『소작정해(小作精解)』, 농정연구회, 1938, 1~4쪽.
7) 조선총독부 농촌진흥과, 『조선농촌진흥관계규례』, 1939, 576쪽. 정연태, 「1930년대 '자작농지설정사업'에 관한 연구」(『한국사론』 26집, 서울대 국사학과, 1991), 166쪽에서 재인용.
8) 정연태, 「1930년대 '자작농지설정사업'에 관한 연구」, 178쪽.

강’의 골자는 “종래의 농촌진흥운동에 일관된 자유주의적 호별 지도를 지양한 것”이며, 이에 따라 ‘농촌진흥운동’은 ‘생산보국운동’으로 전환되었다.9)

‘국가총동원법’의 전체적 억압에다, 최대한의 수탈을 위한 다방면의 구체적인 농촌통제법령으로, 농민들은 더 이상 빠져나갈 수 없는 극단적 곤경에 놓이지 않을 수 없게 되었다. ‘국가총동원법’이 시행되고 있는 가운데, 한동안 제기되지 않던 농민문학론이 나타나게 된다. 이때 나타난 농민문학론은 1935년 이전의 농민문학론과는 성격이 판이한 것이었다.

새로운 농민문학론을 처음으로 제기한 것은 『인문평론』 창간호에 실린 「모던 문예사전」의 「농민문학」 항목이었는데, 이 항목의 집필자는 최재서였다. 여기서 농민문학의 개념은 크게 변질되었으니, “널리 농촌을 배경 삼아 농민의 생활을 그리는 문학이면 무엇이나 농민문학이겠으나 요새 씨워지는 이 말은 특히 거번(去番) 유마 농상(有馬 農相)을 고문으로 소화 13년 10월 4일에 결성된 ‘농민문학간담회’원들의 작품을 지칭한다”고 하였다. 이 회의회원들이 가장 중요시 하는 점은 “흙에 대한 농민의 애착을 강조하는 동시에 명랑한 농촌을 그리자는 것”이며, 이들이 지향하는 바 ‘금일 농민문학의 중요한 과제’는 “농경인의 깊은 예지와 정서와 생활의 탐구에 있어 실체를 파악하는 동시에 그것을 시국(時局) 내지 시대와의 관련 하에서 처리해 나가는 것”이라 하였다.10) 결국 이 시기 농민문학은 ‘시국과의 관련’에서 그 존재 이유를 갖게 되는 것이다. 농민문학은 ‘생산문학’과도 깊은 관련을 맺는다. 즉, 농민문학은 생산문학의 범주에 속하는 것이다. 생산문학에 대해 최재서는 “사변(중일전쟁—필자주)

---

9) 정연태, 「1940년대 전반 일제의 한국농업 재편책―‘농업재편성정책’을 중심으로」, 『국사관논총』 38집, 국사편찬위원회, 1992, 219쪽.
10) 「모던 문예사전」, 『인문평론』 창간호(1939. 10), 106~107쪽. 여기서 ‘농민문학懇談會’는 ‘농민문학懇話會’의 잘못임.

이후 일본문단에 족출(簇出)한 신흥문학의 일종”으로, 취재 범위는 “농촌, 어장, 광산, 공장, 이민지(移民地) 등에 있는 산업적인 부분”이고, “그 방법에 있어서는 기록적, 보고적이고 그 정신에 있어서는 국책적”이라 했다.11)

문학의 시국적 임무와 농민문학의 역할을 분명하게 선언한 글이 1940년 4월에 나타난다. 『인문평론』의 ‘권두언’으로 제시된 「국책과 문학」이 그것인데, 여기서 “금일 문예인은 국책에 협력할 것”을 강조하였다. 문예인은 “국책에 순응할 뿐 아니라 국책에 협력하여야 하며”, 특히 “농민문학은 기성의 국책을 따르는 것이 아니라 차라리 앞으로 농촌을 구제할만한 국책을 내세울 그 원동력이 되어주기 바란다”는 농상 아리마 요리야스(有馬賴寧)의 말을 좌우명으로 삼아야 한다고 단언했다. 『인문평론』 1940년 4월호는 이 권두언과 함께 아리마가 직접 쓴 「문학과 정치」라는 글도 실음으로써 어용국책문학으로서의 농민문학의 본격적 전개를 독려하고 있다. 아리마는 여기서 농민문학은 “이번 성전(聖戰)의 사명이 어디에 있는가”를 파악하고 “진실로 일본 국민을 지도하고 흥분에까지 몰아넣을 수 있는 한개의 문학”이 되어야 한다고 했다.12)

아리마가 고문이 되어 결성된 ‘일본문학간화회(日本文學懇話會)’는 1938년 1월 시마끼 겐사꾸(島木健作) 등 40여 명이 만든 것인데, ‘농업의 장려’라는 국책과 문학을 직결시키려는 목적을 가지고 있었다. 시마끼의 소설 「생활의 탐구」(1937)는 이 시기 ‘농민문학융성’의 계기가 되었다. 이 시기 농민문학은 국책문학의 하나인데, ‘농민문학간화회’가 결성된 이후 대륙문학, 해양문학 등 여러 형태의 국책문학작품과 ‘해양문학협회’, ‘남양문학간화회’ 등등 많은 국책문학단체가 생기고, 조선에서는 ‘조선문인협회’(1939. 10)가 결성되기도 했다.13) 일본에서의 이들 국책문학들은 일본문

---

11) 같은 글(「생산문학」 항목), 114쪽.
12) 有馬賴寧, 「문학과 정치」, 『인문평론』, 1940. 4, 64쪽.

학사에서 "주체성의 상실과 자기소외 위에 성립된, 표면적 변화는 있으나 바닥이 얕은 것이었고, 문학적 가치도 적은 것"14)으로 평가되고 있다.

이 시기에 국책 농민문학론을 전개시킨 사람으로 먼저 임화를 들 수 있다. 그는 일본 농민문학의 동향소개 형식을 빌어 조선의 농민문학이 나갈 바를 암시하였다. 그는 현재의 일본 농민문학은 과거의 그것과 전연 다른 조건 아래서 발흥했다고 했는데, 이 발흥은 "국가가 전 운명을 도(賭)하여 외적과 싸우기 시작하고 국민이 모든 힘을 합하여 이 싸움에 당하고 있는 사변(日支事變, 즉 중일전쟁-필자주) 뒤의 일"15)이라 소개했다. 그리고 일본작가 니이 이타루(新居格)의 "내가 무슨 까닭으로 토(土)의 문학, 농민문학에 유의하기 시작했던가? 나는 전쟁과 더불어 총후(銃後)로 생각하는 그 사고방법을 문학 위에다 이동시킨 것이다"16)라는 말도 소개하여 농민문학의 '총후'(후방-필자 주)적 역할을 강조한다. 그러면서 그는 "팽배한 농촌현실의 앙등"과 "농촌적인 것을 문화의 피방(彼方)에다 방치해둘 수 없는 사정"도 농민문학 발흥 촉진 필요성의 이유로 들고 있다. 임화는 일본 농민문학을 ① 도회의 농촌화의 경향 표현 유형, ② 농촌의 자주적 앙등의 경향 표현 유형으로 양분하고 후자를 다시 '농촌세태적'인 것과 '전원적 생활＋궁핍한 농민생활'을 그린 것으로 나눈다. 임화는 한국 내의 농민문학이 나아갈 지표로 "국책을 수립하는 그 원동력이 될 것"(아리마 요리야스), 혹은 "시국 내지 시대와의 긴밀한 관련 가운데 개척해 나가야 할 것"(아리타 겐이치)라는 일본인들의 말을 빌려 제시했다.

임화는 또한 「생산소설론」을 써서 궤변적 논리를 펴기도 했다. 그는 최근의 조선소설이 시정소설(市井小說)로 빠지면서 소재에 대한 지배력 상

---

13) 市古貞次 책임편집, 『日本文學全史』 6, 學燈社(東京), 1978, 260쪽.
14) 같은 곳.
15) 林和, 「일본 농민문학의 동향」, 『인문평론』, 1940. 1, 13쪽.
16) 같은 곳.

실 및 문학 정신의 쇠퇴 현상, 한마디로 리얼리즘을 상실했다고 단정하고, 리얼리즘을 회복하기 위해 생산소설을 써야 한다고 주장한다. 여기서도 일본문단의 현상을 끌어와, 거기서의 ‘생산장면을 그려라’는 유행 표어가 우리 문단에도 타당하다고 한다. 그리고 “생산장면을 그리는 것, 소설의 제재를 한번 생산에다가 국한하고, 또는 그리로 전환시켜 보는 것”은, 현실을 전체적으로 보는 것, 즉 입체적 리얼리즘을 실현하는 것이 될 수도 있다는 주장도 한다.[17] 「생산소설론」은 이 시기 임화의 의식과 논리의 파탄을 보여주는 글이다.

권환도 농민문학론을 제기했는데, 그는 농민문학이 “생산문학의 일부분으로 농민의 생산생활을 묘사하는 문학”[18]이라 하여, ‘생산문학의 일부분’임을 명백히 한다. 그는 농촌의 전형적 농민은 소작농이라고 말하면서 오늘의 농민문학은 “왕년의 계급문학과 같이 지주와 소작농의 대립관계만에 주력할 것은 아니고 무엇보다도 소작농을 중심으로 하는 일반 농민의 건전한 근로생활을, 그들의 가장 전형적인 얼굴을 진실하게 묘사할 것”[19]을 주창했다. 지금이야말로 “생산문학, 그 중에도 더욱 농민문학의 발전”[20]에 박차를 가해야 할 시대라고 본다.

인정식도 농민문학론을 펴고 있는데, 그는 “농민은 폐하의 신민이며 우리의 동포이자 형제”로서, 농민문학은 구체적·현실적인 농민의 모습을 “농촌의 생활 제관계를 과학적으로 이해”하는 기초 위에 그려야 한다고 했다.[21] 인정식의 글에서는 그가 생각하는 농민문학의 구체적 양상이 드러나 있지 않는데, 분명한 것은 ‘폐하의 신민’인 농민상을 그려야 한다는 것이다.

---

17) 임화, 「생산소설론」, 『인문평론』, 1940. 4, 10쪽.
18) 權煥, 「농민문학의 제문제」, 『조광』, 1940. 9, 92쪽.
19) 같은 책, 97쪽.
20) 같은 책, 98쪽.
21) 印貞植, 「조선 농민문학의 근본적 문제」, 『인문평론』, 1939. 12, 19쪽.

여기서 특히 주목되는 것은 임화와 권환이다. 이들은 과거 카프의 맹장들로서 계급혁명투쟁 문학론을 이끌어 가던 인물들이며, 권환의 경우는 「목화와 콩」(1931. 7) 같은 볼쉐비키적 농민소설 작품을 쓰기도 했었다.

이상에서 본 것처럼 일제강점시대 말기의 농민문학론은 과거의 계몽주의적 혹은 계급주의적 농민문학론과는 근본적으로 다른 것이었다. 과거의 농민문학론이 유형별로 나름대로의 문제점은 안고 있지만 근본적으로 한국 농민의 식민지적 현실 극복을 위해 한국인 문학론자들이 고민하면서 구성해낸(일본 농민문학론의 영향을 입었던 경우라도) 것이었음에 비해 이 시기의 농민문학론은 중일전쟁 후 일제 관리와 어용 문인들에 의해 일본에서 구성된 것을 옮겨온 것이며 전적으로 일제의 농촌지배정책 수행을 위한 것이었다. 한마디로, 이 시기 농민문학론은 우리 농민을 위한 것이 아니라 일제를 위한 것이었으며, 이와 함께 나타나게 된 농민소설도 근본적으로 시국적, '국책'적인 것일 수밖에 없었다.

3. 새로운 지식인상과 귀농의 논리

1930년대 말의 어용 농민문학론과 함께 나타난 농민소설에서 가장 두드러진 새로운 현상은 귀농지식인을 주인공으로, 지식인 귀농과 도시부정을 주제로 한 작품이 많다는 사실이다. 이러한 소설 유형의 등장은 일본 어용 농민문학론의 이식과 시기를 같이 하는 것으로, 그 첫 작품인 이무영의 「제1과 제1장」(1939. 10)은 농민문학과 생산문학을 소개하는 「모던문예사전」과 『인문평론』 창간호에 나란히 발표되고 있다. 이 유형의 작품으로는 「제1과 제1장」 외에 이무영의 「흙의 노예」(1940. 4), 이기영의 「귀농」(1939. 12)과 「생명선」(1941. 3~8), 박노갑의 「백일」(1942. 2), 계용묵의 「약혼기」(1944. 7) 등이 있다. 이 유형의 작품은 숫자로는 많은 것이 아니지만, 과거에 없었던 새로운 인물상과 주제를 보였다는 점, 주제가 강한 시국성을 띠고 있었다는 점, 그리고 주제가 명료하고 그 작가의 어조가 강했다는 점 등에서 그 비중에 있어서는 이 시기 농민소설을 대표할만한 것이 된다고 할 수 있다.

이 유형의 작품에서 나타나는 주인공들은 모두 농촌출신이고 가난한 소작인의 아들이며, 고학을 통해 도시에서 중등 이상의 교육을 받은, 일제강점시대의 기준과 통념으로 볼 때 지식인들로서, 귀농을 단행한다. 이런 점에서는 이들도 과거의 농민소설에 나타났던 지식인들과 다를 바 없다. 그러나 그들의 귀농 동기와 목표, 농민문제를 보는 시각, 귀농 후의 활동에서 완연히 다른 모습을 보이게 된다.

「제1과 제1장」의 주인공 수택은 소작농의 아들로 고학으로 동경에서 대학전문부를 마치고 "이런 자리를 노린 대학 출신의 이력서가 기백장 설합 속에서 신음"22)하는 좋은 직장을 버리고 낙향한다. 귀향의 근본 이유는 도시 생활에 싫증이 났다는 것, 기자 생활에 적응하기 어렵고, 또 작가로서 작품활동도 하기 어렵다는 것이고, 단행의 직접적 계기는 청량리 교외에 나갔다가 느낀 흙냄새였다. 그의 목표는 "오랫동안 동경해 오던 이상 생활"을 영위하는 것인데, 이것은 흙냄새를 맡으며 농사를 짓고 한편으로 작품도 쓴다는, '반농반필(半農半筆)'의 생활이다. 농촌에 돌아온 그는 아버지로부터 "물자리 좋은 논 여덟마직이"의 소작권을 이양받고 집도 장만하여 농민으로서의 생활을 무난하게 시작한다. 그리고 다음 작 「흙의 노예」로 그의 생활은 이어진다. 흙을 사랑하고 농사에 충실한 농민이 되기 위해 최선을 다하는 수택은 마침내 아버지가 잃어버린 땅을 찾기 위해 장터 한복판에 있는 집을 싸게 팔고, 그 땅을 팔아준 일인에

---

22) 이무영, 「제1과 제1장」, 『인문평론』, 1939. 10, 142쪽.

게 "눈물이 나게 치하"를 한다.

실질적으로 전후편이라 할 수 있는 이 두 작품에서 이 유형 소설 전체에서 보이는 귀농지식인의 실체와 작가의식, 주제의 시국적 성격의 전모가 모두 드러나고 있다. 이들의 귀농 동기는 합리성을 지니지 못한다. 농촌은 살만한 곳이고 도시는 살기에 나쁘다는 근거가 논리적으로 설명되어 있지 않다. 당시의 지식인의 현실로 보면, 농촌은 결코 그들의 삶을 안정시켜 줄 수 있는 곳이 아니다. 차라리 도시가 좋은 곳일지도 모른다. 작품에서는 주인공이 귀농하자 쉽게 소작지를, 그것도 물자리 좋은 곳 여덟 마지기나 확보한다. 이것은 이 작품을 읽을 수 있는 도시 지식인 독자층에게 귀농만 하면 소작지는 넉넉하고 쉽게 확보할 수 있을 것처럼 착각케 하는, 현실왜곡의 일부이다. 당시 농민 현실은 여전히 소작권의 확보 문제, 소작료 문제 등이 심각한 문제로 남아 있었고, 전체적인 소작농의 생계유지는 최악의 상태에 있었으며, 그렇기 때문에 이농자가 끊이질 않았던 것이다. 이런 현실에다 농사의 지식과 체력마저 갖추지 못한 도시 지식인이 농민이 된다는 것은 참으로 어려운 일이 아닐 수 없었다.

농촌인구의 도시유입에 따른 농촌노동력의 부족으로 농업생산에 차질이 생기자 일제는 지식인 등 도시인구의 귀농을 독려했던 것이고, 이 소설은 그러한 일제의 구호를 그대로 따른 것이다. 도시 지식인의 귀농 권유를 위해서 도시는 추악한 곳이요, 도시에서 지식인이 할 일은 없다는 것을 강조함으로써, 실제로 암담한 도시 현실에서 좌절감을 느끼고 있던 당대의 지식인들에게 기만적 자극을 줄 수는 있었을 것이다.

귀농 후의 계획도 구체성이 전혀 없다. 흙을 사랑하고 자연에 묻혀 농사지으며 즐겁게 산다는 것 이상이 없다. 지문이 "로만틱한 계획은 이리하여 세워진 것이었다."[23]고 인정한 것처럼 '로만틱'한 것일 뿐이다. 수

---

23) 같은 책, 147쪽.

택의 귀농 동기, 귀농 후 생활 계획에는 그 곳 농민 전체를 위한, 즉 집단을 위한 이념·활동이 전혀 없다. 그는 어디까지나 그 개인이 어떻게 충실한 농민이 되는가에만 관심을 갖는다. 귀농 후 그의 생활 범위는 개인적인 것에만 국한되어 있을 따름이다. 이것은 1930년대 전기까지의 농민소설 지식인 주인공들과 근본적으로 다른 점이다. 과거의 지식인 주인공들은 개인의 문제를 넘어, 집단의 문제에 관심을 가졌다. 귀농의 동기에서부터 집단을 위해 일한다는 목표와 실천 계획을 가지고 있었거나, 아니면 『고향』의 김희준처럼 귀향 과정에서는 그 점이 불분명했지만 귀향 후에는 집단을 위한 활동에 몸을 바쳤다. 그들은 '문제적 인물' 혹은 '완결된 인물'로서, 식민지 조선의 농민이 처한 현실적 문제들을 앞에 놓고 농민들의 의식을 일깨우며 지주와 관(官)과 맞서면서 문제해결에 앞장섰던 것이다.

이 작품의 주인공은 전혀 그런 인물이 아니다. 농민 전체의 식민지적 현실에 대한 인식의 깊이는 극히 천박했고, 올바른 인식을 위해 노력하지도 않는다. 그는 개인에서 시작해서 개인으로 끝나는 인물로 남아 있다.

> 일년 내 피와 땀을 흘려야 벼 한톨 얻어 먹지 못하고 빈손만 털고 일어나는 소작인들의 그 애절해 하던 심정도 지금서야 이해되는 것 같았고 매년 그러리라는 것을 빠안히 내다 보면서도 그 농사를 단념하지 못하는 그네들의 심정도 이해되는 것 같았다. (중략) 그것은 마치 종이값도 못되는 원고료를 전제로 한 작품이기는 하지마는, 쓰는 동안에는 그러한 관념이 전혀 없이 그저 맹목적인 정열을 글자 한자에마다 느끼는 것과 무엇이 다르랴 했다. 애정이란 이해관계를 초월한다는 것을 수택은 또 한번 생각한다. 이 애정―그것으로 인류는 살아가는 것이요, 이 애정으로 도덕을 삼는 데서만 인류는 행복될 것이라 싶었다.[24]

---

24) 같은 책, 160쪽.

그의 현실인식이 얼마나 천박한가를 잘 보여주는 구절이다. 농민의 궁핍한 현실을 눈으로 보았지만, 그것을 그는 전혀 엉뚱한 방향에서 이해했다. 농민의 궁핍 문제는 전혀 보지 못하고 농민들의 '애절한 심정'에만 주목하였다. 놀랍게도 — 왜냐하면 그는 신문기자였던 사람이다 — 그는 농민의 그러한 '애절한 심정'이 생계의 전망에 대한 참담함 때문이 아니라 벼에 대한 애정 때문이라 해석했다. 농사를, 농사의 수확물을 예술가의 창작행위와 창작물에 비유하는 것은 궤변일 따름이다. 수확물을 누가 소유하고 누가 먹든, 농사 그 자체, 쌀 그 자체를 사랑하는 정신을 보고 감격했다는 것이다. 이것은 매우 심각한 의미를 가지고 있는 부분이다. 비록 쌀이 일제에 의해 수탈되어 일본으로, 전선(戰線)으로 가고 자신들의 입에 들어오지 않더라도, 그런 것에 관계없이 조선의 농민들은 가난한 예술가가 심신을 불태워 위대한 예술작품을 만들다가 죽는 것처럼, 쌀 그 자체에 대해 무한한 사랑을 가지고 좋은 쌀의 생산을 위해 온몸을 바칠 것을 은근히 권하고 있기 때문이다.

농민 현실에 관련된 것 중 주인공이 유일하게 문제의식을 느끼는 것은 소작료 문제이다.

> 이 벼단의 대부분이 — 아니 어쩌면 거의 전부가 낡아빠진 맥고모자를 뒤쪽지에 붙인 되바라진 젊은 친구의 손으로 넘어가리라는 것을 잘 알면서도 수택은 그것을 억지로 생각지 않으려 했다. (중략) 지세로 또 몇말인지 뜨였다. 그는 말질을 하는 되강구가 바루 지주나 되는 것처럼 그의 손목이 미웠다.[25]

소작료율 문제로 그는 지주에 대해 반감을 느낀다. 그러나 그것으로 끝이었다. 그는 이 문제를 "억지로 생각지 않으려" 했다. 현실에 대한 비

---

25) 같은 책, 164쪽.

판에 해당될만한 것으로 이 작품이 보이는 유일한 것인 이 지주에 대한 반감 표출은 그러나 일제의 눈에 걸릴만한 것은 아니다. 일제는 '조선농지령' 등을 시행한 것에서 보인 것처럼 소작료 및 소작권에 관한 범위 안에서 지주에게 일정한 통제를 가하고 있었는데, 이는 이런 범위 내에서 지주에 대한 비판은 허용될 수 있음을 의미하는 것이다. 계급문제, 혹은 농촌 지배구조 문제를 따지거나 적대적 행동을 취하지 않고, 소작료에 관하여 지주에게 불만을 표시한 것은 결국 현실비판이 아니다. 「흙의 노예」에서 작중 지주인 용훈이 "어디 지금 세상에 논인들 맘대루 뗄 수가 있어야 말이지, 농지령 때문에 작권두 모두 계약을 하게 돼 놔서"[26]라고 말하는 부분은 이 시기에 와서 지주의 입지가 통제받고 있음을 반영한다. 그러나 중요한 것은 이것이 소작인의 삶을 위해서가 아니라 쌀 증산을 위한, 일제의 보다 많은 수탈을 위한 것이라는 점이다.

「흙의 노예」 마지막 부분에서도 중요한 문제가 나타나고 있다. 수택은 장터 한복판, 상업적 요지에 있는 자신의 집을 "이렇게 거추장스런 집을 지니고 있을 필요는 없"다며, 아버지가 팔아버렸던 옛 땅(농토)을 되사기 위해 팔아버린다. 이 집(터)은 수택이 판 즉시 큰 뒷돈이 붙어 제삼자에게로 넘어갔다. 수택은 근대 경제의 기본을 모르거나 혹은 등지는, 근대적 지식인이기를 포기하고 전근대적 인물로 남아있게 되는 것이다. 경제적 가치에는 관심 두지 말고, 누가 어떤 이득을 보든 상관없이 그런 것은 미련 없이 버리고 논이나 확보해서 쌀 생산에나 전념하라는 일제의 바람을 여기 간접적으로 독자에게 전달하고 있는 것이다. 현실인식도 박약하고 경제관념도 박약한 이 귀농 지식인에게 면장은 "긴상같은 청년이 우리 면에 자꾸 나왔으면 좋겠습니다. 턱도 없이 농촌들을 싫어해서 큰 탈입니다."[27]고 칭찬한다. 그런데 이 면장의 말 가운데서 당시 일제의 농

---

26) 이무영, 「흙의 노예」, 『인문평론』, 1940. 4, 196쪽.
27) 같은 책, 237쪽.

업정책의 일면이 드러나며, 따라서 수택이 땅을 사는 행위가 지니는 의미가 명료해진다. 수택은 자신이 살 논의 주인인 일본인이 혹시 땅을 팔지 않으려 할지도 모른다는 생각에, 면장을 찾아가 중재를 해줄 것을 요청한다. 면장은 이에 앞에서 인용한 것과 같은 칭찬을 한 뒤에 계속해서

> 기다하라상도 기꺼이 응할 겁니다. 값도 싼값으로 넘기도록 잘 말했습니다. 만일 안된다면 내라두 가 드리리다. 내 말이면 못 떼겠지요. (중략) 하여튼 긴상같은 분이 우리 농촌진흥운동에 좋은 표본이 되어 주어야 하지요……28)

라고 격려한다. 결국 수택의 땅 매입은 농촌진흥운동의 차원에서 파악되는 것이다. 우가끼는 이미 36년에 경질되었지만 그 이후도 농촌진흥운동은 진행되고 있었는데, 그러면 땅 매입은 농촌진흥운동의 무엇과 관계되는가?

바로 자작농지설정사업과 관련을 가지고 있는 것이다. 이 사업에서는 자작농지 설정 대상지를 매입할 때 "토지소유자의 이해와 협력을 절대의 요건"으로 하며, 필요할 경우 관청이 개입, 압력·중재도 행한다는 것이다. 이 사업의 진정한 의도는 지주-소작인 간의 갈등을 완화시키면서 소작농으로 하여금 자작지를 소유케 함으로써 토지에서의 미곡생산을 극대화시킨다는 것이었다.29) 물론 이 사업은 행정기관의 계획에 의해, 자작농지 설정 대상으로 선정된 농민들에게 일정한 조건 하에 총독부나 금융조합이 융자를 주는 등 특혜가 따르는 것인데, 수택의 경우는 모범적 농민으로서, 특혜를 받지도 않고 자력으로 자작농지를 매입하는 것이어서 이 사업의 실행측면에서 보면 크게 반가운 일이다.

---

28) 같은 곳.
29) 정문종, 「1930년대 한국에서의 농업정책에 관한 연구－농가경제안정화 정책을 중심으로」, 서울대 대학원 경제학과 박사학위 논문, 1993, 94~95쪽 참조.

이 작품에서 면장은 소작농 수택의 자작농지 구입에 반색하며, 친구인 지주에게 권유도 하고, 안되면 압력도 넣겠다는 것이다. 결국 수택의 농지매입을 작품 말미에 부각시킨 것은 크게는 농촌진흥운동 전체, 작게는 농촌진흥운동에서 가장 어렵고도 중요한 사업이라고 할 수 있는 자작농지설정사업에 공감, 이를 선전하려는 작가의 생각을 반영하는 것이다. 수택의 아버지가 땅을 되사는 데 지장이 없게 하기 위해 자살을 하는 사건은 '우리 전통적 농민의 땅에 대한 아름다운 사랑'을 나타낸 것이라는 식의 문면 추수적이면서 정서적인 해석에서 머물 것이 아니라 자작농지설정사업의 중요성을 극대화시키기 위한 것이라는, 작가의 의도에 초점을 둔 실질적 해석으로 나아가야 할 것이다.

이무영은 「안달소전」(1940. 10)에서도 귀농한 지식인을 등장시켰다. 이 인물 역시 "허위와 가식과 과장이 가장 훌륭한 생활 방법이 되어 있는 도시"를 떠나 "나 자신의 생활을 갖고 싶"고, "서울서 박봉으로 버티다 못해서 남들이 하듯이 나도 농사나 좀 지어 볼까 하고 같이 회사에 있던 김모의 발련으로" 귀농하게 되었다. 농촌은 "흐르는 구름, 반짝이는 무수한 별들을 마음껏 즐길 수 있는 시골"로 비춰진다.30) 다른 작품들에서처럼, 도시는 악이요 농촌은 선이며, 귀농 동기도 낭만적, 개인적일 따름이다. 그 역시 농촌에 와서 농민문제의 깊이 있는 인식에 이르지도 못했고, 물론 농민을 위한 어떠한 행동의지도 느껴보지 않는다. 다만 앞 작품의 주인공과 다른 점은 농촌에 와서 정착하지 못하고, 다시 서울로 돌아가려 한다는 것이다. 그는 연고도 없는 곳에, 가진 돈도 없이 왔다. 그가 발견한 것은 노력해도 궁핍을 면치 못하는 농민의 모습이었다.

이무영은 「흙의 노예」로부터 불과 6개월 뒤에 지식인의 귀농을 회의하는 작품을 쓰고 말았다. 이것은 결국 농촌에 와서 생활해 봄으로써 농

---

30) 이무영, 「안달소전」, 『조광』, 1940. 10, 279~281쪽.

민 현실이 역시 암담했다는 것, 그리고 지식인이 설 땅이 농촌에 마련되어 있지 않다는 것을 발견하는 데서 오는 허탈감의 표현이라 본다. 그러나 그렇다고 해서 이무영이 일제의 농촌지배 정책에 반감을 갖게 되었다거나, 지식인의 귀농을 부정하게 되었다는 것은 아니다. 이는 「안달소전」에서만 나온 일시적 현상이다. 그의 다음 작품들이 이를 말해 주고 있다. 다시 국책에 충실한 농민과 귀농 지식인들을 미화시키는 데로 돌아간 것이다.

「제1과 제1장」에 대해 김남천은 "공감을 주지 못하는 작품이며, 농촌에 돌아간 사람들의 기개만이지, 실상 농촌 실상과 싸우고 있는 이의 체험기 같지는 않았다."[31]고 했거니와, 이는 작품의 실상을 잘 지적한 말이다. 농민의 현실 반영, 농민의 삶의 현장 묘사는 없고 일제가 홍보하는 정책적 구호에 비판 없이 따라 가면서 공상적인 상황들을 설정함으로써, 논리적인 독자의 공감을 얻기가 어려웠을 것임은 당연하거니와, 실제적 체험을 통해 자신의 생각이 상당 부분 공상이었음을 깨닫는 것도 당연하다. 윤규섭은 '관념적 광분'을 지적하면서도 "이로부터 수택을 뒤쫓아 낙향할 사람이 수 없이 있을 것이다."[32]고 했는데, 이 작품에 영향받아 귀농한 지식인이 과연 얼마나 되었는지 알 수 없는 일이다.

이기영도 일제의 지식인 귀농운동에 끼어들었다. 그 역시 과거에 카프의 대표작가였고 계급혁명적 농민소설을 쓴 바 있었지만, 이 시기에 이르러 적극적으로 시국적인 소설을 썼다. 그는 「귀농」에서 귀농하는 지식인을 등장시켰지만, 이는 과거에 자신이 등장시켰던 그런 '문제적 인물' 류는 아니다. 주인공은 상급학교를 더 못가게 된 데다가 농사개량의 뜻이 있어서 중학을 졸업하고 귀향을 해서 '진정한 농군'이 되기 위해 '벗어 부치고' 나섰다. 개인적인 일 외에 그가 하는 것으로는 작인들을 중심

---

31) 김남천, 「산문문학의 일년간」, 『인문평론』, 1939. 12, 32쪽.
32) 윤규섭, 「현실과 작가적 세계」, 『인문평론』, 1939. 11, 128쪽.

으로 구매조합을 만들어 도급기를 사다 놓고 값싸게 사용하는 것 정도가 있다. 이 작품에서는 「귀농」이라는 제목에도 불구하고 한 어린 부부의 탈선행위가 중심이 되고, 귀농 지식인에 관한 것은 극히 적다. 구상이 제대로 되어 있지 않은 상태에서 쓴 것으로 보인다.

이기영이 귀농 논리를 적극적으로 편 것은 「생명선」에서였다. 여기서 제시된 지식인상이나 귀농 논리는 「흙의 노예」의 그것과 다를 바 없다. 이 주인공도 "서울 생활에 실패"하고 귀농하는 지식인이다. 그가 중학을 마치고 서울에 남은 것은 출세 욕구와 문학연구 의욕 때문이었지만, 서울은 그 어느 것도 만족시켜 주지 않는, 살기 위해 '악착한 현실'과의 싸움에만 매달려야 하는 곳이었다. 그러던 그는 문득 '흙이 그리워짐'을 깨닫고 농촌으로 돌아갈 것을 결심하게 된다. 그에게 농촌은 "신선한 공기가 있고, 위대한 자연 속에 둘러 싸인 전원"이다. 결국, 도시와 도시인은 악이요, 농촌과 농민은 선이라는 것이다. 도시인은 "생활을 낭비하는 소비자"이며 "자연을 등지고 사는 크나큰 모순"에 빠져 있다는 것이다. 그의 귀농 계기도 이렇게 단순하며, 도시부정론의 근거도 약했으며, 귀농 후의 계획도 "농민이 되는 것"뿐이었다. 특히 주목되는 것은 농촌을 전원으로 보고 있다는 것이다. 농촌에 돌아간 그는 농민들 앞에서 귀농 인사를 하면서 자신을 "농민으로 만들어 주십시요."라고 인사하면서 자신의 농민관을 다음과 같이 피력한다.

농민의 생명선은 흙에 있지 않습니까? (중략) 흙의 주인이 되어야 한다는 것은 무슨 저마다 지주가 되어야 한다는 것은 아니올시다. 비록 소작농이라도 우리는 다 각기 내가 농민이라는 것을 철저히 깨닫는 동시에 농사개량에 힘을 쓰고 농촌개발을 위해서 우리의 있는 힘을 죽기까지 다 쓰자는 것입니다. 그래서 농사를 천직으로 알자는 것입니다.[33]

---

33) 이기영, 「생명선」, 『광산촌』, 성문당, 1944, 233~234쪽.

토지의 소유자가 될 필요도 없고, 농사나 열심히 짓는 농부가 되면 그것으로 충분하다는 것이다. 증산에나 충실한 시국적 농민이 되는 것 이상을 생각하지 말자는 의미가 밑에 깔려 있는 것이다. 이 작품에서도 농민의 삶의 실상 반영은 전혀 없거니와, 개인의 농민화 이상으로 나아가는 지식인상도 없다. 물론 과거 농민소설적인 '문제적 인물' 혹은 '완결된 인물'의 흔적도 없다. 이 시대의 농촌은 없고, 전원으로 미화된, 태고적인 농촌만이 있다. 여기서 작자는 도시 부유자(浮遊者)의 지방 분산, 도시 노동인력의 농업노동력화, 농업생산의 증대 등 이 시기 일제정책 실현을 뒷받침해 주고 있을 따름이다.

박노갑의 「백일」도 일제의 도시인, 지식인 귀농정책을 대리 선전해 주고 있는 이런 유형의 소설 가운데 빼놓을 수 없는 중요 작품이다. 「백일」역시 도시 혐오, 농촌 미화, 도시인의 귀농, 성실한 농군화, 증산을 말하고 있는 점이나 작중 지식인의 목표·행동 설정이 같은 점에 있어서나, 농민 현실의 반영이 전혀 없다는 점에서나 「생명선」과 전적으로 동질적인 작품이다.

이 작품의 주인공도 서울 생활에 지쳐 어느 날 다니던 회사를 그만두고 농촌으로 온다. 그 역시 농촌에 아무런 경작지도 없다. 귀농하여 "논은 사촌이 짓는 것을 닷마지기 갈러 얻었고, 밭은 육촌이 부치는 것을 한자리 얻고, 마을 친구의 것을 한자리 얻"[34]는다. 다른 작품들에서처럼, 농촌에서의 경작지 확보 문제의 실상을 속이고 있다. 농촌은 여기서도 전원이다. 농촌은 뒤울안 장독대 앞에는 봉선화도 심을 수 있고, "원두 몇두렁만 놓으면 참외 실컷 먹을 것, (중략) 애들 사탕 대신으로 단수수를 심어 주고, 벌을 한통만 쳐도 왼식구가 진짜 꿀을 먹을 수 있는"[35] 곳이다. 농사란 "누구나 하면 될 수가 있는 일", 마음먹기에 달린 일이

---

34) 박노갑, 「백일」, 『국민문학』, 1942. 2, 112쪽.
35) 같은 책, 109쪽.

다. 귀농 후의 그의 자세는 오직 농사에만 충실하지, "자신도 의혹이 드는 어려운 말을 꺼내어 뭇사람에게 파흥을 시키"지 않을 것이며 "물으면 대답을 하되 모르는 것은 피하고 말아도 객적은 책임은 느끼지 말" 것이며,36) "쓰거나 달거나 앞으로는 웃음을 배우자는 것을 은근한 생활신조"37)로 삼는 것이다. 철저하게 시국이 요구하는 인물로 남자는 것이다. 어려운 문제에 대한 분석이나 참여를 피하며, 말조심하며, 농민문제에 대한 지식인적 책임의식을 가지고 일에 덤벼들지 말 것이며, 농업노동을 즐거워 하며 농촌의 미래를 낙관적으로 보며 항상 명랑하게38) 살도록 노력한다는 것, 이것이 바로 일제가 원하는 시국적 귀농 지식인상이다.

이밖에 계용묵도 「약혼기」를 통해 지식인 귀농장려 문제에 끼어들고 있다. 이 작품은 지식인 화자가 여동생에게 자신의 약혼 과정을 설명해 주는 편지 형식이다. '사회적 명예'를 가졌으면서도 명예를 허망한 것으로 여기며 흙의 향기를 맡고 한 알의 쌀이라도 가꾸어 내는 것만이 의미 있고 아름답게 사는 길이라고 하면서 농촌으로 내려가겠다고 하는 여성을 만남으로써, 평소 자신이 가졌던 이상을 실현할 수 있게 되었다고 생각하여 결혼을 약속하게 되었다는 내용이다. 여성 귀농 지식인까지 보이고 있는 작품이지만, 그런 이상을 가지게 된 이유, 실천 계획은 물론 귀농 후의 모습은 전혀 나타나 있지 않다.

이 시기 지식인 귀농을 그린 소설 유형의 대두는 1930년대 후기의 급속한 도시인구 증가에 따른 농촌노동력의 질적·양적 감소 현상을 직접적 계기로, 일본 농민문학론과 시마끼 겐사꾸의 「생활의 탐구」(1937) 같은 작품의 소개를 매개로 한다.

---

36) 같은 책, 122쪽.

37) 같은 책, 112쪽.

38) 일제는 농촌진흥운동 이후 조선인의 '심전개발(心田開發)'을 농촌지배정책의 '기조(基調)'로 삼고 있는데, '명랑한 정신'의 습득은 그 중요한 세부항목이다(조선총독부, 『農村振興運動の 全貌』, 1936, 120쪽).

도시의 인구 증가는 1930년에 128만 3천명에서 1935년 160만 6천명, 1940년 277만 5천명으로 증가했는데, 이는 30년대 후반으로 갈수록 빨라졌다. 농촌 남자의 구직유출(求職流出) 인구 증대가 심화되고, 특히 교육 수준이 높을수록 도시로의 유출이 심했다. 결국 학력이 상대적으로 높은 고급 노동력은 이촌하거나 농업 이외의 부분에 종사하였다.[39] 이와 함께 도시의 쌀 소비량은 증가하고 농촌의 노동력은 줄어든다. 농촌의 인구는 침략전쟁, 군수공장, 그리고 탄광 등지로도 공급되어야 했으며, 중국침략 정책의 일환으로 수립된 만주 이주 시책에 따라 1938년 이후 매년 1만 호의 농민을 만주로 이주시켜 버리는 계획도 수립되어 있었다. 따라서 일제로서는 가능한 최대의 도시인구를 생산의 현장으로 이동시키지 않을 수 없었다. 도시의 유휴인력이었던 지식인의 귀농운동도 이렇게 하여 일어난 것이다. 농민의 실정은 은폐되고, 농촌을 아름다운 전원으로 미화시켜 지식인들을 기만하면서 유혹하려고 했다. 도시는 경망·허약·타락한 곳으로 선전되고, 농촌생활이 찬미된다. 농촌은 신선한 공기, 신선한 식량이 있는 곳이며, 농업은 최고선에 합치하며, 인생의 참된 행복은 농촌에만 있다고 농촌진흥운동 과정에서 총독부 정무총감이 직접 강조하기도 했다.[40]

4. 농민의 몰락상과 전망의 상실

위의 소설 유형들은 '국책' 영합적인 것이었지만, 그러나 이 시기 모든

---

39) 정연태, 「1940년대 전반 일제의 한국 농업재편책」, 210~216쪽.

40) 宮田節子, 「한국에서의 농촌진흥운동」, 『한국근대민족운동사』(안병직·박성수 편), 돌베게, 1980, 219쪽 참조.

소설이 그랬던 것은 아니다. 국책 영합과는 무관하게, 몰락하는 농민 현실을 반영하고 있는 소설들, 과거의 현실반영 농민소설의 명맥을 이어가는 소설들이, 많지는 않으나 존재하고 있다. 이 작품들은 위 유형의 소설들이 전원으로 미화시켰던 농촌에 실재하는 현실을 그려 보이고 있다.

이들 작품에서 그려진 것은 농민들의 궁핍·몰락상이다. 그러나, 이들 작품은 현실 접근 방식에서 과거의 농민현실 반영 소설과 큰 간격을 보인다. 현상을 그려보이기는 하지만 그 저변에 있는 시대적·구조적 문제에 대한 추구 정신이 없고, 모순에 대한 도전, 저항, 극복방향 모색 의지도 보이지 않는다. 임화가 말한 "세계관이란 것과 결별"하고 '시정을 지배할 능력과 의지'를 갖지 못한,[41] '무력한 시대'[42]의 산물인 '세태소설' 혹은 '시정소설'적인 모습이다. 이 작품들에는 농민 현실에 대한 어떠한 전망도 드러나 있지 않다.

농민 실상 반영에 많은 관심을 기울인 작가는 이근영이었다. 「당산제」(1939. 2~3)는 당대 농촌의 당산제 풍습과 한마을 농민들의 공동체적 생활 에피소드와 몰락상을 그려 나간 작품이다. 작품의 중심 사건은 소작농의 아들딸인 젊은 남녀의 불행에 관한 것으로, 당대 농민의 일반적 몰락 과정을 보인다. 두 주인공은 서로 사랑하는 사이로 곧 결혼할 예정이다. 그러나 입도차압을 당하고 살 길이 막힌 여자의 부모가 딸을 술집으로 팔게 됨으로써 두 사람의 꿈은 깨어진다는 것이다. 이 마을 소작인 모두가 노력과는 관계없이 '쪼들려 가는 수수께끼' 속에 빠져 산다. 이 작품에는 지주도 등장하는데, 탐욕스런 인물이자 혼자만이 부를 축적해 나가는 것으로 되어 있다. 소작인과 지주의 갈등은 있으나, 과거의 소설에서 보였던 것 같은 대 지주 저항·투쟁은 설정되고 있지 않다. '문제적 인물'이라 할 만한 인물은 없고, 지식인도 등장하지 않는다. 작자는

---

41) 임화, 「생산소설론」, 9쪽.
42) 임화, 「세태소설론」, 『문학의 논리』, 학예사, 1940, 364쪽.

농민들의 몰락을 그대로 바라보고 있을 뿐이다.

「고향사람들」(1941. 2)에서도 이근영은 한마을 사람들의 공동체적 삶의 에피소드와 몰락상을 그려 나간다. 당대 농촌의 계층문제, 관습, 농민궁핍상, 관의 노동자 모집 등 다양한 농민의 생활 현장을 가장 사실적으로 그려 내고 있는 작품이다. 이 작품 속의 농민들도 "지긋지긋한 놈의 가난이 꿈에라도 따라올까 무서워"하는 상태다. 가난 때문에 작부로 팔려 나가고, 외지의 노동자로 나선다. 이 작품에서 특히 주목되는 것은, 북해도 탄광노무자 모집 실상을 자세히 그려 놓고 있다는 점이다. 관이 농업으로는 살 길을 찾지 못하는 소작인들을 탄광노동자로 뽑아가고 있는 것이다. 면서기가 "우리 면에서 할당받은 30명은 꼭 뽑아야" 할 것을 걱정하며 동분서주한다. '못 벌어도 하루 이원 이상 벌 수 있는 곳', '이년만에 만석군이 될 수 있는 곳' 등으로 선전하여, 쉽사리 많은 사람을 모을 수 있었다. 가난한 작중 주인공들도 거기에 지원한다. 모집한 노동자들을 모아 놓고 면장이 나서서 "조선사람 노동자의 체면을 생각해서라도 일을 잘 하고 한푼이라도 많이 벌어 가지고 이년 후 무사히 돌아오라"고 연설까지 한다.[43]

이들은 결국 속았고, 많은 사람들이 거기서 죽거나 고향으로 돌아오지 못했다. 작자는 농민 몰락상과 광산 노동자 동원 현상을 그리기는 했지만, 그 저변 문제나 동원된 노동자의 장래에 대해서는 아무런 의문도 제기하지 않았다.

이근영은 「최고집선생」(1940. 6)에서도 역시 농민들의 생활 에피소드와 함께 농민 몰락상을 그렸다. 소작농민들이 궁핍 끝에 야반도주하고, 집단으로 만주로 이주하는 모습도 그렸다. 주인공 최고집선생도 마침내 만주로 떠나는, 실향 유민이 된다. 이 작품에서는 아들의 불륜 행위와 죽음

---

43) 이근영, 「고향사람들」, 『문장』 1941. 2, 124쪽.

을 최고집선생의 이향 이유로 설정함으로써, 농민들의 전형적 상황 반영에서 벗어났다.

이기영의 「왜가리」(1940. 4)도 위의 이근영 작품들처럼 농민 생활 에피소드와 농민몰락상을 그렸다. 여기에는 가난으로 인해 대규모 공사판의 노동자로 흘러가고, 거기서도 돈을 벌지 못한 채 다시 농촌으로 왔다가, 지주가 바뀜으로써 소작권마저 잃고 다시 공사장 노동자로 흘러가는 농민들과, 가난 때문에 인신매매군의 사기에 속아 공장이 아닌 술집으로 팔려가는 여러 소녀들의 이야기가 기둥줄거리가 된다. 이 작품에서도 농민들의 몰락 현장의 묘사만 있을 뿐, 몰락의 원인, 농민의 미래에 대한 작가의 인식은 전혀 드러나지 않았다. 「최고집선생」도 그러하지만 이 작품에서도 인신매매단 하수인인 호박갈보의 사기행각을 길게 묘사함으로써, 주인공이라 할 수 있는 소녀 보비의 불행이 개인 간의 잘못된 거래에 의한, 개인적이고 우연적인 이유에 연유한 것으로 보이게 했다.

이무영도 「안달소전」에서는 이 시기 그의 작품에서는 유일하게 농민의 현실이 암담함을 인정하고 있다. 권안달은 최대의 노력과 절약을 했지만 끝내 궁핍을 면하지 못하고, 아들에게는 지게를 지우지 않겠다는 꿈도 이루지 못한다. 물론 작자는 무엇 때문에 권안달의 노력이 수포로만 돌아가고 있는가를 추적하지는 않는다. 권안달의 장래는 암담하기만 하고, 화자인 지식인은 "권안달의 얼굴을 대할 때 나의 꿈(농촌 정착—필자 주)은 처참하게도 깨어지고 마는 것이었다."44)고 하고 있다.

---

44) 이무영, 「안달소전」, 281쪽.

5. 노예적 농민상과 역사 부정

이 시기의 농민소설에서 두드러지는 또 하나의 새로운 현상은 노예적 농민상을 부각시키고 있다는 사실이다. 노예적 농민상을 부각시킨 작품들은 이무영에 의해 창작되고 있다. 이런 유형의 작품들은 「당산제」형 작품에 반영된 것과 같은 당시의 농민 실상에도 불구하고, 현실에 철저히 순응하며 흙을 사랑하고 농업생산에만 충실하자는 주장으로 일관하는데, 여기에 그려진 인물상과 그 논리는 과거의 농민소설에서는 볼 수 없었던 것이다.

노예적 농민상을 그린 소설로 「제1과 제1장」, 「흙의 노예」, 「귀소」(1943. 1), 「문서방」(1942. 3) 등이 있다. 「문서방」에서는 약간 예외적인 부분이 있지만, 이 유형 작품들의 공통점은 부자(父子)가 주인공이고, 농업·농토관을 둘러싸고 부자 간의 갈등이 있지만 마지막에는 아들이 아버지에게 승복한다는 내용을 그리고 있다는 것이다.

「제1과 제1장」과 「흙의 노예」에서, 부자가 함께 주인공인 셈이지만 전자는 아들, 후자는 아버지에 비중이 좀 더 주어져 있다. 「흙의 노예」에서 아버지는 아들도 자신처럼 '흙의 노예'가 되게 하는 데 일단 성공한다. 아버지 김영감은 부지런하고 농사기술에 밝고 술도 먹지 않는 근면한 농민이다. 그는 "흙내, 된장맛 나는 구수한 인간", 즉 토속적이며 인정주의적인 사람이 훌륭한 사람이라고 늘 주장한다. 지적·도시적·이성적 인간은 그에게는 부정의 대상이다. 그는 도시 문명에 대해 한없는 증오를 보낸다. 그는 30여 두락에 가까운 농지를 소유한 호농이었지만 십여 년 사이에 "맨주먹만 쥐고 나 앉았"다. 그렇게 정직하고 부지런하고 알뜰하게 살았음에도 이렇게 된 이유를 묻는 아들에게 "어떻게 돼서 그랬느냐고? 그건 나두 모른다. 나뿐이 아니지. 누가 알겠니? 하느님이 아실 뿐이지.”라고 “딴전을 쓰고는”, “세상이 변한 탓이지. 옛날에야 먹을 것과 입을 것과 예의범절만 있으면 살았느니라. 그러던 것이 이 근년에 와서는 짚신이 없어지고 (중략)”, “결국은 기계가 사람을 죽이느니라. (중략) 우리네 농군이 일년 내 피땀을 흘려서 대처(都會)사람 좋은 일만 시키느니라. 모두 가져가지. 농군한테 지까다비가 하 상관야? (중략) 병원이 뭔 소관이구?”라고 열변을 토한다.[45)

농촌의 구체적 문제점을 묻는 질문에 모른다고 ‘딴전’을 쓴다는 것은 농촌구조, 제도, 정책 등 현실적 문제는 알 필요도, 알려고 할 필요도 없다는 것을 의미한다. 김영감뿐 아니라 다른 작품에서의 김영감류의 모든 인물들이 공통적으로 이런 현실적 문제에 대해 스스로 알려고도 하지 않고, 묻는 사람들에게 답변을 않거나 오히려 호통을 치기까지 한다. 대신 그는 농민의 몰락 책임을 문명화와 도시인에 돌린 것이다. 그는 과거의 농촌공동체적 세계, 문명과 역사의 진보가 정지된 세계를 아름다운 세계로 보고 있는 것이다.

그의 흙 예찬론은 반문명론에서 도출된다. “인간은 지금 기계의 노예가 되어 있다. 그러나 결국은 인간은 기계에게 멸망당하고 다시 흙으로 돌아온다. (중략) 한번 사람들이 흙으로 돌아올 때 흙은 언제나 다름없는 관대와 애정으로 인간을 맞어 준다.”[46)는 것이 흙을 사랑해야 할 이유다. 논리를 넘어서는 이 소박한 주장에 대해 지문, 작자의 목소리는 “김영감은 훌륭한 사상가였다.”[47)라 했다.

김영감의 흙사랑은 종교적 신앙에 비견할 만한 것이다.

땅은 그대로 희망이었다. 기쁨이었다. 그것은 그대로 종교였다. (중략) 김영감은 역시 흙의 아들이었다. 아니 그는 비열할 만큼 충실한 ‘흙의 노

---

45) 이무영, 「흙의 노예」, 190~191쪽.
46) 같은 책, 191쪽.
47) 같은 곳.

예'였다. (중략) 흙에서 받는 굴욕보다도 흙에서 풍기는 그 향훈이 몇백배
그에게는 즐거운 것[48]

그래서 그는 흙이 "육십 평생을 두고 한결같이 충성을 다해 왔건만 그
극진한 충성에 비해서 너무도 가혹한, 너무도 알아 주지 않"[49]음에도 흙
에 대한 감사만이 가슴에 넘쳐흐를 따름이다. 그동안 그는 흙이 어떤 횡
포를 부리고 어떤 굴욕과 빈곤을 가져다주어도 무조건 사랑하고 복종해
왔다. 그러던 그는 마침내 병이 들었다. 땅에 대한 그의 사랑은 죽음과
바꾸는 것으로 극치를 이루었으니, 약값 한 푼이라도 옛 땅을 되찾는데
보태게 하기 위해 양잿물을 먹고 자살을 하고 마는 것이다. 죽어서까지
옛 땅을 되찾으려 하는 것은 가난의 체험 끝에 자식들에게 생존의 바탕
을 마련해 주기 위해서가 아니라, 땅에 대한 사랑 그 자체 때문이었다.
그에 있어 흙(땅)은 생계의 수단이 아니라 신앙의 대상이고, 땅의 소득이
자신에게 돌아오지 않아도, 아무리 궁핍에 몰려도 좋았다. 땅에서의 소
득물의 소유는 문젯거리가 되지 않았다.

재물이란 탐을 낼 필요가 없는 게거든. 난 지금두 그렇게 생각한다. 재
물이란 덜퍽 있어두 되려 괴로운 법야. 그저 밥이나 굶지 않으면 그게 상
팔자지. 너두 하루 세끼 밥꺼리 이윈 아예 바라지를 말아.[50]

굶지 않을 정도만 소유하면 '상팔자'요, 나머지 재물(그에게 있어서는 농
업 생산물)은 많이 가져도 괴롭다는 것이다. 결국 누구를 위해, 무엇을 위
해, 자기절제, 절약하며 있는 힘을 다해 농사일에만 몰두하는가? 김영감
이 내고 있는 답은 "땅을 사랑하기 때문에"라는 것 이상이 없다. 그는

---

48) 같은 책, 225쪽.
49) 같은 책, 227쪽.
50) 같은 책, 207쪽.

"새파랗게 젊은 애들한테도 허우를 하고 또 그런 아이들한테서 반말찌끼기를 받아도 아무렇지도 않게 생각"[51]할 정도로 흙 파는 일 외에는 거의 개의치 않는다.

결국, 김영감은 농사와 생존의 관계를 모르며, 지배당하고 빼앗겨도 저항할 줄 모르고, 오직 농사일과 땅을 사랑하는 것만을 아는 노예적 농민이다. 이러한 김영감에 대해 아들은 "아버지의 '무지'는 자기의 '학문'보다도 몇십배 아니 몇백배나 값이 있다."[52]고 감복한다.

「귀소」의 김첨지도 앞의 김영감과 한 치도 다르지 않은 인물이다. 이 작품에서도 도시로 나가려는 아들과의 갈등, 김첨지에 승복한 아들의 귀농이 줄거리가 된다. 여기서도 김첨지는 '도시'도 '출세'도 '교육'도 모두 부정했다. 아들을 다만 좋은 농군이 되게 하기 위해 보통학교에 보냈다. "양복에다 구두에다 단장에다 가방에다 버틴 그런 자식은 내게 백 있어두 소용 없"[53]다고 한다. 좋은 농군이 되게 하려고 보통학교에 보냈는데, 그것이 오히려 역효과를 내고 있다며, 교육폐해론을 펴기도 한다. "똑똑해서 잘 됐다는 놈 부러워 할 것도 아니지"라면서 자기 아들을 "구구루 농사나 알킬 께지 주제넘게 학교 보내 가지구 그 속을 썩히니"하고 후회한다.[54] 그리고 농민은 농사 이외의 수입에 관심을 가져서도 안 되고, 잘 살기를 바라서도 안 된다고 생각한다. 중일전쟁이 일어나면서 토지투기 붐이 생기게 되었는데, 이는 「안달소전」이나 「귀소」에도 나타나고 있다. 아들이 토지 브로커를 해서 돈을 벌어 오자 김영감은 그것은 '공돈'이라며, "히연두 못먹을 팔잘 타구난 놈이 값비싼 골련 맛을 들였으니"하고 크게 호통 친다. "제 분에 넘치는 것은 모두가 구문이요 공것"이다.[55] 히

---

51) 같은 책, 231쪽.
52) 같은 책, 232쪽.
53) 이무영, 「귀소」, 『춘추』, 1943. 1, 166쪽.
54) 같은 책, 174쪽.
55) 같은 책, 176쪽.

연 먹을 팔자로 타고난 자가 골련 먹기 위한 경제활동을 해서는 안 된다
는 것이다. 김첨지는 아들이 "백만금을 벌어 오거나 명예나 지위가 높아
져 오는 것을 원치 않"는다. 오직 충실한 농군이 되기만을 바랄 뿐이다.
그래서 아들의 농사 밖에서의 성취 노력을 비하하기까지 한다. "제가 아
무리 까치 뱃바닥처럼 흰 체해야 근본을 따지고 보면 농군"이라는 것이
다.56)

　당대 한국인, 그리고 농민을 비하시키면서, 그들이 스스로의 '분수'를
알고, 사회와 역사 속으로 나아가려는 노력을 포기하고, 원시적 공간 속
에서 살아가라는, 일제의 바람을 김첨지가 대변하고 있는 셈이다. 더구
나, 아들이 집안의 궁핍을 걱정하여 "삼동은 닥쳐오고 쌀 한됫박 없으니
굶고 앉었나요."라며 "그럭(그렇게) 해서라두 먹구 사는 게 상책이지 품값
두 안나오는 농사"에만 매달릴 수 없다고 하자 김첨지는 "굶게 되면 굶
지 무슨 걱정이냐"고 한다.57) 궁핍한 현실에 대해 불만을 품거나 문제를
제기하지 말고, 농사 밖의 역동적인 일을 생각하지 말며, 체념과 순응으
로 살아가라는 것이다. 이 역시 일제가 원하는 바를 대변한 셈이다. 작자
는 "작자의 추측대로 그런지(가출—필자주) 불과 며칠 후에 돌아왔다. (중략)
나는 내 자식이 돌아온 것처럼 흐뭇했다."58)고 했다. 김첨지의 말이 옳고
아들의 승복이 당연하다는 작자의 생각을 직설적으로 나타낸 것이다.

　「문서방」의 주인공도 앞의 인물들과 다를 바 없는데, 다만 그들보다
훨씬 더 '국책적'이라 할 수 있다. 「문서방」은 뚜렷한 기둥줄거리 없이
'시국'에 맞는 노예적 농민상을 묘사한 작품이다. 주인공은 극빈소작농
으로, 농사일을 빼면 무식·무력하며, 우직한 인물이다. 그는 농사로만
생계를 잇지는 못해서, 아들과 함께 철도 공사장이나 벌목장에 가서 노

---

56) 같은 책, 178쪽.
57) 같은 책, 172쪽.
58) 같은 책, 179쪽.

동까지 해야 하는 처지지만 아무 불만 없이 늘 현실에 복종하고 행복감을 가지고 산다.

그의 삶의 논리는 기괴하다. 그의 최고의 신념은 "선하면 흥한다."는 것과 "하느님에 감사하는 마음으로 산다."는 것이다. 선은 곧 매사에, 모든 사람에 무조건 복종한다는 것이다. 노예적 복종이 바로 그의 선이다. 선의 결과는 자손 대에 가서 나타나므로 현재의 불행에 불만을 가져서는 안 된다는 것이다. '하느님에 대한 감사'가 그의 '시국'적 인물화를 합리화시키는 논리를 낳는다. 하느님에 대한 그의 신앙은 '흙생활'에서 생긴 것으로, '만물이 모두 하느님의 것'이라는 생각을 낳는다. 당연히 모든 재물도 그에게 있어서는 하느님의 것이다. 따라서 모든 제물도 하느님의 처분에 따를 뿐이다. 이 생각이 행동으로 나타난 예로 '나라'에 바칠 세금을 하루라도 늦추어 본 일이 없는 것과 면의 착오로 학교 건축 기부금으로 40원이라는 큰 돈이 배당되었는데도 집을 저당 잡혀서까지 말없이 갖다 문 일 등이 있다. 모두가 '나라'에의 복종에 관한 것이다. 세금, 기부금 납부가 하느님의 것에 대한 하느님의 뜻이기 때문이다. 더욱 기괴한 논리는 그의 "하느님은 반드시 하늘에만 있는 것이 아니다."[59]라는 생각에서 나온다. 면서기, 주재소 순사, 금융조합이사, 구장, 진흥회장, 진흥회 사환아이도 하늘이다. 하느님은 그들 속에도 있다. 이들 역시 '범할 수 없는 하늘'이다. 이들의 뜻과 말은 곧 하느님의 말이요, 명령이다. 여기 열거된 '하늘'은 모두 일제관리이거나 그 심부름꾼들이다. 이들은 또한 누구인가? '천황'의 하수인인 것이다. 그에게 있어 구체적인 하느님은 '나라'이다. 하느님의 뜻은 그 '나라의 명령'으로 구체화된다. 따라서 '나라의 명령'에 불복종하는 것은 큰 죄가 된다.

사람들이 이런 큰 죄를 짓게 되는 가장 큰 요인으로 그는 교육과 지식

---

59) 이무영, 「문서방」, 『국민문학』, 1943. 3, 98쪽.

을 꼽는다. 나라에서 시키는 일에 불평을 갖는 것은 "학교를 다니더니 아는 체"[60]하는 사람들이 하는 짓이다, 교육과 지식이 죄인데 공부를 안 한 무식군이 많으니 다행이지, 모든 사람이 공부를 했다면 세상이 어떻게 되었겠느냐는 것이다. 사람이란 나라의 공을 알아야 한다는 것이다.

그가 믿는 또 하나의 신념은 "일복 타고난 사람이 젤 팔자가 존 게다."[61]는 것이다. 일복을 타고난 팔자가 제일 좋은 사람이 바로 농군이라는 것이다. 그래서 "군수 같은 양반들도 우리네 농군을 여간 소중히 여기는 게 아니"라는 것이다. 그 때문에 나라에서는 "올부터 벼 한섬에 오원씩 장려금을 준다잖든?"하며 만족스러워한다.[62] 결국 그가 최고의 가치로 둔 구체적인 일은 '나라에의 복종'과 '일'인 것이다. 이런 주인공과 그에 순응하는 그의 자식들을 이 작품은 따뜻한 시선으로 미화시켜 놓고 있다. 이 작품은 다른 작품에서보다 훨씬 노골적으로, 그리고 심한 궤변으로 '나라의 공'과 '나라에의 복종'을 강조하고 있다.

이 유형의 작품들에서 이무영은 노예적 농민상을 미화하고 그런 인물들의 주장을 부각시킴으로써, 당시 일제의 농민 우민화정책을 거들어 주고 있는 것이다. 농촌에 남아 오로지 농사에만 전념했으면서도 궁핍을 면치 못하고 있는 당대 농민들에게 농민을 이런 식으로 미화시키는 작품들을 보여준다는 것은,[63] 그들의 '사기를 진작'시키는 동시에 불만과 현실인식의 발아를 잠재우는 데 기여할 수 있는 일로 여겨졌을 것이다. 이들 작품에 빠져버린 농민이라면 작중인물들처럼 역사가 부정되는 공간 속에서, 농촌공동체 시대의 삶의 환상 속에서 벗어나지 못한 채, 현실의 정체를 모르면서 무조건 그에 복종함으로써 비자각적 몰락의 길로 빠지

---

60) 같은 책, 99쪽.
61) 같은 책, 102쪽.
62) 같은 책, 103쪽.
63) 직접 글을 읽지 못하는 농민들의 경우에는 글을 아는 사람들이 이를 낭독해 줄 수 있을 것이니까.

는 노예적 농민이 될 수도 있었을 것이다.

6. 허구적 이상향을 향하여 : 일제 농업정책의 총합적 소설화

1943년에 발표된 이무영의 장편소설『향가』(1943. 5~9)는 일제강점시대 마지막 장편 농민소설이자 이 시대 농민소설 전체로서도 마지막 작품이라 할 수 있다. 이 작품은 1930년대 말기 이후 농민소설에서 문제별로 나타났던 시국 영합의 주제를 총합적으로 보여준 것으로, 당시 일제 농업정책의 골격을 이야기로 꾸며 놓은 것이다.

태평양전쟁 이후 일제는 한국의 식량공급지로서의 역할을 보다 확고하게 하기 위해 농촌재편성정책을 수립했다. 일제는 이 정책을 대대적으로 선전하여, '농촌재편성'이 이 시대의 유행어가 되었다. 일제는 농촌재편성정책 수립의 참모기관으로 정무총감을 위원장으로 하는 '조선총독부 농업계획 위원회'를 설치했는데, 1943년 7월에 이 위원회에서 발표한 '조선농업계획요강'은 이전부터 이미 강조·실천해 왔던 것들을 정리, 수정 보완한 것이다. 이중 다음과 같은 것들이 중요한 것이라 할 수 있다.

1. 황국농민도의 확립
2. 농촌 생산체제의 정비
   ① 농지의 확충·확보, ② 농지의 개량, ③ 농지의 적정 이용, ④ 자작농의 유지·창설, ⑤ 소작관계의 조정, ⑥ 농촌 노무의 공출과 조정, ⑦ 협동산업의 확충, ⑧ 개척사업의 촉진, ⑨ 농업금융의 확립
7. 지주의 활동 촉진
(3~6은 생략)[64]

이러한 항목들은 1930년대 초의 농촌진흥운동 시작 시기부터 이미 시행 혹은 계획되어 오던 것들이었고, 이 시기에 와서는 현실에 맞는 실천 세칙에서의 변화가 문제되었던 것이다.

『향가』는 이러한 항목들을 이야기로 꾸민 것인 셈이다. 그러면, 『향가』는 구체적으로 무엇을 어떻게 그려 놓았는가? 이 작품의 주제는 '애향운동'을 통해 '이상촌'을 건설하자는 것이다. 애향운동은 "일생애를 바치어 자기 고향을 물심양면으로 구원하는"[65] 운동인데, 이 작품에서 애향운동의 주도적 인물로 설정된 것은 귀향 지식인과 지도자적 소작인이다. 이들은 작품배경인 팔선동 마을에서 사실상 '중심인물'[66]이 된다. 귀향 지식인으로 등장하는 것은 소작농의 아들인 엄준섭과 지주의 딸인 성명옥이다. 엄준섭은 보성고보를 졸업하고 "큰 명예에 눈이 어두워", 출세하겠다는 생각으로 귀향을 거부했지만, 결국 모든 것이 '부질 없는 꿈'임을 느끼고, 꿈에 나타난 아버지를 보고 "가자 집으로"를 실행했다.[67] 앞에서 본 다른 작품들에서의 귀농 지식인들과 유사한 인물이다. 성명옥은 이화여전 출신인데, 여자이고 지주의 딸이며, 도시에서 방황과 실패를 경험하지 않았다는 점에서 독특한 인물이다. 이들의 귀향 동기 역시 농촌문제의 확실한 인식에 있는 것은 아니다. 「제1과 제1장」형 소설에서는 지식인의 귀농 이유와 과정을 그렸는데 비해『향가』에서는 그들의 귀농 후의 활동을 그리고 있다.

지도자적 소작인으로 엄달근이 있는데, 그는 소작인들 가운데 소신과 정직성, 판단력과 용기를 가진 인물로 소작인들의 존경을 받으나 관에 대해서는 절대 복종하는 농민이다. 그는 "면에서 통고해 온 일이면 소금

---

64) 『殖銀調査月報』 64(1943. 9), 정연태, 「일제의 한국 농지정책」, 272쪽에서 재인용.

65) 이무영, 『鄕歌』, 『이무영대표작전집』 1권, 신구문화사, 1975, 360쪽.

66) '농촌진흥운동'에서 부락의 운동을 지도하던 인물을 가리켰던 말로, '부락의 장로', '지도생(指導生)' 등이 그런 인물이 되었다. 정문종, 앞의 글, 73쪽 참조.

67) 『향가』, 298쪽.

을 물로 끌라더라도 하고야 배기는” 사람으로, “우리 농군네가 바치길 부실하게 바쳐놨으니 나라엔들 무슨 쌀이 있겠는가”라면서 춘궁기의 관(官)의 농민 기아 방관을 두둔하기도 한다.68) 소작인들을 대표해서 지주와 싸워 왔고, 그래서 지주와 원수지간이 되어 있다.

이 세 사람이 중심이 되어 소작인들을 동원하여 마을의 ‘신건설’을 시작한다. 여기서 ‘중견인물’의 중요성도 부각된다. “각 부락에 산재해 있던 이른바 중견인물들”이 신건설의 뜻에 “공명을 하고 궐기”69)한다는 것이다. 중견인물은 장차 농촌의 중심인물이 될 인물로, 농촌진흥운동에서 역점사업의 하나로 소위 ‘농민도장’을 통해 다수가 양성된 바 있었다. 목적에 있어, 일제의 농업정책을 뒷받침해 줄 어용인물인 것이다.70) 이들은 중심인물을 보조한다.

이 작품에서 부정적 인물로 나타나는 것은 지주와 자산가뿐이다. 그러나, 과거의 농민소설에서와는 달리, 그들은 관의 비호를 받지 못하는 약자로 그려진다는 점이 주목된다. 이 작품에서는 소작인의 주장이나 처지가 옹호되고, 소작인과 지주의 대결에서 지주는 패자가 된다. 이 점은 ‘조선농업계획요강’ 중 ‘지주의 활동 촉진’과 관계된다. 일제는 지주들이 식량증산의 대열에 적극 참가하도록 지주 통제를 강화했는데, 이를 위해 일제 시책에 호응하는 지주들과 그렇지 않은 지주들을 구분하여 대응을 달리 했다. 일제는 지주를 ‘동태적 지주’와 ‘정태적 지주’로 양분했는데, 전자는 농사 개량과 농민 지도, 관의 시책 등에 적극 협조적인 인물이고, 후자는 농사 개량에는 관심이 없고, 농민 수탈과 개인적 부의 축적에만 관심 있는 사람이다. 후자의 대부분은 한인 부재지주들이고, 전자는 주로 일본인 대지주들이다.71) 이 작품의 지주들은 정태적 지주로서 증산과

---

68) 같은 행, 343쪽.
69) 같은 행, 402쪽.
70) ‘중견인물’ 양성 실태에 대해서는 정문종, 앞의 논문, 74~80쪽 참조.

농업진보를 저해하는 비시국적 인물이기 때문에 부정적 인물이 된 것이다. '조선농지령' 이래로 조선인 지주는 이미 통제의 대상으로 되어 있었다. 그러나 자본주의 체제의 일제는 지주를 전적으로 무시할 수는 없었다. 역시 중요한 것은 지주의 협조인데, 그것은 그들과 소작농의 합의를 통해 '자발적'으로 도출되는 것이어야 한다. 그들의 협조가 자발적이게 하기 위해서는 관리의 설득과 회유, 조정이 필요했다. 이 작품에서도 지주와 소작인의 화해를 중요하게 다룬다.

지주 성낙중의 딸을 신건설 운동의 중심인물로 설정한 것은 지주계급이 스스로 반성하는 모습과 내부의 분열로 지주계급이 약화되는 모습을 보여주는 동시에 지주와 소작인 간의 화해를 위한 매개인물역으로 적절하다는 효과가 있다. 또다른 지주요 자산가인 조참봉의 아들 조용훈을 신건설의 적극적 협력자로 만든 것 역시 같은 효과가 있다.

지주들에게 면장과 교장은 시국의 긴박성을 강조하고 국가를 위해 개인의 여하한 이권도 즐거이 바치기를 촉구하고, 순사부장은 무언의 위협을 가한다. 결국 신건설 사업의 장애가 되었던 두 지주는 물러서고 성명옥과 조용훈으로 대표되는 지주와 소작인의 화해는 성립된다. 지주 성낙중은 불확실한 이유로 파산하기까지 한다. 원수지간인 엄달근이 성낙중을 용서하자는 제의까지 한다. 정태적 지주는 몰락한다는 것을 말해 주고 있는 것이다.

신건설 사업 내용은 미간지 개간 및 토목공사, 공동작업, 강습소 설립, 공동식사장 같은 공동시설 설립, 그리고 최종적으로, 가장 중요한 자작농 창설(정)이다. 이 모두가 앞의 '조선농업계획요강'에서 정리되어 있던 항목이다. 농민들은 자갈밭 개간과 축보(築洑) 수로 공사를 해서 마을의 농지를 개량·확충함으로써 전답의 수확을 늘릴 수 있게 했다. 또한 공

---

71) 지주 구분 문제에 대해서는 정연태, 「일제의 한국 농지정책」, 278쪽 참조.

사진행은 동민의 공동작업과 특히 금융조합의 도움에 의한다. 공동작업은 농촌 노동력을 최대한, 그리고 효과적으로 활용함으로써 총독부 차원의 사업비를 투입하지 않고도 생산증대의 목적을 달성하기 위해 일제가 독려한 것으로서, 민족의 오랜 두레공동체 의식을 이용한 것이다. 전통적 미풍인 두레가 일제의 증산을 위해 변용되는 장면이다. 금융조합은 담보 없이 거금을 농민들에게 융자해 주는데, '식산계'를 통해서 농민들이 연대보증을 하는 방법을 택하게 한다. 금융조합은 총독부 업무의 대행기관으로서, 조직의 측면에서 총독부→ 각 도 금융조합 연합회→ 금융조합의 형태를 띤다. 금융조합은 총독부의 농업정책 자금을 배포하는 곳으로서, 또한 대부 농가에 대한 '지도' 기관으로서의 기능을 했고, 그럼으로써 농촌지도 기관의 핵심이 되었다.[72] 결국 농민들은 금융조합과 금융거래 관계를 맺게 되고, 금융조합은 많은 농민들의 채권자가 되어 그들의 목을 잡고, 총독부의 뜻을 전달, 실천케 했다.

식산계는 1935년 8월 '식산계령'에 의해 "인보공조(隣保共助)의 정신에 기초하여 계원의 경제의 발달을 도모하기 위하여 공동사업을 하는 것을 목적으로" 설립된 것이었는데, 실제에 있어서는 금융조합이 빈농을 포함한 전농촌을 포괄하기 위한 조합원 확대와 판매 조직망 정비의 필요에 의해 만든 것이다.[73] 이 작품에서 나타나는 것은, 신용이 약한 식산계원들이 상호연대보증 조(組)를 만들어 금융조합 융자를 받게 되는 당시의 제도를 반영한 것인데, 상호연대보증에 의해 농민 모두가 금융조합의 통제 하에 공동사업에 묶여 버리게 되는 것이다. 결국 이 작품에서 금융조합은 수리공사로 인해 생기는 수리조합의 수입이 보장되는 만큼, 그리고 조용훈이라는 단단한 보증자가 또 있는 만큼, 정태적 지주인 성낙중과 조참봉을 수리조합 이권에서 제외시킴으로써 동민들의 인심을 얻으면서

---

72) 정문종, 앞의 글, 150~160쪽 참조.
73) 같은 글, 189~197쪽 참조.

안전한 돈장사를 하는 이중적 실속을 차리는 것이다. 작자는 금융조합 이사를 농민들을 위한 은인적 인물로 묘사하고 있다.

작품의 마지막을 자작농 창설이 이루어지는 것으로 꾸민 것으로서 자작농 창설(정)에 대한 의미부여는 충분하게 드러난다. 자작농지설정사업은 일제가 1932년부터 1차 계획, 2차 계획을 세워 패망 때까지 계속 추진해 왔던 간판 사업이었다. 겉으로는 소작농에게 토지를 갖게 하여 농촌의 갱생을 도모한다는 것이지만 "실제로는 자소작·소작농민 중에 얼마 안되는 성장 본보기를 제시하여 일반 농민에게 부르죠아적 환상을 심어 넣으려는 것"[74]이었다. 이 작품에서 자작농 창설은 "농민들의 유일한 소원"[75]이라고 되어 있다. 자작농지설정사업은 이 시기에 있어 보통 금융조합이 일본 내의 국가·민간 과잉자본, 한국 내 지주·상인·고리대자본을 끌어들여 자작농지 구입 자금으로 대부함으로써 이루어지는데,[76] 이 작품에서는 동태적 지주가 되었다고 할 수 있는 조용훈의 땅을 대상으로 한다. 당시 일반적으로 지주들은 설정대상 농지를 쉽게 내놓으려 하지 않았고, 따라서 면장, 경찰, 심지어 중앙관리까지 지주계급에게 설정대상 농지를 팔도록 요구하거나 가격의 인하를 종용하는 것이 보통인데,[77] 이 작품은 스스로, 그것도 무상으로 내어 놓는 모범적 지주상을 설정한 것이다.

또한 이 작품은 '황국 농민도'를 전달하는 것도 잊지 않는다. 팔선동의 농민들은 지금껏 "일본 국민으로서의 임무"를 게을리 하지 않았던 사실을 강조하며[78], 강습소 기공식에 참석한 주재소장의 입을 빌려 "총후 국민으로서의 각오를 촉진"하고 모든 농민들이 '국어'를 쓸 수 있는 날이

---

74) 정연태, 「1930년대 '자작농지설정사업'에 관한 연구」, 169쪽.
75) 『향가』, 449쪽.
76) 정연태, 「1930년대 '자작농지설정사업'에 관한 연구」, 192쪽.
77) 같은 글, 196쪽.
78) 『향가』, 395쪽.

빨리 오기를 기원한다.79)

이 작품은 일제 말기의 농업정책을 이야기로 얽었을 뿐, 당대 농민의 진실은 은폐, 왜곡했다. 꾸며진 이야기는 모두가 허구일 뿐이다. 이 이야기는 현실적 진실의 반영도 아니고, 당시 농민의 기대의 반영도 아닌, 작자 마음대로의 허구적 도안일 따름이다. 일제의 농업정책을 총합하여, 그것도 현실성이 없는 허황한 이야기로 꾸며냄으로써, 일부 독자에게는 현실에 대한 착각과 장래에 대한 환상을 심어줄 수 있었을지도 모르나 일부 독자에게는 일제 농업정책의 실속이 들여다보이게 했을 것이다.

이 작품에서 사건 전환의 계기가 되는 중요한 일들의 대부분이, 사건을 전환시키는 중요한 일부 인물들이, 과연 현실적으로 있을 수 있었는가? 농민들이 살맛이 날 그런 이상향이 과연 있을 수 있었는가? 이 작품은 이런 기본적인 질문에서 조차 풀려날 수 없다. 그런 것들은 작자 이무영의 공상 안에서만 있을 수 있기 때문이다. 이무영 홀로 자신이 공상한 허구적 이상향을 향하여 가고 있는 셈이다.

7. 요약

이상에서 한국 현대소설사에서 큰 비중을 차지하는 농민소설 가운데 일제강점시대 말기 부분을 살펴보았다. 지금까지의 이 시기 농민소설 연구는 주로 문면 추수적이었다. 따라서 작품 문면의 농민·농업 예찬 문구를 두고 긍정적 평가를 내리는 경우가 대부분이었다. 농민·농업은 민족·민족생업을 대표하는 것이므로 농민·농업 사랑을 강조하는 이 시

---

79) 같은 글, 396쪽.

기 농민소설은 곧 민족의식에 기초한다는 것으로 요약되는 이 평가는 기본적으로 큰 한계를 지녔다. 작중인물의 발언이나 지문, 사건의 이면에 있는 현실적 의미를 찾아내는 데 소홀했기 때문이다. 특히 이 시기 농민소설에는 문면의 의미와 이면의 현실적 의미 사이에 큰 괴리가 있다.

이 시기 농민소설은, 몇몇 예외는 있지만, 기본적으로 일제강점시대 말기의 농민·농업정책에 추수적인 것이라는 성격을 띠고 있다. 추수의 정도가 심한 경우, 현실 은폐, 왜곡에까지 이르렀다. 1930년대 전기 이전의 농민소설이 농민 편에 서서 일제의 농민·농업정책에 저항적이었던 것과는 대조적이다. 이러한 성격은 이 시기 농민소설에서는 태생적인 것이라 할 수 있다. 1930년대 전기 이전의 농민소설은 우리 문인들에 의한 우리 농민 현실의 발견과 대응책 모색의 결과에서 발생한, 자생적인 것이었음에 비해, 이 시기 농민소설은 일제의 정책적 의도에 의해 발생한, 타율적인 것이었다. 중일전쟁 후 일제는 전시식량증산 필요성의 증대에 따라 농촌에 더욱 주목하고, 일본 내에서 어용 농민문학론과『생활의 탐구』같은 국책순응 농민소설의 형성·전개를 유도했으며, 한국 문단도 이에 뒤따라가게 했다. 이에 따라 1939년부터 한국에서 '시국'적 필요성에 부응하는, 과거에 없던 새로운 농민문학론과 농민소설이 나타나게 되었던 것이다. 한마디로, 1939년 이후의 농민소설론 및 대부분의 농민소설은 과거의 농민소설론이나 농민소설과는 태생이 다른 것이며, 따라서 과거의 것들과 동일한 시각에서 다루어질 수 없는 것이다.

이 시기 농민소설의 대표적 작가는 이무영이었는데, 그는『생활의 탐구』같은 일본소설을 본뜨면서[80] 일제가 요구하는 농민소설을 한국에 처음 선보였으며, 또한 '시국' 상황에 맞추어 가면서 가장 지속적으로 그

---

80) 「제1과 제1장」 및 「흙의 노예」가『생활의 탐구』와 구성·인물·줄거리 등에서 크게 유사함은 芹川哲世, 「1920~30년대 한일 농민문학의 비교문학적 연구」(서울대 대학원 박사학위 논문, 1993), 178~197쪽에서 밝혀져 있다.

런 농민소설을 써냈던 것이다. 이무영은 '궁촌'에 내려가 농민생활을 직접 '체험'했다고 하지만, 농촌의 현실을 올바르게 체험하고 농민을 올바르게 안 흔적은 작품에서 거의 보기 어렵다. 그는 반농반필 상태에서 농민생활을 체험하기보다는 일제의 농민정책에 맞는 인물·상황 모형 만들기에 더 관심이 많았던 것 같다. 그의 소설에서는 최악의 궁핍상태에 놓여 있었던 일제강점시대 말기의 농민 실상 반영은 없고 자신이 만든 인물·상황의 모형만이 있기 때문이다.

이 시기에도 농민의 궁핍·몰락상을 반영한 농민소설들이 조금 남아 있기는 했다. 그러나 이런 소설들에서는 더 이상 적극적 현실 분석 및 대응 의지는 보이지 않고 현상의 표면을 소극적으로 묘사할 따름이다. 어떠한 전망의 제시도 없다. 이런 소설은 과거의 농민 현실반영 소설의 잔류 형태일 뿐 이 시기 소설의 주류는 아니다.

이 시기 농민소설의 주류를 이루고 있는 것은 새로 나타난, 일제의 정책을 추수하는 농민소설류이다. 이런 소설로 먼저 들 수 있는 것이 도시 부정과 지식인 귀농을 주제로 하는 유형이다. 이것은 도시 부유 노동력을 생산인력화하려는 일제의 정책에 추수하는 것으로서, 거기에 나타난 귀농 지식인들의 주장에는 논리적 근거가 부재하며, 과거 농민소설에서와는 달리 귀농 지식인들이 집단적 지도자로서의 이상이나 행동 없이 개인적 농민화에만 관심을 가지며, 관에 대한 비판이나 농촌의 구조적 모순에 대한 문제의식을 갖지 않는다. 여기에는 농민 실상 반영도 없다.

다음으로 들 수 있는 것은 노예적 농민상을 통해 증산과 순종이라는 주제를 내세우는 유형이다. 역사와 차단된 공간 속에서 '나라'와 운명에 순종하며, 오직 땅과 농사를 사랑하며, 열심히 증산에만 힘쓰라는 것을 말하고 있는 것이다. 농민을 우민화시킴으로써 그들로부터 보다 쉽게 많은 것을 빼앗아 가기 위한 일제의 우민화 정책에 추수하고 있는 작품들이다.

『향가』는 일제강점시대 마지막 농민소설이라 할 수 있는 장편으로, 일제의 농업정책을 총합하여 이야기로 꾸민 것이다. 일제강점시대 말기에 현실적으로는 존재하기 어려운, 허구적 이상향을 꾸미면서 일제의 농업정책 전반을 미화하고 있다. 여기서 작중 지식인들은 농민 개인이 아니라 집단을 위해 헌신하는 지도자로 나타났으나, 과거의 농민소설 속의 지식인들과는 달리 일제의 농업정책 실행에 앞장서는 '중심인물' 내지 '중견인물', 즉 어용 농민지도자로 변질되어 있는 것이다.

일제강점시대 말기의 주류적 농민소설은 결국 일제의 농업정책을 대리 홍보해 주고 있는 셈이다. 이들은 농촌과 농민을 보지 않고 일제의 정책과 구호를 보았던 셈이다. 당연히 민족 속에 내재한 식민지로부터의 해방의지 반영이란 없었다. 이들은 1930년대 전기 이전의 농민소설이 지녔던 리얼리즘 정신을 철저히 외면했다. 태생이 다른 만큼 이것은 당연한 것일 수밖에 없다. '농민소설'이란 이름을 이들에게도 붙이는 것이 적절한지, 논의거리가 된다.

제 5 장

일제강점시대 여성수난과 그 형상화 양상

1. 식민지적 상황과 여성문제를 보는 시각

봉건왕조 시대는 물론 지금에 이르기까지도 한국여성들은 다른 거의 대부분의 나라 여성들처럼 남성들에 비해 열등한 존재로 대접받아 왔다. 생물학적 조건, 곧 폭력을 행사할 수 있는 남성의 육체적 힘에다가 사회적·제도적 조건, 곧 남성이 주도하는 사회·제도의 힘이 그러한 현상을 확고하게 뒷받침해 주었다. 열등한 존재는 억압과 수탈의 손쉬운 대상으로 인식될 수밖에 없다. 남성들도 물론 계급, 재력 등등의 여러 사회적 조건에 따라 존재적 우열성이 구분되기는 했지만 여성들은 여기서 한 단계 더 내려간 위치에 설 수밖에 없었다. 같은 계급, 같은 가족, 같은 집단 안에서 다시 열등한 위치에 섰을 뿐 아니라 소속되었던 계급, 가족, 집단에서 분리되었을 때는 아무 데도 기댈 곳 없는 존재로, 제도와 남성의 억압의 대상이 되었다. 일제강점시대 여성들도 물론 예외가 아니었다. 오히려 그 어느 시대보다도 심한 억압과 수탈의 대상이 되었던 것 같다. 일제는 한국인이 가지고 있는 모든 것을 빼앗아 가고자 했다. 여성이 가지고 있는 재화적 가치도 남겨둘 리 없는 것이다. 성(sex)과 노동력이 바로 그것이다. 이 시기 여성은 바로 한국인 내의 가부장적 억압에다 식민지 체제하의 성과 노동력 착취라는 다중적 억압과 수탈 하에 있었던 것이다.

일제강점시대에 여성수난은 많은 소설들의 제재가 되었다. 소설들에서의 여성수난은 개인적 문제로서만 다루어진 경우도 있으나, 대부분은 민족수난의 한 현상으로 인식되고 있다. 여성의 약자성은 식민체제 하에 놓인 민족의 약자적 상황을 잘 환기시킬 수 있다. 여성들의 가부장제에 의한 수난은 한민족 내부에 존재하는 전근대적 모순을, 경제적 요인에 의한 수난은 일제의 경제적 수탈에 의한 민족 궁핍화를 더욱 절실하게 드러내 보이는 것이기 때문이다.

일제강점시대 여성수난 문제는 당시 소설에서 거대 제재의 하나였다고 할 만하나 오랫동안 이에 관한 연구자들의 관심은 크지 못했다. 일제강점시대 소설의 민족수난 반영양상 논의에서 이 문제가 부분적으로 수용되기는 했으나 '여성'이라는 점에 특별히 초점이 맞춰지지는 않았다. 남녀를 구분하지 않은, 민족수난의 한 양상으로만 다루었던 것이다. 그러나 1990년대 중반에 이르러 여러 여성 연구자들이 이 시기 소설 중 특히 여성작가들의 작품에 나타난 여러 여성문제들을 연구 대상으로 삼아 일정한 성과를 보이고 있다.[1]

---

1) 중요한 연구업적으로 다음과 같은 것들이 있다.
　안숙원 외, 『한국여성문학비평론』, 개문사, 1995.
　김정자 외, 『한국현대문학의 성과 매춘 연구』, 태학사, 1996.
　한국여성소설연구회, 『페미니즘과 소설 비평』, 한길사, 1995.

여성의 성차별에 대한 여성들의 저항이나 여성문제에 대한 연구는 여성의 힘처럼 약했다고 할 수 있다. 근대 초기에는 여성들 대신에 이해조나 이광수 같은 남성 논객들이 성차별의 문제를 제기하고 나섰다.[2] 대체로 1920년대 이후 신교육을 받은 지식인 여성들에 의해 성차별 문제에 대한 비판과 저항이 꾸준히 있기는 했으나 체계성을 갖추지 못한, 문제제기의 수준에 머물러 있었다. 1970년대에 우리나라에서는 처음으로 '여성학'이라는 학문이 소개되었으나, 그 후 오랫동안 그것이 일반인들에게는 여성 예절이나 여성 심리, 성관계에 관한 것이라는 추측을 불러일으키는 데 머물 정도로 그 인식이 미미했다.[3] 1990년대에 와서 포스트모더니즘의 물결에 따라 서양의 많은 페미니즘 이론이 번역 소개되고 많은 대학에서 '여성학'이 교양과목으로 개설되기에 이르렀으나, 역시 일부 지식인 여성들에게서만 호응을 얻었을 뿐, 남성들의 참여는 미미했다. 문학에 있어, 1990년대에 와서 서양 페미니즘문학론이 각광을 받아 그에 관한 여러 번역서가 나오는가 하면 기간(既刊) 문학이론 개설서도 페미니즘 문학론을 포함시킨 증보판이 나오기에 이르렀다.[4] 문학에 있어서의 여성문제에 대한 그간의 연구는 여성 연구자들의 전유물로서, 아직 남성 연구자들의 관심 영역으로 가시화되지는 못했다고 할 수 있다.

일제강점시대 소설의 여성수난 문제는 페미니즘적 시각에서 볼 수도 있고 역사주의적, 리얼리즘적 시각에서 볼 수도 있다. 전자는 여성해방, 여권신장이라는 보편적, 현재적 가치가 작품에 어떻게 구현되었는가에 관심의 초점을 둔다. 여성해방의 전망제시 문제가 작품 평가의 중심이

2) 이해조는 「자유종」(1908)에서 남녀평등론을(작중인물 하나로 하여금 여성우위론까지 제기하게 했지만), 이광수는 예를 들면 「조선 가정의 개혁」(1916)에서 "家長專制의 타파, 가족의 형식적 계급, 내외의 타파, 남존여비사상의 타파"를 주창한 바 있다.
3) 한국여성연구회, 『여성학 강의』, 서문(책머리에), 동녘, 1991.
4) 이선영, 『문학비평의 방법과 실제』의 경우, 제3판(삼지원, 1990)에서는 제1・2판에서 없던 '페미니즘 비평'의 장(章)을 추가하였다.

된다. 그것은 "여성을 최후의 식민지로 남겨 두려는 지배 이데올로기의 실체를 규명하고 남녀가 함께 해방된 미래상을 꿈꾸는, 본질적으로 가치 지향적이고 실천적인" 여성해방문학의 관점이며, 여성해방문학은 "남성 중심적 이데올로기에 불과한 기존의 문학에 대한 여성들의 반란이며 혁명적 도전"이다.[5] 역사주의적, 리얼리즘적 시각은 작품에 나타난 여성문제를 시대적 역사적 맥락에서 파악하고 그것이 가지는 민족적, 사회적 의미를 알고자 하는 것이라고 할 수 있다. 그러나 여기서, 역사주의적, 리얼리즘적 시각이라고 해서 여성해방의 문제를 중시하지 않는 것이 아니다. 여성해방은 당위로 받아들여지며, 일정한 여성문제가 시대적 역사적 현실과 어떻게 얽히면서 뒤틀리거나 풀리는가, 그리고 그 시대에 어떤 의미를 던지며, 또한 여성해방 문제와는 어떤 관련을 갖는가에 관심을 갖는다. 지금까지의 여성 연구자들은 거의 페미니즘적 관점에 섰다고 할 수 있다. 페미니즘적 관점에 선다고 해도 역사주의적, 리얼리즘적 관점과 완전히 단절된다면 작품을 올바로 읽어낼 수는 없고, 자칫하면 '급진적 여성해방론(radical feminism)'적인 속류 교조주의식 구호만 남겨 둘 위험이 있다.

여기서는 역사주의적, 리얼리즘적 시각을 중심으로 일제강점시대 소설에 나타난 여성수난의 양상을 논의해 보고자 한다. 일제강점시대 여성수난은 당대의 민족적 수난의 맥락에서 파악되어야만 한다고 본다. 그래야만 그것의 실상과 의미가 바르게 이해될 수 있다. 이 시기 수난 받는 여성의 운명은 민족 전체의 운명을 가장 첨예하게 드러내는 것으로 이해한다. 따라서 이 시기 여성 수난 양상의 검토는 근대 민족수난사의 이해 지평을 넓혀줄 뿐 아니라, 오늘날 제고되고 있는 한국여성문제의 재인식에도 적지 않은 도움을 주는 것이라 하겠다.

---

5) 한국여성연구회, 앞의 책, 292쪽.

이 시기, 여성수난을 형상화한 소설은 그 수가 많다. 여기서 다룰 작품은 그 중 일부로서, 여성이 주인공이고 그 인물이 오랜 기간 혹은 일생을 자의가 아닌 인습적·사회적·경제적 조건 등에 의해 타의적으로 수난을 겪으며 비극적으로 살아가는 모습을 그린 '여자의 일생'형 소설 및 여성주인공의 수난이 시기적으로는 짧지만 작품 전체의 내용이 되는 단편 가운데 중요한 작품들이다.

2. 가부장제 이데올로기와 여성수난

일제강점시대 일반적인 여성수난은 근본적으로 가부장제 이데올로기와 일제의 경제수탈에 따른 민족 궁핍화 등 두 가지 요인에서 비롯된다. 가부장제는 봉건적 왕조체제가 무너진 일제강점시대에 이르러서도 하나의 인습으로 엄존하였으며, '남존여비', '여필종부', '현모양처' 등과 같은 봉건적 가부장제 이데올로기도 여전히 대부분의 사람들의 머리 속에 굳게 자리 잡고 있었다. 부모, 특히 아버지는 자식에 대해, 남자는 여자에 대해 절대적인 권위를 지키고 있었고, 여기서 많은 비극, 특히 여성에게 심한 비극이 생겨난 것이다. 자식과 부인은 부모와 남편의 소유물로서, 부모와 남편의 부당한 소유권 행사가 얼마든지 자행되었다. 이것은 유산층에서나 무산층에서나 마찬가지였다. 유산층에서는 전통적 관념뿐 아니라 재산과 지위의 상속이 자식을 더욱 부모에게 예속되게 했고, 또한 남편에 의해 주어지는 물질적 부가 경제적으로 무능력하기만 했던 여성들로 하여금 철저히 남편에게 예속되게 했던 것이다.

많은 여성들에게 있어서 가정은 감옥과 같은 곳이었다. 가정이 감옥과 같은 곳이 된 근본원인은 본인의 의사와 관계없이 부모에 의해 일방적으로 이루어지는 결혼에 있었다. 그 결혼은 일반적으로 조혼이며, 무산층에서는 거의 경제적 이유에, 유산층에서는 신분 상승이나 보존, 재산, 친분관계 등 가부장들 간의 복잡한 계산에 의한다. 처녀의 자유연애란 결코 용인되지 않는다. 무산층에서는 유산층에서만큼은 가부장의 권위가 확보되지 못하였던 것 같다. 물려줄 재산이나 지체는 물론이고 당장의 가족 생계도 보장해 줄 수 없는 사람들은 자식이나 아내의 존경이나 복종을 이끌어 내기 어려움은 당연하다. 따라서 무산층 가부장들은 폭력을 통해 자신들의 권위를 유지해 나갈 수밖에 없는 경우가 많았던 것 같다. 일제강점시대 소설들에서는 하층민 가부장들이 식솔들, 특히 아내를 두들겨 패는 장면이 흔하다.

가부장 폭력이 반영된 작품 예로 안수길의 「새벽」(1940)을 들 수 있다. 작중인물들은 빈곤 끝에 고향을 떠나 만주로 흘러든 유이민이지만 가부장제 이데올로기는 아직도 버리지 못한 사람들이었다. 가장인 아버지에 대해 작중화자인 그의 아들은 "집안 사람에 대해서는 둘도 없는 폭군"이면서도 "웬일인지 밖에 대해서는 양같이 순하였으며 참지 못할 굴욕에도 비열하게 뵈이리만큼 잘 견디"는 인물로 규정했다. 경제적 무능력 때문에 밖에서는 비굴하고, 그 때문에 약화된 가부장적 권위를 지키기 위해 안에서는 폭력을 행사한 것이다. 이 가장의 아내에 대한 폭력성은 "어려서 최문집에 들어와서 지금까지 벼라별 종노릇을 다아 했소. (중략) 맞을 대루 맞았다오."라는 아내의 넋두리에서도 나타난다.[6] 이 가장은 위기상황을 극복하기 위해 자신의 딸을 '얼되놈'에게 첩으로 매매혼시키려고 한다. 딸은 자신의 소유물이기에 딸의 운명에 대한 결정권은 전적으로 자신이 소유한다고 믿는다. 딸에게는 연인이 있었고 아버지는 이를 알았지만 자유연애란 절대로 용납될 수 없었다. 딸의 연애는 '암내를 내는

---

6) 안수길, 『北原』, 예문당, 1943, 325쪽.

개'의 행위이며, '족보에 없는 일'이고, 동네에 창피한 일이었다. 자신의 가부장적 권위가 훼손됨에 분노한 그는 가마 옆에 놓은 식칼을 번쩍 집어 들고 딸을 찌르려고 달려들기까지 한다. 결국 딸은 아버지에 항거하여 자살하고 만다. 폭력적 가부장권의 행사가 딸을 죽이기에 이른 것이다.

일제강점시대 많은 소설에서 무산층은 결혼연령에 있어서 유산층과는 다른 것으로 그려지고 있다. 흔히 남자는 만혼이고 여자는 조혼이다. 딸의 경우는 식솔 하나를 줄이기 위해서 민며느리로 보내는 등 어린 나이로 시집을 보냈고, 아들의 경우는 결혼에 따른 비용 및 결혼 후의 생계부담 때문에 쉽사리 장가를 보낼 수 없었다. 현진건의 「불」은 성적으로 충분히 성장하지 못한 어린 나이에 시집을 온 주인공이 나이 많은 남편의 성욕 때문에 고통의 나날을 보내는 모습을 적나라하게 그리고 있다. 이 부부의 방은 '원수의 방'이었고, 주인공은 거기에 불을 지름으로써 '모로 뛰고 세로 뛰는' 해방의 기쁨을 맛보는 것이다.

유산층에서의 결혼은 경제적 장애가 적었던 만큼, 부모들의 필요에 의해, 남자의 경우 남자로서의 성(sex)적 능력이 갖추어지지 않은 나이에, 여자의 경우는 여자로서의 일정한 성적 능력이 갖추어진 나이에, 연하의 남자와 연상의 여자 사이에 이루어지는 것이 일반적이다. 남자의 성적 능력이 제대로 갖추어질 때까지 두 사람의 잠자리는 부모에 의해 엄격히 통제된다. 그 사이 부부는 원만한 이성적 사랑을 만들어 내지 못하게 되고, 후에 성적으로 성장한 남편은 부모의 통제를 의식하여 가정 밖으로 나가서 성적 욕구를 발산하게 되고, 부부 간의 거리는 점점 멀어지게 된다. 이런 상황은 1910년의 이광수작 단편 「무정」에서부터 그려지고 있다. 1930년대 심훈의 『직녀성』은 일제강점시대 작품 가운데 유산층 여인의 수난상을 가장 잘 형상화한 작품이다.

단편 「무정」의 여주인공은 16세에 12세인 소년에게 시집을 간다. 아버지 대신 가부장권을 장악한 어머니가 당자(當者)보다 문벌, 재산, 가족

관계를 우위에 두고 일방적으로 사위를 골랐다. 시집을 가고 보니 남편은 남자 구실을 못하는, '아해 같은' 존재일 뿐이었다. '비애와 적막'의 세월이 흘러, 남편이 성인이 되었지만 둘 사이에 부부애는 형성되지 못했다. 남편은 밖으로 돌며 '오입장이'가 되었으며, 마침내는 첩을 얻고자 한다. 나돌아 다니면서 "부모님 걱정 아니시켰으면"이란 조건 하에 첩을 얻도록 해 주었으나 끝내 남편은 아내를 버린다. 결국 주인공은 절망 끝에 남편, 나아가 세상을 증오하며 음독 자살한다. 이 여인에게 더욱더 절망감을 느끼게 한 것은 자신이 임신한 아이가 딸이라는 무녀의 말이었다. 딸은 그녀에게 일말의 희망도 만들어 주지 못하며, 자신과 같은 비극의 길을 걸을 존재일 따름일 터이다. 이 작품은 작자 자신이 "마땅히 장편이 될 재료로되, 학보에 게재키 위하여 경개만 서(書)한 것"7)이라고 한 것처럼, 사건의 형상화가 미약하다. 이 작품의 주인공과 같은 여인의 수난의 길을 장편으로 잘 형상화한 것이 『직녀성』이다.

　『직녀성』(1934~1935)은 일제강점시대 친일 유산층 가정의 가부장제 실상을 실감나게 그려보이면서, 그러한 가정의 몰락의 필연성을 말하고 있다. 이 가정의 모습은 결코 예외적인 것, 우연적인 것이 아니라 일제강점기 유산층 내 가부장제의 전형적인 모습이다. 작품은 여주인공 인숙이 열 살 때 여섯 살인 남자와 정혼하는 데서 시작하며, 그 뒤 시집을 가서 갖은 수난의 과정을 거쳐 마침내 그 가정을 떠나 자신의 길을 찾을 때까지를 그렸다. 이 여인의 수난과정에 당대 유산층 가정의 가부장제적 폐습의 모든 것이 형상화되어 나타나고 있다. 몰락양반인 인숙의 부친은 '선비시대'의 죽마고우였던 윤자작의 아들 봉환에게 자신의 딸을 주기로 한다. 윤자작은 당대 유산층 세도가였던 윤판서의 양자로 들어가 일본 귀족 작위인 '자작'을 세습한 인물이다. 결국 인숙은 연하의 철없는 소년

---

7) 이광수, 『이광수전집』 1권, 삼중당, 1963, 533쪽.

에게 시집을 가게 된다. 봉건적 가부장제 이데올로기를 철저히 신봉하는 봉건 지배층이었던 두 집안의 조혼의 희생물이 생겨난 것이다. 윤자작가에서 인숙은 오랫동안 시할머니 이하 늙은이들의 '노리개'로, 시중꾼으로, 간병꾼으로, 오직 어른들을 위해서만 있는 존재일 뿐이었다. '어른'들이 자신들의 필요를 위해서 아들 혹은 손자인 소년을 이용해 먹은 것이다. 어른들은 두 어린 부부를 '합례'시키지 않고 오랜 기간 동안 별도의 방을 사용케 했을 뿐만 아니라, 봉환이 성적으로 성장해 감에 따라 두 사람의 만남을 더욱 감시하였다. 두 사람의 만남은 봉환의 성장과 건강에 해롭기 때문이라는 것이다. 봉환은 성적으로 성장하나 부모의 감시로 성적 욕구를 아내를 통해 충족시킬 수 없었기 때문에 밖으로 나갈 수밖에 없었다. 결혼과 사랑은 분리되고, 남자의 순결은 전혀 지켜지지 않게 된 것이다. 여기에다 여자의 순결은 철저히 강조되고 '투기'는 용서되지 않았다. 두 사람은 처음부터 애정이 없었던 것이 아니다. 부부 간의 사랑이 만들어져 갈 때 부모들이 이를 차단하였던 것이다. '바윗돌이라도 뚫고 나올 듯한 본능의 싹'을 어쩔 수 없었던 봉환이 기녀와 '오입'을 하자 인숙은 분개하여 친정으로 가버린다. 이에 친정어머니마저도 "그만 일을 가지고", "여편네가 참지 어떡하느냐. 더군다나 양반의 집 여편네란 그런 데 시기를 해서는 못쓴다." 등으로8) 꾸짖는다. 가부장제 이데올로기가 비록 몰락했으나 아직도 과거의 지배층으로서의 의식을 버리지 못하고 있던 계층에서는 여자들에게서조차도 고수되고 있음을 보여준다.

봉환은 일제강점시대 유산층 자녀 지식인들의 전형적 모습을 드러내주는 인물이다. 일본 유학을 하고, 부모의 돈을 요량 없이 뽑아내어 탕진함으로써 집안의 몰락을 가속화시키고, 문란한 여성 편력을 보이며, 현실적응 능력이 없어 실리를 찾지 못하며, 일정한 현실적 지표를 설정하

---

8) 심훈, 『심훈문학전집』 2권, 탐구당, 1966, 137쪽.

지 못하고 방황한다. 부모에게는 경제적으로 예속되어 표면적으로나마 복종하지 않을 수 없으면서 아내에게는 매사에 무책임하고, 일방적이며, 성적으로 방종하다. 아내의 인격, 인권은 무시한다. 시누이 봉희를 제외한 모든 시집 식구들과 남편이 인숙의 수난의 가해자들이었다. 인숙이 얻고 있었던 것은 남편이 아닌, 시부모가 준 밥뿐이었던 셈이다. 시부모나 남편에 예속된 부속물에 불과했던 유산층 여인들이 확실히 보장받을 수 있는 유일한 것은 밥―물질적 여유였다. 시부모들은 자신들의 이해를 위해 며느리들에게 냉혹했다. 그들은 일시적으로는 며느리를 이해해 주나 중요한 결정 단계에서는 늘 아들의 편이었다. 아들만이 자신들의 이해와 관련이 있을 뿐, 따라서 며느리는 언제든지 내버리거나 새로 구할 수 있는 존재였다. 인숙의 시부모도 출처와 사실이 전혀 확인되지 않은 편지 한 장으로 십년간이나 맺어왔던 부모자식의 관계를 끊고 인숙을 내쫓았다. 과거의 모든 인숙의 봉사는 무시되었다. 오직 자신들의 체면이 깎였다는 것이 전부일 따름이다. 이 집안은 구성원들의 무능력과 무절제한 생활로 뒤에 가서는 파산하게 된다. 인숙이 봉환의 이혼 요구에 응하고, 이 집을 뛰쳐나올 수 있었던 것은 그래도 자신이 노력하여 보모의 자격을 얻어 낼 수 있었던 것과 봉희나 복순 같은 후원자들이 있었기 때문이다. 그렇지 않다면 그는 거기 머물면서 노예적 연명에 급급한 일생을 보내지 않을 수 없다. 인숙은 긴 수난의 터널을 빠져나와 해방을 맞을 수 있었던 행운의 여인이 되었다. 이러한 행운은 당시 여성들에겐 지극히 예외적인 것이었다.

당시의 일반적 유산층 여인들의 불행을 보여 주는 작중 인물로 인숙의 오빠 경직의 처가 있다. 그도 봉환과 거의 같은 인물이다. 그 역시 집안의 몰락을 가속화시킨 무능·무절제한 지식인이었다. 아내에게는 절대적 폭군이었던 그는 자신의 아내를 '보기 싫다'는 이유로 늘 생트집을 잡고, "이년저년 하고 상스럽게 년자까지 놓아가면서" 머리채를 낚아채고 폭행했다. "굼벵이도 밟으면 꿈지럭거린다고 경직의 아내는 참다 못해서" 평생 처음으로 대들다가 친정으로 쫓겨 간다. 단 한 번의 항거가 쫓아낼 절대적 구실이 될 수 있었던 것이다. 쫓겨 간 경직 처는 끝내 돌아올 수 없었고, 또한 몰락한 친정에서도 밥의 문제를 해결할 수 없어 드난살이나 구걸을 하면서 비참하게 떠돌아다니는 신세가 되었다. 이 작품은 며느리나 아내라는 것은 바로 '종문서'였고,[9] 그들의 집은 '감옥'이었으며, 그렇다고 '종문서'를 뽑고 '감옥'을 탈옥하는 것도 '밥' 때문에 쉽지 않았던 당시 현실을 반영하고 있다.

채만식의 『어머니』(1943, 뒤에 『여자의 일생』으로 개제)는 가부장제 이데올로기에 깊이 빠져 있는 시어머니에 의해 젊은 며느리가 수난을 겪는 과정을 그린 작품이다. 시어머니는 비록 여인이기는 하지만 남편이 죽고 없자 자신의 남편을 대행하여 가부장의 권위를 확보, 실천하려고 한다. 그녀는 자타가 공인하는 '여장부'로서, 며느리는 물론 아들에게도 절대적인 권위를 휘두른다. '너 이놈!' 하고 호령하면 그 아들은 어느 무서운 아버지 앞의 아들 못지않게 꼼짝하지 못한다. 그녀가 그럴 수 있었던 가장 중요한 이유는 일찍 남편을 잃고 수절을 했으며, 자식이 아직 어리며 시집의 가까운 친척들이 없어 자식의 교육권과 많은 재산 및 그 행사권을 확보할 수 있었기 때문이다. 아들과 며느리는 아버지의 대리인인 자신 앞에 절대 복종하고, 며느리는 남편에게 절대 복종하며 현모양처가 되어야 한다. 그녀는 가부장적 힘의 행사를 통해 자신이 바로 그 남자가 된 쾌감을 맛보며 사는 것이다.

주인공 진주는 열여덟의 성장한 나이에 아직 철도 나지 않은 열두 살박이 소년에게 시집간다. 양쪽 모두가 몰락한 양반 집안으로 각자의 계산과 인습에 따라 이런 결혼이 이루어진 것이다. 본인들의 생각이나 혼

---

9) 같은 책, 521쪽.

전 대면이 전혀 고려의 대상이 되지 못한 것은 이들의 경우도 물론이다. 진주 역시 남편과 한 방을 쓸 수 없었다. 나이 든 며느리가 아직 채 성장하지 못한 아들의 욕정을 길러 주고 '몸을 축나게' 할 것을 두려워한 시어머니의 감시가 계속된다. 여기에는 홀어머니의 자신의 자식에 대한 병적 소유욕도 첨가되어 있었다. 시어머니의 가부장적 권위의 행사 방식에서는 역시 여인으로서의 한계가 있기도 하다. 드러눕는다든가, 자살 소동을 벌인다든가, 환상적 오해에 빠진다든가 하는 것이다. 진주는 가부장제 이데올로기에 철저히 길들여진 여인이어서 계속적인 억압 속에서도 저항하거나 이 집을 떠날 생각을 갖는 일이 없다. 그녀에게는 "시집을 못 살고 친정으로 쫓겨 가는 날이면, 그로써 여자는 일생을 그르치는 것"인 만큼, "친정으로 쫓겨 가느니 죽는 편"이 나았다.10) 결국 친정으로 쫓겨 가서도 시어머니가 다시 부를 날만을 기다리고 있다. 진주의 남편은 진주에 대한 가해자로 나타나지 않는다. 중단된 이 작품에서 그는 아직 어린 소년으로 남아 있고, 뒤에 어머니에 의해 강제로 재혼을 하게 된다.

현진건의 「희생화」(1920)도 가부장제 이데올로기에 의한 여인의 희생을 그린 작품이다. 한 단면적 사건을 그린 단편이지만, 가부장제 이데올로기가 낳은 비극을 잘 보여준다. 앞의 작품들은 기혼 여성의 수난을 보였지만 이 작품은 미혼여성의 비극을 그렸다. 서울의 평범한 양가 처녀 S와 지방 양반 유산층의 아들 K의 사랑과 결혼 약속은 '재산도 있고 양반도 좋은' 집안의 처녀를 며느리고 삼고 싶은 K의 아버지에 의해 깨어진다. K의 아버지에게 남녀의 자유연애는 '가문을 더럽히는 일'이며 자식의 결혼은 가부장인 자신의 명령에 의해서만 가능한 일이었다. 넘을 수 없는 장벽을 만난 두 남녀에게 올 것은 비극뿐일 수밖에 없다. 이 작

---

10) 채만식, 『채만식전집』 4권, 창작과비평사, 1987, 160쪽.

품의 여주인공은 괴로움 끝에 병이 들어 죽는다.

3. 식민지적 궁핍과 여성수난

　일제강점시대 소설에서 여성수난의 원인으로 가부장제 이데올로기보다도 더 많이 나타나고 있는 것이 식민지적 상황에 따른 민족의 궁핍화이다. 궁핍에 의해 수난을 겪는 여성들은 특별한 개인적, 우연적 상황에 의한 경우를 제외하고는 무산층 출신들이다. 궁핍은 여성이 가지고 있는 성(sex)과 노동력을 상품화하게 한다. 자본주의 경제가 정착해 가는 일제강점시대에 있어서 성과 노동력을 상품화할 수 있는 시장은 넓어지게 되었다. 봉건체제가 해체되고 자본주의가 발전하면서 도덕적 타락이 수반되고 이에 따라 성의 향락 풍조가 심화되었다. 1904년 합법화된 한국에서의 공창제도는 조선인의 성상품화를 본격화시켰고, 많은 유곽들이 생겨나면서 사창이 만연하는 현상이 일어났다.

　1920년대 전반기를 거치면서 이땅 안에서도 매춘업이 일반화 현상으로 되어 간다. 사창의 만연이었으며 그것은 동시에 공창의 상대적인 쇠퇴였다. 사창이 일반화되었다는 것은 원래 술자리에 앉아 노래나 춤 등 기예를 하는 것이 주업이었던 기생, 그리고 술자리에서 술을 따르고 대화의 상대가 되던 작부가 손님의 요구가 있으면(경우에 따라서는 더 적극적으로) 돈을 받고 성을 제공하게 되었고 그것이 일반화되었다는 것을 말한다. (중략) 이렇게 사창이 만연한 것은 과연 무슨 이유에서였던가. 첫째, 일제에 의한 토지조사사업과 토지겸병정책, 그리고 제1차 세계대전 후의 만성적 불경기 등이 겹쳐 생활고가 극에 달하자 유랑·걸식·아사보다는 매춘을 택하는 여성층이 많이 나타났다. 둘째, 매춘은 절대로 용서할 수 없다는 가치관이 허물어지게 되었다. 1920년부터 시작한 이른바 문화정치는

그 내용에 타락한 일본적 생활방식의 도입·확대도 포함하고 있었다.[11]

일제강점시대 소설에서는 본인의 의사와 관계없이 자신의 성이 상품화됨으로써 비극의 길을 걷게 되는 여성들이 아주 많다. 여성의 성을 상품화시키는 사람들은 여성의 아버지와 남편이 대부분이고 인신매매 브로커들이나 포주들도 있다. 가족에 의해 성이 상품화되는 경우 그 이유는 거의 대부분 절대적 빈곤─더 이상 물러설 곳이 없는 극단적 빈곤이다. 아무런 물질적 재화를 가진 것이 없는 가족이나 여성에게 성은 교환가치를 지닐 수 있는 유일한 재화(財貨)라 할 수 있다. 성의 상품화 형태는 매매혼, 희생혼, 인신매매, 매음의 네 가지로 나누어진다.

매매혼은 가부장이 일정한 금액을 받고 그 딸을 결혼시키는 경우이다. 이때 딸은 가부장이 소유한 재산에 해당된다. 매매혼은 인류의 과거 역사에서 흔히 있어 왔던 현상이기도 하지만, 궁핍한 일제강점시대 하층민들에게는 매우 흔한 일이 되었다. 매매혼에서는 정실(正室)이 되는 경우도 있지만 첩이 되는 경우가 대부분이다. 정실의 경우, 상대는 대체로 상처한 나이 많은 홀아비였던 것 같다.

정실이 되는 매매혼이 나타나는 작품 예로 김동인의 「감자」(1925)를 들 수 있다. 주인공 복녀는 20살이나 연상인 '영감이라는 편이 적당'한 동네 홀아비에게 팔십 원에 '팔려서' '시집이라는 것'을 갔다. 이때 그녀의 나이는 열다섯이었다. 어린 나이에, 본인의 의사와 전혀 관계없이 '팔려서' 갔을 뿐 아니라, 그 늙은 남편은 게으름뱅이에다 복녀를 산 팔십 원이 전재산이었다. 따라서 복녀에게 부부애, 성적 만족, 생계유지 그 어느 것도 보장되는 것이 없었다. 그녀의 운명은 정상적인 방향으로 나아갈 수 없는 것이 되고 말았다.

---

11) 손정목, 「일제하의 매춘업─공창과 사창」, 『도시행정연구』 3집, 서울시립대, 1988, 288쪽.

첩으로 가는 매매혼은 그 상대가 물론 부유한 인물이며, 빚을 갚아야 하는 상황에서 어쩔 수 없이 채권자 혹은 그 주변 인물에게 반강제적으로 이루어지는 경우가 주로 작품에 그려진다. 앞에서 본 「새벽」의 경우에도, 흉계를 꾸며 위협을 가하는 채권자에게 여주인공의 아버지는 일정한 조건에 그 딸을 첩으로 주려고 했다. 강경애의 장편 『어머니와 딸』(1931~1932)도 한 예가 된다. 주인공 옥이의 어머니인 소작인의 딸 예쁜이는 궁핍과 위협에 시달린 아버지에 의해 채권자이자 지주인 이춘식의 첩으로 매매혼당한다. 팔려간 상품에 불과했던 예쁜이는 본처의 폭력에 시달리다가 쫓겨난다. 매매혼으로 처나 첩이 된 이 작중인물들은 정상적인 삶을 살지 못하고 비극적인 길을 가게 된다. 그들이 간 길은 거의 매음이었다.

채만식의 『탁류』(1937~1938)도 한 여인의 수난의 역정을 그린 '여자의 일생'형 장편이다. 주인공 초봉이의 수난은 매매혼과는 다른 형태의 결혼에서 비롯된다. 초봉의 결혼은 '희생혼'이라 부를 수 있다. 여기서 희생혼이란 부모 등을 위한 희생으로서의 결혼을 가리킨다. 매매혼에서는 당자의 의사와는 무관하게 상품거래와 같은 결혼이 이루어지나, 희생혼에서는 당자의 의사가 결정적 역할을 한다. 결혼 그 자체 혹은 상대가 자신이 원하는 것이 아니지만 부모 형제에게 돌아갈 이익을 위해 자신의 생각이나 이익을 버리고 결혼하는데, 자신이 거부한다면 결혼이 이루어지지 않을 수도 있다. 초봉이는 승재와 내심 서로 좋아하고 있으면서도, 부모의 은근한 기대를 읽어냄으로써, 돈이 많을 것으로 보이는 태수와 결혼할 것을 결심한다.

태수가 부모에게 장사 뒷돈이라도 듬뿍 주어, 자신의 식구들이 극빈으로부터 해방되고, 특히 동생들이 학교에도 다닐 수 있게 되리라는 기대가 그녀의 결심을 이끌어 낸 것이다. 이 결혼은 즉각 초봉을 파멸의 길로 떨어뜨렸다. 초봉의 희생혼도 근본은 궁핍과 부모의 욕심과 오판에 기인한다. 초봉의 아버지는 매매혼을 단행할 만큼 무지한 계층에는 속하지 않는다. "딸자식 하나를 희생시켜서 나머지 권솔이 목구멍을 도모하겠다는 계획을 적극적으로 세우고 행하고 할 담보는 없"고, "교양이라는 것"에 '압제'를 받아 "인간답게 교활한" 인물이다.[12] 식민지상황의 도래와 함께 정신적으로나 물질적으로나 몰락해버린 구시대의 잔재다. 희생혼이 되었지만 이 결혼에는 매매혼적 요소도 없지 않다. 부모가 태수에 대해 불안감을 가지면서도 돈에 대한 기대감 때문에 결혼을 원했고, 실제로 결혼 후 곧 돈을 얻을 수 있었기 때문이다.

초봉이의 제호 및 형보와의 동거도 법적인 결혼은 아니더라도 희생혼에 해당된다고 할 수 있는데, 특히 형보와의 동거는 더욱 분명하다. 제호를 만났을 때 그녀는 물론 당장 갈 곳이 없기도 했지만 부모 형제를 생각해서 아버지의 친구인 그와의 동거를 결심한다. 그리고 "제호한테 다 까놓고 이야기를 해서 살림을 조략히 해서라도 할테니 매삭 이삼십원 가량씩 따로 내려보내 달라고 하든지 그렇잖으면 달리 무슨 도리를 구처해 달라고 청을 댈 요량"이고 "그애들(동생들)의 교육도 제호더러 감당을 해 달라고 요청할 작정"을 먼저 세운다.[13] 제호가 떠나고, 형보가 동거를 요구했을 때, 그가 바로 자신을 직접 파멸로 이끌 원수지만 부모 동생을 위해 그의 돈을 끌어내려고, 동거에 응한다. 동거에 응하기 전에 그녀는 딸을 위한 것 외에 "우리 친정두 먹구 살게끔 한 끄터리 잡어주어야지!", "우리 친정동생들 서울루 데려다가 공부시켜 주어야 한다."는 조건[14]을 내세운다. 결국 희생혼으로 이어지는 그녀의 삶이 정상적일 수 없었다. 그녀가 진정으로 바라는 것이 아니었던 일련의 희생혼은 그의 정신을 황폐하게 했다. 이것은 결국 잔혹한 살인으로 끝났다. 살인이 바로 그녀를

---

12) 채만식, 『채만식전집』 2권, 창작과비평사, 1987, 136쪽.
13) 같은 책, 271쪽.
14) 같은 책, 343쪽.

해방시키는 '서곡'(마지막 장의 제목이지만)이 되었던 것이다.

　매음은 특정인의 처나 첩이 되는 것이 아니라, 불특정의 남자들에게 오직 성을 제공하고 그 대가로 일정한 돈(재물)을 받는 경우를 말한다. 매음의 대상은 필요에 따라 일정기간 동안 같은 사람이 될 수도 있고, 매회 바뀔 수도 있다. 매음은 공창가, 사창가, 술집 등에서 창녀나 작부들에 의해 주로 이루어진다. 「감자」의 복녀는 유부녀 매음을 보여주는 예이다. 복녀는 생계유지가 어려워지자 매음을 생계수단으로 삼게 된다. 매음에서 복녀는 '긴장된 유쾌'를 맛보게 된다. 열다섯에 시집갔던 복녀는 성적인 면에서도 새로운 세계에 눈뜬 것이다. 일터 감독, 동네 거지, 육서방 등 상대를 바꾸어 가다가 마침내 왕서방에게 전속으로 매음을 하던 중, 왕서방이 어떤 처녀와 매매혼을 하자 분노하여 낫을 휘두르다가 최후를 맞는다. "복녀의 부처는 이제 이 빈민굴의 한 부자"가 될 수 있었던 것은 왕서방이라는 좋은 거래처를 가지고 있었기 때문이다. 수입을 보장받을 수 있는 좋은 거래처를 상실한다는 것은 복녀의 부처에게는 분노할만한 일이 된다. 복녀는 죽어서 남편에게 또 한 번의 큰 수입을 안겨준다. 복녀의 일생은 철저히 상품의 일생이었던 셈이다. 자신의 의사와 전혀 무관한 매매혼이 그녀의 불행의 원천인데, 작자는 이 점을 무시하고 그 뒤의 그녀를 비난하는 데에만 관심을 기울였다. 『어머니와 딸』의 예쁜이도 팔려간 집에서 쫓겨난 후 술장수로 전전하며 매음녀가 되었다.

　창녀나 술집작부가 되어 매음을 행하는 여인은 인신매매를 당한 경우가 많았음이 소설에서 잘 나타나고 있다. 여기서 인신매매는 매매혼과 달리, 일정 금액을 받고 유흥업소에 여성을 파는 경우를 가리킨다. 주요섭의 「살인」(1925)의 우뽀는 일제강점시대 소설 주인공 가운데 가장 극단적인 성(sex)수난자라 할 수 있다. 그녀는 여러 번 인신매매를 당한다. 그녀는 열여섯에 "열흘 씩 굶어서 사람이라도 잡아먹을 듯이 눈이 뒤집힌 애비 어미에게 보리 서말에 팔리어" 건축 공사판 서양인 십장에게 연 사흘 동안 여러 번 기절하는 성폭행을 당하고, 이어서 그 서양인의 심부름 꾼에게 하루 밤 하사품이 되기도 했다. 집에 돌아온 그녀는 다시 '대양칠 원'에 팔려 상해까지 와서 창녀로 전전하며 성병에 몸이 썩어가고 있다. 그러한 그녀지만 여성으로서의 기본적인 아름다움, 즉 남성에 대한 순수 한 사랑의 감정을 가지고 있다. 그는 동물이나 물건이 아니며, 상품이 아 니라 인간이요, 여성이었던 것이다. 포주를 죽여서야 그는 '파아란 하늘 위로 노래하며 춤추며' 달음질할 수 있는 해방된 인간, 여성다운 여성이 될 수 있었던 것이다.

김기진의 『해조음』(1930)도 여성의 몸이 성상품으로 매매되는, 식민지 시대의 참담한 조선인 현실의 한 부분을 잘 고발하고 있다. 이 작품의 여주인공 남수는 열두 살의 어린 나이에 고아가 되고 인신매매 브로커에 속아 술집으로 팔려간다. 그녀는 이제 계약서에 도장을 찍고 팔려가는, 문서 있는 성상품이 되었다. 한 술집에서 다른 술집으로 옮겨 팔릴 때마 다 몸 값(빚)이 늘어간다. 그녀가 팔려다닌 곳은 서울, 공주, 전주, 해주, 평양, 원산 등 조선 동서남북 전역이었다. 문서를 없애고 '자유의 몸'이 되는 것이 그녀의 꿈이었다. 상품이 아니라 인간이 되고 싶다는 인간 필 연의 욕구에서 그녀라고 예외일 수는 없었다. 문서 있는 상품이었기 때 문에 도망이라도 간다면 그것은 범죄행위요, 따라서 경찰의 체포 대상이 된다. 인신매매가 일제에 의해 실질적으로 보장되고 있었던 것이다. '자 유'를 위해서는 상품인 자신을 그녀 자신이 사는 수밖에 없었고 그러기 위해 돈을 벌어야 했으며, 돈을 벌기 위해 좀 더 적극적으로 매음을 해 야 했다. 17살이 되었을 때는 이미 화류병으로 찌들었고, '자유의 길'은 전보다 더 멀어지고 있었다. 이와 같은 그녀의 상황과 체험은 결코 그녀 개인만의 것이 아니라 화류계의 성상품으로 팔려다닌 당시의 모든 여성 들의 것이었음을 이 작품은 대화나 지문 도처에서 드러내고 있다.

그러던 중 그녀는 운 좋게도 자신에게 정을 느낀 남자를 만나 함께 도망을 가서 살림을 차릴 수 있었다. 그러나 이것은 더 큰 비극의 시작이었다. 남자가 바다에서 행방불명된 후 그녀는 새로운 남자를 만나 새 삶을 시작하게 되는데, 그 새로운 남자는 어릴 때 헤어졌던 사촌 오빠였고, 이를 안 그녀는 괴로움에 못 이겨 자살한다. 이 작품은 결국 이 시대의 여인은 사회적 조건에서뿐만 아니라 운명적으로 버림받고 있다는, 극히 비관적인 여성관을 표출한 것이다. 이것은 물론 식민지사회에 대한 깊은 반감의 다른 표현인 것이다. 이기영의 「왜가리」(1940)도 협잡브로커에 속에 술집으로 팔려 가는 소녀들의 수난을 그려 식민지사회의 어두운 모습을 고발하고 있다.

유부녀의 매음을 형상화한 작품은 「감자」 외에도 현진건의 「정조와 약가」(1929), 김유정의 「소낙비」(1935), 「산골 나그네」(1936), 「가을」(1936) 등 여러 작품이 있다. 유부녀의 매음은 정상적인 사회에서는 존재하기 어렵다. 물질 만능에다 소비, 사치, 향락 풍조가 극에 이른 사회가 아니면 극단적 궁핍이 만연한 사회에서나 흔히 행해질 수 있다. 전자적 사회에서는 도덕적으로 극단적 타락에 빠진 여성들이 더 많은 돈을 벌어 더 많은 소비, 사치, 향락을 즐기기 위해서, 후자적 사회에서는 극단적 궁핍에 빠진 여성들이 그러한 상황을 모면하기 위해서 행한다. 매음은 돈을 버는 것이 목적이고, 유부녀가 남편 외의 남자와 성관계를 갖는 것은 도덕적 법적 위험부담에다 가정 파탄의 가능성까지 안고 있다. 유부녀의 매음은 이런 문제들에도 불구하고 돈을 벌고자 하는 것이기 때문에 극히 특별한 경우가 아니면 발생하기 어려운 것이다.

일제강점시대 소설들에서의 유부녀의 매음은 후자적 사회의 경우를 그렸다. 이 작품들에서의 매음은 가정 파탄을 원치 않는 여인들의, 아니, 가정과 부부애를 유지하려는 여인들에 의해 이루어진다. 그들이 처한 상황은 적빈이며, 그들이 원하는 것은 빈곤으로부터의 탈출이다. 현진건이나 김유정 작품의 매음은 일회성인데, 주인공들에게 있어 매음은 상황에 의한 것이지 진정으로 원하는 것이 아니며, 따라서 수난이다. 일회성 매음을 통해 작중 유부녀들은 결정적인 국면 전환을 이루고자 한다. 물론 그들의 일회성 매음은 한 단면적 상황 타개에는 일정한 도움이 되었지만 그들의 원하는 빈곤의 근본적 해소와는 거리가 먼 것이다. 작품에서 보면, 「산골 나그네」의 '나그네'는 남편의 옷을 구했을 뿐이고 「소낙비」의 여인은 남편의 노름 밑천 2원을 구할 수 있게 되었을 뿐이며, 「가을」의 여인은 이삼십 원의 돈을 얻게 되었을 뿐이다. 또 「정조와 약가」의 여인은 남편의 병을 고치게 했을 뿐이다. 그들이 처한 상황은 「소낙비」의 경우, 소작지조차 없는 유랑농민으로, 서울에 가서 품팔이꾼이라도 되는 것이 꿈인데 서울 갈 차비가 없다는 것이다. 「가을」의 경우는 열심히 일했으나 식량해결도 할 수 없는 데다 누적된 생활빚으로 더 이상 견뎌낼 수 없고, 「산골 나그네」에서는 과거에는 성실한 농민이었지만 지금은 떠돌이 빈민으로, 남편은 병들고 입을 옷조차 없으며, 「정조와 약가」의 경우는 소작권마저 잃고 품팔이로 지내다가 남편은 병들었다.

이런 위기에서 당장 그들이 활용할 수 있는 재화는 여자의 몸, 즉 성뿐이었다. 그와 같은 매음의 대가들은 그들 모두에게 빈곤 해소와는 거리가 먼 것일 수밖에 없다. 남편들은 그들의 아내의 매음을 「산골 나그네」에서처럼 모르거나, 「소낙비」에서처럼 짐작하면서도 묵인하거나, 「가을」에서처럼 공모하거나, 「정조와 약가」에서처럼 적극적으로 수용하지만, 모두 매음의 수혜자가 된다. 이들 작품의 매음 유부녀들의 내면은 「정조와 약가」의 주인공의 "나도 그런 일을 당하면서도 조금도 부끄럽지 않았어요. 처음엔 가슴이 좀 두근거리더니만 무슨 짓을 하든지 당신 병만 낫우었으면 그뿐이라 하고 보니 맘이 그만 가라앉아요."[15]라는 말로 충분히 대변된다.

---

15) 현진건, 「정조와 약가」, 『현진건 문학전집』 1권, 국학자료원, 2004, 299쪽.

　매음은 아이러니컬하게도 그들에게 부부관계의 파탄을 가져오기는커녕, 더 굳은 사랑을 이끌어내고 있다. 남성들이 무력, 무능할 때, 여성이 나서 자신이 할 수 있는 일을 한 것이다. 매음은 분명히 그들이 진정으로 원하는 바가 아니었기에 수난이다. 그들은 정신적 정조를 철저히 지킨 것이다. 이런 점에서 이 여인들의 행위는 부도덕하다고 할 수 없다. 이 작품들 가운데서 「정조와 약가」는 이러한 모습을 가장 선명히 보여주고 있다. "저런 것들은 정조도 모르고 질투도 모르는 모양이지"라는 의원(최주부)의 말은 작자로서는 의미 있는 삽입이다. 하나의 역설을 던지고 있는 것이다. 주인공들과 다른 국면에 살고 있는 사람의 언술을 통해 주인공들의 진정한 모습을 말하려 한 것이다. 그들은 정조도 알고 질투도 있고 약값을 떼먹지도 않는다. 부도덕한 것은 오히려 남성에게 가부장적 권리와 의무를 장악케 했으면서도 여성이 나서서, 그것도 자신의 성을 상품화함으로써 가정을 지켜야 하는 상황을 만드는 식민지 사회인 것이다. 현진건이나 김유정은 이 부도덕한 사회를 욕한 것이다.

　산업화가 진행되면서 식민지 사회는 많은 공장 노동인력을 필요로 하게 된다. 여기서 여성 노동력의 착취가 이루어진다. 농촌의 궁핍화와 함께 여성들마저 자신은 물론 가족의 생계유지를 위해 동원되어야 했는데, 이때 공장은 여성들에게 가장 좋은 일자리로 여겨졌다. 실제로 성을 파는 일이나 드난살이를 빼고 보면 여성이 돈을 벌 수 있는 곳은 공장이 거의 유일한 곳이었다. 공장 경영자들은 많은 여성들을 속여 노동자로 채용한 후에는 그들의 노동력을 싼 값에 착취할 뿐 아니라 그들의 인권과 성을 유린하기까지 했다. 많은 소설들이 이러한 공장에서의 여성수난을 그렸다. 바로 식민지사회의 구조적 모순을 효과 높게 고발하려는 것이 그 작가들의 의도였다. 이런 작품들의 대표적인 것으로 채만식의 「보리방아」(1936)－「동화」(1938)－「병이 낫거든」(1941)으로 이어지는 연작과 강경애의 『인간문제』(1934)를 들 수 있다.

속편 관계인 「보리방아」 연작은 농민의 몰락상과 청순한 한 농촌 소녀가 공장노동을 통해 쓰러져가는 참담한 모습을 그렸다. 「보리방아」에서는 여주인공의 집을 중심으로 당대 소작농민들의 현실이 잘 반영되는데, 1930년대 일제의 농촌정책인 '자작농창정(自作農創定)'의 모순이 잘 그려진 것이 특기할 만하다. 여기서는 농촌처녀로서 맑고 아름다우면서도 가련한 주인공이 집을 떠나 공장으로 나가야 될 상황까지를 다루었다. 「동화」는 열일곱 살이 될 때까지 금지옥엽같이 고이 길러진 무남독녀인 주인공이 몇 해 동안 일해서 큰 돈을 저축하여 부모의 궁핍도 덜어주고 시집도 가겠다는 큰 꿈을 안고 전주의 제사공장 노동자로 가는 부분을 다분히 애상조의 톤으로 그렸는데, 이 주인공의 앞날이 비극적인 것임을 충분히 암시하고 있다. 「병이 낫거든」에서는 이 주인공이 제사공장에서 과도한 노동을 한 결과 회복하기 어려운 단계의 폐병에 걸려 고향에 돌아오는 과정을 그렸다. 주인공의 모든 꿈은 물거품이 되고 죽음만이 그녀를 기다리게 되었다. 가난 때문에 노동력의 착취라는 수난 끝에 침몰하고 마는, 당시의 수많은 농민의 딸들의 모습을 이 주인공이 대표해서 보여준다.

강경애의 『인간문제』에서도 공장에서의 과도한 노동착취 끝에 앞의 작품 주인공처럼 폐병에 걸려 죽은 여성 노동자의 수난의 일생이 형상화되었다. 이 주인공 선비 역시 빈농의 딸이다. 이 작품에서는 공장 경영자들이나 현장 감독들이 노동자를 감금 상태에 두고, 노동자의 인권과 성을 유린하고, 노동자들이 계급의식에 눈뜨며 조직적인 계급·노동운동을 전개하는 등의 양상들을 그리고 있는데, 앞의 채만식 작품들에서는 공장 내의 상황은 전혀 그려져 있지 않다.

4. 여성수난의 대응 형태와 전망

그러면, 이러한 여성 수난에 대한 대응과 전망은 어떻게 나타나는가? 작품에서 그려진 작중인물들의 수난 대응 형태와 여성해방에 대한 전망은 서로 직결되어 있는 것으로서, 크게 세 가지 유형으로 나눌 수 있다.

먼저, 작중인물이 자신의 수난에 대해 순응 혹은 체념하는 형태이다. 이런 형태를 보인 작품들에서 작중 여주인공들은 성차별의 가부장제 이데올로기, 현실적 궁핍, 그리고 궁핍에 따른 성(sex)적 수난에 대해 문제의식을 갖지 못하거나 움직일 수 없는 기정사실로 받아들인다. 따라서 주어진 상황에 저항 없이 따라간다. 이런 작품들에서 여성해방에 관한 전망은 제시되지 않는다. 전망에 대한 인식 자체가 부재한다. 작자들은 여성수난을 식민지적 현상의 하나로만 파악할 뿐, 페미니즘적 관점은 갖지 않는다. 따라서 작중 여성수난은 민족수난의 한 형태로만, 그 여성들은 수난 받는 민족 전체 속의 한 부류로만 다루어졌고, 남성과 구분된 여성들의 인간적·법률적·정치적·사회적 권리는 문젯거리로 제기되지 않았다. 이런 형태를 보인 작품들의 주인공들은 무식하거나 교육수준이 낮은 사람들이며, 수난의 끝은 자살, 타살, 질병, 일시적 문제해결 등으로 나타난다.

『어머니』(『여자의 일생』)의 주인공은 전통적 가정교육만을 받았는데, 가부장제 이데올로기에 대해 일체의 의문 없이 적극적으로 순종한다. 그 결과는 시집에서 축출당하는 것으로 된다. 「보리방아」 연작의 주인공은 보통학교를 나온 소녀이지만 워낙 금지옥엽으로 자라 세상 물정을 모른다. 그녀의 가족이 처한 상황은 잘 드러나 있지만 그녀는 가족 빈궁의 배경, 제사공장과 자신의 노동에 관련된 것들, 그리고 여성으로서의 자기자신의 현실에 대해 일체의 의문이나 문제의식을 갖지 않고 가혹한 노동 상황에 순응하다가 죽음의 질병을 맞는다. 두 작품에는 수난여성에 대한 동정은 있으나 페미니즘적 인식이나 전망 제시는 없다. 오히려『어머니』에서는 가부장적 권위를 휘둘러 여성을 억압하는 인물을 여성으로 설정함으로써 반페미니즘적이라고 할만한 요소마저 보였다.

『해조음』의 주인공은 교육받지 못한 여성인데, 자신을 포함한 수많은 여성들이 성상품으로서 남성들의 오락물 기능을 하고 있는 현실에 대해서는 아무런 문제의식도 가지지 못했다. 자신의 수난을 기정사실로 받아들이고, 다만 현실적 상황 속에서 최선을 다함으로써 자신의 '자유'를 찾고자 했다. 그리고, 사촌오빠와의 동거라는 운명을 만났을 때는 체념과 자살을 택할 따름이었다. 작자는 이 인물의 수난을 당대 여성 일반의 문제, 혹은 페미니즘적 문제로 확산시키지 않고, 뒤에 가서는 좋은 사람을 만나 행운을 얻거나 오빠와 동거하는 등 우연적, 개인적, 예외적인 것으로 만들어 버렸다.

「감자」, 「정조와 약가」, 「소낙비」, 「산골 나그네」 등 일련의 유부녀 매음 소설의 주인공들도 교육받지 못한 여성들로, 가족이 처한 빈궁의 배경, 유부녀 매음의 의미에 대해 문제의식이나 여성으로서의 항거 없이 자신들의 수난을 순순히 수용했다. 남편을 위해 성을 팔아야 한다는 것은 여성으로서는 최고의 수난인데, 작가들은 이 점을 은근히 미화시키고 있다. 리얼리즘적 관점에서와는 달리 페미니즘적 관점에서 보면 이 작품들의 평가는 매우 부정적일 수 있다. 물론 이 작품들에서도 여성해방에 관한 전망은 전혀 제시되지 않고 있다. 이들의 행위를 '부도덕'하다고 보는 것은 남성적 언술에 불과하다. 그렇기는 하나 페미니즘적 관점에서 볼 때 이들이 여성이라는 조건 때문에 성적 수난을 당한다는 것은 중요한 문젯거리로 남는다.

두 번째로는 작중인물이 자신의 수난에 대해 극단적 방법으로 단순 저항을 하는 형태이다. 이런 형태를 보이는 작품들에서 여주인공들은 자신의 수난에 고통스러워하며 수난의 원인이 된 가부장제 이데올로기나 남성의 폭력 등에 대해 자살이나 살인 등으로 맞선다. 이들의 자살이나 살인은 그러한 문제들의 근원적 해결과는 거리가 먼 개인적, 감정적 대응으로, 단순저항에 불과하다. 이런 작중인물들은 문제의식을 가지고는 있으나 문제의 본질 분석은 물론 보편성과 합리성을 가진 극복방법을 찾지는 못하고, 극단적 방법으로 단 한 번에 누적된 감정을 폭발시킨다. 자살과 살인은 자폭일 뿐이다. 이런 작품들에서 작자는 여성문제에 대한 문제의식은 있으나 그 해결의 방법적 논리는 구상하지 못했고, 따라서 여성해방 문제에 대한 전망 설정에 대한 인식은 있으나 구체적 전망을 가지지는 못한다.

단편 「무정」의 주인공은 "시집가는 데는 어미도 믿지 못할 것이로다."고 할 정도로 가부장제 이데올로기를 증오했고, 남편에 대해서도 "내가 죽어서 귀신만 되었단 보아라."면서 저주했다. 그녀는 처음에는 남편을, 다음에는 모든 남자를, 다음에는 전인류를, 그리고 마침내는 자기의 존재까지를 '원(怨)'하게 되었다. 그러나 그녀는 이런 대상들을 '원'밖에 못했고 그들에 대항하는 방법으로 자살밖에 찾지 못했다. 「새벽」의 여주인공도 부모의 억압에 자살로서 저항하는 방법밖에 찾지 못했다. 「살인」의 주인공은 억압자 포주를 죽이는 방법으로 잠시 '새'가 될 뿐이었다.

이들 작품에 비해 『탁류』는 페미니즘적 시각을 분명히 드러내고 있다. 여성수난의 근원적인 이유로 남성에 의한 여성억압을 강조하고 있기 때문이다. 주인공 초봉을 수난의 길로 몰아넣은 최초의 인물은 그로 하여금 희생혼을 하지 않을 수 없게 한 아버지 정주사였다. 그의 초라하고 비굴한 모습이 장황하게 그려져 있고, 딸의 참담한 수난이 계속되어도 그는 고통 없이 전보다 더 나은 삶을 꾸려가는 것으로 그려지고 있다. 거기서 초봉에게 더욱 심한 억압을 가한 것은 고태수, 박제호, 장형보 등의 남성들이었는데, 이들은 모두 지극한 비열한(卑劣漢)이요, 사기꾼이요,

악당으로서, 기만과 폭력으로 초봉의 성을 착취하고 초봉의 정신을 황폐
화시킨다. 이들 남성들이 노린 것은 오직 성이었다는 점, 그러한 성착취
의 과정이 초봉이의 수난 내용의 거의 전부를 이루고 있다는 점, 그리고
초봉이 증오하고 저항하고자 했던 것이 바로 성착취자로서의 그들이었
다는 점 등은 이 작품에서의 채만식의 페미니즘적 시각을 분명하게 드러
내주는 부분이다. 그리고 초봉의 동생 계봉이를 발랄하고, 자기 의지를
관철하며, 부모를 지혜롭게 통제하며, 애인인 승재를 늘 압도하며, 살인
후의 언니를 안정시키고 희망과 용기를 갖도록 하는 인물로 그렸다는
점, 그리고 올바른 정신을 가진 의사로서, 당시 사회에서 훌륭한 남자인
승재를 평범한 백화점 점원 여자인 계봉이에 비해 지혜롭지도 못하고 용
기도 없는 열등한 인물로 그렸다는 점도 역시 그렇다. 그러나 그런 점에
도 불구하고 여성해방의 구체적인 논리와 전망은 제시되지 못했다. 초봉
이는 물론 계봉이를 통해서도 여성문제의 본질 분석이나 대응논리는 시
도되지 않았다. 초봉이가 택한 것은 개인 형보의 살해였다. 이것은 결국
자폭적 단순저항일 뿐이다. 초봉이 가진 미래에의 희망은 극히 불안하고
추상적인 것일 뿐, 현실성이란 거의 없는 것이다. 이런 점들에서 작자는
페미니스트가 되지는 못했고, 또한 이 작품도 페미니즘 소설이라 할만한
단계로는 나아가지 못했다.

　세 번째로는 작중인물이 수난에 대해 이론적·실천적으로 적극 대응
하는 형태이다. 이런 형태를 보인 작품들에서 수난의 인물들은 자신을
억압하는 현실에 반기를 들고, 여성을 억압하는 현실적 요소들을 분석하
고 그 대응논리를 찾아, 적극적인 실천에 나선다. 이런 작품들은 페미니
즘적 시각이 분명하고, 페미니즘적 전망도 분명히 제시한다. 물론 이러
한 작품이라도 그것이 페미니즘적 시각으로 페미니즘적 문제만을 형상
화하려 한 것은 아니다. 여성 문제에 대한 인식이 매우 제한적 수준에
머물러 있었던 시대였던 만큼, 이러한 작품이 많지 않음은 당연하다. 소

수의 작품이라도 있었다는 것이 중요하다. 이 작품들에서 특히 주목되는 것은 여성수난 문제를 계급문제와 관련시켜 이해하고 있다는 점이다. 다시 말해서 여성해방은 계급해방과 함께 이루어질 수 있다고 보는 점이다. 작품의 끝은 주인공이 수난의 질곡을 깨고 나와 자신이 설정한 전망을 향해 새로운 삶을 시작하는 것이다.

강경애는 여성수난 문제에 많은 관심을 가졌던 작가였다. 그의 작품에서 이 세 번째 형태의 작품으로 『어머니와 딸』이 있다. 『인간문제』에서는 여성수난의 양상이 객관적 현실성이 있게 형상화되고 있지만 관련된 작중인물의 대응은 드러나지 않는다. 이 작품의 초점은 계급문제, 혹은 인간모순 문제에 놓여있다. 물론 여성해방 문제가 없는 것은 아니지만 그것이 다른 두 문제에 덮혀 그 모습이 구체화되지 못했다. 주인공 선비는 공장에 온 후 자신의 수난에 대해 문제의식을 가지게 되었고, 그 수난이 농촌 및 공장에서의 계급구조에 있다는 것을 알게 되기도 했다. 그 결과 그는 계급투쟁에 뛰어들 것을 결심한다. 그러나 그는 여성해방 문제에 대해서는 발전적 인식을 가지지 못하여, 계급운동과 여성해방운동을 연계시키지 못하고 계급운동으로만 나아갔다. 공장에 올 때까지 선비는 수난에 저항 없이 수동적이기만 했고, 최후에는 여성해방에 대한 구상은 보이지 못한 채 공장에서 병들어 죽음으로써 끝내 수난에서 빠져나오지 못한다. 굳이 유추한다면, 선비는 계급주의적 여성해방론을 생각하고 있었을 것 같고, 작자의 생각도 그랬을 것이다.

이 작품에서 드러나는 작자의 전체적 논리는 '여성'은 남성과 같이 '인간'의 일부로서, 인간문제가 해결되어야 여성문제도 해결되는데, 현단계는 아직 인간문제의 해결을 위한 투쟁의 단계라는 것이다. 그래서 첫째도 선비에 맞먹는 비중으로 다루었고 또 작품의 끝을 "이 인간문제! 무엇보다도 이 문제를 해결하지 않으면 안될 것이다. (중략) 그러나 아직 이 문제는 풀리지 않고 있지 않은가! 그러면 앞으로 이 당면한 큰 문제를 풀어나갈 인간이 누굴까?"16)라는 말로 맺었던 것이다. 이런 점에서 볼 때 『인간문제』는 위의 세 유형에 속하는 작품이 아니다.

『어머니와 딸』은 확고한 페미니즘적 관점에서 여성수난과 그 대응형 태를 형상화시켰다. 작자는 2대에 걸친 3명의 억압받는 여성들을 등장시켜 남성에 의한 여성수난과 그 대응을 다양하게 그리고자 했다. 작품에는 남성에 대한 작자의 반감이 짙게 깔려 있는 바, 남성들은 여성에 대한 성적착취자이자 비열한 배신자로 그려지며, "믿지마라! 남자를 믿지마라."라는 작중인물의 말을 표어화했다. 그리고 여성해방의 당위성과 그 전망을 부각시켰다.

이 작품에 그려진 수난 여성은 매매혼을 당했다가 쫓겨나 유녀(遊女)가 되어 일생을 남성들의 성적 학대 속에 사는 여성, 기생 출신으로 고학생을 사랑하여 일본 유학까지 시키고 아들까지 낳았으나 배신당한 여성, 그리고 남편을 위해 희생하며 살아왔으나 배신당하는 지식인 여성 등 다양하다. 이런 수난에 대한 그들의 대응은, 자포자기적 삶을 살고, 남성 불신자로서 여성 자립을 실천하고, 남편과의 단호한 결별과 함께 일정한 사회적 역할을 하고자 하는 등 다양하다. 결국 이 작품에서 여성해방의 전망은 주인공 옥이를 통해 나타난다. 옥이는 비열한 억압자인 남편으로부터 자신을 해방시키고, '영실 오빠'같은 노동계급을 위한 투사가 되겠다고 한다. 여기서 읽어 낼 수 있는 것은, 여성도 남성만이 해 왔던 사회나 집단을 위한 투쟁의 대오에 뛰어듦으로써, 그리고 당대 식민지 사회에서 계급해방이 실현됨으로써 여성해방이 구현될 수 있다는 매우 적극적이고 낙관적인 생각이다. 그러나 옥이가 이런 결론에 도달하는 논리적 계기나 과정이 형상화되어 있지 않고, 또한 계급해방과 여성해방의 관계에 대한 논리적 사고 역시 잘 드러나지 않는다.

---

16) 강경애, 『인간문제』, 『동아일보』, 1934. 12. 22.

『직녀성』은 일제강점시대 소설 가운데 가장 강한 페미니즘적 시각을 드러내 보인 작품이다. 객관적 현실성이 있는 사건들을 통해 성차별의 모순과 여성해방의 필연성을 부각시키고 있다. 여성해방의 방향에 대한 작가의 구상이 매우 구체적이고 논리적이며, 또한 그것의 소설적 형상화가 이루어져 있다. 작자는 여기서 여성문제와 계급문제의 해결 양상을 동시에 보여주려 했다.

이 작품에는 두 명의 페미니스트 여성이 나온다. 한 명은 맑시스트 노처녀이고 다른 한 명은 남자로부터 배신당한 경험이 있는 독신주의 지식인이다. 이들이 여성해방의 논리를 펴면서 수난의 주인공을 교화시켜서 해방된 삶의 길을 가도록 한다. 작자는 이들을 통해 자신의 페미니즘을 강의하고 있다. 맑시스트인 복순은 주인공 인숙의 수난의 원인을 맑시스트적 관점에서 진단하고 여성해방이 계급모순의 극복을 통해 실현될 수 있다고 설명한다. 그녀는 남녀 불평등은 남자들이 만든 법률·제도에 원인이 있으며, 이것을 주도한 남자들은 지배·유산층들이며, 또한 지배·유산층에서 이 남녀 불평등의 법률·제도가 더 철저히 지켜지므로 지배·유산층 여성이 더 큰 피해자가 된다는 것이다. 결국 지배·유산층이 건재하고, 또 여성들이 그들 속에 예속되어 있는 한 여성해방은 없다는 것이다. 이것은 지배·유산층적 이데올로기의 희생자인 인숙에게는 절실한 논리로 다가온다. 거기에다 독신주의자인 허의사는 특히 남성불신과 여성의 경제적 자립을 강조한다. 이들은 서로 깊은 인간적 신뢰를 갖게 된다. 여기에다 인숙의 시누이 봉희도 부모에게 반역의 깃발을 올리고 무산계급 출신 계급투사와 결혼하여 인숙에게 가부장제 이데올로기와 계급의 벽을 깨는 실천을 보인다. 결국 인숙도 시집과 남편을 단호히 박차고 나온다. 인숙과 봉희의 거사는 남성과 유산계급을 보기 좋게 패배시키는 것, 달리 말하면 작자가 내고 싶은 무산계급해방의 목소리를 형상화한 것이다. 여성문제와 계급문제를 동시에 해결하는 방책으로 작자가 내놓은 것은 유·무산계급 남녀들이 이념·애정·육체적으로 한 덩어리가 되는, 화학적이라 할만한 결합을 이루어, 사회형태를 근본적으로 변화시키는 것이다. 그러한 사회로 제시된 것은 '공동사회'(Community, Gemeinschaft)이다. 작품에서 인숙 등은 함경도 어느 지방에 가서 '공동 가정'을 이루고 각자 그 지역민들에게 봉사하는 직업을 가지고 새 생활을 시작한다. 그들은 "상전도 없고 종도 없고 부자도 없고 가난한 사람도 없고 (중략) 남녀의 구별도 없는", "공정하고 행복한 사회"를 지향했다.[17] 작자는 작품 끝에 후일담으로 인숙의 행복과 그 남편(및 시가)의 불행한 결말을 덧붙여 놓았다. 성차별은 이런 징벌을 받는다는 것을 다시 강조하고 싶었던 것 같쭉.

5. 맺음말

일제강점시대 소설에서 여성수난 문제는 매우 큰 제재의 하나였고, 다루어져야 할 큰 테마이면서도 지금까지 그에 상응할 만큼 연구자들의 주목을 받지 못했다. 소설에 나타난 여성수난은 개인적 결함이나 개인 간의 특수한 관계에 기인한 경우를 빼면 이 시대의 일반적 현상이었던 가부장제 이데올로기와 식민지적 궁핍이 그 근본원인이다. 여기서 수난의 구체적 양상과 수난 대응 양태, 그리고 여성문제해결의 전망 등에 대해 살펴보았다. 그러나 여기서 행해진 것은 매우 개괄적인 수준이라 할 수 있다. 보다 '본격적'인 논의를 위한 일차적 작업으로 생각한다. 우선, 보다 많은 작품이 다루어져야 한다. 그리고 보다 엄밀한 분류가 이루어져

---

17) 심훈, 앞의 책, 531쪽.

야 하고, 작품 내의 여성수난 대응 양태 및 전망에 대한 보다 깊은 의미 해석이 따라야 한다.

대부분의 일제강점시대 소설에서 여성수난은 단지 여성문제로서보다는 민족문제의 중요한 일부로서 인식되고 있다. 이런 작품들에서 페미니즘적 문제의식은 매우 희박했다. 일제의 한민족 착취는 여성의 성에까지 이르렀다. 이것은 빼앗을 만큼 다 빼앗았다는 것, 즉 착취의 끝을 의미한다. '정신대'를 통한 여성의 성착취는 그 극단이었다. 여성수난이 민족문제의 일부라는 인식은 당시로서는 극히 자연스러운 것이었다. 그러나 일부 작품에서는 페미니즘적 문제의식이 분명하게 나타나기도 했다. 심훈은 그의 소설을 통해 리얼리스트적 면모와 함께 일제강점시대 작가 가운데 가장 두드러지게 페미니스트적 면모를 과시하였다. 그는 가부장제 이데올로기의 억압으로부터, 그리고 남성의 억압으로부터 여성들이 해방되어야 한다는 당위를 가장 구체성 있게 형상화시켰으며 또한 시대적 조건과 관련시키면서 여성해방의 구체적 방법까지도 제시했다. 여성해방에 관한 그의 낙관적 전망은 현실성을 고려하면 공상적이라고 할 수도 있겠지만.

일제강점시대 우리 여성들은 식민지적 조건뿐 아니라 민족 내부적 조건에 의해 심한 수난을 겪었지만 그 후 그에 관한 반성과 인식의 전환은 크지 못했다. 일제강점시대 여성수난은 아직도 살아 있는 문제라 할 수 있다. 식민지적 조건이 해소된 오늘날, 여성문제가 얼마나 발전적 해결을 보았는가?

일제강점시대 여성수난 문제는 '민족문제'의 측면에서, 그리고 '여성문제'의 측면에서 지금도 많은 교훈을 던져주고 있다고 하겠다.

제 6 장

해방직후기 한국문단의 갈등과 소설의 정치지향성

1. 정치적 현실과 문학의 정치적 관심

한국 근대문학사에서 문학의 정치적 기능 문제는 1900년대 이후 지속적으로 강조되어 왔다. 그것은 우리 민족이 처해 온 정치적 상황으로 보아 당연한 일이다. 민족구성원으로 하여금 정치적 상황을 알게 하며 또한 그와 싸워 나갈 수 있는 의지를 일깨워 주는 데 있어 문학 작품이 중요한 역할을 해야 했던 것이 해방 전까지의 현실이었다.

일제강점시대에 문학의 정치적 기능을 가장 적극적으로 내세웠던 사람들은 1900년대 애국계몽운동가들과 1920~1930년대 카프 맹원들이었다. 그들은 정치가와 정치 단체의 활동이 거의 불가능한 현실 속에서 정치운동가로서의 역할도 행하려 했다.

1930년대 후반 이후 문학의 정치적 기능은 일제의 강화된 억압과 함께 논의와 실천의 전면(前面)에서 사라질 수밖에 없었다. 그러나 내면에서만 들끓고 있던 문인들의 정치적 관심은 해방과 함께 분출되었다. 해방직후기[1] 문인들의 정치지향성은 당시의 "정치에 주렸던 문학자는 해방의 감격, 흥분에 못 이겨 모모 정당의 선전부를 맡아 보고 혹은 문학을 통해 정치를 논설했던 것은 당연한 일이다. 소위 문학과 정치를 혼동해선 불가하다고 반대하던 일부의 순수파 문사들까지도 간접으로 정치성을 띠었음을 그의 작품을 통해 발견할 수 있다."[2]는 말에서 잘 드러나 있다.

해방직후기는 이처럼 문인들이 정치에 들뜬 시기로서, 그 정도는 과거 어느 때 보다도 심하였다. 이 시기 문학론의 거의 대부분은 문학의 정치적 기능에 관한 것이었다고 할 수 있고, 대부분의 문학작품 역시 정치적 문제를 제재로 하였다.

해방직후기에 이처럼 정치에 대해 문인들의 관심이 높아진 것은 정치에의 굶주림이나 해방의 흥분·감격도 한 원인일 수 있겠지만 그보다 더 중요한 것은 해방에 뒤따른 복잡한 정치적 상황이었다. 이 정치적 상황이 자신들의 적극적인 정치적 역할을 필요로 하고 있다고 그들은 생각하고 있었던 것이다.

정치적인 기능을 수행함에 있어 대부분의 작가들은 당시의 정치단체나 정치가들이 제시한 이데올로기들 가운데 하나를 선택했다. 그리고 같은 이데올로기를 선택한 사람들끼리 문인단체를 조직했다. 단체 조직과 함께, 대부분의 문인들은 민족의 완전한 해방이 이루어지지 않았으므로 그를 위해 기능해야 한다는 원론적 인식 이외에는 공분모를 찾을 수 없는, 좌·우의 다른 길로 치달린 것이다. 좌·우익으로 크게 갈라진 문단에서, 소수의 작가들만이 어느 쪽에도 가담하지 않고 중간파로 남아 있

---

1) 여기서 '해방직후기'란 해방에서 남북한정부가 수립된 시기까지를 지칭하는 편의상의 말이다.
2) 朱基淳, 「문학과 정치」, 『白民』, 1946. 10, 16쪽.

었다.

당시 좌·우익은 어떤 기준으로 구분되었는가? 다음 구절이 이때의 사정을 잘 정리해 주고 있다.

> 첫째 「임정」 대 「인공」에 있어서 전자 지지 계통은 우익이요 후자는 좌익으로 보는 모양. 다음에는 이승만박사, 김구 총리, 김규식박사, 조만식 씨 등을 지지하는 계통은 우익이요, 김두봉, 이관술, 여운형, 박헌영 제씨들을 지지하는 계통은 좌익. 또 그 다음엔 신탁통치 5개년이란 조항을 포함한 채 막부회의 절대 지지를 주장하는 계통은 좌익이요, '신탁' 조항을 제외하고 바로 독립전취 단계로 돌입하자는 계통은 우익. 또한 소련이 조선 독립에 더 많이 성의를 가졌다고 믿는 파는 좌익, 미국이 조선 독립에 더 많이 성의를 가졌다고 믿는 파는 우익. 또 5월 9일 하-지 성명에 의한 삼팔선 폐지 주장안의 지지는 우익, 동 거부측은 좌익. 끝으로 또 한 가지는 소위 다수 표방에 있어 계급의식을 대립시켜서 이것을 표준으로 다수를 추출하려는 것이 좌익이라면, 민족의식을 기간으로 한 초계급적 절대다수를 추출하려는 것은 우익이다.3)

문인들의 단체는 1945년 8월 16일 결성된 '조선문학건설본부', 1945년 9월 17일 결성된 '조선프로레타리아 문학동맹', 1945년 9월 16일 결성된 '중앙문화협회', 1946년 3월 13일 결성된 '전조선문필가협회', 1946년 4월 4일 결성된 '조선청년문학가 협회'(청문협) 등이 있었는데 앞의 두 단체는 좌익에 속하는 것으로, 1945년 12월 13일 '조선문학가동맹'(문맹)으로 통합되었다. 뒤의 세 단체는 우익에 속하는 것이다. 이들 단체는 정치세력과 연계되어 있었다. '조선문학가동맹'의 주도자들은 '민주주의 민족전선'(민전) 지도부에 참여했으며 박헌영의 참모들이기도 했다. 이 단체는 찬탁(贊託) 성명을 내기도 했다. '전조선문필가협회'는 '민전'에 맞선 단체

---

3) 김동리, 「좌우간의 좌우」, 『백민』, 1946. 10, 21쪽.

인 '대한독립촉성국민회'를 도왔으며, 반탁(反託) 성명도 냈다. 이들 단체들은 "정치의 축록전(逐鹿戰)에 치중한 나머지 본업을 등한히 하고 있다"4)는 비판까지 듣고 있었다.

2. 문학론에서의 정치지향성

해방직후기 문학의 정치적 기능에 대한 좌익 문인들의 인식의 기초는 박헌영이 이끄는 '조선공산당 재건 준비위원회'가 1945년 8월 20일 채택한 '8월 테제'에서 찾을 수 있다. '8월 테제'는 '조선의 완전독립', '토지문제의 혁명적 해결', '8시간제 실시', '언론출판, 결사, 파업, 행진의 자유', '일본제국주의자와 민족반역자가 소유한 토지와 재산을 무상 몰수하여 근로대중 농민에게 분여할 것', '근로대중의 생활수준을 급진적으로 개선할 것', '조선의 완전독립을 위협하는 외국세력의 일체 행위를 절대 배격할 것' 등 '일반적 정치 요구'의 실현을 위한 투쟁을 선언하면서, '인텔리겐챠'들에게는 '문화연맹', '작가동맹' 등 각종 문화단체를 결성하여 "당의 지도하에서 활동하여야 하며 당을 지지하고 협력하고 보조단체로서 활동"할 것을 요구하고 있다.

'8월 테제' 이후, 일제강점시대의 카프 맹원들이 즐겨 인용하던 레닌의 '치차(齒車)'론이 재등장한다. 즉, '문맹' 결성 전의 '프로동맹' 측의 한 효는 예술이 "진실로 당의 치차급(齒車及) 못으로서의 역할"을 맡을 것을 강조하면서 "우리는 예술가로서 맑스주의적 세계관에 입각하여 독자적인 창작활동을 전개하는 한편 또한 맑스주의자로서 당의 임무를 의식하

---

4) 『1948년판 조선연감』, 조선통신사, 1948, 365쪽.

고 그것의 실현을 위한 전위적인 투쟁에 참가하지 않으면 안된다"[5]고 했다. 좌익의 통합단체로 결성된 '문맹'은 '문학에 의한 과학적 계몽 활동', '민주주의 정신의 보급 앙양', '민주적 토지개혁을 위한 투쟁' 등을 추구하였다.

좌익의 문학론자들은 원론적인 면에서 정치와 문학의 관계뿐만 아니라 현실적인 면에서 문학의 정치적 당면 과제, 그리고 '순수문학'론의 한계 등을 논했으며, 나아가 문학의 정치성을 전제로 하는 민족문학론까지 제시했다.

문학과 정치의 관계에 대한 좌익의 주장을 잘 정리한 글로 '민전' 중앙위원이며 철학, 교육, 사회과학, 문학 등 다방면에 걸쳐 좌익의 논리를 전개했던 신남철의 「문학과 정치」가 있다. 여기서 그는 문학작품이란 사회적 존재인 작가가 자신이 사는 사회의 안정과 더 좋은 발전을 위한 이상도를 언어를 통해 감동적으로 표현한 것이라고 규정했다. 그는 사회란 정치를 떠나서 있을 수 없고, 문학도 정치를 떠날 수 없다고 보았다. 다음 말은 문학과 정치의 관계에 대한 그의 주장을 요약하고 있다.

> 정치는 권력을 전제로 하는 이상도를 그리나 문학은 쓰여진 언어―문자를 통하여 묘사되는 이상도인 것이다. 이와 같이 문학은 정치와 긴밀한 유사성을 가지고 있다. 문학은 정치를 떠나서는 소위 독자의 존재성을 주장할 수 없는 것이다. 문학을 떠나서도 정치는 집행되나 정치를 떠나서 문학은 있을 수 없다. 문학과 정치는 다 같이 미래창조의 문화기술이다. 다만 주체적 시간에 있어 방향관계가 다를 뿐이다. 즉 문학은 미래의 이상도를 현재에 끄집어 당겨 올리는 것이고 정치는 현재의 국면을 미래에로 개조하는 것이다.[6]

---

5) 韓曉, 「예술운동의 전망―당면문제와 기본방침」, 『예술운동』, 1945. 12, 8쪽.
6) 申南澈, 「문학과 정치」, 『전환기의 이론』, 백양당, 1948, 225쪽.

이렇게 볼 때 작가는 정치의 동향에 대한 '정확한 과학적 음미와 파악'을 게을리 하지 않아야 하고, 독자로 하여금 정치에 대한 비판의 거점과 행동의 기준을 발견케 해야 한다는 것이다. 정치를 외면하거나, 혹은 반인민적, 즉 반동적 입장을 지니는 것은 '미래사회를 구상하는 정치의 이상도'인 문학에서 결코 '성립되지 못하는 것'이다. 문학은 본질적으로 정치적인 것이고, 진보성, 선구성을 지닌 만큼, 프로문학만이 있을 수 있고, 부르죠아 문학이란 존재가치가 없다는 주장까지 내놓았다. 합당성을 지닌 부분도 있지만, 전체적으로 철저한 정치우위론과 흑백논리에 입각한 주장이라 할 수 있다.

현실적 정치 상황과 관련하여 그는 당시의 문학이 지향해야 할 정치노선과 과제도 제시한다. 그것은 "친일파, 민족반역자로써 대표되는 반동적 지주, 일제의 구종(驅從), 왜노(倭奴)의 주구, 조선적 봉건유제의 반동적 잔재에게 발언권을 주어 사회발전을 역행시키는 정치"가 아니라 '인민을 위한 좋은 정치', 즉 '진보적 민주주의 정치'이다.

좌익 문학론자들은 우익 문학론자들이 지향하는 문학주의 내지 '순수문학'과의 투쟁을 강조한다. '문맹'은 "문학가가 정치에 참여하지 않아도 좋을만치 훌륭한 정치를 실현하기 위한다."는 명분을 내걸며 문학주의와의 투쟁을 선언한다. '훌륭한 정치'란 인민의 주권을 실현·유지·발전시키는 것인데, 문학주의는 이를 위한 문학운동을 해치고 "문학의 적이요, 인민의 원수인 반동파들에게 이익을 제공하는 것"7)이라고 한다.

이동규는 국가사회의 전환기 혹은 변혁기에는 언제나 정치는 문화의 선두에 서서 강력한 추진과 적극적 건설에 매진해야 하는 바, 문학이 강한 정치성을 띠는 것은 당연하다고 전제 하면서, "초정치 초사상 초계급적 순수성을 부르짖는 것은 퇴폐의 과정을 걷는 부르죠아 예술가의 주장

---

7) 「문학주의와의 투쟁」, 『문학』 3호, 1947. 3, 7쪽.

으로, 이미 표현하고 호소한 신선하고 풍부한 내용을 잃은 그들의 갈 길은 오직 형식의 미 추구 외에 없는 것이다."[8]고 주장했다. 또한, 김동석은 김동리를 비판하는 자리에서 순수문학이란 과거의 반민족 행위자들과 오늘의 우익인사들이 자신들의 정체를 감추기 위해 표방하는 비순수한 사상의 산물이라고 단정했다.[9]

순수문학에 대한 공격은 한편으로는 자신들의 정치문학론의 정당성을 돋보이게 하려는 것이면서 다른 한편으로는 우익문인들에 대한 정치적 투쟁 행위이기도 했다. 순수문학에 대한 좌익의 공격의 요지는 두 가지로 요약된다. 하나는 본질적으로 순수문학이란 사상성과 정치적 관심을 배제하는, 현실도피적, 상아탑류의 문학으로서, 모든 사람이 독립조선의 건설에 매진해야 할 현 시점에서는 존재할 가치가 없다는 것이다. 다른 하나는 현실적으로 그것은 '반동적' 인사들의 정치적 이해, 이념, 사상을 반영하는, 비순수한 의식의 산물이므로 투쟁의 대상이 된다는 것이다. 이 두 가지 공격은 당시 현실로 볼 때 일정한 설득력을 갖고 있었다고 하겠다. '순수'보다는 현실적 관심 내지 기능이 당시로서는 더 필요했었다고 볼 수 있고, 또 순수문학론자들이 정치적으로 우익을 지지하고 있었던 것도 사실이었기 때문이다.

순수문학에 대한 공격이 극단화된 경우가 북한에서의 '응향(凝香)' 사건이었다. 1946년 12월 '북조선 문학예술총동맹' 산하의 '원산문학동맹'에서 간행한 시집 『응향』을 단죄한 글이 「문학」 3호에 실렸는데, 북한의 문학현실을 잘 보여주는 것으로서, 남한의 좌익문인들에게 새삼스러운 자극제 구실을 하였다. 여기서 문학은 "인민을 조직하고 정치적으로 고양하며 인민이 가지고 있는 애국심과 건국적 정열을 고무시키는 강력한 전쟁무기가 되어야 한다."[10]는 것이 절대적 명제로 제시된다. 한마디로

---

8) 李東珪, 「예술의 순수성」, 『인민』, 1946. 1, 100쪽.
9) 金東錫, 「순수의 정치」, 『부르조아의 인간상』, 탐구당서점, 1949, 49~50쪽.

'인민에게 복무하는' 문학만이 문학일 수 있다는 것이다. 따라서 "소위 '정치와 무관계하고 계급을 초월하고 영원하다'는 '순수문학'이니 '예술지상'이니 하는 것"은 인민에의 복무는커녕 "기실은 독재적 반동계급을 대변하며 이것을 옹호하기 위한 가장이요 기만"이며, 단죄의 대상이 된다. 이 글에서 "김일성 위원장의 가르침을 다시 한번 뼈에 사모치게 느껴야 할 것이다."11)라는 말은 김일성 장악 하의 북한의 정치적 상황을 단적으로 보여준다.

좌익 문학론자들은 나아가 민족문학 건설론을 제기했는데, 이것은 그들뿐 아니라 우익문인들 쪽에서도 내건 과제였다. 좌익이 말하는 민족이란 '헐벗고 굶주리는 우리'인 '인민'으로서, 지주나 자본가는 인민에 포함되지 않는다. 그들은 식민지의 민족 형성이 외래의 제국주의 및 자기 나라의 봉건잔재로부터의 해방투쟁 과정을 통해 이루어졌다고 보고, 이 과정에서 지주와 자본가는 스스로 인민으로부터 이탈하며 동시에 민족으로부터 제외된다고 하여, 우익의 혈족 단위의 민족 개념을 부정하였다.

인민의 중심은 노동계급이다. 노동계급의 이념은 "인민들의 반제국주의적 결합의 유대이며 반봉건적 결합의 유대이고, 민주주의적 결합의 유대이며, 민족적 결합의 중심이 됨으로써 민족의 이념이 된다."12)고 한다. 이들이 수립하려는 민족문학은 "인민의 완전한 해방, 자유, 평등을 위한 문학"이며, 맑스레닌주의인 노동자계급의 이데올로기를 바탕으로 한다. 따라서 "초계급적, 초역사적인 성격을 가진 게 아니라 계급적이요, 당파적이요, 세계사적인 성격"13)을 지닌다. 그들은 이를 '인민적 민주주의 민족문학'14)으로 명명하기도 했다.

---

10) 金仁俊, 「문학예술은 인민에게 복무하여야 한다」, 『문학』, 1947. 4, 74쪽.
11) 같은 글, 82쪽.
12) 林和, 「민족문학의 이념과 문학운동의 사상적 통일을 위하여」, 『문학』, 1947. 4, 15쪽.
13) 金永錫, 「민족문학론」, 『문학평론』, 1947. 4, 12쪽.
14) 安東學人(李源朝), 「민족문학론」, 『문학』, 1948. 4, 104쪽.

김영석은 '민족문학'과 대립되는 개념이 '민족주의 문학'이라고 하면서, 이는 "특권적 금융자본가적인 내용을 품은 것"으로서, "소위 조선민족을 주축으로 하는 민족정신"을 내용으로 한다고 규정했다. 그리고 이 민족정신은 "민족을 객관적으로 과학적으로 해석하지 않고 그것이 항구적인 것처럼 생각하여 민족을 신비화하려는 정신"15)이라고 비판했다. 좌익문인들은 민족문학 건설운동을 '민주주의적 국가건설사업'의 일환으로서, 하나의 의무와 권리16)로 인식하고 있었다.

우익의 문인들은 문학주의를 표방하면서도 문학과 정치의 관계 및 당대 정치에도 큰 관심을 가지고 있었다. "금일의 우리와 같이 민족천년의 운명이 좌우되려는 중대한 시기에 있어 문학이 정치와 절연을 할 것이라든가 또는 할 수 있다던가 하는 것도 아니다. 다만 문학이 주냐, 정치가 주냐 하는 문제다."17)라는 말에서 이에 대한 그들의 입장이 잘 드러난다.

좌익이 정치주의 문학론으로 선수를 치자, 우익은 이에 맞서서, 문인은 일정한 정치적 목적 하에서 문학을 그 수단화하려는 비순수한 의도를 버리고 순수한 자세로서 이 시대 사람들의 '삶의 구경(究竟)적 문제'로서의 '비상(非常)한 인간 생활'을 '문학적'으로 표현하자는 주장18)으로 응수하였다. '순수'란 "어떤 목적의식을 수반하지 않는 것"19)이라고 했다. 김동리는 '순수문학'을 "한마디로 말하면 문학정신의 본령정계(本領正系)의 문학"이라 정의하고, 문학정신이란 "어떠한 계율에도 우상에도 억압되지 않고 예속되지 않고, 응체(凝滯)됨이 없는 자유무애한 인간성의 전모를 문학적 대상으로서 보장하려는 정신"이라 설명했다. 그는 문학에는 순수문

---

15) 김영석, 앞의 글, 7쪽.
16) 임화, 「조선민족문학건설의 기본과제에 관한 일반보고」, 『건설기의 조선문학』, 조선문학가동맹, 1946, 42쪽.
17) 「문학과 정치」, 『백민』 7호, 1947. 3, 권두사.
18) 김동리, 「문학과 정치」, 『문학과 인간』, 백민문화사, 1948, 159쪽.
19) 趙演鉉, 「문학과 사상」, 『문학과 사상』, 세계문학사, 1949, 186쪽.

학 외에 당(黨)의 문학, 경향문학 같은 정치주의문학이나 탐미주의, 예술지상주의 같은 '상아탑류의 문학'도 있다는 것을 인정하면서, 그 중 순수문학이 '제일의(第一義)적20) 문학'이 된다고 했다. 정치주의문학은 정치적 목적에 의해 제한된 인간성만을 대상으로 하기에 제이의 내지 제삼의적 문학으로 볼 수밖에 없다는 것이다. 그도 민족현실 문제에 적극적인 관심을 가졌으며, 문인 가운데 대표적인 우익이데올로기 추종자로서 강한 정치지향성을 가지고 있었다. 그의 순수문학론은 정치적 목적성을 거부하면서도, 강한 이념성과 정치성을 띠고 있었다. 그를 포함한 우익문인들의 구체적 공격 목표는 바로 '공산주의문학', '소(蘇)연방주의 문학', '볼세비키당의 문학', 곧 좌익문학이었고, 해방 전에 이미 제기된 바 있었던 순수문학론을 '제삼기 휴메니즘'론을 펴는 등으로 수정·보완하여 좌익문학에 대한 공격논리로 활용하게 된 것이다. 해방직후기의 순수문학론은 반(反)정치주의 문학론으로 출발하여 반좌익문학론으로 나아가고, 우익에 의한 남한정부 수립 후에는 반공문학론으로 이어지면서 강한 권력친화성을 가지게 되었고, 6·25 전쟁과 함께 그 정도는 더욱 심하게 되어갔다.

좌익 문학론자들에 맞서 우익 문학론자들도 민족문학건설론을 제기했는데, 그들이 지향하는 민족문학이 무엇인가를 가장 잘 보여주는 것이 김동리의 다음과 같은 말이다.

> 민족문학이란 원칙적으로 민족정신이 기본되어야 하는 것이며, 민족정신이란 본질적으로 민족단위의 휴메니즘 이외에 아무 것도 아니다. (중략) 민족정신을 민족단위의 휴메니즘으로 볼 때 휴메니즘을 그 기본내용으로 하는 순수문학과 민족정신이 기본되는 민족문학과의 관계란 벌써 본질적으로 별개의 것일 수 없다.21)

---

20) 김동리, 「본격문학과 제삼세계관의 전망」, 앞의 책, 114쪽.

여기서 가장 주목되는 것은 민족의 개념이라고 할 수 있다. '민족정신 ＝민족단위의 휴메니즘'이라는 규정에서 나타난 것처럼 우익 민족문학론자들은 좌익이 민족을 '인민'에 한정하는 것에 반대하여, 같은 혈통을 가진 사람 전체를 민족이라고 보는 것이다. 좌익의 문학론도 비록 이 휴메니즘이라는 용어를 쓰지는 않았지만 사실상 이것에서 벗어나고 있지 않다고 하겠다. 좌익은 '인민'의 휴메니즘을 민족문학의 기본으로 삼고 있다고 할 수 있다.

우익 민족문학론자들은 민족문학의 내용이 민족혼(민족정신)과 민족적 긍지를 고취·고양시키는 것이어야 한다고 했다. 그 구체적인 것으로 민족적 영웅상의 제시,[22] 외국 및 외래 사상·문화의 비판[23] 등을 들었다. 외국 및 외래 사상·문화는 "자본적 민주주의의 경제적 지배만 침략으로 보고 계급적 독재주의의 사상적 지배는 침략으로 보지 않음은 요즘 유행하는 사상"[24]이라는 말에서 드러나는 것처럼 소련과 계급주의 사상 및 문화를 주로 겨냥하고 있다. 민족문학론에 있어서도 우익은 당시 민족내부에 존재하는 계급·계층적 갈등 문제를 묻어버리고자 하고 있음을 볼 수 있다. 따라서 친일파문제, 경제구조 개혁문제 등 당연히 해결되어야 할 당면 구체적인 문제는 진지한 논의의 대상이 될 수 없었다. 우익 민족문학론은 좌익 민족문학론에 대응하는 것이었으면서도 그것이 내세운 논리를 정면으로 돌파하지는 못하고 있다. 우익 민족문학론은 심정적, 추상적 수준을 넘어섰다고 보기는 어렵고, 그런 점에서, '원시적' 혹은 '봉건적' 민족주의문학론으로 규정되기도 했던[25] 1920년대의 최남선이나 이광수의 민족문학론에서 그리 나아간 바 없다고 하겠다.

---

21) 김동리, 「순수문학의 진의」, 같은 책, 107~108쪽.
22) 박종화, 「민족문학의 원리」, 『경향신문』, 1946. 12. 5일자 참조.
23) 조지훈, 「민족문화의 당면과제」, 『문화』 창간호 참조.
24) 조지훈, 같은 글, 7쪽.
25) 梁柱東, 「문단측면관」, 『조선일보』(1931. 1. 1~6) 참조.

3. 소설에서의 정치지향성

좌익의 소설이나 시는 정치적 제재 일색이었다. 1946년 4월 조선공산
당 중앙위원회에서 내놓은 '조선민족문화건설의 노선'은 '8월 테제'의
문화방면에서의 실천지침서라고 할 수 있는데, 여기서 좌익작가들의 현
실인식의 기본이 무엇인가를 단적으로 알 수 있다. 이 글에 깔린 주장은
현재의 남조선은 민족, 즉 인민의 완전 해방도 국가의 완전 독립도 이루
어지지 않은, 반(半)식민지적 상태에 있는 바, 반(反)제국주의 투쟁에서 승
리하는 것이 곧 완전한 조선민족 해방이요, 완전한 통일국가 건설의 길
이라는 것이다. 그리고 '민족문화'는 "민족해방, 국가의 완전독립, 토지
문제의 평화적 해결의 기초 위에서 통일된 민주주의적 민족 문화"26)라
규정했다.

좌익소설의 기본 구성은 한마디로 봉건적, 제국주의적 상황의 청산을
거부하는 '조선인민의 원수와 민주건설의 원수'27)와의 투쟁이다. 다시 말
해서 '인민'과 '원수'의 싸움이다. '인민', '조선인민의 '원수'에 대해 무한
한 증오감과 '복수'심을 가지고 있다. 작자자신도, 작중 긍정적 주인공도
'인민'이다.

좌익소설의 구체적인 제재로서는, 먼저 문인의 좌익정치운동 참여의
정당화 및 권장 문제가 있다. 이를 다룬 대표적 예로 이태준의 「해방전
후」(1946. 7)를 들 수 있다. 해방 전에 정치운동에 전혀 관계하지 않았던
작가인 주인공은 "해내에서 열 번을 찍히어도 넘어가지 않고 싸워낸 투
사"인 공산당 지도자들과 현재의 공산당의 노선이 "용하고" "현명했으므

---

26) 조선공산당 중앙위원회, 「조선민족문화 건설의 노선(잠정안)」, 『신문학』 1호, 1946. 4,
    141~143쪽.
27) 「남조선의 현정세와 문화예술의 위기에 대한 일반보고에 대한 결정서」, 『문학평론』,
    1947. 4, 47쪽.

로” 그를 전적으로 지지한다. 또 좌익 문인단체의 주장은 “한군데도 의의를 품을 데가 없”기에 그에 가입한다.

다음으로는 친일파·민족반역자의 척결 문제가 있다. 엄흥섭의 「쫓겨온 사나이」(1946. 8)가 이를 다룬 한 예다. 북에서 쫓겨온 민족반역자를 다시 북으로 쫓아 보낸다는 줄거리다. 여기서 친일파 민족반역자들은 “해외에서 들어온 반민주주의 파쇼 세력과 한 덩어리가 되어 남조선에서 단독정부를 세우려는 비민주주의적 책동”을 한다고 단정된다.

다음으로는 미국, 우익정치인, 미군정 당국과의 투쟁이 있다. 이것은 곧 반제투쟁이다. 우익정치인들은 미제국주의의 주구들로서, 민족의 완전해방과 통일국가 건설을 반대하고 반민족적 남한 단정을 기도한다고 매도된다. 김구와 이승만도 ‘해외에서 들어온 파쇼 세력’으로, 그들이 결성한 ‘대한독립촉성국민회’(독촉)는 타도되어야 할 단체로 규정된다. 반탁운동은 ‘독촉’ 타도의 가장 큰 명분이다. 찬탁, 친소가 모든 것을 훌륭하게 해결하는 최선의 방법으로 인식된다. 거의 모든 좌익소설에서 미군정과 ‘독촉’, 그리고 반탁운동을 매도하는 지문이나 대화가 나오는데, 안회남의 「폭풍의 역사」(1947. 4)가 가장 구체적이고도 신랄한 공격을 보이는 작품의 예다. “무자비하게 무자비하게 싸워서” “이것들을 처 없애 버리자”는 구호도 이 작품에만 나오는 것은 물론 아니다. 전명선의 「방아쇠」(1947. 2)나 강형구의 「연락원」(1947. 2) 같은 작품은 미군정에 대한 대구의 ‘10월 인민항쟁’을 예찬한 작품 예가 된다.

다음으로는 토지개혁을 위한 농민투쟁 문제가 있다. 봉건적 지주에 대한 농민의 개인적 저항이 아니라 조직적 집단적 투쟁을 강조한다. 강형구의 「동원」(문맹 농민문학위원회 편, 『토지』, 아문각, 1947, 수록), 이근영의 「고구마」(『토지』 수록)는 토지개혁을 위한 농민의 정치투쟁을 그린 예다. “우리는 장차 토지개혁이 된 인민공화국의 땅, 이 들에다가 집단농장 아니 국영농장 아니 보다 나흔 농업농장의 건설을 위해 싸웁시다. 그리하여 우리 고향으로 하여금 모범적 민주촌이 되게 합시다. 영원의 복수를 위하여!"라는 박승극의 「사랑」(『토지』 수록)의 주인공의 말은 농민과 토지문제에 대한 좌익작가들의 주장을 요약, 대변한 것이다. 이기영의 「개벽」(『토지』 수록), 황건의 「산곡」(1948. 4)같은 작품은 북한에서의 토지개혁의 결과를 선전하여 남한 농민의 투쟁의욕을 북돋우려 했다.

마지막으로, 노동자투쟁 문제가 있다. 단순한 임금이나 노동조건 향상을 위한 투쟁이 아니라 자본가를 제거하고 노동자가 공장의 주인이 되기 위한 조직적 집단적 투쟁을 좌익소설들은 지향하고 있다. 자본가, 경영자, 비좌익노동단체 가입자들은 모두 민족반역자로 규정된다. 김영석의 「폭풍」(1946. 11)은 공장 노동자들의 조직적 투쟁, 갈등, 희생을 소상하게 그린 예다. 전홍준의 「새벽」(1948. 4)은 신문사의 노동투쟁을, 김영석의 「전차운전수」(1946. 8)는 전차운전수들의 노동투쟁을 그렸다. 이동규의 「오빠와 애인」(1945. 12)이나 이규원의 「해방공장」(1948. 9)에서는 노동자들의 공장접수 및 직접 경영을 위한 투쟁과정이 그려진다.

좌익의 소설들은 제재별로 거의 도식화되어 있다. 같은 제재를 다룬 작품들에서 인물의 신분과 성격, 인물간의 갈등 원인과 과정, 작자의 주장 등이 거의 동일하다. 좌익 소설들이 내세운 제재는 대부분 당시의 중대하고도 절실한 것들이었다. 그러나 작가 자신들이 너무 흥분해 있고 작중의 부정적 인물에 대해 심한 증오감을 드러냄으로써, 거의 대부분의 작품들이 문제가 되는 현실을 정확하고도 실감나게 그려내는 데 실패하고 있다. 다시 말해서 현실의 참 모습 대신 흥분과 증오, 반복적인 선전·선동의 구호가 작품을 지배하고 있다는 것이다.

우익의 소설들은 좌익의 소설들이 내세운 대부분의 정치적 문제들에 대한 정면적 대응을 회피하고 있다고 하겠다. 우익 작가들은 한편으로는 김동리의 「역마」(1948. 1)나 김송의 「남사당」(1948. 5)같은 소설처럼 정치성이 전혀 없는 작품들을, 또 다른 한편으로는 정치성이 강한 작품들을 쓰고 있었다. 정치성을 드러낸 작품들의 경우, 좌익 작품들이 제기한 개혁에 관한 당면 정치적 과제들의 중대성과 절실성을 분명하게 인정했어야 했고, 더불어 우익의 시각에서 그것들의 성격을 분석하여 좌익의 논리에 상응하는 해결방향을 제시했어야 했지만, 그렇지 못했다. 우익작품들은 토지개혁이나 노동자문제는 거의 다루지 않았다. 이에 대한 해결방안도 물론 제시하지 못했다. 예를 들면 김동리의 「혈거부족」(『백민』, 1947. 3)처럼 빈민들의 궁핍상을 묘사하는 데서 그치고 있다. 여기서는 하나의 계급으로서의 농민이나 노동자가 문제되지는 않는다. 따라서 지주나 자본가가 문젯거리로 다루어질 수 없었다. 정치성을 띤 작품인 김동리의 「상철이」(1947. 11)는 빈민이면서도 계급의식을 갖기는커녕 오히려 "빨갱이 때메 독립이 안된다."고 하는 인물을 긍정적으로 부각시켰다.

우익 소설들은 친일행위자, 좌우익정치인, 미국, 소련, 북한, 그리고 찬·반탁 문제에 대해서는 적극적인 주장을 보인다. 우익의 소설들은 사회개혁과 관련된 현안 문제에 대한 구체적 해결 방안을 형상화하지 않고 '화해'나 '단결'만을 주창하거나, 또는 어느 쪽이 옳다는 주장만을 내세우는 데 머물고 만다. 친일파 문제에 대해서는 전민족 단결의 차원에서 용서하고 화해하자는 이승만식 논리가 기본이다. "따스러운 동포애로 맘과 맘을 통일하고 손에 손을 잡고"라고 김송의 「외투」(1946. 4)의 작중 인물은 표현했다. 김동리의 「지연기」(1947 수록)는 친일파 척결을 주장하는 좌익인사들에 대해서는 인간성이 나쁘고, 기회주의적이며, 그들 중에도 친일행위자가 많다는 등 부정적 묘사를 하고, 우익인사들에 대해서는 긍정적으로 묘사한다. 김송은 「무기없는 민족」(1946. 1, 46. 3), 「정임이」(1948. 1) 같은 작품에서 구체적으로 김구(임정계) 지지를 표명한다. 우익 소설에서는 좌익인물들을 비판할 때 그들의 정치적 주장보다는 인간성·도덕성을 더 중요한 기준으로 삼는다. 조연현이 실토했지만, 우익 작가들에게 좌익인물들 및 그들의 논리는 '생리적'[28]으로 맞지 않았던 것이다. 우익 소설에서는 또, 미국에 대해서는 명분상으로는 외세라는 점에서 비판적 태도를 취하나 소련에 대한 적극적 매도를 통해 실제적으로는 수용적임을 드러낸다. 북한은 공산주의자들의 폭력이 난무하는 곳이며, 토지개혁도 그 폭력의 일부로 간주되고, 분단은 북한과 소련에 의해 고착화되어가는 것으로 인식된다. 찬·반탁 문제에 있어서는 단호히 반탁 지지이다.

좌·우익 외에 중간파 작가들도 있었다. 그들은 정치단체나 문인단체와 관련을 맺지 않았으며 어떤 정치적 노선에 대한 지지도 표명하지 않았다. 대표적 작가가 염상섭과 채만식이었다. 염상섭은 보수적 중간파로서, 「첫걸음」(1946. 11), 「이합」(1948. 1), 「재회」(1948. 8) 등 많은 소설을 발표했는데, 갈등의 해소를 통한 전민족적 화합이 그의 이 시기 소설의 큰 주제였다. 정치적으로 그는 이때 우익 친화적인 입장을 지니고 있었지만 그것을 명백히 드러내지는 않았다. 채만식은 진보적 중간파로서, 당시의 현실 정치에는 철저히 중립적이어서, 좌·우익 어느 쪽도 지지하지 않았다. 이때 그는 「도야지」(1948. 6), 「미스터 방」(1946. 7), 「논이야기」(1946. 10) 등 많은 소설을 통해 당시의 남한의 정치적, 사회적 모순을 풍자 수법으로 파헤치고 날카롭게 비판했다.

4. 맺음말

해방직후기의 민족현실은 많은 개혁을 필요로 했다. 그러나 좌익의 급진적 개혁론은 많은 이해 당사자들의 반발을 샀다. 이 반발은 생사에 대한 불안감을 바탕으로 하는 것이었고, 따라서 사생결단의 자세로 발전되

---

28) 조연현, 「논리와 생리」, 『백민』, 1947. 4 참조.

었다. 일찌감치 전개된 북한에서의 개혁 과정에서 일어났던 갈등들은 남한에서의 개혁에 커다란 역기능도 했다고 할 수 있다. 북한의 개혁을 피해 월남한 많은 사람들과 남한에서의 좌익 정치세력간의 투쟁은 우익 정치세력의 입지를 강화시켜 준 것이다. 좌익 정치인들은 낭만적이었다고 할 수 있다. 북한에서의 개혁에 너무 고무되어, 남한 '인민'의 지지도와 힘을 과신하고 대항세력들의 힘을 과소평가했던 것 같다. 결국 좌익 정치지도자들의 낭만적 투쟁은 '4·3 항쟁'이나 '10·1 항쟁'으로 대표되는 민족 내부의 여러 비극들을 불러일으킨 채 실패로 끝나고 말았다. 좌, 우의 증오는 '반동분자'와 '빨갱이'의 확대 재생산을 야기하고 그들 상호간의 갈등을 증폭시켰으며, 이것이 전쟁과 분단 고착의 큰 요인이 되었다.

　이러한 현실 속에서, 해방 직후의 문인들이 정치에 깊은 관심을 나타낸 것은 당연하고도 정당한 일이다. 그들은 민족 현실의 극복과 올바른 민족문학 건설을 지향했지만, 심한 정치적 편향성에 빠져버림으로써 그들 중 대부분은 지식인으로서의 균형 감각과 문학의 독자성을 지켜내지 못했던 것이다. 좌익문인들은 경직된 정치주의로만 나갔고 우익문인들은 정치주의를 거부하면서 정치를 지향하는 이중성을 보였다. 그들은 민족 전체를 위한 진정한 정치의 의미, 문인의 양식과 문학의 자율성 등에 대한 투철한 인식 아래 현실을 깊이 있고 정확하게 반영하는 한편, 정치가들에게 엄정한 비판과 시사를 던져주며, 특히 민족내의 증오와 분열을 극소화 내지 해소하기 위한 전망도 보여주어야 했다. 그럼에도 그들은 특정한 정치 세력의 주장과 이해를 대변, 선전하는 데 열을 쏟고, 심지어 민족 내부의 증오와 분열에 스스로 가담하는 데까지 이르고 있었던 것이다.

제 2 부

작가들의 현실적 고뇌와 지향
―작가론적 접근―

|김동인론|
인형조종술사의 허무주의적 인간운명관과 현실 왜곡

1. 머리말

한국 현대문학사에서 가장 기고만장했던 인물, 최고의 자화자찬가는 단연 김동인이었다. 그는 문학을 시작할 때부터 만년까지, 굽힘없이 자신에 대한 믿음을 직설적으로 말했다. 한국 현대소설에서 최고의 작가는 바로 자신이었다고, 만년인 1948년에 이르러서도 단언하고 있다.

> 여(余)의 전인(前人)으로는 이춘원(李春園)과 또 그 전인 이인직의 단 두 사람이었다. (중략) 인재가 결핍한 이 땅은 소설도(小說道) 생긴 지 30년, 여와 동렬까지 이른 사람은 혹 있겠지만 여를 압두(壓頭)하고 올라선 사람은 아직 기억이 없다.[1]

---

1) 김동인, 「余의 文學道 三十年」, 『김동인전집』(이하 『전집』으로 약칭) 6권, 삼중당, 1976,

이광수나 이인직에 대해서 그는 '그러나'라고 단서를 붙여 그들의 결
점을 지적함으로써 자신이 그들을 넘어섰다는 암시를 하고 있다. 무엇이
그를 그토록 자신만만하게 했을까? 정작 김동인도 왜 자신이 최고의 작
가인지를 설득력 있게 설명하지는 못했다. 그가 지적한 이인직의 결점은
"천재적 직관으로써 리얼리즘의 수법을 후인에게 보여주었지, 리얼리즘
의 본체를 붙들고 완전한 이해 하에 그 길로 들어선 것이 아니었"고, 또
이광수의 결점은 "표현수법이며 문장이 여전히 과도기적의 것"2)이었다
는 것이다. 결국 형식 혹은 수법상에서 자신이 앞섰다는 것이다. 그가 생
각한 리얼리즘이란 '수법'에 관한 것이다. 「창작수첩」(1941. 5)에서 그는

> 소설 수법상 리얼이라 하는 것은 위에서 말한 것 같이 '있음직한 사실'
> 이라야 된다. 이성으로 정확히 타진하면 '그런 일이 어디 있을까' 하게 생
> 각될 일일지라도 독자가 읽는 중에 부자연을 느끼지 않도록 만드는 것,
> 이것이 소설 수법 상의 리얼이다.3)

그가 과연 이런 소박한 의미의 '리얼리즘의 수법'에서도 최고였을까?
그 자신이 가장 내세우는 업적은 대명사 '그'와 함께 과거체 문장을 고
정(확립)시켰다는 것이었는데, 이것이 그를 최고의 작가로 평가받게 하기
에 넉넉한 것일까?

후대의 많은 연구자들이나 일반인들은 김동인 자신의 평가를 그대로
수용하는 경향이었다. 다수의 논문들은 '신문학의 선구자'라는 규정을
전제하면서 그의 작품이나 말을 평면적으로 해설하는 형태를 취해 왔던
것이 사실이다. 그러나 그의 작품을 면밀히 따져본 일부 연구자들은 실
망감을 나타내기도 했다. 그 근거는 주로 김동인의 현실의식의 문제와

300쪽.
2) 같은 곳.
3) 같은 책, 233쪽.

관계되는 것이었다.[4]

많은 연구자들은 김동인이 다양한 경향, 다양한 제재, 다양한 사조를 드러낸 작가라고 말해 왔다. 과연 김동인은 많은 문제들에 대해, 그리고 그것들을 심도 있게, 다각도로 사고, 추적했다는 것인가?

많은 작품을 썼다고 해서, 연대가 앞섰다고 해서, 기고만장했다고 해서 훌륭한 작가는 아니다. 좋은 수법, 즉 기교도 보이는 동시에 좋고 깊은 정신도 담은 작품들을 써야 훌륭한 작가다. 기교도 중요한 것이지만, 그것은 당연한, 작가로서의 기본 조건이다. 그렇다면 작가를 평가할 수 있는 궁극적인 척도는 무엇인가? 결국, 무엇을 어떤 자세로 썼는가, 그리고 인간의 보편적 삶과 당대인의 삶에 어떤 기여를 했는가 하는 점이 될 수밖에 없다.

지금까지의 많은 김동인론[5]에도 불구하고 김동인의 본질이 간단·명료하게 밝혀지지는 않았다는 불만을 느낀다. 김동인의 '다양성'의 여러 부분이 지적되었지만 핵심적인 문제의 정리는 아직도 필요하다는 생각이다. 김동인 문학의 배경적 요소, 예를 들면 일본 대정기(大正期) 문학의 영향을 밝힌다든가,[6] 혹은 그의 생애 조사를 통해 개인적 사정을 밝힌다든가, 작품들을 유형별로 분류하고 그 특징을 밝힌다든가, 일부 작품에 보이는 허무주의[7]나 '패배주의 역사의식'과 '영웅주의' 같은 것을 지적하는 것[8]도 중요하다. 그러나 보다 중요한 것은 그의 작품을 일관되게

---

4) 이런 점에서 대표적인 논문으로 김흥규, 「황폐한 삶과 영웅주의」(『문학과 지성』, 1977년 봄호)를 들 수 있다.
5) 지금까지의 김동인 연구업적 가운데 김동인의 전모를 가장 넓고 깊게 밝혀낸 것은 김윤식 교수의 『金東仁研究』(민음사, 1987)로서, 김동인에 대한 새로운 시야와 많은 문제점들을 제시, 해명해 준다.
6) 金春美, 『金東仁研究』(高大 民族文化研究所, 1985)는 김동인의 일본문학과의 영향관계를 밝힌, 중요한 논문이다.
7) 정호웅, 「식민지 허무주의와 파멸구조」, 『우리 소설이 걸어온 길』(솔, 1994).
8) 김흥규, 앞의 논문.

지배하고 있는 본질적인 것들의 해명과 그것이 가지는 의의의 평가이다. 여기서 시도해 보려는 것은 바로 이것이다.

2. 김동인의 출발

김동인의 작가로서의 출발점을 분명히 드러내 주는 것은 김동인이 최초로 쓴 글인 「소설에 대한 조선사람의 사상을」(1919. 1)과 「자기의 창조한 세계」(1920. 7)이다. 그 핵심은 예술신성(절대)시관(視觀), 반대중(反大衆)주의, 인형조종술사론, 개인주의로 정리된다.

「소설에 대한 조선사람의 사상을」에서 김동인은 조선사람들의 소설 기피 사상과 통속소설 선호 경향을 비판하고, 예술성을 지닌 소설, 즉 '참문학적 소설'을 권장하며

> 소설가 즉 예술가요. 예술은 인생의 정신이요, 사상이요, 자기를 대상으로 한 참사랑이요. 사회개량, 정신합일을 수행할 자이오. 쉽게 말하자면 예술은 개인 전체요. 참예술가는 인령(人靈)이오. 참문학적 작품은 신(神)의 섭(攝)이요, 성서(聖書)이오.9)

라고 했다. 김동인의 자긍심은 여기서부터 생겨나게 된다. 참문학적 작품이 '신의 섭'인 만큼 참예술가는 신의 대리인이고, 게다가 참예술가라고 인정할만한 사람으로 자기 이상인 사람이 없으니, 자신이야말로 조선천지의 최고의 신이라는 생각이 형성되는 것이다. 이런 예술신성시관, 예술가절대시관은 일본 대정기 백화파(白樺派) 문인들이 이미 뒷받침해준

---

9) 『전집』 6권, 265쪽.

만큼10) 김동인으로서는 자신 있게 말할 수 있는 것이 되었다. 최고의 '참예술가'인 자신이 쓰는 것이라면 모두가 최고의 성서가 된다는 논리를 김동인은 일생 견지하고 있었다.

위 인용문에 숨어있는, 간과할 수 없는 중요한 점은 개인주의 의식이다. 예술은 "자기를 대상으로 한 참사랑"이며 '개인 전체'라는 것이다. 이 다소 모호한 것처럼 보이는 말은 「자기의 창조한 세계」에서 개인주의로 명료한 모습을 띠고 나타난다.

「자기의 창조한 세계」에서는 예술신성시관의 발전 논리인 인형조종술사론이 전개되며, 또한 개인주의와 함께 반대중주의가 개진된다. 개인주의 의식부터 먼저 본다면, 그는 이 글에서 "예술 발생의 요소는 에고이즘 즉 자아주의 이것이다. 극도의 에고이즘이 한번 변화한 것이 참사랑—자기 있고서야 나는 참사랑이다."11)라고 했다. 예술은 "자기가 지어 놓은 사랑의 세계", "자아적 사랑이 낳은 자기를 위하여 자기가 창조한 자기의 세계"12)라고 규정짓는다. 작가가 창조한 세계는 "자기의 요구로 생겨났으니까" 가짜든 진짜든 아무 상관이 없다고까지 말하기도 한다. 결국 예술의 출발과 목표가 개인에 있다는 생각이다.

반대중주의는 「소설에 대한 조선사람의 사상을」에서 통속소설을 부정하는 것13)으로 발단을 보였고, 「자기의 창조한 세계」에서 톨스토이와 도스토옙스키의 비교를 통해서 그 모습을 분명히 드러냈다. 여기서 김동인은 도스토옙스키에 대해 "온건한 사랑의 지도자"로서 "모든 사람에게 존경을 받고 사랑을 받고", "군중이 열광하여 그를 환영"했지만 "특별히

---

10) 김춘미, 앞의 책, 115~179쪽에서 이 점이 잘 밝혀져 있다.
11) 『전집』 6권, 267쪽.
12) 같은 곳.
13) 『전집』 6권, 266쪽. 여기서 "통속소설에서는 우리는 卑하고 劣하고 汚하고 추한 것 밖에는 아무것도 발견치는 못하오. 거기는 獨創의 閃이 없소. 아무것도 없소, 이러한 低級소설은 보아서 유익이 없소."라고 말한다.

숭배자라는 것을 못가졌다.”고 진단했다. 이에 비해 톨스토이는 “귀족적 교만과 자기밖에는 세상에 사람이 없다는 자만심을 가졌고”, “반대자도 많았지만 특별한 숭배자도 많았고”, “그의 숭배자에게서만 위대한 ‘인격자’라고 칭송을 받고 그 밖 사람에게는 ‘악마여’, ‘사회의 죄인이여’ 등으로 악매(惡罵)를 받았다.”고 했다.14) 그럼에도 그는 “도스토옙스키보다 톨스토이가 아무래도 진짜 예술가”라 평가했다. 대중성과 대중으로부터의 사랑이 아니라 특수성 내지 독자성, 그리고 일부 숭배자, 즉 엘리트로부터의 추앙에 가치를 부여하고 있음을 볼 수 있다. 그가 지향한 문학은 결국 자신과 같은 취향 혹은 수준의 엘리트의 호응만 얻으면 충분한 것이었다. 그는 또 “인간이 자기의 머리로서 자기가 지배할 자기의 세계를 창조한 것”15)이 예술이라고 말하기도 했는데, 이 말에도 철저한 개인주의와 엘리트주의가 담겨 있다. 특히 여기에서 ‘머리로서’가 주목되는데, 이것은 그가 지향할 문학이 사회 속에, 현실 속에, 대중의 삶 속에 뛰어들어가 거기서 체험하고 고민한 결과의 산물이 아닌, 엘리트의 ‘머리’의 산물이 될 것임을 드러낸다. 이 두 글에서 보이는 개인주의와 반대중주의는 그의 문학을 민족 및 민중과 유리시키는 단서가 되고 있다.

「자기의 창조한 세계」에 제시된 인형조종술사론은 김동인 작품세계의 전개 방향을 결정한 가장 중요한 이론이다. 여기서 그는 “참 예술가다운 예술가”는 “인생을 자기 손바닥 위에 올려놓고 이리 굴리고 저리 굴릴만한 능력을 가진 자”, “한 개의 세상 혹은 인생을 창조하여 가지고 종횡 자유로 자기 손바닥 위에서 놀릴만한 능력이 있는 인물”16)이라고 했다. 톨스토이를 평하면서, 그가 진실로 위대한 예술가인 점은 그가 “인생을 자유자재로 인형 놀리는 사람이 인형 놀리듯 자기 손바닥 위에 놓고 돌

---

14) 같은 책, 268~269쪽.
15) 같은 책, 267쪽.
16) 같은 곳.

렸”기 때문이라고 했다. 톨스토이가 창조한 인생이 ‘틀린 인생’이고, ‘참 인생과는 다른 인생’이고, ‘소규모의 인생’이지만 그것은 중요한 것이 아니며, “그의 창조한 인생은 가짜든 진짜든 그것은 상관없다.”고 한다. 톨스토이는 “자기가 창조한 자기의 세계를 자기 손바닥 위에 올려 놓고 자기가 조종하여 그것이 가짜든 진짜든 거기 만족하였다.”[17)는 점에서 ‘예술가적 위대한 가치’를 지닌 반면에, 도스토옙스키는 “훌륭한 인생을 창조했다. 그러나 자기가 창조한 인생을 지배치 않고 그만 자신이 그 인생 속에 빠져서 어쩔 줄을 모르고 헤매었”기 때문에 톨스토이만한 ‘진짜 예술가’가 되지 못했다고 김동인은 평가했다. 여기서 ‘인생’은 예술가가 만든 ‘인형’에 불과할 뿐, 그 내용, 그 진실성은 아무 문제가 되지 않으며, 예술가는 ‘인형’을 잘 조종하는 기술을 가진 사람이면 된다는 생각을 읽어 낼 수 있다. 예술가는 한 작품을 잘 꾸려나가는 기술을 지닌, 훌륭한 테크니션이면 충분하다는 것이다. 다시 말해 김동인의 생각은 자기가 쓰고 싶은 것이면 아무 것이든, 모양새 좋게 잘 다듬어내서 창조자 혹은 테크니션으로서의 자기만족을 느끼면 충분하며, 자기가 다룬 인생 속에 파고 들어가 고민하거나 그 인생을 자기 인생과 관련지어 생각해서도 안 된다는 것이다. 그 인생들은 자기와는 무관한, 잘 다듬고 굴려서 자기 개인으로서 예술가적 쾌감을 느끼면 되는 ‘인형’일 뿐이며, 소설가는 인형 놀리기를 즐기면 된다는 것이다.

이 인형조종술사론은 김동인의 작품들이 인간의 진정한 삶의 세계에 파고 들어가지 못하고 꾸밈의 산물로만 남도록, 그래서 그의 주제와 작가의식이 빈곤하게 되도록, 그 운명을 결정지어주는 것이 되었다. ‘틀린 인생’, ‘소규모의 인생’이 김동인의 소설에서 횡행할 길도 충분히 열어 두었다.

---

17) 같은 책, 269쪽.

3. 인형조종술사로서의 모습

김동인은 실제로 그의 작품에서 인형조종술사로서의 모습을 고수했다. 그는 자신이 창조한 인생 속에 빠져들어 가지 않았다. 「조선근대소설고」 (1929. 7~8)에서 「약한 자의 슬픔」(1919. 2~3)과 「마음이 옅은 자여」(1919. 12~1920. 5)를 말하면서, 그 주인공들을 자살케 하려고 했는데 '뜻밖으로'[18] 죽이지 못했다고 하고, 두 쪽이 다 자기의 의사로서 갈등을 일으켰다고 했다. 이것이 인형조종술을 최고의 문학적 가치로 삼는 그의 태도를 단적으로 보여주는 좋은 실례다. 그는 작중인물들과 같은 식민지 지식인들이 처한 현실과 그들이 나아가야 할 밝음과 어둠의 세계에 대해 고민한 것이 아니라, 이야기를 어떻게 끌고 갈 것인가, 즉 인형을 어떻게 조종할 것인가를 두고 망설이다가 작정이 이루어지지 않은 상태에서 '뜻밖으로' 살리는 쪽으로 써버린(붓이 가버린) 것이다. 그러했기 때문에 예상되던 순리적 결과와는 달리, 느닷없이 시작도 중간도 없는 '사랑과 강함'론(「약한 자의 슬픔」)을 내걸거나 '참삶'론(「마음이 옅은 자여」)을 내걸고 부자연스럽게 끝이 나고 만 것이며, 김동인 자신도 이 점이 계속 마음에 걸렸기에 10여 년이 지나서도 인형조종술사론에 의지하여 모두가 다 '내 의사'[19]라고 변명한 것이다.

그의 인형조종술사관은 그로 하여금 이야기 꾸미기 기술자 혹은 연극의 연출자로 되게 했다. 그에게 인생은 모두 연극일 뿐이고, 작품은 연극일 따름인 어느 '인생' 하나를 구경거리로서 무대 위에 올려놓은 것에 해당한다. 작중인물들은 광대일 뿐이다. 이것은 많은 작품에서 드러난다. 사건에 대해 작자자신이 진지하게 참여하고 고민하는 일은 없다. 그는

---

18) 같은 책, 157쪽.
19) 같은 책, 158쪽. 「조선근대소설고」는 두 소설작품보다 꼭 10년 뒤에 발표된 것이다.

냉소하고 조종하며 즐긴다. 모두가 연극일 따름이기 때문이다. 이러한 점을 드러내는 증거들은 많다.

「무지개」(1930. 9)의 지문들을 우선 들 수 있다. 여기에는 "평양사람인 여(余)는 (중략) 대동강을 내려다보면서 한 가지의 공상을 날려볼까.",[20] "여기까지 밀려오던 여의 공상의 날개는 문득 멎었다. 자, 인제 끝은 맺어야 할 텐데 어떻게 그 끝을 맺나. 두 가지의 생각이 여의 머리를 스치고 지나갔다.", "이런 결말은 어떠할까. 혹은 그 결말은 이렇게 지으면 어떠할까."[21] 등등의 지문들이 있다. 그는 '공상'을 해 본다. 그리고 그 공상들을 소설로 꾸미고 있다. 이것들은 식민지 조선인들의 치열한 삶의 현장 속을 잘라내어 놓은 것이 아니다. 다른 작품들은 뒤에 논하기로 하거니와, 「무지개」의 '연연이와 애애' 이야기는 참으로 공상 이하도 이상도 아니다. 이 지문들은 "끝은 어떻게 맺나"에 대한 고민을 보여준다. '인생'은 그에 의해 만들어지고 '조종'되고 꾸며진다.

그는 작품 속에서 '희극', '비극', '활극'이라는 말을 자주 쓴다. 한두 예를 들면, 일정한 장면을 서술해 놓고는 "그러나 그에게도 비극의 한 막이 생기게 되었다. 이 비극을 일으킨 한 사람"(「겨우 눈을 뜰 때」)이라거나, "왕서방의 집에서는 일장의 활극이 일어났다. 그러나 그 활극도 곧 잠잠하게 되었다."(「감자」)고 말한다. 여기에는 이런 작중인물들의 삶이 모두 연극과 같은, 막이 내리면 끝나는 허망한 일이라는 생각, 그것과 작자자신 사이에 확실한 선을 긋는다는 생각, 그리고 그(사건, 인물)에 대한 냉소 등이 숨어 있다.

김동인의 소설은 흔히 전면에 나선 '여(余)' 혹은 숨어 있는 여와 같은 존재가 이야기를 하는 형태를 취한다. 여가 나서면 그는 전지자가 되고, 여가 없어도 독자는 여를 느끼도록 되어 있다. 그의 소설들은 주로 '요

---

20) 같은 책, 456쪽.
21) 같은 책, 464쪽.

약'('파노라마')식 서사방식을 취하며, 요약의 중간에 약간의 보완이 필요할 경우 극히 제한적으로만 '장면제시'의 수법을 쓴다. 이 역시 인형조종술사관의 결과라고 하겠다. 인형조종술사는 전능한 사람이며 '조종자'이다. 인형은 항상 잡고 '조종'해야 하며, 함부로 저 혼자 내버려 둘 수 없다. 인형은 제 입으로 무엇을 말할 수 없고, 내버려 두면 쓰러져 버린다. 모든 것을 알고 조종해주어야 할 김동인이 계속 손을 놀리면서 말해야 한다. 인형에게는 생명이 없고, 만들어 준 사람은 있어도 독자적 생명체가 아니니 족보도 계급도 민족도 없고, 사회도 역사도 없다. 가끔씩 창조자 김동인이 그런 것을 약간 정해주기도 하지만 어느 것이고 불완전하다. 김동인 소설의 많은 작중인물들은 그래서 과학자가 만든 인조인간과 같다. 프랑켄슈타인과 같은 괴물들이 많다.

그의 소설 작중인물들의 대부분은 이름이 없다. '나'와 '여', 'A', 'B', 'C', 'O', 'X', 'Y' 등이거나, '남편', '아내', '거지', '배합사' 등과 같이 직업이나 지위 따위다. "우리는 그의 이름을 A라 하자."(「겨우 눈을 뜰 때」)는 식이다. 그들은 인형이므로 이름을 가질 필요가 없다. 이름이 없어도 좋고 있어도 좋고, 'A'이든 'B'이든 상관없다. 당연히 그들은 이 식민지 사회에서 생생하게 살아있는 인물이 되지 못한다.

김동인의 인형조종술사론을 이야기로 꾸며 놓은 것이 「유서」(1924. 8~1925. 1)이다. 여기서 '나'는 'O', 'A', 'O의 아내' 등 세 개의 인형을 만들어 놓고 그것들을 손바닥 위에 삼각관계로 올려서 이리저리 굴리며 치졸한 이야기를 꾸며 나간다. 이리저리 굴려가던 '나'는 'O의 아내' 인형에게 '유서를 쓰게 하고' 'O'를 위해 목을 졸라 죽이는 것으로 조종을 끝낸다. 이들 세 인물의 신분, 출신 등 배경적 사실들은 제시되지 않는다. '나'는 독자(관객)들을 향해 다음과 같이 말한다. 이것은 모든 김동인 소설에서의 김동인의 자세를 대변하는 것이기도 하다.

무얼, 무대감독이 나인데… 여러분 이 무대 감독 ○○씨가 지휘하는 일
장의 희극을 보아 주십시요. 사건이 교묘하게 끝이 나거든 박수갈채를 원
합니다. 닭 쫓던 개 모양으로 지붕만 쳐다볼 A씨. 무의식히 일장의 희활
극(喜活劇)을 연출할 O. 자, 어떻습니까?[22]

여봅시오. 이제 전개될 ○○씨의 각색하고 감독하는 일장의 연극을 보
아 주십시요. 희극이 될까, 비극이 될까, 활극이 될까는 미리 말하고자 아
니합니다. O와 그의 아내와 A씨 세 명 광대가 출연하는 이 연극은 마침
내 막이 열렸읍니다. 오늘밤 늦어도 내일 아침으로는 이 일장의 큰 연극
은 결말을 맺겠읍니다. 결말이 상쾌하게 맺어지거든 박수갈채를 원합니
다.[23]

4. 허무주의적 인간운명관

김동인 소설 전체를 구체적으로 지배하는 것, 달리 말하면 그의 소설
들의 저변을 관통하고 있는 큰 물줄기는 허무주의적 인간운명관과 인간
경멸·혐오 의식이다. 이것은 앞에서 검토한 두 글에서 나타났던 그의
인형조종술사론, 반대중주의, 그리고 개인주의에서 발원된 것이다.

허무주의적 인간운명관은 인형조종술사론에서는 당연히 나올 수밖에
없다. 인형조종술사론에서는 인간은 한낱 인형이며 '조종'의 대상으로
전제되지 않을 수 없다. 인형에게 있어 모든 일은 일장의 연극이고, 허망
할 뿐이다. 그의 운명은 조종자의 손에 달려있는 허무한 것이다. 바꾸어
서 말하면, 인간의 운명은 본래 허무한 것인 만큼, 작가는 인간의 생사
를, 자신의 작중인물의 삶을, 마음대로 조작할 수 있는 것이다.

---

22) 『전집』 5권, 204쪽.
23) 같은 책, 210쪽.

김동인 소설들에서, 작중인물들의 운명은 우연이나 인간의 하찮은 의심·질투·충동·욕망 따위, 그리고 잘못된 판단 등에 의해 순간적으로 바뀐다. 그들의 운명은 밝음·상승·성취의 방향이 아니라 어두움·하강·파멸의 방향으로 나아가고, 거의 대부분 죽음으로 귀결된다. 허무주의적 인간운명관에서는 당연히 죽음을 즐겨 다룬다. 그 결과 김동인은 한국현대 소설사에서 자신의 작중주인공을 가장 많이, 그리고 가장 쉽게 죽인 작가가 될 수밖에 없었다. 그리고 인간의 생사에 대해 가장 엽기적인 시각의 작가가 되었다.

첫 작품 「약한 자의 슬픔」이나 두 번째 작품 「마음이 옅은 자여」에서부터 주인공들의 운명은 욕심이나 오판, 약한 의지 때문에 순간적으로 바뀌고 파멸로 간다. 두 작품의 주인공들이 죽지 않은 것도 순간적인 생각의 변화 때문이다. 그들이 안 죽은 것은 '뜻밖으로', 작자의 '나의 의사' 속에서는 죽은 것과 마찬가지다.[24]

「목숨」(1921. 1)은 죽음에 대한 공포를 기록한 주인공의 '조각글' 등으로 이루어진, 장황한 사설을 늘여 놓은 고백체소설이지만 그 주제는 지극히 단순하다. 즉 사람의 목숨이란 의사를 만나기 나름이다, 의사의 오진 여하에 사람의 생사가 뒤바뀐다는 것이다.

「겨우 눈을 뜰 때」(1923. 7~11)는 기생에 대한 짝사랑 때문에 가진 돈을 다 쓰고 그 집 앞에서 얼어 죽는 남자와 기생생활을 통해 침몰해 가는 여자를 그렸다. 둘 다 허망한 인생을 보낸 인물들이다. 여기서 작가가 제시한 메시지는 "사람의 앞에선 죽음이라는 커다란 그림자가 있다.", "언제 죽을지 모르는 이 세상에서 구태여 그다지 구차스럽게 굴 것도 없다.", "인생은 일장춘몽이다."[25] 등등이다. 주인공인 기생 금패는 허무에

---

24) 이 두 작품을 '상승구조의 소설'이라 보는 관점도 있으나(윤명구, 『김동인소설 연구』, 인하대출판부, 1990, 44~51쪽), 주인공들은 결국 망한 것이며, 상승의 근거와 과정이 없다. 실제로는 '하강구조'라 할 수 있지 않을까 한다.

"겨우 눈을 뜬"다. 그녀는 "인생이란 풀기 쉬운 수수께끼"로서 그 답은 "같잖고 변변치 않고 외롭고 쓸쓸한 것"이다. 이 인생을 살아갈 유일한 방책은 "순간순간의 쾌락을 취할 것"뿐이라고 생각한다. 허무에 겨우 눈을 뜬, "대기 가운데 떠돌던 조그만 티끌 하나"인 금패는 결국 그네를 타고 하늘 높이 날며 쾌감을 느껴본 뒤 땅에 떨어져 죽는다.

「거츨은 터」(1924. 2)는 본능적 충동과 우연 때문에 남편의 이복동생과 성관계를 맺고 자살하는 인물을 그렸다. 「배따라기」(1921. 5)도 인간의 질투·의심과 참으로 하찮은 일, 즉 생쥐 한 마리 때문에 아내는 자살하고, 남편과 시동생은 "붉은 해를 등에 지고" 이 카오스의 세계에서 바다 끝 어디엔가 있을지도 모르는, 그러나 이십년이 지나도 나타나지 않는 코스모스의 세계를 찾아 물 위를 떠돌아다니는, 허망한 인생들의 풍경을 그렸다. 외부액자의 화자는 인간운명의 허무를 말하기에 바쁘다.

「피고」(1924. 3~4)는 우연한 순간적 실수로 강간미수죄를 뒤집어쓰고 2년간의 감옥살이를 하게 되는 고약한 운명의 인물 이야기다. 「정희」(1925. 5~10)도 순간적·감정적 판단과 질투·의심 따위에 의해 약혼·파혼·결혼이 뒤바뀌는 이야기를 그렸다. 인간의 운명은 '돌발적 변태심리'에 의해 결정된다는 주장을 작자는 주인공 정희를 통해 제시한다. 그녀는 돌발적 변태심리에 의해 자신의 결혼 상대를 바꾸면서 "이 세상의 모든 일은 수수께끼다. 자기가 행하는 일까지 수수께끼다."고 한다. 인간의 운명은 이렇듯 간단·우연하게 결정되는 것이며 또한 가변적인 것인 만큼, 깊이 고민할 필요 없이 그에 순응하자는, 허무주의적 운명관을 이 작품은 깔고 있다. 「딸의 업을 이으려」(1927. 4)는 시어머니와 남편의 모해로 쫓겨난 여인, 그것도 당시로서는 지식인인 중졸(中卒)의 여인이 한마디의 해명이나 변호도 없이 체념하고 자살하며, 전직 고관인 그녀의 친

---

25) 『전집』 5권, 149쪽.

정아버지는 중이 되려던 '딸의 업을 이으려' 속세를 등진다는 이야기다.

「눈보라」(「동업자」, 1929. 9~10)는 눈보라 속에서 돌팔이 의사 노릇을 하다가 허망하게 죽어가는 인물을 통해 인간운명의 허무를 말하고 있고, 「송동이」(1929. 12~1930. 1)는 착하고 성실하게 살아도 우연과 한 순간의 일, 어처구니 없는 타인의 오해 따위로 참담한 죽음을 맞게 되는 한 인물을 통해 역시 인간운명의 허무를 말해 준다.

「광염소나타」(1930. 1)에서는 "기회(찬스)라는 것이 사람을 망하게도 하고 흥하게도 하는 것"이라는 주장이 작중 화자를 통해 제기된다. 주인공 백성수의 범죄, 작품창작 등은 모두 우연과 '기회'에 의해 이루어진다. 「포플라」(「아라사 버들」, 1930. 1)에서는 포플라의 성장에 따라 성욕이 증대되고 범죄를 저질러 가다가 잡혀서 사형당하는 인물을 그렸다. 어느 날 우연히 얻어 심은 포플라 나무 하나가 인물의 운명을 바꾸어 놓는다는 인간운명의 기이성과 허무를 말하고 있는 작품이다. 「감자」(1925. 1)의 경우도 환경이나 본능 때문에 파멸해 가는 한 여인의 허무한 삶을 그렸다. 이 여인의 몸은 살아서나 죽어서나 상품일 뿐이었다.

1930년대 작품에서도 허무주의적 인간운명관은 1920년대의 작품에서와 마찬가지로 계속된다. 1930년의 「무지개」에는 김동인의 허무의식이 상징적인 이야기로 꾸며져 있다. 이 작품 속의 '소년'은 한개 기왓장에 불과한 무지개를 잡으러 돌아다니다가 일생을 허무하게 날려 보냈다. 인간의 일생이란 바로 이 존재하지 않는 무지개를 잡으러 헤매는 것과 같다는 것이다. 「무지개」의 두 번째 이야기에서는 꿈 많고 아름다운 자매들 중 언니는 농군의 아내가 되어 장작 연기에 눈물을 흘리며 저녁 조밥이나 짓는 신세가 되었을 따름이고, 동생은 병든 아버지를 버려두고 '산 너머 알지 못할 나라'로 정처 없는 길을 떠난다는 줄거리를 담았다.

「신앙으로」(1930. 12)에서는 처녀 적에는 어린 동생이, 결혼을 해서는 어린 아들이 병으로 쉽게 죽는 것을 본 한 여인이 인간운명의 허무를 느껴, 버렸던 기독교 신앙으로 되돌아간다는 이야기를 그렸는데, 신앙을 내세우기 위한 작품이 아니라 폐렴과 같은 병에 인간운명이 간단히 결정된다는, 인간운명의 허무를 말하는 데 초점을 맞춘 작품이다.

「거지」(1931. 7)라는 작품도 인간운명이 우연이나 단순한 실수로 결정되는 허무한 것이라는 점을 말하고자 했다. 쥐를 잡기 위해 쥐약을 섞어 놓은 밥을, 아내가 외출한 사이에 때마침 온 거지에게 준 화자의 실수 때문에 거지가 죽는다는 이야기다.

「죽음」(1930. 6)은 여러 죽음의 예를 열거하고 있는 작품이다. '여'는 "몇가지의 죽음을 나열"하는데, 이로써 여는 죽은자를 애도하며 죽음이라는 것에 대해 깊은 성찰을 하는 것이 아니라, 남의 죽음을 즐기고 있다. 말하자면 재미있는 죽음 이야기 모음이 이 작품이다. 예를 들면, 여배우 메리찰은 얼굴에 조그만 화상을 입은 뒤, 무대에 오를 때마다 관객이 혹시나 그 상처를 알아보지 않을까(실제로는 전혀 그럴 수 없는데) 하는 걱정 때문에 신경쇠약에 걸려 마침내 자살했다든가, 미모에 자신 있는 시골 처녀 안이 도시에 미모를 과시하러 나갔다가 자기보다 훨씬 예쁜 여자가 많은 것을 보고 고민 끝에 자살했다던가 따위의 허망한 죽음이다. 이러한 재미있는 이야깃거리로서의 죽음을 열거한 뒤의 결론은 간단하게도 "죽음이란 풀지 못할 수수께끼다."라는 것이다.

이상의 작품들을 통해 본 것처럼 김동인의 허무주의적 인간운명관은 그의 첫 작품부터 시작하여 일제강점시대 작품에 일관되게 나타난 것이었다. 이제 검토해 보아야 할 것은 이 허무주의적 인간운명관이 어떤 성격을 지니는가 하는 문제이다. 이것은 인간의 운명에 대한 김동인 자신의 절실한 체험과 깊은 고뇌와 철학적 성찰에서 나온 것이라고 할 수 없다. 그의 작품 어디에서도 그렇게 볼 수 있는 흔적은 나타나지 않는다. 위에서 살펴본 것처럼 김동인은 한낱 우연이나 본능·허영·오판·실수 등으로 인간의 운명은 결정되며 인간은 그렇게 결정된 운명에 의문을 제기하거나 저항할 수 없고, 다만 '허무'하다는 생각만을 가지면서 그에 순종해야 할 따름이라고 보았다. 신이 그렇게 만들어 놓은 것, 혹은 신의 대리인인 작가가 만들어 놓은 것, 이것이 인간(혹은 소설의 작중인물)의 운명인 만큼 허무는 느끼되 인간(작중인물 혹은 소설의 독자)은 그것을 그대로 받아들일 따름이어야 한다는 것이다. 김동인의 허무주의적 인간운명관은 인형조종술사론의 당연한 산물로서, 그의 작품의 제재를 위해 선택된 것이다. 만일 허무주의적 인간운명관을 선택하지 않고 그 반대의 운명관을 택했다면 그는 작중인물들 위에 군림하는 존재가 될 수 없었을 것이다. 허무주의적 운명관을 택했기 때문에 인간을 마음 놓고 '인형'으로 간주할 수 있었고 마음대로 '조종'할 수가 있었다. 작중인물의 운명이 밝은 쪽으로 나아가는 것이었을 때, 작중인물은 작가보다 더 훌륭한 인물이 되어 작가의 통제를 벗어날 수 있고, 또한 그러한 이야기들은 누적될수록 통속적인 흥밋거리로 전락해 갈 수밖에 없을 것이다.

이러한 원천을 가진 것이었기에, 그의 작중인물의 그 많은 죽음들은 독자의 가슴을 두드릴 수 없는, 쓸모없는 '개죽음'과 같은 것이 되었다. 허무의 문제는 참으로 중요한 테마이다. 그러나 '허무하다'고 말하는 것이 중요한 것이 아니고, 허무에 대해 얼마나 깊이 있고 절실하게, 그리고 허무에 대해 어떻게 대응할 것인가를 형상화하는 것이 중요하다. 김동인의 소설은 독자로 하여금 허무에 대한 인식을 깊게 해주는 것이 되지 못한다. 김동인은 허무를 괴로워한 것이 아니라 허무한 이야기를 상상해내고 만들어내서 쾌감을 맛보고 또 원고료도 받았다. 그의 많은 작품들은 엽기소설이라 할 수 있다. 그의 작품에 나타난 것은 '허무주의적' 정서였지, 진정한 허무주의는 아니었다.

이러한 성격의 허무주의적 운명관은 김동인으로 하여금 당대인의 삶을 민족적·사회적·역사적 맥락 속에서 파악하는 것을 가로막았다. 그가 다룬 사건들은 한 개인이 맞는 특수하고 개별적인 것이며, 사회 주류로 볼 때 예외적인 것이며, 단편·단면적인 것이었다. 당대 사회·민족 현실의 본질을 잘 드러내 보이는, 전형성을 띤 것은 없다. 그의 작품에서는 그가 식민지적 현실을 깊이 통찰하며 그 속에 사는 식민지민의 아픔을 정확히 파악하고 그 아픔을 자기자신의 것으로 받아들이고 있다는 증좌를 찾을 수 없다. 식민지적 상황이 원인이 되어 삶의 질곡 속에서 허덕이면서, 거기서 빠져나오려고 발버둥치지만 결국은 실패하고 마는, 그러한 식민지적 인물의 모습은 그의 작품에서 나타나지 않는다.26) 식민지 현실을 통찰하고 진정한 허무의식을 느꼈던 작가들, 예를 들면 강경애나 채만식 같은 작가들의 작품에서는 많은 사람들이 죽지도 않고, 특히 주인공들은 쉽사리 죽지 않는다. 그들 작품의 주인공들은 많은 고난으로 이루어지는 험난한 삶의 과정을 통해, 독자들에게 식민지 현실의 본질 혹은 중요한 국면들을 알려주는 동시에 절실한 허무의식을 불러일으키기도 하고 현실에 대한 적대감과 투쟁의식을 일깨우기도 하면서, 어렵게 죽거나 파멸한다.

5. 인간 경멸·혐오 의식과 현실 왜곡

김동인의 소설을 관통하는 또 하나의 물줄기인 인간 경멸·혐오 의식 역시 인형조종술사론과 반대중주의, 개인주의가 어우러진 곳에서 당연하게 발생된다. 인형조종술사론에서는 작자는 당연히 인간 위에 군림하는

---

26) "김동인의 허무주의는 보다 더 깊은 곳에 뿌리 내리고 있는 바, 식민지 지식인 일반이 감염되었던 식민지 허무주의가 그것이다."(정호웅, 앞의 책, 93쪽)는 해석도 있다. 많은 식민지 지식인은 '식민지 허무주의'에 감염되었지만, 김동인의 경우, 정서적인 면에서는 그런 점이 있었겠지만, 적어도 그가 쓴 글로서는 위와 같은 해석이 쉽지 않다.

완벽한 존재로서, 인간의 모든 치부를 잘 알며 그것의 노출 양상을 한눈에 내려다보게 되어 있다. 그러한 작가는 자신이 내려다보고 있는 저 시정잡배들과는 당연히 다른 존재로서, 그들 속에 들어가 어울릴 수는 없다. 그는 시정잡배들을 자신이 하고 싶은 대로 이리저리 굴리면서 '창조'의 쾌감을 맛본다.

김동인의 소설에서는 인간의 존엄성 문제는 관심거리로 나타나지 않는다. 신의 희작(戲作)이라 할만한, 괴물스러운 인물들이 등장하여 인간의 못난 모습을 드러내 보인다. 김동인은 이런 인물들을 통해서 인간에 대한 경멸·혐오 의식을 표출한다.

첫 작품인 「약한 자의 슬픔」에서부터 인간 경멸·혐오 의식이 움트고 있음을 볼 수 있다. 남녀 간의 성문란 문제가 이 작품의 제재가 된다. 귀족인 K남작은 처녀 가정교사 강엘리자베뜨를 유린하고 버린다. 강엘리자베뜨는 의지가 박약한 인물이고, K남작이 성관계를 요구하자 반항하지 않고 "부인이 알으시면?"을 걱정하고, 그 뒤에는 "열심히 남작을 기다"리기까지 한다. 임신을 하고 버림을 받은 그녀는 위자료 지급, 서생아(庶生兒) 승인, 신문을 통한 사죄 광고 게재 등을 요구하며 세상이 다 알도록 재판을 걸고, 패소한 뒤 유산한다. 만인의 경멸을 받은 부도덕한 일을 하는 주인공을 그려 놓고, 마지막에 그에게 '뜻밖으로' 재생의 기회를 준다. 다음 작인 「마음이 옅은 자여」도 추한 인생을 그렸다. K는 처자가 있는 몸이면서 처녀인 Y와 육체관계를 맺는다, Y는 어렸을 때 맺어진 매매혼의 상대와 결혼한다, K는 자살하려고 유서를 썼으나, 마지막에는 '뜻밖으로' 자살을 안한다……. 어느 면에서도 긍정적으로 이해될 수 없는 행동들이다. 두 작품의 주인공들은 고등교육을 받은, 당대의 지식인들이다.

「태형」(1922. 12~1923. 4)은 김동인이 인간 혐오 의식을 드러낸 첫 번째 작품이라 할 수 있다. 이 작품은 인간본성의 추악함을 주제로 한 것으로,

앉을 공간도 부족할 정도로 많은 사람들이 수용된 좁은 감방에 갇힌 주인공은 자신을 위해 한 뼘의 공간이라도 넓히려고, 칠십대의 늙은 죄수로 하여금 구류 대신에 태형 구십도를 맞고 나가도록 회유·억압한다. 태형을 맞으면 바로 죽을 것이라는 것을 알면서도 영감은 억압에 못 이겨 태형을 택한다. 놀라운 것은 주인공이 삼일운동과 관련되어 잡혀온 인물이라는 점이다. 민족저항운동을 한 투사라도 극한상황 앞에서는 추악한 본능만이 남을 뿐이라는 것이다. 이 작품은 이광수의 『재생』(1924. 11~1925. 9)이나 『혁명가의 아내』(1930. 1~2)에 앞서 민족저항운동을 허무주의적 혹은 부정적 시각으로 그린 소설이다.27)

「X씨」(1925. 1)에서도 김동인은 기이한 인물을 등장시켜 마음껏 인간에 대한 경멸감을 표출했다. 은행원인 X씨(X씨라는 명명 자체가 경멸적 의도의 산물일 것 같다)는 남에게 지기 싫어하는 교만한 성격으로, 출퇴근 길에 매일 만나는 '어떤 사람'(이름도 없다. 아무개라도 좋다는 뜻이 된다)의 얼굴이 보기 싫어 죽을 지경이다. 그는 거만한 인상을 X에게 주기 때문이다. 그가 늠름하게 걸어가는 것을 보고는 모욕을 당했다는 생각에 분함을 참지 못한 X씨는 한강에 가서 투신자살한다. 오직 인간 경멸만을 위해 쓴 작품이라 할 만하다.

「감자」는 인간에 대한 경멸·혐오감이 특히 강하게 표출된, 한국소설 가운데서 졸라적 자연주의에 가장 맞는 작품이다. 작중인물들은 모두 인간다운 정신이나 도덕성을 상실하고 동물적 본능에만 지배되어가는 인간들이다. 복녀는 '삼박자'를 위해 직업적인 매음녀가 되었다가 본능의

---

27) 노인이 곤장을 맞아 울부짖는 소리를 들은 주인공이 머리가 숙여지고 눈물이 나오려는 것을 막기 위해 눈을 감는다는 마지막 문장을 들어, 이 작품의 근본이 자연주의라고 해석할 수 없다는 견해도 있겠으나, 이 문장 이외의 전 문장은 모두 자연주의라는 해석을 뒷받침하는 것이라 하겠고, 이 문장도 최소한의 순간적 양심을 보이는 것일 뿐, 자연주의라는 해석을 뒤집을 만한 것이지는 않다. 짧고 모호한 것으로, 주인공의 변화를 암시할 만한 증좌도 없다.

발로 끝에 살해당하고, 게으르고 무능한 남편은 복녀를 재화 수입의 수단으로 삼다가 마지막에는 그녀의 사후 시신 처리까지 돈으로 뒷거래를 한다. 왕서방, 동네거지들은 모두 성욕에만 사로잡힌 인물들이다. 이 작품이 그려 보인 것은 인간의 극단적인 추악함뿐이다.

「시골 황서방」(1925. 6)은 인간의 어리석음을 조롱하는 작품이다. 시골 사람 황서방은 도시에 가면 주판만 잘 놓으면 잘 살 수 있다는 말을 듣고, 가재도구를 모두 팔아 도시로 나간다. 도시에서 자신의 주판실력을 믿고 마음껏 즐기면서 돈을 탕진한 뒤에 결국 취직하지 못하고 굶어죽을 형편이 되어 시골로 되돌아 온다. 황서방의 어리석음에 대한 비웃음 이외에 이 작품이 말하는 바는 아무 것도 없다. 「눈보라」 역시 주인공인 못난 돌팔이 의사에 대한 비웃음만을 보여준 작품이다. 「K박사의 연구」(1929. 12)에서는 똥을 재료로 빵을 만들어 인류의 식량난 문제를 해결하겠다는 괴짜 과학자를 '창조'하고 그를 조롱한다.

「명문」(1925. 1)은 기독교도를 주인공으로 내세워 인간의 어리석음을 경멸하려는 작품이다. 주인공 전주사는 망령이 들어 가족을 괴롭히고 주위 사람들의 조롱거리가 되는 노모를 하루 빨리 하나님께 가도록 '주무시게' 한다. 사형당한 뒤 하나님 앞에서 다시 재판을 받을 때 그의 혼은 그것이 큰 효도라고 강변한다. 하나님은 '하하하하' 하고 크게 비웃는다. 김동인의 비웃음이다. 「포플라」도 인간 속에 잠재한 성욕이 연쇄 강간살인 사건을 일으키는 이야기를 그려, 인간에 대한 혐오감을 표출했다.

「배회」(1930. 3~7)는 공장노동자들을 그린 작품으로, 노동자에 대한 김동인의 시각을, 나아가 보수적 민족문학파로서의 이데올로기를 잘 보여준다. 김동인은 여기서 노동자에 대하여 심한 경멸·혐오감을 갖고 있음을 드러낸다. 여기서 그가 부각시킨 것은 노동자들의 비열성·이기심·무식함·게으름·순간향락적 생활·허욕·시기심·문란한 성관계 등이다. 특히 노동운동에 대한 김동인의 거부감을 이 작품은 명확하게 드러

낸다. 술과 여자로 타락한 생활을 하고 있는 'B'(이 작품에서도 등장인물들은
A·B·C·D, 배합사 등으로 되어 있고, '도순' 하나만 분명하지 않은 이유로 제대로
된 이름을 갖고 있다)는 노동자들 중에서 가장 유식한 사람으로, 노동자인
배합사가 농간을 부리자(공장주가 아니고), 이 문제의 해결을 위해 공장주
와 협상하는 과정에서 노동자들의 지도자가 된다. 대부분의 노동자들이
이 기회에 임금인상과 대우개선을 요구하며 동맹파업을 할 것을 주장하
자 그는 '일에는 순서가 있'으므로 한 가지씩 서서히 해 나가야 한다고
말하면서 임금인상이나 대우개선 같은 어려운 문제를 내거는 것과 동맹
파업에 반대한다. 그는 노동자들을 "외래사상을 잘 씹지도 않고 그저 그
대로 삼켜서, 그것이면 무조건하고 좋다고 자기의 환경과 입장을 고찰하
지도 못하고 덤비는 무리"28)라고 규정하고, 동맹파업을 '유희적 기분'의
산물이라고 매도한다. 김동인은 'B'도 다른 노동자들과 같이 타락·향락
적인 인물로 그려오다가 자신이 하고 싶은 노동운동 부정론을 대변시키
기 위해 파업문제가 일어나는 장면에서 갑자기 '건전한' 인물로 전환시
켰다. '리얼', 즉 "독자가 읽는 중에 부자연을 느끼지 않게 만드는 것"을
자신의 최고의 구호로 삼았던 김동인이 노동자와 노동운동을 거부하고
싶었던 심정은 통제하지 못했던 것 같다. 작품의 끝은 공장주가 모든 요
구조건을 다 들어주었기 때문에 노동자들은 '유희적 기분으로 기대하던'
동맹파업을 하지 못했다는 것이다. 모든 노동자는 부정적으로 그리면서
공장주는 긍정적으로 그린 점이 매우 주목된다.

  「배회」와 같은 때의 작품인 「벗기운 대금업자」(1930. 4)에서도 김동인
은 반민중적, 보수적 이데올로기를 '리얼'을 내던지면서까지 표출했다.
이 작품의 주인공은 전당포주인으로서 한없이 착하고 인정 많고 순박한
인물인데, '부근의 세민들'로부터 속거나 위협당하는 등 '착취를 당'해서

---

28) 『전집』 5권, 328쪽.

개업 오년만에 집조차 날리고 만주로 유랑의 길을 떠난다. 이 인물에 대해서 김동인은 "위로는 채권자에게 아래로는 프롤레타리아에게 여지없이 착취를 당한 소시민"29)이라 했고, 빈민들에 대해서는 극도의 혐오감을 드러내고 있다. 이 작품에서 독자의 상식이나 사건의 논리성은 무시되고, 당대 노동자와 자본가의 전형적 상황도 왜곡된다. 전당업자인 주인공은 저당물의 가치(가격)나 적정 전당가격 조차 모르는 인물로 되어 있다. 「화환」(1930. 5)도 민중에 대한 혐오감을 표출한 작품으로, 고물행상인인 빈민이 살인·강도 등의 포악한 범죄를 저지르다가 잡히는 '활극'을 그리고 있다.

「죄와 벌」(1930. 12)은 한 빈민가족이 등장하는 작품인데, 마부인 남편이 실수로 감옥으로 가자 살 길이 어려워진 아내가 매음을 하도록 설정해 놓고 "젊은 어머니의 이쁘장한 얼굴과 애교와 박리다매주의는 오늘날 이렇듯 영업의 번성함을 보게 한 것"이라고 했다. 겉으로는 강도살인 공범자가 된 이 여인의 아들에 대한 동정에 초점이 맞추어져 있는 것 같지만, 민중에 대한 경멸감은 지워지지 않았다. 「거지」에서도 "그대의 존재는 세상의 암종이외다 (중략) 존재하여서 세상에 아무 이익도 주지 못하는 그대는, 존재하기 때문에 세상에 많은 불편을 줍니다."30)라는 직설적인 구절도 있지만, 작품 전체에 거지(빈민)에 대한 작자의 깊은 경멸감이 깔려 있다. 「사기사」(1932. 10)도 쓰레기통 사기 행상인을 등장시켜 민중에 대한 혐오감을 표출한 작품이다. 또한 「대탕지 아주머니」(1938. 10~11)도 못생기고 무식하고 둔하고 빈곤한 윤락녀의 어리석은 삶을 비웃고 있는 작품이다.

「결혼식」(1931. 8)을 위시한 일련의 작품들도 오직 인간에 대한 혐오감을 표출하기 위해, 인간을 경멸함으로써 작가가 개인적 쾌감을 맛보기

---

29) 같은 책, 335쪽.
30) 같은 책, 379쪽.

위해 쓴 작품이라 할 수 있다. 물론 원고료 수입이라는 실효도 중요하다. 이들 작품들은 성욕의 노예가 되어 일체의 도덕이나 이성을 상실한 동물적인 인물상을 그린다. 물론 이 인물들은 경멸의 대상으로만 존재할 뿐이다. 「결혼식」은 고등교육을 받은 지식인이지만 성에만 관심을 가지고 문란한 생활을 하는 두 남녀의 기이한 결혼이야기를 그린, 추악한 희극이다. 「발가락이 닮았다」(1932. 1) 역시 문란한 성관계를 가진 부부를 그린 추악한 희극이다. 「최선생」(1934. 11)도 성적 충동을 이기지 못해 불륜을 저지르는 남녀를 그렸는데, 인간 본능의 추악성을 말하고자 한 작품이다. 이 작품에는 성적 충동과 행위가 자극적으로 묘사되기까지 한다. 「어떤날 밤」(1934. 12)은 인천의 부유한 60대 노인의 후처인 젊은 여인이 성적 만족을 위해 서울까지 와서 돌아다니다가 역시 성적 만족을 찾아 헤매는 '나'와 우연히 만나 하룻밤을 즐긴다는 내용이다. 1939년 작인 「김연실전」(1939. 3~1941. 2)도 역시 성도덕 관념을 상실하고 문란한 성관계를 가지고 살아오던 지식인(고등교육을 받았다는 의미에서만) 여성의 허망한 일생을 그린 작품으로, 성의 노예가 된 타락한 남녀 지식인들의 열전이기도 한데, 물론 작자의 어조(Tone)는 경멸·조소이다. 성본능에 사로잡힌 인물은 「김연실전」에 이르기까지 오랫동안 김동인 소설의 주인공으로 채택되었는데, 이는 그만큼 김동인이 제재의 빈곤을 겪고 있었다는 것을 드러내는 것이기도 하다.

　이상의 작품들에서 살펴본 것처럼 김동인은 지식인, 민족운동가, 노동자, 농민, 도시빈민, 윤락녀 등 남녀를 불문하고 당대의 여러 계층의 인물들을 경멸의 대상으로, 그리고 엽기의 대상으로 삼았다. 그러나 당대의 정치적·경제적 특권층들은 여기에 포함되어 있지 않다. 그는 자신보다 상위층에 있는 인물들에 대해서는 알지 못했거나 혹은 감히 내려다보지 못했던 것 같다. 그는 자신보다 밑에 있는, 자신보다 똑똑하지 못한 사람들만 바라보며, 그들을 경멸함으로써 쾌감을 느끼는 동시에 자만심을 유지할 수 있었던 것 같다. 그의 작품에는 약한 자에 대한 경멸뿐, 강자에의 저항과 도전은 없었다. 그의 인간경멸은 그 자신을 위한 것, 즉 그의 쾌감, 자만심 유지, 그리고 작품 소재를 위한 것일 뿐이었다. 사회·민족을 위한 인간 결함의 비판에까지는 그의 생각이 미치지 못했다고 생각된다. 그가 그린 부정적 인간상을 보고 독자 스스로 긍정적인 인간상을 구상하며 자신을 돌아볼 수는 있는 일이다. 그러나 김동인의 작품은 그런 인물에 대한 경멸·혐오 의식을 드러내고 있을 따름이다.

작품에서 김동인이 말한 것은 '이성의 회복', '도덕의 존중', '사회 정의의 회복', '인간성의 존중', '계급적 모순의 극복', 이런 것들이 아니라는 점을 확실히 해둘 필요가 있다. 작품자체의 분석적 독서는 이 점을 확인시켜 준다. 그가 말하는 것은 '인간이, 이 시대의 인물들이 이렇게 추악하니 그들에게 기대할 것이 없다'는 것, 그 이상이 아니다. 그의 사고는 단순·단면적인 것이었다고 생각된다. 그는 그의 작중인물의 모든 잘못을 작중인물 개인의 무식, 허욕, 못생김, 그리고 본능의 발동 등에서 그 책임을 찾았다. 역사적·사회적 관계 속에서 그것을 찾는 일은 없었다. 그러기에 그가 다룬 사건들은 모두 단편적이고 개인적인 것이며, 우연적이고 괴이하기까지 하며, 확대적이 아니라 축소적이다.

여기서 발생되는 심각한 문제는 바로 현실 왜곡이다. 위에서 살핀 작품들 속의 사건들은 일제강점시대 한국인들과 그들의 삶의 전형적 모습과는 아주 다른, 그것을 크게 왜곡하는 것이었다. 노동자 등 민중들은 무식·비열하고 이기적·본능적일 따름이며, 지식인 등은 부도덕하고 괴물적이다. 식민지 한국은 온통 이런 한국인들만 들끓는 추악한 땅으로 보인다. 당시의 대다수 한국인들의 삶을 위한 고토와 성취, 패배의 현장을 외면한 것도 현실 왜곡이지만, 현실과 다른, 혹은 현실적으로 존재한 사실들을 부각시켜 현실이 온통 그런 것처럼 과장되게 하는 것은 더 말할 것 없는 현실 왜곡이다.

6. 맺음말

김동인이 문학을 시작하면서 제시했던 인형조종술사론은 그를 인형조종술사에서 시작하여 인형조종술사로 끝나게 했다. 그는 예술가신성시관, 반대중주의, 개인주의도 일생 고수했다. 그의 작품에서 인간은 '인형'이고 '조종'의 대상일 뿐, 독자적 생명을 가진, 시대와 역사 속에 살아있는 존재가 아니었다. 그는 '인형'을 조종하며 개인적 쾌감을 느끼는 데 예술창작행위의 보람을 느꼈다. 그는 이야기를 꾸미는 사람, 극의 연출기술자였지, 자기 시대의 사람들의 고민에 참여했던 지식인이 되지 못하였다. 김동인이 살았던 그 궁핍한 시대야말로 진정한 지식인이 필요했고 '선생'이 필요했던 시대였다. 그러나 김동인은 다만 소설기능공에서 더 나아가지 못한 것이었다. 그가 꾸민 이야기는 모두 남의 일이었지 그 자신이 고민해야 할 그 자신의 일이 아니었다. 식민지 한국인이었던 그의 작중 인물들이 겪는 일은 거의 모두가 비극적인 것이었지만 그에게는 그것들이 「감자」의 지문에서 나타낸 것처럼 '희극', '활극'으로 간주될 따름이었다.

김동인의 인형조종술사론은 허무주의적 인간운명관과 인간 경멸·혐오 의식을 낳게 되었고, 이것이 그의 실제 소설작품의 저류를 이루게 되었다. 이 두 가지는 인간과 인간의 삶에 대한 진지한 시각과 올바른 현실인식을 가로막았다. 인간 경멸·혐오 의식은 식민지 한국인과 한국현실의 왜곡으로 이어졌다. 그 많은 소설을 통해 그는 식민지 한국을 온통 동물적 본능의 노예, 바보, 비열한, 정신장애자 등등 추하거나 괴이한 인간들만이 사는 세상으로 보이게 했다. 지식인, 예술가, 노동자, 빈민, 심지어 저항운동가까지도 그런 인간들로 그려졌다. 빈민층 인물들은 그중에서도 특히 추하게 그려지고 있다. 당대 민족이 처한 진정한 모습은 그러한 왜곡 속에 묻혀버리고 말았다.

김동인은 1935년 「망양탄」에서 '문학과 대중의 결합의 필요'를 느끼고 '대중이 알아보고, 좋아하는 문학'을 쓰려고 노력했지만 7, 8년이 지나도 "그것이 어떤 것인지, 대중의 취미가 무엇인지"를 모르겠다고 했다.[31] 대중을 경멸하고 대중과 유리된 생활과 사고를 해왔던 그로서는 당연한 일이다. 그가 그와 관련하여 시도한 것은 탐정물, 야담, 역사소설, 사담(史譚) 따위였는데, 그것들이 대중의 환영을 받는 것이 아님을 깨닫는 것도 당연하다. 대중은 대중을 욕하는 작품을 좋아하지 않는다. '대중이 알아보고, 좋아하는 문학'은 대중을 사랑하고 대중을 위하는 문학, 대중과 아픔을 함께 하는 문학임을 김동인이 끝까지 알 수 없었던 것도 또한 당연하다. 그는 자신의 삶이 끝나가는 1948년에 "다시 말하거니와 문학은 오락물이다."[32]라는 말로 문학에 대한 그의 인식을 정리했다. 그는 「자기의 창조한 세계」에서 톨스토이를 빌어 스스로에게 길을 터놓은 대로 '가짜 인생', '틀린 인생', '소규모의 인생'을 양산(量産)해내는 데서 더 나아가지 못했다. '가짜', '틀린', '소규모의' '희극'이나 '활극'을 연출해 놓고도 '박수갈채'를 받으며 즐거워하려고 했던 그에게, 진정한 박수갈채를 보낸 독자가 얼마였는지 의문이다.

김동인의 소설에서는 진보란 없는 것이었다. 인간이란 무능하고 미천하며, 죽으면 그만인 존재이기 때문이다. 그의 작품에서는 사랑 역시 없는 것이었다. 인간은 사랑할 가치가 없는, 추악하고 혐오스럽고 경멸스러운 존재이기 때문이다. 사랑할 가치가 있는 것은 김동인 자신뿐이었던 것 같다. 그만이 잘난 사람이었다. 그러나 진정한 바보는 김동인 자신이었다. 그는 「조선근대소설고」에서 "나의 그 고귀한 혼과 통일한 품성과 오만한 성격만은 결코 잃고 싶지 않았다."[33]고 했다. '오만한 성격'이 결

---

31) 『전집』 6권, 566쪽.
32) 같은 책, 300쪽.

국 그의 혼을 고귀하지 못하게 했고 또 그의 문학세계의 심화와 확대를 가로 막았다.

김동인은 결코 '다양한 제재, 다양한 사조와 경향'의 작가가 아니라 이 처럼 아주 간단히 설명할 수 있는 단조로운 의식과 제재를 가진 작가였 다. 그는 '참예술가'를 지향했지만, 그것이 가져야 할 인간에 대한 진정 한 사랑과 이해가 결핍되었기에 문학기교가(문학 테크니션)를 넘어서지 못 했다. 그러기에 진정한 의미의 리얼리즘을 이해하지 못한 것은 당연하다. 문체상이나 소설기술론적인 면에서의 몇 가지 '공적'만으로 그가 지금껏 누려온 것과 같은 위치를 계속 인정받기는 어렵다.

---

33) 같은 책, 160쪽.

|현진건론|
지식인적 갈등과 민중현실의 인식

1. 머리말

현진건은 1920년대를 대표하는 작가의 한 사람이었다. 이것은 현진건이 중요한 소설사적 위치를 분명히 보장받을 수 있는 시기는 1920년대라는 뜻이다. 1920년대에 그가 이룬 것은 한 마디로 한국에서의 근대 단편소설의 완성 형태를 보여주었다는 점이다. 한국의 근대 단편소설은 1907년 석진형(石鎭衡)의 「몽조(夢潮)」를 일차적 도약의 단계로 하고 1910년대에 와서 이광수·현상윤 등의 일련의 작품을 통하여 다음 단계로의 도약을 보였고, 1920년대에 이르러 김동인·나도향·현진건 등에 의해 근대적 단편의 완성 형태에 도달한 것이다.

여기서는 현진건의 1920년대 단편들이 어떤 내재적 흐름을 가지고 있는가, 그리고 그것들이 보여준 성취가 무엇인가를 검토하려고 한다. 현진건에 대한 논의는 현진건이 작품 활동을 하던 1920년대 초부터 현재까지도 계속된다. 필자는 오래 전에 현진건 연구사를 검토한 일이 있다.[1] 그때까지 현진건은 한국 작가 중 가장 많이 논의된 편이었고, 그에 관한 거의 모든 것이 밝혀졌다. 그 후 현진건 연구는 그리 진전되지 못한 것으로 보인다.[2] 이것은 물론 현진건 연구가 이미 많이 이루어진 탓도 있지만, 현진건 작품자체가 가지는 양적·내용적 한계의 탓도 있는 것으로 보인다. 양이 많고 다양한 면모를 가진 작가라면, 연구 환경과 연구자들의 관심사가 바뀌어 감에 따라 지속적으로 새로운 논의거리를 이끌어 낼 수 있는 것이다. 현진건의 작품은 꾸준한 독서의 대상은 되지만, 이제 연구자들의 관심 대상에서는 멀어진 감이 있다. 현진건이 연구자들로부터 멀어지는 것은, 특히 그의 작품이 내용의 깊이보다는 기법 쪽에 중심이 놓여 있기 때문인 것으로 보인다. 기법이란 특별한 깊이와 독창성을 가지지 않는 한 많은 논의를 이끌어 내기 어렵다. 현진건의 단편은 주로 기법 면에서 이론(異論)없이 높이 평가받아왔고, 내용(제재, 의식 등)면에서는 '사회·민족의식이 있었다'는 것으로 요약되는 평가가 있었다. 그러나 현진건의 의식은 논자들로부터 '피상성' 혹은 '허약성'을 지녔다는 지적을 받기도 했다.[3]

현진건은 많은 제재를 취한 작가였다. 그 여러 가지 제재들이 현진건 작품세계 전체를 이해하는 데 오히려 혼란을 야기시킨다. 그 제재들은 상호 연관성이 희박해 보이고 또한 가치 있는 의미를 지니고 있는 것으로도 보이지 않는 경우가 매우 많기 때문이다. 필자는 앞서의 글에서 현진건 연구자들이 내용 연구에 있어 현진건 소설 전체를 관통하는 줄거리

---

1) 졸고, 「현진건 문학의 연구사적 비판」, 『현진건의 소설과 그 시대인식』(신동욱 편), 새문사, 1981.
2) 가장 최근의 포괄적 현진건 작품 해설서로 현길언, 『현진건』, 건국대 출판부, 1995가 있다.
3) 앞의 졸고 참조.

를 세우지 않고 개별 작품의 나열적 논의에 빠져있다는 불만을 표하고
"현진건론에서 세울 수 있는 줄거리의 하나로 작중인물이나 작가 자신의
방황의 문제를 생각할 수 있다. 초기 작품에서 나타난 지식인의 방황이
작가의 현실인식과 관련하여 어떻게 전개·변모되고 극복되는가를 따져
보는 것이다."[4]고 했다.

이제 이런 관점에서 제재 및 작가의식의 변모와 그 의미를 중심으로
현진건 단편소설의 전체적 흐름을 살피고자 하는 것이다. 이 경우 모든
작품들의 상호관계와 의미가 규명될 것이다. 현진건은 적어도 일정한 범
위 안에서 소설을 다듬는 재주, 즉 일정한 기법적 재능은 타고났다고 본
다. 첫 작품에서부터 그런 재능을 보였다. 그의 주 고민거리는 소설 쓰는
기술보다는 무엇을 다루느냐의 문제, 즉 제재의 문제 혹은 의식의 문제
였던 것 같다.

2. 지식인과 방황의 세계 : 현진건의 작가적 방황

1920년대 초기 한국단편들의 특징은 지식인(의식의 측면이 아니라 교육이나
직업, 지식의 수준을 기준으로 하는)을 주인공으로 하고, 그들의 고뇌와 좌절·
패배를 그린다는 점이다. 예상치 못했거나 익숙하지 못한 상황과 조우하
여 자신이 가야 할 방향을 정하지 못하고 우왕좌왕하다가 침몰하는, 한
마디로 방황하는 지식인상을 그린다.[5] 현진건의 작품도 물론 예외가 아
니다. 첫 작품 「희생화」(1920. 11)에서 네 번째 작품 「타락자」(1922. 1~4)
에 이르기까지 주인공은 낯선 현실 앞에서 좌절, 타락, 혹은 파멸하는 지

---

4) 같은 글, Ⅱ-77쪽.
5) 졸저, 『한국근대소설연구』, 창작과비평사, 1995, 224~230쪽 참조.

식인들이다. 「희생화」는 첫 작품이지만, 젊은 지식인 남녀의 청순한 사
랑과 예기치 못했던 거대한 인습의 벽을 만나 좌절하고 파멸하는 비극적
상황을 그렸다. 여기서 현진건은 잘 다듬어진 구성과 매우 정서적이면서
도 객관적인 어휘와 문체를 활용한 점, 소년의 눈을 통해 사건을 채색,
여과시켜 나간 점, 특히 당시의 작가들에게는 익숙하지 않았던 일인칭
관찰자 시점을 취한 점 등 기법적 능숙성을 보인다.6) 이 작품에서 현진
건은 봉건적 가부장제 하의 인습적 폭력에 대한 반감을 쓰고 싶었고, 이
것은 이 시기 다른 작가들도 마찬가지였다.

　「빈처」(1921. 1)는 「희생화」와는 전혀 다른 제재의 작품이다. 이 작품은
현진건 자신의 과거, 즉 작가 데뷔 전의 모습을 그린 것으로 보인다. "육
년 전에(그때 나는 십육세이고 저는 십팔세였다) 우리가 결혼한 지 얼마 아니
되어 지식에 목마른 나는 지식의 바닷물을 얻어 마시려고 혼연히 집을
떠났었다."7)는 문장은 현진건의 실제와 들어맞는다. 여기에는 현진건의
현재의 작가로서의 자부심도 반영된다. 작가란 속물적인 세속인과는 다
르다는 생각을 과거의 자신과 자신의 부인을 미화시킴으로써 드러낸다.
그러나 이 작품은 일제강점시대 작가의 전형적 모습을 보여주지 못했다.
한 마디로 사회성은 없다. 주인공은 빈곤 때문에 패배감에 빠져있는데,
그의 꿈이란 게 "어서 출세를 하여 비단신 한 켤레쯤은 사주게 되었으면
좋으련만…"의 수준이다. 속물에 대해 냉소하면서도 스스로도 속물성을
드러낸다. 의식이 깨인 식민지 지식인으로서의 고뇌는 없고 어느 시대

---

6) 「희생화」에 대해서는 호평도 있었지만, 당시 황석우처럼 "소설이랄 수도 없고 감상문이
　랄 수도 없고 예술 형식을 갖추지 못한 감상문"이라고 혹평한 경우도 있었는데, 현진건
　은 혹평에 충격을 받고 그 후부터 이 작품이 보기도 싫어서 두 개의 단편집 『타락자』
　(1922)와 『조선의 얼골』(1926)에도 이 작품을 싣지 않았다. 현진건, 「처녀작 발표 당시의
　감상－<희생화>」, 『조선문단』, 1925. 3, 70~71쪽 참조. 그러나 황석우의 평은 부적절했
　다고 본다. 이때의 일인칭 서술 방식의 수준에 대해서는 최병우, 『한국현대소설의 미적구
　조』(민지사, 1997)의 63~85쪽에 잘 기술되어 있다.
7) 「빈처」, 『개벽』, 1921. 1, 165쪽.

어느 곳에나 있는 데뷔 전의 돈 없는 작가지망생의 경제적 열등감과 세속적 생활인으로서의 소원만이 있다. 만일, 이 주인공이 작가로서 많은 작품을 발표했는데도 여전히 가난하다거나, 검열로 작품 발표를 못했거나, 현실에 대한 불만·냉소·저항으로 작품을 쓰지 않아서(혹은 발표를 안하거나) 가난한 것으로 설정된다면 이 작품은 식민지시대 작가의 의식이나 사회적 지위를 드러내는, 강한 사회성을 지닌 작품이 되었을 것이다. 이 작품에서 우뚝 남은 것은 착한 빈처, 그리고 잘 다듬어진 문장과 구성뿐이다. 작가로서의 제재에 대한 인식은 아직 미성숙 단계에 있음을 보여주는 상태다.

「타락자」는 현진건이 아직도 자신의 제재 세계를 찾지 못하고 작가로서 방황 상태에 있음을 드러내는 작품이다. 이 작품은 갈 길을 찾지 못하고 방황, 타락의 길로 가는 젊은 지식인상을 보이는데, 현진건 자신의 모습을 자조(自嘲)한 것이라 보인다. 당숙에게로 출계(出系)하고 당숙이 죽자 일본에서 학업 도중 귀국했다거나, 귀국해서 신문사에 취직했다거나, 서울서 학교 다닌 일이 없어 친구가 없다거나 하는 여러 정황에서 주인공과 현진건 자신은 같다. 13개의 단락으로 이루어진 이 작품에서 제1단락은 타락 이전 과정을 그리고, 그 이후는 타락의 모습을 장황하게 그려냈다. 작가 자신의 자조, 당대 지식인들의 좌절이라는 추상적 의미를 뺀다면, 이 장황하게 그려진 타락 모습이 어떤 '가치 있는 의미'를 지니는가? 여기에는 어떤 당대 사회 반영도, 작자 자신의 사회의식도 드러나지 않는다. "저주할 것은 이 사회이고 한할 것은 내 자신"이라고 주인공은 말했지만 그가 인식하는 사회의 정체는 전혀 불명이다. '사회'와 자신에 대한 추상적, 감상적 반감과 자조만이 있다. 현진건은 1922년 11월에 첫 단편집 『타락자』를 냈으니, 데뷔 2년 후 불과 5편 정도를 발표한 상태에서 서둘러 낸 것이다. 단편 「타락자」의 긴 분량은 제재의식이 확립되지 않은 채 오직 작가로서의 명성을 얻기 위한 계획의 산물로 보인다.

현진건이 「타락자」에 앞서 세 번째로 발표했던 「술 권하는 사회」(1921. 11)는 초기 작품 가운데서 가장 가치 있는 의미를 지닌 제재를 다루었다. 현진건으로서는 작가적 방황을 넘어설 수 있는 가능성을 내비친 작품이기도 하다. 무식한 아내가 하루저녁 겪는 짧은 체험과 생각을 통해 방황하는 지식인과 그에 대한 민중의 몰이해를 보여주는 기법적 탁월성이 돋보이는 작품으로, 지식인의 방황의 원인도 드러내고 작중인물 혹은 작자의 민족·사회의식도 드러낸다. 그러나 작품의 기법적 탁월성에 비해 민족·사회의식은 미미한 정도에 그친다. 작중 지식인은 민족내부의 분열, 개인주의·이기주의에 좌절감을 느끼고 술주정꾼이 되었다고 토로한다. 그는 "되지 못한 명예 싸움, (중략) 밤낮으로 서로 찢고 뜯고 (중략) 우리 조선놈들이 조직한 사회는 다 그 조각이지. 이런 사회에서 무슨 일을 한단 말이오."8)라 하는데, 이는 식민지 사회의 본질을 파악하지 못한 채 지엽적, 피상적 측면만을 본 것이다. 그의 사회·민족현실의 인식은 초보적 단계에 놓여 있는 것이다. '민족을 위해', '사회를 위해', '무엇을 좀' 해 보아야 한다는 것을 인식한 것은 주목할 만한 일이다. 다만 보다 본질적 문제 파악, 발전적 문제의식이 드러나지 않는 것이 한계이다. 1921년의 일반적 소설 상황에서 보면 이 정도만 해도 이 작품은 매우 가치 있는 의미를 지닌 제재를 취했다고 할 수 있다.

「술 권하는 사회」에서 가치 있는 제재를 취함으로써 작가적 방황을 극복할 수 있을 것처럼 보였던 현진건은 「타락자」 이후 다시 가치 있는 의미 부여가 어려운 하찮은 주변 소사(小事)를 그린 작품들을 써냄으로써 아직 제재 면에서 자기 세계 정립에 이르지 못하고 작가적 방황을 계속하고 있음을 드러냈다. 「유린」에서 「발」에 이르는 작품들은, 방황하는 지식인을 그린 그 전의 작품들과도 구분되는 것으로, 현진건으로서는 트

---

8) 「술 권하는 사회」, 『개벽』, 1921. 11, 144쪽.

리비얼리즘에 빠진 시기의 소모품적 작품들로서, 그 작품 하나하나의 의의를 따지는 것은 도로(徒勞)에 속한다고 본다.

「유린」(1922. 5)은 순간의 실수로 정조를 유린당한 여학생이 번민하는 장면을, 「피아노」(1922. 11)는 젊은 부부가 피아노를 칠 줄도 모르면서 허영으로 피아노를 사들이는 장면을, 「우편국에서」(1923. 1)는 우편국에서 진체구좌 예금을 찾는 장면을 그렸다. 「사공」(1923. 10)은 사기를 당해 몰락한 전차운전수가 파란 많고 고생스런 인생사를 생각하다가, 사공이 되어 풍랑을 만난 꿈을 꾸다 깨는 장면을, 「까막잡기」(1924. 1)는 한 남학생이 음악회에서 낯선 여학생으로부터 실수로 까막잡기를 당하는 장면을 그렸다. 또 「그립은 흘긴 눈」(1924. 2)은 기생이 난봉꾼을 거짓 정사(情事)로 속이는 장면을, 「발」(1924. 2)은 순사가 성애(性愛)를 느낀 불량녀를 유혹하기 위해 자기과시를 하다 주먹 싸움이 붙어 발장수를 죽게 하는 장면을 그렸다. 문제는 이러한 장면들에서 가치 있는 의미를 찾기 어렵다는 데 있다. 사건 자체도 그러하거니와, 거기에 작가가 가치 있는 의미를 부여하지 못하고 있기 때문이다. 이 작품들 중 「발」이 순사가 양민을 죽인다는 예사롭지 않은 사건을 다루었다는 점에서 주목될 수 있지만 작품의 실상은 결국 성애를 둘러싸고 순사와 고약한 '넌놈'(아가씨와 통정자)이 속고 속이는 얘기를 다루고자 했을 따름이라는 것이 판명된다. 이 때의 작품 중 「할머니의 죽음」(1923. 9) 정도가, 한 할머니의 임종 장면(결국 안 죽었지만)을 통해 죽음에 임한 자와 이때의 그 주변 인물들의 전형적인 모습들을 그려내었다는 점에서 일정한 가치 있는 의미를 지녔다고 할 수 있겠다.

3. 지식인과 민중의 만남
: 식민지 지식인으로서의 현진건의 자기성찰

대체로 1924년 후반부터 현진건 단편의 제재는 그 전과는 다른 모습을 보인다. 식민지 민중의 문제가 중심 제재로 자리 잡게 된 것이다. 다시 말해 이 시기부터 현진건은 민중문제의 발견을 통해 작가적 방황을 극복할 수가 있었다고 할 수 있다. 민중과의 만남을 통해 현진건은 의식이 깨인 식민지 지식인으로서, 그리고 한 작가로서의 자기 정립을 이룰 수 있었음을 작품들은 증명하고 있다. 이 시기 이후 단편들은 두 유형으로 크게 나눌 수 있다. 하나는 지식인과 식민지 한국 민중의 만남을 그린 것이고, 다른 하나는 민중의 고통의 현장을 사실적으로 그린 것이다.

지식인과 민중의 만남을 그린 작품들은 지식인들이 민중들과의 조우를 통해 식민지적 상황 속에서 몰락하고 고통 받는 민중들의 현실을 발견하고 이해하게 되며, 나아가 자신들과 민중들의 관계정립 문제에 대해 고민하는 모습을 내용으로 한다. 그 전 작품들 속의 지식인들은 단순히 중등 이상의 교육을 받았다거나 사무직에 있거나 지식이 있다는 의미의 지식인이었으며, 개인적 문제 때문에 방황하며 현실에 대해서는 맹목 혹은 그에 가까웠음에 비해, 이 작품들 속의 지식인들은 교육과 직업이나 지식수준을 넘어 현실에 눈뜨는 인텔리겐챠가 되어 가고 있다. 이것은 작가 현진건의 모습의 변화와 상응하기도 한다. 그들은 가정이나 시정(市井) 속에서 민중과 조우하고 민중의 고통을 발견하면서 그것이 예사로운 것이 아닌 것, 즉 식민지 한국인의 전형적 운명으로 받아들인다. 이런 작품들로 「동정」, 「고향」, 「신문지와 철창」(1929. 7), 「서투른 도적」(1931. 10) 등이 있다. 앞의 두 작품은 미발표 상태로 단편집 『조선의 얼골』에 수록되었는데, 1925년경의 작품으로 보인다.

「동정」은 지식인과 민중의 만남의 초보적 단계를 보인다. 주인공 지식인은 인력거군인 민중과 조우한다. 인력거를 탄 그는 오르막을 가다가 미온적 동정으로 중간에서 내릴 뜻을 말했지만 인력거군이 그냥 올라가자, 차 삯 깎을 것을 두려워하여 그런다고 보고 "저편이 그렇게 생각하는 다음에야 이편에서 애써 자선을 배풀 필요도 없었다."[9]고 생각했다. 결국, 내려오는 도중에 인력거가 뒤집어지고 10여 원의 물적 피해가 났지만 지식인은 "아까 내리우랄제 내려주면 좋았지."라고 인력거군을 나무라며 차삯 일원을 던져 준 채 혹시 삯 투정을 할까 보아 뒤도 아니 돌아보고 재게 걸어가 버린다. 그러나 인력거군의 눈에 어린 눈물의 그림자를 본 그는 읍울감에 빠지고 자신의 태도에 '침이라도 뱉고 싶'었다. 이 지식인은 민중 현실을 발견하게 되지만 민중에 가까이 가지 않고 일정한 거리를 가진 동정자로만 남아 있으려 하고, 그런 점에서 부끄러움과 죄책감을 느끼는 데까지만 갔다.

「고향」도 「동정」처럼 지식인이 일인칭 화자로 되어 있으며, 조우한 지식인과 민중이 두개의 동등한 주인공으로 설정된다. 「동정」에 비해 민중 인물의 비중이 커졌는데, 이는 곧 민중현실의 반영에 보다 높은 비중을 둔다는 의미를 지닌다. 지식인 '나'는 차중에서 만난 민중인 '그'에 대해 처음에는 거리를 두고, 피하려는 태도를 취한다. 그 자신 속에 남아 있는 계층(혹은 계급)적 거리감의 무의식적 표출이다. 그러나 '그'와의 피할 수 없는 대화가 진행되면서 「동정」의 주인공보다는 훨씬 민중을 이해하고 '그'와의 거리를 좁혔다.

'나'는 지금까지 민중현실에 대해 무관심 상태였던 것으로 보이나 '그'를 통해 식민지 체제 하의 민중몰락의 역사적 과정과 현실적 상황을 확실하게 인식하게 되며, '조선의 얼골'이 무엇인가를 확인한다. 그러나

---

9) 「동정」, 『조선의 얼골』, 글벗집, 1926, 151쪽.

'나'는 이 이상의 모습은 보이지 못한다. 「동정」의 지식인보다도 민중과의 거리는 좁혔지만 여전히 동정자로만 남아있다고 할 수 있는데, 민중과의 일체감을 갖는 데 이른 것은 아니며 민중을 위한 행동구상을 갖는 것도 물론 아니기 때문이다. 이 점에서 이 작품은 카프 작가의 작품들과 명확히 구분된다. 「고향」은 다른 한편으로 식민지 사회의 모순과 조선인의 몰락과 고통을 거시적으로 제시하였다. 비록 짧은 분량이지만 '그'의 경우를 통해 식민지 조선 민중 몰락의 전형적 상황을 보여주었다. 특히 삼국의 옷을 뒤섞어 입은 그의 외모의 묘사와 항일 민요를 부르는 마지막 장면은 돋보이는 부분이다.

「신문지와 철창」에서도 지식인은 민중과 만나며 민중의 참담한 현실과 일제의 폭압적 정치와 인권유린의 말단적 모습을 발견한다. 또 한편으로는 민중 속에 존재하는 건강한 삶의 의지와 순수성, 가족에 대한 깊은 사랑도 발견하면서 이를 '거룩한' 것으로 받아들인다. 화자인 '나'는 직업·학력은 불분명하지만 생각, 판단력, 지식 등으로 보아 지식인이다. '어줍잖은 일'로 유치장에 들어간 '나'는 백주상인(傷人) 강도죄로 들어온 노인을 만나게 된다. 그 노인은 거지로서, 경찰서장 집에 배달된 신문을 집어가는 과정에서 엄청난 죄인으로 몰린 것이고, 돌보는 이 없어 굶고 있을 손자를 위해 밥덩이를 모은다. 여기서 '나'는 민중의 참담함과 함께 그 속의 '거룩함'을 보았다. 앞의 두 작품보다 지식인과 민중의 거리는 더 가까워졌다고 할 수 있다. '나'의 '그'에 대한 이해와 동정의 심도는 강해져서, 그가 '거룩'하다고 생각하기까지에 이른 것이다. 그러나 여전히 그 이상을 넘지는 못하는, 동정자에 머물고 있다.

「서투른 도적」에서도 지식인은 농토를 빼앗기고 살길을 잃은 농민 출신의 민중과 만난다. 일인칭 화자인 '나'는 안잠자기로 들어온 할멈을 통해 민중의 고통을 발견하고 동정심을 갖지만, 할멈이 청하는 경제적 도움에 응하지 못한다. 할멈은 쌀을 숨기다가 결국 쫓겨나게 된다. 쫓겨나는

할멈은 전에 훔쳐두었던 동전 서 푼도 내어놓고 갔는데, '나'는 그것이
'나'의 얼굴을 향해 내던진 것처럼 느끼며 부끄러움과 죄책감을 갖는다.

  이 작품들에서 지식인들은 자신만의 세계에서 나와 민중들과 만나고
가까이 가기도 해서 그들을 알고 이해하게 되었지만, 민중과 완전히 섞
이지는 못했다. 이 작품들은 지식인을 일인칭 화자로 하여 지식인의 입
장에서 민중을 관찰하고 판단하면서 화자 자신의 생각을 표출하는 형식
을 취함으로써, 민중과 지식인이 한 덩어리가 되어 있는 객관적 상황을
그려내지는 못했다. 지식인은 관찰자에서 동정자, 이해자로 나아가기는
했지만, 부끄러움과 죄책감에서 해방되는 인물, 민중 속에 들어가 민중
과 한 덩어리가 되어 민중을 위해 식민지적 조건과 싸우는 인물이 되지
는 못했다. 이는 곧 현진건 자신이 놓여있는 위치를 반영하는 것이기도
하다. 현진건은 과거의 방황에서 나와 식민지 지식인으로서의 자기 성찰
에 이르고는 있지만, 일정한 한계 속에 자신을 묶어두고 있었던 것이다.

4. 민중의 세계 : 민중현실의 형상화

  한편으로 현진건은 이 시기에 식민지 민중의 궁핍의 현장을 형상화하
는 데도 힘을 기울였다. 그는 민중을 주인공으로, 민중의 현실만을 부각
시키면서, 이를 위해 기법적 재능을 발휘한 작품을 여러 편 발표했다. 민
중의 몰락 현장은 비극적 아이러니의 기법으로 객관화된다. 「운수좋은
날」(1924. 6), 「사립정신병원장」(1926. 1), 그리고 「정조와 약가」(1929. 12)가
바로 그런 작품들이다.

  대부분의 현진건 단편들에서는 작자의 해설이나 설교는 극히 절제되
고, 사실적인 묘사와 밀도 있는 구성이 이루어진다. 인물들 간의 대화는

매우 개성적이어서 그 속에서 인물의 출신 성분, 직업, 성격 등이 잘 드러나게 된다. 그러한 점이 가장 두드러진 작품은 바로「운수좋은 날」이다. 발표연월이 확인된 작품으로만 보면 이 작품에서부터 현진건은 제재, 의식상의 방황을 청산하고 민족현실 문제를 작품의 지상과제로 삼았다고 하겠다.「운수좋은 날」은 반어적 상황에 빠진 인력거군의 하루를 형상화함으로써 황금만능주의와 구조적 모순이 지배하는 식민지 자본주의 사회와 그 속에서 몰락하는 한국 민중의 현실을 통렬하게 비판·고발하고 있다.「고향」이 거시적이라면「운수좋은 날」은 미시적으로 민중의 현실을 파고들었다.

주인공 김첨지의 하루는 극히 반어적이다. 그의 처는 굶기에 익숙한 사람, 김첨지의 말대로 '못먹어서 병'이었던 사람인데, 이날은 '먹어서 병'에 걸려 사경을 헤맨다. 이런 반어적 상황에서 일을 나간 김첨지는 시간이 갈수록 더욱 심각한 반어적 상황에 빠진다. 이날 그에게는 좋은 운수가 이어진다. 평소에 없던 손님이 이어지고 돈이 들어온다. 이 때문에 그는 오늘은 일을 나가지 말거나 아니면 일찍 귀가해야 함에도 불구하고 (아내도 요구했고 실제 형편도 그랬다) 계속 일한다. 돈이 들어올수록 귀가 시간은 지체되고 그럴수록 아내는 죽음에 가까워간다. 김첨지가 오늘 돈을 벌려는 목적은 아내를 위한 것이었다. 그에게 있어 진정한 운수는 아내의 회복이었다. 손님이 많다는 것은 표면적 운수에 불과한 것이었다. 결국 표면적 운수가 상승할수록 진정한 운수는 하강하고 있다. 양자가 상호모순적 관계에 있는 것인데, 바로 이 포기할 수도 없는 표면적 운수의 허상에 비례해서 김첨지는 악운으로 빠지는 것이다. 김첨지는 가족을 사랑했고, 선량한 인물이었으며, 자신을 지배하는 고약한 운명에 맞서 싸우면서 최선을 다했지만 결국 아내의 죽음, 즉 자기 파멸에 귀착했다.

현진건이 이 작품에서 궁극적으로 말하고자 한 것은 무엇인가? 이 사회는 비정상적 사회라는 것이다. 정상적 사회란 선량한 사람의 정당한 노력에 걸맞은 행운(보상)이 이루어지는 사회인데, 지금 이 사회는 김첨지 같은 하층민에게는 노력의 대가가 전혀 없는 사회, 오히려 노력하면 할수록 불행하게 되는 사회, 모순으로 찬 증오해야 할 사회라는 것이다. 현진건은 김첨지를 통해 말했다. "이 원수엣 돈! 이 육시를 할 돈!"[10]이라고. 돈은 인간의 모든 것을 지배하는 폭력적 존재이며, 사람을 차별하는 존재이며, 그래서 육시를 해야 할 존재라는 것을. 그리고 또 말했다. 김첨지를 묘사하면서 "불행을 향하고 다라가는 제 다리를 제 힘으로는 도저히 어찌할 수 없으니 나를 누구든지 좀 잡아다고, 구해다고 하는 듯하였다."[11]라고. 김첨지와 같은 민중을 구해야한다는 것을. 그러나 현진건은 여기서 그쳤다. 누가 어떻게 이 문제를 위해 싸워야 할 것인가에 대한 자신의 구상을 갖지는 못했던 것 같다.

작자 자신의 목소리를 직접 내지 않으면서도 철저하게 계산된 문장, 구성, 복선, 언어적 반어, 그리고 외형 묘사를 통한 심리 표현(인력거를 끌고 집으로 돌아가는 김첨지의 모습 묘사나 술집에서 친구를 만나 술을 마시는 장면의 묘사는 초조·불안한 심리나 불행을 예감하고 이를 부정하고 싶은 심리를 절실하게 드러낸 것으로, 이 작품의 백미의 하나다) 등의 기교는 작품의 예술적 효과를 극대화시키고 있다고 하겠다.

「사립정신병원장」 역시 반어적 사건을 통해 몰락하는 식민지 민중의 현실을 그렸다. 주인공은 김첨지와 같은 무식한 인물이 아니라 서울에 와서 고학도 하고 은행에 고원으로도 있었던, 지식인에 속하는 인물이지만, 실직 후 살길이 없어 정신병자를 돌보아 주고 연명하고 있다. 결국 그는 삶의 고통 속에서 자기가 돌보아야 할 미친 사람을 자신이 미쳐서 찔러죽이는 아이러니를 행하고 있다. 그러나 이 작품은 주제의 심도나 기법적 성취 면에서는 「운수좋은 날」에 비해 현저히 떨어지고 있다.

---

10) 「운수좋은 날」, 같은 책, 81쪽.
11) 같은 작품, 같은 책, 78쪽.

「정조와 약가」 역시 반어적 상황에 빠진 식민지 민중의 극단적 궁핍을 그렸다. 주인공의 남편은 소작농에서 농업품팔이꾼으로 전락한 최하층 빈농으로, 병이 들어 노동조차 할 수 없다. 치료비를 구할 길도 없는 극한 상황에서 아내는 의원에게 정조를 팔아 남편의 병을 고치게 된다. 이들은 서로 깊이 사랑하는 부부로서, 그들에게 정조는 가장 중요한 것이지만, 사랑과 가정을 지키기 위해 정조를 파는 아이러니에 빠진 것이다. 이들에게 정조 팔기는 타락한 매음이 아니라 그들로서 할 수 있는 유일한 건강한 삶의 노력이 되었다. "집에 모시고 온대야 약값 드릴 거리도 없고 당신의 병은 세상없어도 고쳐야 되겠고"해서 아내는 약값으로 의원에게 몸을 주었다. 그러나 그들은 의원의 생각처럼 "정조도 모르고 질투도 모르는 것들"이 아니다. 그들은 '죄'를 의식한다. 병이 나은 뒤 그들 부부는 이제 열심히 일해서 살아보겠다고 다짐하며 행복한 얼굴로 의좋게 나란히 서서 "의원을 전송"한다.12) 매음의 모티브는 김동인의 「감자」를 위시해서 일제강점시대 많은 작품에서 등장한다. 그러나 유부녀의 매음을 민중의 극단적 궁핍을 부각시키기 위해서 소재로 취하고, 이를 또한 민중의 건강한 삶을 향한 반어적 노력의 일부로 파악하려 한 것은 이 작품이 처음이며, 이후 「소낙비」, 「산골 나그네」 등 일련의 김유정 작품들은 이러한 관점에서 이 모티브를 계승하여 소설적 성취도를 높였다.

「불」은 일제강점시대에 잔존하는 봉건적 인습인 민며느리 제도가 민중을 내부적으로 어떻게 좀먹어 들어가는지를 사실적으로 형상화하였다. 인습에 대한 주인공의 저항이 있기는 하지만 오직 성적 고통으로부터의 본능적 저항을 보이는 데 머물렀다는 점에서 이 인습에 대한 작가의 문제인식이 일정한 한계에 있음을 드러냈다. 이 작품도 기법적인 면에서 큰 성취를 보인다. 외적 행동을 통한 주인공의 심리 표현은 이 작품에서

---

12) 현진건, 「정조와 약가」, 『현진건 문학전집』 1권, 국학자료원, 2004, 295~300쪽.

가장 돋보이는 점이다.

5. 맺음말

현진건은 지식인의 내적 방황을 출발적 제재로 하면서 한동안 작가적 방황을 계속하다가 1924년경부터 민중현실의 발견을 통하여 작가적 정착점을 찾았다. 지식인에서 민중으로, 내면에서 외면으로, 개인사에서 사회적 문제로 나아간 이러한 현상은 현진건의 경우에서만이 아니라 1920년대 초에 활동을 시작한 소설가 모두에게서 발견되는 것이기도 하다. 이것은 작자 자신들의 의식의 성장에 기초하는 것이지만, 프로문학의 유입에 직접적인 영향을 받은 것이기도 하다.

출발기의 현진건은 소설 쓰는 사람이었지, 민족과 사회의 본질을 꿰뚫고 이를 고민하는 지식인에는 미달했다. 그래서 소설 쓰는 재주는 있는데 쓸 만한, '가치 있는 의미'를 지닌 제재의 세계를 확보하지 못했던 것이다. 그 결과 트리비얼리즘에 빠져 한동안 소모품적인 작품들을 썼고, 그의 작품 전체로 보아 좋은 평가를 받을 만한 작품의 비율이 낮아진 것이다.

그의 제재나 문제인식의 폭과 깊이는 남다르게 두드러진 것이 없다. 그는 민족·민중·사회의 발견과 형상화에서 자기 방황을 극복하고 일정한 성취를 이루기는 했지만, 그 문제들의 근본과 전망에 대한 특별한 인식에 도달했음을 보이지는 못했다. 그의 소설적 성취는 「운수좋은 날」에서 그 정점을 보였다. 이 작품은 식민지 민중의 궁핍한 삶의 현장을 형상화 한 일제강점시대의 모든 단편 가운데서 가장 소설적 성취도가 높은 작품이라 할 수 있다. 그것은 주로 기법적인 성취에 기인하지만, 식민지 민중의 전형적 상황을 보였다는 점도 큰 부분이다. 그러나 그는 「운수좋은 날」 이후에도 많은 작품을 썼지만 이 작품의 성취에서 더 나아가지 못했다. 근본적으로 문제인식의 깊이에서 그는 벽에 부딪쳐 있었다. 소설로 꾸며 내는 기술에 있어서는 「운수좋은 날」에서 더 나아가기 어려울 것이었다. 그가 가진 그 재능(기술)에 맞먹는 무엇, 바로 남보다 앞서는 문제인식이 첨가되어야 하는 것이었다.

|채만식론|
부정을 통한 긍정적 민족현실의 모색

1. 채만식의 중요성

채만식은 그에 대한 본격적 연구가 시작되었다고 할 수 있는 1970년대 초 이후, 근·현대 작가들 가운데 가장 각광받는 연구 대상자가 되었다. 그에 대한 평론문·논문·저서가 1990년대 말까지 약 500여 편에 이른다고 한다.[1] 1960년대 말까지 채만식과 관련해서는 『탁류』, 『태평천하』, 「레디메이드 인생」 등 일부 작품들에 관한 부분적 사실만 언급되거나, 심지어 어떤 현대문학사 저술에서는[2] 이름조차 기술되지 않기도 했다. 뒤늦게 주목받았음에도 불구하고 짧은 기간에 이만한 연구량이 나

---

1) 이현식, 「채만식은 학문적으로 어떻게 인식되어 왔는가」, 『채만식 문학의 재인식』(문학과 사상연구회 편), 소명출판, 1999, 225쪽.
2) 조연현, 『한국현대문학사』, 성문각, 1969.

왔다는 것은 그의 중요성이 크게 인식되었다는 것을 의미한다.

근래의 한 연구자는 ① 채만식 문학세계의 진면목은 아직도 제대로 드러나지 못했다, ② 자료정리가 미흡하다, ③ '풍자작가'로만 고착되어, 채만식의 다양한 측면이 간과되고 있다고 한다.3) 500여 편의 글이 나와도 아직도 진면목이 제대로 안 밝혀졌다고 하는 것은 채만식 문학이 문제성을 그만큼 많이 가지고 있기 때문이다. '진면목'을 밝히는 작업은 계속 되어야 할 것인데, 채만식에 많은 관심을 가져온 필자도 발전적 채만식 연구라는 과제 앞에서 어려움을 느끼고 있다. 과거의 특정 연구물들이 '권력화' 되는 것을 경계해야 한다는4) 말도 사실상 채만식 연구가 난관에 봉착할 정도로 나아가 있는 현실을 반영한다.

여기서는 새로운 문제를 제기, 해명하는 것이 아니라 지금까지의 필자의 생각을 일부 수정, 정리하면서 통설이라고 할만한 것들만을 수용하는 범위에서 머물기로 하겠다. 채만식의 자료정리는 1989년에 나온 『채만식전집』에서 빠진 몇몇 글들마저 거의 발굴된 지금쯤은 그리 큰 문젯거리가 되지 않으리라 본다. 기존 연구물의 '권력화'를 경계하면서 새로 시도되는 연구들의 임무는 결론의 차별성을 분명히 드러내 보이는 것일 것이다. 동문들, 혹은 동세대 연구자들의 논문만을 읽거나 인정하는 것도 '권력화'의 길이다.

최근 연구에서 두드러진 점은 채만식에 대한 긍정적 평가로 편향되었던 과거의 연구 경향을 비판하며 부정적 측면의 평가에 적극적 관심을 갖는다는 점이다. 부정적 평가의 핵심은 작품 속에 나타난 역사적 전망의 추상성 혹은 허약성과 채만식의 대일굴종을 적극적으로 평가하는 것이다. 그러나 이 두 가지는 일찍부터 이미 논의되고 밝혀진 것이다. 요체

---

3) 김홍기, 「채만식 문학 연구의 현황과 과제」, 『채만식』(채만식 문학제 기획위원회 편), 대산문화재단, 2000, 30~32쪽.
4) 이현식, 앞의 글, 225쪽.

는 채만식(문학) 전체에서 그것들이 가지는 비중을 어떻게 보느냐 하는 것이다.

채만식 연구의 대부분은 1970~1980년대에 이루어졌는데, 그것은 이때 채만식이 살았고 또 작품에서 다루었던 시대에 대한, 그리고 채만식의 역사·현실인식에 대한 관심이 고조되었던 것에서 가장 큰 원인을 찾을 수 있다. 이 관심은 바로 1970~1980년대의 당대적 상황과 맞물려 있다. 채만식의 시대 속에서 당대의 얼굴을, 채만식의 발언 속에서 당대 지식인의 긍정적 표상을 떠올릴 수 있었기 때문이다. 그의 문학적 기법도 물론 중요한 문제로 인식되었지만 제재 혹은 작가의식에 비해 부수적인 것으로 다루어졌다. 1990년대에 와서는 사회상황의 변화에 따라 채만식 문학 속에서의 당대적 의미 발견의 열기는 당연히 식을 수밖에 없었다.

채만식은 1902년에서 1950년(한국전쟁 발발 며칠 전)이라는, 민족적 고통의 시대에만 살다가 갔다. 일찍 죽지도 않고 오래 살지도 않아서, 나쁜 세상은 거의 다 보고 좋은 세상은 전혀 보지 못하고 간, 많지 않은 한국 사람들 중 하나이다. 그리고 고통의 시대에만 산 사람답게 고통만을 말하다가 갔다. 그는 그러한 시대에서 비껴나 살지 않고 그 속에서 그와 맞서면서 살았다. 바로 그것이 오늘날 500여 편의 연구물들을 낳게 했다.

그는 작가로서만 살지 않았다. 그보다 오히려 식민지 한국 지식인으로서의 삶을 더 중시했다. 그는 민족현실에 대해 끊임없이 고뇌하며 지식인으로서의 자신을 돌아보면서, 그리고 쉬지 않고 작품을 썼다. 그래서 그는 중·장편 15편, 단편 70여 편, 희곡·촌극·씨나리오·'대화소설' 30여 편, 문학평론 40여 편, 수필·잡문 140여 편을 남겼다. 시는 "소설을 쓰다 실패하는 사람이 쓰는 것"이기 때문에 쓰지 않고, 다른 장르의 작품은 모두 썼다. 근대작가로서 이광수, 염상섭, 김동인 등과 더불어 가장 많은 작품 양을 남긴 사람의 하나였다. 이 많은 양만으로도 그는 이미 중요한 연구 대상이 되기에 충분하다. 그러나 그보다 더 그의 중요성을 높인 것은 그의 치열한 지식인 의식과 작가로서의 노력이었다. 그에 있어 글쓰기는 시기에 따라서는 '작품행동'적 성격을 가지고 있었다. 그는 자신이 산 시대의 '공적 쟁점'들을 구상화했고, 그런 작품들을 통해 그 시대의 실상을 오늘의 우리들에게까지 알려주었다. 그는 작품에서 하나의 관찰자로 남아 있지 않고 시대의 공적 쟁점에 대해 적극적 참여의식을 가지고 있었다. 대상에 대해 분석·비판하고 정도(正道)에 대해 구상하려고 했다. 때로는 자연주의자처럼, 혹은 세태소설가처럼 보인 적도 있지만 그것은 일시적·부분적이었다. 그는 리얼리즘 작가로 자신을 지켜나감으로써 식민지 지식인으로서의 자기 역할을 수행하려고 했다.

그의 중요성은 그만의 소설적 기법들을 만들고 실천해 보인 데도 있다. 풍자가 역시 그의 최장기(最長技)로서, 『태평천하』는 일제강점시대의 유일한 '풍자로 통일된' 완전한 풍자소설이다. 여러 기타 기법들도 있지만, '대화소설' 같은 형태도 만들어냈다.

그의 개인사도 중요성을 지닌다. 그것은 개인만의, 특수한 것이 아니라 식민지 지식인의 삶의 전형적 모습을 지녔다는 점 때문이다. 그는 조선말기의 어느 시점에서 몰락한 잔반(殘班)의 후예로서, 평민 부농의 아들로 자라났지만 집안의 경제적 파탄까지 맛보았고, 농촌과 경성, 동경을 잇는 식민지의 공간을 두루 체험했으며, 중앙고보와 와세다대학 부속제일고등학원 문과로 이어지는 고등교육을 받았다. 조혼을 하고 뒤에 아내를 버린다든가, 고등교육의 보상을 받지 못하고 궁핍 속에서 고통 받고, 신문사·잡지사 같은 불안정한 직장을 떠돌아다닌다든가 하는 것은 그만의 체험이 아니라 이 시기 많은 지식인들의 실제이기도 했다. 그는 민족현실에 대해 고뇌하면서, 저항에서 흔들림으로, 그리고 일제강점시대 말기에는 대일굴종으로 떨어지기도 했는데, 이 역시 많은 식민지 지식인의 모습이기도 했다.

2. 채만식 문학의 기본 구도

“문학을 고려자기나 사군자와 같이 치는 사람이라면 몰라도 문학이 작으나마 인류역사를 밀고 나가는 한 개의 힘일진대, 한인(閑人)의 소장(消長)거리나 아녀자의 완롱물에 그칠 수는 없는 것이라고 나는 목이 부러져도 주장하는 자”5)라는 채만식의 말은 그의 작가적 자세와 문학관을 천명한다. 작자는 예쁜 예술품 제작자이기 전에 지식인이어야 하고 작품은 역사를 밀고 나가는 힘이 되어야 한다는 것으로, 그는 이 신념을 철저히 지켰다. 이것은 결국 식민지 지식으로서의 역할 인식에서 오는 철저한 현실주의적 문학관이다.

그의 작품에서 일관되는 제재는 민족현실과 역사의 문제였다. 그는 험난한 시대에만 살아서, 부정적인 현실만을 체험할 수밖에 없었다. 그런 그로서는 현재에 대해서는 매우 부정적이었고, 부정적인 것을 그려내는 데 익숙할 수밖에 없었다. 체험하지 못한 긍정적인 것을 쓰는 것은 허구이자 기만일 따름이다.

그의 작품세계의 기본 구도는 부정에서 출발하여 긍정의 모색으로 끝나는 것이라고 본다. 이 부정의식은 현실에 대한 ‘탁류’의식과 저항의식에서 나왔다. 식민지 및 해방 현실은 탁류의 세계일 수밖에 없었다. 그는 그러나 미래에 대해서는 긍정적 믿음을 가지고 있었다. 작품마다 그는 씻겨나가야 할 구체적인 부정적 양상들을 그려나간다. 이에 대해 그는 “부정면을 통하여 기실 긍정면을 주장하기 위해서”라고 설명했다. 그가 그린 부정면의 반대적 양상이 곧 긍정면이 된다.6) 그의 작품 전체를 한

---

5) 채만식, 「자작안내」, 『청색지』, 1935. 5, 77쪽.
6) 1948년 10월 5일 기필하여 조금 쓰다가 중단한 유작으로 「청류」(『현대문학』, 1986년 11월호 수록)가 있는데, 이 작품들은 「패배자의 무덤」의 두 남매 ‘경순’과 ‘경호’가 등장하는 것으로 시작된다. 제목과 시작으로 보아 ‘패배자’가 사라진 후에 도래하는 맑은 세계

덩어리로 본다면, 부정면의 소멸을 통해 긍정면이 생성되고 마침내 청류(淸流)가 흐르는 사회가 도래할 것이라는 것이 그의 작품구조가 가지는 논리가 된다. 숫자면에서 부정적 양상만을 그린 작품이 주류를 이룬다. 그러나 부정면의 양상과 함께 긍정면 생성의 싹을 보여주는 작품도 많은데, 『탁류』, 『태평천하』, 「패배자의 무덤」, 「도야지」, 「낙조」, 「소년은 자란다」 등이 그러하다. 첫 작품 「과도기」는 부정으로 가득 차 있고, 마지막 작품 「소년은 자란다」는 긍정적 전망을 보이는 것으로 끝난다. 일부 작품들은 허무주의나 대일굴종을 드러내기도 하지만, 그의 작품 전체를 보면 부정에서 출발한 긍정에의 귀착 구도이다.

부정의 대상이 되는 것은 개인적, 우연적인 것이 아닌, 민족적·사회적 의미를 지니는 것들로서, 일제, 일제의 정책, 봉건적 인습, 반민족적 반사회적 가치나 인물, 현실극복을 포기하거나 방법을 오판한 지식인들 등 매우 다양하다.

부정을 위한 소설적 기법도 그는 다양하게 모색했다. 그 기법으로는 먼저 정면적 묘사가 있는데, 1930년대 초기의 단편들에 이런 기법을 취한 작품들이 많다. 다음으로는 우회적 기법, 즉 풍자, 역설, 반어, 희화, 과장 등이 있다. 1930년대 중기 이후에 이런 기법들이 많이 쓰였다. 세 번째로는 장르적 형식 변화가 있다. '대화 소설', 촌극, 희곡 등의 형식을 취한 작품들이 많았다. 이러한 다양한 기법의 모색을 통해 그는 대상의 예술적 부각, 독자의 흥미유발, 검열 통과 등 여러 가지 성과를 얻을 수 있었을 것이다.

작품에 나타나는 부정면 극복, 즉 긍정면 생성의 주체는 부정 대상이 된 집단 속에서 자생하는 새로운 세대의 새로운 힘이다. 『태평천하』의 종학, 『탁류』의 계봉, 「패배자의 무덤」의 종택의 아들, 「도야지」의 문태

에 대한 구상을 그려내려고 한 것으로 생각된다.

석, 「낙조」의 박영춘, 「소년은 자란다」의 영호 등이 예가 된다. 채만식은 기성세대에 대한 불신과 신세대에의 믿음을 분명히 드러낸다. 그러나 이 부정면의 극복 논리는 허약하다. 이 세대가 어떤 논리적 바탕 위에서 어떻게 청류의 시대를 도래시킬지가 드러나지 않는다. 그들이 그렇게 할 것이라는 믿음만 보였을 뿐, 그들의 이념, 논리나 행동이 불투명하다. 채만식은 이와 관련하여 "역사적 진로에 대한 확고한 전망과 역사적 주체에 대한 파악은 이루어지지 못하"[7]고 있다는 비판을 받기도 했다.

채만식의 이념적, 계급적 기반은 확고하지 못했고, 어떤 정치적 혹은 혁명적 구상은 갖고 있지 않았던 것 같다. 어떤 단체나 조직에 참여하지도 않고 현실과 자신에 대해 혼자 고민한 사람이었다. 그는 사회주의자는 아니었다. 카프에도 문맹(文盟)에도 가입하지 않았고, 작품에서 노동자·농민 등 무산계급의 힘과 그에 대한 믿음을 그려내지도 않았다. 1930년 대 초 카프 비평가들로부터 비판받은 것처럼, 그의 작품에서 고통받는 노동자·농민의 모습이 그려지기는 하나 매우 제한적이다. 「정자나무 있는 삽화」(1939. 1) 등 자신의 농민소설들에 대해 '사이비 농민소설'이라고 스스로 비판했거니와, 실제로 그는 계급적 상황 하의 농민 투쟁을 그리지는 않았다. 사회주의에 대해서는 현실 극복의 한 방법이라고 보아 그를 수용하기는 했지만, 그 자신이 사회주의자는 아니었다.

---

7) 김재용, 「세계질서의 위력과 주체 부재의 저항」, 문학과사상연구회 편, 앞의 책, 172쪽. 채만식 문학에서의 현실 부정의 현상에 대해 그것이 "현실에 대한 패배주의적 시각에서 비롯한 것"(최현식, 「문학가의 이상과 생활인의 비애」, 문학과사상연구회 편, 앞의 책, 209쪽)이라는 주장도 있고, 또 풍자, 아이러니에 대해 "반성적 환멸의 상태에서 행해지고, 그래서 부정면이 지나치게 전경화되어 버린 나머지 그 안에 담긴 식민지 현실과 타락한 근대의 극복 의지 같은 '미래의 기획'마저도 상당히 잠식하게 된다"(같은 글, 같은 쪽)는 비판도 있다. 그러나 모든 작품에 대해 획일적으로 그렇게 말하기는 어렵다.

3. 채만식 소설의 단계

채만식 소설의 전개는 기준에 따라 여러 단계로 구분해 볼 수 있다. 최근의 구분을 보면, 채만식의 작가적 활동양상에 따라 '수련기'(등단부터 1933년까지), '전성기'(1934년부터 1938년 전반까지, 즉 「레디메이드 인생」에서 「치숙」까지), '동요기'(1938년 후반부터 1945년까지, 「소망」 이후), '해방기'로 나누는 경우가 있고,8) 채만식의 '사회주의 이념의 전환'을 기준으로 1934년 전후, 1938년 전후, 해방후로 나누는 경우도 있고,9) 자전(自傳)적 요소의 개입 정도에 따라, '사소설(私小說)'의 존재를 기준으로 1단계(1923년부터 1939년까지, '객관' 소설 지향 시기), 2단계(1940년부터 1945년까지, 갑작스런 '주관' 소설의 활성화 시기), 3단계(1945년부터 1950년까지, '객관' 소설 지향 시기)로 나누는 경우10) 등이 있다. 첫 번째 경우, 시기 구분의 작품 내적 기준이 좀 더 분명했으면 하는 아쉬움이 있고, 두 번째, 세 번째 경우는 채만식 소설에서의 사회주의와 '사소설'의 비중을 과대평가했다고 생각된다. 채만식의 작품 전체에서 사회주의를 드러냈다고 말할 수 있는 작품의 비율(양)과 그 작품들 내에서의 사회주의 이념의 비중이 과연 어떻게 되겠는가가 검증되어야 할 것 같다. 세 번째의 경우, 9편의 '사소설'11)이 가지는 비중, 그리고 제1단계의 그 긴 기간의 여러 다양한 양상들을 한 단계로 묶는 것이 무리가 아닌가 하는 점이 다시 검토될 필요가 있다. '사소설' 중 세 편은 유고로 남고 한 편은 해방 후에 발표되었다는 점도 고려되어야 할 것이다. 세 경우 모두 각 시기별 소설 내적 특성과 시기 사이의 소설 내적 변별성을 분명히 드러내 주는 보다 좋은 시기 명칭이 제시

8) 이선영, 「창조적 주체와 반어의 미학」, 문학과사상연구회 편, 앞의 책.
9) 하정일, 「채만식 문학과 사회주의」, 같은 책.
10) 방민호, 「채만식 문학에 나타난 식민지적 현실대응 양상」, 서울대 박사학위 논문, 2000.
11) 이들 작품을 '사소설'이라 칭하는 것은 부적절하다는 생각이다.

되었으면 하는 아쉬움을 느끼게 한다. 채만식 문학의 내적 흐름을 잘 파악해냄으로써, 각 시기의 많은 작품들을 아우를 수 있는 명칭을 부여해야 하는데, 실제로 쉽지 않은 일이다. 필자는 채만식 소설에서 부정의 양상들이 시기에 따라 달라진다는 점, 즉 부정 양상의 변화를 기준으로 그의 작품 전개의 시기를 5개로 나누어 보았는데, 그것은 제1기 : 1923～1927년―'부정의식의 출발기', 제2기 : 1928～1933년―'부정적 현실 사생(寫生)기', 제3기 : 1934～1938년―'부정논리의 확대와 심화기', 제4기 : 1939년～해방―'부정의식의 잠행기', 제5기 : 해방～1949―'해방현실의 증언기' 등이다. 보다 적절한 구분과 명칭을 계속 모색해 나가기로 하고, 이 시기구분에 따라 특징적, 중요 사항들을 적시하고자 한다.

1) 제1기 : 1923～1927년

이 시기는 습작기 정도로 볼 수 있다. 이때 발표작은 소설 2편이고, 소설 1편과 희곡 1편은 유작이다. 주목할만한 작품은 미발표 처녀작인 중편소설 「과도기」(1923)인데, 부정의 양상은 이 작품에서부터 강하게 나타난다. 주인공들은 반항적 혈기의 동경유학생들로, 자신들이 처한 환경과 그에 대한 불만으로 방황하고 있다. 당시 채만식 자신의 모습을 여러 작중인물들 속에 투영해 놓았다. 방황하는 젊은 지식인, 반민족 행위자, 전통적 인습, 일본인, 모리배 등 당시 많은 현상들이 부정의 대상으로 등장한다. 이때의 부정의식은 정제되지 않고 감정적 수준이며, 사건을 통한 구상화보다는 직설적 독백이나 공상이 장황하게 기술되고 있다. 다른 작품들은 문제의식의 부재 등 주목할 만한 부분을 보이지 못하고 있다.

2) 제2기 : 1928~1933년[12]

본격적 작가활동이 전개된 시기로서, 채만식의 문제인식과 소설적 정제 능력이 제1기보다는 분명히 한 단계 향상되었다. 당대적 중요 문제들을 분명하게 파악하고 이를 구상화시키고 있다. 그러나 아직도 성숙도는 불충분하다고 할 수 있으니, 문제인식이 단편·단면적이라 할 수 있고 표현 역시 직설적이고 소박하다고 할 수 있다. 「생명의 유희」(1928)에서부터 계급의식에 기초하여 빈자의 부정적(궁핍한) 현실을 그려내고 있다는 점도 1928년을 기점으로 시기를 나누는 이유가 된다. 이 시기 작품들에서는 계급의식의 직설적 표현이 많고, 거의 모든 작품들의 길이가 짧다. 짧은 대신 작품 수는 매우 많은데, 희곡과 '대화소설' 및 촌극이 20편 정도, 단편이 12편 정도, 그리고 장편이 1편이다. '대화소설'은 채만식의 독특한 형태로서 지문 없이 대화로만 이루어져 있으면서 희곡과는 달리 서두의 인물·시대·장소 제시가 없고 막이나 장의 구분이나 무대 지시문도 없다. 다만 단락마다 장소 표시를 한다. 이 시기에 있어 가장 중요한 부정의 대상은 농민현실로서, 「농민의 회계보고」(1932. 7), 「부촌」(1932. 7), 「미가대폭락」(1931. 2) 등등 그것을 다룬 작품이 가장 많다. 「산적」(1929. 12), 「두부」(1931. 5)처럼 인텔리의 궁핍상이나 「감독의 안해」(1932. 3)처럼 노동자의 현실, 「간도행」(1931. 11)처럼 유이민의 현실 등도 부정의 대상이 되었다. 장편 『인형의 집을 나와서』(1933. 5~11)는 '자유'를 찾아 나서는 여성주인공을 통해 가정적 관습, 여성해방문제, 계급문제, 노동문제 등을 제기하고 있으나 소설적 성취도와 작가의 관점 정제

---

12) 필자는 과거의 글(졸고, 「채만식의 문학과 부정의 논리」, 『한국 근대소설 연구』, 창작과비평사, 1995)에서 제1기를 1920년대 말까지로, 제2기를 1930년의 「농촌스케치」부터로 보았다. 이를 수정하여 제1기를 미발표 유고로 남은 희곡 「가죽버선」이 창작된 1927년까지로, 제2기를 미발표 유고로 남기는 했지만 짧은 형태의 단편인 「생명의 유희」가 창작된 1928년부터로 보는 것이 옳다고 판단한다. 이후, 「생명의 유희」와 같은 형태의 단편들이 1929년의 「산적」을 필두로 다수 발표된다.

에서는 한계를 보인다.

3) 제3기 : 1934~1938년

이 시기에 와서 채만식의 현실인식의 심도와 예술적 성취도는 그의 수준에서는 최고에 도달한다. 작품의 길이도 길어지고 '대화소설'이나 촌극 같은 짧은 것도 사라진다. 부정의 대상도 더욱 확대, 다양화되었고 시각도 다면화, 거시화되었고, 부정의 논리는 심화되었다. 작품기법도 다양하고, 세련되었으며, 어휘구사도 풍요롭다. 관념의 직설적 표현도 사라졌는데, 풍자의 기법을 가장 많이 활용했다. 이 시기의 「레디메이드 인생」(1934. 5~7), 『탁류』, 『태평천하』, 「치숙」(1938. 3)은 채만식의 대표작들이라 할 수 있을 뿐 아니라 한국 근대소설사에서도 대표작의 반열에 올릴 수 있다고 본다. 이 작품들은 식민지시대 현실을 전면적으로 부정하는 데서 시작과 귀결을 보인다.

구체적인 부정의 대상을 든다면, 「레디메이드 인생」처럼 인텔리를 둘러싼 현실, 「정거장 근처」(1937. 3~10)처럼 금광과 그 주변의 빈민 현실, 「동화」(1938. 3)처럼 공장부녀자의 노동착취 문제, 「치숙」처럼 무식층의 노예적 현실순응 양상, 『탁류』처럼 도시 하층민 현실, 『태평천하』처럼 반민족·반사회적 천민유산층 등등이 있다. 특히 『태평천하』의 판소리식 풍자 기법이나 「치숙」 및 「소망」(1938. 10)의 이중 반어적 우회 표현 기법 등은 채만식의 예술적 성취도를 크게 돋보이게 한다. 「소망」은 사회주의를 지키면서 저항을 포기하지 않는 인물을 내세우고 있는 「치숙」과는 달리, 현실과의 정면 대결을 포기하고 미친이 행세를 하는 주인공을 그렸다는 점에서 채만식의 의식의 동요 혹은 허무의식을 나타냈다고 보아 「치숙」과 다른 시기의 작품으로 분류하기도 하는데,[13] 그러한 점이 있기도 하지만, 그 역시 「레디메이드 인생」에서 연속되는 현상을 그린 것으로 볼 수 있고, 1938년 작이라는 점도 있어 이 시기 작품의 끝으로 잡는다. 「소망」의 경우도 저항의 한 형태를 보이고 있다고 할 수 있다.

4) 제4기 : 1939~해방

1939년을 새로운 시기의 시작으로 잡는 것은 이 해에 채만식이 독서회 사건으로 구금되는 '관재(官災)'를 당함으로써[14] 동요의 계기를 가지게 되었고, 이 해의 작품 「패배자의 무덤」(1939. 4)이[15] 「소망」의 주인공과 똑같은 지식인이 죽고 난 후의 일을 그리고 있기 때문이다. 다시 말해 「패배자의 무덤」은 「소망」 이후담이다. 「소망」의 지식인 주인공은 그래도 미약한 저항이나마 하면서, 죽지 않고 살아 있다. 「패배자의 무덤」에서 시대와의 대결에서 견뎌내지 못하고 자살한 인물을 내세운 것은 이 시대가 지식인이 죽은 시대이며, 작자 자신도 이제 더 이상 부정의식이 깨어 움직이는 지식인으로는 살 수 없게 되었다는 것을 나타낸 것으로 보인다.

일제가 식민지 법과 무력(武力)의 양자택일만을 요구한 이 시기의 현실('마호멧'이 '코란과 또 한 가지 다른 명물'의 선택을 요구한 것으로 작품 내에 표현)에서 채만식은 의식의 방황을 거쳐 대일굴종으로 나아갔다. 1939년의 장편 『금의 정열』(1939. 6~11)에서는 현실에 굴종하며 살아가는 시정인들이나 지식인들의 몰락상을 관찰자적 시각으로 그려내었다. 작중인물들이나

---

13) 예로 앞의 이선영, 하정일의 두 글이 있다.
14) 방민호, 앞의 논문, 24쪽. 여기서 '관재'를 당한 것이 채만식 자신은 「민족의 죄인」에서 1938년이라고 하나 그것은 기억의 잘못이고 사실은 1939년 초였던 것을 수필 「액년」을 근거로 밝혔다. '관재'의 기간은 실제로 그리 길었던 것 같지는 않다. 1939년 작품목록을 보면 그 해 1~2월 사이의 어느 길지 않은 기간에 잠시 집필의 공백이 있지 않았는가 한다.
15) 이 해 발표된 첫 작품으로는 「정자나무 있는 삽화」가 있으나 이는 『농업조선』 1월호에 실린 만큼, 그 전해(1938)에 쓴 것으로 보인다.

작자 자신에게 현실에의 저항과 극복은 불가능한 일로 인식된다. 현실을 '수리'할 뿐, 버팀의 세계는 없다. 이 작품은 은봉아의 죽음이라는 미약한 플롯이 있기는 하나, '세태소설' 쪽으로 거의 다 나아가 있다. 여기서 작자의 부정의식은 작품의 표면으로부터는 먼 곳에 물러나 잠행하면서 부정면을 향해 나아가는 세상 모습을 은근히 즐기고 있다. 이후 현실에 환멸을 느끼며 방향감각을 상실해 가는 채만식은 「상경반절기」(1940), 「선량하고 싶던 날」(1944) 등을 통해 자신의 주변에서 보이는 조선인들의 생태에 짜증을 드러내기도 하고,[16] 「냉동어」(1940. 4~5), 「종로의 주민」(1941) 등으로 현실의 낙오자가 된 지식인들을 그려서 불모지적 현실을 냉소하기도 하고, 「집」(1941. 6)과 같은 개인적 신변잡사를 다룬 작품에 한동안 빠져들기도 했던 채만식은 마침내 「여인전기」(1944. 10~1945. 5)로서 명백한 대일굴종이라는 지점에 들어갔다. 이때 그가 '자본주의의 초극'을 '신체제'를 선택하는 논리로 가졌을 만큼 신념이 있었다고 할 수 있을지 의문이다.

5) 제5기 : 해방~1949년

이 시기에 그는 한편으로는 과거의 자신의 흔들림과 굴종을 자기비판함으로써 새로운 작품 활동의 논리적 입지를 찾으면서 다른 한편으로는 완숙한 솜씨로 당시의 부정적 현상들을 날카롭게 그려내면서 자신의 의지를 적극적으로 드러낸다. 「민족의 죄인」(1948. 10~11)은 해방 후 문인들의 자기비판소설의 대표적 작품으로서, 채만식 자신의 과거의 과오를 절대적·상대적 맥락으로 해명·비판하며 현재의 자세를 간접적 방식으

---

16) 이 작품들은 무질서, 무식 등 '민족근성'에 대해 환멸감을 나타내어, 반민족적인 작품으로 비판받기도 하는데, '반민족적'이라 할 만한 논리는 없고, 혼자 신경질적 반응을 표출한 데서 끝났다. 모두 발표되지 않았던 것이 1960년대에 발견된 경우이다.

로 표출했다. 자기비판과 변명이 곤혹스럽게 표현되고 있는데, 이 작품에 대해서는 비판적 관점과 수용적 관점이 있다. 그는 결국 좋은 작품을 써서 그의 과오의 빚을 갚고자 했다. 이 시기 그는 좌우 어느 단체나 이데올로기에 편입되지 않고 진보적 중간파로 남아 과거의 부정의식을 복원, 심화시켜, 주로 풍자적 기법에 기대면서 「미스터방」(1946. 7), 「도야지」(1948. 6), 「맹순사」(1946. 3~4), 「낙조」(1948. 8) 등을 통해 당대의 온갖 추악한 '낮도깨비'들의 실태를 들추어냈다. 그는 또 당대 현상만을 보는 데 그치지 않고 「늙은 극동선수」(1949. 1), 「아시아의 운명」(1948) 등을 써서 우리 역사의 맥락을 짚어 보려는 노력도 했다. 그는 당대 보수적 우파에 대해서는 매우 부정적이었지만, 좌익을 지지하지도 않았음을 작품들 속에서 분명히 드러내었다.

「소년은 자란다」(1949. 2)가 그의 마지막 작품인데 거기서 해방전후의 민중수난사를 그리면서 새로운 시대의 도래에 대한 염원을 표했다. 「낙조」에서는 남·북침의 동족상잔 가능성을 경계한 바 있는데, 그 중요성은 당대에 거의 주목받지 못했던 것 같다.

4. 맺음말

채만식은 한국 근대작가 가운데 민족현실과 관련하여 가장 깊고 긴 지식인적 고뇌를 보인 사람이라 할 수 있고, 또 그 고뇌를 모두 문학적 성취로 연결시켜 놓은 사람이라 할 수 있다. 그는 자신이 산 시대의 부정적 현실에 대해 부정의식으로 대결해 나가려 했다. 때로는 허무주의로, 때로는 대일굴종으로 나아가는 굴곡도 겪지만 결국 제자리로 돌아왔다. 일제강점시대 말기에 그는 논리야 어쨌든 '살기 위한' 글을 썼지만, 해방

후에는 죽기 위해 글을 쓴 셈이다. 해방 후 병든 몸으로, 좌고우면하며 요령 있게 살아야 할 시기에 무엇을 위해 현실과의 싸움을 벌이는 15편의 장·단편 소설을 썼을까? 먹는 것 때문이었을까? 이 시기의 글쓰기만으로도 그는 지식인으로서, 그리고 작가로서 할 일을 다 한 인물이라 평가할 수 있다.

그가 선택한, 작품전체적 기본 구도는 부정면을 통한 긍정면의 모색이었다. 그의 작품들은 대부분 현실 반영에 충실하면서도 적극적 작가의식을 담고 있다.

그는 물론 현실대응의 구체적 방법 제시에서는 추상성을 보였다. 이 점이 그의 대일굴종과 함께 비판받는 부분이다. 역사 주체의 문제에서도 모호성을 보였다. 그는 사회주의에 대해서 호의를 보이기는 했지만 추종한 것은 아니었다. 그는 현실극복 주체로서의 민중에 대한 확고한 신뢰는 갖지 못했던 것 같다. 그의 작품에서 노동자·농민 등 민중층이 가끔 나오기는 해도 그들의 현실극복 주체로서의 의지와 능력이 그려지지는 않는다. 오히려 그들은 종종 부정의 대상으로 부각된다.『탁류』에 나타난, 거의 모든 작중 하층민들에 대한 부정은 대표적 예다. 해방 후의 경우,「논이야기」(1946. 10)도 한생원으로 대표되는 농민 그 자체에 대해서는 부정적이다. 써서 혼자 보고 만 작품이라 할 수 있는「상경반절기」(1939) 등에는 민중에 대한 혐오감이 드러나 있다. 그는 '개와 무식한 자'를 제일 싫어한다고 했다. 그렇다면 그는 어떤 역사주체를 상정하고 있었을까? 그의 작품들에서 제시된 긍정적 젊은 세대들의 이념이나 지표, 방법 상의 공분모는 무엇인가? 분명하지 않다.

이런 한계는 있지만, 그는 자기 몫을 충분히 했다. 그는 정치가도 아니고, 민족해방투쟁의 일선에 선 사람도 아니었다. 문학연구자들은 흔히들 작가들에게 너무 많은 것을 요구한다.

무엇보다도, 정도(正道)를 가고 있지 않는 역사와 사회 앞에서 지식인들이 무엇을 어떻게 해야 할 것인가에 대해 긍정적, 부정적 양면에서 커다란 교훈을 일깨워주고 있다는 점에서 오늘 우리가 채만식을 논하는 가장 큰 의의를 찾을 수 있다고 생각한다.

|계용묵론|
예술주의와 현실주의의 갈등과 비극의 장(場)

1. 머리말

일제강점시대부터 해방직후기까지 공간된 간행물에 소설을 발표한 사람은 약 150명 정도가 되는 것 같다. 그 중에는 많은 연구가 이루어진 사람도 있고 그렇지 못한 사람도 있다. 전자 가운데는 기존 소설사 기술에서 중심축에 놓인 경우와 그 주변부로 밀려난 경우가 있는데, 중심축에 놓인 사람일수록 그에 대한 연구도 많았다. 후자 가운데 일부는 그에 대한 약간의 연구가 이루어지고 소설사 기술의 주변부에나마 얹혀있지만, 대다수는 연구도 이루어지지 않고 소설사 기술에서는 거명조차 되지 않았다. 연구가 이루어졌음에도 소설사 기술에서 차지하는 위치(비중)가 다른 경우는 그들의 소설적 성취도 때문일 것이고, 연구가 이루어지지 않은 경우는 그들의 소설적 성취도가 낮다고 판단되거나 자료발굴이 어렵거나 분단 상황 등과 관련된 장애 때문일 것이다.

현재까지의 현대소설 연구는 소수의 중요 작가들에 편중되어, 많은 작가들에 대해서 외면 혹은 소홀해왔다. 이제는 자료 수집도 어려움이 없고 분단으로 인한 장애도 거의 없어진 만큼 연구 대상의 범위를 훨씬 넓힐 수 있다. 또한 소설적 성취도 문제도 다각도로 재검토되어야 한다. 지금까지 논의되지 않았거나 미미하게 다루어졌던 작가와 작품들에 대하여 그들이 보여준 성취와 한계를 발견, 재확인함으로써 그들이 설 소설사적 위치를 정하는 작업이 진행되어야 한다. 이것은 바로 온전한 현대소설사 기술을 위한 필수적 작업이다. 그들은 각각 작가적 능력도 다르고 작품 성취도도 달랐지만 그들 나름대로 작가적 고뇌와 노력을 쏟은 인정되어야 한다.

이러한 점을 상기하면서 여기서는 그간 연구자들의 관심의 주변부에 머물러 있었다고 할 수 있는 작가 계용묵(桂鎔默) 소설세계의 특징을 살펴보고, 나아가 그의 소설사적 위치도 점검해 보고자 한다. 계용묵은 1904년에 나서 1961년에 세상을 떠났는데 1924년에 첫 작품을 발표한 이후 1950년까지 45편의 단편 소설을 발표하였으니, 소설가로서 적지 않은 작품 활동을 했다고 할 수 있다.

지금까지 계용묵은 「백치 아다다」, 「별을 헨다」 등의 작품이 '한국현대대표단편선' 류에 거의 빠지지 않고 뽑혀 왔기 때문에 널리 알려져 있다. 그러나 정작 그의 작품 세계에 대한 연구는 그리 많지 않으며, 일부 작품은 긍정적 평가를 받기도 하지만 작품세계 전체는 부정적 평가를 받고 있는 편이다. 본격적인 계용묵론을 쓴 연구자 가운데 초기의 채훈, 송백헌은 계용묵 소설 전체를 개괄적으로 논했는데, 적극적 평가는 피하면서 계용묵이 '위대한 작가'는 아니고 '성실한' 작가였다는 식의, 부정적인 편에 가까운 평가를 내렸다.[1] 그 뒤 김영화는 계용묵이 '날카로운 비평정신의 결여'와 '산문정신의 빈곤'을 보인 작가로서, "인생과 사회와 현실을 바라보는 안목에 있어서 '작가적'이라기보다 '수필가적'이다"라는, 부정적 평가를 내렸다.2) 이동하는 이보다 훨씬 적극적인 부정적 평가를 내렸다. 그는 계용묵이 소극적, 현실추수적, 관조적 시선을 가지고 생의 단면을 그린 작가로서, 특히 현실인식이 매우 박약했다고 했다. 그는 해방 후의 계용묵 작품에 대해서는 특히 "새로운 이념적 깊이의 획득이나 전통에의 개안을 수반하지 않은 채 단지 외적 상황의 변모에 따른 피동적 대응의 결과"로서, "그 시대 문학의 한 불행한 전형"이라 했으며,3) 계용묵 소설의 형식면에 대해서도 "한국어의 미감을 다소 세련시켰다든가 단편의 스타일에 대한 관심을 촉구했다는 부분적 기여까지를 무시할 수는 없다. 하지만 그런 것은 어디까지나 부차적인 문제에 지나지 않는다."4)고 했다. 가장 최근에 발표된 김경수의 논문에서는 이보다 더욱더 부정적인 평가가 나왔다. 그는 계용묵의 소설이 '명료하지 않은 낭만주의적 시선'에 의존했으며, "나르시시즘 내지 아마츄어리즘의 미숙성" 때문에 전반적으로 실패작이 되고 말았다5)고 보았다. 이들 부정론은 주로 주제론적, 반영론적 관점에서 이루어진 것이다. 논자들이 당위라고 생각하는 작가의식, 즉 혼란기 지식인으로서의 이념, 현실인식이 작품 평가의 잣대가 된 것이다.

실제로 계용묵의 작품들에서 깊이 있는 현실인식이 밑받침되고 있지 않은 것이 사실이다. 그러나 작품의 성취도와 관계없이, 계용묵이 지향했던 것은 식민지 지식인 의식에 바탕을 둔 현실주의 문학만은 아니었다. 현실주의 문학을 보는 잣대로 계용묵의 문학을 본다면, 당연히 부정

---

1) 송백헌, 「계용묵작품연구」, 『충남대 논문집』 17집(1979), 31쪽.
2) 김영화, 「소설의 수필화」, 『현대문학』 1975년 9월호, 274쪽.
3) 이동하, 관악어문연구 7집(1982), 373쪽.
4) 같은 글, 370쪽.
5) 김경수, 「식민지시대 소설의 아마츄어리즘」, 『어두운 시대의 빛과 꽃』(김대행 외), 민음사, 2004.

적 평가를 내릴 수밖에 없다. 그러나 다른 잣대도 얼마든지 있을 수 있다.[6] 중요한 것은 계용묵이 생각하고 실천하려 했던 것을 그대로 인정하면서, 그의 지향 속에서 그 작품들이 얻은 성취 혹은 실패를 살펴보아야 할 것이다.

2. 계용묵 소설의 출발

계용묵은 자신의 문학관을 체계적, 논리적으로 표명하지 않았다. 따라서 단편적인 그의 말 가운데서, 그리고 그의 작품상의 실천을 통해 그의 문학적 지향을 엿볼 수 있을 따름이다.

「나의 소설 수업」(1940. 2)에서 계용묵은 다음과 같이 말했다.

> 나의 소설 수업은 『창조』지에서 이동원(李東園)의 「몽영(夢影)의 비애(悲哀)」를 읽음으로써 시작이 된다. 그때 내 나이 16, 보통학교를 졸업하고 서당에서 「대학」을 펴놓고 (중략) 「치악산」이니 「심청전」이니 하는 구소설을 보아오다가 그 「몽영의 비애」에서 조금도 헛놓으려고 하지 않은 진실한 묘사, 산뜻한 표현에 크게 감동을 받고 나도 소설을 한 번 써 본다는 엉뚱한 마음이 생긴 것이다.[7]

---

6) 김경수의 위 논문이 발표된 심포지움에서 "계용묵 소설에 자주 엿보이는 세태풍속적 박물지적 모습을 적극적으로 평가하자"는 제안과 적극적으로 계용묵 소설을 옹호하는 논쟁적 질문이 있었다고 한다. 계용묵 소설에서 적극적으로 평가할 만한 세태풍속적, 박물지적 모습으로 어떤 것이 있는지 얼른 납득하기 어렵고 후자의 근거도 알 수 없지만, 어쨌든 이처럼 다른 잣대가 있다는 것은 분명하다(「탄생 100주년 문학인 기념문학제 참관기」, 『대산문화』 2004년 여름호, 133~134쪽).

7) 계용묵, 「나의 소설수업」, 『문장』 1940년 2월호, 210쪽. 1939년 1월호 『조광』지의 「신진작가좌담회」에서도 "열여섯 살 때 막 보통학교를 졸업하고 났을 땝니다. 당시 동경서 『창조』란 잡지가 발간되었을 때이지요 여지껏 구소설만 읽어오다가 그 『창조』 속에서 이일(李一)씨의 「몽영의 비애」란 작품을 읽고 나서 그만 정신이 팔딱 들었습니다."(243쪽)라

여기서 계용묵의 소설적 출발이 어떤 것이었는가를 잘 알 수 있다. 『창조』와 「몽영의 비애」(1920. 2), 그리고 '진실한 묘사와 산뜻한 표현'이 그의 소설적 출발의 내면을 잘 보여주는 것이며, 작가로서의 계용묵을 계속적으로 지배하는 인자(因子)가 되었다고 할 수 있다. 먼저 말한다면, 이 출발 자체가 지식인 의식, 역사·현실인식, 현실주의 문학 등과는 무관한 거리에서 이루어진 것이다.

먼저, 『창조』란 어떤 잡지인가? 계용묵은 위에 인용한 글의 다음 단락에서 자신이 『창조』의 애독자임을 밝혔거니와, 『창조』지의 영향을 크게 받았을 것으로 보인다. 『창조』는 근대적 문학과 접하지 못하고 구소설이나 읽고 있던 1920년대 초의 문학애호 청년들에게는 엄청난 충격을 주면서 신세계를 열어 보이는 것이었으며, 더구나 계용묵에게는 같은 평안도 출신들이 모여서 낸 것이었던 만큼 더더욱 감명스러웠을 것이다.

『창조』의 주도자 김동인은 문학작품은 '신의 섭이요 성서'라고 하여 문학에 대한 경외감을 불러일으키고, 문학에서의 기교의 가치를 최고의 것으로 내세우는 등으로써 『창조』와 자신의 글을 애독하는 문학 지망생들을 처음부터 예술주의의 길로 몰아가면서 식민지 지식인으로서의 현실인식에 눈뜨게 하지 못했던 것이다.[8] 김동인은 그의 소설에서 '진짜든 가짜든 상관없는 인생'을 창조하고 그를 '인형처럼 조종'하려고 했다. 그런 결과물이 식민지 민족현실의 반영과도 거리가 멀고 합리성도 없는 이야기, 즉 엽기담이라고 할 수 있는 내용을 담은 소설들이다. 이런 작품들의 인물들은 내적 합리성이 거의 없이 몰락하는 존재들이고, 그들에 대해 김동인은 객관 혹은 중립을 지키려 한다. 「K박사의 연구」를 위시한 많은 작품들이 그러하다. 계용묵도 이런 김동인의 영향을 강하게 받았고 또 거기서 그리 벗어나지 못했음이 뒤에 검토해 볼 작품들에서 나타나고

했다.

8) 이에 대해서는 이 책 제2부 제1장 참조.

있다.

다음으로, 진실한 묘사, 산뜻한 표현에 감동 받았다는 것은 바로 계용 묵이 무엇보다 먼저 문장, 기교의 중요성에 주목했다는 것을 말해준다. 그 뒤 계용묵은 소설에 대해서 말할 기회가 있을 때마다 늘 문장, 기교 의 중요성만 강조했고, 식민지적 현실이나 지식인으로서의 고뇌, 작품에 서의 현실반영 문제나 제재의 중요성에 대해서는 말하지 않았다. 그의 문학관이라 할만한 것을 가장 분명히 드러낸 것으로 다음과 같은 말이 있다.

> 작품에 있어서는 그저 기교가 절대한 조건임을 알아야 한다. 기교라는 걸 사람으로 쳐 놓고 입은 옷에다 비하는 사람도 있다. 이건 말이 안되는 말이다. 기교가 내용을 만드는 것임을 모르는 말이다. 그러기 때문에 기교 중치(技巧重置)란 말은 좀 더 말이 안되는 말이 된다. 기교적일수록 그 작 품의 생명은 더하게 됨으로서다.[9]

이것은 계용묵이 소설쓰기를 그만두기 얼마 전에 한 말로서, 소설수업 출발기에 가졌던 기교주의 문학관을 끝까지 고수했음을 보여준다. 이 글 에서는 "기교라면 거기 세련된 문장, 구성의 묘법이 혼연일치되어 표현 되는 그 과정을 말하게 되는 것으로 (중략) 여기엔 문장의 재주가 지대한 조건이 된다."[10]고, 문장의 중요성을 가장 내세웠다.

마지막으로, 「몽영의 비애」란 어떤 작품인가? '조선 여자 문단, 나아가 세계 여자 문단에 독보'해 보려는 꿈을 가진 작가 지망생이자 고등여학 교 처녀교사인 주인공이 부유한 실업가의 아들인 한 청년으로부터 학비 조달을 약속 받아 파리로 문학 수업을 떠날 계획을 한다. 유학의 꿈에 부풀어 있던 어느 날 두 남녀는 동침을 하고, 여주인공은 임신한다. 유학

---

9) 계용묵, 「작품과 기교」, 『백민』, 1948년 3월호, 40쪽.
10) 같은 곳.

일정을 해산 뒤로 미루고 남몰래 어느 산부인과에 입원하고 있었지만 청
년의 부친이 이를 알고 아들이 돈을 쓰지 못하게 조치하자 여주인공은
유학의 꿈은커녕 '사생자를 안고 방황치 아니하면 아니될 운명'에 놓인
다는 줄거리다. 김동인의 「약한 자의 슬픔」의 아류적 줄거리인데, 내용
면에서 이 작품이 남길 수 있는 것은 제목 그대로 '몽영'과 '비애'뿐이다.
여기에서는 삶이나 현실에 대한 합리적이고 깊이 있는 천착이 거부되고
감상적 허무의식만 유발될 뿐이다. 계용묵은 이때 문장의 중요성과 함께
'몽영'과 '비애'를 배웠으며, 그 뒤의 작품 활동에서 이것으로부터 해방
되지 못하게 된다.

　이상에서 보면 계용묵의 소설수업은 예술주의, 기교주의, 그리고 허무
주의를 배우는 데서 시작되었음을 알 수 있다. 이는 식민지 지식인 의식,
문학적 현실주의와는 먼 거리에 있는 것들이다.

　계용묵도 문단의 조류와 민족현실의 변화에 따라 작품세계의 변화를
시도했다. 변화의 분기점들은 카프 해산과 해방으로서, 그의 작품 세계
를 1920년대 후반부터 1930년대 전기, 카프가 해산한 1930년대 후반부
터 해방, 해방부터 1950년 등 세 시기로 나누어 볼 수 있다. 이 세 시기
에 그는 현실주의와 예술주의를 오갔지만 허무주의를 벗어버리지는 못
했다. 근본적으로 그는 모든 사람의 삶은 비극적인 것이며, 남는 것은 허
무뿐이라고 생각했던 것 같다. 그가 거의 모든 작품에서 지속적으로 그
려낸 것은 비극의 장에 빠진 인간의 모습이었다.

3. 카프 시대[11] : 계급적 비극의 장

계용묵이 1925년에 『조선문단』에 발표한 「상환」(1925. 5)은 그의 첫 발표작이 되지만 하나의 습작에 불과한 것으로, 한 남자가 동네의 어느 유부녀와 눈이 맞아 달아나자 그들의 아내와 남편도 또한 서로 눈이 맞아 동네를 떠났다는 줄거리이다. 작품 자체는 어느 면에서도 논의의 가치가 있다고 하기 어려운 바, 계용묵의 습작기의 한 모습을 알려준다는 의미를 지니는 데 그친다. 여기서 보이는 것은 시대 현실에 대한 지식인적 고민이 없이, 그저 소설이라고 할 수 있는 것을 하나 써 본다는 생각만이다. 그런 생각의 산물이 바로 이 현실성이 결여되고, 감상적인 허무의식이 깔려 있으며[12] 엽기성이 있는, '가짜 인생' 이야기이다. 이것은 「몽영의 비애」와 본질적으로 동질적인 작품이다.

계용묵의 소설가적 출발작은 「최서방」(1927. 3)이라 할 수 있다. 이 시기에는 카프의 신경향파 문학이 문단에서 강력한 영향력을 행사하여 1920년대 초기의 낭만적 소설들이 도태되고, 비카프 작가들의 것을 포함한 거의 모든 소설들이 빈자층의 궁핍 문제를 제재로 삼게 되었다. 이 시기에 문단 데뷔를 시도한 계용묵도 이런 상황에서 자유롭지 않았다. 「최서방」은 1920년대 후반의 지배적 제재의 하나였던 소작농민의 계급적 피압박과 몰락을 다룬 것으로, 최서해의 심사에 의해 뽑혔다. 「상환」에 비한다면 성취도가 매우 높은 작품으로, 2년 만에 큰 약진을 한 셈이다. 주인공은 소작농으로, 지주의 착취 끝에 서간도 유이민이 된다는 줄거리인데 사건 전개에서 엽기성이 없고 묘사에 사실성이 있으며 문장도

---

11) 1920년대 후기부터 1930년대 전기까지, 카프가 존재하고 그 영향 하에서 현실주의문학이 문단주조를 이루며 계용묵도 이를 따르던 시대를 지칭.
12) 「신진작가 좌담회」에서 계용묵은 「상환」에 대해 "내 딴은 니힐리즘을 써 보려고 한 것"이라고 한 바 있다(『조광』, 1939년 1월호, 244쪽).

잘 다듬어져 있다. 이 작품에서 주인공은 경제적·계급적 장벽 때문에 비극의 장(場)에 빠진다. 그는 워낙 착한 사람이었기 때문에 악한 지주에게 저항해 보지도 못하고 착취만 당한다. 이 작품은 소위 '자연발생적 문학기'의 자연주의적 경향, 즉 '최서해적 경향'의 소설이라 할 수 있다. 경제적·계급적 모순의 구조적 인식과 집단적·조직적 저항은 없고, 빈자 비극의 장을 자연주의적으로 묘사하는 데 그치면서 허무의식의 그늘만 남기고 있다. 여기 지주는 개인적으로 비윤리적·비도덕적인 악독한 인물일 따름이지 지주적 전형성을 가지고 있지는 않다. 다른 '최서해적 경향'의 소설과 분별되는 성과는 보였다고 할 수 없다.

다음 작 「인두지주」 역시 경제적·계급적 장벽 때문에 비극의 장에 빠지는 인물을 그렸다. 두 주인공들은 몰락한 농민출신자들로, 저항운동 경력자인 노동자와 탄광노동상해자이다. 후자는 장애자가 된 몸으로 거미인간 행세를 하여 구경꾼들의 돈을 받아 생활하고 있다. 참담한 비극의 장면이 잘 묘사되었다고 할 수 있고, 약간의 저항 암시도 보이고 있다. 이 작품 역시 허무주의를 깔고 있다. 지체 장애인이 거미탈을 쓰고 인두지주 쇼를 한다는 것은 엽기성을 띠는 것인데, 이는 계용묵이 「최서방」과 같은 현실성 있는 사건으로 계급적 장벽 문제를 형상화하는 데 한계에 부딪혔음을 의미하는 것으로 보인다. 계급 현실에 대한 심도 있는 인식이 없을 때 빈자의 모습은 기괴한 구경거리로 비치고 말 수가 있다. 지주의 아들로 자라 계급적 장벽을 체험하지 못했고, 지식인적 안목으로 현실을 뚫어 보지 못했던 계용묵의 모습을 여기서 상정할 수가 있다. 이 작품 이후 그는 더 이상 계급적 장벽 문제를 발전적으로 다루어 가지 않았다.

1928년 이후 몇 년간 일본 유학을 하다가 돌아온 그는 1934년 1월 「제비를 그리는 마음」을 발표했다. 이 작품을 쓴 시기로 보이는 1933년은 카프가 비록 외부적 압력과 내부적 갈등으로 와해의 길을 가고 있었지만 아직도 존재하면서 약하나마 일정한 문학적 영향력을 가지고 있던 시기였다. 이 작품에는 카프의 그러한 상황이 반영되어 있다. 여전히 빈자의 경제적·계급적 장벽에 의한 비극의 장이 그려지고 있지만 계급의 문제는 미미하게 나타나고 있다. 대신 근대화를 향한 개발로 인한 농촌·농민의 변모, 몰락 문제를 부각시키고 있지만, 그것을 현상으로 받아들일 뿐 그것에 대한 작자의 심도 있는 인식, 적극적 저항의식은 보이지 않는다. 개발에 밀려 이 지역 농민 모두가 노동자가 되고 주인공의 아들은 일본에서 노동자로 전전하다가 팔을 잃고 돌아오는 비극의 장을, 돌아오지 않는 제비와 그를 기다리는 주인공의 마음을 서사의 근간에 둠으로써, 미적으로 표현하려 했다. 이 작품에 오면 계용묵의 문장과 기교가 더욱 다듬어져 있음이 드러난다. 아직 식민지 조선의 현실 반영에 대한 관심은 남아 있다.

4. 예술주의 추구의 시대[13] : 인생 비극의 장

「몽영의 비애」로서 소설 수업을 시작한 계용묵이었지만 앞에서 본 것처럼 1920년대 후기와 1930년대 전기에는 문단과 문학 경향의 거대 권력이었던 카프와 프로문학의 그늘을 벗어날 수 없었다. 「몽영의 비애」의 세계는 예술을 최고선으로 보고 거기에 인생의 승부를 거는 예술주의자들의 것으로, 현실주의 문학의 세계와는 전혀 다른 것이었다. 현실주의 문학은 작가란 식민지 지식인으로서의 인식과 민족 현실의 반영에 충실해야 한다는 '지식인 문학관'의 산물인데 「최서방」 등의 작품은 그에 속하는 것이다. 예술주의를 배우는 것으로 소설수업을 시작한 계용묵에게

---

13) 1930년대 후기부터 해방까지, 예술주의가 문단의 주조로 떠오르고 계용묵이 이를 추구하던 시대를 지칭.

현실주의는 부담스러운 것이었음에 틀림없다. 왜냐하면 그는 카프가 와해되고 '해외문학파'와 '구인회'가 새로운 문단 세력으로 떠오른 시기에 와서 현실주의를 버리고 있기 때문이다.

1930년대 전기(前期)는 일제의 만주침략과 파시즘으로 억압이 강화되고 불안사조가 확산되던 시기였다. 문단은 카프와 경향문학, 현실주의 문학이 무력과 퇴조의 길을 가고 있으며, 예술주의 문학과 그것을 주창하는 문인들이 그 자리에 대체되어 들어오고 있었다. 예술주의를 주도한 세력은 해외문학파, '시문학파', 구인회 등이었다. 해외문학파는 "배부른 향락적 예술관을 가공적으로 작품화하여 민중의 의식을 가리며"14)라는 비판을 받을 정도로 예술주의적이었고, 『시문학』을 창간하여 순수시 운동을 전개하였다. 그들은 문학적 지식과 학력을 기반으로 신문·잡지 문예란의 책임자나 고정적인 평론문 필자 등으로 활약함으로써 당시 문인, 특히 신진문인들에게 많은 영향력을 행사할 수 있었다. 구인회는 이효석, 이태준, 박태원, 정지용 등 당대의 능력 있는 예술주의 작가들의 조직이었으며, 그 구성원들은 신문·잡지에서 중요 역할을 맡기도 하고, 문장·기교 등을 강조하는 예술주의 문학론을 전파하기도 하면서 실제 창작 활동에서도 많은 성과작을 내었기 때문에 작품내·외적으로 큰 영향력을 가질 수 있었다. 이러한 상황들은 계용묵으로서 예술주의를 자신의 문학적 지향으로 삼기에 너무나도 좋은 계기와 명분이 되는 것이었다.

1930년대 전기의 이런 상황은 1930년대 후기 문단의 지형을 크게 바꾸어 놓았는데, 계용묵과 관계하여 가장 주목되는 것은 구인회 출신 작가들이 당시 소설의 중심적 성과작을 계속 내놓고 있다는 점과 '신세대 작가'로 자·타칭한 신인 작가들의 대약진이라 할 수 있다. 신세대 작가들은 구인회 출신 작가들의 문학관과 그들의 소설을 추종하면서 '구세

---

14) 유재소(柳在蘇), 「타도! 해외문학」, 『全線』 1933. 4, 59쪽.

대'의 현실주의 소설을 배격하고 자신들과 다른 문학관을 가진 기성 비평가들과도 싸웠다. 구체적인 조직은 없었지만 같은 문학관으로 결속력을 가지면서, 필요할 때는 연대활동을 펴기도 했다.

이런 신세대 작가의 부상으로 계용묵은 자신의 소설세계를 신세대적인 것으로 더욱 확실하게 굳혔다. 그리하여 1930년대 후반에 계용묵은 신세대 작가, 즉 신인작가가 아니면서도 신인작가로 분류, 취급되었다. 다른 사람들처럼 '1935년 이후에 등단한 신인'이 아니라 새로 시작하는 신인, 즉 중고(中古) 신인인 셈이다. 1938년 말에, 신인작가로 취급받고 「신진작가 좌담회」에 초청되어 허준, 정비석, 현덕 등과 나란히 앉았다.[15] 이 자리에서 그는 "이효석씨의 작품이 제일 좋더구만요. 묘사가 좋지요. 이씨의 작품은 아마 거지반 다 읽었을 걸요. 「수탉」, 「들」, 「천사와 산문시」, 「산」 같은 것 좀 좋습니까.", "나는 (이태준의 작품 중) 「천사의 분노」 같은 게 좋아 보이더군요.", "박태원 씨의 문장도 좋습니다.", "「동백꽃」보다 「산골」을 낮게 압니다. 「산골」을 읽으면 예술의 향기가 풍풍 떠오르는 것 같애요.", "내 작품으로선 그래도 그중 문장이 제일 낫다고 봅니다." 등등의 발언을 하고 있다.[16] 이 발언들이야말로 1935년 이후 계용묵의 소설적 지향이 무엇인가를 단적으로 보여주고 있다.

1935년의 「백치 아다다」(1935. 6) 이후 계용묵은 현실주의를 완전히 버리고 「몽영의 비애」적 세계로 자신의 소설세계를 굳혔다. 예술주의, 허무의식을 바탕으로, 인생의 모순, 비극의 장을 제재로 좋은 문장과 기교를 활용한 소설을 쓰고자 했다. 그의 많은 작중인물들은 인간성의 옹호, 선의 추구, 진정한 사랑의 실현 등을 통해 인간으로서의 자신의 가치를 수호하고 자기구원에 이르고자 한다. 그렇지만 여러 종류의 장벽 때문에

---

15) 1938년 조선일보사 출판부에서 『신인단편걸작집』을 내었는데, 여기에도 계용묵은 신인 취급을 받고 「자서소전(自叙小傳)」과 함께 「백치 아다다」가 수록되었다.
16) 「신진작가 좌담회」, 246~248쪽.

결국은 비극의 장에 빠지거나 거기서 벗어나지 못함으로써 자기구원에 실패한다. 그들이 처한 비극의 장에는 입구만 있고 출구는 없다. 계용묵이 소설 수업을 했던 1920년대 초기에는 거의 모든 소설들이 출구 없는 비극의 장에 갇혀 있는 지식인 주인공들을 그리면서, 허무의식 혹은 패배의식을 전파시키고 있었거니와 계용묵은 1930년대 후반에도 소설수업기의 영향에서 벗어나지 못하고 있음을 보여주고 있다. 그것은 그동안 그가 인간의 보편적 삶에 대해서나 식민지 민족·사회 현실에 대해서나 발전적 성찰을 이루지 못했음을 의미하는 것이기도 하다. 주인공들을 비극의 장 속에 갇혀 있게 하는 장벽들은 인간의 물욕, 무지, 질병, 사회적 인습, 인간의 악성 등이다. 각 작품들에서는 이러한 것들 중 하나 혹은 여러가지가 기능하고 있다.

「백치 아다다」는 일제강점시대 계용묵 작품 중에서 가장 성취도가 높은 작품이며, 1935년 이후 계용묵 소설세계의 거의 대부분의 면모를 한꺼번에 보여주는 작품이다. 이 말은 「백치 아다다」 이후의 일제강점시대 그의 작품에서는 더 이상의 진전, 더 이상의 새로움이 없다는 뜻도 된다.

「백치 아다다」는 진정한 사랑과 인간다운 삶에 대한 갈망이 질병, 인간의 물욕, 무지, 인습, 악성 등 복합적 장벽들과 날카롭게 맞서다가 결국은 출구를 찾지 못하고 마는 이야기를 합리적인 사건들과 간결·적확한 문장과 심리묘사, 그리고 군더더기 없는 구성으로 만들어낸 작품이다. 주인공은 벙어리에다 백치인데, 재물 때문에 시집을 갈 수 있었고, 물욕의 충족에 따른 배신과 여자는 마음대로 내쫓을 수 있다는 인습 때문에 시집에서 쫓겨나고, 여자는 출가외인이라는 인습적 논리로 친정부모에게서도 박대를 받고, 마지막에는 무지에 기인한 부적절한 대응과 동거남의 물욕 때문에 사랑과 안정된 생활을 확보하지 못하고 죽음에 이른다. 동거남의 돈을 없애는 것이 유일한 자기 구원의 길이라는 판단은 무지한 그녀로서는 최선의 것일 수밖에 없고, 평생 모은 돈이 사라져 버리는 것을 본 동거남의 행동 역시 현실성을 가지는 것으로서, 위기적 상황에 적극적으로 대처하려는 의식의 산물이다. 이 이야기는 이런 장벽들이 횡행하는 사회에서 이러한 부류의 사람들에게 닥치는 비극의 한 전형이 될 수 있으며, 당연히 독자들의 공감을 얻을 수 있다. 마지막 장면의 묘사는 간결하고 객관적이면서 작중 인물들의 심리상태와 현장 풍경을 실감나게 나타냈다. 바로 이런 점들 때문에 이 작품은 오늘날까지도 '근현대 대표 단편소설'의 하나로 읽히는 것 같다.

「백치 아다다」의 다음 작품인 「연애 삽화」(1935. 6)부터 제재와 사건 전개, 기교 등 여러 면에서 작자의 집중력은 떨어지고 만다. 여러 남자로부터 유린, 배신당한 지식인 여성이 사랑과 행복을 얻기 위해 농촌의 개량 서당 교원이 되어 '나'에게 접근하지만 '나'가 농촌 여성과 약혼하자 도시로 되돌아간다는 줄거리인데, 버림받은 여성이 사랑과 안식처를 찾다가 실패한다는 점에서는 「백치 아다다」와 유사한 착상을 보이지만, 배경적 세부사항들의 설정 및 묘사가 부족하여 실감이 떨어지고, 사건의 현실성도 떨어지고 극적 긴장성도 결여되어 있으며, 주제도 분명하지 않다. 약간의 비애감을 남기는 정도의, 미완성의 '삽화'에 불과한 작품이다. 다음 작 「금순이와 닭」(1935. 9)은 생명 사랑과 생명 허무를 동시에 말하려 했던 것으로도 보이나 그 생명론의 대상을 사람이 아닌 닭에서 찾음으로써 '소녀의 갸륵한 마음'의 이야기를 그리는 데 그쳤다. 그 다음 작 「출견」(1935. 10)은 계용묵의 소설적 제재가 고갈되었음을 드러낸, 달리 말하면 그가 「백치 아다다」 이상의 의미 있는 제재를 찾지 못했음을 증명하는 작품이다. 강제로 교미를 시키거나 꼬챙이로 성기를 찌르는, 변태성욕의 유전자를 가진 주인집 아들을 깨물어 버리고 집을 나간 암캐를 한 머슴이 찾아다닌다는, 하나의 엽기담을 써 놓은 것으로, 어떤 소설적 요소를 잣대로 해도 긍정적 측면을 찾을 수 없는 작품이라 하겠다.

이후 계용묵은 엽기담을 여러 편 썼는데, 먼저, 「고절」(1937. 6)이라는 작품은 '동반자작가'인 주인공이 생활고 끝에 만주로 가서 여자들을 고용하여 "여자의 ××을 사용하여 운반"하는 방법으로 은 밀수업을 하고 또 마약 밀매 및 투여업도 해서 돈을 벌었으나 양심의 가책을 느끼며 귀향한다는 내용이다. 「신기루」(1940. 12)의 경우, 주인공이 북만주에 와서 아편밀매로 돈을 벌다 화적패를 만나 모든 것을 뺏긴 뒤, 호열자가 창궐한 곳에서 시체를 치워주고 번 돈을 밑천으로 요리집을 경영하며 접대부들을 착취하던 중 중국인들에게 납치를 당해서 돈을 빼앗기게 된다는 줄거리인데, 「고절」과 유사하면서도 더 엽기적이다. 「부부」(1939. 7)라는 작품도 투기가 심한 아내의 강요로 자신이 취직하려는 회사의 여사무원과 외도를 했다는 억지 거짓자백을 한 실직자가 결국 그 때문에 취업에 실패한다는 엽기적 사건을 그렸다.

1920년대의 「인두지주」에서도 그러했지만, 계용묵이 이처럼 엽기적인 사건을 자주 다룬 것은 김동인의 영향이 큰 것 같다. 김동인은 똥을 재료로 빵을 만들려다 망한다는 내용의 「K박사의 연구」를 비롯해 「눈보라」, 「포플라」, 「광염소나타」, 「명문」, 「거지」, 「X씨」, 「유서」 등 많은 작품에서 비정상적이고, 변태적이고, 기괴하기까지 한 사건들을 소재로 하고 있다. 그러나 김동인 소설의 엽기적 사건 묘사는 기발한 착상으로 독자들을 놀라게 하고 실제로 흥미도 유발시킨다. 그러나 엽기적 사건을 다룬 계용묵의 작품에서는 「인두지주」가 다소 기발성을 보일 뿐, 다른 작품들은 독자의 흥미를 실제로 유발시킬만한 요소를 갖추고 있다고 할 수 없다. 이런 작품들에서는 주제라고 할 만한 것이 없고, 그려진 인생은 모두 '가짜인생'이다.

「장벽」(1936. 1)은 사회의 신분적 편견의 장벽을 뚫지 못하고 비극의 장에 갇힌 인물을 그렸다. 신분적 편견을 벗어나기 위해 다른 곳으로 이주한, 백정의 자녀들인 두 주인공이 동네 아이들과 즐거운 설날을 보내려고 갖은 노력을 했지만 결국 신분이 알려져 따돌림 당하고 절망에 빠지고 만다는 내용이다. 이 시기 계용묵 소설의 대주제였던 인간옹호의 문제를 계급적 편견과 관련시켜 간결한 사건과 문장으로 그린 작품이다.

「마부」(1939. 5)라는 작품은 인간의 악성이 선하고 무지한 인간을 억압하는 경우를 다룬 작품이다. 주인공은 착하고 무식한 머슴 겸 마부로서, 자신에게 어울리는 여자를 얻어 인간다운 삶을 살아보겠다는 생각으로 온갖 고초를 겪으며 돈을 모아 주인 영감에게 맡겨 두지만, 악성을 가진 주인에게 돈을 떼이게 되자, 그 돈을 훔쳐 내려다 감옥에 가게 된다는 것이다. 「마부」나 「장벽」은 자기 구원을 위한 인간의 노력과 그것을 막는 장벽 사이의 갈등을 잘 그려내면서 인간에 대한 사랑과 장벽에 대한 미움을 분명하게 표출했다.

인간 사이의 불신과 배반을 인간을 억압하려는 큰 장벽으로 다룬 작품도 있다. 「준광인전」(1939. 9)은 친구의 사망 소식을 잘못 전달했다는 이유로 친구들로부터 미친 사람 취급을 받으며 따돌림 당하고 배신감을 느끼는 인물을 그렸으며, 「이반」(1941. 2) 역시 친구들의 비열한 배신 때문에 괴로워하는 인물을 그렸다. 이들 작품의 등장인물들은 모두 지식인들인데, 그들의 배신 이유와 행동은 지식인에 걸맞는 논리적 근거가 설정되어 있지도 않고 자연스럽지도 않다.

질병 역시 인간을 비극의 장에 빠트리는 큰 요인으로 본 계용묵은 「청춘도」(1938. 12), 「캥가루의 조상이」(1939. 5)에서 이를 다루었다. 「청춘도」는 폐병에 걸린 아가씨가 화가를 만나 사랑을 이루려다 실패하고 떠나가는 이야기를 그렸고, 「캥가루의 조상이」는 애꾸라는 유전병에 걸린 작가가 자신을 사랑하는 한 여인을 만났지만 자손들에게 유전병을 남기지 않기 위해, '캥가루의 조상이' 되지 않기 위해, 그녀로부터 떠난다는 이야기를 그렸다.

예술가들의 현실은 다른 작가들에서와 마찬가지로 계용묵에게서도 당연히 작품 제재거리가 되지 않을 수 없었다. 「붕우도」(1939. 2)는 예술가인 친구들 사이에서 일어나는 우정과 갈등을 그렸는데, 특히 당시 작가들 사이에 존재하는 예술관의 차이, 즉 예술주의와 현실주의의 차이가 우정마저 깨뜨리고 있음을 반영했다. 이효석 추종자와 이기영 추종자인 두 친구가 서로 그리워하면서도 만나지 못하는 미묘한 상황을 묘사하고 있다. 「희화」(1940. 10)는 문학관의 갈등, 작가와 평론가와의 갈등, 작가들의 세속성과 부도덕성, 문단 권력지향의 사이비 비평과 패거리 비평 등이 판치는 1930년대 문단을 희화화하려는 작품으로, 당시 문단에 대한 계용묵의 혐오감과 문학적 청결주의를 표명한 것이다. 작가는 비평가의 아내와의 간통 전말을 소설로 썼고, 이것이 졸작임에도 친구인 비평가는 '우리의 정치사상을 건설'하고 '우리 그루우프를 옹호'하면서 자신의 권위와 수입도 지키기 위해 불후의 명작이라고 평했는데, 작가가 죽음에 임하자 서로 이 사실들을 고백하면서 상대를 비웃는다는 것이다. 「시」(1942. 4)라는 작품에서는 궁핍한 문인의 현실을 반영했는데, 잡지사의 말단 편집사원인 나이 많은 시인이, 아들에게 시를 공부하지 못하게 막는다는 내용이다.

계용묵은 「신진작가 좌담회」에서 "지나간 『비판』 5월호에 「심원(心猿)」(1938. 5)을 실었는데 나는 내 작품 중에서는 단편소설로는 제일 낫다고 생각하는데 박영희 씨는 아무것도 아닌 것으로 취급을 했습니다. 참 모를 건 그겁디다."[17]고 했다. 「심원」은 부유한 지주였던 주인공이 양심과 정도(正道)로 살다가 몰락한 뒤, 술장사를 하면서 술에 물을 많이 타서 팔았더니 손님들이 "이제야 누깔이 바루 백이는 모양이지."라면서 이를 당연한 것으로 받아들이는 것을 보고 만족한다는 내용이다. 이 작품은 정도와 선이 비정상적인 것으로, 사도(邪道)와 악이 정상적인 것으로 되어버린 현실을 비꼬려는 것인데, 이를 자신의 작품 중 제일 낫다고 주장하는

---

17) 같은 글, 250쪽.

것을 보면 이때 계용묵은 인간성의 훼손 문제를 가장 중요한 소설적 주제로 생각하고 있었음을 규지할 수 있다. 그러나 이 작품은 그러한 주제를 보이고 있기는 하지만 세부적인 소설적 장치들이 미흡하여 현실성, 사실성이 적고, 술장사를 한다거나 술에 물을 타는 것으로 사건을 설정함으로써 주제에 대한 진지성과 설득력이 크게 떨어졌는데, 박영희는 이런 점에서 이 작품을 낮게 평가했던 것 같다.

이상에서 본 것처럼 이 시기에 계용묵은 식민지적 특수상황이나 당대 민족·사회 문제는 외면하고 여러 보편적 장벽으로 인해 비극의 장에서 헤어나지 못하는 인간상들을 그렸다. 그러나 비극의 원인이나 그 극복을 위한 투쟁의 모습을 심도 있게 그려내지 못하고, 그것들을 기정 사실로 수용하고 그 단면적 혹은 표면적 현상들을 그려내는 데 그쳤기 때문에, 거의 모든 작품들은 비장감 대신 가벼운 허무감이나 비애감을 유발하는 데 머물고 말았다. 사건을 꾸며내는 능력 역시 발휘되지 못하여 작중 거의 모든 사건들은 평범한 것이 되어 주제를 심화시키기는커녕 오히려 평범하고 상식적인 것이 되게 했으며, 일부 작품들에서는 사건을 엽기적으로 그려 주제가 불분명해지게 만들었다. 주제와 그를 뒷받침하는 사건들이 잘 꾸며지지 못한다면 좋은 소설적 기교도 문장도 나오기 어렵다. 이 시기 첫 작품인 「백치 아다다」 정도가 이러한 현상들에서 예외적인 작품으로 될 수 있었다고 하겠다.

일제강점시대 말기, 한국인들 앞에 놓인 비극적 장벽들이 전보다 더욱 많고 두꺼웠던 시기에 계용묵은 장벽 밖에 살고 있는 인물들을 그린 작품도 썼다. 「묘예」(1941), 「시골노파」(1941. 11), 「불로초」(1942. 6)가 그런 작품들이다. 그 주인공들은 밝은 세계에 살고 있지만, 어떻게 해서 이런 인물이 나오게 되었는지를 보여주는 작품은 없다. 이들은 전시체제 하에서 현실 긍정, 순응을 특히 강요한 일제 억압의 산물로서, 일시적으로 돌출된 작품들이었을 뿐이었다. 계용묵은 결코 자신의 소설에서 비극의 장벽을 걷어낸 것은 아니었다.

5. 해방직후기 : 민족 비극의 장

해방은 계용묵의 문학적 관심을 바꾸게 했다. 과거의 예술주의, '인생' 탐구는 민족해방의 감격과 새로운 국가건설이라는 민족적 목표 앞에서는 당연히 의미 없는 것이 되고 만다. 해방 후 계용묵은 다시 현실주의로 문학적 시각을 돌렸다. 그리고 해방 공간의 민족 상황을 작품의 제재로 삼게 된 것이다. 해방은 당연히 민족을 과거의 비극의 장으로부터 완전히 벗어나게 해야 하는 것이지만, 현실은 그렇지 못했다. 새로운 장벽들이 생겨난 것이다. 이 장벽들 때문에 비극의 장에 갇힌 사람들이 이 시기 계용묵 소설의 주인공들이 되었다. 이때의 계용묵은 좌·우 어느쪽의 이데올로기나 정치적 견해 혹은 이해를 작품 속에 담지 않았다. 중간파의 입장을 지켰다고 할 수 있다. 해방된 지 일년이 훨씬 지나서야 그는 첫 작품인 「별을 헨다」(1946. 12)를 발표했다. 일년 이상 해방 현실을 체험한 그는 새로운 장벽을 발견하면서 다시 허무의식에 빠졌다. 작품을 통해 보면 그는 그 장벽을 어쩔 수 없는 현실로 받아들일 뿐, 그것의 본질이나 형성 원인 등을 파헤쳐 보거나 그것을 무너뜨릴 방도를 찾아보려 하지 않았다. 현실주의로 시각을 돌리기는 했지만 현실 의식을 심화시키지 못했기 때문에 심도 있는 현실주의 작품을 쓰지는 못했다. 작품에 나타나 있는 것은 비극의 장에 갇혀 방황할 따름인 인물들의 겉모습이다. 장벽이 되는 구체적인 것들은 분단 상황, 주택난, 물자난, 도덕적 타락 등이다. 이런 것들의 원천이 되는 정치적, 계급적, 이념적, 행정적 모순들의 실체는 작품상에서 구체화되지 않는다. 겉으로 드러난 장벽만이 그려져 있을 뿐이다. 이것이 바로 계용묵이 가진 현실인식의 수준을 반영하는 것이라고 할 수 있다.

이 시기 계용묵 작품 대부분은 중국이나 북한에서 온 귀환민 혹은 월남민들이 서울에서 겪는 상황을 그렸다. 「별을 헨다」는 한 중국 귀환민 가족을 통해 해방직후의 민족 상황을 절실감 있게 그려내었다. 당시의 작품으로 해방직후 삼팔선의 상황, 남북한의 경제적 어려움, 서울의 주택·물자난, 도덕적 타락과 무질서 등 많은 문제를 적은 분량으로 이만큼 적실하게 반영한 작품은 찾아내기 어렵다. 해방되자 중국에서 서울로 귀환했지만 집이 없어 산비탈 움막에서 지내던 중, 북에는 살 길이 있을까 하여 북행하려고 역에 나온 주인공이, 자신과 반대로 남에는 살 길이 있을까 하여 막 월남하는 친지를 만나자 좌절에 빠진다는 것인데, 마지막 장면은 분단 모순과 경제적 장벽 때문에 갈 곳을 잃고 한 쪽 다리는 남에, 다른 한 쪽 다리는 북에 두고 서 있는 민족 전체의 비극적 상황을 상징적으로, 간단 명료하게 드러내 보인다.

이 시기 계용묵의 작중인물들에게는 이데올로기도, 정치체제도 문제 밖이고, 오직 생존만이 문젯거리였다. 작자는 이데올로기나 정치체제에 대한 견해를 표출하지 않은 채, 오직 객관적 어조로 외면 현상만을 그리고 있다. 「별을 헨다」가 해방기 민족 비극의 장을 실감 있게 그려내었다는 점에서 높은 성취도를 가진 것은 분명하나 현실인식의 면에서는 앞에서 말했던 것과 같은 한계를 분명히 드러낸다.

이 시기에도 계용묵은 첫 작품인 「별을 헨다」 이후에는 이를 넘는 성취작을 내지 못한다. 먹고 싶은 것을 참고 팔려던 빵을 하수구에 떨어뜨리는 중국 귀환민 소녀의 모습을 그린 「금단」(1946. 12), 삼팔선을 뚫고 고향집에서 보내온 짐의 운반비 때문에 고민하는 월남민 가족의 모습을 그린 「짐」(1947. 8), 시아버지와 하나 뿐인 이불을 함께 써야 하는 월남민 며느리의 고통을 그린 「이불」(1947), 치마가 없어서 외출을 못하는 월남민

여인을 그린 「치마」(1947) 등은 월남민의 고통 현장을 보여주지만 사건이 너무 단면화되고 그 길이도 매우 짧은 소품으로, 제재의 빈곤과 현실인식의 박약에 빠진 계용묵의 모습을 반영해주고 있다. 「인간적」(1947. 3)은 그런 모습을 더더욱 잘 드러낸다. 그러한 계용묵이 마지막 안간힘을 쓴 것으로 보이는 작품이 「바람은 그냥 불고」(1947. 7)이다.

「바람은 그냥 불고」는 여전히 득세하면서 협잡으로 이득을 챙기는 친일 민족 반역자와 그에 의해 일제 말기에 아들과 남편을 잃고 해방 후에 또다시 협잡질을 당하는 가족의 몰락을 통해 해방 현실의 모순을 반영했다. 계용묵으로서는 이 작품에서 유일하게 해방기의 구체적 쟁점들을 제재로 삼았다. 그것은 바로 반민족행위자의 발호, 일제 피해자의 계속적 수난, 토지개혁 등과 관련된 문제들이다. 잘 짜여진 구성과 적확한 묘사, 그리고 정치적 쟁점의 제재화 등에서 이 작품은 일정한 성취를 이루고 있다고 할 수 있다. 해방현실의 구체적 쟁점들에 대해 자신의 견해를 직접적으로 표명한 적이 없는 계용묵이 이 작품에서는 작중 인물의 입을 빌리기는 하지만, 구체적인 비판을 가하고 있다. 또한 이 작품에서 자신 앞에 놓인 장벽에 적극적으로 저항하는 인물이 그려졌다는 점도 특기할 만하다. 이 두 가지 면모는 계용묵 작품으로서는 처음이자 마지막으로 나타나는 것이다. 그러나 이 비판은 촌로(村老)의 의식 수준에 맞춘 상식적인 내용으로, 문제에 대한 분석적 비판이나 대안의 모색 같은 것은 없다. 또한 여기서의 저항은 단순하고 감성적이며, 자기파멸(흥분으로 쓰러져 죽음)로 귀결된다. 깊이 있는 저항논리나 일정한 전망을 암시할 수 있는 저항행동이 수반되는 것이 아니다. 이러한 사실들은 결국 계용묵의 현실인식의 한계와 직결되는 것이다.

해방 전 인생 비극의 장에 있었던 계용묵 소설의 주인공들은 해방 후 민족 비극의 장에 놓이게 되었지만, 여전히 그 어느 누구도 비극의 장을 빠져 나갈 수 있는 출구를 찾지 못했고, 그럴 전망도 가지지 못했다. 출구를 찾기 위한 논리와 행동을 보여주지 않았다는 점에서도 해방직후 작품 주인공들은 이전 작품의 주인공들과 다를 바가 없다.

「바람은 그냥 불고」 이후 계용묵은 작가로서의 긴장은 버린 것 같다. 지금껏 그가 지켜왔던 해방현실의 반영을 포기했다. 더 이상 발전적인 제재를 찾아내지 못했던 것으로 보인다. 1950년, 한국전쟁 발발 전에 네 편의 작품을 발표했지만 제재상의 상호 연관성이 없이 당시의 빈한한 세태의 단면들을 짧게 그려냈는데, 1930년대의 이태준이나 박태원의 단편들을 연상시킨다. 특히 「거울」은 이태준의 「천사의 분노」와 매우 유사하다. 둘 다 빈자의 고통과 위선적인 지식인 여성들의 허영적 자비를 대비시킨 짧은 작품이다.[18] 전성기였던 1930년대를 회고하며 잠시 그때의 자신을 되살려 보았던 것 같다. 이후 그는 소설의 붓을 완전히 놓았다.

6. 맺음말

지금까지 계용묵의 소설세계를 살펴보았다. 그의 소설 수업은 『창조』의 영향 아래 예술주의, 기교주의, 허무주의를 접하는 데서 시작했다. 이것을 그는 습작 「상환」을 통해 실천해 보았으나, 정식으로 문단 데뷔를 시도한 1920년대 후반에는 문단 조류를 따라 궁핍한 식민지 민족현실을 제재로 하는 현실주의문학을 지향했다. 카프와 현실주의가 밀려나고 예술주의가 문단의 주조가 된 1930년대 후반 이후에 그는 예술주의문학을 지향하며 '신세대'와 보조를 맞추었다. 그러나 해방이 되고 문단의 주조가 해방 현실의 형상화로 나아갈 때 그도 그것을 따랐다.

---

18) 「신진작가좌담회」에서 계용묵은 "나는 「천사의 분노」 같은 게 더 좋아 뵈더군요."(249 쪽) 하고 한 바 있다.

그는 일제강점시대에서 해방직후기까지의 다른 많은 작가들처럼 현실을 비극적인 것으로 보았으며, 더 나아가 인생 자체도 비극적인 것으로 보았다. 일제강점시대 말기에 쓴 몇 개의 작품을 뺀 그의 전 작품에서 변함없는 것은, 비극의 장(場)을 그리고 있다는 점이다. 모든 주인공들은 여러 종류의 장벽으로 둘러싸인 비극의 장에 빠져 있다. 1930년대 전기까지의 작품에서는 계급적 장벽에 의한 무산층 비극의 장을, 1930년대 후기 이후 작품에서는 질병 등 보편적 장벽들에 의한 인생 비극의 장을, 해방기 작품에서는 해방에서 파생되는 장벽들에 의한 민족 비극의 장을 보였다. 비극의 장에 빠진 주인공들 가운데 거기서 빠져나온 사람은 하나도 없다. 탈출구를 찾아내기 위해서는 비극 원인의 엄밀한 분석과 적절한 방법의 발견, 그리고 적극적 행동이 필요한데, 그들은 그러지 않았던 것이다. 몇몇 인물만이 방법과 행동을 취했지만 그것은 적절한 것이 되지 못해, 그들을 더욱 비극적이게 했다. 거의 모든 인물들은 자신 앞에 놓인 장벽을 어쩔 수 없는 현실로 받아들이고, 출구가 없는 것으로 생각하며 몰락해 갈 따름이다.

실패에도 불구하고 출구 찾기를 위한 치열한 투쟁이 있을 때 비극의 장에 놓인 사람들의 이야기는 진정한 비극으로 승화하여 비장미를 일으킬 수 있지만, 계용묵의 소설에서는 그렇지 못했고, 남는 것은 감정적 수준의 허무의식뿐이었다. 여기에 계용묵 소설의 한계가 있고, 계용묵의 비극이 있다. 이러한 한계는 바로 계용묵의 문제의식의 한계에서 나온다. 현실문제든 보편적 인생문제든 이를 보다 높은 수준에서 인식해야 했지만 계용묵은 그것들을 단면적, 표피적으로 보고 말았을 뿐이었다. 따라서 작중 인물들에게 출구 찾기를 위한 투쟁과 전망을 부여할 수 없었다.

계용묵의 비극이란, 문학에 대한 열정을 가지고 적지 않은 소설을 썼으며, 시기에 따라 제재의 변화도 모색했지만 일정한 한계를 극복하지 못하고 주저앉았다는 점이다. 제재의 경우, 시기별로 보면 유사한 것의 반복에서 그리 벗어나지 못했을 뿐 아니라 다른 작가들과 변별되는 독창성을 보이지도 못했다. 각 시기별로 볼 때, 1930년대 전기 이전에는 그 첫 작품 「최서방」을, 1930년대 후기 이후에는 그 첫 작품 「백치 아다다」를, 해방기에는 그 첫 작품 「별을 헨다」를 넘어서는 작품을 쓰지 못했는데, 다른 작가들에게서는 보기 어려운 특이한 현상이라 할 수 있다. 이는 각 시기에 더 이상 새로운 제재를 찾지 못했고, 또 기왕의 주제를 심화시키지도 못했다는 것을 의미한다. 계용묵 역시 그의 작품 주인공들이 비극의 장에서 출구를 찾지 못하고 몰락하고 만 것과 마찬가지의 상황에 놓였다.

더 이상 문학적 출구를 찾을 수 없었기에 계용묵은 한참 성숙한 작품 활동을 할 나이인 46세에 소설가로서는 붓을 놓고 주저앉는 비극을 맞았다. 곧바로 한국전쟁이 나서 민족 비극, 인생 비극의 장이 넓게 펼쳐졌는데도 그는 한 편의 소설도 쓰지 못했다.

계용묵은, 어느 시기에는 현실주의를 추구했지만 민족·사회현실에 대한 인식이 깊지 못했고, 다른 시기에는 예술주의를 추구했지만 인생에 대한 통찰력과 독자적 시각이 부족했으며, 소설의 기교를 중시하여 잘 다듬어진 문장과 구성을 여러 작품들에서 보였으면서도 개성적인 것을 만들지 못했기에 독자적 소설세계를 구축하는 데 실패했다. 그런 점에서 그는 현대소설사 기술의 중심부에 세울 수 없는 작가임에는 분명하다. 그렇기는 하나 최소한 1930년대 후기 소설사 기술에서는 예술주의자의 한 사람으로, 물론 그 중심부에 위치한 작가는 아니지만, 분명히 기술되어야 한다. 그것은 특히 「백치 아다다」의 성취를 간과할 수 없기 때문이다. 또한 해방기 소설사 기술에서도, 역시 중심부에 놓일 작가는 아니지만, 많지 않은 중간파 작가의 한 사람으로 반드시 기술되어야 한다. 이것은 전적으로 「별을 헨다」의 성취, 굳이 넓힌다면 「별을 헨다」와 「바람은 그냥 불고」의 성취 때문이다.

|엄흥섭론|
진보적 지식인의 고뇌와 작품행동

1. 머리말

한국 현대소설사의 온전한 기술을 위해서 수행되어야 할 연구 과제는 여전히 많다. 그중 분단과 관련된 작가·작품에 대한 것이 가장 큰 부분이라 할 수 있다. 1980년대 후반 이후 이 부분에 대한 연구가 활발히 진행되어 왔다고 할 수 있지만, 아직도 손대지 않았거나 개괄적 소개에 머문 것들이 많다. 여기서는 분단과 함께 북으로 간 소설가 엄흥섭(嚴興燮)의 작품세계를 밝혀보고자 한다. 엄흥섭은 해방 이전에 45편 여의 단편과 7편의 장편을, 해방기에 15편 여의 단편을 발표한, 다작의 작가에 속할 뿐 아니라 민족현실과 관련하여 중요한 문제제기를 하고 있었던 작가였다. 그럼에도 그에 관한 연구는 많지 않다.[1] 엄흥섭 소설 연구는 한국 현대소설사의 온전한 기술을 위한 작업의 일부로서도 그 의미가 있고,

또한 민족현실과 관련한 한국 지식인들의 치열한 삶의 궤적을 체계화하는 작업의 일부로서도 그 의미가 있다.

엄흥섭은 1906년 9월 9일 충남 논산군 채운면 양촌리에서 태어났다. 그의 아버지는 "어떤 사업욕을 품고" 세거지였던 진주를 떠나 충남으로 이사했다가 그가 유아시절에 4남매를 남기고 작고했다. 그의 큰형이 또한 일확천금을 꿈꾸고 군산 등지로 돌아다니며 투기 사업을 하다가 실패하고 요절함으로써 집안이 더욱 몰락한 데다 어머니마저 죽자, 그는 진주로 돌아와 숙부 밑에서 살게 된다. 거기서 소학교를 다니며 '자유주의적 진보사상을 가진' 담임선생의 영향을 받는다. 소학교를 마치고 경남 도립사범학교에 들어간 그는 18세 때『학우문예』라는 동인잡지를 만드는 등 문학수업을 시작한다. 1926년에 이 학교를 졸업하고 진주근교의 농촌 신설학교 교원이 된다. 이곳에서 농민들의 궁핍한 현실을 보며 문학수업을 해나간다. 이때『습작시대』,『백웅』,『신시단』등의 동인지를 만들기도 한다.[2] 1930년 1월『조선지광』에 발표한 단편「흘러간 마을」로 등단하고, 1930년 초 서울로 옮겨온다.

상경 후 엄흥섭은 카프에 들어가, 1930년 4월 카프 중앙위원회 위원이 된다. 그러나 1931년 그는 기관지『군기』를 둘러싼 조직분규가 일어났을 때 카프에서 제명된다.『군기』는 카프 개성지부의 양창준, 엄흥섭

---

1) 중요 연구논저로 다음과 같은 것들이 있다.
　　김재용,「식민지시대와 동반자 작가―엄흥섭론」,『연세어문학』20호, 1987.
　　박진숙,「엄흥섭문학에 나타난 동반자적 성격 연구」,『관악어문연구』16집, 1991.
　　이호규,「엄흥섭론」, 연세대 석사논문, 1991.
　　이봉범,「엄흥섭소설연구」, 성균관대 석사논문, 1991.
　　정호웅,「엄흥섭론―엄흥섭의 농촌현실 증언과 휴머니즘」,『한국현대소설사론』, 1996.
　　장명득,「엄흥섭소설연구」, 경남대 박사학위 논문, 2006.
2) 이 시기까지의 과정은 엄흥섭 자신이 쓴 다음과 같은 글에 나타나 있다.
　　「조그만 체험기」,『동아일보』, 1935. 7. 5~7. 6.
　　「나의 수업시대―작가의 올챙이때 이야기」,『동아일보』, 1937. 7. 30~8. 3.
　　「나의 동인잡지시대를 말함」,『조선문학』, 1939. 1.

등이 그 편집과 출판을 주도했는데, 이들은 경성의 본부와 대립하게 된다. 그 결과 조선프롤레타리아 예술동맹(카프) 중앙위원회 서기국은 "중앙위원 전원의 합의 하에서 이적효·양창준·엄흥섭·민병휘 등 4인의 반카프적 반××적 분파적 파괴행동의 음모와 『군기』 탈취 책동에 대하여 동인 등을 우리 카프와 전예술전선에서 방축함을 결정하는 동시에 우 음모에 가담하여 반××적 역선전으로 충만된 소위 성명서를 발표한 개성지부에 대하여" 무기정권의 처분을 내린다. "중앙 사정에 어두운 지방 수 개인의 동지들을 카프 중앙부에 대한 기만적 역선전으로 책동하여 카프 전조직을 파괴하고 그들의 반동적 분파만에 의한 소위 「전조선무산자예술단체협의회」를 결성하려고 하였던 것"과 "개성지부를 카프 파괴에 이용한 것", "『군기』를 자기들의 반××적 선전기관으로 탈취하려 했던 것" 등이 구체적 죄목으로 적시되었다.3) 이에 대해, 양창준 등은 본부측을 비난하는 성명을 내어 저항한다. 이 성명에서는 본부의 간부들이 "『군기』를 노동자 대중으로부터 분리"시키려 하며, "노동자들의 자기비판까지를 중상"하고 있다고 비난한다. 나아가 박영희·김기진 등을 '타락간부'로 지칭하면서 "놈들의 반동은 명백하다. 우리 『군기』가 자기들 우익 지도를 폭로 배격하는 때문에 영구적 발행금지를 강제하는 것"이라 하며 '반동', '우익'으로 단정한다.4) 여기서 중심인물은 양창준이었는데, 엄흥섭 개인의 실제 행동은 확인되지 않는다.

　카프에서 제명되기는 했지만 '동반자 작가'라고 분류될 만큼 지속적으로 카프의 창작노선에 관심을 가지고 있었던 엄흥섭은 해방 후, 1946년 「조선문학가동맹」 중앙집행위원 및 소설부 부원으로 활동하게 된다. 그 후, 「조선문학가동맹」에 속한 대부분의 작가들이 월북한 뒤에도 남한에 남아 있던 그는 마침내 1951년 월북하였고, 그 곳에서 오랫동안 작품 활

---

3) 권영민, 『한국계급문학운동사』, 문예출판사, 1998, 234쪽에서 재인용.
4) 같은 책, 236쪽에서 재인용.

동을 하였다.[5]

　지금까지의 엄흥섭 소설 연구자들은 그의 작가적 자세와 제재에 대해 기본적으로 긍정적 평가를 내렸다. 김재용은 엄흥섭의 작품세계에 대해 "그 변하지 않는 전체에 있어서는 일제 식민지 지배로 인한 당대의 중요한 모순 즉 민족모순과 계급모순을 극복하고자 했던, 반제 반봉건의 성격을 지니고 있다."[6]고 하며 그의 작품 전반을 긍정적 시각에서 다루었다. 박진숙도 "그의 문학세계는 낭만적 기질과 세련된 문장에 대한 관심, 현실 상황에 대한 끊임없는 모색으로 연결되는 현실성의 문제가 조용히 만나는 지점에 있다."[7]고 하였다. 또 이호규는 "독자적인 문학을 이루어 나갔던 독특한 작가"라고 평가하면서도 "다른 문제적 작가에 비해 의식의 면이나 작품성과 면에서 두드러진 성과물을 보이고 있지는 못하다"는 점을 지적했는데,[8] 이는 다른 작가들처럼 뛰어나게 드러나는 작품이 없다는 뜻으로 이해된다. 이봉범은 "민족해방운동의 역사적 과제를 형상화"한 작가로, "문학을 사회변혁의 수단으로 간주한 자신의 신념을 지속적으로 유지한 성실한 문학가"로 평가하고, "현실의 구체성 문제에 집착하면서 변혁주체들의 삶을 하나의 갈등의 묘사를 통해 집약적으로 드러낸 단편소설의 성과는 새롭게 평가되어야 한다."고 했다.[9] 이호규와 이봉범은 대체로 엄흥섭의 단편의 성과는 높게 보고, 장편에 대해서는 그 통속성 때문에 낮게 평가했다.

　한편 북한의 경우, 다른 작가 작품들에 대해서처럼 엄흥섭과 그 작품

---

5) 김하명, 「엄흥섭과 그의 창작」(『현대작가론』, 조선작가동맹출판사, 1960, 448쪽)에는 "1951년 초에 공화국 북반부에 들어와 조선노동당과 공화국 정부의 따뜻한 배려에 고무되면서 다시 창작의 붓을 들게 되었다."고 기술되어 있다. 엄흥섭의 출생일과 장소도 이 글(408쪽)에 밝혀져 있다.

6) 김재용, 앞의 글, 172쪽.

7) 박진숙, 앞의 글,『관악어문연구』 16집, 1991, 114쪽.

8) 이호규, 앞의 글, 88쪽.

9) 이봉범, 앞의 글, 80~82쪽.

들에 대해서도 현실정치적 위치와 소재주의적 관점에서 논한다. 대상 작가의 숙청 여부, 그 연구가 진행될 당시의 북한의 정책에 따라서 작가·작품의 평가가 달라진다.

북한에서의 대표적 엄흥섭론으로 보이는 김하명의 글은 소재만으로 "당시 조선 인민 앞에 제기된 민족적 및 계급적 과업들, 당시 선진분자들을 격동시킨 사회적 문제들을 제기하고 예술적으로 해명을 주었다.",[10] "조국과 인민 앞에 지닌 작가의 고상한 사명을 저버리지 않고 인민과 함께 나갔다."[11]고 엄흥섭을 극찬 일변도로 평가했다. '예술적'이란 그것을 작품의 소재로 한 것 그 자체가 예술적이라는 의미를 넘지 못하는 것 같다. 북한에서의 근래의 문학사 기술에서는 엄흥섭을 1930년대의 중요작가의 하나로 다루었는데, 「흘러간 마을」, 「아버지 소식」 등을 특히 높이 평가했다.[12]

여기서는 먼저 엄흥섭의 문학론을 점검한 뒤, 등단시부터 해방직후기까지의 소설작품을 대상으로 그 속에 존재하는 근본적인 특성을 추출하고, 제재 및 작가의식, 형식 등의 시기별 변화 양상을 밝혀내고자 한다.

2. 엄흥섭 문학론의 지향과 한계

엄흥섭은 많은 소설을 쓴, 소설쓰기를 주업으로 한 작가였지만, 비평활동에도 관심을 보였다. 그가 남긴 비평문은 30여 편이 되는데, 그 거의 대부분이 1935년부터 1939년 사이에 쓰였다. 그가 한 비평활동은 당대

---

10) 김하명, 앞의 글, 444쪽.
11) 같은 글, 445쪽.
12) 김하명 외, 『조선문학사(1926~1945)』, 과학백과사전출판사, 1981, 390~418쪽 참조.

문학 특히 소설의 현상, 나아갈 방향에 대한 자신의 견해를 단편적으로
피력한 것과 다른 작가들의 실제작품에 대한 평, 즉 월평으로 나누어 볼
수 있는데, 이 중에서도 주종을 이루는 것은 월평이다. 여기서 엄흥섭 소
설작품 검토를 위한 예비작업의 하나로 비평문에 나타난 그의 문학관 혹
은 소설관, 실제비평 작업에서 드러나는 그의 주된 관심사, 그리고 소설
을 보는 능력 등을 점검해 두고자 한다.

엄흥섭은 철저한 현실주의적 문학관의 소유자였다고 할 수 있다. 그의
문학에 대한 기본적 인식은 문학이란 사회와 관련되고, 일정한 사회적
역할을 담당할 때에 비로소 그 존재의의를 찾을 수 있다는 것이다. 비평
활동 초기의 글에서 그는 "문학이란 언제든지 그 시대 그 민족 그 환경
을 반영하는 것이니, 이 삼대 요소가 완전히 진실하게 그려지는 데에 완
전한 문학이 창조되는 것"13)이라고 했거니와, 그 후의 글에서도 "문학이
란 언제나 사회적 성격을 완비하는 데서 문학으로서의 가치가 규정되는
것"14)이라거나 "작품은 언제나 시대를 낳고 시대는 또한 작품을 낳는다.
(중략) 그 시대 그 사회적 환경의 인간성의 발전을 위하여 강렬한 의식의
봉화를 들고 나온 것이 작가요, 또한 작품이다."15)라는, 동어반복적 진술
을 하고 있다. 변함없는 문학관을 보여주고 있는 것이다.

그의 이러한 문학관 확립의 배경으로 명백하게 드러나는 것은 식민지
상황 하의 한민족의 절망적 현실의 인식이라 할 수 있다. 그의 평론문에
서 문학이론의 포괄적 검토와 그에 기초한 자신의 이론 도출은 나타나지
않고, 다만 '절망적 현실'을 드러내는 '조선적 특수성'에의 대응 문제와
관련하여 문학의 사회적 관계 및 역할을 강조하기 때문이다. 그가 인식
한 절망적 현실은 풀어말하면 "방향을 잃은 암울한 바다와 같은 현실"16)

---

13) 엄흥섭, 「정열·양심·행동」, 『조선일보』, 1935. 8. 24.
14) 엄흥섭, 「5월 창작평」, 『조선일보』, 1937. 5. 9.
15) 같은 글, 1937. 5. 11.

이며, "명랑이 없이 우울을 가진", "희열이 없이 고뇌를 가진" 조선인의 상황17)이다.

이러한 현실관 및 문학관 아래 그는 조선작가가 나아가야 할 방향, 방법을 제시한다. 그는 현하 진정한 조선의 작가는 '진보적 작가'가 되어야 한다고 보며, 진보적 작가는 "어디까지든지 그 민족 내지 세계의 문화사를 빛내는 최전선을 행군하는 문화적 전위부대"로서, "어두운 밤바다와 같은 암담한 현실 위에 한줄기 광명을 던져주는 등대로서의 존재"라고 한다.18) 엄흥섭의 적극적 비평활동은 카프가 와해된 시기에 시작되는데, 이때 그는 카프 전성시대에 카프 맹원들이 지향했던 진보적 작가로의 길을 다시 강조하고 있다. 엄흥섭이 말하는 이 시기 진보적 작가상은 과거 카프 전성기에 카프 이론가들이 제시했던 것보다 나아간 것은 없다. 오히려 초보적, 추상적 수준에 머물러 있다고 해도 좋을 만하다.

그에 의하면 진보적 작가는 첫째, 견고한 세계관을 확립해야 하고, 둘째, 조선적 특수성을 파악해야 하고, 셋째, "개념의 사자(使者) 창작방법이란 판에 박은 공식"에 사로잡히지 말고, 작자 개인이 독자성을 가진 생신(生新)한, 신선한 이데올로기와 기술의 독창성을 확보해야 한다는 것이다.19) 견고한 세계관이나 조선적 특수성에 관한 구체적 논리는 제시되지 않으나, 카프 시대에 강조되었던 일반적 논리에서 벗어나지 않을 것으로 보인다. 작가의 독자(독창)성 문제는 '군기'사건으로 제명되었던 사람으로서의 엄흥섭의 입장을 보여주는 부분이다. 볼쉐비키화 시대의 카프 지도부가 제시했던 창작방법에 대해 여전히 반대하며, 그것을 '개념의 사자', '판에 박힌 공식'으로 규정한 것이다. 이 세 가지를 갖춤으로써 진보적

---

16) 엄흥섭, 「리얼」과 「로맨」의 융합」, 『조선중앙일보』, 1935. 7. 13.
17) 엄흥섭, 「정열·양심·행동」, 『조선일보』, 1935. 8. 24.
18) 엄흥섭, 「세계관의 확립과 조선적 특수성의 파악」, 『조선일보』, 1935. 8. 24.
19) 엄흥섭, 「을해년의 창작결산」, 『조선일보』, 1935. 12. 12~13.

작가는 "이데올로기를 잃고 예술만을 얻을 것도 아니요, 예술을 떠나서 이데올로기만을 얻을 것도 아닌 것"[20]이 된다는 것이다.

근본적으로 진보적 작가는 과감한 양심적 행동의 열정으로 현실에 맞서야 하고, 결코 현실에서 도피해서는 안되며, 그 열정의 폭발력 앞에서 현실은 타개되고 비로소 진실한 조선문학이 성장된다는 것이다. 이러한 작가가 취해야 할 창작방법으로 그는 리얼리즘에다 로맨티시즘을 융합시킬 것을 주장한다. 리얼리즘은 현실을 진실하고 정당하게 표현하는 데 가장 적당한 방법이지만, "생신(生新)한 예술적 요소를 상실하고 너무도 완강한 이데올로기에 사로잡혀 공식화 기계화"[21]된 작품을 낳게 하는 과거의 유물변증법적 사실주의 따위는 배격한다고 한다. 그러나 그가 제시하는 리얼리즘의 논리는 투명하지 못하고, 소박하고 추상적인 수준에 머문다. 새로운 리얼리즘 소설에 대한 그의 열망은 충분히 드러나지만 1930년대 후기에 많은 비평가들이 제시했던 구체적 리얼리즘론의 성과와는 먼 거리에 있다고 하겠다.

평론문에 나타난 리얼리즘에 관한 그의 생각은 리얼리즘이 "암울한 현실에 한줄기 광명을 던져주는 등대적 역할"[22]을 한다는 것과, 또한 그것이 현실 그대로를 사진찍는 것이 아니라는 것 등 두 가지 정도로 요약된다. 등대적 역할론이란 전망(perspective) 제시론이다. 현실을 사진찍듯 그린 작품은 '사진사적 작품'인데, 이는 진정한 리얼리즘 작품이 될 수 없으며, '그렇게 되어야 할 것', '그렇게 되지 않으면 안 될 것'까지를 그린 것, 현실을 똑바로 그리되 선택된 현실을 그린 것, 눈에 보이지 않는 것이라도 파내고 캐내어 그린 것이야말로 '적극적 리얼리즘'을 실현한 것이라고 한다.[23] 리얼리즘문학에 대한 엄흥섭의 생각을 한마디로 다시

---

20) 같은 글, 1935. 12. 13.
21) 엄흥섭, 「작가의 기본 임무와 조선 현실의 파악」, 『조선일보』, 1936. 1. 1.
22) 엄흥섭, 「리알과 로맨의 융합」, 『조선중앙일보』, 1935. 7. 13.

압축하면 현실의 본질을 그리면서 현실극복의 방향, 전망을 제시해야 한다는 것으로 되는데, 이는 이 시기에 있어 '진보적' 문인들의 일반적 생각이다.

이러한 리얼리즘만으로 그는 좋은 작품을 생산하기에는 불충분하다고 생각하고, 여기에 로맨티시즘을 융합시킬 것을 제안한다. 그러나 로맨티시즘이 무엇이며, 로맨티시즘과 리얼리즘의 융합이 어떻게 이루어지며 그 모습이 어떻게 될 것인가에 대한 그의 인식과 구상이 투명하지 않다는 점이 이 융합론의 근본적 한계라 할 수 있다. 로맨티시즘의 특징은 "공상적, 이상적, 비현실적"[24]이라는 그의 인식은 극히 빈약한 수준의 것인데, 그는 이런 로맨티시즘의 왜곡적 현실미화, 현실타협주의, 혹은 도피의식 조장을 경계하되, '로맨티시즘의 적극성'을 지지한다고 한다.[25] 여기서 로맨티시즘의 적극성이 무엇인지는 분명치 않다. 그는 "요컨대 나는 리얼이니 로맨이니 그 어떤 편으로 편파하기 싫다. 리아리즘의 적극성! 로맨티시즘의 적극성! 이 두가지의 장점을 취급해 가지고 이 두가지의 적극성을 완전히 융합시켜서 그것이 또 다시 나 자신의 독특한 예술형으로서 완전히 독립되어지기를 노력하며 오직 바랄 뿐"[26]이라고 했다.

그의 '리알'과 '로맨' 융합론은 구체성이 결여되었다는 한계를 갖지만, 과거 카프에서 '반동성'으로 낙인찍혔던 로맨티시즘을 재인식하고 이를 작품의 예술적 성취도를 높이기 위해, 기술의 독창성을 제고(提高)하기 위해 수용하자는 것이다. 그는 체홉, 뚜르게네프, 톨스토이, 도스토옙스키 등을 이상적 작가로 들었는데, 그들이야말로 리알리스트도 로맨티스트도 아닌, 양자를 융합한 작가이기 때문이라는 것이다. 그에 있어 골키나 발

---

23) 엄흥섭, 「문단시감」, 『신동아』, 1935. 9, 175쪽.
24) 엄흥섭, 「문단시감」, 『신동아』, 174쪽.
25) 같은 곳.
26) 엄흥섭, 「리알과 로맨의 융합」, 『조선중앙일보』, 1935. 7. 13.

자끄는 "너무 한 방법에 편협"된 작가로 보였다.27) 이것도 1930년대 초기 카프의 볼쉐비키적 창작방법론에 대한 반감의 연장선 위에 선 주장이라 하겠다.

조선의 진보적 작가가 그려야 할 대상에 대해서도 엄흥섭은 언급했다. 그 대상은 한마디로 조선적 특수성, 즉 암울한 식민지적 조건과 그 속에서의 삶이다. 암담한 현실을 "기계적 사무적 사진사"의 자세를 넘어 그 진실을 그려야 한다고 하면서, 이를 위한 중요 대상으로 "농민 어민의 생애와 공장 직장의 노동자의 생활과 또 다시 방향 잃은 지식계급의 동향"28)을 들었다. 다른 글에서도 "농촌, 어촌, 산촌의 빈궁상과 또한 도시의 공장, 직장을 중심으로 한 근로층의 피폐되는 생활상과 무직 실직군의 암담한 생활상과 방향 잃은 무수한 지식계급 간의 초조와 불안과 우울의 동향"29)을 들었다. 같은 대상이다. 실제로 그는 그 자신의 작품에서 이러한 것들을 제재로 삼았다.

엄흥섭은 또 많은 월평문을 남겼다. 그의 월평문에서는 앞에서 검토한 글들에서 보이는 원론적 주장들이 적절하게 실천되어 있다고 할 수 없다. 한마디로 그는 비평적 실전에 아주 약한 사람이었다고 할 수 있다. 작품을 해석하는 안목의 깊이가 부족했기 때문이라고 본다.

스스로 월평작업에 뛰어들기 전에 엄흥섭은 박태원의 월평을 비판하면서 자신의 비평가관을 피력한 적이 있다. 박태원의 월평에 대한 비판의 직접적 동기는 자신의 작품 「순정」과 「악희」에 대한 박태원의 혹평이라 할 수 있다. 문예비평가는 대중 앞에 한 작품의 의의를 실감나게 해석하고 그 가치를 명확히 비판할 만한 실력과 엄밀한 관찰력을 갖추어야 하고, 작품평가에 있어 언제나 공명정대해야 하며, 작품을 역사적 관

---

27) 엄흥섭, 「문단시감」, 175쪽.
28) 엄흥섭, 「정열 · 양심 · 행동」, 『조선일보』, 1935. 8. 24.
29) 엄흥섭, 「문단시감」, 175쪽.

점에서 파악할 수 있어야 하며, 작가의 세계관과 인생과의 심천(深淺) 문제 내지 정부(正否) 문제라거나 그 작가의 구상, 표현, 묘사 등 그 기술에 대한 우열 문제 등을 폭넓게 비판할 수 있어야 한다는 것30)이 박태원에 대한 반론의 전제였다. 초보적 상식의 수준이기는 하나, 실제 엄흥섭 자신의 월평문에서는 자신이 말한 이런 상식조차 실천하지 못한 것으로 보인다.

그의 월평에서는 어떤 이데올로기적 기준도, 가치관적 기준도 그리고 어떤 원론적 문학론도 적용되지 못했다. 그는 주관적, 비전문가적 감상자(鑑賞者)의 모습을 드러낸다. 작품평에서 중심적 관심사는 사건의 본질적 의미, 작가의 문제인식의 깊이나 성격, 그 의의 등 작품의 근원적 문제가 아니라 지엽적인 문제라 할 수 있는 사건전개의 비논리·비현실성, 부자연성이나 표현, 문장 등 한마디로 말해 소설 창작기법과 관련된 것이었다. 주관적 감상자와 창작기법 지도자의 모습을 보이고 있다고 하겠다. 그의 월평에서는 "기술적 수련이 없다"거나 "현실을 좀 더 논리적으로 그릴 것" 등의 표현이 가장 자주 나타난다. 여기서 '논리적'이란 사건에 있어서의 합리성, 현실성을 의미할 뿐이다.

월평문에서 드러나는 엄흥섭의 평자적 능력과 관심사를 점검할 수 있는 좋은 예로 김유정의 「동백꽃」 평을 들 수 있다. 엄흥섭은 「동백꽃」을 한마디로 "성격묘사의 부조화"를 보인 작품으로 규정하고, 그 때문에 좋은 작품이 못된다고 했다. 그가 주로 관심을 보인 것은, 다른 작품들의 경우에서도 그러하지만, 여기서도 사건의 논리성, 표현 등 기법적인 면이었다. 비판의 중심은 인물의 행동에 있어서의 자연성 결여와 인물묘사, 용어의 부적절성이다. 구체적으로 본다면, "17세 소녀가 커다란 총각에게 감자를 구워가지고 가서 불쑥 내민다는 것은 부자연스럽다."든가, 발

---

30) 엄흥섭, 「문예비평가의 기본개념과 평가의 교양 문제」, 『조선일보』, 1935. 3. 1.

랄한 점순이가 '나'의 감자받기 거절에 '그 얼굴이 샛밝애졌다'고 표현하는 것은 성격묘사의 '부주의'이며 나아가 "독자의 감식안을 불쾌케하는 작가의 과장성"이라는 것 등이다. 이러한 것들은 「동백꽃」에서 지엽말단적인 문제일 뿐 아니라, 올바르게 지적된 것도 아니다. 좋아하는 소년에게 남이 안 보는 데서 감자를 준다는 것이 결코 부자연스러운 것도 아니며, 얼굴이 붉어진 것 역시 호의(애정 표시)가 거부당한 데서 오는 감정 때문이며, 발랄한 여성이 자존심이 손상될 때 흥분된 상태가 될 수 있는 것이다.

이 작품에서 농촌구조와 농민현실, 그리고 거기서 발생하는 비정상적인 사랑이 핵심적인 문제가 될 수 있는데, 이를 보는 눈을 엄흥섭은 갖지 못했다. 그는 이 소설을 농촌현실의 파악과는 "너무도 그 거리가 먼" 작품, "농촌에서 태어난 총각처녀의 연정을 다만 흥미있게 가볍게 스켓취해 본 데 지나지 않는 작품", "가벼운 자연주의적 소품문(小品文)"으로 본다. 따라서 "이 작품에서 심각한 인생의 체험이라거나 우울한 현대 조선 농촌을 찾아볼 수는 도저히 없다"면서 나아가 "그러한 요구를 이 작가에게 한다는 것은 무리일지도 모른다."고까지 했다.[31] 평자로서의 엄흥섭의 이러한 관심사와 제한된 능력은 다른 월평문들에서도 조금도 다를 바 없이 나타난다. 따라서 그의 월평이 당대 독자들의 올바른 작품이해나 작가들의 발전적 창작에 기여하는 바도 매우 제한적이었을 것으로 보인다.

---

31) 엄흥섭, 「성격묘사의 부조화」, 『조선일보』, 1936. 5. 6.

3. 식민지 현실의 반영과 패배의식

소설평자로서의 능력과 소설작가로서의 능력은 일치하는 것이 아니다. 작가로서의 엄흥섭은 그 나름의 능력 세계를 가진다. 그는 자신의 소설 작품에서 현실주의적 문학관을 철저히 실천에 옮겼다. 그의 관심사는 오직 식민지적 민족현실에 관한 것이었는데, 장편 등 일부 작품을 제외한 거의 모든 단편들에서 일관되게 이를 제재로 삼았다. 그는 식민지적 상황에 대해 깊은 반감으로 일관했는데, 그가 다룬 인물들은 모두가 식민지적 상황의 피해자들이었다.

그러나 그의 일제강점시대 작품 전체를 보면 커다란 특징들을 발견해낼 수 있다. 첫째로는, 그 작중인물이나 문제의 초점이 일정하다는 점이다. 작중인물들은 농·어민, 노동자 등 민중과 지식인들로 양분, 고정되어 있고, 문제의 초점은 그들의 몰락상이다. 둘째로는, 이러한 몰락상을 바라보는 작가의 시각이 패배주의적이라는 점이다. 현실에 대해, 투쟁의식과 극복의 가능성에 대한 믿음을 갖는 것이 아니라 절망하고 좌절하고 체념해버리는 것이다. 셋째로는, 그의 작품양의 대부분을 이루는 일제강점시대 단편에서 시기에 따른 작품내적 세계의 변화가 발견되지 않는다는 점이다. 많은 작가들이 시기에 따라 작품내적 변화를 보이지만, 엄흥섭의 경우 일제강점시대 작품들은 장편을 제외하고 시기에 따른 차이를 드러내지 않는다. 해방 후의 작품에서는 물론 변화가 나타난다. 따라서 해방 이전 그의 단편 전체를 한 덩어리로 보고 이를 작중인물 유형에 따라 양분하여 논하고, 통속소설로서의 장편들은 별도로 검토하며, 마지막으로 해방직후기 단편들을 살펴보기로 한다.

1) 민중의 몰락과 패배의식

앞에서 검토한 바 있는 평론문에서 엄흥섭은 이 시대 작가가 그려야 할 커다란 두 가지 대상의 하나로 농어민 및 공장·직장 노동자의 생활을 제시했지만 실제 작품에서도 그것을 실천했다. 엄흥섭은 자신의 문단 데뷔작인 「흘러간 마을」(1930. 1)에서부터 이러한 당대 민중의 현실을 제재로 삼았다. 이 작품은 백만장자인 지주가 마을 위에 별장을 짓고 호수를 만든 뒤, 큰 비가 내려 그 아래에 있는 농민들의 마을이 떠내려가자 농민들이 이에 집단적으로 항의하고, 후에 그 집에 불을 지르는 사건을 그린 것이다. 한편으로는 부유층의 횡포로 인한 농민들의 수난상을, 다른 한편으로는 농민들의 투쟁상을 반영하려는 의도를 보인다.

이 작품은 1920년대 후반 카프 소설들에서 일반적으로 나타나는 여러 요소들을 수용했다. 빈·부의 대립, 빈자의 집단적 저항, '문제적 인물'의 등장, 부자에 대한 폭력적 보복, 사건의 개괄적 서술 등이다. 부자 최병식과 농민들은 처음부터 적으로 전제되어 있고, 농민들은 집단적으로 "웬순놈 별장이 생겨나서", "우리네 피땀을 빨아다가 느들만 잘사나 보자", "어깨와 어깨를 견우어라 힘차게 앞으로 나아가자" 등의 가사를 담은 「상사뒤여」 노래를 부르며 최병식의 집으로 밀고 들어가며, 이 과정에서 과거 노동자로 떠돌아 다니다가 이 마을에 흘러들어와 사는 고서방이란 '문제적 인물'이 지도자로 부상된다. 그리고 이 사건만이 지니는 특수한 측면, 세부적 인과관계와 구체적 전개과정의 묘사가 거의 없이 개괄적이며, 사건 전체가 당대의 다른 작품들에서 흔히 볼 수 있는 도식성을 지닌다. 물론 구체적인 농민생활상 묘사도 없다. 노랫말로 농민들의 현실과 주장을 나타냈다는 특징이 있기는 하나 당시 빈부문제, 농민참상, 그리고 그 치유책 등에 대한 작가 나름의 독특한 시각도, 사건 구성과 묘사에 있어서의 그 나름의 독특한 점도 없는, 당대에 흔히 볼 수 있는 작품의 하나라 할 수 있다.[32] 이 작품은 일단 당시의 카프 소설이 지향하던 도식에 맞는 것이었던 만큼 당연히 카프로부터 환영을 받고 '출세작'이 될 수 있었던 것이다.

볼쉐비키화 바람이 몰아치고 있던 1930년 9월에 발표된 「출범전후」는 어민의 수난과 저항을 다룬 것으로, 당시 요구되었던 소설적 도식이 드러나는 작품이다. 이 작품은 고기잡이배를 탔던 어민들이 어업회사의 착취와 감독들의 악행에 맞서 집단적으로 투쟁하는 사건을 그렸는데, 어민들의 삶의 현장 반영은 구체적이지 못하고, 개념적이다. 어업령이 악법이어서 어업회사는 착취, 농민은 피착취 상태라는 개념적 설명이 있을 뿐이다. 그리고 카프의 주장―작가의 주장이 도식적 사건 위에 직설적으로 구호화되고 있다. "어부와 농민과 직공은 다같은 자본가의 험악한 발길에 짓밟히고 착취당하는 노동자."라는 지문도 있다. 많은 희생을 치루고 귀항한 어민들에게 회사가 보상은커녕 횡포를 부리자 '골목에서 나오는 군중'인 어민들이 회사로 '처들어가고', 어촌 전체가 '무서운 싸움터'가 된다는 것이 결말이다. 작가는 "그들은 칼과 불을 무서워하지 않는다. (중략) 피와 땀을 ××당하는 노동자, 그들이 최후의 발악은 반다시 승리를 가져오고 마는 것이다."[33]라는 등 아지프로의 구호들을 열거한다.

카프에서 제명된 후에도 엄흥섭은 전과 다름없이 계급현실과 저항의지를 작품화하였다. 「그대의 힘은 약하다」(1932. 11)에서는 온갖 고초 끝에 개인적 힘은 약하지만 집단의 힘은 강하다는 것을 깨달은 주인공이 노동조합을 통한 집단투쟁의 대열에 뛰어드는 과정을 그렸다. 「온정주의자」(1932. 3~5)를 통해서는 개개인에게 기만적 온정을 베푸는 방법으로

---

32) "작품 발단이 사건의 종말에서 시작된 것은 비록 무의식적이었다 하더라도, 도스토옙스키의 구성술을 모방한 것이라 비난해도 할 말이 없다."고(「조그만 체험기」, 『동아일보』, 1935. 7. 5) 엄흥섭은 토로했는데, 그것은 그럴 것 같다. 이 구성이 비록 '무의식적'이라 하더라도 그것이 어떤 의미를 부여할 만할 것은 되지 못한다.
33) 엄흥섭, 「출범전후」, 『대중공론』 1930. 9, 270쪽.

노동력을 착취하는 공장주에게 파업 등 집단투쟁으로 맞서는 노동자들의 저항을 그렸다. 그 뒤의 「제 일보」(1933. 4~5)에서는 빈민 학생을 학교의 종교재단에 맞서는 소작농 딸 출신의 여교사를 그렸다.

「제 일보」에 이어 민중현실을 그린 작품이 「숭어」(1933. 11)다. 이 작품은 엄흥섭이 카프로부터 제명된 후의 것으로, 제명 전의 작품들과는 차이를 보인다. 농민의 현실을 앞의 두 작품보다는 훨씬 구체적으로 반영하고 있는 반면에 집단적 저항과 전망의 제시가 사라지고 있다는 것이다. 한 농민이 잡은 숭어의 처리 과정을 소재로 농민들의 빈궁상을 구체적으로 그려내고 있지만, 결말은 주인공의 폭력적 개인적 복수 시도와 실패로 이루어지며, 농민현실에 대한 비관적 인식만 있을 뿐, 미래에 대한 전망은 부재한다. 이 작품은 1920년대 신경향파 시대의 최서해의 소설로 회귀했다고 할 만하다. 실제로 최서해의 「박돌의 죽음」도 빈민의 빈궁상 반영에는 구체성을 띠고 있으면서, 결말에서는 개인적 폭력적 보복과 전망의 부재가 나타난다. 「숭어」의 결말에서 주인공이 보복 실패 후 붙들리자 "갑자기 본정신이 들며 느껴지는 것은 떨리어지는 공포 뿐이었다. 절벽같은 무서움 뿐이었다."고 한 지문은 이때 엄흥섭 소설 주인공들, 그리고 엄흥섭 자신의 패배의식을 보여주는 것이었다. 현실은 싸워서 극복할 수 없는 무서운 존재일 뿐이며, 따라서 그들에게 남는 것은 공포, 비애, 패배뿐이다.

「유모」(1934. 3~4)에서는 유모 생활을 함으로써 자신의 아이를 돌보지 못하여 죽게 하는 빈민여인의 무서운 현실을 그렸다. 「안개속의 춘삼이」(1934. 12)는 「숭어」에서 보인 바 있는, 엄흥섭의 패배의식을 보다 분명하게 드러낸 작품이다. 주인공 춘삼이는 「흘러간 마을」의 주인공의 15년 후의 모습을 그린 것이라 할 수 있다. 십오년 동안 감방살이를 하고 숭어마을에 돌아온 춘삼이는 동네 민심의 변화에 '싸늘한 허무'를 느끼며, "새삼스럽게 자기의 십오년 전의 불 놓고 잡혀가던 일이 후회되"었다.

과거의 자신의 힘은 "다만 자기의 몸을 망치고 만 어리석은 힘"이었을 뿐이라고 생각한다. 자신이 잡혀간 후 동네 사람들은 자신의 행동을 '미친놈의 짓'으로 치부해 왔으며, 불을 질렀던 그 자리에는 더 큰 기와집이 서 있다. 아무리 싸워 보았자 현실은 정복되지 않는 존재인 것이다. 이 작품에는 「숭어」에서 보였던 적대자 개인(김참봉)에 대한 증오와 저항의지는 물론, 유산계급 혹은 농촌구조를 향한 재전투의 의지나 준비도 전혀 없다. 주인공이 과거의 자신의 행동을 '억울한 희생'이라 단정하며 가족에 대한 그리움에 빠지는 것으로 작품이 끝난다.

그 후, 「새벽바다」(1935. 12)에서는 부두노동자들의 궁핍상을 통해, 「과세」(1936. 4)에서는 가난한 나무장수 가족의 참담한 설날 모습을 통해, 「힘」(1936. 5)에서는 공사장에서 탈출을 시도하다 실패하고 다시 붙잡혀가는 농민출신 노동자들을 통해, 식민지적 모순의 양상을 그렸다. 모두 민중들이 넘을 수 없는 무서운 현실의 힘, 무력한 민중들의 절망적 상황을 보였다. 이들 작품에서는 민중현실에 대한 아무런 전망이 존재하지 않는다. 「힘」은 주인공이 탈출 실패 후 "자기의 홋힘은 너무도 약한 것을 또렷이 느끼"는 것, 즉 현실 앞에 개인의 힘이 얼마나 무력한가를 확인하는 것으로 끝맺고 있다. 이 말만으로 집단적 힘의 필요성이 암시된다고도 할 수 있겠으나 그러한 힘의 결집가능성에 관한 언급이나 믿음은 나타나지 않는다. 현실은 역시 무서운 것일 뿐이다.

「그들의 간곳」(1936. 6)은 허가 없이 소나무 네 개를 벤 빈농민이 벌금을 물 길 없어 솔가하여 도피의 길을 떠난다는 내용으로, 관에 의한 농민억압의 현장을 그린 것인데, 물론 이 작품에서도 무서운 현실과 민중의 절망만이 있을 뿐이다. 이 작품 이후 해방 전까지 엄흥섭은 더 이상 빈궁한 민중현실을 정면으로 다룬 작품을 쓰지 않았다.

민중현실을 그리되 이상의 작품들과는 다른 특이한 작품이 하나 있다. 「번견탈출기」(1935. 7)가 그것이다. 사람이 주인공이 아니라 동물이 주인공으로 등장한다는 것이다. 동물을 주인공으로 취한 경우는 박영희의 「산양개」나 최승일의 「바둑이」, 이기영의 「쥐 이야기」처럼 1920년대의 신경향파 소설에서 이미 있어왔기에, 「번견탈출기」가 새로운 것은 아니다. 특히 앞의 두 작품의 모작적 성격이 강하다고 하겠다. 개를 내세우고, 민중에게 동정적이며, 부자인 주인에게 저항하며, 주인의 사슬로부터 탈출하여 자유를 찾는다는 점에서 그러하다. 이 작품의 화자이자 주인공은 궁핍한 빈농인 전(前)주인으로부터 부유한 집의 번견 겸 애완견으로 팔려간 개다. 현주인의 횡포에 대한 반감과 전주인의 몰락에 대한 동정을 느끼고 있던 중 감옥까지 갔다 온 전 주인이 도둑질을 하러왔다가 잡히게 된 것을 알고 그를 구해 주고, 그 죄로 맞아죽게 되자 공포의 사슬을 끊고 자유를 찾아 도망간다는 것이 줄거리다. 작품의 초점은 빈농인 전주인의 궁핍 속의 몰락상과 번견의 자유를 향한 탈출이다. 「산양개」는 수전노인 주인 모습을 주로 그린 데 비해 「번견탈출기」는 빈농의 몰락을 주로 그렸다. 전자는 증오, 후자는 동정이 작가의 어조(tone)이다. 개들이 "끝없이 넓은 대지 위에"(「산양개」), "넓은 벌판으로 넓은 벌판으로"(「번견탈출기」) 뛰어나가는 것은 같다.

「번견탈출기」는 민중의 몰락상을 구체적으로 묘사하는 성과는 보이고 있다. 그러나 투쟁의 논리와 전망은 보이지 않았다. 「산양개」 등 1920년대의 세 작품에서는 유산계급과의 투쟁이라는 깃발과 '전망의 과장'이 있었지만, 「번견탈출기」의 빈농 유서방은 저항의식은 전혀 없는 인물로 되어 있고, 번견은 유서방을 구하고 자신이 탈출하는 정도만의 저항을 보였다. 주인을 공격하는 것도 아니고, 탈출의 변을 내세우지도 않았고 탈출 후의 계획도 전혀 없다. 보신탕이 될 위기에서 겁에 질려 있다가 목숨을 건지는 데 성공했을 뿐이다. 번견은 민중이 우화화된 것으로 볼 수 있다. 몰락자(유서방), 도망자(개), 모두 패배자로서의 민중상만 보일 뿐이다.

2) 지식인의 저항과 좌절

엄흥섭 소설의 두 축 중 하나를 이루는 지식인주인공 작품 유형은 민중주인공 작품 유형과 거의 같은 시기로부터 시작하여 그보다 좀 더 뒤에까지 발표된다. 두 유형의 작품이 거의 교대로 발표된다고 할 수 있다. 지식인 주인공 작품에서 엄흥섭은 처음부터 끝까지 '이 시대의 우울과 애수'를 그렸다. 그는 "새 사회를 건설하기 위하여 일을 하다가 희생된 사람들의 생활의 말로(末路)! 그것은 생각만 하여도 우울하고 애수에 휩살리지 않는가?"[34]라고 했다. 민중 속에서도 '희생된 사람'들을 발견했기에 '우울'했지만, 지식인은 더욱 분명한, 새사회 건설을 위해 싸우던 대표적 희생자군으로 생각했기에 더욱 '우울'했던 것이다.

엄흥섭은 그 스스로 그러한 인물이라고 생각했고, 그런 점에서도 그런 인물을 즐겨 작중 주인공으로 취했던 것으로 보인다. 새사회 건설을 위해 싸우다가 희생된 지식인들이야말로 엄흥섭 소설에서 최고의 선으로 간주되고 있다. 그가 그린 지식인들은 모두 '희생된' 인물들로서, 현실 속에서 싸워 이기거나 지금도 힘차게 싸우고 있는 강한 투사들이 아니다. 민중을 다룬 소설들에서도 나타난 것처럼 현실의 힘이 너무나 강한 것임을 기정 사실화하고 그 힘 앞에 개인은 패배할 수밖에 없다는 것이 엄흥섭의 인식이고 이것은 지식인 주인공 소설에서 일관되게 깔려 있다.

「흘러간 마을」로 문단에 나왔을 때의 엄흥섭은 "산 사람을 그린 작가요, 산 사건을 그리는 작가"였지만, 그 후는 "살았다고 보기 어려운 사람을 그리는 극히 소극적인 작가"[35]가 되었다고 한 이무영의 말은 날카로운 지적이다.

「흘러간 마을」 발표 5개월 뒤인 1930년 6월 엄흥섭은 「파산선고」와

---

34) 엄흥섭, 「오월창작평」, 『조선일보』, 1937. 5. 12.
35) 이무영, 「엄흥섭을 말함」, 『조선문학』, 1939. 1, 47쪽.

「꿈과 현실」 두 작품을 발표했다. 「파산선고」는 중국인 대자본가가 조선인들의 단결된 배척으로 파산을 당한다는 줄거리로 자본가에 대한 증오심을 나타내는 다듬어지지 못한 짤막한 작품이지만, 「꿈과 현실」은 식민지 지식인의 저항과 '희생'을 그린 일련의 작품들의 출발작이 된다. 「꿈과 현실」의 주인공은 시골의 소학교 교원직을 버리고 서울로 올라가 잡지사 편집일로 생계를 유지하며 저항조직에 참여하여 사회운동을 전개하는 현역투사다. 사회운동가로서 그는 '큰일'을 관철하기 위해 가정, 부모, 처자까지도 버리는 등 '우리들의 힘에 방해를 놓는 모든 객관적 정세'와 싸우려는 의지를 확고히 가지고 있는 현역 투사이다. 주인공 처의 꿈 이야기, 집주인과의 숨바꼭질, 새로 들어오는 사람의 이삿짐 뒤집기, 내방한 조직원 동지 S와 함께 경찰에 잡혀가기 등이 현재적 사건인데, 짧은 시간내에 일어난 이런 사건들이 잘 어울려 구성의 긴밀성도 획득하면서 주인공의 빈궁상과 저항의지, 그리고 일제의 억압을 잘 형상화하고 있다. 이 작품이 성취한 것은 일제하 지식인 저항운동가들과 그들이 처한 상황을 전형화한 데 있다고 하겠다. 이 사건들은 주인공 개인에게 일어나는 특수한 것으로 형상화되었으면서도 이 시대의 이런 인물들이 일반적으로 겪을 수 있는 일로서의 대표성도 지니고 있다고 할 수 있다. 동시에 민족현실에 대한 전망도 일정하게 드러내고 있다고 할 수 있다.

 「꿈과 현실」 이후에도 지식인 저항 운동가를 그린 엄흥섭의 작품들은 꾸준히 발표되었지만, 더이상 「꿈과 현실」처럼 이런 인물을 전형화하고 작가자신의 적극적 저항의지나 전망을 제시한 작품은 없다고 하겠다. 「꿈과 현실」은 카프 제명 이전의 작품이지만, 그 후의 작품들에서는 지식인의 저항과 수난 현장이 형상화되지 않는다. 작중 지식인들은 주로 후일담 형식을 통해 나타나며, 구체적 행동 양상이 아니라 세속적 인물과의 대비를 통해 훌륭한 인물로 부각된다. 그들은 과거의 투사로 지금은 구속 중이거나 도피중인 인물로 유형화되어 있고, 신념에 의한 희생자였다는 점만으로도 추앙받기에 충분한 인물로 간주되어 있다. 그들은 파멸되고 좌절하는 인물이지 더 이상 투쟁의지와 미래에의 믿음을 가지고 있는 인물이 아니다. 여러 작품들이 동어반복적인 사건과 주제를 가지고 있다고 할 수 있다.

카프 제명 후 작품인 「절연」(1934. 1)은 소학교원을 사직하고 운동에 뛰어든 지식인이 세속적인 삶을 원하는 아내에게 보내는 절연장 형식으로 되어 있다. 이 속에서 지식인은 자신이 비록 무직자로서 룸펜 생활을 하고 있지만 양심을 버리고 생활인으로 돌아간다는 것은 수치라고 생각하며, 남편의 운동가 생활 때문에 결혼 8년 동안 4~5개월간의 동거밖에 못했을 뿐 아니라, 생활고로 아이까지 잃고 친정살이 하는 아내의 "남이야 비웃든 말든 다시 옛날 그 생활로 돌아가도록 마음을 고치세요"라는 편지에 "당신의 그런 편지를 읽던 나는 나도 모르게 팔이 떨리고 이가 물여져서 채 그것을 읽기도 전에 부벼 버리고 말았었소."[36]라면서 부부 관계를 끊을 것을 선언한다. 자신의 신념과 사회 현실에 대한 주인공의 고민이나, 투쟁 내용 혹은 목표 등은 구체적으로 그리지 않고, 현실적 삶과 타협하지 않는 지식인의 지조 자체의 가치만을 강조하고 현실생활론을 경멸·거부하는 데 초점을 맞춘 작품이다. 작중 지식인은 지조 있는 희생자일 뿐 행동하는 투사로는, 승리를 쟁취할 수 있는 운동가로는 그려져 있지 않다.

「방울속의 참소식」(1934. 6)은 운동에 뛰어든 후 삼사년 동안이나 생사가 불명이었던 남편의 소식을 기다리던 아내가 마침내 방울을 찬 신문배달부가 던지는 호외 속에서 남편의 성명과 사진을 보게 된다는 내용을 담고 있다. 남편이 어떤 운동을 어떻게 했는지, 그리고 호외의 내용이 무엇인지는 밝혀져 있지 않다. 부각된 것은 그가 투사이며, 희생자라는 사

---

36) 엄흥섭, 「절연」, 『조선문학』, 1934. 1, 10쪽.

실, 그래서 그가 추앙받아야 할 인물일 수밖에 없다는 암시이다.

「윤락녀」(1935. 3)는 "내가 하고자 하는 일을 위해서 목숨을 바칠 생각"
이라면서 자신을 버리고 떠난 남편 때문에 생활고 끝에 윤락녀가 된 아
내가, 남편이 유치장에 들어가 있는 것을 알고 나서 크게 뉘우치며 남편
의 옥바라지를 결심한다는 내용이다. 여기서도 역시 남편의 활동상이나
미래의 전망은 없고 희생자로서의 뒷소식만 있다. 「가책」(1936. 1)도 앞선
두 작품들처럼 여성을 형식적 주인공으로 내세워 희생자인 지식인 운동
가를 부각시켰다. 현실과 타협하고 개인적 안일을 지키는 여교사인 화자
가 새로 부임한 남교사가 자신과는 다른 방식으로 교사 생활을 하는 것
을 질시하다가 결국 그 남교사가 시학(視學)의 압력으로 해직당하고 도시
공사판의 노동자가 된 것을 보며 그의 올바름을 깨닫고 스스로를 가책한
다는 것이다. 여기서도 운동가의 용기와 희생이 부각되어 있지만, 주목
할 만한 것은 식민지 교육의 한 모순적 양상을 반영했다는 점이다. 시학
으로 대표되는 일선 교육 관리의 횡포와 교육자에 대한 사찰, 식민지화
를 위한 교육 내용 및 방식 그리고 올바른 실천자로서의 남교사의 행적
등을 그리면서, 교육 현장에서 파괴되어야 할 것과 파괴되지 않아야 할
것이 무엇인가를 암시하고 있다.

장편 『정열기』(1936. 11~1937. 2), 후편 『명암보』(1938. 3~8)도 교육 현
장의 식민지적 모순과 양심적 교사의 활동 양상을 그리고 있지만 이 점
에서의 성과는 「가책」 이상의 것이 되지 못한다. 「가책」에서 이미 나온
시학으로 대표되는 교육관리와 모리배적 학교 경영자가 결탁한 반교육
적 교육방식과 주인공의 대응이 조금 더 많이 묘사되었을 뿐, 의미 있는
새로운 것들은 없다. 작품의 끝은 주인공이 학교를 떠나는 것인데, 그가
어떤 교육실천적 목표를 가지고 있는지, 그리고 그보다 더 중요한 것으
로, 그가 교육현장으로 돌아갈 것인지를 분명히 드러내지 않는다. 부정
한 경영자, 시학, 그리고 사랑을 배신한 여교사 등이 있는 이 학교와 그

주변으로부터 벗어남이 더 중요한 것으로 보인다. 주인공의 지사적 교육자로서의 측면과 애정갈등에 빠졌던 실연자로서의 측면 어느 쪽도 분명하게 그려지지 못했을 뿐 아니라 양자가 조화를 이루지도 못함으로써, 그래서 이념소설로서의 이념적 논리성도 통속소설로서의 홍미성도 가지지 못한 작품으로 끝나고 말았다.

「길」(1937. 1)도 운동가 가족인 여성을 곁에 내세워 운동가를 간접적으로 부각시켰다. 화자인 주인공이 오년간의 감옥살이 끝에 석방되었다가 곧 죽은 남편의 유복자를 낳는 장면을 그린 작품인데, 앞의 몇 작품들처럼 지식인 투사의 희생을 미화한다. 주인공은 유복자를 낳은 뒤, 청춘까지 희생하며 아이를 잘 기르라는 남편의 유지를 실천하겠다는 결심을 한다. 운동가 가족의 길이 무엇인가, 그리고 운동가의 가족들은 굳게 그 길을 지킨다는 것, 이를 통해 운동자뿐 아니라 그 가족의 희생을 또한 미화하려는 작품이다.

「아버지 소식」(1938. 1~2)은 지식인 투사의 딸을 화자로 하여 운동가의 후일담을 그렸다. 투사 가족 중 여성을 화자로 하고, 투사를 미화하고 그 가족의 결심을 부각시킨 점은 「길」과 같다. 소녀 화자의 어조는 이 작품보다 2년 전에 발표된 주요섭의 「사랑손님과 어머니」(1935. 11)와 유사하다. 소녀의 순진무구한 시각과 언어, 정감적 분위기, 아버지 없이 어머니와 사는 무남독녀라는 정황, 그리고 모녀의 이미지 등등이 그렇다. 소녀의 아버지는 교사로 있으면서 저항운동에도 참여하다가 도피생활을 하던 중 죽음을 맞게 된다. 그의 운동 내용이나 과정, 죽음의 경위나 장소 등은 전혀 나타나 있지 않다. 아버지가 죽었다는 소식을 듣고, 이 가족은 울지 않고, 서로 믿고 의지하며 살자고 다짐한다는 것이 결말이다.37) 이 작품에서도 작자는 투쟁과 관련한 자신의 주장을 드러내 놓지 않았다.

---

37) 김하명은 이 작품에 대해 "사상·예술적 성과에서 엄흥섭의 해방 전 단편소설의 대표작의 하나"라 평가했다(김하명, 앞의 글, 444쪽).

더 이상 내놓을 새로운 주장이 이때의 엄흥섭에게는 없었던 것 같다. 다만 그런 인물들에 대한 존경심, 그 가족에 대한 동정심 등을 동어반복적으로 표출할 따름이었다.

「패배아닌 패배」(1938. 8)는 당대 운동가적 작가의 현실과 자세를 반영한 작품이다. '나'라는 세속적 인물을 화자로 해서, '나'의 속물성과 대비시킴으로써 운동가적 작가인 S를 미화시켰다. '나'는 중학교육까지 받았지만 물질주의에 빠진 장사꾼이고, S는 신문현상모집을 통해 화려하게 등단했으면서도 여러 해 동안 작품을 발표하지 않는 소설가다. S가 소설을 발표하지 않는 이유는 "내가 쓰고 싶은 소설을 못 쓰고 발표하고 싶은 소설을 발표하지 못"[38]하게 하는 현실 때문이다. 소설이란 독자에게 큰 영향을 미치는 것인만큼, 좋은 영향을 미치는 소설을 발표해야 하는데 현실이 그것을 막는다는 것이다. 그가 지향하는 소설은 예술주의 소설도 통속소설도 아닌, 현실저항적 이념소설임이 명백하다. 그는 스스로를 패배자라고 했지만 '나'는 그의 정신을 알고 그를 '패배아닌 패배자'로 규정한다. S에게 있어 현실의 힘은 너무나 컸고, 스스로를 작품 발표 포기라는 형식의 저항밖에는 할 수 없는 패배자로 규정한다. 그의 운동가적 정신을 본다면 '패배 아닌'이지만 현실적으로는 '나'의 눈에 비친 것처럼 '파리한 뒷모양'으로 '힘 없이' 걸어가는 패배자요, 시대의 희생자이다. 이것이 엄흥섭의 생각이다.

「여명」(1939. 7)은 빈한한 작가와 그의 아내를 그린 작품이다. 작가는 '태작'을 쓰지 않으려는 양심적 인물이어서, 좋은 작품을 쓰지 못하는 데 대해 고민하며, 빈곤을 면치 못한다. 아내는 그런 남편을 이해하고 감싸며 빈곤을 받아들인다. 주인공이 등단, 미등단 작가라는 차이를 빼면 현진건의 「빈처」(1921. 1)와 유사한 작품이다. 「패배아닌 패배」에서의 소설

---

38) 엄흥섭, 「패배아닌 패배」, 『사해공론』, 1938. 8, 150쪽.

가는 현실주의 문학을 지향하는 운동가적 작가임이 분명하지만 「여명」
에서의 소설가는 태작을 발표하지 않음으로써 '예술도(藝術道)'를 지키는
인물로 후퇴해 있다. 태작 아닌 작품의 성격이 무엇인지는 전혀 나타나
있지 않다. 주인공은 '운동가'가 아닌 '예술가'의 지조를 지키려 함으로
써 현실적 낙오자로 떨어진 인물로 되어 있다.

「여명」 이후 해방 때까지 엄흥섭은 지식인의 저항과 고뇌, 현실적 패
배를 그린 작품은 더 이상 쓰지 않았다.

4. 통속세계로의 도피

평론문을 통해 "오락파들의 비양심적 비시대적 범죄",39) "통속소설을
연재하기란 양심 있는 작가로서 불쾌한 일"40) 등으로 통속작가 혹은 통
속소설을 비판했고, 또한 소설 「여명」을 통해서도 태작을 써서 '예술도'
를 버리지 말 것을 강조했던 엄흥섭은 결국 생활 앞에 백기를 들고 말았
다. 1938년의 장편『행복』(1938. 10~12) 이후 그는 통속 장편소설 창작을
주업으로 삼았다. 이전까지의 작품들을 통해 현실의 거대한 힘 앞에서
패배의식을 가지면서도 정신적 저항의 의지는 지키고 있음을 드러냈던
엄흥섭도 일제강점시대 말기의 많은 작가들처럼 흔들려버린 것이다.

일제강점시대 말기 작가들의 흔들림은 통속소설로의 도피, 국민문학론
의 작품적 실천 등 크게 두 가지로 귀착된다. 엄흥섭은 양 측면을 모두
보였는데, 후자의 경우는 단편 「그들의 전업」(1944. 10) 한 편 만으로 나
타난다. 이 작품은 양재학원을 졸업하고 피복공장 직공으로 들어가 '산

---

39) 엄흥섭, 「문단시감」, 『신동아』, 1935. 9, 175쪽.
40) 엄흥섭, 「통속작가에 일언」, 『동아일보』, 1937. 6, 24.

업전사'로서 '총후(銃後)'를 지키는 딸, 이발소 직공에서 제철공장 견습직공으로 전업하여 '나라를 위한 귀중한 일'에서 즐거움을 찾는 아들, 바느질에서 꼬리표 뀌는 일로 전업한 어머니, 화장품 상점 점원에서 이발소 직공으로 전업한 며느리감 등, 나라를 위한 생산직업으로 전업하는 일가상(相)을 꾸며놓았다. 국민문학론이 요구하는 대일굴종적 시국소설이 아닐 수 없다.

엄흥섭은 통속소설의 특징으로 "그날 그날 그 소설 독자의 비위를 맞추기 위해 독자에게 작가가 끌려나가며", "조선 현실에서 조금도 실재성이 없는 오직 독자 대중의 흥미에만 끌려 자연보다는 부자연, 현실보다는 비현실, 필연보다는 우연이 언제든지 앞을 서 내려온 것"을 지적했다.41) 이런 것들을 그는 그 스스로 일련의 장편에서 실천적으로 보여주었다. 현실의 강력한 힘에 맞서 싸울 수 없었던 그는 자신이 경멸해마지 않던 세계에서 도피처를 찾은 것이다.

『행복』 이후 일련의 장편소설에서 엄흥섭은 외국유학생 출신이나 의사시험 합격자 등 당대 최고의 학력자나 전문지식인들을 주인공으로 내세워 남녀 애정담을 펴 놓았다. 작중인물들의 이러한 학·경력은 애정담을 호화스럽게 치장해 주는 역할을 할 뿐이다. 이들이 작중에서 하고 있는 일, 관심이 있는 일은 거의 연애뿐이라고 할 수 있고, 일부 인물의 전문관련 활동은 연애를 위한 배경적·방편적인 것일 뿐이다.

이전의 엄흥섭 소설 주인공의 한 축을 이루었던 민중은 완전히 제거되어 연애담의 격―화려·고상함이 확보될 수 있었고, 또 다른 한 축이었던 투사적 지식인, 패자적·희생자적 지식인들 역시 제거됨으로써 작가의 자의적 사건전개와 해피엔딩이 용이해질 수 있게 되었다. 민중은 연애담을 궁상스럽게 해서 오락성을 떨어뜨리고, 투사적 지식인들은 일정

---

41) 같은 곳.

한 현실적 논리의 틀을 이미 가지고 있는 만큼 사건의 작위적 전환이나 밝고 행복한 결말을 막을 수밖에 없다. 이들 장편의 작중인물들은 자기 논리에 의해 자신이 맞이하는 문제와 운명을 풀어나갈 능력을 제거당하고 작가가 조종하는 인형이 된다. 이들은 모두 작자의 조종에 충실히 따른 탓으로 작가의 축복을 받아 최선 혹은 차선의 소원 성취를 한다.

『행복』에는 이후 장편들에서 드러나는 유형적 요소들이 대부분 나타나 있다. 사건을 발생·전개시키는 동인들은 인물들의 연애감정이다. 등장인물들은 남녀가 거의 반반을 이루며, 모두 외국유학을 한 지식인들이며, 서로 잘 아는 사이거나 인연을 가지고 있으며, 연애관계가 그들 사이에서 서로 얽혀 있고, 전체 연애관계 체계의 중심에 한명의 남자가 있다. 중심의 남자가 어느 한 여성과 짝지어지면 다른 모든 인물들 간의 갈등도 해소되고 각각 짝들이 지어지며 모두 행복한 결말에 도달한다. 줄거리를 진행시키는 연애 사건들만이 속도감 있게 전개될 뿐 인물의 사고, 사건의 배경, 주변, 시대현실 등의 디테일의 묘사는 거의 없다. 얽힌 연애관계의 매듭을 푸는 결정적 계기는 중심적 남자의 연애에 근본적 장애가 되는 인물이 갑자기 회개, 개과천선하는 것이다. 작은 사건들의 연결은 우연, 오해, 편지나 일기 읽기 등으로 이루어지는 것이 대부분이다. 그리고 작중인물의 생산활동은 거의 나타나지 않는다. 그들은 많은 소비를 하지만 어떻게 버는지는 불분명하다. 작중인물들은 개성을 가지지 않으며, 한 가지 성격으로 고정된 평면적 인물이고, 다른 작품들에서도 이름을 바꾼 동일한 인물이 유형화되어 나타난다.

『행복』의 남자 중심인물은 일본유학생 출신 김성철이고 거기에 손보경, 박원주 같은 여인들이 연애관계를 가진다. 손보경은 여성 중심인물로서 일본유학생 출신인데, 돈 많은 유학생 출신인 황승일이 손보경을 차지하려고 온갖 술수를 행한다. 결말은 황승일이 갑자기 회개하고 손보경을 포기함으로써 김성철과 손보경은 결합하고 다른 인물들 사이의 관계도 잘 풀린다. 김성철은 도덕적인 인물이면서 애정 경쟁에서 여성들의 표적이 되며, 수동적인 편이다. 손보경은 애정 경쟁에서 수동적이 아니라 능동적이며, 순수한 처녀가 아니라 실연과 결혼의 경력을 가진 여자이다.

『인생사막』(1940. 1~1941. 6)에서도 위에서 적시한『행복』의 사항들이 그대로 나타난다. 모든 것이 간단명료하게 진행되고 해결된다. 여기서도 주인공들에게는 안 되는 것이 없다. 마음만 먹으면 모든 것이 잘 되는 세계 속에 주인공들은 산다. 인물들의 연애담을 통해서 값싼 교훈이라도 독자에게 꺼내 보이려는 노력을 작자는 결코 하지 않는다. 철저한 오락 소설로만 남아 있게 하려는 것이야말로 작가의 양심의 발로일지 모른다.

『인생사막』의 중심인물은 의사 자격을 취득한, 유능하고 도덕적인 남자 오세형이고, 동경유학생 출신 성악가 백은희가 그와의 연애를 원하고 있는데, 여기에 미국유학생 출신 부자인 유영섭이 끼어들어 백은희를 차지하기 위해 수단 방법을 가리지 않는다. 유영섭으로부터 학자금을 얻어 쓴 것이 백은희에게는 큰 부담이다. 은희는 한번의 음악회를 열어 이 돈을 다 갚아 버린다.『행복』에서 손보경도 황승일로부터 학자금을 얻어 쓴 것이 부담이었는데 한 번의 미술 전시회를 열어 그 돈을 다 갚아 버린다. 이들은 마음만 먹으면 만사형통하는 좋은 세상에 산다. 꼬여가던 연애문제는 유영섭이 갑자기 회개하고 물러섬으로써 잘 풀리고, 주변사람들 사이의 연애문제들도 저절로 해결된다.『행복』에서도 그렇지만 이 작품의 작중인물들도 서로 잘 알거나 인연을 가졌던 사람들이어서 작중 인물들의 활동공간을 매우 좁게 되어 있다. 인물들을 서로 알거나 인연을 가진 사람들로 설정함으로써, 합리성을 파괴하여 대중적 흥미도를 높일 수 있을 뿐만 아니라 많은 공간을 만들어 내야 하는 번거로움을 피할 수 있는 효과가 있다고 하겠다. 연애 과정에 부수되는 디테일의 제시가 제거되는 것은 이 작품에서도 같다.

이들의 사랑에서 주목할 만한 것은 사랑이 무엇이며, 왜 그(녀)를 사랑하게 되는가를 생각하고 고민하는 경우가 없다는 것이다. 작중인물들은 작가의 연출에 따라 사랑을 연기할 뿐이다. 연애담을 쓰면서도 작자는 사랑이 무엇이며, 사랑의 가치와 고통이 어떤가를 알게 해주지는 않고 있다는 것이다. 이들 작품에서 독자가 알 수 있는 사랑이란 이성을 소유하는 것, 짝을 맞추는 것 정도일 뿐이다.

『봉화』(1943. 3)는 중심인물 변영조를 중심으로 남녀 연애관계들이 많이 얽힌다. 김은주, 김종애, 금순, 채영희 등의 여자들이 변영조와 연애관계를 맺기를 원하며 경쟁한다. 여기에 곁가지가 붙으니, 은주에게는 홍형진, 채영희에게는 강만수 등이 있다. 부자이자 채영희의 전남편인 강만수가 채영희와의 재결합을 위해 수단 방법을 가리지 않는다. 꼬여가던 연애관계들은 결국 악역 강만수의 갑작스러운 회개와 포기로 바로 해결된다. 영조와 영희의 결합에 따라 함께 은주와 형진, 종애와 만수의 결합으로 꼬이던 관계들이 모두 정리된다.

이들도 물론 모두 유학생 출신의 지식인이고, 그중 변영조는 요지부동의 절대선의 인물이다. 영조는 고아출신에다 수입 없는 농촌계몽활동가로서, 연애활동에 바쁜 틈틈이 농촌봉사활동의 중요성을 말함으로써 자신의 값을 높이기도 한다. 여러 여자들과의 연애에 얽혀 스캔들을 일으키고 있는 영조를 동네 사람들은 비판하고, 실망감·배신감을 느낀 영조는 그곳을 떠나 지도 한 장만 들고 채영희와 함께 함북 갑산으로 봉사활동을 목적 삼아 떠나는 것이 결말이다. 그러나 작품이 말하고자 하는 것은 연애일 따름이고, 농촌봉사활동이란 연애담의 배경적 요소로, 그리고 주인공의 도덕성을 돋보이게 하기 위한 소도구로, 소설적 상품으로 이용되고 있을 따름이다. 독자가 국판 573쪽(문성당, 1943년 발간 단행본)의 이긴 소설을 읽는 것은 오직 변영조를 위시한 사람들의 연애의 추이, 결과를 알기 위한 것일 뿐이다. 농촌의 궁핍한 현실의 모습이나 농촌계몽의 배경이나 효과에 관한 사건이나 논리는 이 작품에서는 거의 없다. 농민이라 할만한 인물이 나오지 않음은 물론, 어느 작중인물도 생활의 문제에 대해 고민하지 않는다.

이 작품의 인물들도 모두 친척, 후배, 옛애인, 친구 등 서로 잘 아는 사람이거나 인연을 가진 사람들이다. 영조는 앞 작품들의 김성철, 오세형과 꼭 같고, 영희는 손보경, 백은희와 꼭 같으며, 만수는 황승일, 유영섭과 꼭 같고, 기타 주변 인물들도 유사하다. 이 작품도 물론 논리와 디테일이 제거된 세계, 우연과 감정에 의해 지배되는 세계—일제강점시대 말기 사회현실과는 무관한 세계를 그리고 있다.

5. 해방의 환희와 '독립'을 향한 도전

해방이 되자 엄흥섭은 도피처였던 통속소설의 세계를 버리고 현실주의 소설의 세계로 되돌아왔다. 해방의 환희와 새로운 조국 건설에의 열망을 소설화하고자 한 것이다. 해방 후 그의 소설들은 고통받는 민중과 고뇌하는 지식인을 중심인물로 하면서도 적극적으로 현실에 도전하는 인물들을 그렸다. 이제 엄흥섭은 새로운 역사에 대한 전망을 바탕으로, 패배와 좌절의 세계가 아니라 승리를 향한 싸움의 세계를 그려나가게 되었다. 이와 함께, 묘사되는 사건의 구체성도 전보다는 더 확보하게 되었다.

해방직후기 엄흥섭의 소설은 크게 두 가지 주제를 가지고 있다고 할 수 있다. 하나는 해방의 환희요, 다른 하나는 '독립'을 향한 도전이다. 이것은 물론 엄흥섭 소설뿐만이 아니라 이 시기 다른 대부분 작가의 작품에서도 그러하다.

해방의 환희를 표출한 대표적인 작품이 「귀환일기」(1946. 2)이다. 이 작품은 일본으로 끌려갔던 전재민들의 귀환과정과 그들의 해방과 귀향의 기쁨을 그렸다. 주인공들은 정신대로 끌려가 온갖 수난을 겪고 작부가 되었다가 귀환선 속에서 사생아를 낳는 여인들이다. 이 여인들은 귀환과 정에서 따뜻한 동포애를 체험하고 일제에 대해 더욱 깊은 증오감을 느끼며, 해방된 조국에 대한 무한한 기대감을 갖는다. 이 작품에서 작가는 해방의 환희를 표출하는 한편으로 식민지시대 민족수난의 재확인을 통한 확고한 반일(反日)정신의 확립, 주인공들과 같은 수난자였던 하층민에 대한 사랑과 보상, 민족의 단합과 동포애의 발휘 등을 말하고자 했다. 한마디로 말한다면 해방을 맞은 민족의 밝은 면을 그려내고 있다고 하겠다.

그러나 이후의 작품들에서 엄흥섭은 해방 현실에서의 민족 내부의 문제들을 적극적으로 추구하며, 그것들에 대한 도전 의지를 표출하였다. 「귀환일기」는 민족내부적 문제 추구 이전의 작품인 것이다. 해방의 환희 다음 단계는 당연히 국가 건설의 방향 문제이다. 이 문제를 위해 우선 점검되어야 할 것은 민족내부의 현실적 상황이다. 여기서 엄흥섭은 실망스러운 문제들을 찾아내고 그를 폭로·비판하게 된다. 즉 민족 내부의 부정적 양상들, 그리고 그것들과의 싸움을 형상화하려한 것이다. 「빙야」(1946. 4)가 그 첫 작품이다. 「빙야」의 주인공도 춘보인데, 「숭어」의 춘보에서 발전하여 현실을 뚫어볼 줄도 알고 자신이 싸워야 할 방향과 각오도 분명하다. 춘보가 바라는 것은 '독립'인데, 과거의 친일파이자 오늘의 모리배들이 들끓어 그것이 요원한 만큼, 그들과의 싸움과 승리가 선행 과제라는 것이다. 춘보는 막벌이 자유노동자로서, 투철한 애국심과 정의감, 투쟁 의지를 가진 모범적 인물로, 그의 처는 작부 출신으로 되어 있다. 「쫓겨온 사나이」(1946. 8)에서는 현실의 부정적 측면 반영과 투쟁의지 표출이 더욱 강화되어 있을 뿐 아니라 엄흥섭의 정치적 이데올로기적 입장이 구체적으로 드러나 있다. 물론 여기서도 내부적 도전의 과제는 '친일파 모리배'의 척결이다.

> 그들 친일파 민족반역자들은 (중략) 가장 애국자인 체하면서도 실상은 조선이 빨리 독립이 되어 민주주의 정부가 수립되면 저희들의 죄상이 백일 하에 드러나 민족적 심판을 받을 것이 두려워 (중략) 그들 민족 반역자들이 중심이 되어 해외에서 들어온 반민주주의 팟쇼세력과 한 덩치가 되어 남조선에다 단독정부를 세우려는 비민주주의적 책동을 하기 시작했다. (중략) 삼상회의를 지지 않는 일부 정당과 단체가 있으니 그들이 곧 친일파 민족반역자 일파의 책동으로 조선독립과 민주주의 정부수립을 방해하고 반대하는 팟쇼 반민주주의 세력이다.[42]

이 지문에서 엄흥섭은 해외에서 온 이승만, 김구 등 우익인사 중심의 정당을 부정하고, 남한 단정을 반대하며, 신탁통치를 찬성하고 있음을, 즉 좌익의 정치적·이데올로기적 지향을 지지하고 있음을 드러내었다.

엄흥섭 소설에서 '해방'과 '독립'은 구분되고 있다. '독립'은 엄밀하게 말하면 좌익정부의 수립이다. 위의 인용에서도 보였지만, 「자존심」(1947. 11)에서 "독립이 되면 일제시대에 지은 죄가 드러날테니까 (중략) 제 재산 토지들은 정부에 빼앗길까봐 겁내는 놈, 이놈들이 얼른 저희들을 중심으로 정부를 세우려 하기 때문에 얼른 옳은 정부가 안 서는 걸세."[43] 라는 데서도 드러난다. 그 정부 수립의 주체가 '인민'임은 「발전」(1947. 6)에서 천명되고 있다.

> 최후 발악으로 인민의 총의로 된 단체를 습격하고 (중략) 전정한 민주주의 정권수립을 꺽으려는 거야. (중략) 삼천만 우리 인민은 이젠 다시 속지 않는다. 저희들 몇몇 비양심적인 토착 부르죠아지와 친일파 반역자들의 집단을 삼천만 우리 인민은 지지하지 않는다.[44]

---

42) 엄흥섭, 「쫓겨온 사나이」, 『신문학』, 1946. 8, 18쪽.
43) 엄흥섭, 「자존심」, 『백민』, 1949. 11, 91쪽.
44) 엄흥섭, 「발전」, 『문학비평』, 1949. 6, 14쪽.

여기서 인민과 비인민의 구분의식, 그리고 비인민의 범위가 드러나 있다. 「악수」(1946. 8)와 「자존심」에서는 지식인 투사들이 주인공으로 나온다. 이들은 중도파를 기회주의로 보고 그들과의 투쟁을 다짐한다. 「집없는 사람들」(1947. 5)에서는 만주에서 귀환한 민중의 빈궁이 그려져 있다. 「발전」은 「귀환일기」의 속편으로서, 귀환동포인 주인공들이 환희에서 벗어나 현실을 발견하고, 독립을 열망하면서 자신이 해야 할 일을 찾는 과정을 그렸다. 주인공은 친일 민족반역자들이 독립을 방해하는 것을 깨닫게 되며, '완전한 독립국가' 건설대열에 참여하기 위해 「조선부녀동맹」에 들어가는 '발전'을 보인다. 이 작품에서 특기할만한 것은 「귀환일기」에서 등장했던 노동자 출신의 청년이 '응징사 동맹원'으로 다시 나타나 민중의 지도자적 역할을 한다는 점이다. 카프시대 소설에 보이던 '문제적 인물'의 재생이라 할 수 있다

이처럼 민족해방의 환희, 남한 내의 민족 내부투쟁을 통한 '민주주의 국가 건설'의 염원을 소설화하던 엄흥섭도 남북한 단독정부가 수립된 후의 작품에서는 일체의 현실적 문제를 버린 채, 몸을 움츠렸다. 「C군과 나와 영옥」(1950. 2)에서는 세 남녀의 애정갈등을, 「중매철학」(1950. 2)에서는 늙은 매파의 '중매철학'을 그릴 따름이었다.

6. 맺음말

엄흥섭은 작가로서 많은 작품을 남겼으며, 지식인으로서 자신이 산 시대의 민족현실에 대해 고뇌하면서 일정한 자기역할을 찾으려 했던 사람이었다. 그럼에도 지금까지 그는 연구대상으로 그리 주목받지 못했던 것이 사실이다. 여기에서는 엄흥섭 문학을 전체적으로 조감하는 데 초점을

맞추었던 만큼, 세부적인 부분에 대한 보다 엄밀한 점검작업은 따로 진행되어야 할 것이다.

엄홍섭은 비평문들을 통해 자신의 문학적 지향을 밝히고 있었는데, 이를 그는 실제 작품을 통해 실천에 옮기었다. 그는 철저한 현실주의적 문학관을 표명했는데, 이러한 문학관 확립의 배경은 식민지 상황 하 한민족의 '절망적 현실'의 인식이었다. 그는 '진보적 작가'로서 민족현실, 그의 말대로 하면 '조선적 특수성'과 맞서고자 했다. 그는 카프의 볼쉐비키화 시대에 카프에 들어가 작품활동을 시작함으로써 예술가로서보다 진보적 지식인으로서의 역할을 먼저 배웠고 요구받았다. 그는 진보적 지식인으로서의 역할을 절감하면서도 예술가적 측면도 갖추고 싶어 했다. 그래서 예술과 이데올로기를 동시에 얻는 작가가 되어야 한다는 생각을 피력하기도 했던 것이다. 두 가지를 동시에 얻는 방법으로 그는 리얼리즘과 로맨티시즘의 융합을 주장한 바 있었다.

일제강점시대에 엄홍섭은 많은 단편을 써서 자신의 작가적 지식인적 세계를 표출하려고 했다. 그의 단편의 제재는 양분된다. 하나는 민중의 삶이요, 다른 하나는 지식인의 삶이었다. 그의 작품 속의 민중은 농민·어민·노동자로서, 거대한 식민지 체재의 힘 앞에서 참담하게 무너져 내리고 있다. 그들은 모두 몰락하는 존재들로서, 「흘러간 마을」, 「출범전후」 등 초기의 두 작품에서는 몰락하면서도 지주나 자본가에 집단적으로는 저항한다. 1920년대 말기에서 1930년대 초기 카프 소설에서 흔히 보이는 행동양식이다. 그러나 그 후의 작품에서는 저항의 의지마저 잃고 절망과 패배감에 빠진 인물만이 나타난다. 현실극복 문제에 대한 엄홍섭의 패배의식, 전망 상실감의 표출이다. 이런 작품들에는 민중생활 현장의 사실적 묘사가 거의 없고 그들의 미래에 대한 전망은 전혀 없다. 작품형식이나 묘사의 기술(技術)면에서도 새로움이 있다고 하기 어렵다.

민중을 그린 작품들과 병행하여 발표된 많은 지식인주인공 소설에서 그려진 인물들 역시 현실과의 싸움에서 패배하고 몰락하는 존재들이다. 그들은 지식인적 사명감으로 현실에 저항함으로써 수난을 겪고 있지만, 지조도 굽히지 않는다. 그렇다고 그들은 자신들의 승리를 믿거나 미래의 전망을 갖고 있지는 못한다. 초기작 「꿈과 현실」은 예외적으로 투사적 지식인의 저항과 수난 현장을 잘 형상화하면서 미래에의 전망도 드러내고 있지만, 그 후의 작품들은 투사의 후일담 형식으로 지식인의 희생과 지조를 미화하지만 투쟁현장 묘사나 전망 제시는 없다. 대부분의 지식인 주인공 소설은 동어반복적인 사건 설정과 주제를 되풀이하고 있다.

엄흥섭 단편들은 민중과 지식인 현실을 다루면서도 그들의 현실을 구체적으로 형상화 하는 데서는 실패하였다고 하겠다. 엄흥섭 자신의 문제인식의 깊이가 약했기 때문으로 보인다. 민중과 지식인이 처한 상황의 전모를 체계적으로, 깊이 있게 파악하여 이를 형상화할 수 있는 힘을 충분히 기르기 전에 현실의 힘에 압도되어 무력감, 패배감에 빠져버렸던 것이다. 엄흥섭이 등단한 직후부터 카프 내의 갈등, 카프 맹원들의 검거 선풍이 이어지고, 일제의 대륙침략에 따른 한국의 병참기지화 정책으로 억압이 더욱 강화되고 한국인의 몰락이 극대화되어 간 것이다. 결국 엄흥섭은 리얼리즘과 로만티시즘의 융합이라는 자신의 이상과는 달리 점점 리얼리즘을 잃고 패배감 속에서 감상적 로맨티시즘으로 빠져갔다고 말할 수 있다.

1930년대 말에 이르러 엄흥섭은 자신이 과거에 혐오해 마지않던 통속 장편소설들의 창작에 빠져들었다. 거기서는 몰락하는 민중도 희생자적 지식인도 없다. 엄흥섭은 '절망적 현실'을 두고 고민할 필요가 없는 곳으로 간 셈이다. 오직 연애가 있고 행복이 있는, 낭만의 세계가 바로 이 통속 장편소설들의 세계이다.

해방이 되자 그는 다시 현실로, 리얼리즘의 세계로 돌아왔다. 먼저 해방의 환희를 소설화하고, 이어서 새로운 조국 건설, 즉 '독립'에 관한 자신의 의지와 구상을 소설화한 것이다. 이 시기에 그는 「조선문학가동맹」의 노선에 따라 내부적 투쟁문제를 제재로 삼았다. 그러나 정부수립 후 남한에 남아 있던 그는 현실의 벽에 부딪혀 자신이 지켜왔던 모습을 감추고 다시 낭만적 소재의 세계로 몸을 움츠렸다. 1951년 북한으로 넘어간 그는 "꾸준히 맑스·레닌주의 미학을 학습하며, 새로운 생활을 연구"45)하여 이를 기초로 많은 소설을 쓴 것으로 알려지는데, 이 부분에 대한 검토도 필요하다.

---

45) 김하명, 앞의 글, 448쪽.

|정한숙론|
한국 현대사의 반공주의적 인식

1. 머리말

해방전후기에서 한국전쟁기에 이르는 격동기의 한국 현대사는 오늘의 비극적인 민족분단 상황을 만들어 놓았다. 따라서 이 기간의 역사에 대한 올바른 인식은 이러한 민족현실의 미래를 바꾸기 위해 필수불가결한 것으로, 그 절실함은 역사 교과서들이 말하는 바, "현재를 이해하고 미래를 설계하기 위해 과거를 알아야 한다."는 상투적인 일반론이 가지는 그것을 훨씬 뛰어넘는 것이다. 이 절실함은 어느 분야보다도 문학작품 쪽에서 가장 구체화되어 온 것 같다. 전쟁이 끝나는 1950년대 중반부터 오랫동안 문학에서는 이 시기의 역사를 중요제재로 삼아왔다.

작가 정한숙(鄭漢淑)은 한국전쟁기 전후에 등단한 작가 중의 한사람으로서, 1950년대 중반부터 현대사에 대한 관심을 소설화하기 시작하였다.

그는 150여 편의 작품을 썼으며 그 중 15편 가량은 중·장편으로서, 한국 근·현대소설가 중 열 손가락 안에 들 만한 다작의 작가가 아닐까 한다.[1] 그의 작품들은 1) 역사장편소설, 2) 현대인의 방황과 좌절을 그린 것, 3) 사라져 가는 전통미에 대한 향수를 표현한 것, 4) 고전 내지 역사를 현대화시킨 우의적인 것, 5) 민족사의 현장을 정면으로 다룬 것 등으로[2] 나누어지기도 하고, 또는 1) 혼란된 시대에 가능한 윤리를 추구한 것, 2) 현대인이 지닌 분열된 의식을 묘사한 것, 3) 예술인의 수련과정을 통해 전통적 예인의 창조적 가치를 조명한 것, 4) 지나간 시대의 인물에 대해 현대적인 의미를 부여한 것 등으로[3] 나누어지기도 한다. 기준에 따라 얼마든지 분류는 달리 나올 수 있다. 정한숙이 취한 제재는 매우 다양하여 그 분류가 쉽지 않을 것으로 보인다. 그는 자신의 모습을 투영한 것으로 보이는 「소설가 석운선생」(1983. 3)이라는 소설에서 "소설가는 항상 새로운 주제와 제재를 골라 소설을 쓰는 어려운 작업을 계속해야만 했다."[4]고 쓰고 있다. 같은 제재나 주제에 매달릴 때 평론가들의 비판과 독자들의 식상을 감당하기 어렵다는 점이 그 이유로 제시되고 있다.

분류가 어떻든, 한국 현대사의 추적은 1950년대 이후부터 정한숙의 소설에 꾸준히 나타나는 중요한 테마의 하나였다. 현대사 자체의 중요성만큼이나 이 테마의 중요성 또한 매우 큰 것이 아닐 수 없다. 이 테마에 관심을 둘 때, 정한숙은 일단 크게 기대할 만한 작가가 될 수 있다. 그는 현대의 여러 역사적 상황을 체험한 사람이고, 또 그 체험을 소설화하여 남겼기 때문이다. 그는 1922년 생으로 소·청년 시절에 일제강점시대를

---

1) 특히 놀라운 것은 1952년부터 1985년까지 한 해도 작품발표를 거른 적이 없었다는 점이다. 여러 연보에는 1954년에 작품발표가 없었던 것처럼 되어 있으나 이해 『신천지』 9월호에 「峻嶺」이 발표되었다.
2) 오탁번, 「끈질긴 탐구정신의 所産」, 『한국현대문학전집』 25권, 삼성출판사, 1978, 440쪽.
3) 최동호, 「예술가 소설과 인간상의 탐구」, 『정통문학』 I 집, 1985, 278쪽.
4) 정한숙, 『안개거리』, 정음사, 1983, 333쪽.

충분히 체험했다. 해방직후기에는 소련군 점령 하의 북한을 체험했는가 하면, 월남하여 미군정과 이승만 정부의 남한도 체험했고, 물론 한국전쟁도 체험했다.[5] 그는 이처럼 격동기의 현대사를 골고루 겪었으며 특히 분단시대의 대표적 피해자인 실향민의 한 사람이다. 문제는 그가 이 역사를 어떻게 인식했으며, 어떻게 소설화했는가 하는 점이다.

정한숙 작품 중 현대사의 현장을 다룬 작품으로는 「도정(道程)」(1955), 『애정지대』(1955. 3~9), 「고가」(1956. 7), 『암흑의 계절』(1957. 3~8), 『끊어진 다리』(1962), 「닭장 관리」(1963. 5), 「어느 소년의 추억」(1976. 12) 등을 대표적인 것으로 손꼽을 수 있다. 이들 작품에서 중점적으로 다루어진 시기는 일제강점시대 말기에서 한국전쟁 직후까지가 되고 있다. 이 작품들 가운데서 『끊어진 다리』는 나머지 작품들의 총합체라 할 수 있다. 이 작품에는 현대사의 제문제에 대한 작가의 메시지가 가장 분명하게 드러나 있다. 다른 작품들은 이 작품의 일부분을 확대시켜 놓은 것에 해당된다고 할 수 있다.

2. 어두운 역사의 증언

위의 작품들을 통해 정한숙은 크게 두 가지를 시도하고 있다. 하나는 현대사의 현장을 객관적, 구체적으로 그려 보이고자 한 점이고, 다른 하나는 나름대로의 현실극복의 방향을 제시하려 한 점이다.

---

5) 1950년대에 등단한 작가 대다수가 북한 출신이고 그 중 거의 대부분이 해방 후 월남한 작가라는 점이 흥미롭다. 장용학, 손창섭, 이호철, 오상원, 전광용, 송병수, 김광식, 선우휘, 이범선, 김성한, 정한숙 등이 북한 출신이고, 이들보다 약간 늦거나 일찍 데뷔한 작가인 박연희, 최인훈도 그러하다.

현대사를 정한숙은 한민족의 끝없는 수난의 역사로 파악하고, 그 수난의 실상을 구체적인 사건 묘사를 통해 증언하려고 노력했다. 그는 이들 작품에서뿐 아니라 1980년대의 「성북구 성북동」(1982. 2)에 이르기까지도 밝은 역사를 발견하지 못했는데, 그것은 당연하다. 실제가 그러하기 때문이다. 그는 집단으로서의 한민족 전체, 그리고 그 구성원 개개인 모두가 역사의 격동 속에서 불구체가 된 것으로 파악한다. 소설『끊어진 다리』는 이를 명백히 규정하는 제목이다. 이 작품에서 '끊어진 다리'는 주인공의 육체 일부로서의 잘린 다리와 수해로 끊어진 다리 등 두 가지를 동시에 가리키지만, 이것들이 상징하는 바는 결국 한민족의 가족적, 정신적, 경제적 상황이다. 어느 누구도 이에서 예외일 수 없다고 정한숙은 보고 있다. 그의 작품들에서 개인을 두고 본다면,『끊어진 다리』에 나오는 존 모리스를 제외하고, 한국인으로서는 예외가 없다.

그는 민족과 개인이 불구가 되는 과정을 두 가지 방향에서 파악하고 있다. 이것은 그가 두 가지 유형의 인물들을 설정하고 있는 데서 엿보아 알 수 있다. 두 유형의 인물은 모두 수난을 겪고, 상처투성이가 되는 약자요 피해자들로서, 하나는 역사의 격랑에 한없이 떠밀려 팔과 다리가 부러진, 재수 없고 선량한 대다수다. 다른 하나는 역사의 격랑에 밀려다니면서도 카멜레온과 같은 재주를 부리고 행운마저 얻은, 재수 있고 교활한 소수인데, 이들 역시 한없는 굴욕감과 비굴감, 고독감, 자기모순의 자각 속에 갇혀 있다.

전자의 인물로『끊어진 다리』의 연과 미혜,『암흑의 계절』의 경옥,『고가』의 필재 등을 예시할 수 있고, 후자의 인물로는『끊어진 다리』의 최상운과 여두삼, 「도정」의 황병수를 들 수 있다. 전자적 인물에 대해, 전자적 불구의 과정에 대해 작자는 깊은 동정과 함께 새로운 역사가 이들의 자유를 위해 바쳐져야 한다고 말하고 있다. 후자에 대해서도 그는 연민의 정을 표출하고 있는데, 이는 본질적으로 고약한 역사를 이끌어 온

'닭장 관리자'들과 몇 마리의 '수탉'의 책임이기 때문이라는 것이다. 그러나 그는 후자들이 이제는 정리, 척결되어야 한다는 점을 작품의 주제로 부각시켰다.

후자의 표본이 「도정」의 황병수다. 그는 본래 일제강점 하에서 독립투사였으나 감옥살이 끝에 변절, 일제관리가 되었다. 해방 후 예전의 독립운동 동지들의 구원으로 미군당국과 관계를 맺고 편히 생활하나, 곧 반민법에 걸려 구속된 후 병보석으로 출감한다. 생존의 위기를 느낀 그는 살기 위해 수단 방법을 가리지 않게 된다. 마약밀매, 인신매매, 사창가 경영 등으로 경제력을 기른 뒤 국회의원에 출마하나 낙선한다. 전쟁발발 후 서울에 남은 그는 인민군이 들어오자 환영대회 개최를 주도하는 등 바뀐 세상에서 살아남기 위한 활동을 편다. 곧 전력이 발각나 북으로 끌려가던 중 요행이 국군에 구출되어 납치인사 대접을 받는다.

환도 후 부역 행위가 알려져 체포되었으나, 납북 도중 구출해 준 장교가 만들어 준 증명서 덕분으로 석방되고, 일사후퇴 후 부산에서 적수공권으로 방황하던 중 일정 때의 동료 관리였던 일본인을 우연히 만나 그와 함께 밀수품 장사를 하여 재력을 기르게 되고, 마침내 큰 회사의 사장이 되었다. 그런 그지만 오늘날 "에이, 뱃속에 똥만 가득찬 놈 같으니, 너같은 모리 간상배 친일파놈의 수명이 얼마나 긴가 보자."는 욕을 먹으며 산다. 자신의 변신에 따라 권력과 안정된 생활이 있어도 그는 "마음은 항상 요강 뚜껑으로 물을 떠 마신 때와도 같이 께름직스러웠다." 이 인물이 내놓은 변명은 "인간인 이상 살려는 욕망은 누구나 다 갖고 있는 것이고 삶에 대한 집착으로 일시 과오가 있다 하여 그것을 두고두고 나무랄 필요는 없다."[6]는 것이었다. 황병수의 삶의 과정은 바로 우리 현대사의 어두운 한 방향을 요약하는 것이기도 하다.

---

6) 정한숙, 「도정」, 『내 사랑의 편력』, 玄文社, 1959, 80쪽.

역사의 소용돌이 속에 휘말려 불구가 되어 가는, 전자적 방향을 보여 주는 작품과 작중인물로 우선 「고가」의 필재 및 그 주변 인물들이 있다. 「고가」는 해방에서 한국전쟁에 이르는 기간의 민족적 비극의 일단을 그렸다. 이 작품에서 가장 큰 피해자는 태식과 길녀다. 태식은 비록 종가의 일원이기는 해도 천인 대접을 받는 서자이고 길녀는 종이었다. 계급적 차별 대우를 받아 온 두 사람으로서는 시대의 변화와 더불어 당연히 계급문제의 해결을 위한 싸움에 뛰어들 수밖에 없었고, 마침내 비극적 결말을 보게 된다. 필재도 역사의 소용돌이 속에서 가족과 사랑하는 사람을 모두 잃어버린 한 희생자로서, 또다른 원통한 죽음을 만나게 될지도 모를 이 종가에 더 이상 남아있기를 거부하고 고향을 떠난다. 이 작품은 한 가족과 그 주변 인물을 통해 현대사의 소용돌이 속에서 변모해 가는 우리 민족의 삶의 일면, 특히 해방과 한국전쟁을 계기로 그때까지도 잔존하여 왔던 봉건적 가족제도와 계급제도의 모순이 폭발되고 청산되는 과정을 잘 반영하였다.

「암흑의 계절」은 '재수 없고 선량한 대다수'의 한 사람인 여주인공 경옥과 그 가족의 수난과정을 통해 한국전쟁이 한민족의 불구화에 가담하는 현장을 보여주고 있는 작품이다. 여기 그려진 것은 전쟁의 뒷면에서, 정치나 이데올로기와는 무관하게 희생당하는 남쪽의 평범한 민간인들의 참담한 모습이다. 시간적 배경은 일사후퇴에서 종전까지이다. 주인공 경옥은 남편이 납북당한 상태에서 일사후퇴를 맞게 되어, 시어머니 및 친정 가족들과 함께 서울을 떠나 피난의 길을 가게 된다. 콩나물 시루와 같은 피난민 열차의 지붕 위에 타고 남하하던 경옥은 수원역에서 잠시 내리는 사이에 열차가 떠나 버리는 바람에 가족과 헤어지게 된다. 경옥의 동생은 열차 지붕 위에서 떨어져 죽고 경옥의 친정 아버지는 아들을 찾으려고 내려서 헤매다가 남은 가족과 또 헤어지게 된다. 경옥은 수원에서 미군장교인 킨의 지프차에 편승하여 남하해 부산에 이른다. 부산에서 갖은 고생 끝에 킨과 재회하고 동거하게 된다. 한편 경옥의 아버지는 방황하다 미군의 노무자로 징용당해 일하던 중 도망을 하나, 중공군에 잡혀 끌려다니다가 유엔군의 포로가 되어, 거제도 포로수용소에 들어간다. 반공·공산포로의 갈등이 극에 달한 수용소에서 어느 쪽과도 관계를 갖지 않은 그였음에도 공산포로들의 오해를 사서 생매장당해 죽는다. 경옥의 친정어머니는 부산의 피난민 수용소에서 병사하고, 같이 있던 경옥의 시모는 목을 매어 자살한다.

휴전협정이 조인된 후, 경옥은 킨으로부터 결혼하여 미국에 가자는 제의를 받지만, 이를 거절하고 돌아올 남편을 기다리기로 하며, 뱃속에 든 킨의 아이를 버리는 낙태 수술을 한다. "자기를 자기 자신으로 환원시켜야 할 엄연한 사실"을 깨닫고 있는 경옥이었지만, '전율과 공포'를 느끼지 않을 수 없었다. 여기서 경옥의 전율과 공포는 "자궁의 상처가 아물고 남편이 돌아오게 되는 날, 가슴속 깊이 핏자국이 생생하게 남아 있는 마음의 상처를 그에겐들 호소할 수 있을지가 의문"[7]이었기 때문에 오는 것이었다. 전쟁기는 '암흑의 계절'이었고, 경옥과 그 가족의 수난은 이 시기 우리 민족의 죽음과 상처의 축도였다. 죽은 자는 죽었지만, 산 자도 호소할 곳 없는 마음의 상처를 가졌다. 작자는 자신의 말을 억제하고 현장의 증언에만 충실하려 했으나, 결국 산 자에게 남은 마음속 깊은 곳의 핏자국을 어떻게 지울 수 있을까 하는 문제를 제기했다. 여기서 작자는 이 문제에 대한 민족적 노력 자체는 낙관하면서도 그 성과에 대해서는 매우 비관적이다. "아무리 발버둥을 쳐도 어둠이 밀려오듯이 경옥은 어두운 계절 속에 산새들 모양 슬피 울며 살아가야 할 자기가 다시금 슬퍼지기만 했다."[8]는 문장으로 작품을 끝맺고 있는 것이다.

『끊어진 다리』의 주인공 연도 우리 민족의 수난을 한몸에 압축하고

---

7) 정한숙, 『암흑의 계절』, 玄文社, 1959, 236쪽.
8) 같은 책, 237쪽.

있다. 일제강점시대에 북한의 한 시골에서 미국인 선교사의 하인 겸 교회 종지기의 아들로 태어난 그는 일제의 말기적 억압을 체험하면서 소년 시절을 보낸다. 그의 아버지는 교회에 대한 억압에 항거하다가 옥사한다. 그의 상전인 모리스 선교사가 가르쳐 준 기독교, 일제가 가르쳐 준 '천조대신', 그리고 어머니가 가르쳐 준 산신령·용신 등 상호 배격적인 세 가지 국적의 신들 사이에서 정신적 혼란을 겪으며, 주변 사람들로부터는 '양거지'라는 별명을 듣기도 했다. 해방이 되자 아버지가 옥사한 덕분으로 내무서원으로 뽑혔다. 그러나 붉은 군대와 그 추종자들의 비인간적 횡포에 혐오감을 갖기 시작했고, 그 때문에 그는 '예수꾼의 반동 앞잡이'로 낙인 찍혀 체포되었다.

연의 가족은 '새로운 상전'을 모시게 되는데, 그는 과거에 일제에 의해 추방당한 미국인 선교사가 살던 집을 해방과 함께 차지하게 된, 한국인 2세인 소련군 장교 이빵이었다. 이빵의 도움으로 석방된 연은 고향을 떠나지 않으려는 어머니를 홀로 남겨 두고 교회 관계자들과 함께 월남하여 남대문 시장에서 미국 구호물자로 나온 의류들을 팔며 연명하던 중 과거 이웃에 살던 사람들을 만난다. 그 중에는 그가 연정을 품고 있던 여자로서 지금은 양공주가 되어 버린 미혜도 있었고, 또 과거 일제에 기생하여 갖은 악행을 하다가 해방 후 월남하여 반공을 내세운 정치폭력단의 간부가 되어 날뛰는 모리정상배 최상운도 있었다. 최상운으로부터 남쪽의 상품을 가지고 북으로 가서 구화폐를 거두어오라는 사악한 제의를 받은 연은 이를 뿌리치고 국방군에 입대하였고 전쟁이 터지자 전투에 참가하여 다리 하나를 절단당하는 부상을 입고 제대한다.

제대 후 그는 성병으로 장님이 된 미혜와 재회하여, 그녀와 함께 어느 산골로 가서 황무지를 개간하여 새로운 삶을 시작한다. 작품의 말미는 연이 대홍수로 자신이 살고 있는 지역 일대가 큰 피해를 입었을 때 이를 보도하기 위해 온 일단의 외국인들 사이에 낀 옛 상전이자 친구였던 존

모리스와 재회하여 감회를 나누는 것으로 되어 있다.

이 작품의 형식은 독특하다. 일인칭 화자인 주인공의 회고담 형식이다. 모든 사건들은 일정한 시간적 순서에 의해 배열되지 않고 뒤섞여 있고, 또 단편화되어 있다. 여러 시기에 체험한 여러 사건들이 단편화되어 일정한 질서 없이 화자의 기억에 떠오르는 대로 열거되었다. 이런 형식을 취한 것은 과거의 일은 현재와 단절된 것이 아니라 현재의 일부, 현재도 계속되고 있는 일임을 명백하게 하려는 의도 때문인 것 같다.

「어느 소년의 추억」은 「끊어진 다리」의 일부, 즉 연의 일제강점시대의 체험을 확대 묘사해 놓은 작품이라 할 수 있다. 연과 매우 유사한 소년의 연과 매우 유사한 체험을 그리고 있다.

위의 작품들은 어두운 현대사의 현장을 구체적으로 그리고 부분적으로 반영하였는데 「닭장 관리」는 외세에 지배되어 온 우리 민족의 정치적 운명의 변화과정 전체를 비유를 통해 조감하고 있다. 한반도는 '닭장'으로, 한민족은 '닭'으로, 그 중 몇몇 정치지도자는 '수탉'으로, '수탉'을 뺀 국민들은 '암탉'으로, 그리고 한반도를 지배한 외세는 '닭장 관리인'에 비유되고 있다. 여기서 조감된 시기는 일제강점시대부터 한국전쟁이 끝나고 북에서 박헌영 일파가 숙청되는 시기까지이다. '포악한 관리인'(일본)의 횡포 및 패가망신 다음에 '우직하고 음흉한 관리인'(소련)과 '능글맞은 관리인'(미국)이 닭장을 남북으로 갈라 관리하다가, 북쪽 닭장의 닭들이 남쪽 닭장으로 넘어와 난리를 일으키다가 쫓겨가고, 붉은 칠을 한 북쪽의 수탉 한 마리(박헌영)는 북쪽 관리인에 의해 목이 떼여 튀겨졌다는 것인데, 단순비유, 상식적 사실의 평면적 기술에서 그리 벗어나지 않고 있는 작품이라 할 수 있다.

이상의 작품들에서 정한숙은 우리 민족의 불구화 과정을 잘 정리해 보여주었다고 하겠다. 그러나 이와 관련된 몇 가지 한계도 지적될 수 있다. 우선 상황의 사실적 묘사가 미흡하다는 점을 들 수가 있다. 추상적, 개괄적 설명에 너무 의존하고 있다는 것이다. 특히, 중요한 상황이나 사건, 예를 들면 『끊어진 다리』에서 연의 월남·입대·부상 과정 같은 작중인물의 운명이 바뀌거나 사건의 큰 전환이 오는 부분에서 이러한 현상은 더욱 두드러지게 드러나 보인다. 민족현실을 단적으로 드러내 보일 수 있는 중요 상황들이 보다 생생하게, 구체적으로 묘사되어 있었다면 보다 좋은 증언적 기록이 되었을 터이다. 이 작품들은 각각 그 분량에 비해 너무 많은 것을 이야기하려 했다고 할 수 있다.

다음으로는 사건 설정의 상식성 혹은 평범성을 들 수 있다. 이 말은 이들 작품 속의 많은 중요 상황이나 사건들이 역사교과서나 많은 사람들의 이야기를 통해 흔히 보고 들을 수 있는 것에 속한다는 의미다. '놀라운' 이야기보다 '다 아는' 이야기에 속한다는 것이다. 개별성과 특수성을 동시에 지닌 사건을 통해서 민족의 보편적 상황을 보여줄 때, 이 작가의 테마는 더욱 절실한 것으로 부각될 수 있었을 터이다.

또 하나 더 들 수 있는 것은 각 시기의 사회구조, 정치적 상황 등 역사 전개의 본질적 문제 추구가 약하다는 것이다. 겉으로 드러난 현상만을 이야기하는 데서 머물러버리고 만 것이다.

마지막으로는 반공주의적 시각에 편중되어 현대사를 바라봄으로써, 민족적 비극의 원인을 너무 단순화시켰다는 점을 들 수 있다. 이들 작품에서 작중인물들이 겪는 비극의 근본적 원인 혹은 직접적 계기로 공산주의 혹은 공산세력(소련, 북한정권)이 나타난다. 「고가」에서는 태식과 길녀가 공산주의자가 된 것이 김씨 종가가 급격하게 몰락하게 되는 직접적 계기이며, 다른 작품들에서도 공산주의자들의 북한 지배나 남침이 작중 비극의 근본적 원인이다. 공산주의는 악의 뿌리라는 전제가 작품들의 밑에 깔려 있다.

3. '새로운 역사 창조'의 길

정한숙은 불구가 되어 버린 민족의 현실, 황무지가 되어 버린 이 땅의 현실을 가슴 아파하면서 나름대로 그러한 현실을 극복할 수 있는 방향을 설정해 보려고 했다. 1950년대 작품들에서는 어두운 역사의 현장들을 그리는 데만 관심을 쏟았지만, 4·19 후의 『끊어진 다리』에서는 현실극복의 문제도 제기하고, 그 방향을 설정했다. 4·19가 작자에게 일정한 희망감을 불러일으켰는지도 모른다.

미혜와 함께 개척지로 간 연은 불구가 된 우리 민족이 '새로운 역사를 창조'하여 나감으로써 이 황폐한 땅을 낙토로 만들어내야 한다고 주장하고 또 그것이 가능하다는 믿음을 갖는다. 이스라엘을 표본으로 삼은 '조국재건'을 꿈꾸게 된 것이다. '낙토의 건설', 조국 재건이란, '자유'를 획득하는 데서 가능하다는 것이 연의 결론인데, 이는 작자의 결론이기도 하다. 자유의 개념은 여기서 구체적으로 제시되지 않은 채, 매우 모호한 상태로 남아 있다. '인간답게 사는 것' 정도의 추상적 의미를 추출해 낼 수밖에 없다.

작중에서 천명되고 있는 것은 공산주의와 빈곤으로부터 벗어남으로써 자유가 온다는 것이다. 가장 문제가 되는 것은 빈곤으로부터의 해방이다. 빈곤으로부터 해방될 수 있다면 공산주의로부터의 해방은 저절로 얻어진다는 것이다. 문면의 언급은 없지만 연이 가장 두려워하는 것은 공산주의이다. 다행스럽게도 남한엔 간첩밖에는 공산주의자가 없어서, 빈곤으로부터의 해방이 이곳에서의 절대 과제가 된다고 한다. 이 과제가 해결되지 않는다면 이곳에 또 공산주의자가 고개를 들지도 모른다는 것을 그는 두려워하고 있다. "공산주의를 막기 위해서도 그렇지만, 우리는 소중한 자유를 찾기 위해서도 빈곤에서 벗어나는 길밖에 없을 것이다.",9)

"우리들은 빈곤에서 벗어나 자유를 누릴 수 있을 것이다."[10]라고 연은 말하고 있다.

빈곤으로부터의 해방이야말로 공산주의로부터의 영구한 해방을 가져오며, 이 땅을 진정한 자유가 보장되는 낙토가 되게 하는 절대적 해결책이라는 것이 이 작품의 문면에 드러난 논리인데, 단순하고도 비약적이다. 빈곤으로부터 자유로워지려면 우선 '마음의 밭'을 갈아야 한다고 연은 생각한다. 마음의 밭이란 투철한 노동정신과 인내심이다. 그 다음에는 성실한 노동을 실천해야 한다는 것이다. 결국 이 나라의 새로운 역사는 '위대한 정치가가 아니라 논과 밭을 갈고 마을을 가꾸어 가는 우리들'[11]의 노동의지와 그 실천에 의해 창조된다는 것이다.

여기서 제시된 논리는 소박한 수준에 머무는 경제갱생론이요, 개척정신론이요, 반공론이라고 할 수 있다. 이러한 논리만으로 이 땅에 새로운 역사의 창조가 과연 가능할 수 있을 것인가? 물론 이 논리도 일정한 중요성을 인정받을 수 있을 것이다. 그러나 더욱 중요한, 더욱 본질적인 것이라 할 수 있는 문제들이 있다. 진정한 자유가 보장되는 조국재건을 향한 새로운 역사의 창조는 최소한 다음 몇 가지에 대한 올바른 인식을 요구한다.

먼저 들 수 있는 것이 분단극복 문제의 인식이다. 여기에는 심정적 반공주의를 넘어서는, 보다 차원 높은 이념적 시각이 요구된다. 정한숙 작품의 주인공들에게 있어서는 분단의 이념적, 정치적 배경, 진행 과정, 공산주의의 본질 및 발생 근거 등등 분단과 관련된 문제들을 따져 보려는 노력이 미약하다. 분단극복을 향한 고민도 그리 드러내지 않는다. 모두들 심정적 반공주의의 시각에서 분단을 굳어버린 사실로 받아들이고, 통

---

9) 정한숙, 『끊어진 다리』, 을유문화사, 1962, 196쪽.
10) 같은 책, 198쪽.
11) 같은 책, 178쪽.

일에 대한 기대를 포기하는 듯하다. 월남민인 주인공들에게 잃어버린 고향은 '가야 할 곳'으로보다는 '그리운 곳', '추억의 땅'으로 인식되고 있다.

다음으로는, 위의 문제와 관련되는 것이지만, 외세 및 주체성의 인식을 들 수 있다. 외세에 대한 분명한 인식과 함께 주체적으로 민족문제를 해결해야 한다는 점이 망각될 수 없다. 정한숙 작품에서는 미국에 대한 인식이 주목된다. 여기서 미국은 구원자요, 형제요, 친구의 나라로 되어 있다. 「암흑의 계절」에서 킨은 주인공에게 고맙기 이를 데 없는 구원자이자 애인으로서, 휴머니스트이고 신사이다. 『끊어진 다리』에서는 미국에 대한 인식을 다음과 같은 말로써 분명히 드러내고 있다.

> 1950년 6월 25일, 우리는 공산군의 남침을 막기 위해 같은 전선에 섰던 자유의 용사요, 자유의 형제였던 것이다. 죤! 그러고 보니 너의 조부가 묻혀 있는 나의 조국의 해방사란 병든 역사로 꾸며지고 말았다. 죤! 언젠가 나는 지금 내가 자리하고 있는 땅에서 너와 만날 수 있게 될 것을 믿어.[12]

한국 땅은 미국인이 묻혀 있기도 한 땅이요, 한국인과 미국인이 함께 하는 땅이라는 것이다.

『끊어진 다리』는 또한 조국 재건에 미국의 원조가 필요함을 말했다. 연을 통해 "재건의 의욕… 거기다 합쳐진 원조… 그것은 이스라엘의 내일을 약속하여 주고 있지 않은가."[13]라고 이스라엘을 빗대어 말했는데, 결국 죤이 수해복구를 돕기 위해 한국에 와서 남녀 주인공과 함께 보내는 것으로 작품을 끝맺었다. 죤을 만난 연은 "자네 조부와 부친께서는 천국의 사업을 도우러 이 땅에 오셨고, 죤은 다시 미국 정부의 일을 도우러 나오지 않았나."[14]고 감읍하면서 "아무리 많은 구제품과 레이숀박

---

12) 같은 책, 218쪽.
13) 같은 책, 181쪽.
14) 같은 책, 405쪽.

스라 해도 헐벗음과 굶주림을 막을 순 없을 거야. 공연히 인심만 사납게 하기가 쉽지."[15]라는, 미국 원조를 당연하게 받아들이면서도 이를 쑥스럽게 생각함을 나타내는 말을 한다. 연은 어릴 때 죤의 어머니가 준 고양이에게 자신이 좋아하는 이웃 소녀의 이름인 '미혜'를 갖다 붙이기도 했다. 요컨대 연은 '조국의 병든 해방사'와 미국의 관계에 대해서는 별다른 문제의식을 갖지 못한 채, 미국 홍보물적 수준의 미국 인식에서 그리 벗어나지 못하고 있을 뿐만 아니라 민족현실 극복에 있어 '믿는 것은 우리의 어깨와 다리'라고 하면서도 실상은 자력 이상으로 미국의 정치적, 경제적 도움에 기대를 걸고 있는 것이다. 연은 어릴 때의 별명인 '양거지'에 대해 의문을 가진 적이 없었고, 물론 그것을 버리기 위한 노력을 펴본 일도 없었는데, 작자는 그러한 연을 사랑하고 자신의 메시지의 전달자로 삼고 있다.

세 번째로는 한국 내부의 정치적, 사회적 정의실현 문제의 인식이다. 가난으로부터의 해방이 정치적, 사회적 정의 실현의 필요충분조건이라고는 할 수 없고, 이 정의의 실현이 없는 곳에 진정한 자유가 있기 어렵다. 「끊어진 다리」를 위시한 정한숙 작품들에서 민주화, 계층적 갈등의 해소 등 정치적, 사회적 정의 실현 문제는 논의 대상으로 떠오르지 못했다.

　　1960년 4월 19일…… 불의와 부정을 디디고 일어선 자유의 투사, 너희들은 백만 젊은 학도들이었던 것이다. 마산에서 시작한 바람은 서울에까지 혁명의 바람을 불러일으켰던 것이다. 늙은 마법사도, 젊은 앞잡이도, 그리고 장군도, 열렬한 지사도, 또 현명한 박사님들도 그 바람을 막진 못했다. 나와 미혜는 이 1960년이란 해를 맞아 완전히 흥분되어 버리고 말았던 것이다. 그러나 이러한 흥분도 내 신념을 뒤흔들어 주지는 못했다. 그것은 우리들의 현실이 너무나 벅찼던 까닭이다. 우리들의 개척 사업은 흥분만으로는 지속될 수 없었다. 희망, 승리, 도취, 그 어느 것도 우리들을

---

15) 같은 곳.

당장에 기아로부터 건져주진 못했다. 우리들을 가난과 기아로부터 구출시
킬 수 있는 힘은 우리들의 어깨와 다리를 믿는 것밖엔 없다는 신념을 스
스로 납득할 수 있었을 뿐이다. (중략) 나는 지금 이 순간에도 이스라엘
땅을 생각하고 있다. (중략) 조국 재건의 꿈 (중략)16)

5 · 16 직후 지식인들의 4 · 19와 5 · 16 인식의 한 단면을 보여준다는
점에서 『끊어진 다리』의 일절을 길게 인용했다. 여기서는 이승만 독재체
제하의 정치 · 사회적 불의의 체험을 새로운 역사창조의 한 교훈으로 심
화시켜 나가겠다는 자세를 보기 어렵다. 4 · 19는 '혁명의 흥분'을 느끼
게 하는 것에 머물렀다. 흥분은 일시적인 것이고, 중요한 것은 '기아로부
터의 해방'이었다. 독재와 혁명의 체험 속에서 얻어진 '신념'은 이렇게
소박한 것으로 나타나고 있다.

이 작품이 상재되었던 1962년 10월은 5 · 16 직후로서, 이 시기에 정
권장악자들에 의해 국가재건이라는 구호가 이 땅을 휘감았던 점을 주목
하지 않을 수 없다. 그리고 1960년대에 앞에서 제기된 세 가지 문제에
대한 새롭고 깊이 있는 인식을 보여준 작품들이 매우 드물었다는 점 또
한 새삼스러운 관심거리로 삼아야 할 것이다.

4. 맺음말

이상의 작품들에서 나타난 바, 작가 정한숙의 한국 현대사에 대한 지
속적인 관심 자체는 높이 평가받을 만한 것이라 할 수 있다. 그리고 일
제강점시대 말기부터 한국전쟁 종전기에 이르는 어두운 역사의 현장을

---

16) 같은 책, 179~181쪽.

객관적으로, 때로는 개괄적으로 그려 보임으로써 시대의 증인 역할을 수행하려 한 점 역시 높이 평가받을 만하다. 그러나 그는 여러 시기와 장소를 아우르는 자신의 다양한 체험에 걸맞을 만한 심도 있는 현실 투시, 발전적 역사 인식을 작품에서 보여주었다고 할 수는 없다. 이것은 그가 지녔던 역사와 현실에 대한 반공주의적 시각과 전망의 한계, 그리고 1950~1960년대가 지닌 시대적 한계에 기인하는 것으로 보인다.

공산치하의 북한을 탈출한 많은 월남민들이나 월남 작가들에게 있어, 혹독한 수난의 체험과 실향민으로서의 자의식이 역사의식의 심화에 역기능을 하여, 자신들로 하여금 '반공투사', '반공작가' 등으로 고착되게 했을 수도 있다. 그렇다면 이 또한 우리의 어두운 현대사의 일부를 보여주는 것이 된다. 이 글에서 검토한 정한숙의 일련의 작품들은 1950~1960년대 초기 한국소설들의 보편적 역사 인식의 수준을 잘 반영하는 것으로서, '분단문학'의 한 표본이 된다고 할 수 있다.

제3부

역사소설에서의 역사 인식과 그 형상화
-역사소설론적 접근-

제 1 장

한국 역사소설의 전개 양상, 그 성취와 한계

1. 역사소설의 이상

한국 현대문학사에서 역사소설의 중요성이 제고(提高)되는 것은 두 가지 점에서 당연해 보인다. 먼저, 역사소설의 가시적 성과를 들 수 있다. 역사소설은 1900년대에 발원하여 1920년대에 정착된 이후 오늘에 이르는 긴 역사를 가지고 있고, 또 많은 양이 써졌으며, 특히 1970년대 이후 더욱 큰 양적·질적 성취를 보이면서 어느 문학유형보다도 많은 독자를 확보하게 되었다. 다른 많은 문학유형들이 정체적이거나 소멸적인 데 비해 역사소설은 발전적 생명력을 지닌 것으로 판명나고 있는 것이다. 다음으로는 역사발전에 관한 보편적 관심과 한국 현대사의 특수성을 들 수 있다. 역사발전의 문제는 어느 시대 어느 공간에서도 사라질 수 없는 관심의 대상이 되는데, 역사소설은 바로 그 문제에 가장 깊이 관련되는 문학유형이다. 한국 현대사는 식민지화·전쟁·분단·독재 등 고통스러운 역사로 점철되어 있고, 지금도 미래에 대한 불안감은 해소되지 않고 있다. 이런 역사 속에서 역사소설은 꾸준히 한민족의 과거와 현재, 그리고 미래의 문제를 추구해 왔다.

역사소설을 문제 삼을 때 먼저 해야 할 것은 물론 역사소설이 무언인가를 검토하는 일이다. 역사소설이란 '역사'와 '소설'이 결합된 것이라고 쉽게 답할 수 있다. 즉 역사적 사실과 문학적 요소가 합해서 이루어낸 것이라 하겠다. 통념적으로 이 '역사'에는 과거의 역사가 소재로 된다는 뜻이, '소설'에는 소설적 상상력에 의한 형상화가 이루어진다는 뜻이 들어 있다. 논자에 따라서는 역사소설의 형태를 '근대적 장편소설'[1]로 한정하는 경우도 있는데, 지금까지의 한국 역사소설의 거의 대부분은 장편이었던 것이 사실이다. 단편으로서 역사소설이라 지칭된 작품들도 있었는데, 그 성과는 지금껏 논의의 대상이 되지 않았거니와, 단편이 좋은 역사소설이 되기는 어려울 것 같지만, 원칙적으로 역사소설이 단편일 수는 없다는 것은 검토의 여지가 많다. '과거'의 한계를 어떻게 잡는가도 논점이 된다. 이에 관해서는 '현재와 획기적으로 구분될 수 있는 적어도 두 세대 이전'[2] 혹은 '1940~1960년(두 세대) 이전 시대'[3] 정도가 통용되고 있다. 여기서 보다 중요한 조건은 작자가 이를 명백히 과거라고 생각해야 한다는 점일 것이다.

역사소설은 왜 창작되고 어떻게 창작되어야 할 것인가? 다시 말해서 역사소설의 이상은 무엇인가? 일제강점시대 이래 역사소설에 대한 한국 문인들의 언급이 적지 않았지만 그 거의 대부분이 단편적이다. 그 중 역사소설의 이상을 간명하게 정리한 예로 현진건을 들 수 있다. 현진건은

---

1) 강영주, 『한국역사소설의 재인식』, 창작과비평사, 1991, 155쪽.
2) 같은 곳.
3) A. Fleishman, The English Historical Novel, The Johns Hopkins Univ. Pr., 1971, 3쪽.

역사소설이 '과거에 소재의 무대를 가진 소설'로서, 사실(史實)에 가능한 한 충실해야 하나 실기나 실록과는 달리 '소설로서의 주제와 결구를 가지는 창작물'이 되어야 한다고 했다. 그는 역사소설을 작자가 '허심탄회하게 역사를 탐독하다가 우연히 심금을 울리는 사실을 발견'하여 쓴 것과, 작가가 명확한 주제를 가지고 있으나 현재를 소재로 해서는 '거북'한 점이 있거나 그것을 '진실'하게 드러내기 어려워 과거에서 취재하여 쓴 것으로 양분하면서, 그 중 후자를 이상적인 것이라 했다. 여기서 좋은 역사소설은 명확한 의식(주제)에서 비롯되는 것인데, 그 의식은 '현재'와 길항 관계에 잇는 것임을 알 수 있다. 결국, 현진건이 생각하는 이상적 역사소설은 확고한 현실·역사의식을 바탕으로 하는 것임이 드러난다. 이 점은 역사소설이 '비현실적'이거나 '도피적'이어서는 안된다고 강조한 것에서도 확인된다. 그리고 그는 그러한 역사소설은 "맥이 뛰고 피가 흐르는 현실감을 줄 수 있다."고 했다.4) 이런 역사소설은 한마디로 리얼리즘소설일 수밖에 없다.

　역사소설에 관한 대표적인 이론가로 게오르그 루카치를 들 수 있다. 그가 역사소설의 전범으로 생각하는 것은 월터 스코트의 『아이반호』나 『웨이벌리』로 대표되는 고전적 역사소설인데, 그의 『역사소설론』에서 제시된 이론은 우리 역사소설 이해에도 크게 도움이 된다. 그에 의하면 역사소설의 대상이 되는 과거사는 현재적 의미를 지닌 것, 즉 '현재의 구체적 전사(前史)'이어야 하며, 역사소설가는 현실적 문제 인식에 기초하는 역사의식을 가지고 그것을 보아야 한다는 것이다. 과거사는 역사적으로 진실하면서도 구체적으로 묘사됨으로써, 독자로 하여금 그 시대에 대한 정당한 이해를 바탕으로 현재에 대한 올바른 인식에 도달하게 해야 한다. 소재가 된 과거사는 그 시대의 본질적 혹은 중대한 흐름과 관련된

---

4) 현진건, 「역사소설문제」, 『문장』, 1939. 9, 126~129쪽.

것이어야 한다. 이것으로 한 시대의 총체적 이해도 실현할 수 있기 때문이다.

또한 역사소설은 "거대한 역사적 사건에 대한 옛날 애기가 아니라 이 사건 속에서 활동했던 인간들에 대한 문학적 환기로서", "사람들이 어떤 사회적 인간적 동기에서 생각하고 느끼고 행동하는가를 실제 역사적 현실에서의 경우와 똑같이 추체험할 수 있게끔 하는" 역할을 충실히 수행해야 한다.[5] 이러한 역할들을 수행하기 위해 작중인물들을 '역사적 흐름이나 이념 등의 단순한 대변자'가 되어서는 안되고, '순수하게 개인적'이면서 "그들이 사는 시대 및 그들이 대변하면서 승리로 이끌려고 노력하는 역사의 흐름과 매우 복잡하고 생동적인 연관관계를 맺게끔" 형상화되어야 한다. 즉 전형적 인물로 그려져야 한다는 것이다. 그리고 이러한 작품의 이상적 주인공으로는 역사상의 중요 인물보다는 '중도적 인물'이 더 적합하다는 것이다. 이런 인물은 전형화되어 있으면서도 상층과 하층, 상부와 토대 등 여러 계층이나 집단을 동시에 보여줄 수 있다고 보았다. 한편, 루카치는 역사소설에서 역사적 전망의 제시도 빼놓지 않았다. 그는 또한 부정적 양상들을 제시함으로써 긍정적 역사소설상을 알리기도 했다. 역사허무주의, 역사의 신비화, 역사날조나 왜곡, 개별적이고 고립된 사실의 정밀묘사 추구, 역사의 사사화(私事化), 역사의 통속적 흥밋거리화 등이 바로 부정적 양상들이다.

루카치는 스코트의 작품을 빌려 현재 사회에서 중요한 것으로 여겨지는 문제들은 과거 속에서도 다른 특수형식으로 작용하고 있었다는 사실 인식의 중요성을 강조함으로써 역사소설이 설 자리의 초석을 놓았다. 고전적 역사소설은 어디로 나아갔는가. 이에 대해서 루카치는 "현재 사회의 문제에 대한 역사적 이해의 증대, 그리고 생활감정의 역사화가 문학

---

5) 게오르그 루카치, 『역사소설론』(이영욱 역), 거름, 1987, 42쪽.

적으로 표현된 이러한 역사소설은 필연적으로 높은 수준의 '현재소설'로 나아"갔다고 했다.6) 이런 역사의 증명이 있기도 하지만, 역사소설은 본질적으로 현재소설, 사회소설, 리얼리즘소설과 그 이상을 같이 할 수밖에 없는 것이다.

이상에서 언급한 역사소설에 대한 생각들을 바탕으로, 작품에서 구현된 소재, 의식, 형상화 양상을 역사소설의 전개과정을 따라 중요작품을 중심으로 점검함으로써 한국 역사소설의 성취와 한계를 논의해 보고자 한다.

2. 근대 역사소설 전단계의 양상

한국 근대 역사소설은 1920년대에 성립되었다는 것이 정설이지만, 역사의 문학화에 대한 관심과 실천이 나타나기 시작한 시기는 애국계몽기(1900년대 후반)였다. 이때의 '애국계몽소설'을 근대 역사소설의 '선행형태'7)로 보는 것은 옳다. 애국계몽기의 많은 지식인들은 우리의 역사에 관심을 가지고, 이를 그들이 알고 또 할 수 있는 형식 내에서 대중화시켜 당대 국민들의 의식을 일깨우려 했다. 이러한 노력은 국권상실의 위기감에서 나왔다. 그들이 동원한 역사 대중화를 위한 형식은 전통적 '전(傳)'형식, '몽유록' 형식, 그리고 '군담소설'에 가까운 형식 등이었다. 그들은 '소설'이 대중과의 좋은 소통 수단이라는 것을 의식했던 듯, 그 저술에 '소설'이라는 이름을 붙이고 싶어했는데, 그런 희망이 '정치소설 서사건국지', '신소설 애국부인전', '실업(實業)소설 부란극림전(富蘭克林傳)',

---

6) 같은 책, 306쪽.
7) 강영주, 앞의 책, 22쪽.

'밀아자(密啞者)소설 몽견제갈량' 등으로 나타났다. 그들은 서구적 소설 형태는 몰랐던 것으로 보이지만 '소설'이라는 말로 그들의 저술이 학술적 역사저술이 아니라는 것을 나타냈다. 창작물의 소재는 한국 과거사 중에서 국가위기시의 구국영웅이 중심이었고 번역물의 소재는 서양 과거사 중의 구국영웅이나 '부국강병'의 지도자가 중심이었으며, 작품의 서두와 말미, 그리고 사이사이에서 역사와 현실에 대한 자신들의 의지와 희망을 직설적으로 토로해 내었다. 그들은 역사 속에서 민족정체성을 확인함과 아울러 국권 지키기의 논리와 힘을 찾으려 했다. 바꾸어 말하면 과거사를 현실 재발견과 대응의 무기로, 민족주의 이념 형성의 바탕으로 삼은 것이다. 대부분의 근대 역사소설의 창작 동기, 목표는 이 시기의 그 것을 본질적으로 계승한 것이다. 애국계몽소설이 당대인의 현실대응에 일정한 역할을 한 동시에 후대 역사소설의 성립과 전개에 선도적 역할을 했다는 점은 높이 평가할만한 성과였다.

그러나 애국계몽소설의 문학적 낙후성은 명백하다. 거기에서는 '역사'는 넘쳤으나 '문학'이 부족했다. 즉 문학이 역사를 담아내는 데 크게 부족했다. 양자 간의 불균형이 컸던 것이다. 그래서 그것을 역사'소설'이라고 말하기가 쉽지 않은 것이다. 근본적으로 소설적 상상력이 그 속에서 차지한 자리가 미미했기 때문이다. 거기서 작자는 자신이 조사한 역사적 사실의 문장화와 주장의 문면화에 급급했다. 역사상의 공적(公的) 인물, 왕후장상의 공적만이 있고, 허구성은 거의 시도되지 못했다. 허구적 인물이나 개인적 특수성을 가진 '개인'이 있다거나, 당대 현실의 역사적 진실성을 추구하는 것 등과는 먼 거리에 있는 단계였다. 이런 문학적 측면의 한계와 한주국종(漢主國從)의 국한문혼용체 때문에 대중적 독서대상이 되기가 쉽지 않았음에도 불구하고 애국계몽소설이 꾸준히 창작·번역되어, 애국계몽단체의 기관지 게재를 넘어 단행본으로 널리 보급되었다는 것은 그만큼 그 시대 대중들의 민족적 위기감과 그 극복의지가 강했음을 드러내는 일이다. 다시 말하면 애국계몽소설의 발흥은 대중적 선호 없이는 가능하지 않았던 것이거니와, 이 선호는 외세침략과 국권상실이라는 민족현실에 거의 전적인 원인이 있었던 것이다.

3. 역사소설의 성립과 다양한 시도

근대 역사소설이 1920년대에 성립되었다고 할 때, 그 출발작은 이광수의 『마의태자』(1926~1927)이다. 일제강점시대는 출발기이면서도 우리 근대 역사소설의 거의 대부분의 모습을 보여주었던 시기였는데, 양으로 보면 40여 편의 장편역사소설이 발표되었다. 이 시기 역사소설이 보여주었던 대부분의 양상들은 1960년대까지 거의 그대로 재현되어 오다가 1970년대에 이르러 일부 대작들을 통하여 한 단계를 올라섰다고 할 수 있을만한 극복·발전상을 보였다.

일제강점시대 역사소설은 '민족문학파'에 속했던 보수적 민족주의자들을 중심으로, 그리고 신문연재물로서 출발·성장했다. 그 출발은 민족문학파의 민족(국민)문학운동의 일환으로 이루어졌다. 그들은 시조부흥운동, 국토순례문 창작운동 등과 함께 역사소설 창작운동을 전개하여 민족적 허탈감에 빠져 있던 대중들에게 '조선심'을 불러일으킴으로써 민족애와 민족 미래에 대한 희망을 갖게 하려고 했다. 이광수의 경우, 역사소설이 대중과의 좋은 소통 수단임을 알고 역사소설 창작운동을 주도했는데, 그가 이를 통해 귀착하려는 정치운동의 지점은 실력양성운동이었다. 실력양성운동은 사실상 백년하청인 운동이지만, 민족의 단점을 뜯어고치고 힘을 기르자는 표면 논리는 '조선심' 고취운동과 함께 대중들을 끌어들일 수 있는 측면도 있었다. 여기에다 이광수가 1910년대부터 내세워왔던

'정(情)의 만족' 문학론을 실천한, 그래서 신문경영자들이 기대하는 신문연재소설로서도 적합한 요소를 갖춘 역사소설이야말로 당대 대중들이 단연 선호할만한 것이 아닐 수 없었다. 이후 역사소설은 계속 신문연재소설로 발표되어 나가는 형편이었기 때문에 흥미유발 쪽에 비중을 강화시켜 나감으로써 역사를 재미있는 이야깃거리로 몰아가고, 독자는 점점 복고주의적, 흥미추구적 취향에 빠지게 되었다. 윤백남의 작품들은 바로 그러한 경향으로 빠진 대표적인 경우가 된다. 그의 작품들은 사실(史實)과 무관하거나 사실성이 극히 의심스러운 사건들을 다루어, '역사'의 부분이 거의 무의미해진, 황당한 읽을거리가 되었다. 이런 경향으로 빠져갈수록 작품에서 역사의식은 더욱 박약해지고, 과거사는 현실과는 무관한 사사로운 것으로, 사건은 사실성 없는 허황한 것으로 나아가는 정도가 심해졌다. 그리고 작품은 작가의 생계수단으로 상품화된 것이다.

　여기서 일제강점시대 역사소설의 중요한 국면들을 표본적인 중요 작품들을 통해 검토해보고자 한다.

1) 출발점의 모습 : 『마의태자』

『마의태자』는 근대 역사소설의 출발작이라는 의의를 갖고 있지만, 뒤에 이어지는 일정 유형의 역사소설의 완성적 모델이 된다는 점 또한 특기할 만하다. 많은 소설이 이 작품의 성취 및 한계와 궤를 같이 했다. 『마의태자』는 과거사를 소재로 해서 허구적 상상력을 동원하여 대중 속에 쉽게 들어갈 수 있는 소설형태를 충분히 갖추었다고 할 수 있다는 점에서, 그리고 최초의 역사소설이라는 점을 감안할 때, 그 성취를 높이 살 수 있다. 그러나 내용을 파고들어 가면 이 작품은 많은 한계를 가지고 있다. 이 작품의 한계보다도 더 심각한 문제는 이런 것들이 뒤의 작품들에서 오랫동안 거의 극복되지 않았다는 점일 것이다.

『마의태자』의 한계는 여러 면에서 드러난다. 가장 중요한 것이 역사에 접근하는 기본적 태도의 문제이다. 이 작품의 배경은 신라 멸망까지의 약 100년사인데, 멸망의 원인을 그 시대 신라의 정치·사회적 특수성 및 주변 국가간의 정치·경제적 관계 등에서 찾아보려는 시도는 없이, 신라 왕실 구성원들의 치정·부패·무능, 그리고 주변국 지배자들의 야심이나 원한관계에서만 찾는다. 이러한 접근태도는 극히 비역사적이다. 역사의 변화를 국가나 사회의 근원적 문제와 관련시켜 이해하려 하지 않고 특정한 개인의 행위나 운명에만 국한시켜 이해하려는 것이기 때문이다. 이러한 태도는 역사를 흥밋거리화, 사사화(私事化)하는 것으로서, 과거와 오늘의 관계, 오늘에 던지는 과거의 의미는 전혀 찾아낼 수 없다. 더구나 작품의 끝을 마의태자와 낙랑공주의 슬픈 사랑이라는 허구의 낭만적 이야기로 만들어 신라 멸망의 역사를 더욱 더 사사화하고 있다. 신라 멸망이라는 소재 자체는 올바른 역사의식에 입각하여 접근한다면 일제강점시대 독자들의 현실인식을 심화시켜 줄 수도 있는 것이겠지만 작자는 이를 포기하였던 것이다. 망국의 왕자 마의태자는 국가회복의 칼을 갈기는커녕 "가자, 모든 것이 끝났도다!"고 하면서 "수풀 속으로" 들어간다. 도전의 포기, 현실도피의 결말이다. 과거는 오직 이야기 속의 과거일 뿐이고, 국가의 멸망과 생성은 무장(武將)들의 성공과 실패담 속에 있는 것일 뿐으로 대중독자들은 받아들일 수 있다.

이 작품의 현실적 효과와 관계있는 또 하나의 중요한 한계는 민족애와는 역으로 민족혐오감마저 불러일으킬 수도 있다는 점이다. 등장인물은 모두 실존했던 왕후장상들인데 그 거의 대부분이 부도덕한 호색한이요, 사욕에 찬 야심가나 복수심에 미친 사람이거나 비굴하거나 무능한 인물이다. 못난 왕과 못난 지배층 때문에 망한 못난 과거의 이야기는 일제 식민사학자들의 역사기술에 장단을 쳐주는 것이 될 수 있다.

이 작품은 과거의 충실한 반영과도 거리가 크다. 그 시대의 사회·정치상, 이익집단 간의 역학관계나 민중들의 삶의 모습은 거의 혹은 전혀 드러나 있지 않다. 등장인물들은 궁중 속이나 전투 현장의 왕후장상들뿐이며, 그들의 습속조차도 거의 묘사되어 있지 않다. 신라시대가 매우 오랜 과거이고 그 기록도 적어서 그 시대상을 알아내기가 어렵겠지만 그를 위한 작자의 노력은 적었던 것 같다.

2) 왕조사 기록을 따라

일제강점시대의 많은 역사소설들이 『마의태자』를 선두로 왕조사에 관한 기록을 바탕으로 하고 있다. 시대는 다양하여, 예를 들면 『제성대』(김동인, 1938~1939, 『견훤』)는 후백제, 『다정불심』(박종화, 1940~1941)은 고려 말, 『단종애사』(이광수, 1928~1929)와 『대수양』(김동인, 1941) 및 『세조대왕』(이광수, 1940년)은 조선 세조대, 『금삼의 피』(박종화, 1936)는 성종·연산군대, 『대춘부』(박종화, 1937~1938)는 정묘호란기, 『이순신』(이광수, 1931~1932)은 임진왜란기를 다루고 있다. 이런 작품들은 왕후장상들을 주인공으로 하여 그들의 궁중 내 갈등이나 정치적 활동을 그리고 있어, 우선 소재가 당대 사회의 반영에 매우 제한적이다. 특히 이들 작품은 대체로 봉건적 충의사상에 대한 향수를 떨쳐 버리지 못하고 있기 때문에 원초적으로 당대 사회를 보는 시각 전체가 제한적일 수밖에 없다. 이런 소재와 시각 때문에 궁궐 밖 혹은 지배층 인물 주변 이외의 백성 일반의 생활은 처음부터 반영의 대상이 될 수 없었다. 그리고 왕조실록을 위시한 정사적 기록물에 충실하여, 그 기록물들의 시각에 따라 사실의 선악을 판단하고, 그 기록물들이 제공하는 정보의 범위를 넘어 작자 자신의 소설적 상상력을 발휘하는 데 매우 소극적인 경우가 대부분이다. 역사를 엄정한 눈으로 판단하기를 포기하고 역사기록을 소설적 문장화하는 데 머물거나 사실을 자신의 기호대로 자의적으로 왜곡 해석하는 극단적 경우도 있다.

또 왕후장상들의 행적을 정치적·사회적 역학관계 속에서 그려내지 않고 흥미의 대상으로, 미화의 대상으로 만들어 내는 것이 이들의 일반적인 경향이다. 이들이 당대 독자들의 역사의식, 현실의식을 일깨우거나 높이는 데 일정한 역할을 할 수 있었다고 보기는 어렵다.

『단종애사』의 소재는 수양대군이 단종과 그 추종자들을 제거하고 권력을 장악하는 과정, 즉 지배층 내의 권력투쟁과 왕권교체이다. 등장인물은 실존했던 왕후장상들뿐이며, 『연려실기술』 등 역사기술을 자료로 해서 그 속의 사건들을 다소 작자자신의 취향대로 해석하면서 문장화하고 있으며, 소설적 상상력에 의한 형상화 부분은 거의 없다. 이 작품 속에는 민족 간의 갈등, 민족 내부의 계층 간의 갈등, 당대 백성들의 삶의 실상이나 습속 같은 것은 물론 나타나지 않는다. 『단종애사』의 소재는 일제강점시대의 민족현실과는 어떠한 연관도 이루어질 수 없는 것이고 독자들의 현실인식 제고와도 무관하다.

이광수는 이 작품 중의 한 지문에서 역사소설을 통해 조상의 장단점을 알고 배우고 고치자고 했는데, 실력양성론이 밑에 깔린 논리로서, 매우 소박한 역사소설관을 드러낸다. 이러한 생각 아래 그는 한민족의 '장·단처'를 부각시키는 데 힘썼는데, 장처를 찾아내기보다는 "조선조 사람들의 가지각색의 본색을 탄로"[8]시키기에 더 열심이었다. 그가 한민족의 장처로 부각시킨 것은 의리와 인정인데, 여기서의 의리란 봉건적 충의사상이다. 이 작품의 12분의 1 정도의 분량에서 성삼문 일파의 충의를 그리고 있는데, 충의의 명분은 세종의 고명을 받든다는 것으로서, 개인적 의리 즉 단종 개인에 대한 충성 이상의 것이 되지 못한다. 봉건시대 권력층의 왕에 대한 의리, 그들 내부의 권력장악을 위한 무자비한 살상이 1920년대 독자들에게 어떤 의미가 있는가. 권력장악을 위해 형제·조

---

8) 이광수, 『이광수전집』 5권, 삼중당, 1963, 219쪽.

카·친구·동료를 참살하는 지배층의 행위 그리기는 민족 단처 부각이다. 이는 조선조 집권층 내의 갈등을 부정적으로 부각시킴으로써 조선인의 민족성과 지도층의 능력을 함께 폄하하려 했던 일제 관학자들의 논리를 뒷받침해주는 것이 될 수 있다.「민족개조론」을 써서 크게 비난받았던 이광수가 그때의 생각을 버리지 않고 있다가 몇 년 뒤 이 작품을 통해 슬며시 다시 내놓고 있는 것이라 하겠다.

『세조대왕』은 역사의 사사화를 가장 잘 보여주는 예다. 이 작품은 동일한 인물에 대한 평가가『단종애사』에서와는 정반대로 이루어지는 것이 두드러진 특징이다.『단종애사』에서 의리와 인정이 없었기 때문에 천하의 악인이라고 매도되던 신숙주와 한명회가 각각 '어진 재상', '반드시 흉악한 인물은 아닐 것'으로 되어 있고, 또『단종애사』에서 긍정적 인물로 부각되었던 황보인, 정분, 김종서는 각각 '못난이', '황보인만도 못한 물에 물탄 듯한 위인', '무위무능한 늙은이'로 매도되었다.『단종애사』에서는 의리와 인정이,『세조대왕』에서는 불교에 대한 신앙과 정치적 역량이 인물평가의 기준이지만, 판단은 자의적이다. 세조는 오직 나라와 백성만을 생각하는 성군이요, 그의 왕위찬탈은 지극히 정당하다. 세조가 '성군', '대왕'으로 추앙받는 가장 큰 이유는 그가 불교에 귀의해서 인격수양을 했다는 점이다.『세조대왕』은 이 시기 이광수의 불교에 대한 개인적 관심, 그리고 그가 내세웠던 수양론을 세조를 빌려 표출한 작품으로서, 역시 식민지적 민족현실과는 아무런 관계도 없는 제재를 취했지만, 그 저변에는 현실극복 문제로부터의 도피의식이 깔려 있다. 현실문제는 모두 허망한 것이니 불교에 귀의해서 수양이나 하자는 개인적 취향의 논리가 쉽사리 드러나는 것이다.

『이순신』은 그 소재 자체는 독자의 현실극복 의지를 일깨울 수 있는, 현재성을 지닌 것이라 할 수 있다. 그러나 지배층의 무능과 그들 내부의 추악한 갈등상과 관련시켜 이순신의 충절과 인품을 그리는 데 초점을 맞춤으로써, 임란시대의 사회상, 국제정치적 상황, 이순신의 구국투쟁논리와 침략자 왜적의 실상을 부각시키지 못한 채 그를 충의를 지킨 봉건시대의 왕후장상의 한 사람으로만 만들어버렸다. 물론 이 작품도 『난중일기』 등 역사기록의 문장화에 충실하여 소설적 형상화는 미약했고, 왜적과의 싸움에 있어 백성들의 고난 실상과 평범한 병사의 투쟁은 구체화되지 않았다.

김동인의 『제성대』와 『대수양』도 왕후장상만을 그린 작품인데, 동일한 사실을 이광수의 작품에서와는 정반대로 해석하는 점이 특기할만하다. 견훤과 수양은 뛰어난 능력을 지닌 영웅적 인물로 미화되기만 했다. 이 주인공들의 미화를 위해 김동인은 역사적 사실의 왜곡이나 증명하기 어려운 자의적 해석을 가하고, 그들에게 불리한 부분은 다루지 않기도 한다. 이렇게 되면 역사적 사실은 작자 개인의 기호품으로 전락해 버리고 만다. 『대수양』에서는 수양이 즉위 후 단종을 위시한 여러 사람들을 죽였던 사실은, 수양의 위대성을 훼손시킬 수 있는 것이기 때문인지, 그려지지 않는다. 『제성대』에서는 견훤을 영웅적 인물로 만들기 위해 그 혈통도 미화하여, 상주 가은현 사람으로 농민 출신이었다는 『삼국사기』의 기록도 무시한 채, 백제 부흥 투쟁을 전개한 백제왕손 출신으로 단정했다. 견훤의 몰락은 그의 잘못이 아니라 운명 때문인 것으로 그려진다.

1930년대 이후 궁중 가족 개인들의 비사(秘事)를 전적인 소재로 하는 '왕비열전'식 소설이 많은데, 『금삼의 피』가 그 출발작이자 완성적 모델이 된다. 『금삼의 피』는 『마의태자』가 발표된 지 10년 후의 작품이지만 『마의태자』에서 나아가기는커녕 그간의 시간을 고려하면 오히려 퇴행한 작품이라 할 수 있다. 여기서는 진정한 역사의식은 사라져버렸고, 역사적 사실을 오직 대중들의 호기심거리로 전락시켜 버렸다. 『금삼의 피』의 소재는 궁중 비빈들 간의 투기, 세력다툼과 그 사이에서 희생되는 연산이다. 그것을 통해 당대의 정치·사회적 상황과 이해계층이나 큰 세력간의 갈등을 반영하는 데 이르는 것은 물론 아니고 몇몇 개인간의 가해·피해·보복의 경과만을 보여 줄 뿐이다. 이러한 소재는 물론 흥미로운 옛날 이야깃거리 이상의 의미를 전혀 가질 수 없다. 이 작품에는 궁중 밖 백성들의 삶은 물론 반영되지 않거니와 궁중 내의 생활 습속도 거의 반영되지 않는다.

『금삼의 피』는 그 앞의 작품들보다 정사의 기록에 더욱 의존함으로써 소설적 허구가 끼어들 틈이 거의 없어졌을 뿐 아니라 더욱 더 정사적 관점, 즉 봉건 충의관에 충실해졌다. 정사기록들을 문장화하는 데서 거의 나아가지 않고 대화나 작은 행동묘사에서 소설적 상상력을 펴는 정도라 하겠고 사건 해석에서도 정사의 관점을 따랐다. 어떤 사실에 대해서는 "연려실기술에 씌인대로 어느 곳에서 빙거하여 왔는지 모를 소리다."[9]라고 한다거나, 왕과 왕비, 동궁, 공주에 대해서는 "~하시었다"는 식으로 경어체로 쓰는 것은 작자 자신이 봉건적 충의사상의 향수에서 벗어나지 못하고 있음을 단적으로 보여준다.

『금삼의 피』의 가장 중요한 문제점은 이전 작품들보다 더 심한 역사의 고담(古談)화와 역사 허무주의이다. 과거사를 역사적 관점에서 보는 것이 아니라 어느 때의 어느 인간에게나 생과 사, 여러 가지 감정들이 있다는 것을 증명해 주는 고담으로, 비역사적인 관점에서 보았다. 작자는 역사에 대해 "옛 역사를 뒤적거리다가 넘치는 정열에 끌리어 붓대를 잡아 소설로 읽으니, 일만일이 다 공(空)인 바에야 정(情)만이 그대로 남을 리 없다. 또한 한 개 부질없는 장난이 아니고 무엇이랴"[10]라는 말로 역사 허무주의를 분명히 드러냈다.

카프가 존재하던 시대에 카프작가들은 역사소설을 거의 쓰지 않았는데, 위기의 시대에 현재적 제재를 다루지 않고 과거사를 다룬다는 것을

---

9) 박종화, 『금삼의 피』, 민중서관, 1959, 95쪽.
10) 같은 책, 6쪽.

도피행위로 보거나, 그런 우회적 방법을 쓸 여유가 없다고 보았던 것 같다. 『심야의 태양』(김기진, 1934년)은 카프작가가 쓴 유일한 역사소설이다. 이 작품은 한말 왕조사의 일부인 갑신정변을 소재로 하였다. 허구적 사실은 전적으로 배제하고, 『갑신일록』 등의 기록, 박영효의 구술 등을 충실하게 문장화하였으니, 대화에서조차도 상상력의 발휘는 그 어느 작품에서보다도 심하게 억제된다. 소설적 요소가 워낙 약해서, 소설의 형식을 갖춘 사실의 기록물이라고 할 만하다. 갑신정변에 관련되는 실존했던 왕족이나 그 주변관료들만 등장하며, 계층 혹은 계급문제 등을 위시한 당대의 사회상 반영도 전혀 없다. 카프 작가로서 김기진이 내세워왔던 이데올로기, 현실인식도 이 작품에서는 표출되지 않는다. 정치개혁과 근대화에 관한 김옥균 일파의 열정과 계획을 적극적으로 지지·예찬하는 것이 작자의 발언의 전부다. 갑신정변의 배경과 김옥균 일파의 개혁안 등에 대한 작자 나름의 심도 있는 조사와 해석도, 그것이 가지는 현재적 의미찾기도, 시도되지 않았다. 역사왜곡도 없고, 역사를 사사화한 것도 아니기는 하지만, 역사소설로서 이 작품이 성취한 바로 내세울 만한 것도 없다.

3) 이념표출의 수단으로

한편, 왕조사적 사실(史實)을 소재로 했으면서도 이를 확고한 현실인식 아래 현실적 이념표출의 수단으로 삼은 것으로 보이는 역사소설들도 있다. 현진건의 『흑치상지』(1939~1940), 이태준의 『왕자호동』(1942~1943)이 그러한 예로서, 둘 다 애국투쟁을 벌인 지배층의 영웅적 인물을 그렸다. 이 두 작품에서 작자들이 표출하려 한 것은 민족주의 이념이었다. 민족말살과 문학말살의 위기감이 극도로 팽배해진 일제강점시대 말기에 역사적 사실을 빌려 당대 민족주의의 기본과제인 대(對)이민족 투쟁론을 간접적으로 내민 것이다.

이들은 애국계몽소설을 발전적으로 계승한 역사소설 유형이라고 하겠다. 애국계몽소설의 직계 소설이라 할 만하다. 민족의 절대적 위기 시에 발표되고, 대외 투쟁을 통한 국가·민족수호를 지향하는 저항민족주의 이념을 내세웠고, 지배층 내의 애국영웅을 내세워 영웅사관을 드러냈다는 점에서 계승적이고, 역사적 사실을 바탕으로 하면서 소설적 상상력을 발휘하여 허구적 사실을 풍부하게 꾸며냄으로써 근대적 역사소설이 되었다는 점에서는 발전적인 것이다.

현진건이 「역사소설문제」에서 주제는 정해졌는데 현실에서 취재하기 거북하여 역사 속에서 소재를 찾아내는 역사소설 유형이 있다고 말할 때 가장 염두에 둔 것이 『흑치상지』였을 것으로 보인다. 「역사소설문제」는 『흑치상지』 연재 시작 바로 전달(前月)에 발표된 것이다. 『흑치상지』는 백제를 멸망시켜 외국 군사를 몰아내는 흑치 및 그 주변 인물들의 활동과 주장을 그리다가 중단되었는데, 이는 명백히 침략자 일제와의 투쟁을 알레고리화한 것이다. 흑치상지는 외국 군사 중에서 신라 군사는 거의 문제 삼지 않고 당나라 군사를 공격목표로 삼았는데, 이는 작자 현진건의 민족의식의 반영이라 하겠다. 현진건이 말하고 싶은 것은 이민족(異民族) 침략자와의 투쟁이었던 것이 분명하다. 신라는 같은 민족이라는 점, (신라에 의한)민족통일은 민족 전체로서 중요했다는 점 등을 현진건이 의식했던 것이 아닌가 추측된다.11)

---

11) 흑치상지는 백제회복투쟁이 실패한 후 당에 투항하여 거기서 출세했다가 역모 혐의로 체포되어 옥에서 자살한 인물로 『삼국사기』가 밝히고 있는데, 이런 사실은 그의 과거의 대당투쟁과 모순되는 것으로, 현진건은 이를 어떻게 생각하면서 집필했는지 알 수 없다. 투항의 이유와 목적, 투항 이후 활동의 진정한 목표에 대해 현진건은 대당투쟁 시의 의식과 모순되지 않게 해석(하려)했을 가능성도 있고, 처음부터 대당투쟁 시기까지만 쓰려고 했을 가능성도 있다. 후자의 경우, 일제의 강제 중단을 예상 혹은 유도했을 수도 있기 때문이다. 현진건은 아마도 흑치상지라는 인물 자체, 그의 파란만장한 일생 전체가 제재가 아니라 '주제에 적당한 사실(史實)'로서 그의 생애의 일부만을 빌려 항일민족주

『흑치상지』는 백제 지배층 유민여인인 창화라는 가공적 인물을 곁들여 다소 낭만적인 이야기를 병행시키기도 했지만 결코 그 중심이 흐트러지지 않았다. 애국계몽소설처럼 주제만을 직설·단선적으로 끌어가는 것이 아니라 대당항쟁이라는 주플롯에다 흑치와 창화와의 관계라는 부드러운 이야기를 부플롯으로 하면서 저항이라는 주제를 분명하게 끌고 갔는데, 이 점은 성취부분이기도 하다. 대중성을 확보하면서 이념을 표출할 수 있기 때문이다. 창화와의 관계도 대당투쟁이라는 두 사람의 공동의식을 매개로 해서 이루어진다. 두 사람은 함께 애국투사로 미화된다. 남녀관계를 설정하여 역사를 떠난 사사로운 사랑이야기로 끌고 가버리는 많은 다른 역사소설, 예를 들면 현진건 자신의『무영탑』같은 작품과 비교된다.12) 흑치상지와 백제 멸망 전후에 대한 사료가 적기 때문이기도 했지만 당대 상황의 구체적 묘사는 거의 없고, 대신 허구적인 낭만적 사건으로 분량을 채워나가려 한 것이 이 작품의 큰 한계이다.

『왕자호동』은 한반도에 진출하여 속국 낙랑을 거점으로 한민족을 지배하려는 한(漢)나라와 한족(漢族)에 대한 고구려 왕자 호동의 투쟁을 그렸다. 낙랑은 소수의 한족이 지배층을 형성하여 조선민족을 지배하는 곳으로, 낙랑을 없애는 것은 "오랫동안 한인에게 눌려지내는 몇 백만 동족을 구하는 것"이며 한의 한반도 침략을 저지하는 것이기도 했다. 작자는 일제의 한반도 침략과 한민족 지배, 그리고 대륙침략을 겨냥하고 고대의 전설적 과거사를 빌려 자신의 민족주의 이념을 표출하였다. 그가 바랐던 것은 당대 조선 독자들의 항일투쟁의식 고취였음이 명백하다.13)

의 이념을 표출하고 이를 독자에게 주입시키려 했던 것으로 보인다.

12) 이 작품은 신문 52회 연재 분량 정도에서 중단되었기 때문에 그 평가를 충분히 할 수 없다. 발표된 것만으로 이와 같이 말할 수 있다.

13) 과거에 예술주의를 지켜왔던 이태준은 이 시기에 와서 일제에 대해 전보다 강한 반감을 느끼면서 현실주의자로 돌아서고 있었던 것으로 보인다. 그가 해방 후 바로 좌익문인단체에 뛰어들면서 현실주의문학으로 나아간 것은 하루 아침의 생각 변화 때문이 아니었던 것이다.

『왕자호동』은 『흑치상지』를 본받은 작품이라 할 수 있다. 이 작품도 사랑의 이야기를 곁들였다. 소설적 상상력이 동원된 호동과 낙랑공주의 비련이 독자들의 흥미를 이끌어가기도 하지만 결코 작자가 말하고자 하는 주제가 흐트러지지 않는다. 호동에게 있어 무엇이 더 중요한가, 무엇 때문에 두 사람의 사랑이 비극으로 귀착하는가 하는 점이 끝까지 분명하기 때문이다. 즉 낙랑 정벌이라는 호동의 목표가 모든 사건의 중심에 서 있기 때문이다. 호동은 자신으로 해서 생길 수도 있는 정치적 혼란의 방지와 왕권의 안정을 위해 낙랑정벌 후 자신을 희생하는, 철저한 애국자로 미화된다. 이 작품도 당대상(相)의 구체적 묘사가 없다는 것이 특기할 만한 한계다. 그리고 이 시기 민족 간의 갈등과 국가들 간의 정치적 역학관계, 고구려 왕실 내의 권력갈등이 그려지기는 하나 추상적이다.

역사적 진실성의 문제는 소홀히 하고 간단한 기록으로 남아 있는 영웅적 인물의 애국투쟁이 현재에 던지는 의미 부각과 작자의 민족주의 이념 표출에만 초점이 맞추어져 있다는 점에서 이 두 작품의 근대 역사소설로서의 성취는 매우 제한적이라 하겠다.

4) 낭만적 예술품으로

위의 유형들과는 달리 과거사를 소재로 해서 낭만주의적 예술작품을 지향하는 역사소설들도 있었다. 이런 작품들에서는, 역사는 낭만을 불러일으키는 것, 예술품 구성의 소재가 되는 것으로 인식될 뿐, 진정한 역사의 추구는 시도되지 않는다. 시대적 상황은 사건전개에 최소한의 합리성을 부여하기 위한 배경으로서만 필요할 뿐 그 자체가 의미 있는 추구 대상이 되지 못한다. 따라서 그것은 극히 간략하거나 추상적이거나 허구적이다. 결국 소재가 과거사인 낭만주의 소설이 되고 마는 것이다. 김동인의 『젊은 그들』(1929~1931), 이태준의 『황진이』(1936), 현진건의 『무영탑』

(1938~1939) 등이 그런 작품이다.

　'예술성'을 깃발로 세우면서 소설쓰기를 시작했던 김동인이 아직 그 깃발을 유지하던 시기에 내놓은 첫 역사소설이 바로『젊은 그들』이다. 김동인은 이 작품에서 역사는 뒷전으로 미루고 낭만을 찾았다. 그에게 역사적 진실성은 아무래도 좋고, 그 역사의 해석이나 현재적 의미 역시 아무래도 좋았다. 주인공 남녀의 기상이 높고 그들의 뜻이 의롭고 그들의 활동이 화려하고 그들의 능력이 탁월하고, 그들의 사랑이 순수하고 비장한 것이면 충분하다. 어릴 때 정혼했으나 이를 모른 채 대원군의 사조직 단체원으로 활동하던 남녀가 뒤늦게 이를 알게 되며, 대원군이 몰락하자 함께 자살한다는, 낭만주의 소설식 줄거리이다.

　배경이 되는 대원군과 민비의 갈등은 두 남녀의 의로운 뜻과 사랑을 뒷받침하거나 깨는 선악세력의 싸움으로만 단순화되어 있을 뿐 그 정치·사회적 배경이나 역사적 의미는 따져지지 않는다. 전사(前史)로서의 대원군 시대의 진실은 그 시대 및 지배층의 언어·관습 같은 작은 문제에서조차도 외면된다. 신분에 맞는 당대적 격식이나 언어가 거의 사용되지 않으므로 등장인물들은 마치 현대인 같다. 모든 인물 간의 대화에 나타난 어휘나 문장은 김동인의 현재소설들에서 사용된 것들과 다를 바 없다. 민비가 "이 도적놈이 나를 죽이려는구나"라고, 현대소설 속의 평속한 인물들이 쓰는 언어를 사용하면서 대원군의 뺨을 때리는 장면도 있다. 문장이나 구성을 잘 꾸며나가서 외형적으로는 잘 다듬어진 것 같이 보이게 했지만 역사와 관련된 문제 말고도 전개된 사건 자체의 합리성이 결여되는 경우가 너무나 많아서, 이 작품은 예술주의적 작품으로서의 조건도 크게 훼손된 채, 낭만적 '무협애정소설'이 되고 말았다.

　『황진이』도 과거 속에서 소재를 찾았지만 역사의식과는 거의 무관한 소설이며, 황진이가 살던 시대의 역사적 진실성은 문젯거리가 되지도 않는다. 다만 미녀이며 예술가인 한 여성의 낭만적 삶과 예술을 미문장(美

文章)으로 잘 다듬어 내는 것만이 관심사인 작품이다. 기록들 중에서 황진이의 예술과 낭만적 삶에 관련되는 것만을 뽑았을 뿐, 정치·사회상 같은 딱딱한 것은 전혀 끌어오지 않았다. 작자는 역사 속에서 좋은 골동품이 되는 것을 찾아 즐기고 있다. 그 시대 역사의 흐름과도 관계없고 현재와도 관계없는, 황진이라는 잘 다듬어진 골동품, 황진이의 낭만적 사랑과 시가(詩歌)작품이라는 골동품을 닦고 쓰다듬고 잘 배열해 놓은 것이다. 이 시기 이태준의 예술주의와 상고(尙古)취미의 산물로서, 낭만적 '예술가 역사소설'이라고 할 수 있다.

『무영탑』도 『황진이』와 매우 유사한 예술가 역사소설이다. 신라의 국선도파와 당학파의 갈등이라는 배경을 깔아서 민족주체의식을 말하는 듯도 하지만, 그 갈등은 극히 간단하고 추상적으로 그려진 채 주인공들의 사랑을 진행 혹은 차단시키는 기능을 하는 데서 더 나아가지 못한다. 국선도파는 선이고 당학파는 악이라는 단순한 결론만 부각될 뿐 그들의 논리와 행동의 구상화는 주만, 경신, 금성 간의 사랑의 삼각갈등을 유발시키는 것 외에는 없다. 작품의 목표는 아사달의 예술가적 열정, 주만과 아사달의 낭만적 사랑을 그리려는 것이고, 다른 요소들은 그것을 보조하는 것일 뿐이다. 따라서 당대 신라 백제의 역사적 진실성, 이 소재의 현재적 의미 같은 것은 거의 혹은 전혀 추구되지 않았다. 아사달·아사녀 전설 자체가 역사적 의미를 지니고 있는 것이 되지 못하거니와, 이 작품 속의 그들의 출신배경·행동, 그리고 주만의 존재와 행동은 물론 허구이지만 심히 황당하며, 주만과 아사달의 사랑도 역사적 의미를 부여할만한 소재가 아니다. 출신국도 다르고 신분의 차이도 엄청난 남녀 예술가와 미녀, 유부남과 처녀의 깊은 정신적 사랑, 그리고 끝내는 이루어지지 않는 사랑 등은 낭만주의적 애정소설로서의 최고의 조건이라 할만하다. 이런 사랑의 이야기를 현진건은 미문장을 바탕으로 석공 아사달이 석가탑을 만들 듯이 소설작품으로 다듬어가려 했다. 『흑치상지』는 『무영탑』이

‘소설’만 추구하고 ‘역사’를 잊은 데 대한 현진건의 절실한 반성이 반영
된 작품이다.

5) 전사(前史)로서의 역사와 민중 찾기

『마의태자』에 이어 우리 근대장편 역사소설로서는 두 번째로 발표가
시작되어, 많은 역사소설들이 쏟아져 나오던 1930년대 내내 매체를 바꾸
어 가면서 연재된 홍명희의 『임꺽정』(林巨正, 1928~1939)은 일제강점시대
역사소설 가운데 독특한 면모를 보인 동시에 가장 큰 성취를 이루었다.
『임꺽정』은 불투명한 역사의식을 드러냈던 일제강점시대의 많은 역사
소설들과는 달리, 확고한 역사의식 아래 현재의 전사로서의 역사를 추구
하려는 의지를 실천한 작품이라는 점에서 우선 높이 평가될 수 있다. 한
마디로, 이 작품은 민중을 역사발전의 주체로 보고 민중을 소재로 하여
그들 속에 존재하는 의식과 힘을 부각시킴으로써 그것이 이 시대에 가지
는 의미를 상정(想定)하려한 것이었다고 말할 수 있다. 이 시기 역사소설
들이 왕후장상 혹은 지배층 주변 인물들을 소재로 하고 그들이 역사발전
의 주체인 것처럼 그림으로써 과거와 현재의 역사적 연속성을 망각한 데
대해 이 작품은 혼자 맞섰던 것이다. 비록 임꺽정과 청석골 사람들이 봉
건체제를 직접 무너뜨리지는 못했지만, 그런 민중이 봉건체제를 마침내
붕괴시킨 역사의 중심에 서 있었고 또 새로운 봉건체제라고 할 수 있는
현재의 일제 지배체제를 무너뜨리고 진정한 역사를 이끌어 낼 수 있음을
작자는 말하려고 하였다. 작자는 작중인물들의 피지배층으로서의 수난,
지배계급과 집권관료에 대한 저항의식, 그리고 투쟁성 등은 바로 일제강
점시대의 민족투쟁에 기본자산이 된다고 본 것이다.
　이러한 생각을 형상화하기 위해 작자는 많은 분량을 확보하고, 독특한
작품구성・묘사방식을 취했다. 민중의 삶과 투쟁을 진실되게, 그리고 풍

부하게 보여주기 위해 작자는 당시의 보통 장편 역사소설보다 거의 10여 배에 가까운 분량의 대장편을 쓰는 성과를 보였는데, 이는 물론 일제강점시대 모든 소설 중에서 가장 긴 것이며, 1960~1980년대의 대장편 역사소설을 분량면에서 선도하는 것이기도 하다. 시대상의 반영에 있어서 여러 측면을 포괄하려는 노력에서도 이 작품은 당대 다른 작품들을 압도했는데, <봉단>・<피장>・<양반>편에서는 임꺽정류(類)의 인물들이 등장할 수 있는 정치・사회적 현실을 궁중 및 상・하층의 실존・허구적 인물을 통해 반영하였으며, <의형제>편에서는 특히 민중 속의 여러 부류들의 삶을 두령들의 행적을 중심으로 폭넓고 자세하게 반영했다. 특히 당대의 많은 풍속들을 정밀하게 재현했다는 점도 현실반영의 밀도를 높이는 것으로, 높이 평가될 만하다.

홍명희는 당시 문학이 '양취(洋臭)'에 빠져있음을 비판하면서 이 작품을 '조선 정조에 일관된 작품'이 되도록 하겠다고 했는데,14) 그 결과 의식, 소설형식, 서술방식 등 세 가지 면에서 큰 성취를 보였다. 의식은 조선인의 삶, 조선민중의 의식과 희망을 드러냈다는 점이다. 소설형식은 전통적인 인물열전 방식과 강담방식의 혼합을 기초로 하였는데, 이 점은 물론 당대 다른 작품에서 볼 수 없는 방식으로, 당대 민중독자들이 친숙하고 재미있게 이 긴 작품을 읽어나가게 하는데 효과적이기도 한 것이다. 서술방식은 정밀한 세부묘사를 기본으로 한다. 일정한 인물이나 사건을 그 주변과 표면까지 정밀하게 그려 독자에게 시각화시키고 사실감을 높이는 것이다. 이 역시 당시 역사소설에서는 시도되지 않았던 것이다. 묘사뿐 아니라 대화, 지문 등 전체적으로 조선의 민간풍속, 설화, 속담, 고어, 토속적 어휘 등도 동원하는 서술방식을 취한다. 이 역시 이 작품의 탁월하고 독특한 성취면이다. 이것은 소재의 역사적 진실성을 더욱

---

14) 홍명희, 「林巨正傳을 쓰면서」, 『삼천리』, 1933. 9, 655쪽.

높여주면서 독자의 재미와 과거 것에 대한 지식의 지평을 넓혀 주는 것
이거니와, 역사소설가의 또 하나의 임무, 즉 성실한 자료수집의 중요성
을 일깨워 주는 것이기도 하다.

『임꺽정』도 여러 가지 한계를 보인다. 그러나 그것들은 성취면에 비하
면 작은 것들이라 할 수 있다. 당시의 역사소설의 수준으로 볼 때, 위에
서 말한 성취 이상의 것을 요구하는 것은 욕심에 속한다고 할 수 있다.
지적될 수 있는 한계로는, 그리 큰 의미를 지니지 않는 반복적인 사건들
에 대해서도 너무나 정밀한 묘사를 시도함으로써 구성이 산만해진 모습
을 첫째로 들 수 있는데, 이는 <화적>편에서 화적의 활동을 보이는 부
분에서 특히 많다. 그리고 임꺽정과 청석골 밖 민중들과의 관계가 거의
형상화되지 않았다는 점이 있는데, 이는 임꺽정의 투쟁 지표와 명분을
보다 분명히 부각시키지 못한 점과 더불어 이 작품의 중요한 한계라 할
수 있다. 작품의 현상태로도 임꺽정의 민중대표성과 지표가 나타나고 있
기는 하지만 이것이 더욱 분명하게 되는 것이 이 작품의 완성도를 높이
는 것이 될 것이다. 또한 일부 두령들의 입산 계기를 사회·계급적인 면
에서 분명하게 드러내지 못하고 개인적·우연적인 것으로 처리한 경우
가 많은 것도 같은 성격의 문제다. 백정으로서의 임꺽정의 생활상, 사고,
주변관계 등을 구체적으로 그려낸다는 것은 사실성을 높이는 데 더 크게
기여할 것이지만, 작품은 그렇지 못했다.

시간적 여유가 있었음에도 작품을 끝내지 않았던 것도 한계가 될 수
있겠는데, "임꺽정도 그만하고 미완성인대로 내려두었으면 좋겠어."15)라
는 말을 보면 미완 자체가 작자의 의도인 것 같기도 하다. 유추하자면
임꺽정의 죽음을 보일 경우 임꺽정의 투쟁이 과거사이고, 민중투쟁은 성
공할 수 없다는 생각을 독자들이 가질까 우려하면서(그렇다고 역사적 사실

---

15) 「벽초 홍명희선생을 둘러싼 문학담의」, 『大潮』, 1946. 1, 71쪽.

자체를 왜곡할 수 없고) 민중투쟁은 끝낼 수도, 끝나지도 않는 것이며, 지금도 계속되고 또 되어야 한다는 점을 말하려는, 의미 있는 중단인 것도 같다.16) 역사에의 전망을 작중인물이나 작자가 직설하지는 않았지만, 작중 민중인물들이 현실을 깨닫고 자신들에게 좋은 시대가 오기를 바라며 죽음을 무릅쓰고 봉건적 기득권 세력들과 싸우고 있다는 것 자체가 밝은 미래의 가능성을 암시하는 것이다. 작중의 임꺽정과 두령들은 조선시대 민중의 운명과 열망과 사회변화 가능성을 대표적으로 반영하는 인물들로서, 그런 것들을 행동으로 보여주었지 말로 설명하지 않았다. 그런 점에서도 『임꺽정』은 이 시기 다른 역사소설과 변별된다.

6) '가족사·연대기' 형식을 찾아

한편, 역사소설 여부를 명백히 잘라 말하기 어려운 작품들도 있는데, 김남천의 『대하』(1939)가 그런 예이다.17) 이 경우는 역사적인 실존인물과 사건이 나와야 한다는 조건을 내세운다면 역사소설이 아닐 수 있지만, 역사의식을 가지고 과거를 역사적 흐름 속에서 파악하려는 작품이면 충분하다고 한다면 역사소설이라 할 수 있다.

『대하』는 당대의 다른 소설들과는 전혀 다른 방식으로 과거의 역사를 그려 나간 작품으로서, 우리 역사소설의 발전에 일정하게 기여했다고 본다. 이 작품의 가장 큰 특징은 역사적 인물이나 대사건을 전적으로 배제하고, 허구적인 평범한 인물들을 통해 과거의 사회상을 충실하게 반영하는 한편 그 과거가 발전적 역사를 향해 나아가는 모습을 추적하려 했다

---

16) 그렇다면 『흑치상지』나 『대하』류의 경우도 있거니와, 중단도 역사소설에서 하나의 형식으로 활용되었던 것으로 볼 수도 있다.

17) 『탑』(한설야, 1940~1941년), 『봄』(이기영, 1940~1941년), 『낙조』(김사량, 1940년)도 이런 작품이다.

는 데 있다. 구체적으로 이 작품이 취한 형태는 '가족사·연대기' 형태로서, 한 가족 구성원 내의 여러 세대의 가치관, 삶의 방식의 변화를 사회상(相)의 변화와 밀착시키면서 연대기 식으로 그려나가려는 것이다. 이러한 형태로써 얻은 이 작품의 성취는 엄밀한 풍속묘사를 통해 시대상을 생생하게 그려냈다는 점이다. 물론 『임꺽정』에서도 풍속묘사가 없었던 것은 아니나 『대하』의 작자는 풍속의 의미와 중요성을 인식하고[18] 이의 묘사를 시대상 반영의 기본방법으로 삼았고, 결과적으로 현실을 눈앞에 보듯이 그렸다. 그 이면에는 풍속 조사와 이해를 위한 많은 노력이 있었을 것이다. 이 작품이 보인 또 다른 성취는 사회의 변화, 역사의 방향을 개념적·추상적으로 서술하지 않고 그 변화 속에서 살아가는 평범한 한 가족 구성원들의 삶 속에서 저절로 드러나게 했다는 점이다. 작가나 작중인물들의 몇 마디 말로써가 아니라 작중인물들의 온몸으로 그것을 보여주었던 것이다. 이른바 '인물로 된 이데-', 작중인물의 전형화가 이루어진 것이고, 이는 현재소설뿐 아니라 역사소설에서도 실현되어야 할 리얼리즘소설의 이상이기도 하다.

작가는 이 작품에서 또 형걸과 쌍례라는 두 인물을 핵심으로 하여 역사가 나아가야 할 방향과 그 가능성을 보여주었다. 물질과 의식의 근대화를 통하여 봉건적 가부장제와 신분제도, 전근대적 천민자본주의가 무너져야 하고 또 그렇게 되리라는 것이 작자가 말하고자 하는 것이며, 이는 작가의 근대적 역사의식을 반영하는 것이다. 이 또한 이 작품이 보인 성취다. 그러한 가능성은 전근대적 모순 속에서 생겨나는 사람들의 자각, 사고의 심화, 그리고 폭발하는 저항행동을 통해 보장되는 것이며, 형걸과 쌍례가 그를 실천하는 인물로 형상화된다.

그러나 이 작품도 일정한 한계를 보인다. 먼저, 지배층 등을 비롯한 사

---

18) 김남천, 「현대조선소설의 이념」, 『조선일보』, 1938. 9. 18.

회의 여러 계층들을 그려 보이지 못하고 제한된 공간의 제한된 계층들만 등장시킴으로써 당시의 사회를 폭넓게 반영하지 못했다는 점을 들 수 있다. 다음으로, 정치적 인물이나 역사적 대사건을 전적으로 배제함으로써 당시의 정치적 상황을 반영하지 못했다는 점을 들 수 있다. 따라서 배경이 되는 마을, 그리고 작중인물들을 고립된 섬으로 만든 감이 크다. 풍속 묘사 자체는 중요한 것이지만 그 양의 과다로 구성의 밀도가 훼손되었다는 점과, 풍속을 고립화·단편화시키지 않고 시대의 변화와 밀착시켜 역동적으로 그려나가는 데 미흡했다는 점 역시 한계로 드러나고 있다.

『대하』는 역사로서의 과거, 역사로서의 현재 찾기를 지향한 작품임에 틀림없지만, 중단이 이 작품의 평가를 방해한다. 작품이 완결된다면 여기서 말한 한계들이 다른 모습으로 바뀔지 모르지만, 성과로 지적된 문제들은 그 시도만으로도 중요한 의의를 가진다. 더 진행되면 결국 이 작품은 현재소설로 나아갈 것으로 보인다. 대상 시기가 개화기에서 시작하기 때문이다.

4. 근대사 강담(講談)으로의 퇴행(退行)

해방기에는 역사소설의 발전적 전개는 없었다. 그 수도 극히 적었고 질적으로도 내세울 성취는 없었다. 박종화의 『민족』(1945), 채만식의 『옥랑사』(1948), 윤백남의 『회천기』(1949) 외 4편 정도가 완결된 장편인데, 이 세 편이 이 시기 역사소설의 모습을 대표한다. 극히 혼란스럽고 긴박한 현실 아래 작가들은 당면 과제를 추구하는 현재소설에서 눈을 돌려 역사소설을 쓸 여유를 거의 가질 수 없었던 것으로 보인다. 세 작품의 공통적인 점은 한말의 역사를 소재로 하며, 소설적 허구가 거의 없고, 역사적 대사건들의 전말을 잘 전달하고자 강담형태를 취하고, 자주와 반외세를 고창한다는 점이다. 이는 현재적 민족상황의 원천으로서의 직전사에 대한 이해와 당면과제에 대한 인식 제고, 그리고 이의 신속한 대중적 확산을 필요로 했던 시대 현실에 부응한 현상이라 하겠다.

『민족』은 박종화의 해방전 작인『전야』,『여명』의 속편으로, 대원군과 민비의 갈등과 몰락을 중심으로 한말의 역사를 여러 사료를 토대로 소설 형식으로 풀어 써 놓은 작품이다. '서설'에서 민족혈통주의, 민족단합론을 주장함으로써, 작자의 우익적 입장을 천명했지만 작품 내용은 그런 주장과는 연결되지 않는다. 반외세를 말하지만 아직도 봉건적 충의사상을 청산한 흔적은 보이지 않는다. 허구적 인물이나 사건은 물론 한말 역사에 대한 작자의 일정한 해석도 없이 왕조적인 사실(史實)만 열거해 놓아서, 역사소설로서의 성취를 논할 것은 없는 작품이다.

『옥랑사』는 허구적 인물들을 주인공으로 하고 그들의 애절한 사랑을 기둥 줄거리로 내세웠으나 이는 소설의 모양새를 갖추기 위한 장치로서, 겉에 발라 놓은 당의일 뿐이다. 알맹이는 한말의 역사적 대사건에 대한 강담(講談)이다. 주인공은 실연 때문에 집을 나와 관병으로, 동학군으로, 독립협회원으로 역사의 현장을 순례한다. 작자는 자주 직접 나서서 역사적 사건들을 쉽게, 길게 설명한다.『민족』과는 달리 반외세뿐 아니라 반봉건도 고창한다. 해방기에도 많은 현재소설을 썼던 채만식은 당면 민족적 과제를 위해 과거를 이해해야 한다는 생각을 가지고 있었으나 역사를 깊이 공부할 여유는 없었던 듯, 기록으로 잘 알려진 사실의 개괄적 전달에 그쳤다.[19]

『회천기』는 동학군의 활동 전말에 관한 작품이다. 허구적 인물들이 몇 명 등장하나, 전봉준의 주변인물로서 작중사건의 전개에는 거의 아무런

---

[19] 역사소설이라고 할 수는 없으나, 「아세아의 운명」(1948년), 「역사」(1949년), 「늙은 극동 선수」(1949년) 등의 채만식 단편들도 그런 작품들이다.

역할을 하지 못한다. 전봉준이 주인공이다. 반봉건, 반외세를 주장하나, 동학군에 대한 독자적 해석은 시도되지 않고, 그에 대한 평범하고 긴 설명이 작품의 거의 대부분을 차지한다.[20]

해방기의 역사소설은 한말 역사의 대중적 보급이라는 기능은 했으나, 역사소설로서의 발전적 성취를 보이는 대신 근대사에 대한 강담 형태로 퇴행하는 특징을 보였다.

5. 가족사 형식을 통한 근대 민족사의 형상화

1950년대와 1960년대는 많은 정치적·사회적 변화가 있었던 시기인데, 종전기(終戰期)부터 시작하여 이 기간 내내 많은 역사소설이 나왔다. 시대상황에 따른 지식인들의 새로운 역사 인식의 움직임보다는 손쉬운 읽을거리를 찾는 대중들의 요구와 인기 있는 연재물거리를 찾는 신문사의 요구 때문이었던 것 같다. 역사 소재 자체가 대중들의 호기심과 흥미를 유발·유지시킬 수 있는 성격의 것인 데다가, 이 시기의 대중들에게는 우리 역사의 대부분이 조금씩은 알려져 있었던 만큼 쉽게 익숙해질 수 있는 것이었기 때문에, 오락매체가 적었던 이때의 여건으로 볼 때 역사소설은 좋은 상품거리가 될 수 있었다. 예술가의 경제적 여건이 극히 열악했던 이 시대에, 작자들로서는 마음만 먹으면 웬만큼의 역사자료 수집으로 원고지 매수가 많은 역사소설을 써서 궁핍을 해결할 수 있었다. 그래서 이 시기 거의 대부분의 역사소설은 흥미 중심으로 흘러, 과거의 역사소설을 넘어서는 발전적 성취를 이루지 못했다. 그 작가들은 윤백

---

20) 『회천기』에 대해서는 이 책 제3부 제2장에서 좀 더 자세히 논한다.

남·박종화 등 기존의 역사소설작가들로부터 김동리·안수길, 그리고 정한숙·유주현·서기원 등등에 이르기까지 세대와 주 작품경향이 다양한 사람들이었다.

이 기간에 가장 두드러진 성취를 보인 작품으로 안수길의 『북간도』(1959~1967)와 박경리의 『토지』(1969~1994)를 들 수 있다. 이 두 작품은 오늘의 우리 민족의 전사(前史)를 추구하려는 역사의식과 인간의 보편적 삶의 양상을 형상화하려는 예술가적 의지를 조화시키고자 했는데, 그 방법으로 가족사소설 형식을 취했다. 대상 시기는 한말과 일제강점시대(해방까지)이다. 『토지』는 1960년대 말에 시작되어 1990년대 중반까지 써진 작품으로 우리 현대 장편에서 가장 길이가 긴 것인데, 1972년 10월에 일어난 소위 '10월 유신' 이전에 3년간이나 발표되면서 그 방향이 이미 잡혀, 그 이후의 정치·사회적 상황 변화의 영향을 거의 받지 않은 것 같다. 더욱이, 이 작품에 나타나는 작자 박경리의 역사와 문학을 보는 관점은 보수적 역사관과 문학주의라고 할만한데, '유신' 이후에 써진 다른 중요 역사소설들의 그것과는 변별된다.

『북간도』는, 역사적 사실을 배제하고 하나의 가족사를 추적하려 한 『대하』와는 달리, 여러 가족사를 역사적 대사건들과 긴밀하게 연관시키면서 그려나간다. 이 작품의 가장 큰 의의는 '반공'의 시대에 '중공' 땅 간도의 우리 민족사를, 분단 이후 처음으로 다루었다는 점이다. 민족문제이자 많은 분단가족의 절실한 관심사였기에 이 작품은 그 소재만으로도 큰 반향을 불러일으킬 수 있었다. 네 개의 가족사를 다룸으로써 간도의 역사를 다방면에서 포괄적으로 추적해 내었다는 점은 중요한 성취라 할 수 있다. 또 많은 인물들을 등장시켜서 다양한 인간들의 삶의 방식을 보여주었다는 점, 많은 역사자료를 조사하여 간도사를 실증해 나간 점 역시 그러하다.

그러나 이 작품이 보인 한계 또한 만만하지 않다. '역사'의 측면에서 볼 때 이 작품은 간도사를 기록을 통해 알려진 수준 이상으로 파고 들어가지 못했다는 점이 가장 큰 문제다. 즉 알려진 역사적 대사건을 중심으로 개괄적인 간도사를 구성해 내는 데 머물렀다는 것이다. 작자 안수길의 역사관은, 반공시대의 한계이지만, 매우 보수적이고 혈연민족주의적, 반공주의적이어서 역사적 대사건들에 대한 해석에서 당시 통용되던 것에서 한걸음도 나아가지도, 나아가려 하지도 않았다. 만주에서의 공산주의적 항일운동 쪽은 부정적으로 보았으며, 거의 다루지 않았다. 뿐만 아니라, 간도민의 대다수를 이룬 일제강점시대 유이민들과 그들의 궁핍한 삶의 현장은 반영되지 않았으니, 분단가족의 이야기와는 거리가 멀어졌다. 만주국의 정체를 정확하게 인식하지 못한 것도 한계라 할 수 있다. 작중인물들이 겪는 사건들의 거의 대부분은 역사적 대사건을 증명하는 예로 기능하고 있으며, 작중인물들에게는 그들만의 개성과 독자적 삶이 없다고 할 수 있다. 결국 작중인물들의 개별적 삶 속에서 역사가 드러나는 것이 아니다. 작중인물들이나 사건들은 한마디로 전형성을 전혀 갖지 못한다. 이것은 '소설' 측면에서의 큰 한계다. 작자는 작중인물이 겪는 사건 뒤에는 반드시 직설적이고 장황한 역사강의를 붙인다. 또 작중인물들은 가족계보에 따라 도식화되는 바, 작중 제일대(第一代)의 가치관·성격은 제이대 이하에게 그대로 전수된다. 이 역시 '소설' 측면의 한계가 된다.[21]

『토지』는 전체적으로 가족사를 중심으로 하여, 민족 근대사를 따라 변화되어가는 민족의 삶의 과정을 그린 작품이다. 작중 사건들은 역사의 진공 속에 있는 것이 아니라 근대사와 꾸준히 교류되면서 전개되는데, 이는 이 작품이 역사에 대한 관심을 바탕에 두고 있음을 드러내는 것이다. 그런 점에서 이 작품은 역사소설을 논하는 자리에 넣을 수 있다. 이

---

21) 『북간도』에 대해서는 이 책 제3부 제3장에서 좀 더 자세히 논한다.

작품은 그 길이에 맞게 우리 소설사에서 가장 많은 인물들을 등장시켰으며 그들 하나하나에 생명력을 불어 넣고, 밀도 있는 사건묘사를 통해 다양한 인간의 보편적 가치, 삶의 모습을 반영하였다는 점에서 그 성취는 재언을 필요로 하지 않는다. 그러나 이 작품 역시 많은 한계를 드러내는데, 특히 역사소설적 측면에서 그러하다.

이 작품의 초점은 '역사'보다는 '인간'에 놓인다. 다시 말해서 정치·사회구조, 계층·계급·민족 운명의 문제도 있기는 하지만 그보다는 개인의 운명, 인간의 희로애락, 인간적 가치추구에, 역사 발전의 문제도 있지만 그보다는 인간적 진실에 더 초점이 놓인다. 이는 이 작품이 역사를 작품 속에 끌어들였으나 확고한 역사의식에 입각하지는 않았음을 뜻하는 것이다. 역사는 변화·발전하는 것이지만 그것이 인간의 본성, 본능, 인간적 가치를 찾으려는 노력을 변질시킬 수 없다는 생각이 작품에 스며 있는데, 작중인물들은 거의 사회변화, 거주지역, 정치적 환경, 직업, 계급 등 '인간' 외적 조건들에 얽매이거나 영향받지 않고 행동한다. 연령적 변화, 개인적 사정, 운명적 요인, 우연 등이 작중 인물들의 거의 대부분의 행동을 결정짓는다. 최씨가(家) 하인들은 변함없이(귀녀를 제외하고) 최씨가에 충성하며, 윤씨·최치수·별당아씨·구천이의 관계는 운명적, 우연적이고, 유인실과 오가다의 사랑은 그들이 가진 많은 장애적 조건들을 넘어서며, 거복이나 조준구는 인간성 때문에 늘 나쁜 짓을 한다. 구천이와 별당아씨의 사랑, 서희와 길상의 결혼은 신분파괴라는 커다란 역사발전적 의미를 지니는 것이지만, 사랑과 개인적 전략으로만 다루어진다. 작중인물들이 동학, 독립운동 등 역사적 사건 속에 자주 뛰어들고, 김옥균 등등 실존인물의 이름들이 자주 지문에 나오지만, 그런 역사적 사건이나 역사적 인물이 작중인물들의 이념, 성격, 인간관계를 변화시키지는 않는다.

이런 작자의 역사관은 매우 보수적인 것이다. 역사는 흘러가는 것이고 사람들은 그 속에서 살기는 하지만, 역사는 한번 고정된 것들을 본질적으로 바꿀 수는 없다는 것이다. 그러기에 서희는 끝까지 미화되고 그 권위는 훼손되지 않는다. 서희에 적대적인 인물은 악이요, 충성하는 사람은 선이다. 모든 평사리 사람들이 사투리를 써도 서희만은 표준말을 쓴다. 평사리의 농민, 간도 유이민들의 궁핍한 삶은 거의 문제되지 않는다.

제목인 '토지'는 추상적·상징적 의미가 있겠지만, 구체적으로 따지면 변함없이 대지주 서희에게 남아있을 토지는 될지언정 역사 변화에 따라 바뀌는 소작농민들의 토지로 나타나지는 않는다. 서희는 일제강점시대 조선인 지주들의 전형적인 모습을 보여주지 않는다. 길이는 길지만『토지』는 역사의 현장을 보여주는 심도와 폭은 그리 깊거나 넓지 않다. 당대 상·하층의 보편적 생활 실상의 구체적 묘사도 극히 적다. 이러한 점들로 볼 때『토지』는 역사소설적 측면에서는 큰 한계를 지닌 작품이라 할 수 있다.

6. 민중지향적 대장편으로의 도약

발전적 역사소설 창작을 향한 작가들의 끊임없는 노력이 거둔 현단계 최고의 도달점은 1970~1980년대에 나온 일련의 민중지향적 대장편 역사소설인데, 그 대표적 성과가 황석영의『장길산』(1974~1984), 조정래의『태백산맥』(1983~1987)이라 할 수 있고, 문순태의『타오르는 강』(1975~1987), 김주영의『객주』(1979~1984), 송기숙의『녹두장군』(1981~1994) 등도 중요한 성과작이다. 이들 속에는 과거의 역사소설을 뛰어넘으려는 작자들의 의지와 노력이 충분히 구현되고 있다.

그 구체적인 것을 들면, 가장 중요한 것이 민중지향성이다. 과거의 역사소설에서는『임꺽정』을 제외하면 민중지향적 이념이나 민중 삶의 본격적 반영이 없었는데, 이 작품들의 작자들은 민중의 중요성을 명확히 인식하고 민중사적 관점에서 역사를 보며 작품을 쓰려 했다. 그 동안의 역사소설들에서 불투명했던, 역사란 무엇이며, 역사소설이란 무엇인가라는 문제에 대한 그들 나름의 철저한 재인식에 기초하는 것이다. 그들은 역사도 역사소설도 민중의 것이어야 하며, 오늘 속에서 분명하게 살아있어야 한다고 생각했음을 작품 속에서 드러냈다. 민중의 삶과 기원을 충분히 그려내기 위해 그들은 많은 분량을 필요로 했고, 그러기 위해 민중에 관한 많은 것을 조사하고 알아내지 않을 수 없었다. 이들은 원고지로 대략 만오천에서 이만매에 이르는 대장편 형태를 택했는데, 그 집필기간과 노력만 해도 엄청난 것이다. 이들은 과거에 다룬 적이 없거나, 알려지지 않았던 소재들을 찾아내어 이를 구상화하는 데 깊은 노력을 기울였다.

　이런 역사소설들이 나올 수 있었던 것은 당시의 정치·사회·문화적 상황과 깊이 관련된다. '10월 유신'은 군사독재의 고착화와 함께 국민들을 지배권력층과 정부로부터 분리시켰고, 1980년 '신군부'의 권력 장악은 이를 더욱 심화시켰다. 이에 따라 권력층과 정부에 대한 국민들의 저항의식이 증대하면서 '민족', '민주', '민중' 개념의 이론화·실천화가 진행되었고, '역사' 역시 새삼스럽게 중요한 인식의 대상으로 떠올랐다. 더구나 역사소설은 그 우회성 때문에 현재소설보다는 권력의 억압 앞에서는 유리한 입지를 가질 수 있는 것이었다. 이 시기는 또한 한순간적 위기의 시대가 아니었기에 장기간의 투쟁이 요구되었다. 민중지향적 역사소설이 써질 수 있는 여건이 잘 갖추어진 상황이었다. 시대상황뿐 아니라 당시의 민중문학운동 등 일련의 진보적 문학운동은 이런 역사소설 독자층을 더더욱 넓혀주었다. 한편으로, 진보적 역사학자들의 연구도 이 시기에 크게 활성화되어, 작자들로 하여금 역사를 보는 시각뿐 아니라 사실(史實)의 지식을 넓고 깊게 해주었다. 여기에다가 경제발전으로 출판계와 독자의 사정이 좋아지면서 작품은 지면에 구애받지 않게 되어 대장편으로 나아갈 수 있었다. 이런 사정으로 이 작품들은 용이하게 연재되었고, 단행본으로 나와서는 찍기가 바쁠 정도로 큰 호응을 얻은 독서물이 되었다.

『장길산』은 '10월 유신' 2년 여 후인 1974년 7월에 연재가 시작되었다. 이 작품은 민중사에 관련된 많은 자료들의 수집·이해에서 탁월함을 보였는데, 이를 바탕으로 다양한 신분의 민중들의 삶을 잘 재현해 내었을 뿐 아니라, 그들의 한(恨)과 투쟁, 희망, 그리고 그들 속에 숨어 있는 힘을 분명하게 드러내 보였다. 민중의 역사적 진실성 추구―이것이 이 작품에서 지적할 수 있는 가장 큰 성취라고 할 수 있다. 광대, 상인, 수적(水賊), 기타 여러 부류 사람들의 속성과 생활습관·언어·사업 방법, 당시의 자연 및 인문지리, 각종 연예나 사설, 심지어 검법에까지 이르는 실증적 지식은 대상의 사실성을 높였다. 또 풍부한 상상력과 문장력에 의한 다양한 사건 및 인물창조와 생동감 있는 묘사, 박진감과 속도감 있는 사건 진행은 독자들이 이 긴 작품을 시종 재미있게, 긴장감을 가지고 읽게 하는데, 이런 문학적 측면 역시 중요한 성취다.

역사의식과 주제가 이전의 어느 역사소설보다 확고하고 투명하다는 점도『장길산』의 탁월성의 하나다. 작자는 역사를 살아 있는 것으로 만들었으며, 왜 이 작품을 쓰는가를 명확히 했다. 작자는 민중이 인간답게 사는 세상의 도래가 역사의 지향점이며, 그런 세상은 민중의 적극적 투쟁에 의해 온다는 것을 말하고자 했다. 이런 주제는 현존하는 부당한 권력층과 정부, 제도를 뒤엎는 역성(易姓)혁명을 통해 '용화(龍華)세상'을 이루어야 한다는 미륵사상을 내세운 작중인물들의 논리를 통해 구체화된다. 민중 속에는 그것을 이룰 힘이 있다는 것이며, 그것은 장길산, 마감동, 풍열, 김기 등등 많은 작중인물로 증명한다. 영웅은 왕후장상 속에만 있는 것이 아니라 민중 속에도 있는데, 민중 속의 영웅이 진정한 역사를 위한 영웅이라고 본다.

기존 세상에 대해, 이전까지의 역사소설들은 부분적 개혁을 지향했지만 『장길산』은 완전한 뒤집기, 즉 혁명을 지향했다. 따라서 『장길산』이 제시한 전망도 분명하다. 비록 사실(史實)이 그러했기에 작중인물들의 투쟁이 실패로 돌아가는 것으로 그리기는 했지만, 역사가 끝나지 않는 것처럼 그들과 같은 민중의 투쟁도 계속될 것이고 결국은 승리하게 될 것이라는 것이다. 장길산을 끝까지 죽이지 않고 신화적 인물로 변환시킨 것도 그런 의미이다.

그러나 위에서 말한 성취면 자체에 극복되어야 할 문제들이 숨어 있다. 가장 문제가 되는 것은 작가의 의지가 작품내적세계를 너무 강하게 지배하고 있다는 점이다. 작자는 많은 부분에서 객관적 묘사보다는 많은 지식을 동원하여 독특한 문체로 인물, 사건 등을 판단하고 설명한다. 이것은 역사적 진실성 추구에 장애가 되기도 한다. 사건과 인물이 스스로 그 모습을 드러내도록 할 때 대상의 진실성은 더 실감나게 드러날 수 있는 바, 역사소설은 이를 지향해야 한다. 작가의 과도한 작품 지배로 사건이나 인물은 너무 선택적이거나 과장되거나 왜곡되거나 단순화 될 수 있는데, 이 작품도 그런 점이 있다. 여러 인물들이 작자의 대변자로서 그들의 신분과 지식 수준에 맞지 않은 언행을 많이 하며, 중요 인물들은 모두 뛰어난 무사, 뛰어난 광대, 뛰어난 장사꾼 등으로 탁월한 능력의 소유자들이 되어버렸다. 양반과 민중은 악과 선으로 단순화되고, 양반과 농민 등의 세계는 거의 그려지지 않는다. 작자의 지배력은 주제를 강렬하게 하지만, 그 대신 독자가 가질 수 있는 사고공간을 그만큼 제약한다. 민중의 역량과 전망이 과장될 때 독자들은 현실을 떠나 낭만적 환상에 빠질 위험이 있다.

『객주』는 다른 역사소설에서 다루지 않았던 한말의 민중층인 보부상들을 소재로 했다. 역사 속에서 묻혀 있던 중요한 사실을 찾아내고 그 세계를 밝힌다는 것은 역사소설의 한 임무이며, 『객주』는 이를 수행했다는 의의를 지닌다. 보다 중요한 것은 보부상의 세계를 어떻게 그렸느냐 하는 것이다. 이 작품은 보부상의 속성, 일상적 생활 양태, 희망 등을 많은 지면을 통해 정밀하게 그려내기는 했지만, 커다란 본질적 문제점을 지니고 있다.

작품의 기본 줄거리는 보부상들 간의 이해 다툼, 출세욕과 관련된 갈등·피해·복수로서, 구체적으로 그려진 사건들의 대부분은 사리사욕, 사감에 의한 음모·위계·상해·간통·살인 등 부정적 양상들이다. 긍정적이라 할만한 것은 작품 끝에서 천봉삼이 대일밀수선을 습격하는 '애국' 행위뿐인데, 그나마도 천봉삼은 동패 길소개를 구하기 위해 자수해 버리는 것으로 끝난다. 여자들은 모두 음녀이고 남자들은 거의 무지막지한 무리배들일 따름이다. 그들의 세계가 부정적으로 단순화되어 있을 뿐, 역사적 상황과 계층구조 속에서 그들이 겪는 외적·내적 고통과 그 극복 의지나 투쟁은 거의 그려지지 않았다. 결과적으로 이 작품은 보부상들의 실상을 왜곡하고 또한 그들을 재미있는 활극의 주인공들로 만들어 버린 것 같다. 결국 보부상들의 소재로서의 의의와 작품의 주제가 불투명해져 버렸다.

옛날에 있었던 보부상이라는 특수집단의 재미있는 이야기가 이 작품의 주제인가? 이렇게 보일 수 있는 원인은 같은 민중을 그렸으면서도 이 작품에서의 역사의식, 민중의식이 『장길산』처럼 투철하지 못했기 때문이다. 여기서는 민중의 고통, 저력, 저항, 역사적 역할 등은 추구 대상에서 거의 밀려나 있다. 민중은 무력하고 추하게, 봉건적 왕권체계는 파괴 대상이 아니라 수호의 대상인 것처럼 그려졌다. 확실하게 긍정적으로 그려진 유일한 인물 천봉삼은 화적패를 살상해서 관군에게 인계하는가 하면, 민비를 공경하며 그 은덕을 입는다. 민중의 실상은 권력층 혹은 양반층의 실상을 충실하게 반영함으로써 보다 분명히 드러날 수 있는데, 여기서 보부상 외의 모습은 거의 없다. 이 작품은 한말 민중의 황폐한 삶을 총체적으로 보여주는 것과는 거리가 있다. 역사소설에서 대상이 되는 사실(史實)에 대한 정보 확보도 중요하지만, 그보다도 더 중요한 것이 역사를 보는 눈이라는 사실을, 이 작품은 절감케 한다.

'소설'의 측면에서 이 작품이 보인 성과는 '역사'의 측면을 압도한다. 풍부한 소설적 상상력, 작품 속의 많은 토속적 어휘, 사설, 속담, 풍속, 탁월한 묘사 능력은 작품을 살찌웠고, 독자들에게 문학적 감흥을 줄 수 있었다. 그러나 때로는 너무 장황한 사설이나 풍속묘사가 작품의 구성을 이완시켰다. 특히, 합리성이 결여되어 황당하게 보이는 사건, 엽기적이라 할만한 사건들이 너무 자주 등장하는 것도 문제이다.

『태백산맥』은 '역사'와 '소설'의 양 측면에서 『장길산』과 더불어 우리 역사소설에서 가장 큰 성취를 이룬 작품이다. 이 작품은 이전까지의 역사소설이 보였던 한계와 성취를 충분히 고려하면서, 사실과 허구, '역사'와 '문학'을 잘 조화시켰다. '역사'의 측면에서 이 작품은 우선 해방 이후의 현대사를 역사소설의 대상 시기로 끌어내렸다는 점과 그것을 기존의 시각과는 다른 각도에서 조명했다는 점에서 새로운 의의를 부여받을 수 있다. 1980년대에 있어 해방직후기는 과거로 볼 수도 있지만 그 역사가 당대와 연결되어 있으며 그 평가가 시기상조라는 점에서 역사소설의 대상이 될 수 없다는 주장도 가능했기 때문에, 작자는 '대하소설'22)이라고 이름 붙이면서 『임꺽정』과 『장길산』의 의식과 기법을 모델로 하는 소설을 쓰려 했던 것 같다.

해방직후기의 사실(史實)에 대한 이전까지의 보수적, 우파적, 반공적 시각을 작자는 단호히 거부하고, 민중적, 진보적 시각을 택했다. 이러한 시각이야말로 이 작품의 많은 성취의 원천이 되었다. 먼저, 역사적 진실성

---

22) 『장길산』은 '장편대하소설'로, 『태백산맥』은 '대하소설'로 자칭했다. 이들은 roman fleuve 의 의미에서 사용된 것은 아닌 듯하고, 길이를 가장 의식한 듯 하다. 『객주』나 『타오르는 강』에 붙인 것처럼, 이 두 작품도 '장편역사소설'이 적당할 것 같다.

면에서 새로운 성과를 얻었다. 산으로 가서 저항운동을 펼쳐야 했던 해방직후기 민중들의 삶의 실상을 생생하게 재현해낼 수 있었고, 또한 당시의 숨겨진 역사적 진실, 왜곡된 진실을 드러내 보일 수 있었다. 이를 위해 작품은 우익정치인, 모리배, 지주, 군인, 경찰, 지식인, 학생, 혁명운동가, 기타 민중 주변에 있는 계층 내지 부류를 거의 대부분 동원하여, 그들의 이념, 개인적 혹은 집단적 이해나 갈등, 그리고 그들과 민중과의 관련상 등을 다각도로 그렸다. 다음으로, 전사(前史)로서의 역사 찾기, 역사의 현재적 의미 찾기를 첨예화시킬 수 있었다. 해방기의 역사, 그리고 이 시기 민중투쟁사는 무디어진 기존의 시각으로는 그 실상, 혹은 존재 자체, 그리고 그 의미가 제대로 파악되지 않는다.

이 작품은 결국 1980년대 이후 독자들의 이데올로기, 해방기사(史), 그리고 현실에 대한 인식을 변화 혹은 확대·심화시키는 데 큰 역할을 수행하였다. 이 작품이 그런 역할을 수행한 것은 그 많은 발행부수에서 간단히 증명된다. 그런데 이와 같은 역할 수행은 이 작품의 '소설'면의 성취 없이는 가능하지 않았다. 이 작품은 개념이 아닌 형상화로, 적확하고 생동감 있는 묘사로 역사의 현장을 그렸으며, 등장인물들의 본성과 현재적 욕구, 심리 등을 조화시켜 그려냄으로써 그들을 역사를 보이기 위한 수단이 아니라 한 살아 있는 인간으로 만들어 보였다. 특히 민중들의 입산 및 투쟁과정을 독자들이 비장미·숭고미를 느끼도록 그려나갔다. 이전 역사소설에 보이던 과장된 사건·인물묘사도 거의 극복되었다. 요컨대 역사적 사실의 반영과 보편적 인간 모습의 창조가 균형을 이루어 나가면서 독자의 문학적 감흥을 이끌어냈다는 것이다.

그러나 이 작품도 극복되어야 할 문제는 여전히 안고 있다. 이 작품의 기본틀은 너무 『임꺽정』적, 『장길산』적이다. 중심인물들이 영웅적인 입산 반체제 투사들이라든가(전근대적과 현대적이라는 차이), 이념 혹은 시각과 주제와 결말이 유사하든가 투사들의 투쟁장면이 사건 전개의 중심이라든가 하는 점이 그렇다. 새로운 틀이 필요하다는 말이다.

그리고, 또 하나 중요한 문제는, 성취면의 부산물에 해당되겠지만, 해석의 편향성이 강하게 남아 있다는 점이다. 이는 사실의 보다 객관적이고 정확한 반영에 제약 요소가 된다. 이점은 시비의 여지를 남겼다. 모든 좌익은 순결하고 도덕적이며, 거의 대부분의 우익은 비열하고 사악한 것으로 그려지고 있는 것이 사실인데, 여러 부분에서 검증되기 어렵거나 시각에 따라서 다르게 볼 수 있는 요소들이 있다. 중도적 인물로 출발한 김범우 등을 좌익을 선택하는 인물로 만든 것은 당대 현실의 폭넓은 반영을 스스로 가로막은 것이기도 하다. 그리고, 작품 말미에서도 문제점이 있다. 거기서 박헌영의 사형이 '역사투쟁'을 위한 자발적 희생이라는 해석은 부적절한 삽입일 듯 하거니와, '당'을 너무 강조함으로써 '민중의 투쟁'이 아닌 '당의 투쟁'으로 투쟁의 주체와 의미가 축소되어 버리는 것인데, 이는 중요한 문제가 아닐 수 없다.

7. 맺음말

이상에서 매우 제한적이지만 일정한 문제를 대표적으로 드러낸 작품들을 대상으로 한국 역사소설의 성취와 한계를 검토했다. 각 시대의 역사소설사적 정리나 개별 작품의 평가는 부수적인 것이었다. 그간 발표된 작품 양이 엄청나고 논의되어야 할 문제도 매우 많을 수 있다는 점을 인정할 때, 여기서의 논의는 매우 불충분하다고 생각한다. 한국 현대문학사의 대표적 특징으로 민족·현실·역사의 문제가 지속적인 대제재였다는 점을 들 수 있을 것인데, 이는 비극적 굴곡이 극심했던 한국 현대사의 결과임은 물론이다. 그런 제재와 가장 관련되는 문학 유형인 역사소설이 중시되고 또 성행한 것은 너무도 당연한 일이며, 그렇기 때문에 역사소설은 빠른 속도로 발전할 수 있었다. 그러나 한편으로, 제재로 택할 수 있는 의미 있는 역사적 사건들과 그것을 밝혀줄 수 있는 사료의 한계, 역사를 다루는 데 따르는 많은 제약 요소들의 존재 등, 역사소설은 다른 문학유형과는 다른 태생적인 한계를 가지고 있기 때문에 그 발전도 일정한 단계 이상에서는 무디어질 수밖에 없다.

한국 역사소설은 민족적 위기상황과 함께 배태되고 성장했으며 또한 그런 상황을 매개로 대중들과 쉽게 의사소통을 이루면서 많은 독자를 확보해 온 것이다. 이들이 한 순기능은, 대중들에게 역사·현실인식을 일깨웠다는 점은 말할 것도 없고, 그 정도는 아니더라도 한국 과거사를 알게 해주는 건전하고 재미있는 읽을거리가 되어주었다는 점도 있다.

역사소설은 근래의 일부 아마추어작가들의 사이비 역사소설을 제외하면 최소한 독자들을 병들게 하는 읽을거리는 되지 않았던 것 같다. 역사소설은 또한 독자를 평준화시키는 지점에 놓여 있기도 했다.『임꺽정』이나『장길산』을 두고, 시간이 있고 한글을 아는 독자라면 어느 누구라도 꼭 같이 읽지 않았던가. 대부분의 역사소설이 신문연재소설이었지만, 대중을 위해서는 매우 다행한 일이었다고 할 수 있다. 특히 일제강점시대의 역사소설은 '민족'을 내세움으로써 큰 대중적 환영을 받았고, 짧은 시간에 많은 시도와 성취를 보였는데, 그 반대로 많은 문제점도 노출시켰다. 그 문제점이란 독자들로 하여금 사실(史實)을 부분적으로만 알게 한다거나, 역사의 일부를 오해시킨다거나, 역사를 복고적·심정적으로만 이해하게 한다거나, 역사를 옛날 이야깃거리로만 알게 한다는 것과 관련된 것이다. 어느 작품에서나 이런 문제점 중 일부가 성취면과 공존하고 있어, 한 작품을 간단하게 성공작 혹은 실패작으로 말하기 어렵고, 평가는 상대적이라 할 수 있다. 일제강점시대 작품에서 그 성취도가 가장 독특하고 뛰어난 작품으로『임꺽정』을 말하지만, 많은 다른 작품들도 나름의 성취면들을 가지고 우리 역사소설의 바탕이 되어 주었음을 다시 강조해 두고 싶다.

1970년대 이후 몇몇 대장편 역사소설의 성취는 대단하다고 할 수 있다. 그 중 『장길산』과 『태백산맥』은 우리 역사소설이 이룬 현 단계적 성취를 대표하고 있다. 즉 발로 뛴 많은 자료 조사, 그에 바탕한 역사적 진실성의 추구, 진보적 시각의 새로운 역사 해석, 민중의 소재화와 민중적 진실 반영, 대장편화, 사실의 심도 있는 해석과 그 구상화, 그리고 자유 구현에 관한 인간의 보편성 추구나 소설적 재미의 추구 등 '역사'와 '소설'의 측면을 아우르는 성취를 보인 것이다. 그러나 여전히 극복되어야 할 많은 문제점들을 동시에 드러내고 있다. 위에 열거한 점들도 작품 전반에서 완전히 이루어진 것이 아니라 같은 작품의 일부에서는 그렇지 못한 상태로 잔존하고 있다.

좋은 역사소설의 조건은 고정된 것이 아니다. 한국 역사소설은 더 새롭고 큰 성취를 위해 나가야 한다. 역사는 항상 존재하며 또 움직이는 생물인데, 역사소설 역시 그렇게 되어야 한다.

제 2 장

동학농민운동 소재 역사소설의 역사 인식과 형상화 양상, 그 유형과 특징

1. 동학농민운동과 역사소설

1894년은 한국 근·현대사에서 하나의 큰 분수령이 되는 해였다. 이 해에 일어난 동학농민운동은 봉건체제의 해체와 근대사회의 도래를 촉진시키는 데 결정적 역할을 한 대사건으로, 이를 따라 한편으로는 외세의 침략이 본격화되는 '청일전쟁'이 일어나고 다른 한편으로는 근대적 개혁 정책이 마련되는 갑오경장이 나오게 된다. 동학농민운동이 동학 교단 및 종교적 요소와 어느 정도로 관련되었는지는 역사학계에서 논란거리가 되고 있지만, 최소한 그 조직과 지도자들이 동학과 깊이 관련맺고 있음은 분명하다. 1894년의 이 대사건은 "역사적 성격으로 볼 때 농민혁명운동으로서의 특징을 띠면서도 형태적 방법으로 볼 때 농민전쟁의 특징을 갖"는[1] 것이다. '동학농민전쟁', '동학농민혁명', '갑오농민전쟁'이라는 명칭들은 1894년의 이 사실(史實)을 특정한 시각에서 규정하는 것이다. 농민혁명운동이 농민전쟁 형태로 나아간 것이었으나, 혁명이 성공한 것은 아니었다. 동학농민운동이라는 명칭은 이 사실의 특징을 아우르면서도, 그 이전에 동학도들과 관련된 일련의 농민저항을 포괄할 수 있다.[2]

동학농민운동의 연원은 조선왕조가 외척세도정치라는 기형적 지배형태를 띠면서 삼정의 문란과 관리의 탐학이 극심해짐에 따라 경제적 파탄과 인권유린의 극단에 처한 농민들의 항쟁이 일어난 1860년대에서부터 찾을 수 있다. 1862년의 임술민란은 동학농민운동 논의에서 출발점으로 다루어지기도 한다. 같은 시기인 1860년의 최재우의 동학창도도 물론 동학농민운동 논의의 한 출발점이 된다. 동학은 반봉건·반외세적 성격이 강했기 때문에 짧은 시간에 민중의 호응을 얻을 수 있었고, 그와 관련하여 동학도들은 억압을 받으면서 저항세력으로 성장한 것이다. 1892년의 '삼례집회'와 다음 해의 '보은집회'는 '교조신원'이 주목적이지만 동학교도들의 집단행동이 구체화된 것이었다. 1893년의 '금구·원평집회'는 1894년의 농민봉기와 가장 직접적인 관련을 맺는 것으로, 남접의 전봉준·서장옥 등 농민봉기 지도자들이 주도한 것이었다.

동학농민운동 논의의 한 출발점을 1894년 1월 전봉준을 지도자로 하여 고부의 탐관오리 조병갑을 징치하기 위해 일어난 고부농민봉기로 잡는 경우도 있다. 이 경우 그 직전인 1893년 겨울의 고부 등소(等訴)도 함께 논의된다. 고부봉기 후 농민군이 물러서자 안핵사 이용태가 극악한 보복·탐학 행위를 자행하니 농민군은 1894년 3월 21일 백산에서 기병

---

1) 신용하, 「갑오농민전쟁의 제1차 농민전쟁」, 『한국학보』 40호, 1985, 109쪽.
2) 이 글에서 대상으로 삼는 일련의 소설들 가운데 많은 작품들이 1894년 이전의 동학 관련 농민들의 저항까지를 다루고 있는 만큼, 여기서는 이들 작품 논의의 편의적 측면에서도 '동학농민운동'이라는 명칭을 취한다. 그러나 '동학란' 이외의 명칭은 거부하지 않는다.

하고, 본격적인 전쟁인 제1차 농민전쟁이 일어나게 된다. 승승장구한 농민군은 4월에 전주성에 입성하기에 이르렀다 그러나 청과 일본의 군사적 개입이 시작되자 농민군은 5월에 '전주화약'을 맺고 전주성에서 물러났으나 곧 전봉준이 전라도 거의 전역에 민중권력기관인 '집강소'를 설치하여 민중들로 하여금 해방세계를 맛보게 하였다. 전주 입성과 집강소 설치는 농민전쟁 기간의 가장 의미 있는 사건이었다. 1894년 9월 일본군의 압박, 궁궐 침입, 친일파의 정권장악 등에 맞서 농민군이 다시 봉기하여 제2차 전쟁이 일어난다. 남·북접계 간의 갈등이 해소된 농민군이었지만 10월에서 11월 사이의 공주전투에서 압도적 화력을 가진 일본군을 앞세운 관군에 대패하고, 12월과 다음해 초 사이에 전봉준·김개남·손화중 등 지도자들이 체포 혹은 살해당함으로써 전쟁은 막을 내렸지만, 한동안 지역별로 농민군 잔존 세력들의 저항이 지속되었다. 전쟁, 혁명이 실패로 끝나 집강소시대는 막을 내리고, 수구 봉건세력들인 민보군과 관이 민중들을 다시 억압하는 시대가 되지만, 이미 세상은 전같지 않게 되었다.

동학농민운동은 해방 전에는 그것이 가지는 반일·반권력의 민중혁명성 때문에 '난'으로 격하되어 억압받는 소재일 수밖에 없었고, 채만식의 희곡 「제향날」(1937. 11) 등의 작품에서 작중 사건의 일부로 취택되면서 그 의미가 조명되고 있을 뿐이었는데, 해방과 함께 중요한 소재로 부상되게 되었다. 민중의 삶의 역사에 관심이 컸던 채만식이 1948년 1월에 탈고한 장편 『옥랑사』는, 근대사의 회오리 속에서 살아가는 주인공이 동학농민운동의 현장에도 한동안 참여하는 것으로 그린다. 그러나 이때 윤백남의 장편 『회천기』(1949)는 작품 전체가 1894년의 전쟁 전말을 다룬다. 그 후 1960년대 이후에 동학농민운동을 소재로 하는 장편이 다수 나타나게 되는데, 서기원의 『혁명』(1964~1965), 최인욱의 『전봉준』(1967), 이용선의 『동학』(1970), 유현종의 『들불』(1972~1974), 박연희의 『여명기』

(1976~1978), 송기숙의 『녹두장군』(1981~1994), 한승원의 『동학제』(1994) 등이 그런 작품들이다. 이외에 채길순의 『소설 동학』(1991~1993)이 있는데, 이 장편은 미완인 상태로 있다. 북한에서도 박태원의 『갑오농민전쟁』(1977~1985)이 나왔다. 박경리의 『토지』, 문순태의 『타오르는 강』 등의 장편에서도 동학농민운동이 나타나고 있는데, 이 작품들에서 그것은 주변적 혹은 부분적 사건으로 그려진다.

한국 역사소설에서 단일 사건으로서는 동학농민운동이 가장 큰 소재가 되었다. 위에서 본 것처럼 작품 수에서도 그러하거니와, 분량에 있어서도 그러하다. 『동학』은 단행본 2권 분량이고, 『여명기』는 3권, 『녹두장군』은 12권, 『동학제』는 7권, 『갑오농민전쟁』은 5권(전편에 해당하는 『계명산천은 밝아오느냐』를 포함하면 8권) 분량이며, 『소설 동학』은 5권에서 중단되고 있다.

이처럼 동학농민운동이 역사소설의 좋은 소재가 될 수 있는 이유를 어떻게 이해할 수 있을까? 이것은 바로 동학농민운동이 현재의 전사(前史)로서의 의의를 충분히 지니고 있기 때문이라고 할 수 있다. 시기적으로도 현재와 가까워서 현재와 무관한 먼 옛날 사건이 아닐 뿐더러, 봉건체제를 무너뜨리고 근대세계를 이끌어내는 계기가 되었다는 역사적 의의, 그리고 일제강점시대를 거쳐 오랫동안 지속되어온 민족적 상황, 즉 독재에 따른 지배층과 민중 사이의 정치적, 경제적, 사회적 갈등의 잔존, 민족분단, 외세의 상존 등과 연속선상에서 검토될 수 있다는 점에서 그러한 것이다. 많은 소재들 가운데서 굳이 동학농민운동을 택하였다는 것 자체가 이들 작가들이 그것의 전사적 의미를 인식하고 있음을 뜻하기도 하거니와 실제로 작품들 속에서 어떤 형식으로든 그러한 인식을 표출하고 있다.

보다 중요한 것은 역사소설로서의 성취이다. 역사소설은 '역사'와 '소설'의 양측면을 어떻게 만족시키는가에 따라 그 성취도가 규정될 수 있다. 역사의 측면만 만족시키는 작품은 사실(史實)만을 드러내는 역사기록물이 될 따름이고, 소설의 측면만 만족시키는 작품은 상상력만으로 채워진 사이비역사소설이 되고 말 따름이다. 사실을 근간으로 하면서 문학적 상상력을 동원하여 역사적 상황들을 생동감있게 재현시키면서 그것들이 가지는 의미를 풍부하게 담아낼 수 있을 때 역사소설은 존재가치를 인정받을 수 있는 것이다. 역사소설의 성취는 기본적으로 역사적 사실에 대한 정확한 지식, 깊고 바른 역사의식, 문학적 형상화 능력 위에서 이루어진다.

동학농민운동을 소설화한 위의 작품들은 동학농민운동 전말이라는 확정된 객관적인 줄거리를 공유하고 있지만, 그에 대한 인식과 문학적 형상화 양상은 각기 다르다. 이들은 또한 역사소설이 보일 수 있는 일반적인 성취와 한계의 대부분을 드러내 보이기도 한다.

여기서는 미완작을 제외한 이들 작품들의 성취와 한계들을 밝혀보고자 한다. 한 작품 속에서도 성취 부분과 한계 부분이 공존하고 있기 때문에 하나의 작품을 하나의 특징으로 규정할 수 없고, 커다란 공통점이 존재하는 작품들 간에도 많은 차이점들이 존재하고 있다.

여기서는 작품이 드러내는 역사적 측면, 즉 사실성과 문학적 측면, 즉 상상성을 기준으로 세 개의 유형으로 나누어 보았는데, 이것은 큰 분류 기준이 될 수는 있으나 작품들의 실제 양상을 보면 엄밀하고 단정적인 적용을 하기 어려운 점들도 있다. 따라서 주관적 판단의 여지도 가지고 있다.

지금까지 동학농민운동 소재 역사소설에 대한 논문은 많았지만, 전 작품에 대한 것은 없었고, 모두 한 작품 혹은 2~3개 작품을 다루었는데, 특히 『갑오농민전쟁』과 『녹두장군』에 집중되었다. 여기서는 전 작품들의 개별 및 비교 연구를 통해 개별성과 작품 간의 변별성을 살피고자 한다. 여기서 검토될 요소들 중 많은 것들이 이들 기존 연구에서도 논의된 바

있고, 일부는 같은 견해에 도달한 것도 있는데 그것은 거의『갑오농민전
쟁』과『녹두장군』에 관련된 사항들이다.

2. 동학농민운동의 연대기적 서술

　역사소설 가운데는 문학적 상상력이나 작자의 적극적 역사의식 표출
을 억제하고 역사적 사실의 충실한 전달을 지향하여, 역사적 자료들을
문장화하는 데서 크게 벗어나지 않으려는 작품들이 많다. 동학농민운동
소재 역사소설들도 예외가 아니다. 이런 작품에서는 작자가 역사 해석을
포기하고 매우 소극적인 자세로 사실을 객관적, 혹은 중립적으로 전달하
는 경우도 있고, 자신의 주관을 사건들 속에 용해시키지 않고 역사적 사
실의 전달에 덧붙여 직설적으로 천명하는 경우도 있다. 실재 인물의 행
적이나 사실(史實)을 시간적 순서에 따라 서술하되, 이를 충실히 전달하는
범위 내에서 수식이나 세부 묘사를 하는 데 머물고자 하며, 허구적 인물
이나 허구적 사실의 설정을 최소화하려고 한다. 따라서 독자들로 하여금
당시 상황에 대한 상상적 영역을 갖지 못하게 한다. 허구적 인물이나 사
건들도 물론 등장하지만 그들은 실제 역사를 전달하는 데 보조수단으로
서, 그들의 작품 내 역할은 미미하여 그들이 없어도 작품은 약간의 어색
함은 있지만 잘 전개되어 나간다. 역사 해석과 문학적 형상화가 억제되
니, 여기에 나타난 사실들은 평면적으로 서술된다. 사실들은 연대기적
서술방식으로 전달된다. 연대기에서 사건들은 연대적 순서에 따라, 나열
식으로 서술된다.
　연대기에서는 역사적, 시대적 배경이 어떻게 사람들을 변화시켜서 역
사적 격동 속으로 휘말려 들어가는가를 생생하게 보여주지 못한다. 연대

기적 성격이 강한 작품일수록 무미건조하며 평면적인 경향을 띤다. 이런 작품들은 강사(講史), 즉 작자의 강의식 역사 설명을 매우 활용하는데, 결국 '소설'과 '역사'의 균형이 깨져 '역사'쪽으로만 기울어진다. 이들은 '실록소설'이라는 이름을 달고 나오는 경우도 많다.

본질적으로 이런 성격을 공유한 작품이 『회천기』, 『전봉준』, 『동학』, 『여명기』라고 할 수 있다. 그러나 이런 공분모에도 불구하고 그들 간에도 정도의 차이와 개별적 특성이 존재한다.

1) 『회천기』 : 동학농민운동 소재 역사소설의 출발

동학농민운동을 전적인 소재로 하는 역사소설은 1949년에야 나타나게 되었는데 『회천기』가 그 첫 작품이다.3) 일제강점시대는 차치하고 해방 직후기에 이런 소설이 나오지 않은 것은 이 소재가 현실적 요구와 맞아떨어질 수 있음에도 불구하고 자료 확보의 어려움으로 사실에 대한 이해가 부족했음이 주 이유가 아닐까 보여지기도 한다.4) 윤백남은 이 작품 연재에 앞서 "동학당 사건은 근대 조선의 혁명적 봉화의 가장 큰 사건이었으며 (중략) 혁명을 일으키기에 가장 적절한 모든 조건을 갖추고 있었다고 보는 것이다. 그러나 마침내 전봉준의 회천대업은 실패하고 말았으니, 오늘의 우리 현실에 비추어 그 원유되는 바를 찾아보는 것도 또한 뜻 있는 일이라 생각된다."5)고 작품 창작 동기를 밝혔다. '오늘의 우리 현실'에 비추어 조선왕조를 뒤엎은 '혁명'의 필요성이 절감되었다는 것

---

3) 이 작품에 대해 논급한 것으로는 임무출, 「역사소설 그리고 윤백남의 생애와 문학」, 『회천기』, 문장사, 1992가 있다.
4) 1940년에 동학운동지도자의 한사람이었던 오지영의 『동학사』와 1947년에 김상기의 『동학과 동학란』이 단행본으로 나왔는데, 일제관학자들과 천도교도들이 쓴 단편적 논문이나 기록물이 있기는 했지만, 이 두 저서 정도가 일반인들이 대할 수 있는 자료였다고 할 수 있다.
5) 윤백남, 「작가의 말」, 『자유신문』, 1949. 3. 30.

인데, 현실에 대해 일정한 문제의식이 있었던 것 같아 보이나 더 이상의 구체적 언급이 없다. 그는 과거에도 역사소설 창작에 큰 관심과 실천을 보인 바 있었다.

『회천기』는 역사소설이 일반적으로 드러낼 수 있는 많은 부정적 양상들을 포함하고 있으며, 동학농민운동의 인식에 있어서도 많은 한계를 드러낸다. 이 작품이 다루고 있는 것은 고부봉기에서 전봉준 체포까지의 동학농민운동 과정인데, 그중에서도 전주화약까지를 주 내용으로 하고 그 이후는 극히 소략하게 다루었다. 기본적인 서술방식은 연대기적인 것이라 할 수 있다. 전봉준을 중심에 놓고 보조적인 허구 인물을 설정하여 운동 과정을 연대순에 따라 평면적으로 서술해 나가는 방식이다.

허구적인 인물인 옥매라는 여인은 작품의 첫 장면부터 끝 장면까지 등장하고 있지만, 작중인물로서의 독자적 생명력을 부여받지 못하고 전봉준과 농민군의 활동, 기타 여러 사건들을 연결시키고 보완 설명해 주는 연결고리 기능을 하고 있다. 이 인물은 당대 현실에서 존재할 수 없는, 비현실적인 인물로서 농민운동 관련 사건들을 연결시키기 위해서 어떤 장소에든 나타나서 현실적으로 가능하지 않은 일을 행한다. 주막 경영을 하며 동학도들을 돕고 연결시켜 주다가, 전봉준의 정부가 되기도 하고, 운현궁에 드나들며 외교·군사전략도 배워 전봉준에게 알려주기도 하고, 심지어 농민군의 '여장군'이 되어 나주 습격을 이끌기도 한다. 전봉준 체포시에도 함께 있다가 그가 죽자 목매어 자살한다. 요컨대 역사의 중요 현장에는 늘 나타난다. 이런 비현실성은 이 인물이 독자적 생명력을 갖지 않고 농민운동 전말 서술의 고리 기능을 하는 데 적절한 것이다.

역사적 사실들은 대부분 시간적 순서에 따라 강사(講史)에 의해서 독자들에게 전달된다. 작자는 역사적 인물들의 행동이나 사건의 서술 전후에는 자신이 조사한 사실(史實)들을 늘어놓는다. 따라서 역사적 인물이나 사건들은 형상화되지 못하고 생명력도 없다. 강사를 위해 인물이나 사건의 일면을 잠시 제시하는 형식이다. 이럴 때 독자가 만나는 것은 평면적 강사와 단조로운 사건 제시에서 오는 딱딱함과 지루함인데, 이를 피하기 위해 작자는 자신의 과거의 역사소설 『대도전』(1930~1931)이나 『흑두건』(1934) 등에서 사용했던 무협소설적 구성과 인물설정을 활용했다. 역사적 사건들의 사이사이에 가끔씩 무협들의 활약을 삽입하는데, 이 무협들은 무술 솜씨가 뛰어나며 전봉준 등을 돕는 정의로운 인물로서, 그 행동은 종횡무진, 황탄무계하다. 작품에 설정된 허구적 인물은 세 명인데, 모두 이런 인물이다. 옥매도 그렇거니와, 황포는 심지어 일지매의 제자로까지 되어 있고, 황포의 제자 곽소년도 그렇다. 이들이 있어 작품은 최소한의 소설의 형식을 갖추게 되고 약간의 흥미유발도 하게 되지만, 그 대신 작품의 역사적 진실성은 그만큼 훼손되고 만다. 일본 낭인들의 단체인 '천우협'의 활동을 길게 늘여 놓은 것도 작자 자신의 무협에 대한 관심과 작품의 흥미유발 의도의 결과로 보인다.

　엄밀히 말해서 처음부터 이 작품에서 역사적 진실성은 드러나지 못했다. 작품 속에는 당대 민중의 삶의 현실이나 농민전쟁이 일어나게 된 배경적 요소들의 형상화는 없다. 또한 농민전쟁 지도자들이나 양반 지배층 인물들을 당대 역사적 현실 위에서 그려내지도 못했다. 역사의 기록들을 그대로 전달하려 하면서도 전봉준이나 조병갑 등 일부 인물의 평가에서는 자의적이었다. 조병갑에 대해서는 "(만석보에 대한)처사를 분명히 못한 허물이 있"고, "오로지 부하 이속들이 사복을 채우기 위하여 군수에게 그 진상을 알리지 않았던 것"이라 하고,6) 이용태에 대해서는 "백성의 실정에 어둡고 각 고을 군수와 관속들하고만 접촉하게 되니"7) 정도로 기술했다. 결국 이때의 대표적인 악이었던 두 사람을 이렇게 평가함으로써 농민봉기의 동기나 명분은 크게 훼손되게 된다.

6) 윤백남, 『회천기』(『한국역사소설전집』 4권), 을유문화사, 1960, 432쪽.
7) 같은 책, 440쪽.

한편, 전봉준은 범인(凡人) 내지 왜소한 인물로, 종국에는 초라한 패배주의자로 그려져 있다. 그는 전쟁 중에 정치현실을 보는 눈도, 군사적 전략 수립 능력도 부족해서, 그 점에서 자신을 압도하는 옥매에게 면전 공박을 받기도 하고, 아내가 있는 그가 옥매에 욕정을 느끼고 그녀와 "한동안을 한 덩이가 된 두 육체는 아무 말이 없이 감정의 격랑에서 가쁜 숨을 쉬"[8]는 성관계를 맺고, 자신과 옥매와의 관계를 의심하는 아내에게 '의분을 느끼었고', 2차 전쟁 패전 후에는 "나는 재기할 능력도 없거니와 재기할 생각도 없소.", "이 위에 더 농민들의 원수가 되고 싶지는 않소."라고 한다.[9] 더욱이, 작품의 마지막 장면은 체포되는 전봉준이 옥매가 놀라 내달아오자 "계집년이 이런 데 무슨 상관야?"하고 발길로 걸어차는[10] 희화적인 것으로 되어 있다. 이러한 전봉준의 모습은 근거가 없는 것으로서, 전봉준과 동학농민운동에 대한 작가의 개인적 실망감 때문인 것으로 보인다.

작자는 옥매의 입을 빌려 "하루 빨리 한양을 들이쳐서 이씨 왕가를 뒤집어엎는 길밖에 더 취할 길이 없음"[11]을 강조했다. 작자는 '왕가복멸'의 혁명이 이루어졌어야 했는데 결국 전봉준의 무능과 민중의 무지 때문에 그것이 실패로 끝난 것에 실망하고 있는 것이다. 이러한 실망감은 결국 전망의 무화로 이어진다. 농민전쟁에 참여했던 민중들에 대해 "창의군 정신이라든지 계급타파와 농민운동의 정신을 알 까닭이 없고", "동물적인 욕구"와 "그 동안 받아온 압박의 분풀이나 해보자는 생각 이외에 아무 것도 없"는 것으로[12] 그렸다. 전쟁의 주체는 전적으로 동학도들이고 '머슴살이 농민들과 무직업한 부랑패들'이 '동학군'의 '군졸'의 대부

---

8) 같은 책, 474쪽.
9) 같은 책, 522쪽.
10) 같은 책, 523쪽.
11) 같은 책, 478쪽.
12) 같은 책, 458쪽.

분을 이루었다고 했는데, 무능한 지도부와 이런 군졸 때문에, 남는 것은 오직 패배 뿐 새로운 역사의 전망은 없는 것으로 된다.

한 마디로 말해서, 이 작품은 동학농민운동을 재제로 한 첫 역사장편소설이지만, 강사와 무협소설적 구성을 활용하며 동학농민전쟁 과정을 연대기식으로 서술하면서도 역사적 사실을 자의적으로 해석하고 전쟁의 구체적 모습과 당대 현실의 형상화를 외면함으로써 역사적 진실성을 확보하지 못했으며, 역사적 전망도 갖지 못한 채 역사 허무의식을 드러내고 만 작품이었다.

2) 『전봉준』: 사실의 충실한 연대기적 서술

최인욱의 『전봉준』은 농민군의 제1차 기병에서 전봉준 체포시까지의 과정을 전봉준을 중심으로 서술하였다. 이 작품은 동학농민운동 소재 소설 가운데서 가장 충실한 연대기적 서술 형태를 지니고 있다. 작자가 「후기」에서 "전봉준이 지도한 동학 혁명을 소설로 쓰면서 나는 첫째 사실(史實)에 충실할 것을 기약하고 숱한 문헌들을 뒤지기에 무척 오랜 시간을 소비했다. 동학의 교리를 밝히기 위해서, 그 시대성과 사회상을 파악하기 위해서"[13]라고 밝힌 바 있거니와, 2차 및 3차 자료가 그렇게 많지 않던 시절이었던 만큼 많은 노력이 필요했을 것이다. 그 결과로서 이 작품은 이 기간의 관련 사실들을 매우 풍부하게 서술하고 있는데, 서술된 사실들의 양에 비해 작품의 분량이 적다고 할 수 있다. 다시 말해서 서술된 사실들에 비해 작품 분량이 적었던 만큼 사실들의 소설적 형상화도 적을 수밖에 없었다. 작가가 취한 방식은 허구를 최소화하고 사건이나 작중인물의 묘사나 강사 역시 억제하면서 자신이 조사한 사실들을 평이

---

13) 최인욱, 『전봉준』, 후기, 어문각, 1967.

한 문장으로 서술해 나가는 것이었다. 작중에서 허구적 작중인물은 기생 농월 정도일 뿐이다. 농월이가 등장하는 장면도 많지 않은데, 이것이 없다면 이 작품은 소설이라고 하기 어려울 정도이다. 농월이 작중에서 하는 역할 역시 미미하여, 공주 전투에서 기생부대를 만들어 농민군을 돕는다거나 전봉준이 체포될 때 곁에 있다가 민보군에게 살해당하는 정도로서, 작품 전개상 있어도 좋고 없어도 좋은 전쟁 과정 서술 속의 한 에피소드 정도이다.

전봉준이 중심인물이 되지만 그가 나오는 장면에서도 그의 외모나 심리, 행동 모습은 최소화되며, 다른 농민군 지도자들이나 왕실인물 및 중앙·지방 관료들의 등장 장면도 간결하게 그려진다. 앞에서 본『회천기』를 위시한 다른 여러 작품에서는 사건 서술을 중지하고 장황한 강사를 늘어놓은 경우가 많지만『전봉준』에서는 사건 서술 중에 간단하고 자연스럽게 강사적 성격의 문장들을 삽입한다. 강사를 최소화함으로써 작품 전개에 단절성이나 경직성은 줄어들게 된다. 대신 나타나는 것은 사실들의 평면적 나열이다. 작자는 사실들에 대한 자신의 평가를 억제하고 객관적으로 이를 전달하려 하며, 사실들을 인과관계를 중심으로 유기적으로 연결하기보다는 각각 독립적으로 열거한다. 에피소드 집적식이라 할 수는 없지만 사실들 사이의 층위성과 결속력은 약하다. 말하자면 중요성의 층위가 다른 사실들도 같은 분량으로 기술된다든가, 혹은 층위와 분량의 역전이 일어난다든가, 사실들 사이에 어떤 유기성이 있는지가 분명히 드러나지 않는 경우가 많다는 것이다.

소설의 재미를 위해, 혹은 당대 삶의 모습을 형상화하기 위해 에피소드의 집적이 이루어질 수 있지만 이 작품에는 그런 것은 없다. 당대 여러 계층 사람들의 삶의 모습, 풍속 등의 형상화를 통한 역사적 진실성의 구현은 이 작품에서 드러나지 않는다. 다만 자신이 조사한 중요 사실들을 객관적으로 쉽게 기술해 나가고자 한다. 따라서 역사에 대한 자신의 적극적 관점과 그 적극적 표출을 필요로 하지도 않는다. 여기서 작자가 가지고 있는 것은 애국·애족, 반일의 역사관, 즉 지극히 평범하고 무난한 역사관일 따름이다. 농민전쟁의 주체에 대해서는 '동학군'이라 칭하고, 끝 장면에서 관군에 잡혀 죽는 농민군이 "우리를 박해하는 당신들도 언젠가는 동학의 바른 뜻을 알 때가 있으리라!"[14]라 말하는 것처럼 과거의 동학 주체론을 그대로 따르고 있다. 동학농민운동 기인(起因), 민중의 동향 등에 대한 구체성 있는 서술은 없다. 집강소에 대하여 '혁명위원회의 성격을 띨 전망'이라 한 것은 민중의 삶에 대한 작가의 관심의 간접적 표현이라 할 수 있다.

농민 전쟁의 의미, 그리고 역사의 전망에 대해서는 동학의 후천개벽사상이 실현된 때가 올 것이며, 지금의 전쟁은 그 밑거름이 될 것이라는, 미래기약론, 씨앗론을 제시했다. 전봉준으로 하여금 "못 다한 일을 다음 사람들에게 맡기고 간다."면서 '동학'의 정신이 살아 있는 한 인간의 자유와 사회의 평등이 올 것이고 "오늘의 실패는 미래의 성공을 위한 발판이 될 수 있을 것"이라 하고, 자신은 공자, 석가, 최재우적인 일을 했다고 평가하게 한다.[15]

이 작품은 사실(史實)에 대한 평면적 정보를 충실히 전달하지만 적극적인 역사 인식과 내세울만한 소설적 성취는 없는, 평범한 연대기적 소설의 한 표본이 될 수 있다.

3) 『동학』 : 동학교사적 '실록소설'

『동학』은 민중의식을 바탕으로 하는 작품으로, 민중의 고통스러운 삶이 어떻게 동학농민운동으로 이어지고, 이 운동이 어떻게 전개되어 가는

---

14) 같은 책, 354쪽.
15) 같은 책, 335~336쪽.

가를 그리려 했다. 작자는 먼저 1894년 훨씬 이전부터 서술을 시작한다. 상권은 1894년 이전, 하권은 1894년의 봉기의 전개과정을 서술한다. 작자는 민중의 고통을 이론화하고 민중의 힘을 결집시킨 것이 동학이라고 보고, 서술의 초점을 동학지도자와 동학교도에 맞추었다. 따라서 동학교사(敎史)적인 구성을 근간으로 하고, 동학교사나 교리에 대해 많은 자료를 섭렵한 것 같다. 작자가 작품 창작에 임하여 설정한 주제는 동학의 개벽사상이 실현되어 민중들에게 좋은 세상이 와야했다는 것이다.

작자는 발문에서 "역사는 한 번도 상민의 편에 서서 창조되지도 또 운영되지도 않았다."면서 "진정한 민중의 역사 그 사관에 의해 한 시대의 분수령적 사건을 쓰"겠다고 하고, 또 "픽션을 쓰지 않고 냉혹할이만큼 사실만을 추구"하겠다고 했다.16)

상권에서는 1862년의 진주민란부터 영해, 문경 민란이 일어나게 된 과정을 통해 농민의 고통현장을 그려나가는 한편으로 최재우의 죽음과 최시형의 포덕과정을 자세히 그려나간다. 조선말기 농민의 수난과 저항상, 1894년 전쟁의 기인을 잘 그려내었다. 장소도 경상, 충청, 강원 등 호남 이외의 지역이 주가 된다. 동시에 중앙 관료들과 민비 및 그 주변 인물들, 지방관료들의 동정과 가렴주구도 그린다. 또 뱀장수 묘사 같은 것으로 당대 풍속을 그려내려는 노력도 보인다. 그러나 하권에 오면 농민군의 봉기 전말, 특히 전투상황을 주로 서술하면서 민중 삶의 모습은 거의 그리지 않는다.

이 작품의 서술방식은 사실에 충실한 연대기적 서술이다. 작자의 말대로 '민중사관'을 의식하며 민중의 삶을 민중편에 서서 묘사하려는 노력은 있지만 그 현장 파악의 깊이와 묘사의 생동감은 적다. 더구나 하권에서는 이런 노력이 극히 미미해져가고 있다. 허구적 인물은 거의 등장하

16) 이용선, 『동학』 하권, 성문각, 1970, 394~395쪽.

지 않는 바, 이인언 정도가 있다. 그는 진주민란 참여자로 나중에 전봉준의 심복 부하가 되는데, 진주민란과 전봉준의 봉기를 연결시켜주는 기능을 하나 그가 등장하는 장면도 적고 특별한 활동을 통해 줄거리의 한 부분을 살찌워주는 기능도 극히 미미하다.

결국 작자는 자신이 조사한 민란, 동학교주들의 행적, 1894년 전쟁에 관한 자료들을 자신의 말대로 '픽션을 쓰지 않고' 사실만을 추구하면서 약간의 묘사를 섞은 쉬운 문장으로 연대를 따라 써나가는 것이다. 뒤로 갈수록 사실의 중립적 평면적 열거가 많아지고 소설적 요소는 점점 줄어들어 자신이 명명한 '실록소설'에서 '실록'으로, 연대기 쪽으로 나아가는 정도가 심해진다. 그럼으로써 문학적으로 형상화된 역사적 진실성은 없어져가는 대신 작자가 조사한 사실의 기록과 작자의 주장만이 남게 된다. 물론 김개남이 우금치 전투에 참여한다는 등, 오류가 있기도 하다.

작품의 뒤로 갈수록 '민중사관'도 점점 흐려져가다가 말미에 이르러서는 혼란이 일어나다가 민중과 동학군에 대한 부정적 시각이 나타나게 된다. 하권에서 고부관아 점령에 대해 '난민'의 '난동', '분탕'이라고 표현하다가 '동학당들은 백성들에게 호령을 친다'고 한다. 그리고 마지막으로는 패전의 원인으로 일본군의 개입과 함께 민중의 우매함을 드러내는 데 이른다.

백성들은 '동학의 울부짖음을' 바로 듣지 못하고, '들을 능력도 없게 유치'하고, '동학에 휩쓸린 무리들조차 시국관이 뚜렷한 혁명이념이 없이 단지 무식한 상것들 뿐'으로, 모두 '우중'이라는 것이다.[17] 여기에다 전봉준에 대해서도 김원식에게 목침을 맞는다든가, 군사들에게 십삼자주문을 외우게 하면서 자신에게 거짓 총을 쏘게 하고 죽지 않는 속임수를 쓰는 것으로 그린다. 이런 구전(口傳)들을 수집했겠지만 이를 사실처럼

---

17) 같은 책, 376쪽.

기술하는 데서 작자의 의식의 한계를 드러낸다. 집강소를 전혀 기술하지 않은 것도 그 중요성을 인식하지 못했기 때문이 아닌가 한다. 여기서 농민전쟁의 주체는 전적으로 동학과 동학도이다. 우중이 이를 잘 이해하고 따르지 못한 것이 작자에게는 큰 불만이다. 농민전쟁 실패로 남은 것은 '잃은 것'과 '간 것', '죽은 것', '쫓기는 것' 뿐이라고 생각하며 도피의 길을 가는 전봉준의 모습을 마지막 장면으로 함으로써, 작자는 역사 허무의식에 빠진 모습을 드러내었다. 여기에서는 역사에 대한 아무런 전망도 없다.

4) 『여명기』 : 단편화된 사실들의 집적

『여명기』도 동학농민운동 전말과 그 주변사들을 자료에 의거하여 평면적으로 서술해나간 작품이다. 고부봉기가 일어나기 전해인 1893년부터 전봉준이 체포되어 교수형을 당할 때가지를 연대기적으로 그려나간 것이다.

여기서도 허구적 인물은 육손이 외에 산적 두어 명 정도로 적다. 허구적 인물이나 사건은 극소화되어 있고 서술된 내용의 대부분은 전봉준, 농민군, 집권층 및 관료 등의 동정이다. 육손이는 전봉준의 머슴으로 시작한 측근 인물인데, 작품의 서두부터 사이사이에 꾸준히, 그리고 끝 장면까지 등장한다. 그러나 이 작품에서 그 자신이 독자적 생명력을 갖지는 못한다. 그의 성격, 가치관, 심리 등은 형상화의 대상이 되지 못하며 그의 행동도 의미를 부여할 만한 것이 거의 없다. 그가 하는 일은 대부분 역사적 사건들의 현장에 부수적 인물로 참여하는 것으로서, 그 사건에 영향을 주는 행동을 하거나 독자적인 의미 있는 행동을 거의 하지 않는다. 그가 이 작품에서 맡은 임무는 독자들에게 역사의 현장을 안내하고, 이 작품이 연대기를 면하고 소설이 되게 하는 최소한의 형식을 갖추어 주는 단순한 기능이다. 이 인물들의 등장이 없으면 이 작품은 역사적 사건들을 단편화(斷片化)시켜 장면중심적으로 묘사하여 열거해 놓은, 에피소드 집적물식 역사기록물일 따름이다.

역사적 사건들을 서술해 나가는 데 있어서 작자가 취하는 관점은 중립적, 흥미추구적이다. 동학농민운동을 뚜렷한 이념이나 역사의식 없이 지나간 역사의 한 큰 사건으로만 다루는 것이다. 그렇기 때문에 이 사실들을 흥미추구적으로 그려낼 수가 있기도 한 것이다. 역사적 사건의 장면화에서 그 사건의 본질을 묘파해 내기보다는 흥미를 유발시킬 수 있는 부분에 초점을 맞추는 경우가 대부분이다. 따라서 지엽적 부분, 그 중에서도 특히 성애 부분이 부각된다. 예를 들면, 민영준과 첩의 동침, 왕과 민비의 대낮 성희 시도, 세자와 나인의 성교 시도 같은 성희 장면을 자주 그려 놓고 그 표현도 "상감은 소근거려 말을 하면서 젖은 입술로 민비의 달아 있는 입술을 오래 덮고 있었다."18)거나 민영준이 첩의 '알몸을 물끄러미 들여다보면서', "「잘도 생겼고나」, 「뭐 말이예요」, 「하하하… 나도 모른다」"는 대화를 나누는 것19) 등 흥미유발의 표현이 매우 잦다. 정작 사건의 의미, 배경은 간단한 지문으로 직설된다. 대신 딱딱하고 장황한 강사는 매우 억제된다.

사건과 인물들에 대한 이 작품에서의 평가는 '좋다'와 '나쁘다'라는 수준 이상을 거의 넘지 않고 있다. 민중의 삶, 농민전쟁의 기인 등도 거의 그려져 있지 않다. 농민운동의 주체 문제에 대해서도, '동학도와 농민이 합세하여', '농민군' 등으로 표현하지만 뚜렷한 인식이 없다. 집강소를 등장시키지 않은 것은 작자의 민중의식의 박약과 관계되는 것 같다.

이 작품에서는 역사적 사실의 오류도 많다. 전봉준이 대원군을 찾아가

---

18) 박연희, 『여명기』, 중권, 동아일보사, 1978, 260쪽. 이 작품은 1976년 1월호에서 1978년 9월호 사이에 『新東亞』에 연재되었고, 1978년에 상·중·하 세 권으로 출판되었다.
19) 같은 책, 11쪽.

고부를 들이친 후 서울로 와서 대궐을 점령한다는 계획을 상의한다거나, 전창혁이 농민들을 이끌고 고부 군아를 습격했다가 관군의 포로가 되어 효시를 당한다든가, 김원식이 이유상의 목을 친다거나, 김개남이 우금치 전투에 참가한다든가, 심지어 전봉준이 이용태를 잡았다가 풀어주기까지 한다. 이들은 자료의 잘못이 아니라 작자의 자의에 의한 것이 아닌가 한다. 어느 작품에서나 약간의 사실 오류는 있지만, 역사적 사실의 연대기적 기술 형식을 취한 이 작품에서의 오류는 매우 심하다. 이 점은 이 작품의 성취도를 더욱 떨어뜨리는 것이다. 동학농민운동의 의미 해석과 역사적 전망에 대한 작가의 진지한 추구는 드러나지 않는다.

한 마디로 말하면, 『여명기』는 동학농민운동을 역사의식에 입각하여 진지하게 접근한 작품이 아니라 그를 소재로 한 오락 겸 상식 확대를 위한 읽을거리가 된 작품이라 하겠다.

3. 탈역사적 허구화

역사소설은 역사적 사실 자체를 기본 줄거리로 하면서, 이를 깊고 풍요롭게 드러내기 위해 문학적 상상력에 의한 허구를 가한다. 앞에서 본 작품들은 기본 줄거리를 보다 구체적으로 실증하는 데 초점을 맞춘다. 따라서 허구적 공간을 최소화하고 사실 자체의 수용을 최대화한다. 이와 달리 기본 줄거리인 역사적 사실 자체의 수용을 가능한 한 최소화하는 대신에 허구적 공간을 최대화하려는 작품도 있다. 작품마다 실천적 정도의 차이는 있지만 근본 자세는 양자가 극단적 대조를 이룬다. 전자는 역사 전달에 초점을 맞추지만 후자는 역사를 소재로 하면서도 작자의 세계를 펼치면서 독자에게 상상의 세계를 보장하는 데 초점을 맞춘다. 후자는 '역사'보다는 '소설' 쪽에 관심을 기울이고 이것이 심해지면 '역사'는 '탈역사'가 되고 '소설'만이 남아, 마침내 현재의 문제를 다루는 '현재소설'과 다를 바 없게 될 수 있다. 이때 역사적 진실성은 사라지고, 옛날 옷을 입은 현재인의 삶을 그리게 되고, 공상과학 미래소설과 같은 공상과거소설이 된다.

동학농민운동 소재 역사소설에서도 정도의 문제는 있지만 그 시대의 역사적 진실성을 뛰어넘어서 자의적 허구화의 세계를 만들고 있는 작품들도 있다. 이런 작품의 주인공은 물론 허구적 인물이고 그의 사상, 심리, 행동이 서술의 초점이 된다. 이런 작품으로 『혁명』, 『들불』, 『동학제』가 있다.

1) 『혁명』 : 역사의 사사화

『혁명』은 고부봉기 직전부터 제2차 농민전쟁 패전 시까지를 다루었는데,[20] 동학농민운동을 역사적 관점에서 그것이 일어나게 된 현실적 배경과 과정, 그 역사적 의미를 추구하고 이를 형상화하는 데 초점을 맞춘 작품이 아니다. 이 작품에는 근본적으로 이 시기에 봉건체제 내의 모순들이 많았고 그 때문에 농민들의 고통이 크긴 했지만, 이렇게 많은 농민들의 목숨이 희생되는 전쟁이 일어나야 할 상황까지는 아니라는 관점이 깔려 있다. 고부에서의 농민수탈도 그려지지 않고 주인공 김헌주가 사는 정읍의 농민 수탈도 거의 그려지지 않는다. 정읍에서는 안정된 토착양반이 아니었기 때문에 가문의 경제적·사회적 입지를 확보하기 위해 농민들에게 가혹한 경제적 압박을 가하는 주인공 삼촌의 행동이 약간 그려질

---

20) 이 작품에 대한 연구로는 이보영, 「동학혁명의 가능성」, 『한국소설의 가능성』, 청예원, 1998과 이정숙, 「역사의식과 문학적 상상력」, 『소설과 사상』 9호, 1994가 있는데, 특히 전자에서의 이 작품과 『들불』에 관한 논지는 동감되는 바 많았다.

따름이다. 양반은 사람 나름이어서, 주인공이나 주인공 아버지 같은 양심적이고 선한 양반이 있다는 점이 부각된다. 주인공의 삼촌은 나쁜 양반이지만 무지막지하고 악랄하고 부도덕하게 그려지지는 않는다. 종인 판석과 그의 아버지도 상전에 의해 억압받지는 않는다. 판석은 신분 자체에 대한 불만을 갖는 정도인데, 상전인 헌주로부터 자발적 속량을 받고, 판석 아버지는 속량 제의를 마다하고 진심으로 상전을 섬긴다. 판석이 농민군에 들어가는 것은 마땅히 정착할 곳이 없는 상황에서 휩쓸려 들어가는 것으로 되어 있고, 전봉준의 봉기 명분도 분명하지 않다.

이런 관점에 서기 때문에 이 작품은 동학농민운동의 역사적 접근보다는 이를 보는 지식인의 양심문제에 서사의 초점이 놓여지게 되는 것이다. 역사적 접근은 역사적 맥락 위에서의 특수성을 문제 삼는 것인데, 이 작품은 특수성이 아니라 보편성을 문제 삼는다. 주인공은 가공적 인물인 양반 지식인으로, 그의 심리와 행동이 작품에 그려진 내용의 대부분인데, 그 심리와 행동의 핵은 지식인적 양심이다. 그에게서 발동하는 지식인적 양심은 동학농민운동이라는 특수한 상황 속에서 적용될 수 있는 역사적 성격을 지니는 것이 아니고, 어느 시대 지식인이나 가질 수 있는 보편적 양심이다.

그는 봉건체제에 대해서는 추상적 인식을 가지고 있다. 구체적으로 무엇이 문제이고 어떻게 고쳐져야 할 것인가에 대한 인식을 보여주지는 않는다. 이런 상황에서 농민 봉기가 일어나자 그는 집안의 피해에 대한 두려움도 느끼면서 "동학이 무엇인지 모르지만 농민과 노비들이 대체 뭣 때문에 날뛰는지 또 무엇을 바라는지 조금은 알 수 있을 것 같다."[21]고 말하면서 '우리 집이 살 수 있는 단 하나의 방도'가 동학에 가담하는 것이라고 생각한다. 그는 또 농민 봉기를 '의거'라고 하면서도 '내심 얼마간

---

21) 서기원, 『혁명』 6회(『신동아』, 1965년 2월호), 442쪽. 이 작품은 1964년 9월호부터 1965년 11월호까지 『新東亞』에 연재되었다.

의 저항’이 생기기도 한다. 그는 또 “학정에 시달리다 못해 사람답게 살아보자고 목숨을 던지고 일어난 농민들이 대견스럽지 않나”[22]고도 한다.

이렇게 갈등을 느끼면서 피난을 다니던 그는 결국 전주 함락 시 동학군에 잡히자 전봉준 면담을 요구하여, ‘전장군을 모시고 싶소’라고 하면서 농민군에 들어가고, 집강소 시절에는 귀향해 있다가 2차전쟁 시 농민군 전사가 되었다. 그가 동학군에 뛰어든 것은 “어쩌면 그 자신을 괴롭히고 시달리게 하기 위한 셈인지도 몰랐다.”[23]고 설명되고 있다. 결국 농민군 봉기 이유를 추상적으로나마 이해하면서 거부감을 갖기도 하는 갈등 끝에 그는 ‘자신을 괴롭’혀서 양심을 지키는 지식인이 되는 길을 택한다. 이 부분에 오면 전쟁은 이미 역사적 사건으로 인식되는 것이 아니라 헌주 개인에 관한 사사(私事)로 변질되는 것이다. 그에게 이제 전쟁은 양심 지키기의 실험 현장이 되고 만 것이다. 그래서 그는 “분명히 동학이나 동학군에 들고 있는 것은 아니었다. 아무 데도 들고 있지 않았다. 그리하여 이 순간 그가 감득할 수 있는 것은 오직 무릎 위의 알맞은 총 무게 뿐”[24]이게 된다. 명분 있는 역사의 장소를 떠나 명분과 목적이 없이 싸움, 폭력만 있는 공간에 앉아 있을 뿐이다.

전쟁이 끝나고 그는 살아남은 죄책감에 시달린다. 죽어야만 양심을 지킬 수 있는 것이었다. 살아있다는 것은 지식인으로서는 부끄러운 일인데, 그는 전봉준에게 그 책임을 떠넘김으로써 자기 합리화를 한다. 그는 전봉준이야말로 “수천 수만의 부하를 죽이고 홀로 살아 남아 감히 도망을 칠 수 있단 말인가.”[25]하면서, 전봉준을 찾아가 “이곳까지 도망쳐 오시다니… 저들의 덕분으로 영웅이 되셨으면 저들과 같이 영웅답게 죽어야

---

22) 같은 작품 8회(1965년 4월호), 419쪽.
23) 같은 작품 12회(1965년 8월호), 517쪽.
24) 같은 작품 13회(1965년 9월호), 521쪽.
25) 같은 작품 15회(1965년 11월호), 462쪽.

지요… 그처럼 생명이 소중한 것입니까?"[26]라면서 죽이려다가 실패하고 체포되어, 전봉준에 의해 처형당한다. 문제가 되는 것은 양심일 뿐, 역사가 아니다. 결국 이 작품은 역사의 현장에서 이야기를 꺼내어 탈역사적 주제를 형상화하고 있는 것이다. 이 탈역사의 장소에서는 헌주 같은 양심적 지식인이야말로 보편적 가치를 지니는 영웅이 되고, 전봉준, 김개남 등은 시대적 상황을 이용하여 보편적 가치를 훼손시킨 초라한 인간이 될 수밖에 없다. 전봉준은 행동상으로도, 김개남을 멀리하고, 자신의 작전을 비판했다고 '그자에겐 아무래도 마음을 놓을 수가 없어'라면서 이유상을 시켜 김원식을 살해하고, 헌주를 첩자로 몰아 참수하는 등 왜소한 인물로 그려지고 있다.[27]

이 작품에서 작자는 민중혁명에 대해 부정적이다. 결국 진정으로 살아남아야 할 역사적 중심인물은 양심의 순교자가 된 헌주 같은 인물이라는 것이다. 집강소와 집강소 행정에 대해서는 매우 비판적이다. 지문(地文)은 집강소가 "마치 군정을 펴고 있는 것과 다름이 없게 되었다."[28]고 하면서 집강소 주변에 뇌물, 동지들 간의 반목, 세력다툼이 판을 치며 "으쟁이 뜨쟁이 할 나위 없이 단 것에 몰리는 개미떼처럼 들끓고 있었다."[29]고 한다. 헌주는 세상이 "어쩐지 그릇된 방향으로 휩쓸리고"[30]있다고 보고, '반발과 저항을 품게' 된다. 이 작품이 창작된 것은 5·16쿠데타 후 군사정권 하인 1964~1965년이었던 점을 감안하면 서기원의 군사정권에 대한 지식인적 거부감도 깔려 있는 것 같다.

이 작품의 결말은 전봉준을 거부함으로써, 그것도 보편적 문제인 '양

---

26) 같은 작품 15회, 464쪽.
27) 여기서 김개남은 "기왕 총수가 될 수 없는 바엔 전봉준 밑에서 싸우기 싫었고 반대로 전봉준 편에서도 고분고분 말을 듣지 않을 김개남을 휘하에 거느리고 싶지가 않았을 터이었다."(13회, 518쪽)고 했다.
28) 같은 작품 10회(1965년 7월호), 417쪽.
29) 같은 작품 11회, 460쪽.
30) 같은 곳.

심'과 관련시킴으로써, 동학농민전쟁과 관련된 역사적 전망의 제시와는 무관한 작품이 되었다.

2) 『들불』 : 비현실적 사건구성과 통속적 흥미유발

『들불』은 문학에서의 민중성 구현문제가 큰 과제로 떠오른 시기인 1976년에 발표되었다.[31) 비슷한 시기에 발표된 『여명기』에 비해 민중성의 구현을 분명하게 지향하고 있는 작품이다. 일자무식의 최하층 농민이면서 타고난 장사인 인물을 주인공으로 하고 그의 수난과 동학농민운동 속의 여정을 중심 줄거리로 하였으며, 들불의 민중적 상징성을 작품 내 여러 곳에서 강조하고 제목으로 삼기도 하였다. 주인공의 무식, 가난, 괴력이 민중성을 상징하는 것일 뿐 아니라 그의 가족의 관에 의한 수난, 그의 의식화와 전쟁 속에서의 영웅적 활동 등이 또한 민중적 행동의 조건을 충족시키고 있다. 그러나 외형은 이러하지만 형상화를 통한 민중성의 문학적 구현에는 다가가지 못했다. 민중성의 문학적 구현을 위해서는 엄밀한 역사 이해를 바탕으로 한 민중현실의 올바른 반영과 사실성을 바탕으로 하는 사건구성을 통한 민중적 전형 창조가 있어야 한다. 이 작품은 그 두 가지 점에서 큰 한계를 보였고, 그 때문에 민중소설로서도, 역사소설로서도 성취도가 낮게 되었다.

이 작품이 다룬 시기는 1894년 전쟁 직전부터 2차전쟁에서 농민군이 패주할 때까지이다. 서술의 중심에 놓인 것은 허구적 인물 임여삼이다. 그에 다음가는 중요 허구인물인 곽무출과 이진악도 많은 서술의 대상이다. 이 작품은 허구부분과 사실부분으로 구성되는데, 많은 분량을 차지하는 허구 부분은 현실성이 결여된 사건들로 연결되는 경우가 많다. 사

---

31) 이 작품에 대한 논문은 앞의 이보영, 이정숙의 글 외에 이상경, 「동학농민전쟁과 역사소설」, 『변혁주체와 한국문학』, 역사비평사, 1990 등이 있다.

실부분은 농민군의 활동과 중앙정계와 일본 침략세력들에 관한 것이 대부분이다. 이 사실부분은 현장의 형상화는 적고 거의 강사로 이루어진다.

작자의 역사적 사실의 조사와 이해는 넓지도 깊지도 정확하지도 않은 것 같다. 사실(史實)의 오류도 많지만 사실 제시 장면도 적거니와 묘사의 구체성도 약하고, 제시한 사실도 다른 작품들에 비해 적다. 첫 장면의 여진(礪津)도 정체불명의 지명이고,[32] 김개남은 '김계남'으로, 안경수(安駉壽)는 '안동수(安銅壽)'로, 김개남과 손화중은 "땅 밖에 팔 줄 모르는 순수 농투성이"[33]로 되어 있다거나 김개남이 잡혀가는 전봉준을 구하려다 정읍 부근에서 전사한다[34]든가 하는 것은 오류에 속하는 것이고, 농민군의 전투지역이나 전략, 전투상황, 관군의 동향 등에 대해서도 제시하는 사실이 매우 적고, 특히 전주화약 후 집강소 관련 사실이나 2차기병 후의 전투상황에 대한 사실은 더더욱 적다. 일본 상업자본의 조선 침투상은 다른 사실들에 비해 상대적으로 자세히 설명되어 있다. 소재가 되는 역사적 사실에 대한 지식이 역사소설 창작의 기반인데 그것이 확고하지 못하다면 작품 성취도는 약할 수밖에 없다. 이 작품은 이런 기반의 취약성을 드러낸다. 이런 기반에서 이 작품은 허구적 사건들에 형상화의 초점을 맞추고 있는 것이다.

작품이 그려낸 많은 허구적 사실들은 역사적 진실성과 합리성을 결여하고 있다. 역사 지식의 견고함 없이 허구적 사실의 리얼리티를 얻을 수 없다. 결국은 비현실적 사건 구성이 많아질 수밖에 없다. 이 작품의 서두부터 그런 모습이 보인다. 주인공 가족에게 가해지는 억압의 방법이 엽

---

32) 이이화, 「역사소설의 반역사성」(『역사비평』 1집, 1987. 9, 역사문제연구소)에서 여러 동학농민운동 소재 역사소설에서의 사실 오류에 대해서 지적했는데, 이것도 이 논문에 밝혀져 있다.

33) 유현종, 『들불』, 세종출판공사, 1976, 363쪽.

34) 유현종, 『녹두꽃』, 지양사, 1991, 309~310쪽. 이 책은 1976년판 『들불』의 뒷부분을 조금 이어 놓은 것이다.

기적이라고 할 수 있다. 여자의 옷을 벗겨 소처럼 검사하여 매매 흥정한 다거나, 남근 밑에 불화로를 달아 먼 거리를 갔다오게 한다거나, 마을 사람 전원을 감옥에 넣고, 괴질이 생겨 죽는 사람이 속출하는데도 석방을 하지 않는다든가 하는 것은 아무리 악한 현감의 행위라도 합리성이 없고, 민중의 고통 장면이라기보다 괴기한 장면으로 보인다. 이 여진 감옥에서의 주인공의 탈옥은 작품 분량의 4분의 1쯤에 이르러서야 이루어진다. 주인공이 엄청난 힘으로 감옥의 기둥을 뽑는다는 것도 그렇지만 아버지가 '여진민란'의 주모자였고, 자신과 가족이 엄청난 고통을 받고, 친구 곽무출이 꾸준히 의식화를 시키는데도 임여삼이 오랫동안 무지한 바보로만 남아 있는 것도 비현실적이다. 이 모두는 결국 독자의 대중소설 독자적 흥미를 유발시키는 것이다.

　한말의 역사와 진정한 민중의 모습을 보려는 진지한 역사소설 독자에게 임여삼은 황당한 인물일 뿐이다. 임여삼이 이진악과 산적들을 만나는 것도 우연이고 농민군에 들어가는 것도 그의 자각에 의해서가 아니라 산적들을 따라서다. 대원군의 하수인 이진악의 행동 역시 역사적, 합리적 배경 및 동기부여가 매우 불충분하다. 더욱 비합리적인 것은 곽무출의 변신이다. 임여삼과 달리 진작부터 반관(反官)의식과 투쟁의지가 강했던, 극히 민중적 인물이었던 그가 어느 날 일본 상인의 앞잡이가 되어 농민군에게 농간을 부리고 임여삼 남매를 괴롭히는 등 반민중적·반민족적 행위를 계속한다. 상녀의 운명, 상녀와 무출의 관계, 상녀와 여삼의 만남도 현실성이 부족하거나 우연한 일이다. 이러한 사건들은 엽기성을 가지고 있고 통속적 흥미를 유발하는 것이라 할 수 있다. 이렇게 되어 이 허구적 인물들은 민중의 전형도, 기타 다른 계급의 전형도 되지 못하는 통속적 흥밋거리로 떨어지게 되는 것이다.

　요약한다면, 이 작품에서 강사는 많지만 당대 사회의 모습, 동학농민운동의 기인과 진행의 전모 등에 관한 역사적 지식 전달이 매우 빈약했

고, 현실의 문학적 형상화를 통한 반영도 거의 없으며 민중성의 구현에
서도 크게 빈약했다. '역사' 부분은 뒷전으로 밀리고 '소설' 부분이 작품
의 전면에 살아 있다. 이 '소설' 부분의 대부분은 엽기성을 띤 사건들을
중심으로 대중의 통속적 흥미를 유발하는 것이다.

3) 『동학제』: 역사의 설화화

『동학제』는 동학농민운동 100주년이 되는 1994년에 발표된 것으로[35]
동학농민운동 소재 역사소설 중에서 가장 최근작이다. 다루어진 시기는
보은집회가 있었던 때부터 농민전쟁이 끝난 몇 달 후까지이다. 이 작품
은 다른 작품들과는 달리 어민을 대상으로 하고, 배경지역은 거의 장흥
이며, 2차전쟁이 끝난 후에도 한동안 계속된 전쟁참여자들과 민보군 및
관군들의 싸움까지 그렸다. 1894년 전쟁의 주체를 동학도로 보면서 '농
민군'이라 하지 않고 '동학군'이라 했는데, 작중인물 중 실존 지도자들을
빼면 거의 어민이다. 작중사건의 대부분은 허구적인 것으로, 작품이 초
점을 맞춘 것은 어민들의 삶의 모습 및 전쟁과 어민들의 삶의 관련 양상
을 형상화하는 것이다. 고부봉기가 그려지는 것은 전 7권 중 5권부터이
니, 4권까지가 장흥 어민들의 삶과 동학 관련 움직임이고 5권부터가 전
쟁과정 중의 어민 상황이다. 전쟁과 관련된 역사적 사실들, 전쟁진행 모
습은 주변적인 것으로 그려진다.
　어민들의 삶은 그들 속의 애정갈등 양상이 중심을 이루고 거기에 만호
(萬戶)와 수군들의 수탈과 동학도들의 활동, 한 양반가문의 내부적 갈등이
일정한 균형을 이루면서 그려진다. 전쟁주변사(事)와 전쟁과정에 관한 것

---

35) 이 작품에 대한 중요 논문으로는 임금복, 「한승원의 '동학제' 연구」, 『한국현대비평의
　　과제와 전망』(한국비평가협회 편), 국학자료원, 2000 ; 정현기, 「동학혁명의 소설적 인간
　　론」, 『소설과 사상』 9호, 1994 등이 있다.

도 허구적 사건들의 진행과 동떨어져 있지는 않다. 가장 중심을 이루는 사건인 애정갈등은 여러 인물들 사이에서 복잡하게 얽혀지는데 그 갈등을 지속시켜 나가는 동력은 인물들 간에 쌓인 원한이다. 그 원한은 계급적·경제적·이념적인 것이 아니라 사사로운 것이다. 다시 말해서 역사적·사회적 모순 속에서 생겨난 것이 아니다. 이 지점에서 이 작품이 이 시대의 역사적 진실성을 구현하는 데서 벗어나가고 있음이 드러난다.

많은 허구적 인물을 등장시켜 당시 어민들의 삶의 모습을 반영하려 했고 일정한 부분의 성취도 있다. 그러나 작품 줄거리를 형성해가는 대부분의 사건들은 어민들의 진정한 모습과는 멀어지고, 오히려 그들의 모습을 왜곡하는 데까지 이르고 있다. 개인적 욕망에서 기인하는 원한들이 그들을 움직이고, 그들이 목표하는 것은 사랑하는 남(여)자를 차지하는 일이다. 이를 위해 그들은 서로 불신, 시기, 음해하고, 살해를 기도한다. 그들은 본능적 욕구를 통제하지 못한다. 성욕에 못 이겨, 간통·겁탈이 이루어지는 장면이 흔하다. 중요 어민 주인공들은 남녀를 불문하고 성욕과 정력이 아주 강하다. 겁탈당해 쓰러진 여자에 대해 "검은 거웃 근처의 흰 살갖에 새빨간 피가 묻어 있었다."[36]는 유의 문장들이나 성교 묘사의 문장들이 매우 자주 나타난다.

흙탕물 속에 빠진 인물들에 대한 자연주의 소설식 묘사가 작품의 많은 양을 이룬다. 이 흙탕물은 봉건체제의 모순 속에서 만들어진 민중현실, 즉 역사가 만든 것이 아니라, 도덕적 혼란, 즉 개인의 품성이나 욕망이 만들어낸 것이다. 지역보가 동학군에 들어온 것은 이우암과 이인한을 죽이기 위해서이다. 그가 전투시 그들 주변을 맴돌며 살해를 시도하는 장면이 여러 번 그려진다. 결국, 이 작품에 그려진 민중은 이 시기 민중의 진정한 모습, 그 전형이 아니라 예외적이고 부분적이고 지엽적인 모습을

---

36) 한승원, 『동학제』 1권, 고려원, 1994, 91쪽.

보이고 있을 따름이다. 그들은 결국 역사적 진실성의 구현과는 동떨어져, 독자의 흥미를 유발하는 통속적 애정소설의 주인공 역할을 하고 있다. 그들의 사랑 속에는 본능적인 것을 넘어서는 깊고 독특한 논리나 방식이 없다. '사랑하니까', '함께 살고', '뺏고', '도망간다'는 단어로 그들의 감정이나 논리, 행동을 규정할 수 있다.

사건 연결에 우연이나 비현실적인 것도 많다. 이런 것들도 역사적 진실성 구현과는 반대적인 것이다. 예를 들면, 이우암과 지역보의 쫓고 쫓기는 과정 속에는 우연이 아주 많고, 중요인물들이 결정적 위기에서 우연으로 살아남게 되는 경우도 잦다. 특히 허구인물인 일개 역졸 개칠이가 전봉준의 포로가 되기도 하고, 초토사 홍계훈을 조종하는 책사가 되기도 하고, 일인 상인과 일본군 지휘관을 지도·자문하기도 하고, 전주영장 김시풍을 모략하여 직접 체포하기도 하고, 농민군의 전주점령시 관군의 완산 점령 계책도 내고 북접의 한 지도자인 서병학을 회유, 조종하기도 하고, 순무사 신정희의 참모가 되기도 하고, 김경천을 죽일 것을 명령하기도 하는 등(이들은 모두 실존 거물들이다!) 사건 구성상의 비현실성을 넘어 극히 황당무계한 역사 왜곡까지 있다.

이렇게 역사적 진실성의 구현과 멀어지면서 작품이 도달하는 동학농민운동의 인식과 역사의식은 어떤 것인가? 동학농민운동은 그 관련자들의 악과 무능 때문에 한계지어진 운동, 즉 실패할 수밖에 없는 것이었다는 인식이다. 앞에서 본 것처럼 동학군 참여 병사로서 지역보를 부각시킨다든지, 중요 허구적 인물들을 개인적 목적이나 우연으로, 또는 위기로부터의 도피를 위해 입대하는 것으로 그려 놓은 것도 그런 인식의 산물인 것 같다. 고참봉집의 여러 종들을 위시한 많은 천민들이 동학군에 참여하지 않고 추악한 악의 하수인으로 남아 있는 등, 상인들의 호응과 참여도 부분적이었던 것으로 그렸다. 동학군 지도부의 북접인물들은 물론 부정적으로 그렸고, 전봉준은 전주성을 포위당한 후부터 "늠름한 기상을 찾아볼 수 없었다.”37)든가, 기찰 포교가 자신을 노린다고 겁을 먹고 주변에 보호를 요청한다든가, 승리에 대한 회의가 생겨 “이 세상과 하직하는 연습을 하여 오고 있었다.”38)고 하는 등 왜소한, 혹은 패배의식에 빠진 모습으로 그렸다. 김개남도 전봉준에 대해 “속으로 빈정거리고”39) “막상 정권을 앞에 놓고 있는 순간에는 서로 정적이 되는 것”40)이라고 한다. 또 동학군에서 중요 역할을 하는 훌륭한 중간지휘관인 홍순서는 장흥접주인 이방언(실존인물)이나 이인한을 “비웃었다”41)고 했다. 작자의 동학지휘부에 대한 회의를 나타낸 것이다. 전쟁 후에 남은 동학참여자들과 민보군간의 잔인한 보복 살육을 길게 그린 것도 역시 작자의 전쟁에 대한 회의를 반영하는 것이다.

결국 작품이 도달한 곳은 역사 허무의식이다. 살아남은 주인공들은 모두 현실, 역사와 단절된 세계로 도피했다. 그들 주인공들은 새로운 역사 투쟁이 아니라 개인적 행복이나 도피를 위한 목적으로 이 역사의 땅 한반도의 육지로부터 분리된 섬으로 간다. 역사 밖의 세계로 빠져 나가는 것이다. “이 율무는 중들이 염주로 만들어 목에다가 몇 십 년씩을 걸치고 다녀도 싹트는 힘이 없어지지를 않는단다.”42)는 지극히 힘없는 암시를 담은 한 마디를 하기는 하나, 그들이 가는 세계는 탈역사의 세계이고, 설화로만 남을 세계이다. 설화의 세계는 기록이 없고 역사가 없는 대신 신화든 전설이든 민담이든 구비문학만 있는 세계이다. 그들에 대한 이야기는 이제 설화로 취급되고, 이 작품은 그 설화를 기록한 셈이다. 작품의 서두도 사신(蛇神)설화로 시작했는데 그것은 역사와는 무관한 사랑과 성

---

37) 같은 책, 6권, 163쪽.
38) 같은 책, 7권, 113쪽.
39) 같은 책, 6권, 166쪽.
40) 같은 책, 6권, 167쪽.
41) 같은 책, 6권, 230쪽.
42) 같은 책, 7권, 364쪽.

의 설화이다. 그리고 전개된 대부분의 사건은 사랑과 성에 관한 것이었으며, 끝은 결국 사랑과 성을 지킬 수 있는 세계로의 도피였다. 그들은 분명히 역사 속의 인물이었고, 여태껏 그들을 감싸고 있는 것은 동학농민운동 같은 역사였는데, 그 모든 것이 설화가 되어버린 것이다. 독자들은 이 작품에서 역사의식을 일깨우기보다는 감정의 비속화에 빠지면서 설화의 세계를 즐기는 데 그쳐버릴 가능성이 매우 크다.

4. 역사와 소설의 조화를 통한 역사적 진실성의 구현

앞에서 본 두 가지 유형은 '역사'에 치우치거나 '문학'에 치우쳐 역사소설로서의 일정한 균형을 잃었다. 좋은 역사소설은 이러한 균형을 지켜 의미 있는 전사로서의 역사적 사실을 사실에 충실히 기초하면서도 분명한 역사의식 아래 문학적으로 형상화하는 것인데, 그 실현은 참으로 어려운 일이 아닐 수 없다. 사실을 정확히 조사·이해하는 데는 시간, 노력, 자료 해독 능력 등이 크게 필요하다. 또 역사의식을 위해서는 집단의 역사와 현실에 대한 관심과 고뇌, 그리고 문제의식과 통찰력이 있어야 하는데, 이것 없이 역사소설을 쓴다면 그것은 앞의 두 유형의 작품으로 귀착되기 쉽다. 사건구성과 문장화 능력은 작가라면 일정하게 갖추고 있는 것이다.

『갑오농민전쟁』과 『녹두장군』은 오랜 집필기간을 거쳐 이루어졌다. 동학농민운동 소재 소설 가운데 이 두 작품은, 일정한 문제점들도 드러내기는 하지만, '역사'와 '소설'의 균형을 이루어 이 역사적 사실을 형상화하는 데 가장 큰 성취를 보였다. 집필기간이 길었다는 것은 무엇보다 그만큼 사실의 정밀한 조사·확인 및 이해에 많은 시간을 보냈다는 것을 의미한다. 두 작품의 작자들은 전부터 현대사의 고통스러운 현장을 체험하고 고뇌하며, 그것을 소설화하는 데 힘을 쏟아왔다.

모더니스트 소설가였던 박태원은 해방 이후에는 역사에 관심을 기울여『홍길동전』(1947),『임진왜란』(1949),『군상(群像)』(1949~1950) 같은 역사소설을 발표하고 북(北)을 택했다. 일제강점시대 말기와 해방직후기의 체험과 고뇌의 결과가 아닐까 한다. 북에 가서는 1963년에서 1985년까지『계명산천은 밝아 오느냐』와 그 속편인『갑오농민전쟁』을 집필했는데, 두 작품은 사실상 한 작품이다. 오랜 세월이 걸렸고 시력감퇴 및 불치병 속에서 구술에 의존하는가 하면 작품 뒷부분 일부는 그의 처가 써서 마무리했다고 할 정도로, 박태원에게는 고통의 산물이었다. 역사에 대한 열정 없이는 될 수 없었던 일이 아닐까 보인다.

송기숙의 경우, 1966년 등단 이후 당대 사회의 모순을 꾸준히 제재화하면서 현실과 역사에 대한 고뇌를 이어가다가,『자랏골의 비가』(1974~1975),『암태도』(1979~1980) 같은 장편 역사소설을 쓰기에 이르렀다. 1980년의 그의 광주체험은『녹두장군』을 낳을 수 있는 동력(動力)이 되어 주었다. 1981년에서 1994년에 이르는 긴 시기의 각고는 엄청난 역사체험에서 오는 절실함이 아니고는 있기 어려운 것인데, 그 산물이『녹두장군』인 것이다.

두 사람 모두 동학농민운동의 올바른 문학적 형상화를 위해서는 많은 분량이 필요하다고 생각했고, 결국 두 작품 모두 대장편이 되었다.

1)『갑오농민전쟁』: '주체사상'에 기초한 형상화

이 작품의 전편이라 할 수 있는『계명산천은 밝아오느냐』(1963)는 함평・익산민란으로 이어지는 1862년 임술농민항쟁 시대를 대상으로 이 시기의 궁중 동향, 세도가들의 양태, 삼정문란 양상, 양반・관리의 악행,

농민의 고통, 저항세력의 움직임, 세태 풍속 등 민란의 배경적 요소들을 폭넓게 묘사하면서 민란 주모자들의 항쟁·처형 장면을 부각시켰다. 지배층 동향에 관한 기록의 인용이 가끔 있는 것을 제외하고 작품 전체가 대부분 구상화된 사건들로 이루어져 있다. 대부분 상호 유기성을 갖고 있지만 개별적, 고립적인 사건들도 많은데, 이는 당대 상황의 폭넓은 반영을 위한 것이다. 이 전편을 읽지 않는다면『갑오농민전쟁』[43]은 독자들에게 당혹스러운 작품이 될 것이다. 인물·사건이 대부분 연결되어 있기 때문이다.

전편에서의 핵심부는 민란 주모자의 처형 장면이다. 여기서의 전봉준의 체험, 오덕순의 처형과 그 아들 오수동의 다짐, 임치수의 "우리들의 눈알을 모조리 뽑아다가 전주성 남문 위에 높다랗게 걸어놔 다우"[44]라는 말 등이 후편과의 직접적 연결고리가 된다.

『갑오농민전쟁』은 그로부터 30년 후부터 시작하는데, 제1부는 1892년 12월, 삼례집회(1892년 11월) 직후이자 고부군수 조병갑이 관직을 사는 시기[45]부터 고부봉기 직전까지, 제2부는 고부봉기가 일어난 1894년 초부

---

43) 이 작품만을 논한 중요 논문으로는 다음과 같은 것들이 있다.
   김윤식, 「'갑오농민전쟁'론」, 『한국대하소설연구』(이남호 편), 집문당, 1997.
   이재선, 「사회주의 역사소설과 그 한계」, 『문학사상』, 1989년 6월호.
   윤정헌, 『박태원소설연구』, 형설출판사, 1994.
   정현숙, 「'갑오농민전쟁'연구」, 어문학보 14집, 1992.
   김윤규, 「사실과 의도의 결합」, 『사람의 문학』, 2호, 1994.
   이 작품을『녹두장군』과 비교한 중요 논문으로는 다음과 같은 것들이 있다.
   이영호, 「1894년 농민전쟁의 역사적 성격과 역사소설」, 『창작과비평』, 1990년 가을호.
   김승종, 「'녹두장군'과 '갑오농민전쟁'의 비교 연구」, 『현대소설연구』 2호, 1995.
   채길순, 「동학혁명의 소설화 과정과 과제」, 『한국문예비평연구』 6집, 2000.
   이상경, 「동학농민전쟁과 역사소설」, 앞의 책.
44) 박태원, 『갑오농민전쟁』 1권, 깊은샘, 1989, 130쪽. 한국의 깊은샘 출판사 판은『계명산천은 밝아오느냐』와『갑오농민전쟁』을 한데 묶어『갑오농민전쟁』이라는 이름의 전 8권으로 나왔는데, 본고는 이것을 텍스트로 했다.『갑오농민전쟁』은 북에서 제1부가 1977년, 제2부가 1980년, 제3부가 1986년에 평양 문예출판사에서 간행되었다.
45) 조병갑의 고부 부임은 기록상 불확실하여 여러 설이 있다.

터 농민군의 전주입성까지, 제3부는 전주화약 이후 전봉준 사형까지를 그리고 있다. 작품은 허구적인 부분과 사실부분을 적절히 양적으로나 내용상으로나 조화·연결시키면서, 사실 전달은 자료의 직접적 삽입(작자가 "실록의 기사는 바로 다음과 같은 것이다"라는 식으로, 전달임을 밝히는 경우가 많다)으로 최소화하고, 사건을 구상화시켜 나간다. 인물도 허구적 인물과 실존인물을 조화롭게 배치하여 양편이 한 덩어리가 되도록 하고 있는데, 허구적인 인물이자 주인공인 오상민 및 오수동은 익산 민란의 주동자로 실존인물인 오덕순의 손자 및 아들로 되어 있는 것도 그 일부이다. 오상민과 전봉준은 상·하급자 관계이지만 허구와 실존의 혁명가로, 대등한 주인공으로 이 작품의 기둥을 이룬다.

이 작품은 『녹두장군』과 함께 앞의 두 유형의 작품들이 드러내는 역사소설로서의 한계를 크게 극복하고 있다. 사실에 충실하며, 확고한 역사의식에 입각하고, 집권층·농민·양반들의 양태 등 당시 상황을 사실적(寫實的)으로 반영하였다.

이 작품은 집필 당시 북한의 지배논리인 '주체사상'에 기초하였다. 주체사상은 당시 북한에서 "우리 시대의 유일하게 정확한 지도사상"으로서 "한마디로 말하여 혁명과 건설의 주인은 인민대중이며 혁명과 건설을 추동하는 힘도 인민대중에게 있다는 사상"이며, "과학적 인식에서 모든 문제들을 옳게 풀어나갈 수 있는 위력한 방법론적 무기"로서,[46] 이에 따른 문예창작이론도 있다.[47]

작품은 '상민'주체의 반봉건 혁명으로서의 동학농민운동 인식을 시종일관 확고히 드러내면서 모든 사건들의 선택과 구성, 해석을 그에 수렴시키고 있다. 익산민란 주동자들의 절규와 주인공들의 그 현장체험을 길게

---

46) 『정치사전』, 사회과학출판사(평양), 1973, 1056~1057쪽.
47) 이에 대해서는 북한의 사회과학출판사 판, 『주체사상에 기초한 문예이론』(1975) 혹은 이를 한국에서 재판한 『북한의 문예이론』(인동, 1989)이 손쉬운 참고자료이다.

혹은 짧게 여러 번 되풀이 묘사함으로써 작품의 제재적 초점과 역사 인식, 즉 '작품의 핵'이 되는 '종자'적 요소들을 재삼 확인해 나가고 있다.

근본적인 성취에도 불구하고 이 작품에는 주체사상에 따른 작위적 요소도 있다. 이 점들은 작품의 역사적 진실성을 일정부분 훼손시킨다. 이 작품은 1894년 전쟁을 동학도들이 주체가 아닌, 상민들이 주체가 된 전쟁이라고 한다. '인민대중'을 혁명의 주체로 보며 종교적 요소들을 부정하는 주체사상에 따라, 실재한 동학의 역할은 부정하는 쪽으로 나아감으로써 부자연스러운 점이 크다. 오상민 부자의 "나도 동학에 들지 않았다. '제세창생' '보국안민'하자는 것은 나도 좋다고 생각한다. 그러나 정안수 떠놓고 주문 외는 것은 싫다.", "아버지에게 여쭤보고 정하려고 안 들었습니다."라는 대화,[48] 전봉준의 "동학을 이용하는 것이 절실한 방책이라는 것을 더욱 똑똑히 깨달았다."[49]는 생각 등으로써 당시 지도자들이 동학을 종교적 요소를 들어 거부하면서도 동원력 때문에 그를 이용한 것으로 얼버무려 버렸다. '동학'을 빼고 '갑오농민전쟁'으로 보는 북한의 '주체사학'의 입장을 따를 때, 구체적 현장의 형상화에 있어서 동학의 존재와 움직임을 처리하기가 매우 어려웠을 것이다.

동학의 역할과 논리를 무시함으로써, 작품이 남길 수 있는 주장은 상민들이 양반들에 대한 원수의식을 가지고 스스로의 힘으로 무력투쟁을 지향했다는 것이다. 이런 입장에서 작품은 전주화약을 최대의 '실책'으로 규정했다. 그래서 전봉준으로 하여금 체포 후 "이제 총을 쥔다면 (중략) 다시는 전주화의와 같은 일은 없을 것이다 (중략) 그런 놈들한테 숨쉴 틈을 주다니 (중략) 전주를 빼앗자 그 길고 곧장 서울로 짓쳐들어가 놈들의 소굴을 뒤집어야 했다."면서 그러지 못한 실책을 "백골이 진토되어도 영원히 잊지 못한 교훈"[50]이라고 말하게 한다.

48) 박태원, 『갑오농민전쟁』 7권, 89~90쪽.
49) 같은 책, 5권, 102쪽.

원수의식은 작품에 시종 강조되어 마치 이 전쟁이 원한 맺힌 개인들의 원수 갚기 싸움처럼 보이게 할 수도 있을 정도이다. 원수 갚기는 물론 증오에서 비롯된다. 집권층과 양반에 대한 증오는 직설되어 지문(地文)에서, '국왕 이형은', '놈', '두눈에서 불이 철철 흘렸다'라는 표현이 자주 나타나며, 심지어 어린 전봉준이 "과거를 보았다가 급제나 하게 되면 벼슬을 해야 하죠? 벼슬을 해서 사모나 쓰는 날에는 꼼짝없이 '상놈'들한테 도둑놈 소리를 듣게 되죠? 그런데 뭣하러 과거를 보나요?"51)라고 말하는 부자연스런 장면까지도 나온다. 그리고 이 '불구대천의 원수들'에게 "백배 천배로 이 원수를 갚자."든가 "제가 아버지 원수를 꼭 갚아 드리겠어요." 등의 대사가 빈발하게 된다.

반외세의식도 강하게 표출되는데, "미국놈들은 참 흉악한 원수들",52) "노랑대가리 여의사라는 것이 뱅커의 계집", "왜놈도 양놈도 원수" 등의 반미 대사가 자주 나온다. 주체사상의 산물로서, 작품내적 사건과 시대로 볼 때 부자연스럽다. 이 시기 농민들이 신미양요 등을 생각하여 이만큼 미국에 대해 증오감을 가졌었는지는 의문이다. 또 이 작품에서는 개화파인 김옥균과 김홍집은 긍정적으로, 서광범은 부정적으로 묘사하는 등 친일세력들을 근거 제시 없이 일관성 없게 그림으로써, 일본군의 개입으로 실패한 농민전쟁의 상황으로 볼 때 독자를 혼란스럽게 한다. 이 역시 반미의식과 마찬가지로 작품 외적 사정, 즉 창작 당시의 북한 지배 논리와 역사 평가에 따른 것으로 보인다.

이 작품의 기둥 줄거리를 이루는 것은 오상민과 전봉준 등 두 혁명가계 출신 투사들의 활동이다. 이들은 능력, 도덕성, 의식에 있어서 완벽한, '인민대중'적 영웅이다. 이런 구성은 작위성을 크게 지닌다. 농민혁명투

---

50) 같은 책, 8권, 347쪽.
51) 같은 책, 1권, 288쪽.
52) 같은 책, 6권, 182쪽.

쟁의 위대성은 그 지도자들이 개인적 자질과 더불어 확실한 가계적 정통성을 가지는 데서 보장된다는 생각이 숨어 있는데, 이 역시 주체사상 및 북한 현실과 관련을 갖고 있다. 주체사상은 "역사를 창조하고 발전시키는 것은 인민대중이지만 이것은 결코 역사 발전행정에 대한 개인의 영향을 인정하지 않거나 혁명투쟁에서 지도자의 역할을 과소평가하여도 된다는 것을 의미하지 않는다."[53]라는 표현으로 개인과 지도자 부분을 부각시켰다. 오상민가 삼대의 혁명지도자로서의 완전무결성은 전주화의라는 실책을 저지른 전봉준을 압도하는, 타의 추종을 절대로 불허하는 것이다. 뿐만 아니라, 그들의 처와 애인(영아)까지도 농민군과 지도자를 위해 장렬히 전사하는 것으로 된다. 전창혁―전봉준으로 이어지는 가계도 본인들은 물론 그 가족들 역시 오상민가 사람들과 마찬가지로 영웅적이다. 이들의 완벽한 미화는 결국 이 작품의 역사적 진실성을 떨어뜨린다.

작품의 문체는 간결하고 쉬우며, 민족적 정취를 느끼게 하는 표현들을 추구하면서 순수한 우리말이 아닌 어휘들을 적극 피함으로써, 주체문예 이론이 강조하는 '민족적 형식'을 지향하려는 노력을 반영했다. 소제목도 쉽게 풀거나 문장화했다. 그리고 "아니, 가만히 있자, 독자들이 처음 보시지만"[54] 등의 작자 집적 개입도 가끔씩 있는데, 이 모두가 작품을 독자에게 쉽고 친근하게 다가갈 수 있게 한다.

작품의 끝은 전봉준이 죽으면서, 자신은 계급혁명을 위한 주춧돌로서, 자신을 잇는 '현인'이 머지않아 나타나 농민들을 지도하여 '왜놈을 쫓고 양반 계급을 무너뜨리는' 혁명을 완수할 것이라는 전망을 제시하는 한편,[55] 오상민, 봉득, 최공우 그리고 전봉준 아들 해산이 등이 건재한 모습을 보였다. 전봉준의 말이 바로 이 작품이 제시하려는 역사적 전망이다.

---

53) 앞의 『정치사전』, 268쪽.
54) 박태원, 『갑오농민전쟁』 2권, 15쪽.
55) 같은 책, 8권, 350~351쪽.

한마디로 이 작품은, 창작 당시의 작품 외적 요소인 '주체사상'이 작품 내부에 간접적인 작용을 하면서 일정한 부분 부정적 기능을 하고는 있으나, 역사소설이 도달할 수 있는 높은 지점에 다가가 있다.

2) 『녹두장군』: 민중성과 역사적 진실성의 구현

『녹두장군』은 동학농민운동 소재 소설 중에서 가장 긴 작품으로,[56] 그 분량은 5부 12권에 이르며 완성기간은 14년이나 된다. 삼례집회가 있기 직전인 1892년 8월부터 전봉준이 체포된 직후까지를 대상 시기로 했는데, 대상시기가 짧으면서도 분량이 이렇게 길다는 것은 동학농민운동 배경과 과정을 그만큼 정밀하게 그려내고 있음을 나타낸다.

이 작품은 확고한 민중의식에 바탕을 두고, 전봉준을 작품의 중심에 세워 민중들의 반봉건 투쟁의 과정을 긴 분량을 통해 생생하게 형상화하였다. 『갑오농민전쟁』처럼 확고한 역사의식과 사실자료 섭렵, 그리고 문학적 형상화 노력을 통해 앞서 본 작품들이 보인 한계들을 대부분 극복하였다. 특히 작품 외적인 현실 요소의 영향에 의한 작품 내적 작위성을 배제하고 엄격한 객관성을 확보하고, 농민전쟁 과정을 보다 넓고 정밀하게 묘사하는 등 『갑오농민전쟁』의 한계도 넘어서서, 동학농민운동 소재 소설 가운데에서는 가장 높은 성취 단계에 갔다고 할 수 있다.

『녹두장군』에 나타난 중요한 사실들을 보면, 먼저 확고한 역사의식과 민중의식을 들 수 있다. 이 작품은 광주의 비극이 있은 직후, '5공' 군사 독재가 시작된 1980년대 초에 시작되어, 국내의 정치적 상황변화와 소

---

56) 이 작품만을 다룬 중요 논문으로는 다음과 같은 것들이 있다.
　　정호웅, 「혁명성의 서사」, 『송기숙의 소설세계』(임환모 편), 태학사, 2001.
　　이상경, 「농민의 시각으로 그려낸 농민전쟁」, 위의 책.
　　서경석, 「비극적 혁명과 개벽사상의 현재성」, 『소설과 사상』 9호, 1994.
　　김상욱, 「민중적 이념과 역사적 인물의 예술적 복원」, 『문학과 논리』 4호, 1994.

련, 동구 등 현실 사회주의 정권의 몰락을 거쳐 '문민정부'의 수립으로 일정한 단계의 민주화가 이루어지면서 작자의 개인적 환경도 달라지고 문단의 기류도 달라져서 민중문학 혹은 리얼리즘 문학이 낡은 문학으로 밀려나던 1990년대 중반에야 완성되었음에도, 의식의 변화나 혼란 없이 완결을 보았다. 따라서 사건구성, 인물형상화, 문장 등 여러 작품내적 요소들이 통일성과 견고성을 지킬 수 있었다. 동학농민운동이 과거의 화석화된 일이 아니라 분명한 오늘의 전사(前史)라는 의식, 그리고 역사는 항상 발전적 미래를 향해 진행되어 왔고 그 주체는 민중이라는 믿음이 시종 이 작품의 기반을 이룬다.

민중의 수난과 치열한 투쟁을 그린 많은 장면에서는, 그것이 1893~1894년의 일이지만 과거의 일이 아니라 오늘의 역사, 광주항쟁의 현장과 분명히 이어지고 있다는 느낌을 독자는 충분히 받는다. 구체적인 단어, 구절, 문장도 없고 알레고리화한 사실 서술이 전혀 없는데도 광주항쟁 같은 현재사를 묘사하는 것처럼 독자가 느끼거나 착각을 일으킬 수 있다는 것은 작자의 묘사능력 이전에 작자자신 속에 육화된 역사의식이 없이는 불가능하다. 1894년의 전쟁은 민중에 의한, 민중을 위한 전쟁이었다는 생각을 작자는 인물·사건·배경 등을 통해 시종 구체화시켜 나간다. 민중은 자신의 현실을 볼 줄 알며, 자신의 미래에 대한 구상을 가질 줄 알며, 적을 알고, 적과 싸울 의지와 힘을 가지고 있고 단결력과 도덕성을 가지고 있는, 아름다운 존재로 그려져 있다. 그렇지 않은 민중은 특별한 인물 극소수를 빼고는 없는데, 그나마도 일시적 과오인 경우가 많다.

이 작품에서 농민군 내의 부정적 인물이나 부정적 사건은 거의 그려지지 않는다. 농민운동의 주체는 민중이다. 지휘부는 동학접주들이기는 했지만 '일반 백성'의 자격으로 나선 사람들이다. 전봉준 등은 "동학도가 따로 없고 백성이 따로 없다 (중략) 앞으로 일어나면 동학도로가 아니라 일반 백성으로 일어나는 것"57)이라는 생각으로, "누구든지 앞장만 서 주기를 칠 년 대한 비 바라듯"[58]하는 백성들의 염원을 따라 일어선다고 했다. 그들은 동학조직원이고 동학접주임도 분명히 하고, 다만 일부 북접 지도자들처럼 교조신원만 문제 삼을 것이 아니라 그보다 더 중요한 민중 염원을 따라가야 한다는 주장을 한다. 봉기가 시작되면서 "지금까지는 동학 동학 해왔제마는 세상은 폴세 동학하고는 따루 돌아가고 있어라우"[59]라는 백성의 평가나 "동학도가 아니라 백성으로 나선 것"[60]이라는 정부관리의 말까지 나오는 것으로 처리된다. 이들 외의 전쟁참여자들은 순수한 농민들, 화적들, 그리고 양반출신이지만 민중의식을 가진 인물들로 구성되어 있다.

전쟁목표는 '인내천' 사상을 바탕으로 하는 후천개벽 세상의 도래임을 작품은 전봉준, 월공스님, 기타 여러 인물들의 말을 통해 자주 부각시킨다. 그래서 독자들은 이 전쟁이 "양반 상놈이 없고 빈부귀천이 없이 우리들이 바로 사는 세상"인 후천개벽 세상을 위해,[61] 민중들이 "이놈의 세상을 뒤엎는"[62] 혁명투쟁임을 늘 의식하게 된다. 이 민중투쟁은 "백성을 괴롭힌 놈들은 백 명이고 천 명이고 만 명이고 죽이는", "임금도 쳐 죽이는", "지금 못 죽이면 10년이나 20년 뒤에라도 죽어야"하는[63] 무력혁명이 되어야 한다고 작중인물들은 말한다.

지금은 패전하지만 이 민중혁명 투쟁은 여기서 끝나지 않고, 결국은 후천개벽 세상이 도래한다는 것이 이 작품이 보인 전망이다. 그것은 "희망이 있습니다. 천하의 백성들이 있지 않소? 겨울이 지나면 봄이 옵니다.",[64]

---

57) 송기숙, 『녹두장군』 3권, 창작과비평사, 1994, 211쪽.
58) 같은 책, 2권, 177쪽.
59) 같은 책, 7권, 157쪽.
60) 같은 책, 9권, 38쪽.
61) 같은 책, 3권, 296쪽.
62) 같은 책, 5권, 280쪽.
63) 같은 책, 7권, 315쪽.
64) 같은 책, 12권, 263쪽.

"우리 후손들 대에는 틀림없이 백성들 세상이 옵니다. 가정 하나를 바로 잡자 해도 힘이 드는데, 세상을 바로 잡기가 쉬운 일이겠습니까?"65)라는 전봉준의 말, "우리는 자손 대대로 일어나고 또 일어나서…"66)라는 한 병사의 말, 그리고 김달주, 김승종 등 여러 전사들이 살아 남아 후일을 기약하는 모습 등을 통해 구체적으로 나타난다.

이 작품은 허구와 사실(史實)을 인물과 사건의 배열을 통해 잘 조화시킨다. 그러나 사실을 훼손하지 않는 범위의 허구성을 위한 배려가 드러난다. 드러나는 중요한 사실의 오류는 없다고 할 수 있다.

김달주가 전봉준에 맞먹는 허구적 주인공이 되고, 그 외 연엽, 용배, 임군한, 만득이 등등 허구적 인물의 수가 매우 많다. 이들은 민중성과 현장성을 증대시키고 있을 뿐 아니라 용맹한 전투의 박진감과 승리의 쾌감, 개인의 기행(奇行), 남녀의 사랑 같은 흥미유발의 역할도 한다. 이 흥미성은 감정의 비속화나 엽기적 사건구성과는 거리가 멀고, 전쟁의 진행이라는 기둥줄거리의 전개에 전혀 방해가 되지 않는 범위에서 이루어진다.

이 작품에서 두드러지는 것은 사실의 객관화 노력이다. 사건의 형상화는 작자의 지문을 최소화하고 장면 제시를 최대화함으로써 이루어진다. 따라서 대화가 아주 많다. 이런 방식은 현실반영의 진실성을 증대시키면서 이 작품이 '소설'이게끔 하는 데 더욱 기여한다. 전쟁의 현장과 고부 관리, 이용태군의 악행 및 농민 피해상은 동학농민운동 소재 소설 중 가장 자세하게 그려내었는데, 이를 주관적 설명 없이 객관적으로, 냉정하게 묘사한다. 전쟁과정에 대해, 농민군과 관군의 전략·전술을 자세히 그리는데, 농민군의 피해상도 빼지 않고 엄정하게 그렸다. 관·양반에 대한 증오감은 이 작품에서도 깊이 깔려 있지만 이는 어디까지나 현장묘사, 작중인물 간의 대화를 통해 객관화시킨다. 조병갑이나 이용태 등을 집요

---

65) 같은 책, 12권, 306쪽.
66) 같은 책, 12권, 257쪽.

하게 추적하는 장면이 길게 나오는데, 바로 증오감의 구상화인 것이다.

이 작품에서는 혁명지도자 가계화 같은 작위성을 느끼게 하는 구성은 없다. 전봉준 아버지가 고부 민소(民訴)의 장두 전창혁임은 사실(史實)인데, 민소 장면은 있으나 이를 가계적 정통성의 관점에서 다루지 않았다. 달주, 용배 등 주인공급인 허구적 인물들은 전봉준의 제자 혹은 그 주변인물출신일 뿐이다. 민중혁명의 지도자는 성골·진골식 우성 혈통이 따로 있는 것이 아니며, 출신과 관계없이 개인의 문제인식 및 용기에 의해서만 만들어지는 것으로 되어 있다. 따라서 전봉준도 처음부터 영웅적인, 완결된 인물로 솟아 있는 것이 아니라 서서히 평범 속의 비범한 인물로 형상화되어 간다. 그는 스스로 "나는 혼자 힘으로 세상을 뒤엎을 영웅도 아니고 도술을 부리는 무슨 이인도 아닙니다. (중략) 나도 여러분과 똑같이 농사도 짓고 (중략) 탐관오리에 분을 참지 못하는 평범한 사람일 뿐입니다."67)라고도 하지만, '옆으로 돌아앉아 은자 두 잎을 꺼내주는' 일상적인 인물이기도 하다.

그밖에 이 작품은 민중집회장, 전투대기시(時), 그리고 집강소 시절 등을 그릴 때 민중의 일상적 모습, 관습, 그리고 일시적 개벽세상이지만 그속에서 민중들이 맞는 상황과 그들의 환희를 실감나게 잘 그려내었는데, 이 역시 이 작품이 구현한 역사적 진실성의 일부이다.

이러한 성취에도 불구하고 이 작품에도 여전히 여러 한계점들이 남아 있다. 먼저, 앞에서 지적한 것처럼 작자의 의도적 노력에도 불구하고 작위적 요소들이 남아 있다는 점이다. 이것은 확고한 민중성의 구현이라는 목표에 연유한 것이라 할 수 있다. 『갑오농민전쟁』과 달리 박원명, 김학진, 김성규를 민중의 고통과 기원을 이해하는 관리로 그렸다는 점에서 관변 쪽에 대한 부정은 앞의 작품들에 비해 덜하다고 할 수 있지만, 민

---

67) 같은 책, 8권, 286쪽.

중 쪽의 미화는 심하다. 전봉준 등 남접 지도층과 김달주를 위시한 중요 허구적 인물들과 그 주변 인물들을 포함한, 농민군에 속하는 사람들은, 간단한 허구적 인물 몇 명과 김경천을 빼면, 모두 완미하다. 농민군 참여자들이 이렇게 완전한 선이요 미로만 그려진 것은 작위적, 도식적이라 볼 수 있다. 따라서 이것은 민중의 참 모습 반영을 제약하는 요소가 된다.

또 작중인물들의 지나친 평면화가 있다. 작중인물들은 거의 변화가 없이 한번 정해진 성격대로 단선적으로만 행동해 나간다. 인물들이 선·악으로 뚜렷이 양분되고, 입체적 부분 없이 평면적이기만 하다는 것은 독자에게 주는 사실감, 생동감을 감소시킨다.

또한 동학농민운동 기인(起因)의 반영이 매우 제한적이라는 점이 있다. 직접적 계기인 고부의 상황 등 가렴주구와 관군의 악행들이 잘 그려지지만, 그 이전의 보다 바탕적인 것들인 사회적 배경이나 삼정의 문란상 등은 충분히 그려져 있지 않다.

마지막으로 동학교단과 농민군의 상황에 대한 제한적 반영이 있다. 북접교단과 최시형의 활동은 동학농민운동이 역시 동학과 연원을 가지는 만큼 좀 더 면밀하게 다루어질 필요가 있다. 『동학』은 이 부분을 많이 다루면서도 1894년 전쟁 발생과 연결시키는 데서 소홀했지만, 『녹두장군』은 남접의 입장에만 서서 북접과 최시형을 반민중적으로 단정하면서 간단히 그리고 말았다.68) 이러한 단정과 배제는 자의적인 것이 될지도 모르고 동학농민운동의 총체적 반영에도 장애요소가 된다. 농민군의 상황을 이만큼 잘 그린 작품도 없지만, 농민군 내부의 갈등이나 지역점령 시의 농민군의 부정적 측면 등도 그렸다면 작품의 사실성은 더욱 제고되었을 것이다. 김개남의 공주전투 불참에 대해 전봉준이 전투회피가 아니라 비난을 무릅쓰고 참은 전략이며 전투참여보다 더 큰 기여를 했다고

---

68) 이 점은 서경석, 「투철한 역사의식과 비극적 근대의 탐구」, 『송기숙의 소설세계』, 태학사, 2001, 80~84쪽에서 그 문제점이 검토되었다.

장황하게 변호하고 감싸는 것은[69) 작자의 자의적 해석이자 농민전쟁의 실상 반영을 제약하는 것이라 할 수 있다.

5. 요약

많은 사람들의 엄청난 용기와 희생으로 이 땅에 새로운 세계로의 문이 열리게 한 동학농민운동은 그 현재의 전사로서의 의의 때문에 문학에서도 형상화의 커다란 대상이 되었다. 소설뿐 아니라 시, 희곡에서도 작품 전체 혹은 부분에서 이를 형상화한 작품은 아주 많다. 역사소설의 경우, 역사적 사건들 가운데서 이 운동이 가장 많은 작품들의 소재가 되었다. 동학농민운동을 다룬 소설들은 모두 이 운동의 중요성을 인식하고 그 성격, 진행 과정, 의의를 소설화를 통해 밝히려는 노력을 보였지만, 이 운동에 대한 접근방식, 형상화 양상에서는 상호간 동질성과 이질성을 보이기도 하고, 성과에 있어서도 많은 차이를 보였다. 이들 속에는 한국 역사소설 전체에서 일반적으로 드러나는 성과와 한계가 거의 나타나고 있다. 좋은 역사소설이란 확고한 역사의식, 심도 있는 자료섭렵, 그리고 상상력 등을 조화시킨 것인데, 그런 작품이 많지는 않다.

동학농민운동 소재 역사소설들은 첫째, '역사' 쪽에 치중하여 연대기식 서술을 지향한 작품, 둘째, '소설' 쪽에 치중하여 탈역사적 허구화로 나아간 작품, 셋째, '역사'와 '소설'의 조화를 통한 역사적 진실성의 구현을 지향한 작품으로 유형화시킬 수 있다. 같은 유형에 속하는 작품들은 본질적 특징은 공유하지만 작품마다 독자적 특징, 성취와 한계를 보인다.

---

69) 『녹두장군』 12권, 187~189쪽. 다른 소설들은 이 부분의 김개남에 대해 부정적이거나, 평가가 없다.

첫 번째 유형은 사실의 충실한 전달을 지향하며 사실을 시기에 따라 평면적으로 서술하는 것이 큰 특징이다. 『회천기』는 무협소설식 사건구성을 첨가하는 등 이 유형에 속하는 다른 작품들과는 다른 독자적 측면도 보이고 있다. 이 유형의 다른 작품들은 연대기적 기술에 충실하면서 여러 개별적 특성도 보인다.

두 번째 유형은 역사적 사실의 수용을 억제하고 허구적 공간을 최대화함으로써 역사적 진실성을 넘어서버리는 특징을 지닌다. 『혁명』은 역사를 사사화하고, 『들불』은 비현실적 사건 구성 등을 통하여 역사를 통속적 흥밋거리로 전락시키고 있으며, 『동학제』는 역사를 설화화하는 등 각각 독특한 양상도 보인다. 첫 번째 유형의 작품들이 결과적으로 역사를 지식이나 교양의 대상으로 다룬 것이 되어 버렸다면, 두 번째 유형의 작품들은 결과적으로 역사를 흥밋거리나 보편적 문제 추구를 위한 소재거리로 다룬 것이 되어 버렸다.

세 번째 유형은 과거의 역사는 현재의 전사라는 확고한 역사의식 아래, 사실(史實)에 충실한 문학적 형상화를 실천했다. 『갑오농민전쟁』이나 『녹두장군』은 일정한 한계는 있지만, 동학농민운동 소재 소설 가운데에서는 가장 역사적 진실성을 잘 구현하였으며, 또한 역사적 전망을 가장 구체화시켰다. 그 중 『녹두장군』의 성취도는 더 높았다.

동학농민운동은 앞으로도 계속 역사소설의 소재로 살아있을 것이다. 더 높은 소설적 성취도를 향한 노력과 결과도 당연히 이어질 것이고, 당연히 그래야 할 것이다. 역사학에서의 동학농민운동 연구가 더욱 심화되어야 할 것이고, 그 결과는 이 운동의 더욱 성취도 높은 문학화에 이어질 것이다.

제 3 장

『북간도』와 북간도 민족사의 인식

1. '민족'과 『북간도』

애국계몽기 이래 한국 문학에서 '민족'만큼 압도적 무게를 지닌 테마는 없었다. 애국계몽기의 문학도 민족을 위하는 것으로 시작했고, 1910년대의 『무정』도 민족을 내세웠다. 1920년대에도 '민족문학' 혹은 '국민문학'이 거대 간판으로 내걸렸다. 심지어 일제강점시대 말기의 이광수도 '민족을 위해서'를 말했다. 해방직후에는 '민족문학'의 진정성 경쟁이 치열했다. 1970~1980년대에는 민족은 어쩌면 과거보다도 더 큰 영향력을 지닌 테마로 부활했다고 할 수 있다.

민족이 이렇게 중요한 테마로 인식된 것은 당연하다. 한민족에게 격동 속에서 살아남는다는 것이 너무나 큰 문제로 걸려 있었기 때문이다. 사리를 위해 민족을 말하는 가짜들도 있기는 했으나, 대부분의 민족론자들

은 민족 모두의 살아남기를 위해 고민하는 훌륭한 사람들이었음에 틀림
없다.

민족 테마와 가장 친화력을 가진 장르는 장편소설이라고 할 수 있다.
이 테마를 펼쳐 보이는 데는 아무래도 큰 서사 규모가 필요하기 때문이
다. 안수길의 장편『북간도』는 커다란 서사 규모를 확보하고 민족 테마
를 다룬 작품이다. 이런 기본적인 것만으로도 이 작품은 높은 점수를 받
기에 충분하다. 사실『북간도』는 1950년대 이후의 한국 장편소설 가운데
가장 중요한 몇몇 작품 중의 하나로 인식되어왔다. 논자들은 대부분 이
작품을 높이 평가하는 것으로 일관했으며, 일부의 경우 원칙적 긍정에
부분적 비판을 보이고 있다.1) 이 작품은 간도에서의 민족문제를 다루었
다는 점, 그것도 1950년대 말~1960년대 후반에 발표된 것이라는 점, 그
리고 민족문제를 작품 전체를 통해 사적으로 다루고 있다는 점 등에서
특별한 중요성을 가진다.

만주의 민족문제는 매우 중요한 것이다. 해방 전까지 200만 명의 한민
족이 만주에 이주해 있었는데, 이 숫자는 당시 한국 인구의 1할에 육박
해 가는 것이었다. 숫자에 있어서도 그러하거니와 그들이 처한 현실이
한민족 전체의 수난을 첨예하게 드러내고 있다. 이 작품은 북간도를 현
장으로 하고 있거니와, 북간도는 만주에서도 대표적인 한민족 밀집지역
으로, 만주 한민족의 역사와 현실을 가장 잘 보여주는 곳이다. 이렇게 볼
때 북간도의 민족문제를 본격적으로 다루었다는 것 자체로도 이 작품의
의의는 크다.

이 작품이 창작된 시기는 격동의 시기였던 1950년대 후반부터 1960년

---

1)『북간도』연구의 대표적 업적으로 김윤식,『안수길 연구』(정음사, 1986. 100여 쪽에 걸쳐
『북간도』를 다각적으로 분석했다)와 김우창,「민족주체성의 의미」(『궁핍한 시대의 시인』,
민음사, 1977 수록)를 들 수 있다. 이밖에 박창순,「'북간도' 연구」(인하대 박사학위논문,
1990) 등『북간도』만을 다룬 여러 석·박사학위논문들이 있었다.

대 후반까지의 긴 기간이었다. 제1부는 1959년, 제2부는 1960년, 제3부는 1963년, 그리고 제4부 및 제5부는 1967년에 발표되었다. 1950년대 말은 문학이 전쟁의 상흔으로부터 벗어나지 못한 시기로, 과거의 역사를 침착하게 되돌아 볼 여유가 충분하지 못했던 상황이었음을 상기할 필요가 있다. 5·16쿠데타로 생긴 군사정권이 '민족중흥의 역사적 사명'을 내걸기 이전이다. 또한 반공이 모든 것에 우선하는 힘을 발휘하고 있었던 시기이기도 했던 만큼 휴전선 너머, 거기서 또 북한땅 너머인 '중공' 땅 만주와 6·25 당시 북한을 지원한 '중공군'병력의 많은 부분을 차지했던 '중공'의 '조선족'에 대해 정면으로 다룬다는 것은 높이 평가해야 할 일이다. 분단 후 최초로 만주 한민족의 역사를 민족적 시각에서 다루었다는 점, 그리고 분단으로 인한 국외 이산가족 문제를 일깨워 주는 것이었다는 점은 매우 중요한 것이다.

민족문제를 작품전체를 통해 사적(史的)으로 다루어 나간 장편소설은 분단 이후 그때까지 없었다. 민족문제를 다루었다고 해도 특정한 단일 사건만을 다루거나 혹은 작품의 일부분에서만 그러했던 것들뿐이었다. 『북간도』 완간 당시 백철은 "문단적으로 모든 기성인들이 후퇴 부진하고 있는 이때에 맹렬히 반격해 오는 신예의 재군(才群)을 압도하고 혼자서 기성의 건재를 대변한" 작품이며, "오늘의 독자 대중과 같이 경박한 세태적인 소설에 값싼 흥미를 느끼고 마는 사람들에게 깊은 감명을 줄 것"[2]이라고 말했거니와, 안수길이 신인을 압도할 수 있는 것은 바로 이 민족문제에 대한 인식과 경험이며, 또한 독자들에서 '감명'을 줄 수 있는 것 역시 이것이었다. 이런 점에서 이 작품의 중요성은 일단 인정되지만, 그러나 이것이 이 작품 평가의 필요충분조건은 물론 아니다. 간도 한민족 역사의 올바른 반영 문제, 역사 인식 양상과 문학적 성취 문제를 따

---

2) 白鐵, 「우리 문학사에 남을 작품 '북간도' 序에 代하여」, 『북간도』 상권, 1967, 三中堂, 1967.

져 보아야 하는 것이다.

2. 북간도와 『북간도』

이 작품은 만주의 소위 '봉금(封禁)시대'인 1870년부터 1945년 해방까지의 북간도 한민족의 역사를 소설로 꾸민 것이다. 1870년은 청조의 '봉금령'이 해제되고 본격적인 한민족의 이주가 시작된 1885년 이전이다.

이주 초기로부터 북간도 한민족 사회의 변천에 따라 작품은 5부로 나누어진다. 북간도 한민족사 변천을 다음과 같이 시기구분하기도 한다.

① 청국관헌의 통치와 횡포에 시달리던 시기(이주초~1903)
② 간도관리사 이범윤의 조선인 보호 시기(1903~1905)
③ 다시 청국만의 통치 시기(1905~1907)
④ 일제 통감부 간도파출소 설치와 더불어 조선인 관리에 있어 일제와 청국의 대립·공존시기(1907~1909)
⑤ 「간도협약」에 따라 통감부 파출소 대신 일본 영사관이 설치되고, 개방지 이외의 조선인은 청국에 복종해야 했던 시기(1909~1912)
⑥ 북간도의 조선인 사회가 이주 후 처음으로 '자치'를 경험했던 시기(1912~1914)
⑦ 일제의 압력으로 조선인들의 민족운동이 국민당 정부에 의해 억압받으면서도 종교단체 등을 중심으로 지속되던 시기(1914~1918)[3]

작품의 제1부는 1870년에서 이범윤(李範允)의 사포대(私砲隊)가 등장한 시기까지를 다룬다. 위의 시기구분에서 ①, ②의 시기에 해당된다. 여기

---

3) 宋友惠, 「북간도 '大韓國民會'의 조직 형태에 관한 연구」, 『한국민족운동사연구』 제1집, 지식산업사, 1986, 115~117쪽.

서 다루어진 중요 사건들은 간도에서의 함경도 농민들의 도농(盜農), 조선 정부의 도농 묵인, 간도이주 허가 후의 청국의 입적강요 등의 억압, 그리고 사포대의 활동이다. 간도 이주가 시작되기 전후에 이주한 한민족이 처한 상황과 그들의 민족의식이 제1부에서의 서사 초점이다. 이 작품은 이때의 상황을 실감나게 그려 보이고 있거니와, 이를 그린 유일한 작품이기도 하다. 탐관오리가 아니라 애국·애민적인 존재로서의 한말 관료, 사포대의 활동, 입적 및 흑복변발에 대한 저항 등을 부각시킨 것은 이 작품이 처음부터 지향한 테마가 민족애, 민족정신이었음을 말해 주는 것이다.

제2부는 1905년에서 1909년까지를 다룬다. 위의 시기구분으로 보면 ③, ④에 해당되는 것이다. 여기서 강조되는 것은 복잡한 간도 지배 및 통치상황의 변화 속에서도 주인공들이 '민족적 체면'[4]을 지킨다는 것이다. 미묘한 정치상황 하의 한민족의 일반적 수난상도 잘 나타난다.

제3부는 「간도협약」이 이루어진 1909년에서 제1차 세계대전이 일어난 1914년까지를 다루었다. 앞의 시기구분에서 ⑤, ⑥에 해당하는 것이다. 일본 영사관의 개관과 함께 한민족에게 닥쳐오는 일제의 압력, 한민족들의 살아남기 위한 노력들, 그리고 지식층의 애국계몽활동이 그려지고 있다. 제3부의 끝에 신민회계통 지식인들의 항일 애국계몽활동이 부각되며, 앞으로의 작품전개는 그러한 활동이 중심을 이룰 것임을 예감케 한다.

제4부는 1914년 이후 1920년까지를 다룬다. 위의 ⑦의 시기에 해당한다. 여기서 그려진 사건들은 거의가 애국계몽·항일활동에 관한 것이다. 주인공들이 주체가 되지 않거나, 주인공들과 무관한 사건들이 많다. 제4부는 뒤의 제5부와 함께 만주 지역의 항일운동상(相)에 서사초점이 놓여

---

4) 안수길, 『북간도』 상권, 235쪽. 2부의 대표적인 긍정적 주인공 창윤이를 통해 이것이 특히 강조된다.

있다. 제4부의 절정은 「대한국민회」가 주도한 1919년 3월 13일의 유혈 '간도조선인 독립선언식' 사건이다. 작자는 북간도의 항일단체로 「대한국민회」와 「중광단(重光團)」을 대표적인 것으로 보고 작중 중심 가계의 두 인물을 이 두 단체에 하나씩 나누어 가입시키고 있다. 「대한국민회」는 기독교장로교파 신도들이 주축이 된 것으로 북간도에서 최대 규모의 독립운동단체였고, 「중광단」은 대종교(大倧教) 계통의 비밀결사였다. 「대한국민회」는 홍범도부대와 안무(安武)부대 같은 군사 조직을 산하에 두고 있었는데, 김좌진부대로 대표되는, 「중광단」계통의 「북로군정서」와는 대립적 관계에 있었다.5) 이 작품 속 중심가문의 종손(宗孫)인 정수는 가장 큰 단체인 「대한국민회」에, 지손(支孫)인 창덕(정수의 삼촌)은 그 다음 규모의 단체인 「중광단」에 가입해 있다.

제5부는 1920년부터 해방까지를 다루고 있는데, 여기 그려진 사건들은 항일무장부대들의 일본군 격파에 관한 것과 1920년 이후 만주에서 일어난 중요한 정치적 사건 및 항일운동이다. 여기서는 주인공들의 개인적인 일은 최소화시키고, 이 시기 북간도에서의 민족상황과 항일투쟁을 보여주는 데 서사의 초점을 두었다. 1920년의 홍범도부대에 의해 수행된 봉오동전투로부터 시작한 제5부는 약 3분의 1의 분량이 홍범도부대와 김좌진부대의 승전의 모습을 그렸다.6) 여기서 정수는 홍범도부대의 전투에 참여하고, 창덕이는 김좌진부대의 전투에 참여해서 전사한다.

---

5) 송우혜, 앞의 글, 123~125쪽.
6) 홍범도부대와 김좌진부대의 전투에 대해서 역사 기록에서 밝혀지고 있는 것과 이 작품에 기술된 것과는 차이가 있다. 1920년 10월 21일부터 22일 사이의 完樓溝전투는 일본군끼리의 自傷을 유도한 것으로 유명한 전투인데, 이 작품에서는 백운평전투에서 대승을 거둔 후 철수하던 북로군정서의 김좌진부대가 수행한 것으로 되어 있으나, 한 연구에 의해 홍범도와 안무의 부대가 연합해서 수행한 것으로 밝혀지고 있다. 또 1920년 10월 22일 하루 종일 벌어진 漁郎村 전투는 이 작품에서는 김좌진의 북로군정서 부대의 단독 전투로 되어 있으나, 이 또한 김좌진부대와 홍범도부대가 연합하여 수행한 것으로 밝혀지고 있다(신용하, 「홍범도의 대한독립군의 항일무장투쟁」, 『한국학보』 43집, 1986, 26~37쪽 참조).

홍범도부대의 활동에 대하여는 이 작품이 나오기 이전에도 알려져 있기는 했으나, 공간된 것으로는 교양적인 논설조차도 1970년대 이후에 나왔고 더구나 학술적 연구는 1980년대 후반에야 나왔다.[7] 홍범도가 1921년 이후 소련으로 가서 생을 마쳤기 때문에 이 작품이 써진 시기에는 김좌진에 비해 알려진 바도 적고, 관심과 언급의 대상에서도 멀어져 있었다. 이 작품이 홍범도를 부각시켰을 뿐 아니라 그에게 김좌진만한 비중을 부여했다는 점도 주목할 만한 것이다.

『북간도』는 민족애를 기본으로 하면서 모든 한국 소설 가운데서 북간도 한민족의 역사를 가장 넓게 그러면서도 일목요연하게 보여준 작품이다. 다시 말하면 북간도와 그곳의 한민족은 『북간도』에 의해서 분단 이후 남한에서 비로소 전민족적 인식의 대상으로 떠오르게 되었다고 하겠다. 그러나 이 작품도 중요한 것들을 빠뜨리고 있다. 먼저, 1932년에 세워진 만주국의 성격이나 그 시대의 역사적 사건들은 거의 드러나 있지 않다. 민족의식과 저항투쟁과 관련하여 항일유격대 활동을 비롯한 만주국시대의 한인들의 활동도 컸다. 이 시대 만주에서도 한국 내에서와 같은 '자작농창정정책'이나 '황궁요배', '창씨개명' 같은 '암흑기'적 상황이 있었다.

또한 이 작품에는 일제강점시대 이후의 유이민 현상에 대해서도 보여주는 바가 없다. 작중인물들은 일제강점시대 이전의 함경도 출신 이민들이었고, 그들은 일제강점시대에 한국의 다른 지방으로부터 흘러들어오는 유이민들과 접촉하는 일도 없다. 한말이민도 중요하고 항일운동가도 중요하지만, 일제강점시대 이후 유이민은 더욱 중요할지 모른다. 왜냐하면 간도 한민족을 대표할 수 있는 것은 오히려 일제강점시대 이후의 유이민이라고 볼 수 있기 때문이다. 간도가 중요한 논의의 대상이 될 수 있는

---

7) 신용하, 「홍범도 의병부대의 항일무장투쟁」, 『한국민족운동사연구』 1, 지식산업사, 1986, 34쪽 참조.

것은 그곳이 지금도 많은 한민족이 살고 있다는 것과 한민족의 수난을 상징하는 장소가 된다는 점이다. 국내에서 살만한 경제적 조건을 가진 사람 가운데 간도로 간 사람은 극소수에 불과했다. 일제패망시 간도한민족의 거의 대부분은 일제강점시대의 유이민 출신이었으며 유이민이 된 동기의 거의 대부분은 경제적 빈곤이었다.[8] 1936년 6월 일제는 「만선척식(滿鮮拓殖)주식회사」를 만들고 한국인 집단농장을 세워 많은 한국인들을 계획적으로 이주시키기도 했었다.

3. 역사강담과 전형성의 부재

『북간도』는 이한복가(家)와 장치덕가의 가족사를 그려 나가는 형식을 취한다. 중심에 놓이는 것은 이한복가이다. 가족사소설의 형식을 취하고 있다. 결국 가족사를 통해 만주 한민족의 역사를 보여주려는 것이다. 그러나 이 작품이 드러내는 중대한 특징은 이들 가족의 삶이 역사를 드러내 보이는 것이라기보다는 작자가 알고 있는 역사를 말하기 위한 수단으로 이용된다는 것이다. 이 때문에 중대한 두 가지 구체적인 부정적 양상들이 발생한다. 하나는 작가의 역사강담사화에 따라 사건자체의 메커니즘이 파괴되었다는 점이고, 다른 하나는 인물·상황의 전형화가 부재한다는 점이다.

먼저, 사건의 메카니즘 파괴의 양상을 보자. 이 작품의 사건들은 화자

---

8) 한 조사에 의하면 만주이민 동기로 ① 본국에서 경제적 곤란으로 인하여 14.9%, ② 집에 돈이 없으므로 16.4%, ③ 생활난으로 35.8%, ④ 본국에서 사업 실패로 12% 등이다. 이 모두가 같은 말의 다른 표현이다. 이밖에 '본국의 정치적 이유로 3.4%', '사업의 성공을 위하여 0.5%' 등이 있다(李勳求, 『滿洲와 朝鮮人』, 평양숭실전문학교 경제학연구실, 1932, 101~104쪽 참조).

가 만들어 놓은 도식에 따라 시작하고 움직이고 정지한다. 여기서 화자
는 역사강담사(講談師)적인 모습을 지닌다. 그래서 대부분의 작중 사건들
은 그 자체의 메커니즘에 의해 전개되는 것이 아니다. 사건의 전개를 지
배하는 것은 작가가 알고 있는 북간도의 실재했던 역사적(정치적) 사건 혹
은 정황(政況)이다. 그런 것이 발생하거나 정황이 바뀌면 그때까지 작중인
물들이 일으켜 오던 작중 사건은 중단되고 다른 사건으로 넘어간다. 간
도에 어떤 역사적(정치적) 사건, 상황이 벌어졌는가를 예증해 주는 기능만
한다면 작중인물이 일으키는 그 사건은 더 이상 의미가 없는 것이 된다.
또, 중대한 역사적 사건의 현장에 허구적 작중인물이 끼어들어 중요한
일을 하기도 한다. 이한복은 종성부사(鍾城府使) 이정래(李廷來)에게 백두산
정계비(定界碑)의 존재를 알려주고 현장을 안내하는 중대한 일을 맡기도
한다. 그런 이한복이기 때문에 정계비를 거론하기 이전에 월경죄로 문초
받는 자리에서 일개 농민에 불과하면서도 부사에게 "사또님은 눈두 귀두
없읍메까?"라고 말할 수 있기까지 하다.

한복의 손자 창윤이는 일본이 꾸민 큰 정치적 사건인 마적단 장강호
(張江好)의 훈춘 습격 사건의 현장을 직접 체험하는가 하면, 또다른 손자
창덕이는 일본인이 꾸민 천보산 광산촌의 마적 습격 사건의 한 피해자가
된다. 뿐만 아니라 창덕이는 불분명한 동기로 중광단에 들어가 군자금
모금운동도 하고 김좌진장군 휘하에서 청산리 백운평전투에 직접 참여
하고 장렬히 전사한다. 그는 또한 장현도와 함께 용정대화재 사건의 피
해자이기도 하다. 창덕이는 작품 내에서 지엽적인 인물이고 잠깐씩 나타
나지만 역사적 사건 현장에는 가장 많이 등장한다. 또 이한복의 증손자
정수는 간도에서의 대사건이었던 간도조선인 독립선언식에 참여했을 뿐
만 아니라 독립선언문을 직접 등사하기까지 했으며, 간도지방 최대의 독
립군 전투 중 하나였던 홍범도부대의 봉오동전투에서 홍범도의 연락병
으로 참전하여 전과를 올리고, 나중에는 '청림교사건'에도 관여한다. 이

들 모두 작자에 의해 동원 혹은 파견된 셈이다.

작중인물들이 일으키는 사건 다음에는 반드시 장황한 역사적 배경 설명이 따른다. 작중인물들은 정치적 상황, 사건으로부터 전혀 자유로울 수 없고, 화자로부터 해방될 수도 없다. 작중인물은 독자와 직접 소통을 할 수 없고, 사건들은 그것들이 가지는 메커니즘에 의해 그 전말을 스스로 드러내지 못하고 작자(화자)의 통제를 받는다. 제1부에서부터 대체로 각 장은 작중인물이 일으키는 허구적 사건(때로는 실제한 역사적 사건)을 제시하는 것으로 시작하고 뒤에 그 사건의 역사적·정치적 배경을 설명해 나가는 형식을 취하고 있는데, 그 배경 설명의 정도는 제4, 5부에서 더욱 심하다. 제4, 5부에서는 대부분의 분량이 역사적 사실의 설명에 주어지며, 작중인물의 개인적 사건은 더더욱 줄어든다.

결국 여기서 작자는 전지적 화자로서 가공적인 사실을 만들어 가면서 역사를 알아듣기 쉽게 이야기해 주는 존재, 역사강담사가 되어 있는 것이다. 모든 것은 작자가 다 알고 판단한다. 문장에서도 이것이 분명하게 드러난다.

(1) 아직 히로시마와 나가사끼에 원자탄이 투하되지 않았으나 일본의 항복은 시간을 다투고 있었다(하, 314쪽).
(2) 그러나 이 섬은 우리나라 영토였다(상, 14쪽).
(3) 우리나라와 청국 사이에는 서로 이민을 철거케 하는 비공식 협정이 맺어진 모양이었다(상, 185쪽).
(4) 그러나 만만이 물러설 이등(伊藤)이 아니었다(상, 185쪽).
(5) 세계의 약소민족들만이 아니었다. 열강들도 박수를 보내고 있었다 (하, 90쪽).
(6) 진주했다는 내색을 일시나마 내지 말자는 생각에서일까?(하, 162쪽)
(7) 장작림이 쉽게 승낙할 까닭이 없었다(하, 192쪽).
(8) 주인태의 소개라고 해서만이 아닐 것이다(하, 169쪽).
(9) (일본측은) 이런 견해인지도 모를 일이었다(하, 253쪽).

그 수는 엄청나게 많거니와 몇 개 유형의 예를 뽑아 본 것인데, 모두 작자의 강담사적 모습을 보이는 것이다. (1)은 화자가 과거사를 이야기하고 있음을 보여준다. (2) 이하에서 '우리나라' 사람으로서의 화자의 위치와 그에 입각한 주관적 역사해석이 나타난다. 이들 문장은 모두가 작중인물의 생각이 아니라 화자의 생각을 나타낸다. '…모양이었다', '…에서일까?', '…은 아닐 것이다', '…지도 모를 일이었다'라는 표현이 자주 나타나는데 특히 제4, 5부에서 더욱 그러하다.9) 이것은 해석과 판단의 권리는 확보해 두면서, 확신이 서지 않아 판단을 유보하거나, 판단의 결과를 온건하게 표현함으로써 듣는 이의 반감을 줄이려 할 때 흔히 쓰이는 것이다.

이 작품에 제시된 역사적 사실들은 잘 조사된 것으로서, 홍범도의 일부 전투상황 같이 부분적으로 부정확한 것으로 드러난 것도 있기는 하나, 거의 정확한 것 같다. 화자는 역사강담사로서 모든 것을 알고 판단하면서, 북간도라는 일정한 공간 속에서 흘러가는 시간 가운데에 필요할 때마다 작중인물들을 적절히 배치함으로써 쉽고 재미나게 북간도의 역사를 이야기해 주고 있는 셈이다.

다음으로, 인물·사건의 전형성 부재의 양상을 보자. 전형성의 문제란 보편성과 개별성을 결합시킴으로써 일정한 시대, 집단의 대표적 문제를 형상화했느냐에 관한 것이다. 엄격히 말하면 사건의 메커니즘 문제도 전형성의 문제에서 벗어나는 것은 아니라고 할 수 있다. 그려진 사건들이 전형성을 지니려면 가장 먼저 그것들이 그 스스로의 메커니즘에 의해 전개되어야 한다.

이 작품에서의 사건들은 거의 대부분 중요 역사적 사건들을 알려주기

---

9) 작품 여러 곳에서 '부정(不逞)선인'이 나오는데, '불령'의 오자를 교정 당시 발견하지 못한 듯하다. 이렇게 표기된 1967년 삼중당 판(上·下)이 『북간도』의 최선본인 만큼, 지적해 둘 필요가 있겠다.

위한 수단이나 예(例)로서 꾸며 놓은 것들이다. 따라서 작중인물에게는 그들만의 개성, 그들만의 독자적 삶은 당연히 없다. 생명을 가진 사람들이라기보다 만들어 놓은 인형들이라고 하는 편이 옳다. 한마디로 대부분의 인물들과 사건들은 유형화되어, 개별성이 없고, 도식적이고 상식적이다. 이한복의 아들, 손자, 증손자는 당연히 이한복처럼 민족 주체의식이 있고 저항적이며, 따라서 민족적 갈등, 정치적 상황 때문에 수난을 겪는다. 이 집안의 사람들 사이에는 그들이 산 시기의 민족·정치적 상황만 다를 뿐, 그들의 신념, 성격, 가치관, 행동방식 등에는 아무런 차이도 없으며, 따라서 아무런 갈등도 없다. 장치덕과 그의 손자 현도, 그리고 증손자 만석(장치덕의 아들 두남이는 어린애로서 잠깐 나올 뿐이다)은 온건·중도적 인물로서 현실에 적응하면서 실리를 추구하는 인물이다. 그들 사이에도 물론 신념, 성격, 가치관, 행동방식 등의 차이나 갈등이 없다. 최칠성과 그의 아들 삼봉은 이한복가의 사람들과 늘 대립적이며 자신들의 이(利)를 위해 부당한 일, 반민족적 행위도 불사하는 부정적 인물이다. 이 작품에서 최칠성의 손자 동규만 예외적으로 그의 부조(父祖)와 같은 성격을 지닌 인물이 아니나, 중요한 일을 하지 않고 슬며시 사라져 버린다.

독자로서는 이 작품 속의 인물들의 본질이나 행위방향의 이해를 위해서 깊은 분석적 사고를 해야 할 필요는 없다. 민족수난기에는 어느 곳에서든 세 가지 유형, 즉 민족적·저항적, 반민족적·굴종적, 그리고 그 중간의 온건 중도적·실리적 인물형이 있다는 상식 이상을 필요로 하지 않는다. 누구나 읽기만 하면 즉각 각 인물의 모든 것을 이해할 수 있고 유형화 할 수 있다. 이런 인물들을 통해서는 독자의 가슴에 간도의 역사가 생생하게 다가오기 어렵다.

사건들 역시 도식적, 상식적이다. 간도에 관한 일정한 역사지식을 이미 가진 사람들에게는 낯선 것이 없을 것이다. 저항단체나 독립군이 관여하는 사건이니 이렇게 될 것이고, 일본인이 관여하는 사건이니 저렇게 될 것이며, 최삼봉이 주도하는 사건이니 이럴 것이고 이창윤이 주도하는 사건이니 저럴 것이라는 예측이 이 작품에서 빗나가는 경우는 거의 없다.

이처럼 형상화 방법도 문제지만, 선택된 사건이나 인물의 대표성은 더욱 문젯거리라고 할 수 있다. 앞에서도 말했지만 간도의 중요성은 그곳이 민족수난의 표상적 장소였다는 점에 있다. 한국땅에서조차도 밀려난 사람들의 땅이 간도이다. 궁핍이 간도 한민족의 본질적 문제이고, 궁핍한 사람들이 간도 한민족의 주인이다. 물론 항일투쟁을 말할 수도 있다. 그러나 그것은 간도 한민족에게는 부차적인 문제에 속한다. 궁핍과 궁핍한 사람들, 자기 땅에서 밀려난 한국 사람들이 궁핍과 싸우면서 어떻게 살아남는가, 이것이 간도를 대표하는 전형적 상황 혹은 전형적 인물이 될 수 있을 것이다.

이 작품은 작중인물들이 중국이나 일본의 관·민·군에 대해 일정한 민족적 반응을 일으키는 모습을 그리는 데 초점을 맞추고 있다. 작중인물들은 대부분 국가보훈처에 등록되어야 할(여러 실명 인물들은 실제로 그렇게 되어 있지만) 독립유공자들이고, 일부는 반민족행위자들이다. 그들이 자신의 개인적 삶을 위해 고통스런 투쟁을 보이는 부분은 극히 적다. 굳이 있다면 제1부 정도에서라고 하겠다. 특히 제4, 5부는 그런 것과 관련이 거의 없다. 등장인물들의 간도에서의 삶은 그리 궁핍한 것이 아니다. 그들에게 고통을 주는 것은 경제적 문제가 아니라 민족적 갈등이었다. 더구나 중요한 것은 간도 한민족의 대다수를 이룬 1910년 이후의 유이민과 그들의 궁핍이 그려지지 않는다는 것이다. 여기 그려진 것으로 볼 때, 이한복·최칠성·장치덕가의 사람들은 간도의 '고참'일 수는 있어도 간도의 전형적 인물들이라 하기에는 크게 미흡하고, 그들을 포함한 다른 인물들이 보여주는 사건들 역시 간도의 전형적인 것이라고 하기 어렵다. 안수길의 작품 가운데서 간도의 전형적 인물·상황의 창조에서 일정한 성취를 이루었다고 평가할만한 작품으로는 초기작인 「새벽」(1935)과 그 속편인 「새마을」(1941) 정도를 들 수 있다.

오늘날 '중국조선족'이 가장 관심을 가지고 있는 것은 그들의 궁핍한 삶과의 투쟁의 역사였다. 1992년 중국조선족청년학회가 동북3성(省) 조선족 이민 출신자들로부터 수집, 정리한 『중국조선족 이민실록』은 전부가 해방 전까지의 궁핍한 삶의 기록이다. 이 책에는 그들의 '항일투쟁'에 관한 것은 한 줄도 수록되어 있지 않다. '우리가 어떻게 궁핍 속에서 고생하면서 살아 남았는가'가 중국조선족청년학회 젊은이들의 관심거리임을 알 수 있다. 여기에는 북간도 한민족의 생생한 삶의 역사와 그 전형적 인물 및 상황을 잘 보여주는 기록이 매우 많거니와, 그 중 하나를 옮겨 두고자 한다.

　　　최헌순가족

최헌순, 녀, 1905년생
길림성 화룡현 화룡진 신원하남로 29번지 거주

나의 고향은 조선 함경북도 혜산이다. 우리 아버지가 나에게 지어준 이름은 최분돌인데 후에 농민들을 위해서 녀성공작할 때 부르기 좋지 않다구 전대장이 최헌순이라구 고쳐주었다.

조선에 있을 때 살림살이라는 게 형편없었다. 그저 농민으루 있으며 숱한 고생을 했다. 우리 아버지 내 세살 때 세상뜨구 우리 어마이 홀로 네남매를 자래우다가 내 14살때 중국으로 들어왔다. 그때 참 고생스레 걸어왔다. 우리 어마이는 짐을 많이 이구 왔다. 가루구 엿이구 이구 왔다. 그때 려관이란건 보이잖구 주막집이 있었다. 오랑캐령이란 데로 오니까 그런 주막이 있었다. 거기서 되는대로 누워자구 미시가루를 풀어 요기를 한 다음 계속 걸었다.

오다가 보면 길옆 나무밑에 돌각담을 만들어 놓은 게 있었는데 그게 치성을 하는 데였다. 우리 어마이는 오다가 그런 돌각담을 만나면 두손을 마주 비비며 "숱한 식기(식구)를 데리구 가는데 아무쪼록 무고하게 해줍

시사, 많이 도와 주십사!" 하면서 그냥 절을 꿉석꿉석 하는 것이였다.

중국에 금방 와서는 우리 삼촌집에 있었다. 우리 삼촌네는 저기 작은 혜문이란 데서 살았다. 거긴 산골이라도 무서운 산골이였다. 거기 와서 보니깐 마음에 안들었다. 우리 삼촌네가 소개해서 조양천이란 데루 이사했다.

조양천에 와서 허태준이란 길주사람네 토지를 부쳤다. 집은 새로 지었다. 조선서 한전만 부치다 나니 여기 와서 처음엔 벼농사를 지을 줄 몰라 애먹었다. 그래두 애쓴 보람으루 쌀이 그립잖게 살았다.

이 조양천 철길은 우리가 들어온 후에 놓은 것이다. 철길 놓기 전엔 생활이 괜찮았다. 물고기랑 먹으며 살았으니까. 일본사람들이 들어와서 철길을 놓으면서부터 그들의 압박과 착취를 받다보니 점차 살기가 어려워졌다.

어느해인가 우리가 금방 한해 농사를 다 짓고 낟알을 거두는데 일본놈들이 마차를 가지구 와서 두마차 골똑 실어갔다. 그러니 우리 집에 뭐가 남았겠는가. 한해 농사를 다 털리운 셈이었다. 참, 일본놈처럼 악독한 건 세상에 없다.

일본놈들은 부역도 많이 시켰다. 우리 집 령감도 동성비행장 닦는 데 끌려나갔댔다. 그때 우리 시어마이(시어머니)가 편치 않아서 우리 령감이 못가겠다 하니 무조건 가야 한대서 할 수 없이 갔댔다. 령감이 가서 며칠 안돼서 시어마이가 병이 중해졌다. 그래 내가 장밤 걸어서 동성비행장에 가 시어마이가 당금 세상 뜨는데 하며 울고불고하여 겨우 령감을 데리고 왔다. 그런데 조양천어구루 오니까 쏘련군대가 온다하면서 길 량옆에 사람들이 꽉 서있었다. 그 중간으루 쏘련군대들이 오는 것이었다. 경찰서 문 앞에 오니깐 경찰들이 말짱 총을 땅에다 눕혀놓구 칼두 싹 눕혀놓구 기척을 한 채 서있는 것이었다.

이렇게 광복을 맞이했다.[10]

역사, 사회, 민족문제를 테마로 하는 작품에서는 특히 리얼리즘의 성취 여부가 작품평가에 있어 가장 중요한 잣대가 되지 않을 수 없다. 이 작품은 리얼리즘의 성취와는 먼 거리에 있다고 할 수 있다. 기본적으로

---

10) 중국조선족 청년학회 편, 『중국조선족 이민실록』, 연변 인민출판사, 1992, 20~22쪽.

사건의 메커니즘 문제와 전형화의 문제에서 큰 한계를 가지고 있었기 때문이다. 이 작품은 역사 강담과 친화성을 가진 소설이라 할 수 있다.

4. 안수길의 북간도사 인식

앞에서 『북간도』에 나타난 북간도상, 형식 및 전형성에 관하여 검토해 보았거니와, 여기서는 이 작품에서 드러나는 안수길의 북간도사 인식에 관하여 검토하고자 한다.

이 작품은 1870년대 이래 북간도의 한민족사의 모습을 폭넓게 보여주고 있기는 하나, 한편으로 작자 안수길의 역사 인식의 허약성을 드러내기도 한다.

안수길은 북간도 한민족의 역사를 혈연민족주의적 역사관에서 파악하고 있다. 혈연민족주의적 역사관은 역사에 대한 민족화해론적, 보수우익 민족운동지도자 중심적, 반공 이데올로기적 시각을 특징으로 한다. 이것은 처음부터 역사 인식의 깊이를 제한하는 것이 된다. 혈연민족주의에서는 혈연이 민족을 구성하는 단위가 되며, 민족의 단결이 민족문제를 해결하는 기본조건이 된다. 단군의 자손이란 점이 한민족의 구성원이 되는 필요충분조건이 되며, 어떤 역사적·계급적 조건도 문제가 될 수 없다. 민족단결의 기초가 되는 것은 민족애와 민족 구성원 간의 용서, 화해이다.

『북간도』에서 작자인 안수길은 철저히 민족화해론적 시각을 고수한다. 반민족행위자에 대하여 때로는 작중 피해자가 용서·화해하고, 때로는 작자 자신이 용서하기도 한다. 작자의 용서는 작중인물과 독자간의 화해를 이끌어 내는 것이 된다. 반민족적 행위를 일삼던 노덕심은 죽을 때 "힌옷으 입혀줍소꼬망"[11]이라고 말한다. 그가 죽자 창윤이는 "한때 가졌던 적개심을 날려보내"고 "암담한 마음으로 오직 노덕심이의 명복만을 빌면서 상여 뒤를 따라 올라"간다.12) 여기서 숨어 있는 뜻은 일부 민족구성원들이 일시적으로 반민족행위를 할 수 있지만, 본질적으로 민족의식을 가지고 있는 만큼, 용서해야 한다는 것이다. 비봉촌 사람들은 청국인과의 관계가 좋아지자, 지금껏 청국인 지주에게 붙어 자신들을 괴롭히던 '얼되놈' 최참봉에 대해 "청국사람과의 사이가 그렇거든 다소 눈꼴이 사납다기로 최참봉이와 반목할 필요도 없"다고 생각하고 그를 용서한다. 물론 "최참봉이도 싫지 않았"으므로 화해·공존이 이루어진다. 용서의 이유는 간단한 것이다. 최참봉이 회개하고 좋은 일을 해서가 아니라, 청국인과의 관계도 좋아진 마당에 하물며 동족을 미워할 수 없다는 것이다. 작중인물중 가장 적극적인 항일운동가인 정수는 만석이가 일제의 착취기관인 동척(東拓) 용정지점에 취직한 것을 보고 "그것은 변화가 아니고 진전"13)이라고, 적극적으로 수용한다.

심지어 일제경찰이 된 인물과 항일운동가 사이의 민족애도 삽입되어 있다. 동족에게 악행을 일삼던 농감의 아들이 일제경찰이 되어 항일유격대를 추격 중 정수가 머물고 있는 집을 수색하러 왔다. 정수는 그를 반갑게 맞아 주고, 그도 아무런 수색이나 심문 없이 수색대를 데리고 철수한다. 과거의 급우(級友)였고 동족인데 싸울 리도 없고 싸워서도 안된다는 작자의 생각을 엿볼 수 있다.

여기서 더 나아가, 작자가 나서서 직접 작중인물을 용서하고 민족애를 표명하는 경우도 있다. 1920년 3월 18일 온성군 미포면 장덕동을 공격한 독립군의 활동을 서술한 다음에 "이번 출진에서는 가슴 아픈 일이 생겼었다. 면장의 어머니요, 헌병 보조원의 어머니인 한 할머니를 사살한

---

11) 안수길, 『북간도』 상권, 224쪽.
12) 같은 책, 상권 225쪽.
13) 같은 책, 상권 273쪽.

것이었다. 독립군의 진주를 경찰서에 신고하려고 했기 때문이었다.”14)고
작자가 말하고 있는 것이다. 이런 상황이지만, 그가 동족이니 가슴 아프
다는 것이다. 결국 작자의 시각이 이러하니, 간도에서의 민족운동, 계
층·계급적 이해 등을 둘러싼 민족내부의 갈등은 그려지지 않거나 그 의
미가 축소되지 않을 수 없다. 결국 이 작품에서 그려진 간도 한민족사는
민족내부의 용서와 화해의 역사가 되기도 하는 것이다.

이 작품에서 중심인물들인 이한복가의 사람들은 온건하고 보수적이며,
비공산주의계열 민족운동과 관련을 맺는다. 이한복은 투철한 민족의식을
지닌 인물인데, 특히 일제강점 이전의 조선정부에 순종하는 ‘온건파’인
점이 강조되고 있다. 육진지방의 한발재해 상황을 파악하기 위해 정부에
서 파견한 경략사 어윤중이 구휼품 없이 다녀간 후 주민들의 불만 분위
기가 고조되자 이한복은 “그런기 앙이야”하며 조선정부 및 관리를 옹호
하는 입장에 서며, 작자도 “한복이도 온건파였다.”15)고 말한다. 그의 아
들 장손이도 아버지처럼 주체의식을 지켰고, 온건하고 너그러운 인물이
었다.

민족운동단체가 생긴 시대의 세대인 창윤이는 그 아버지와 같이 민족
주체의식을 가졌으며, 사포대에 입대하였고, 그 후 직접 민족운동 단체
에 참여하지는 않았으나 민족운동가들을 지원해 주고 있다. 그는 얼되놈
최참봉의 반민족적 횡포에 대해 “그러나 최참봉이는 아버지 연배”이므
로 맞대놓고 싸울 수 없다고 하며 물러선다. 온건 보수적 성격을 잘 보
여주고 있다. 창덕이와 정수는 모두 독립운동단체에 참여하여 전사하거
나 전공을 세우는데, 이들이 참여한 단체는 상해임정 이래 우익 민족주
의 진영에서 간도의 대표적인 정통 독립운동단체로 인정받은 것이다.

작자는 이 인물들을 바로 북간도의 한민족 사회를 이끈 인물형의 표본

---

14) 같은 책, 하권 159쪽.
15) 같은 책, 상권 37쪽.

으로 뽑아놓은 것이다. 그리고 비봉촌의 훈장, 사포대의 신용팔 대장, 주인태, 윤준희, 이범윤, 김좌진, 홍범도 같은 가공 혹은 실존 인물들은 잠깐씩 등장하지만 북간도 한민족사를 이끌어 가는 지도적 인물로 부각되고 있다.

이 작품에서 항일세력은 "이미 독립운동자 대신에 공산주의자가 일본에 항쟁하는 시대로 변했다."16)는 작자의 말에서 드러나는 것처럼 '독립운동가'와 '공산주의자'로 엄격히 양분된다. 독립운동가는 독립을 목표하는 세력이고 공산주의자는 공산혁명을 목표로 하는 세력으로 구분되고 있다. 여기서 독립운동가는 해방 후 남한정부 혹은 우익 민족운동단체나 보수주의적 역사학자들에 의해 정통성을 인정받는 독립운동단체의 일원, 혹은 그런 단체원이 아니더라도 그와 동등한 공적을 인정받을 수 있는 사람으로 보인다. 작자나 작중인물들은 독립운동가는 민족주체의식에 입각하여 애족항일운동을 전개하는 긍정적 인물로 보지만 공산주의자에 대해서는 부정적이다.

『작금 양년에 어떻게 갈개는지 마음놓구 잠을 잘 수 없당이까.』
『그래요?』
『작년 가을에는 추수폭동이라구 해서 촌에서 가을으 해논 곡식 낱가리에 불을 지르는 거루 위시해서 갈개는데, 나두 수칠거우에 소작으 준 곡식으 타작하기 전에 몽땅 태워버린 일이 있었으니까…』
『옛?』
『그러덩이 시내에 들어와서 동척(東拓)에 폭탄으 던진 모양이군.』
『독립군이 아닌가요?』
『독립군? 독립군이문야 어북 좋게? 지금 독립군이 어디에 있능가? 공산당이지.』
『그래요?』

---

16) 같은 책, 하권 278쪽.

정수는 거듭 그래요?를 뇌이지 않을 수 없었다.[17]

여기 나타나는 두 인물은 부유한 친일적 상인인 현도와 항일운동으로 5년간의 감옥살이까지 한 정수다. 현도는 이 작품 전체에서 결코 부정적 어조(Tone)로 그려져 있지 않고, 창윤·정수의 후원자로서 이들 두 인물의 추앙을 받는 것으로 되어 있다. 이 장면에서 공산당은 폭동이나 일으켜서 민생을 어렵게 하는 존재로, 한 시대적 골칫거리로 비쳐지고 있다. 동척 폭탄투척사건도 그 의미가 묻혀 버리고 있다. 이것은 현도가 긍정적인 어조로 그려져 온 인물인데다 정수가 "그래요?", "옛?"하고 놀라고 있고, 또 이 사건들이 더 이상 언급되지 않고 있기 때문이다. 여기서의 정수의 놀람은 '그럴 수가 있는가'라는 부정적 놀람이다. 당연히 정수는 그 자신 항일운동을 해왔던 만큼 최소한 동척 폭탄사건에 대해서는 긍정적 언급을 할 만한 인물이지만 "그래요?"를 되뇌는 것으로 끝낸다.

여기서 공산당을 부정적으로 인식하면서도 그것을 직설적으로 드러내지 않는 안수길의 조심스러움을 읽을 수 있다. 이러한 작가의 모습은 다른 부분에서는 좀 더 분명하게 드러난다. 공산유격대원이 된 수돌이를 만난 정수는 유격대의 활동을 '동포끼리의 피를 흘리는 일'로 규정하는데, 이에 한 유격대원이 "피를 앙이보구 어떻게 헥멩이 되오? 동포끼리의 피라지마는, 헥멩 위해서는 동포의 피두 필요한기오."라며 정수에게 적의를 보인다.[18] 공산주의는 동포의 피를 흘리게 한다는 점을 부각시키고 있다. 그리고 "민생단원을 숙청한다는 명목으로 농촌의 양민들이 공산행동대에 테러를 당하는 일이 많"다거나, "민생단원의 이름으로 참살된 양민들"이라는 작자의 말도 나온다.[19] 공산행동대는 '양민'을 '참살'

---

17) 같은 책, 하권 274쪽.
18) 같은 책, 하권 282쪽.
19) 같은 책, 하권 302쪽.

하고 있다는 것이다.

안수길의 혈연민족주의 역사관은 역사에 대한 비판적 시각의 결핍으로 이어진다. 잘못된 역사적 문제에 대한 비판적 시각은 문제에 대한 집요한 추적을 이끌어 내는데,『북간도』에서 안수길은 그런 모습을 보이지 않는다. 작품에 나타난 것은 사실의 비판적 분석 없는 나열이다. 사건들은 다른 사건들과 연결되면서 일정한 역사적 의미를 형성해야 하는데 이 작품에서의 사건들은 거의 그렇지 못하며, 사건들 간의 비중의 차이도 분명하지 않다. 나열식 역사기술이요, 나열식 사건서술인 것이다.

이 작품에서 비판적 시각의 결여가 낳은 가장 큰 문젯거리는 간도 한민족 상인층의 현실주의 논리에 대한 것, 만주국에 대한 것, 그리고 민족내적 모순에 대한 것이다.

> 『…그래서 같은 남으 법 따를 바에야 청국법으는 앙이 따르겠다는 말일세.』
> 마치 결론이나 되는 듯이 얼른 끝을 맺어 버렸다.
> 『자네 말두 일리는 있네마는…』
> 현도가 그냥 일본법을 따르겠다는 심정이 아님을 알 수 있었다. 그러나 그 말이 그대로 수긍되지 않았다. 그렇다고 달리 현도의 생각을 그른 것이라고 비판할 말을 찾아낼 수도 없었다.[20]

친일로 가는 현도의 살아남기 논리에 창윤이 침몰해 가는 단초를 보이는 제3부 중반쯤의 한 장면이다. 현도의 논리가 갖는 커다란 함정을 비판할 말을 찾지 못하는 것은 창윤이라기보다 작자 안수길이라 할 수 있다. 안수길은 제5부에 가서 창윤이뿐 아니라 정수까지도 현도의 논리 앞에 침몰해 가게 하면서도 그들이 마치 제 할 일을 다하는 민족운동가인

---

20) 같은 책, 상권 303쪽.

것처럼 그려 놓는다.

일본 영사관이 중국관청보다 한국인을 더 보호해 주니, 일본이 싫기는 하지만 일본법 아래 들어가는 것이 낫다는 생각이야말로 일제의 기만적 술책에 맹목임을 드러내는 것이다. 뒤에 현도가 정수의 자수를 권유하며 "모모하는 사람들도 다 용서를 받고 지금 각 방면에서 지도자로서 활동하고 있는데"라고 할 때에도 창윤은 이에 수긍하고 아들을 자수시키게 된다. 용정상인들의 논리를 비판적으로 분석함으로써 일제의 정체와 목적, 그것과 한국인의 운명과의 관계를 파헤쳐 보여 주려는 자세가 이 작품에서는 포기되고 있다고 할 수 있다.

만주국에 대한 비판적 시각의 결여는 안수길에게서는 거의 극복되기 어려운 것으로 보인다. 그는 만주국 이념을 구현하기 위해 만주국 홍보처 감독하에 창설된 언론기관인 만선일보의 기자였고 또 그 용정지국장도 지냈다. 만주의 농업 유이민들의 참상을 전혀 체험해 본 적도 없으며, 용정상인으로 분류될 수도 있는 용정의 신문지국장으로서, 만주에서는 상류층에 속하는 사람이었다.

그는 만주국이 내세웠던 구호들에 공감하고 있었던 것 같다. 만주국에 대한 비판을 그는 어느 글에서도 하고 있지 않다. 만주국시대에 대한 향수 때문이거나 아니면 만주국 이념 홍보에 앞장섰던 자신을 부정하는 모순을 보이지 않으려는 생각 때문일 지도 모른다. 그의 해방 전 마지막 작품인 장편『북향보』는 만주국이 표방한 건국 이념에 공감하여 '북향도장', '농민도장'을 건설하고 '북향정신', '농민도', '개발건설'을 실천하려는 인물들을 그려놓은 작품이다. 이 작품에서 만주국은 재만 한민족의 삶을 뒷받침해주는 확실한 존재로 되어 있다. 작자가 재만 한민족의 이상적 지도자로 내세운 주인공들은 '건국신묘 요배', '궁성요배'(일왕에 대한 요배), '제궁요배'(부의에 대한 요배), '시국성민(省民)의 서사(誓詞)제창'도 열심히 한다.『북향보』에서 드러나는 것은 안수길의 만주국에 대한 믿음이다. 『북간도』에서는 만주국 건국 후의 구체적 상황은 거의 다루어지지 않거니와, 만주국 건국 이후 "경기도 홍성대고 있었고, 직장도 많아졌다."[21]고 설명되며, 주인공들 모두 안녕하게 살고 있는 것으로 되어 있다.

작자는 만주국 건국 후의 북간도에 대해 "어둡던 간도도 환히 밝아졌다. 기후도 포근해진 듯했다. 흙도 강도 맑아진 것 같았다. 그러나 북간도는 어두워가고 있었던 것이다. 언제 봉웃골 싸움이 있었던가? 청산리 싸움이 무언가? 기억이 생생한 사람은 안타깝기만 했다. 그러나 그런 걸 즐겨 이야기하는 사람도 없었으나 듣고 싶어 하지도 않았다. 북간도는 점점 밝아지고 있었다."[22]고 한다. 독립운동이 거의 사라져 어둡기는 하지만 "동경유학생도 많고 정부의 고관이 되는 사람도 늘어나"는 등 살기가 좋아지니 밝아졌다는 것이며, "밝아진 북간도를 찾아 조선 내지에서 많은 사람들이 두만강을 건너 왔다."[23]고까지 한다. 만주국에 대한 비판적 시각의 결여는 결국 만주의 민족현실을 왜곡하고 일본의 정체도 묻어두는 것으로 나타났다.

앞에서 인용한 장면에서 현도가 말한 것처럼 '추수폭동'같은 계급적 갈등 문제가 크고, 특히 1930년대 이후로 공산주의자들의 활동이 격화되는 현실에서 작자는 주인공으로 하여금 동포끼리의 피를 보지 말자는 단순논리를 펴게 했다. 민족내적 모순에 대한 비판적 시각의 결여는 당시의 북간도 민족현실을 올바르게 파악, 반영하는 데 큰 제약적 요소가 되었다.

결국 이러한 문제들에 대한 비판적 시각의 결여는 작품 내에서 안수길 나름의 역사에 대한 전망을 설정하지 못하게 했고, 그 결과 해방 전 북간도의 한민족사를 패배와 침몰의 역사로 끝나는 것처럼 보이게 했다.

---

21) 같은 책, 하권 305쪽.
22) 같은 책, 하권 303쪽.
23) 같은 곳.

이 작품에서 안수길이 제시하는 만주 한민족사의 전망은 아무것도 없었다.

> 새 아침에는 어떻게 할 것인가? 말쑥한 해가 떠올 것인가? 흐리터분한 날씨에 꾸물꾸물 해가 떠오를 것인가? 그러나 정수는 밤이 다하고 새벽이 오고 해가 뜰 것이 그저 좋다고만 생각하려고 했다.[24]

작품의 끝, 일본의 패망을 알게 된 정수의 생각을 나타낸 문장이다. 이 것이 결국 5부에 이르는 긴 소설이 도달한 곳, 안수길이 정리한 북간도 한민족 역사의 끝이다.

결국, 작가의 역사적 전망의 부재는 핵심 주인공들을 패배와 침몰로 빠지게 할 수밖에 없었다. 현도에게 설득당함으로써 창윤은 할아버지의 정신을 계승해나가지 못하고, 정수를 자수시켜 자신과 정수가 편안히 살 기를 바랐고, 정수도 일제의 북간도 침략이 더욱 심해지고 있는 1920년 대에 "부모를 받들면서, 평범하고 조용하게 살고 싶"[25]어서 일본 경찰에 '제발로 걸어서' 자수했었다. 더구나 정수는 자신이 전투원이었기 때문 에 자수해도 큰 형을 받지 않을까 두려워하는 정도에까지 이른다. 징역 을 살고 나온 정수는 수돌이가 "우리와 함께 다시 싸울 생각이 없는가?" 라고 묻자 "하, 하… 그런 열, 다 식어 빠졌네."라고 한다.[26]

그 뒤 광산촌의 작은 학교 교사로 잘 지내던 그는 일제패망 직전 그곳 에 침투한 독립운동가 청림을 만남으로써, '청림교사건'에 연루되어 집 에서 체포되어 일년 가까이 징역을 살다가 해방이 되어 석방된다. 그러 나 '청림교 사건' 시기는 "조선사람으로 일본의 패전을 의심할 사람이 없"[27]는 상황이었으므로, 과거와 같은 정열과 기개를 잃은 정수로서도

---

24) 같은 책, 하권 316쪽.
25) 같은 책, 하권 264쪽.
26) 같은 책, 하권 282쪽.

참여가 가능한 것이었다. 청림의 지도에 수동적으로 따라 가기만 하면 되었던 것이다. 석방된 그가 한 말은 "아이들은 탈 없소?"뿐이었다.[28]

5. '망각은 배반이다'

일제강점시대 이민 출신인, 연변 '조선족'의 대표적 학자이자 정신적 지도자의 한사람이었던 정판룡은 다음과 같이 말했다.

> 망각은 곧 배반을 의미한다고 한다. 눈물겨운 우리 민족의 이민사를 모르고 어찌 우리 민족의 역사를 알 수 있으며, 어제를 모르고 어찌 오늘의 소중함을 알 수 있겠는가?[29]

역사를 왜 알아야 하는가, 그리고 한민족의 이민사를 왜 알아야 하는가를 일깨워 주는 한편으로 만주 이민이었던 사람 자신들의 절규를 보여주고 있다. 만주에 사는 한민족에게 쓰라린 과거는 결코 잊을 수 없는 것이고, 그것을 잊지 않는 데서 그들은 오늘을 살아가는 힘을 얻고 있는 것이다.

안수길의 『북간도』는 1950, 1960년대의 한국인들에게 재만주 한민족의 존재를 인식시켜주었다는 점에서 그 의의는 크다. 그러나 그들의 과거와 현재가 독자들의 가슴속에 생생하게 살아남아 있도록 그려내는 데는 실패한 작품이라고 하겠다. 그들의 '눈물겨운' 삶은 안수길의 만주체험의 한계 속에, 현실과 역사를 보는 시각의 한계 속에, "~지도 모를 일

---

27) 같은 책, 하권 314쪽.
28) 같은 책, 하권 317쪽.
29) 정판룡, 「머리말」, 『중국조선족 이민실록』, 8쪽.

이었다.”는 식의 문장과 태도 속에, 그리고 작중의 일부 똑똑한 인물들, 용정의 장사꾼들, 실존 애국투사들 속에 묻혀 제 모습을 드러내지 못하고 말았다. 『북간도』는 만주 민족문제 문학화의 시작이라고 할 수 있다. 시작으로는 대단한 것이었다. 그 뒤 이를 넘어섰다고 할만한 국내 작품이 나오지 않고 있는 것이 아쉽다.

　‘망각은 배반이다’ — 이것은 『북간도』와 같은, 한국 근대사를 그린 작품을 읽는 독자, 그리고 이런 작품을 쓰는 작가에게는 명심해야 할 경구(警句)가 아닐 수 없다.

부 록

주인공의 변신을 중심으로 본 『홍길동전』

주인공의 변신을 중심으로 본 『홍길동전』

1. 머리말

『홍길동전』은 고전소설 가운데 가장 많이 연구된 작품 중의 하나이다. 이 작품에 관련된 연구는 크게 보아 작자, 주제 및 구성, 소설사적 위치 설정, 역사적 사실과의 관련성 등에 대한 것들로 나눌 수 있다. 작가 연구의 경우, 허균이『홍길동전』의 작자인지의 여부가 중요한 논점이 된 바 있다. 그러나 필자는 허균의 행동과 논저에 나타난 사상 등과 관련시켜 볼 때 허균이 작자라고 하는 통설에 이의를 갖지 않는다.

주제 연구에서는 작품을 해체하여 주제를 적서차별 폐지, 탐관오리 척결과 빈민 구제, 기타 여러 가지로 나열하거나, 작품의 일관된 주제가 없다거나, 일관된 주제가 있되 그것이 '신분상승' 혹은 '반항적 힘의 과시'로 보는 경우 등이 있었다. '구성의 실패'라는 주장도 있었는데, 이는 홍

길동이 병조판서를 제수(除授)받은 이후의 부분을 '불필요한 사족'으로 보았기 때문이다.[1]

여기서는 이 작품의 주제는 무엇인가, 해외 부분이 과연 사족인가, 서자—비적—판서—왕에 이르는 홍길동의 신분 변화의 의미와 특히 지금까지 전혀 해명되지 않았던 '지하국대적제치설화(地下國大賊除治說話)'로 일어나는[2] 홍길동의 설화적 인물화가 지닌 의미는 무엇인가, 그리고 또한 지금까지 간과되었던 몇 개의 표현들[3]이 가지는, 율도국의 성격 해명에 관계된 중요한 의미는 무엇인가 등을 중점적으로 따져서 전체적으로 이

---

1) 작가론으로는 김진세, 「홍길동전의 작자고」(『서울대 교양과정부 논문집』 1집, 1969), 이능우, 「'홍길동전'과 허균의 관계」(『국어국문학』 42・43 합집호, 1969) 등에서 허균이 『홍길동전』의 작자가 아닐 것이라는 주장을 보였다. 1960년대까지의 연구업적 가운데서는 정주동, 『고대소설론』(형설출판사, 1966)이 이 작품의 주제와 사회소설로서의 의의에 대하여 가장 설득력 있게 논했는데, 다만 작품의 통일성을 찾아서 설명하지 않고 해체적이었다. 통일성을 문제 삼으면서 주제를 찾은 김일렬, 「홍길동전의 불통일성과 통일성」(『어문학』 27호, 1972)은 이 작품의 "일원화된 의미는 계급타파나 불의관권 타도 또는 이상국가 건설사상이 아니고 계층간의 불평등과 모순을 초래하는 지배층의 압박에 대한 부당성"이고 "주제적 의미는 지배층의 부당한 억압에서 오는 반항적인 힘의 위력을 보여 주려한 것"이라 했고(70쪽), 윤성근, 「홍길동의 신분 상승」(『문맥』 1집)은 적서차별 폐지 등은 주제의 차원에서 다룰 수 없고 주제는 '길동의 단계적 신분 상승'이라 했다(42쪽). 또 이문규, 「홍길동전연구」(서울대 석사논문, 1975)는 이 작품은 "적서차별 철폐를 주장하고 나온 작품이 아니라 한 개인의 이룰 수 없는 욕망을 성취시켜 보려는 작품에 불과"하고 주제는 "신분적 조건에 얽매인 자기 구제"라 했고(116~117쪽), 이재수, 『한국소설연구』(선명문화사, 1969)는 "구조상 불필요한 사족인 국외의 부분 때문에 구성의 실패가 있고 따라서 주제가 '애매'하여 '일대기 혹은 출세담'이거나 '토속적 운명론' 정도가 될 것"으로 보았고(175~176쪽), 여증동, 「홍길동전의 구조론」(『이재수박사 환력기념 논문집』, 1972)는 주제를 '주인공의 운명론적 생애담'(332쪽)으로 보았다. 또 임형택, 「홍길동전의 신고찰」(『창작과 비평』 43호, 1977)은 이 작품의 주제를 '인격의 실현'(134쪽)이라고 보았다. 이 논문은 작품 자체의 분석보다는 김동욱, 「홍길동전의 국내적 소원」(『이숭녕박사 송수기념 논총』, 1968)와 이능우, 앞의 논문 등이 그 전에 이미 시도한 것과 같은, 이 작품의 배경적 사실로서의 조선시대 '군도(群盜)'들에 관한 역사적 사실을 광범위하게 조사 해명하는 데 역점을 둔 것이다.

2) 『홍길동전』의 어떤 이본에서도 지하국대적제치설화적 인물로서의 홍길동의 변신은 빠지지 않고 있다. 길동이 율도국 왕이 되는 사건은 '안성판 19장본'에서는 나오지 않는다. 왜 이런 사건을 넣고 있는가를 해명한 논문은 보이지 않는다. 이것은 『홍길동전』에서 매우 중요하다고 본다.

3) 특히 주목되는 표현은 길동이 정복하기 전의 율도국에 대한 설명, 길동의 율도국 정벌의 명분, 그리고 율도국 왕이 된 후의 길동의 치적에 대한 것이다.

작품이 가지는 사회소설로서의 의의를 밝혀 보려 한다.

여기서 다루고자 하는 텍스트는 '한남서림본(翰南書林本)'으로 알려진 경판(京板) 판각본(24장본)이다. 이 본은 이미 "현존하는 이본 중 최선본"[4]이라는 평가를 받은 바도 있지만, 필자도 이에 동의하며, 나름대로의 이유를 덧붙여 한남본의 의의를 재확인하고자 한다.

2. 비적(匪賊) 혹은 '호민(豪民)'으로서의 홍길동

『홍길동전』의 구성을 주인공의 신분변동에 따라 첫째 출생에서 가출까지, 둘째 활빈당 활동에서 병조판서 제수까지, 셋째 조선을 떠난 이후 등의 세 부분으로 크게 나눌 수 있다.

가출까지에서 주인공에게 가장 큰 장애물은 서자라는 신분이었다. 출생에서 그는 영웅적 기상을 타고났으면서도 사회적 신분상으로 서자가 된다. 작품의 출발이 바로 주인공이 탁월한 능력을 지녔으면서도 서자로 태어났다는 점을 강조하는 데 있고, 또한 주인공 자신이 호부호형을 금지당하고 각골통한하는 데서 문제의식의 발단을 가진다는 것은 이 작품이 무엇을 말하려는가를 보여주는 중요한 단서가 된다. 길동이 영웅적 기상과 비범한 능력을 타고났다고 하는 것은 그가 그에 값할 수 있는 어떤 행위를 하여야만 작품이 끝날 수 있음을 암시하는 것이기도 하다. 즉 영웅적 능력에 걸맞은 뛰어난 행동과 그에 따른 대성취나, 아니면 영웅의 죽음에 어울리는 일대 비극이 이 작품의 결말이 되리라는 전망을 독자는 가지게 된다. 가정에서의 길동의 행동은 마침내 호부호형을 허락받

---

4) 정규복,「홍길동전 이본고(1)」,『국어국문학』48호, 1970, 8쪽.

는 데 이른다. 이것은 가정 내에서의 문제해결이지만, 영웅적 인물로서의 길동의 성취로서는 너무나 미미하다. 길동은 허균이 「유재론(遺才論)」에서 말한바 "한 시대의 쓰임을 위한 것"으로서의 하늘이 낸 인재[5]라 할 수 있다. 첫 번째 부분은 적서차별의 문제를 제기하면서 「유재론」의 정신인, 비범한 능력이 신분을 넘어서서 사회적으로 활용되어야 한다는 것을 말하고, 마침내 가정 내에서 적서차별의 문제가 해결되고 있음을 보여 주었다. 가정 내에서의 해결에 만족할 수 없는 길동의 능력은 다음 단계를 지향한다.

길동의 다음 단계로의 행동 진행의 계기는 그가 범죄자가 되는 것이었다.[6] 그는 살인자로서 망명도생(亡命圖生)을 위해 일단 집을 나가, 타고난 능력을 밑천으로 비적의 우두머리가 되어 사회의 이목을 자신에게로 집중시키기 위한 활동을 하게 된다. 이를 계기로 '환경에 대한 개인적 고민'에서 출발한 길동은 '사회구조에 대한 공적 문제'의 인식[7]을 드러내기에 이르게 된 것이다. 개인의 성격 내부에서나 그가 관련되어 있는 다른 개인들과의 직접적인 관계 내에서 발단되었던 개인적인 고민은 자아의 문제이자 개인적으로 의식하는 사회생활의 한정된 영역의 문제인데, 길동의 경우 한정된 영역은 바로 가정이었다. 사사로운 문제로서의 개인적 고민은 가출을 계기로 공적 문제의 인식으로 확대되어 나타난다.

길동은 적굴에 들어가 자신의 신분을 소개하면서

---

5) 허균, 「유재론」, 성균관대 대동문화연구원 영인본 『허균전집』, 122쪽.
6) 길동은 부친의 진심에서 나온 호부호형의 허락을 '죽어도 한이 업슬' 일로 받아들이지만 곧 살인자가 되어 "망명도싱호믈 싱각"해야 할 처지이기에 집을 떠난다. 이와 같은 설정은 개인이 비적이 되는 과정의 일반적 형태를 보여 주는 동시에, 사건의 논리적 불가피성 제시에서 오는 소설적 흥미도를 높이며, 또한 뒤에도 계속되는 길동의 효의식의 일관성을 부여하는 것이 된다. 길동이 범죄자가 아니고 가정에서의 호부호형을 허락한 부친에 대해 그 정도가 불만스럽다 하여 집을 나간다고 설정될 경우를 생각해 보자.
7) C. W. Mills, 『The Sociological Imagination』(김경동 역), 『창작과 비평』 10호, 342~343쪽 참조.

나는 경성 홍판셔의 쳔쳡쇼싱 길동이러니 가즁쳔디를 밧지 아니려 ᄒ여[8]

라고 한다. 천첩소생으로서의 천대가 여기서도 길동의 근본적인 문제가 된다. 조정이 길동을 체포하기 위해 형 인형을 경상감사에 임명하자 길동은 스스로 나타나면서

쳔싱이 이의 니르믄 부형의 위티ᄒ믈 구코져 ᄒ미니 엇지 다른 말이 이시리오 디져 디감계셔 당쵸의 쳔훈 길동을 위ᄒ여 부친을 부친이라 ᄒ고 형을 형이라 ᄒ여던들 엇지 이의 니르리잇고[9]

라고 한다. 길동은 꾸준히 천생의 차대를 문제 삼고 있다. 길동이 최초로 인형에게 나타나 자수하게 되는 과정에서는 결코 길동의 요구에 대한 보장이 이루어지지 않고 있다. 그러기에 길동은 초인(草人)을 내세워 탈출하고 만다. 왕과의 첫 대면에서 길동은 적서차별의 문제를 들고 나온다.

신은 본디 쳔비 쇼싱이라 그 아비를 아비라 못ᄒ옵고 그 형을 형이라 못ᄒ오니 평생한이 밋쳐숩기로 집을 비리고 젹당의 춤네ᄒ오나 빅셩은 츄호불범ᄒ옵고[10]

그리고, 그 뒤에 병조판서를 제수받으러 갔을 때 길동은 또 적서차별의 문제를 거론한다.

쇼신이 죄악이 지즁ᄒ옵거놀 도로혀 텬은을 닙스와 평싱한을 푸옵고[11]

'평생한'은 바로 서자의 한이며 그것은 적자와 같이 높은 공직에도

---

8) 김동욱 편, 『경인 고소설 판각본 전집』 3권, 인문과학연구소, 415쪽 上右. 이하 이 책을 '원전'이라 칭함.
9) 원전, 419쪽 上左.
10) 같은 쪽, 下左.
11) 원전, 420쪽 下右.

올라 사회적 동등권을 획득하는 문제에 관한 것이다. 조선을 떠나기에
앞서 왕 앞에 나타난 길동은 여전히 적서차별의 문제를 거론한다.

> 신이 전하롤 받드러 만셰롤 뫼올가 ㅎ오나 쳔비 쇼셩이라 문으로 옥당
> 의 막히옵고 무로 션쳔의 막힐지라 이러므로 ㅅ방의 오유ㅎ와 관부와 작
> 폐ㅎ고 됴졍의 득죄ㅎ오문 젼회 ㅇ르시게 ㅎ오미려니 신의 쇼원을 푸러
> 쥬옵시니 젼하을 하직ㅎ고 됴션을 쩌나 가오니[12]

여기서 드러나는 것은 곧 길동의 지금까지의 행동은 왕에게 자신의 요
구를 알리고 나아가 그 요구를 관철하기 위한 것이라는 사실이다. 결국
여기서의 길동의 행동의 목표는 서자로서의 사회적 불평등을 해소시키
고 적자와 같은 권리를 확인받자는 것이었다.

두 번째 부분에서 길동은 결국 병조판서가 됨으로써 적자와 같은 사회
적 위치를 획득하게 된다. 가정 내에서의 문제해결은 국가적 차원에서의
문제해결로 그 범위가 확대되며 이는 개인적 문제가 사회적, 공적 문제
의 차원으로 확대 해결되고 있음을 나타낸다. 길동의 병조판서 제수는
실질적인 출세라고는 할 수 없다. 그는 병조판서에 제수됨으로써 서자로
서의 평생한을 푸는 데서, 문제의 완전한 해결은 아니지만, 일단의 만족
을 느낀다. 이것은 개인의 실질적인 출세가 아닌, 제도상으로 서자의 신
분적 제약을 해소시키는 선례로서 상징적 의미를 지니는 것이다.

여기에 이르는 길동의 행동의 과정을 좀 더 자세히 검토해 보자. 개인
적 고민에서 출발한 길동의 의식은 사회구조에 대한 인식으로 발전되고,
이로써 그는 대자(對自)적인 인물이 된다. 대자적 인물화는 허균의 말대로
'호민'이 되었음을 뜻하기도 한다. 길동은 가정에서 불만분자가 되고, 불
만의 요소에 대한 저항의식을 확대시킨다. 활빈당에 가입하기 전까지 길
동은 불만분자일 수는 있어도 행동하는 인물이 되지는 못하였다. 길동이

---

12) 같은 책, 421쪽 上左.

행동하는 인물이 되는 계기는, 비적들이 일반적으로 그러한 것과 같이, 개인적 수난에 원인하여 범죄를 저지르게 됨으로써 불가피하게 비적이 된 것이었다. 길동은 그 사회적 행동을 비적이 됨으로써 시작하는 것이다. 폭력으로 공격하고 강탈하는 인간집단에 속하는 자13)라는 뜻에서 활빈당수로서의 길동은 분명히 비적이다. 그러나 길동이 가졌던 사회제도에 대한 인식은 그로 하여금 단순한 비적에 머물게 하는 것이 아니라, 사회적 비적, 즉 의적의 차원에 이르게 한다. 비적이 됨으로써 길동은 사회의 공적으로서 제거되어야 할 대상이 되지만, 탐관오리 척결과 빈민구제를 행함으로써 민중의 적이 아니라 오히려 민중의 편이 되고, 그럼으로써 일단은 그 사회 속에서 설 자리를 얻게 되는 것이다. 민중의 지지를 획득한 데다가 걷잡을 수 없는 초인적 능력까지 갖춤으로써 활빈당의 세력은 관(官)에게 있어서 지극히 위협적인 것이 되었다. 활빈당의 활동은 민중 속의 '호민'의 존재와 그들의 힘, 그리고 요구를 부각시키고 있다.14)

홍길동은 천부적 능력을 바탕으로 한 게릴라식 작전을 전개함으로써 관이 감당할 수 없는 존재가 된다. 이와 같이 감당할 수 없는 무장세력에 대하여 관은 회유책을 들고 나오든가 그 세력의 약점을 이용하는 수밖에 없다. 관은 후자를 택했다. 길동이 효와 우애 같은 인륜을 거부할 수 없다는 점에 착안한 관은 길동의 부친과 형을 이용하게 된다. 길동이 효와 우애의식을 가지고 있기도 했지만, 만일 그것을 거부했을 때 길동이 설 자리는 약화될 수밖에 없다. 민중에게 있어서도 효와 우애의 관념은 절대적인 것으로, 그것을 파괴하면 길동은 그 사회에서 발붙일 수 없게 되는 것이다. 길동은 관의 술책을 알면서도 인륜을 거부할 수 없었기에 초인을 내세워 자수하는 대응책을 썼다. 초인작전으로 자신의 우위를

---

13) E. J. Hobsbawm, 『의적의 사회사』(황의방 역), 한길사, 1978, 9쪽.
14) 활빈당의 활동은 억압받고 수탈당하는 민중의 삶의 문제에 초점을 맞추어 이를 확대시키고 사회를 개혁하는 데까지는 나아가지 못하고 적서차별 폐지라는 목표가 성취되자 중단되고 말았다는 데서 그 의의가 축소되고 있다.

확보한 길동은 협상 조건을 제시한다. 병조판서를 제수하면 조선을 떠난다는 것이다.

길동은 왕권은 부정하지 않는다. 모든 문제의 해결을 왕에게 맡기고 왕의 처분에 승복한다. 그는 병판을 제수 받고는 공중으로 날아가 버림으로써 자신의 바람을 일방적으로 실현해 버린다. 그 뒤 하직 인사차 다시 나타난 그는 왕을 설득함으로써 마침내 왕의 진정한 이해와 승인을 받았다. 길동은 사회제도 상의 중대한 개혁 가능성을 공식화함으로써 일단 서자의 지위 확보를 위한 투쟁에서는 승리했다. 이 시대 전후의 실재한 비적들이 대정부 투쟁에서 실패했지만,『홍길동전』은 허구나마 성공의 경우를 보여 준 것이다. 가정 내에서의 획득에 머물렀다면 홍길동은 결코 허균이 「호민론」에서 말한바와 같은 호민이 될 수 없고 '원민(怨民)'15)의 정도에서 머물고 말았을 것이었다.

길동은 현실 속에서는 더 이상 나아갈 수 없는 데까지의 승리를 획득했다. 그렇다고 그것이 그가 충분히 만족할 만한 것은 아니었다. 그는 그 이상을 성취해야 할 영웅적 기상과 능력을 타고났던 것이다.

3. 설화적 인물로의 홍길동의 변신

길동의 보다 더 높은 단계로의 비상은 설화적 인물로의 변신을 통하여 이루어진다.16) 조선이라는 현실 속에서 가능한 최상의 승리를 획득했지

---

15) '호민'과 '원민'에 대해서는 위의『허균전집』중「호민론」참조(124~125쪽). 요컨대 '원민'은 한없이 수탈당하면서도 말로만 원망하는 백성이고, '호민'은 불만과 저항의식을 속에 감추어 두고 기회를 노리다가 마침내 들고 일어서는 백성이라는 것이다. 허균은 또 수탈당해도 원망할 줄 모르고 순종만하는 백성을 가리켜서는 '항민(恒民)'이라고 했다. 이 중 무서운 것이 호민이라고 한다.

만, 문제의 온전한 해결에는 이를 수 없었던 길동은 조선을 떠나 제도에서 "무고(武庫)을 지으며 군법을 연습"하면서 정치적 기반을 닦고 있던 중 망탕산의 요괴 이야기를 듣고 그곳으로 가서 그를 퇴치하고, 잡혀있는 여인들을 구한다. 이 이야기는 과거의 지하국대적제치설화의 패턴에 일치한다.[17] 지하국대적제치설화의 주인공들은 영웅적 인물이었는데, 길동은 그러한 인물의 대열에 낀 것이다. 이 설화의 개입으로 인한 길동의 설화적 인물화는 지금까지 조선이라는 현실 속의 인물과 사건을 보고 있던 독자들을 당황케 하고, 심지어 작품의 '불통일성' 혹은 '모호성'을 운위하게 하였다.[18] 그러나 이러한 변환은 의도적인 것으로, 앞의 부분과 밀접히 관련되어 있으며 명료한 의미를 지니고 있다.

홍길동이 설화적 인물화한다는 것은 탈역사화를 의미하며, 그로써 현실과의 충돌을 피할 수 있게 한다. 그럼으로써 길동은 어떠한 인물이 되어도 역사적 현실의 적이 되지 않을 수 있게 된다. 조선에서 길동은 왕을 부정하지 않고 오히려 그와 화해하였다. 그러나 그 화해는 현실에 바탕을 두고 있기에 언제나 깨어질 수 있는 가능성을 가지고 있으며, 또한 길동의 능력적 한계를 규정해 버리는 것이다. 이 화해는 다른 한편으로서자나 민중층 독자들을 실망시킬 수도 있는 것이다. 그들의 염원을 대변하면서 투쟁한 지도자의 한계가 현실 속에서 규정됨으로써 그들의 기대는 좌절될 수 있다. 설화적 인물화는 왕을 위시한 지배층과의 화해를 유지할 수 있게 하는 한편 민중층의 꿈도 반영할 수 있게 한다. 조선에서는 활빈당 활동과 관련하여서도 홍길동은 혁명적 목표를 피했다. 설화적 인

---

16) 홍길동이 조선을 떠나는 사실을 "망국민적 설움과 더 이상 발붙일 곳 없는 이방인적 고독을 지닌 피신"이요, "망명"이라고 보는 견해도 있다(김일렬, 앞의 책 51쪽).

17) 이 부분이 지하국대적제치설화와 동일함을 논한 논문도 있다. 그러나 이것이 이 작품 내에서 가지는 의미를 검토하지는 않았다(김열규,『한국민속과 문학연구』, 일조각, 1971 및「'지하계탐방 및 괴수제치' 소재론」,『한국학보』8집, 1977).

18) 이재수, 앞의 책, 175~176쪽.

물화 이후에야 비로소 그는 왕이 되기까지 하여 사회를 개혁하였다.[19)]

무력 침공을 통하여 왕이 된 홍길동이 율도국에서 한 개혁의 내용은 "산무도젹ᄒ고 도불습유ᄒ니 가의 틱평세계러라"[20)]라는 한마디로 표현되었다. 이것은 조선 현실에 대한 비판의식도 내포된 압축적 표현이다. 이 표현 속에서 우리는 홍길동이 무엇을 했다는 것을 읽을 수 있는가? 그것은 국내에서의 홍길동의 행동 과정과 그 목표를 상기함으로써 밝혀질 수 있다.

'산무도적(山無盜賊)'을 앞세우고 다음에 '도불습유(道不拾遺)'를 제시한 것에 유의하자. 조선에서의 홍길동의 이력은 바로 비적이었다. 그가 무엇 때문에 어떻게 비적이 되어서 무엇을 했는가 하는 것이 둘째 부분까지의 이야기였다. 홍길동은 사회적 모순과 그에 따른 불만 때문에 비적이 되었다. 조선은 호민의 한 행동형태로서의 비적이 발생하고 활동할 수밖에 없는 사회적 모순을 안고 있었다. 그런데 율도국은 그러한 홍길동 자신과 같은 비적이 존재하지 않는 곳이다. '산무도적'은 바로 비적ー호민이 생겨날 수 있는 사회적 모순이 완전히 제거된 곳임을 우선적으로 강조하는 말이다. 호민이 존재할 수 없는 사회는 완전한 사회, 이상향이라 할 수 있다.

그러면 적서차별의 폐지 문제는 어떻게 되었는가? 산무도격의 원인 가운데 가장 중요한 것으로 적출해 낼 수 있는 것은 바로 적서차별의 폐지

---

19) 봉건적 체제 자체를 완전히 바꾸지는 않았지만 '의병장 홍길동'이란 기치를 내세워 일단 율도국 왕권을 빼앗고, 그 다음에 내정을 개혁했다는 점에서 당시의 수준에서 볼 때 혁명이라 할 수 있다. 더구나 서자가 왕이 되었다는 것은 신분혁명으로 볼 수 있다.

20) 원전, 422쪽 下左. 이 표현은 다른 작품에서도 나타난다. 예를 들면 「조웅전」 완판에서 "도불습유ᄒ고 산무도격ᄒ니 빅셩이 격양가를 부르며"(원전 3권, 146쪽 下右)라 하고 있다. 이것이 상투적 표현구화했다 하더라도 이 작품(한남본)에서의 이 표현은 의도적인 것으로, 사건 전체와 밀접한 관련을 맺고 있다. 한남본을 제외한 다른 경판과 안성판 홍길동전에서는 길동의 치적을 다만 "즉위 삼년의 일국이 틱평ᄒ고 스방의 일이 업고 국틱민안ᄒ고"라 하여 특정한 문제의 지적이 없고, 완판에서는 "스방의 일이 업고 덕화더 힝ᄒ여 도불십유ᄒ더라"(원전 3권, 474쪽 上右)로 표현하고 있다.

문제라 할 수 있다. 홍길동은 지금까지 일관되게 적서차별 문제를 거론해 왔다. 살인의 원인도 서자의 신분이었다는 데 있었다. 곡산모 초란은 적자인 인형에게와는 달리 길동에게는 쉽게 도전할 수 있었다. 요컨데 길동이라는 비적이 생겨날 수 있었던 직접적 동기는 적서차별의 제도였다. 왕이 된 길동은 자신이 과거에 그러했기에 산유도적(山有盜賊)의 원인으로서 먼저 적서차별의 제도를 생각했을 것이며, 그 제도의 제거를 산무도적하게 하는 우선적 과제로 삼았을 것이다.21)

길동은 자기가 그러했던 것처럼 산유도적의 중대한 원인인 적서차별을 그의 왕국에서 해소시켰고, 또한 그 스스로 서자 출신이면서 왕이 되기까지 함으로써 서자의 완전한 승리를 획득하였다. 서자는 이제 일국의 판서도 되었고 나아가 한 나라의 왕이 되었다. 서자의 후손들은 왕손이 되게 되었다.

'도불습유'는 길동의 활빈당 활동과 관련된다. 길동은 투쟁 과정에서 민중현실에 눈떴으며, 따라서 그들의 경제적 문제를 율도국에서 해결했음을 '도불습유'는 알려 준다. 빈민이 없으니 길에 떨어진 물건을 집을 사람이 없는 것이다. 홍길동은 율도국에서 과거 자신의 주된 투쟁 목표가 되었던 적서차별 폐지와 투쟁과정에서 인식한 민생의 문제까지도 동시에 해결함으로써 그 나름의 완전한 이상국을 만든 것이다.22)

---

21) 이 작품의 목판 중 한남본에만 있는 '산무도적'이란 말은 길동의 도적으로서의 경력을 중시하는 것으로, 이는 한남본이 사건과 주제의 통일성을 가장 잘 지키고 있음을 나타내는 것이기도 하다. 한남본을 대본으로 한 과거의 연구들에서는 작품 전체와 관련시켜 '산무도적'의 의미를 주목하지 않았다. '주제의 불통일'을 주장한 경우에도 이 표현을 간과했다.

22) 완판에서, 본래의 율도국은 "듕국을 섬기지 아니ᄒ고 슈십더을 젼ᄌ젼손ᄒ야 덕화유힝ᄒ니 나라이 터평ᄒ고 빅셩이 넉넉하야날"으로 태평한 나라였는데 길동이 왕이 된 후의 율도국도 그와 별 다름이 없다. 그러나 한남본에서는 율도국이 다만 "옥나 슈쳔니의 진짓 텬부지국"의 자연적 여건을 가진 나라로만 나타난다. 길동이 내세운 정벌의 명분인 "디져 님군은 ᄒ스롬의 님군이 아니요, 텬하 스롬의 님군이라"란 말에는 임금이 임금 자신을 위한 임금이어서는 안 되고 백성을 위해 존재해야 한다는 것과 그렇지 못한 임금으로 해서 백성의 삶이 올바르게 영위되지 않고 있는 율도국 현실의 지적이 포함된

홍길동은 "개인적 존재이고 집단의 이익을 위해 투쟁하는 것이 아니라 개인의 이익을 위해 싸운다."[23)]는 견해도 있었다. 길동의 불행은 개인적 결함보다는 적서차별이라는 사회적 제약에서 시작되었다. 그는 투쟁의 결과 현실에서 조선 신하의 말대로 "불가스문어인국" 할 정도의 중대한 제도적 개혁의 가능성의 길을 열어 놓는다. 비적이 되는 계기인 살인은 개인적인 것이지만 비적단의 두목이 된 후[24)]의 행동은 관리의 불의한 재물 탈취, 지빈무의(至貧無依)한 자의 구제와 백성의 불범(不犯), 나라에 속한 것의 불범[25)] 등 민중을 위한 것이었다. 물론 여기에는 서자 집단의 아픔을 왕에게 알리기 위한 시위적 의도도 포함된다. 또한 율도국을 공격할 때에도 왕은 개인을 위한 왕이 아니라 백성을 위한 왕으로 존재해야 한다는 것을 말했고, 마침내 호민을 만들지 않고, 백성의 경제적 안정을 달성하는 정치를 하였다. 이와 같이 홍길동의 출세는 서자 집단의 신분상승을 통한 사회적 위치 획득을 상징하는 것이지 단순한 개인적 출세에 머무는 것이 아니다. 다만 완판본에서는 율도국을 정벌하고 왕이 되는 부분에서 길동의 행동이 개인적 출세를 위한 것처럼 보이게 묘사되

다. 그런데 길동은 그런 나라를 정복하여 자신의 치적으로 이상적인 나라가 되게 한다. 완판에서는 길동의 율도국 정벌의 명분으로 "나라난 흐스롬이 오러 직키지 못ᄒ는지라"라 하여(원전 472쪽 下左) 길동을 오직 왕위탈취 자체를 목표로 삼은 침략자로만 보이게 하고 있다. 이어서 "시고로 셩탕은 하걸을 치고 무왕은 샹쥬를 니치시니 다 빅셩을 위ᄒ야 난디을 평졍ᄒ는지라"라고 했는데, 율도국은 "슈십디 젼ᄌ젼손" 하면서도 "덕화 유힝ᄒ고 나라이 틱평ᄒ고 빅셩이 넉넉"하여(원전 472쪽 下右), '하걸'이나 '샹쥬'의 '난디'가 아니니 모순이 된다. 또 한남본을 제외한 다른 경판과 안성본에서는 율도국의 자연적 조건을 설명한 뒤 "길동이 매양 그곳을 유의하여 왕위룰 잇고져 ᄒ더니"로 일치된 설명을 하고 있어 역시 왕위를 노리는 침략자로만 보이게 한다.

23) 윤성근, 앞의 논문, 50쪽. 이 논문은 완판을 대본으로 했으므로 부분적으로 한남본에서와는 다른 결론이 나올 수도 있으나, 여기서 문제 삼고자 하는 것은 홍길동의 신분상승이 가지는 의미이다.

24) 이에 대해서는 임형택, 앞의 논문, 126쪽에서도 "작중의 홍길동은 한 개인으로 그치는 것이 아니고 활빈당 당수 즉 집단의 심벌"이라고 본 바 있다.

25) 원전, 416쪽 上右. 또 함경 감영은 "함경감시 탐관오리로 쥰민고틱ᄒ여 빅셩이 견디지 못ᄒ는지라" 습격당한다. 완판의 경우 원전, 463쪽의 上左와 下左에 이와 같은 뜻의 말이 있다.

기도 하였다.[26)]

　『홍길동전』은 사회 안정과 발전의 장애가 사회 밑바닥에 존재하는 근본적인 모순에 있다고 보고, 그것의 제거를 위한 투쟁을 문제 삼았다. 사회의 진보적 발전을 위해 사회 속에 존재하는 모순과 갈등을 들추어내고 그 해결 방향을 모색하려 했다는 점에서 이 작품은 조선시대소설에서 보기 어려운 사회소설로서의 분명한 의의를 가진다.

　조선시대의 실재한 비적들은 현실적 권력과의 대결에서 패배했다. 그들은 실재(實在)했기 때문에 실제(實際)의 한계를 넘어설 수 없었다. 실재한 봉건체제는 절대적인 강력함을 가지고 있었다. 그러나 『홍길동전』의 작자는 주인공으로 하여금 현실에서 가능한 것만을 쟁취하게 하고, 그 이상의 것은 설화적인 공상의 세계에서 얻게 함으로써 실재한 호민들의 한계를 넘어설 수 있었다. 즉 현실적 권력과 화해하면서 「유재론」에서 드러낸 것과 같은 신념을 확대시키고 호민들의 원형적인 꿈을 대변한 것이다. 또한, 특히 홍길동이 조선을 떠난 이후의 부분은 즉자적 상태에 있던 당시의 민중독자들이 가질 수 있는 '이야기'에 대한 기대와도 화해할 수 있게 된다. 그 기대란 설화를 통해 보아 온 영웅적 인물들의 성취가 주는 쾌감이나 장엄한 죽음이 주는 비장미에 대한 독자들의 관습화한 기대이다.

4. 맺음말

　서자-적자적 대우-비적-병판-왕에 이르는 길동의 신분변화는 개

---

26) 주 22) 참조.

인의 출세만이 아니라 서자의 삼단계에 이르는 완전한 사회적 승리로서, 적서차별 문제의 온전한 해결을 의미하는 것이다. 결국 『홍길동전』에서 주인공이 보여준 문제의식과 그 해결에 이르는, 일관된 표면적 주제도 적서차별의 폐지였고, 주인공의 신분 상승의 결과적 의미인 이면적 주제도 역시 적서차별의 폐지였다. 서자가 왕이 되었다는 것은 다분히 계급 혁명적인 것이라 할 수 있다. 적서차별 폐지라는 주제의 의의를 확대할 때, 사회적 모순의 개혁, 제도상의 신분을 넘어선 개인적 능력의 사회적 수용 등으로 이 작품의 주제를 말할 수도 있다.

　이 작품은 주인공의 병판 제수에 이르는 부분까지에서는 현실적인 인물로서의 주인공이 어떻게 비적이 되었으며, 무엇을 위해 어떻게 투쟁했고, 마침내 현실 속에서 무엇을 획득했느냐를 보여 주었으며, 병판 제수로 조선을 떠난 뒤의 부분에서는 주인공을 독자들에게 익숙한 민담인 지하국대적제치설화 속의 인물로 변신시킴으로써 현실에서 이룰 수 없는 사실을 보여 주었다. 즉 작자는 주인공의 설화적 인물화로써 그 이전의 사건 전개만으로도 일어날 수 있는 현실적 지배층과의 마찰을 완화시키고, 나아가 주인공이 왕이 됨으로써 생길 수 있는 체제와의 근본적 충돌을 회피하면서 호민으로서의 서자의 꿈을 그렸다. 당시의 체제와 화해하면서 동시에 주인공과 같은 의식을 지닌 실재한 호민들과의 소통을 지향한 것이다. 이를 통해 그들에게 현실적 개혁 가능성에 대한 기대를 심어 주는 동시에 공상적 이야기로써나마 최상의 쾌감을 느끼게 한다. 설화적 인물화 이후 부분은 단순한 '이야기'에 대한 민중 독자들의 기대와도 화해하는 것이다. 이런 점에서 설화적 인물화는 매우 의도적이며, 사건 전개 수법상으로 이 작품의 정수가 될 수 있는 것이다.

　「한남본」에서는 율도국에서의 길동의 행동과 신념이 작품 전체의 전개와 긴밀하게 연결되었다. '산무도적ᄒ고 도불습유ᄒ니'라는, 『홍길동전』 중 이 본에서 유일하게 나타나는 길동의 치적은 조선에서의 투쟁과정에서 추구했던 것들을 실현시킨 것이다. 또한 "디져 님군은 혼ᄉᆞ롬의 님군이 아니요 텬하 ᄉᆞ롬의 님군이라"는 그의 신념은 민생을 위하는 올바른 통치자로서의 왕의 역할에 대한 것인데, 이는 활빈당수로서의 투쟁과 직결되는 것이다. 이런 점에서도「한남본」은 여러 이본 중에서 최선본이라 할 수 있다. 특히 완판본은 적서차별에 대한 일관성이 흐리고, 율도국의 성격도 분명하지 않으며, 오히려 율도국 왕이 되는 전후의 길동은 오직 개인적 영달을 위한 침략자처럼 표현되어 있어서『홍길동전』이 개인적 출세 의지를 보여 주는 작품에 머문다는 결론이 나올 수도 있게 한다. 「한남본」이 아닌 경우 본고에서 얻은 결론의 일부는 불명료해지거나 심지어 부정되어질 소지도 있다.

　『홍길동전』은 유교적인 봉건사회의 군주제도, 즉 체제 자체를 근본적으로 뛰어넘지 못했으며, 또한 민중의 삶의 문제를 보다 더 집요하게 파고들어가 이를 확대, 심화시키지 못했다는 한계를 지닌다. 전자의 경우는 시대적 한계에 의한 것으로, 그렇지만 그 시대 속에서 할 수 있는 최선의 체제적 도전을 보여주고 있는 셈이다. 표면적으로 왕은 권위를 지켰지만 실질적으로는 오히려 길동에게 패배당하고 있다. 후자의 경우는 시대적 한계 내에서도 이루어 낼 수 있었던 문제였다는 점에서 비판의 대상이 될 수 있다. 그러나 이만큼이라도 사회제도와 민중의 삶을 문제삼았고, 특히 민중 속에서 발생할 수 있는 비적의 형태를 띤 호민의 모습과 그들의 힘과 승리를 그림으로써 발전적 사회에 대한 진보적 전망을 드러냈다는 점에서, 이 작품은 리얼리즘 정신을 드러낸 사회소설로서의 의의를 충분히 지닌다. 한마디로 한다면 진보적 현실관에 입각한 사회소설인『홍길동전』은 현재까지 알려진 최초의 국문소설이면서 또한 한국 리얼리즘소설의 긴 대열의 선두에 위치하고 있다고 하겠다.

저자 이주형(李注衡) ──────────────────────────────────

1945년 경북 안동 출생
서울대학교 문리과대학 및 동 대학원 국문과 학·석·박사
육군사관학교 국어과 교관(1969~1971)
경북대학교 사범대학 국어교육과 교수(1975~현재)

저서 『채만식』(형설출판사)
　　 『한국근대작가론』(공저, 한국방송통신대학 출판부)
　　 『채만식 전집』(공편, 창작과비평사)
　　 『한국근대장편소설대계』(공편, 태학사)
　　 『한국근대소설연구』(창작과비평사)
　　 『이무영』(건국대학교 출판부)

한국 현대소설과 민족현실의 인식

인 쇄　2007년 8월　1일
발 행　2007년 8월 10일
지은이　이주형
펴낸이　이대현
편 집　이소희
펴낸곳　도서출판 역락
　　　　서울 서초구 반포4동 577-25 문창빌딩 2층
　　　　전화 3409-2058, 3409-2060 ㅣFAX 3409-2059
　　　　이메일 youkrack@hanmail.net
　　　　등록 1999년 4월 19일 제303-2002-000014호
ISBN　978-89-5556-558-4-93810

정 가　23,000원

* 잘못된 책은 교환해 드립니다.